日本永代蔵

全訳注

井原西鶴
矢野公和・有働 裕・染谷智幸 訳注

講談社学術文庫

目次

凡例

一　底本には貞享五年正月刊の三都版を用いた。

二　本文はなるべく原形を損なわないように努めたが、文庫本の性質を考え、読みやすいものとなるように、次のような方針のもとに作成した。

1　行移り・丁移りは原本の形式によらずに、読みやすくなるよう適宜段落を設けた。

2　原本には白丸（○）黒丸（●）の句読点がつけられているが、それらを考慮に入れつつ新たに句読点を施した。その際中黒（・）も使用した。

3　踊り字（〻、〲など）などは、原則として原本のままとした。

4　文中の会話や心中思惟、引用文、書名などに適宜「　」や『　』を施してわかりやすくした。

5　漢字については次のようにした。

イ　できるかぎり現行の字体を使用した。

ロ　略字・異体字はできるかぎり現行のものに改めた。

ハ　誤記・誤用・誤刻と明確に判定できるものについては訂正した。

ニ　当時の慣例として用いられている当て字はそのままとした。

6　仮名は現行の字体に改めた。仮名遣い・送り仮名は当時の慣用を重視する意味で原本通りとし、歴史的仮名遣いに改めることはしなかった。

7　清濁は原本のままを原則としたが、一部改めたところがある。

8　原本の振り仮名のうち平易な漢字や誤読の恐れのないものについては削ったものがある。原本にないもので読解に必要と思われるものはこれを補った。

9　衍字と思われるものは本文から除いた。脱字や誤記と思われるものについてはこれを正し、必要に応じて〈語釈〉で断るようにしたものもある。

三　本文傍所の＊印は、〈語釈〉を施したことを示すものである。〈語釈〉は重要なものに限り、辞書類で容易に検索できるものは省略した。

四　各章ごとに〈現代語訳〉を掲載した。現代語訳は現代の読者にとって理解しやすいものとなるよう心掛けた。従って、逐語訳になっていないところもある。

五　原本にある挿絵はすべて掲載し、〈挿絵解説〉を付した。

六　各章ごとに〈解説〉を付し、内容理解の手引きとなることがらを記した。

七　巻末に、本書全体についての「解説」と「江戸時代の貨幣と経済」を付した。

日本永代蔵　全訳注

日本永代蔵

大福新長者教

日本永代蔵《にっぽんゑいたいぐら》　巻一

目録《もくろく》

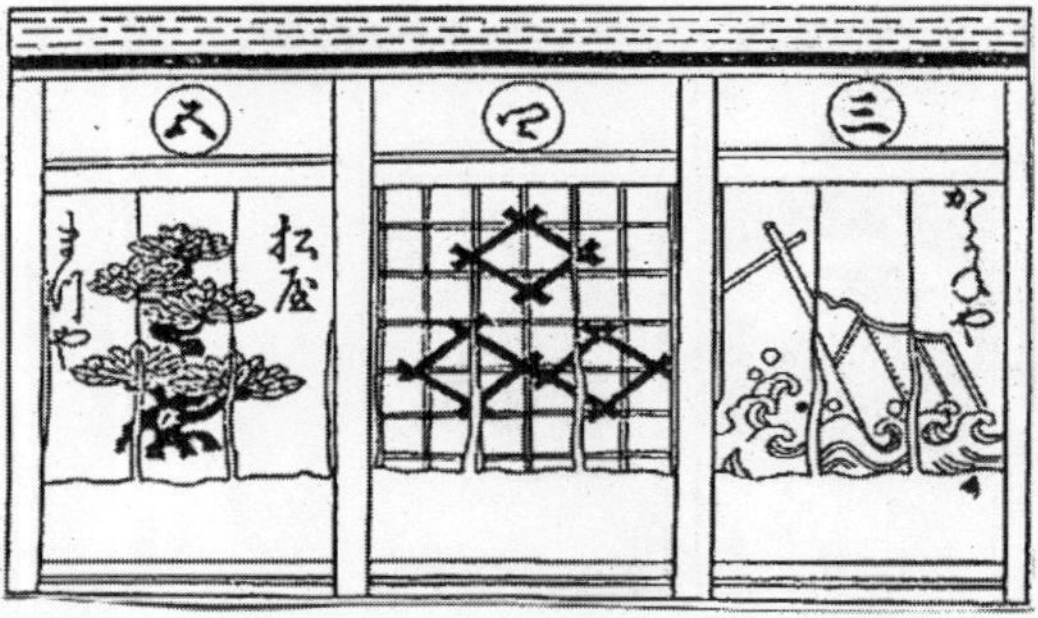

浪風静《なみかぜしづか》に*神通丸《じんづうまる》
和泉《いづみ》*にかくれなき商人《あきんど》
*北浜《きたはま》に*箒《はゝき》の神《かみ》をまつる女

昔《むかし》は掛算《かけざん》今《いま》は*当座銀《たうざぎん》
江戸《えど》にかくれなき出見《でみ》せ
壱寸四方も商売《しやうばい》の種《たね》

世《よ》は欲《よく》の入札《いれふだ》に仕合《しあはせ》
*南都《なんと》にかくれなき*松屋《まつや》が*跡式《あとしき》
後家《こけ》は女《をんな》の鑑《かゞみ》となる者

〈語釈〉

○**初午**　陰暦二月初めの午の日。稲荷神社の祭日。水間寺の縁日でもあった。○**江戸にかくれなき**　かくれなきは広く知れ渡っている、有名な。この作品の目録の副題は巻五の二を除いて「……にかくれなき」で統一されている。○**俄分限**　にわか成金。分限は長者とほとんど同義で金持ちをいう語。○**泉州水間寺**　泉州は和泉の国。現在の大阪府貝塚市水間の天台宗竜谷山水間寺。○**利生の銭**　仏のご利益のある銭。ここは本文にある水間寺で貸した種銭のこと。種銭貸しの習俗は各地の寺社で行われていた。○**始末男**　倹約な男。浪費せずつつましく暮らす始末は金持ちになるための基本的な心得として重要視され、けちん坊・吝嗇《りんしょく》とは区別されていた。○**壱歩**　一歩金。一両の四分の一、一分とも書く。詳しくは巻末「江戸時代の貨幣と経済」参照。○**神通丸**　大阪府泉佐野市の豪商唐金屋《からかねや》庄三郎の持船として有名な大通丸のもじり。章題は、神通力によって波風も静かに船足軽く航行するの意。○**かくれなき商人**　前記の唐金屋を想定したもの。○**北浜**　大阪市中央区の地名。○**箒の神**　ここでは箒そのものを神として祀《まつ》ったの意。○**当座銀**　その場で金銭の受け渡しをすること。現金取引き。○**南都**　京都に対して南にある奈良のこと。○**松屋**　奈良晒《ざらし》の問屋として当時の記録類に松屋の名が見える。○**跡式**　相続の対象としての家督や財産。ここは遺産相続の仕方を広くいったもの。

〈解説〉

『日本永代蔵』の目録には、本文に登場する商家などの暖簾をあしらったカットを載せて読者の関心を引く斬新な工夫が施されている。巻一の一は、船問屋網屋の名前を漢字と仮名の二通りで記し、干し網の図柄を描いている。巻一の二は白く抜いた扇に「や」と書いて扇屋。巻一の三は波頭に船の舵《かじ》を描いて「からかねや」（唐金屋）と記した。巻一の四は格子の模様に井桁を三つ書いて三井のつもり。浮世絵などに描かれる実在の越後屋のもの「」とは異なる。巻一の五は五蓋松《ごかいまつ》の紋所に松屋と漢字と仮名で記している。

なお、目録の章題と本文冒頭のタイトルとは一部表記を異にするものがある。

本朝永代蔵《ほんてうゑいたいぐら》　巻之一

初午《はつむま》は乗《のつ》てくる仕合《しあはせ》

*天道言《てんたうものいは》ずして、国土《こくど》に恵《めぐ》みふかし。人は実《じつ》あつて、偽《いつは》りおほし。*其心《そのしん》は本虚《もときよ》にして、物に応《をう》じて跡なし。是《これ》、善悪《せんあく》の中《なか》に立《たつ》て、*すぐなる今の御代《おんよ》を、ゆたかにわたるは、人の人たるがゆへに、常《つね》の人にはあらず。一生《しやう》一大事《だいじ》、身《み》を過《すぐ》るの業《わざ》、士農工商《しのうこうしやう》の外《ほか》、出家《しゆつけ》・神職《しんしよく》にかぎらず、始末大明神《しまつだいみやうじん》の御託宣《ごたくせん》にまかせ、金銀《きんぐ》を溜《たむ》べし。是《これ》、*二《ふた》

親《をや》の外《ほか》に命の親なり。人間《にんげん》、長《なが》くみれば朝《あした》をしらず、短《みぢか》くおもへば夕《ゆふべ》におどろく。されば、*天地《てんち》は万物《ばんぶつ》の逆旅《げきりよ》、光陰《くはうゐん》は百代《はくたい》の過客《くはかく》、浮世《ふせい》は夢幻《ゆめまぼろし》といふ。時《とき》の間《ま》の煙《けふり》、死《し》すれば何《なん》ぞ、金銀瓦石《きん〳〵ぐはせき》にはおとれり。黄泉《くはうせん》の用《よう》には立《たち》がたし。然《しか》りといへども、残《のこ》して子孫《しそん》のためとはなりぬ。ひそかに思ふに、世《よ》に有程《あるほど》の願ひ、何《なに》によらず銀徳《ぎんとく》にて叶《かな》はざる事、*天《あめ》が下《した》に五《いつ》つ有《あり》。それより外《ほか》はなかりき。是《これ》にましたる宝船《たからぶね》の有《ある》べきや。見ぬ嶋《しま》の鬼《をに》の持《もち》し隠《かく》れ笠《かさ》・かくれ簑《みの》も、暴雨《にはかあめ》の役に立《たゝ》ねば、手遠《てとを》きねがひを捨《すて》て、近《ちか》道《みち》にそれ〳〵の家職《かしよく》をはげむべし。福徳《ふくとく》は其身《そのみ》の堅固《けんご》に有《あり》。朝夕油断《てうせきゆだん》する事なかれ。殊更《ことさら》、*世《よ》の仁義《じんぎ》を本《もと》として、神仏《しんぶつ》をまつるべし。是《これ》、和国《わこく》の風俗《ふうぞく》なり。

折ふしは春《はる》の山、二月初午《はつむま》の日《ひ》、泉州《せんしう》に立《たゝ》せ給ふ水間寺《みづまてら》の観音《くはんをん》に、貴賤男女参詣《きせんなんによまふで》ける。皆信心《みなしん〳〵》にはあらず、欲《よく》の道《みち》づれ。はるかなる苔路《こけぢ》、姫萩《ひめはぎ》・荻《をぎ》の焼原《やけはら》を踏分《ふみわけ》、いまだ花《はな》もなき片里に来《き》て、此仏《このほとけ》に祈誓《きせい》かけしは、其《その》*分際程《ぶんざいほど》に富《とめ》るを願へり。此御本尊《この*ごほんぞん》の身にしても、独《ひと》り〳〵に返言《へんごん》し給ふもつきず、「今此娑婆《このしやば》に摑《つかみ》どりはなし。我頼《われたの》むまでもなく、土民《どみん》は汝《なんぢ》にそなはる、夫《をつと》は田《た》揺《うち》て、婦《ふ》は機織《はたをり》て、朝暮《てうぼ》其《その》いとなみすべし。一切《さい》の人、此《この》ごとく」と、戸帳《とちやう》ごしにあらたなる御告《おつげ》なれ共《ども》、諸人《しよにん》の耳《みゝ》に入《いら》ざる事の浅《あさ》まし。

それ、世の中《なか》に借銀《かりぎん》の利息程《りそくほど》おそろしき物はなし。此御寺《このみてら》にて万人かり銭《ぜに》する事あり。当年壱銭《たうねんいつせん》あづかりて、来年《らいねん》弐銭にして返し、百文請取《うけとり》、弐百文にて相済《あひすま》しぬ。

是《これ》、観音の銭《ぜに》なれば、いづれも失墜《しつつい》なく返納《へんなう》したてまつる。をの〳〵五銭《せん》・三銭、十銭より内をかりけるに、爰《ここ》に年《とし》のころ廿《にじゆう》三四の男《をとこ》、産付《むまれつき》ふとくたくましく、*風俗律義《ふうぞくりつぎ》に、*あたまつき跡《あと》あがりに、信長時代《のぶながじだい》の仕立着物《したてきるもの》、袖下《そでした》せはしく、裾《すそ》まはり短《みぢか》く、うへした共に、紬《つむぎ》のふとりを無紋《むもん》の花色染《はないろそめ》にして、同じ切《きれ》の半襟《はんえり》をかけて、上田嶋《うへだしま》の羽織《はをり》に綿《もめん》うらをつけて、中脇指《わきざし》に柄袋《つかぶくろ》をはめて、世間《せけん》かまはず尻《しり》からげして、爰《ここ》に参りし印《しるし》の*山椿《やまつばき》の枝に野老入《ところいれ》し髭籠《ひげこ》取《とり》そへて、下向《げかう》と見えしが、御宝前《ごほうぜん》に立寄《たちより》て、「借《かり》銭壱貫《ぜにいつくはん》」と云《いひ》けるに、寺役《じやく》の法師、*貫《くはん》ざしながら相渡《あひわた》して、其国《そのくに》其名《な》をたづねもやらず。彼男《かのをとこ》 行《ゆき》がたしれずなりにき。寺僧《じそう》あつまりて、「当山開闢《たうさんかいびやく》より此《この》かた、終《つゐ》に壱貫《いつくはん》の銭《ぜに》かしたる例《ためし》なし。借《かる》人是《これ》がはじめなり。此銭《このぜに》済《すむ》べき事共《とも》思はれず。自今《じこん》は大分《だいぶん》にかす事無用《むやう》」とさたし侍《はべ》る。

　其《その》人の住所《すみどころ》は武蔵《むさし》江戸にして、*小《こ》網町《あみてう》のするゐに浦人《うらびと》の着《つき》し舟問屋《ふなとひや》して、次第《しだい》に家栄《いへさか》へしをよろこびて、*掛硯《かけすゞり》に「仕合丸《しあはせまる》」と書付《かきつけ》、水間寺《みづまでら》の銭を入置《いれをき》、猟師《れうし》の出船《しゆつせん》に、子細《しさい》を語りて百文づゝかしけるに、かりし人自然の 福有《さいはいあり》けると遠浦《えんぽ》に聞伝《きゝつた》へて、せんぐりに毎年集《まいねんあつま》りて、一年一倍《ばい》の算用《さんよう》につもり、十三年目になりて、元《もと》壱貫のぜに八千百九拾弐貫《くはん》にかさみ、東海道《とうかいだう》を*通《とを》し馬《むま》につけ送《をく》りて、御寺《みてら》につみかさねければ、僧中《そうちう》横手《よこて》打《うち》て、そのゝちせんぎあつて「するゐの世のかたり句《く》になすべし」と、都《みやこ》よりあまたの*番匠《ばんじやう》をまねきて、*宝塔《ほうたう》を建立《こんりう》、有難《ありがた》き御利生《ごりしやう》なり。此商人《このあきんど》、*内蔵《うちくら》には常燈《じやうとう》のひかり。其名《その》は網屋《あみや》とて、武蔵《むさし》にかくれなし。

惣《そう》じて、親《をや》のゆづりをうけず、其身《その》才覚《さいかく》にしてかせぎ出し、銀《ぎん》五百貫目よりして、是《これ》を分限《ぶんげん》といへり。千貫目のうへを、長者《ちやうじや》とは云《いふ》なり。此銀《このかね》の息《いき》よりは、*幾千万歳楽《いくせんまんざいらく》と祝《いは》へり。

〈現代語訳〉

初午《はつうま》には幸せが乗ってやってくる

天道さまというものは、何もおっしゃらないのに、国土に深い恵みを施して下さる。それに対して我々人間というものは、実体がはっきりしているのに、うそ偽りが多く厄介な存在である。それは、人間の心が本来「虚」の状態で、事象に応じて善とも悪ともなるからである。そうした善と悪の交錯する中にあって、正しいご政道が行われている今の世の中を何不足無く豊かに暮らしてゆく人は、人の中の人と呼ぶべきであろう。しかし、そうした人とは特別な存在で、決して普通の人ではない。では、普通の人はどうすべきか。まず人間にとって一生の一大事とは世渡りの方法であるのだから、士農工商はもとより、僧侶・神官に至るまで、倹約大明神のお言葉をしっかり聞いて、金銀を貯めるべきである。そもそも金とは、父親母親の次に位する、大事な命の親である。しかし、その大事な人間の命も、長く見れば翌朝、短いと見ればその日の夕方を迎えたことに驚いてしまう。だからこそ、中国の詩人文人たちも、「天地は全てのものを泊める宿屋であり、歳月は永遠に移動する旅人のようなもの、人生は夢まぼろし」と言ったのである。まことに人の命とは、わずかの間に火葬の煙となるもので、死んでしまえば、金銀をいくら持っていようと意味はなく、瓦石に劣る存在である。また、黄泉《よみ》の国へ行く時に使えるものでもない。しかし、まあそうは言っても、残せば子や孫の為にはなる。ひそかに考えるところ、この世の中の、ありとあらゆる願い事で、金の威力によって出来ないことは天下に五つ、それより他はない。これ以上の宝船はあるだろうか。誰も見たことのない鬼が島の鬼が持っていると伝える隠れ笠や隠れ蓑《みの》も、俄か雨の役には立たないのだから、持とうなどと思わぬ方が良い。そんな当てのない願いは棄てて、手近な目標を置いて、それぞれの家職に励むべきである。幸運はまずその身体の健康にある。朝夕油断をしてはならぬ。とくに世間に通用する道義を守り、神仏を祀《まつ》るべきである。これは日本の習わしである。

ちょうど季節は山笑う春のこと、二月の初午《はつうま》の日、泉州に建立された水間寺《みずまでら》に鎮座する観音に、男も女も身分を問わず群れ集まって参詣《さんけい》していた。皆、信心からでなく、欲と道連れの参詣である。遥か遠くに続く苔《こけ》の山路をたどり、野焼きの済んだ姫萩や荻の焼原《やけはら》を踏み分け、まだ桜の花も咲かないこんな田舎にやってきて、この観音様に祈願するのは、その身分相応に金を儲けることを願ってのことである。この御本尊の身にすれば、勝手な願い事をする人間一人一人に対応するのも切りがないので、「今この世界に摑みどりの金儲けはないぞ。私に頼むまでもなく、農民であるのはお前たちの前世からの決まりごとじゃ。夫は田を耕し、妻は機織《はたお》りをして、明け暮れその営みを続けなさい。これは農民だけではないぞ。全ての人も皆このように生きるのじゃ」と戸帳越しに尊いお告げをなされたけれど、参詣人たちの耳に入らないのは情けないことであった。

さて、世の中に借金の利息ほど恐ろしいものはない。この水間寺では参詣する傍ら借り銭をする風習があった。その年に銭一文（二十円）借りたら、その次の年に二文にして返し、百文受け取ったら二百文にして返すことになっていた。この金は観音の銭なので、借りた者は皆間違いなく返納するのであった。毎年それぞれ五銭・三銭程度、せいぜい十銭（二百円）までのところで借りて帰るのだが、ここに歳の頃、二十三、四、体つきは太く逞《たくま》しく、身なりは質素で、髻《もとどり》を高く結い上げた男が居た。この男は、織田信長の時代に仕立てたような、袖丈《そでたけ》が狭く、裾廻《すそまわ》しが短い、上着も下着もともに紬《つむぎ》の太織《ふとり》を紋なしの薄紺色に染めた着物を着て、同じ布の半襟をかけ、上田縞の羽織に木綿裏をつけ、中脇差しに柄袋《つかぶくろ》をはめては、人目もかまわずに尻はしょりをしていた。そして、ここに参詣した印にと、水間の名物である山椿の枝に野老《ところ》を入れた髭籠を括りつけて、帰りがけに、ご仏前に立ち寄って「一貫文（二万円）の銭を借りたい！」と言い放った。銭の手渡し役の僧侶は、その勢いに圧倒されれ、銭を貫差しのまま渡してしまい、出身国や名前を尋ねることも出来ないうちに男はそのまま行方《ゆくえ》知れずになってしまった。寺の僧は集まって、「この寺が開山してからこのかた、今まで一貫目の銭を貸したことはない。借りた人はこれが初めてである。もはやこの銭が返ってくるとも思われない。今後は多額の銭は貸さないようにしよう」と話し合ったのである。

その借り手の男の住み所は武蔵の江戸で、小《こ》網《あみ》町の片端で船乗りを相手にする舟問屋をしていた。次第に家が栄えてくるのを喜んで、掛硯《かけすずり》に「仕合《しあはせ》丸」と書きつけて、水間寺の銭を入れ置き、漁師が出船する際に水間寺の話をして百文ずつ漁師に貸した。すると借りた人に自然と良いことがあって、そのことを聞きつけた人たちが遠くの浦々からやって来ては、借銭をこの男に求めた。毎年順繰りに貸しては収集することを繰り返すと、一年に二倍の計算で増え続け、十三年目には元一貫の銭が、八千百九十二貫目（約一億六千四百万円）にふくらんだ。男はその金を通し馬に括りつけて東海道を上らせ、水間寺の境内に積み重ねたので、僧侶たちは横手を打って大喜びした。その後、話し合いが持たれ、「後世の語り草にしよう」と京都より多くの宮大工を招いて宝塔を建立した。まさに有難き御利益と言うべきである。この商人、内蔵《うちぐら》には常に灯《ともしび》をともし、名を網屋と言って、武蔵の国で知らない者はいない。

総じて、親の譲り金を受けずに、己の身の知恵と工夫のみにて稼ぎだし、蓄《たくわ》えが銀五百貫目を越えれば、これを分限《ぶげん》と言う。千貫目を越えれば、これを長者と言うのである。この金の精の勢いで、まさに利息が利息を生み出して、網屋の蓄えは幾千万貫にも膨れ上がるだろう。まことに目出度い万歳楽である。

〈語釈〉

○**天道**　天地を主宰する神、天帝。太陽を神格化した語。俗にお天道様ともいう。○**其心は本虚にして**　『古文真宝後集』所収の程正叔「視箴《ししん》」「心ハ本《もと》虚ニシテ物ニ応ジテ迹《あと》無シ（心は本来実体のないものであって、万物に応じてその変化の跡を見せない）」による。○**すぐなる今の御代**　政道正しく真っ直ぐな今の時代。「すぐ」は上文に続き生計を立てる意の「過ぐ」を掛けている。○**二親の外に命の親**　金銀こそが命であるという「銀徳」観を示した語。○**天地は万物の逆旅**　『古文真宝後集』所収の李白「春夜桃李園ニ宴スルノ序」「夫《そ》レ天地ハ万物ノ逆旅ニシテ、光陰ハ百代ノ過客、而《しかう》シテ浮生ハ夢ノゴトシ」による。芭蕉『奥の細道』冒頭などにも引かれる当時有名な成句であった。○**天が下に五つ有**　金銀の力でかなわないものは天下にないと言い切らず、ぼかした表現。地・水・火・風・空の五輪からなる人間の生命を指すとされる。○**世の仁義**　ここは世の中の習俗や倫理道徳を指す。○**分際**　その人の身分・階層に応じた程度や限界。身のほど。分限。○**御本尊**　水間寺の本尊。聖観世音菩薩。○**風俗律義**　以下に紹介されるように服装が地味で物堅いこと。○**あたまつき跡あがり**　髻《もとどり》の位置が高く、鬢付《びんつき》が後上りになった髪形。当時既に古風とされていた。○**山椿の枝に野老入し髭籠**　椿と野老《ところ》は水間の名物。髭籠は口の部分を髭のように編み残した籠。挿絵左側上部参照。○**貫ざし**　銭一貫（千文相当）をつないだ銭緡《ぜにさし》。緡は銭の穴に通して束ねる藁《わら》・麻製の縄。○**小網町**　現在の中央区日本橋小網町。当時は海浜の水路沿いで物資輸送の拠点。舟問屋（廻船問屋）を始め各種物産を取り扱う問屋が多く、漁師の出入りする日本橋の魚河岸にも近かった。○**掛硯**　下に金銭などを入れる引出しのついた硯箱。○**通し馬**　宿場ごとに荷物を別の馬に付けかえることなく、目的地まで通して運ぶ荷馬。○**番匠**　大工。ここは一般の家を建てる町大工ではなく寺社等を造営する宮大工を指す。○**宝塔**　狭義には初層が方形、二層が円形の多宝塔をいうが、ここは仏塔の美称。○**内蔵**　戸外に建てられ商品などを貯蔵する庭蔵に対して、母屋と棟つづきで屋内から出入りする金銀家財を入れた蔵。当時銀千貫目以上の金持ちは金蔵に常夜灯をともす習慣があったという。○**幾千万歳楽**　祝言の常套句「千秋楽は民を撫《な》で、万歳楽には命を延ぶ」（謡曲「高砂」）に幾千万貫をいいかけた表現。

〈挿絵解説〉
叺《かます》に入れた銭を積んだ通し馬の腹掛けには「仕合」「吉」「寶」と縁起の良い染め抜きがある。寺僧に話しかけている、笠をかぶり右上の武士に比べ袂《たもと》の短い着物を尻からげにした男は網屋であろうか。野老を入れた髭籠を担ぐ男女の参詣人の姿も見える。遠景の三重の塔が本文の宝塔だとするとまだ存在していないはずなのだが、異時同図法といって絵巻などによくある描法である。

〈解説〉
章題は巻頭であることから「初」の字をきかせて、初午の日に馬に乗って仕合わせ（幸

運）が到来したと祝言の意を込めたもの。

第一段落はこの話の前置きであると同時に、『日本永代蔵』全体の序文でもあるとされている。経済力を蓄えて新たに階層を形成しつつあった町人の自己主張を代弁し、全ての人にとって命の親ともいうべき金銭の重要性とそれぞれの家業に励むことの大切さを説いている。『古文真宝』の文章を用いるなど格調高く書き起こされていながら、始末大明神の御託宣とか鬼ケ島の宝物もにわか雨の役には立たないなど、滑稽味を帯びた表現も混在している。常識的な町人道をもっともらしく記している作者は、その反面でずっこけてしまっているのである。これは西鶴が一方で金銭の価値を十分に認めていながらも他方では金よりももっと大事なものがあると考え、金銭万能主義の世の中を批判する目をあわせ持っていたからである。

水間寺の参詣人はみな欲と道連れで金持ちになれるように祈願し、御本尊は「現在の世の中に一攫千金のぼろ儲けはないのだから、銘々の家業を大事に働くが良い」とお告げをするが、これを人々の耳には入らないという。このお告げそのものは至極正当で常識的な教訓だが、これを聞く者がいないという現状は金に眼の眩んだ人々の浅ましさを見事に言い当てている。しかもその上、後に明らかになるように水間寺が種銭を貸して意想外な大儲けをしているわけだから、始末大明神と同様に観音様も戯画化されているのである。

借金の利息ほど恐ろしいものはないというのは金利の支払いに追われる商人の偽らざる心境で、西鶴自身しばしば述べているが、ここはそれを逆手に取った男の話になっている。来年の初午には倍返しする縁起物の種銭を一銭二銭と少額を借りていく中で、時代後れの風俗をした武骨で野暮ったい男が、現在の二万円前後に当たる銭一貫といきなり申し出た。雰囲気にのまれた僧侶が呆気に取られて銭を渡し、借用証を取るどころか住所氏名も聞かないうちに男は姿を消してしまう。勘定高くて人の良心など全く信用していないらしい坊さん達は、返済されるはずはないから以後注意しようと話し合ったが、話はさらに逆転する。

この男は江戸小網町の外れで船問屋を営み次第に家が栄えたので、「仕合丸」と銘打って水間寺の銭を船を出す漁師に貸し付けたところ、大漁続きで幸運に恵まれると評判になった。倍々の利息が積もり積もって十三年目には元一貫の銭が八千百九十二貫に増え、網屋はこれを通し馬に付けて東海道を運び寺に届けた。僧侶達は驚嘆し、後々の語り草にしようとこの金で宝塔を建立したのも有り難い御利益であったという。この複利計算そのものは極めて正確で当時の算術書などでもよく知られていたが、過不足なく計算通りに事が運んだというのは現実問題としては逆に不自然である。全重量三十トン程の銭を二百頭前後の馬に乗せて東海道を遥々道中するというのは壮観ではあるが、実際にはあり得ない全くの作り話であろう。よくよく考えてみれば、利潤を追求するはずの商人網屋が手元に一銭も残すことなく、漁師からの返済分の全額を、輸送料を持ち出しで寺に届けたというのもどこか腑に落ちないものがある。

東廻り・西廻りの航路が開かれ全国的な商品流通が発展した当時、船持ちの廻船問屋などの豪商の外にも、急成長を遂げた商人が多かった。親からの遺産を譲り受けずその身一つの才覚でにわかに分限に成り上がった網屋も、そのような存在と想定されている。致富の過程で水間寺の御利生を受けたかのようではあるが詳細は明らかではなく、倍返しの種銭の利益は宝塔だけに実を結んだようで、訝《いぶか》しさが残る。現実離れの誇張し戯画化した話を軽妙に展開した西鶴は、内蔵に常夜灯をともすほどの大金持ち網屋の万々歳を祝うことで、巻頭の第一章をめでたく結んでいるのである。

二代目《たいめ》に破《やぶ》る扇《あふぎ》の風《かぜ》

*人《ひと》の家《いへ》に有《あり》たきは梅《むめ》・桜《さくら》・松《まつ》・楓《かへで》、それよりは金銀米銭《きんぐべいせん》ぞかし。庭山《にはやま》にまさりて庭《には》蔵《くら》の詠《なが》め、四季折々《しきをり〳〵》の*買置《かいをき》、是《これ》ぞ*喜見城《きけんじやう》の楽《たのしみ》と思ひ極《きはめ》て、今の都《みやこ》に住《すみ》ながら、*四条

の橋をひがしへわたらず、*大宮通《おほみやどを》りより丹波《たんば》口の西へゆかず。諸山《しよさん》の出家《しゆつけ》をよせず、諸牢人《しよらうにん》に近付《ちかづか》ず、すこしの風気《かざけ》・虫腹《むしはら》には自薬《じやく》を用《もち》ひて、昼《ひる》は家職《かしよく》を大事《だいじ》につとめ、夜《よる》は内《うち》を出《いで》ずして、若《わか》ひ時ならひ置《をき》し*小謡《こうたひ》を、それも両隣《となり》をはゞかりて、地声《ぢごゑ》にして、我《われ》ひとりの慰《なぐさみ》になしける。灯《ともしび》をうけて本《ほん》見るにはあらず。覚《をぼへ》たとをり、世の費《つゐへ》ひとつもせざりき。此《この》おとこ、一生のうち、草履《ざうり》の鼻緒《はなを》を踏《ふみ》きらず、釘のかしらに袖《そで》をかけて破《やぶら》ず。万《よろづ》に気《き》を付《つけ》て、其《その》身一代に弐千貫目《ぐはんめ》しこためて、行年《かうねん》八十八歳、世の人あやかり物とて、*升掻《ますかき》をきらせける。

されば かぎり有命《あるいのち》、此親仁《このをやじ》、其年《そのとし》の時雨《しぐれ》ふる比《ころ》、憂《うれへ》の雲立《くもたち》ところをまたず、頓死《とんし》の枕に残る男子《なんし》一人して、此跡《このあと》を丸《まる》どりにして、廿一歳より生《むま》れ付《つき》たる長者《ちやうじや》なり。此《この》世悴《せがれ》、親《をや》にまさりて始末《しまつ》を第一にして、あまたの親類《しんるい》に所務《しよむ》わけとて箸《はし》かたし散《ちら》さず、*七日の仕揚《しあげ》、八日目より*蔀門口《しとみかどぐち》を明《あけ》て、世をわたる業《わざ》を大事《だいじ》にかけて、腹《はら》のへるをかなしみて、火事《くはじ》の見舞《みまひ》にもはやくは歩《あゆ》まず、*しはひせんさくにとしくれて、明《あく》れば、去年《こぞ》のけふぞ親仁《をやじ》の祥月《しやうつき》とて旦那寺《だんなでら》に参《まい》りて、下向《げかう》になをむかしをおもひ出して、泪《なみだ》は袖にあまれる。「此手紬《このてつむぎ》の碁盤嶋《ごばんじま》は、命《いのち》しらずとて親仁の着《き》られしが、おもへはおしき命、今廿二年生《いき》給へは*長百《ちやうひやく》なり。若死《わかじに》あそばして大ぶん損《そん》かな」と、是《これ》にまで欲先立《よくさきだち》て帰るに、*紫野《むらさきの》の辺《ほと》り御薬苑《やくえん》の竹垣《たけかき》のもとにして、めしつれたる年切《ねんきり》女《をんな》、斎米入《ときまいれ》し明袋《あきぶくろ》持《もち》し片手《かたて》に、封《ふう》じ文《ぶみ》一通拾《つうひろ》ひあげしを、取《とり》てみれば、「花川《はなかは》さままいる、*二三より」とうらかき。そくゐ付《つけ》ながら、念《ねん》を入《いれ》て印判《ゐんはん》おしたるうへに、「*五大力ぼさつ」と、そめ〳〵と筆をうごかせける。「是《これ》は*聞《きゝ》もおよばぬ御公家衆《くげしゆ》の御名《な》なり」と、それより宿《やど》にかへり、人にたづねければ、「是《これ》は嶋原《しまばら》の局《つぼね》上郎《じやうらう》のかたへやるなるべし」と読《よみ》すてけるを、「是《これ》も杉原反故《ほんご》一枚のとく、損のゆかぬ事」とて物しづかにとき見しに、壱歩《ぶ》ひとつころりと出《いで》しに、「是《これ》は」と驚き、先《まづ》*付石《つけいし》にてあらため、其後《そのゝち》秤《はかり》の上目《うはめ》にて*壱匁弐分《ふん》りんとある事をよろこび、胸のおどりをしづめ、「思ひよらざる仕合《しあはせ》は是《これ》ぞかし。世間《せけん》へさたする事なかれ」と、下々《したく》の口を閉《とぢ》て、扨《さて》、彼《かの》ふみを読《よみ》けるに、恋《こひ》も情《なさけ》もはなれて、かしらからひとつ書《がき》にして、「時分《じぶん》からの御無《む》心《しん》なれ共《ども》、身にかへてもいとほしさのまゝ、*春切米《はるぎりまい》を借越《かりこし》、つかはし参らせ候。此《この》内*弐匁はいつぞやの諸分《しよわけ》、その残りは皆合力《みなかうりよく》、年々《としぐ》つもりし借銭《しやくせん》を済《すま》し申さるべし。惣《そう》して、人には其分限相応《そのぶんげんさうをう》のおもはく有《あり》。*大坂《おほざか》屋の野風《のかぜ》殿に、西国《さいこく》の大臣《だいじん》*菊《きく》の節句《せつく》仕舞《しまひをし》にとて、一歩《ぶ》三百をくられしも、我らが*一角《かく》も、心入《こゝろいれ》は同じ事《こと》ぞかし。あらば何か惜かるべし」と哀《あはれ》ふくみての文章《ぶんしやう》。読程《よむほど》ふびんかさなり、「いかにしても此金子《このきんす》をひろふてはゐられじ。此存念《このぞんねん》もおそろし。其男《そのをとこ》にかへさんとすれば、住所《すみどころ》をしらず。先《さき》のしれたる嶋原《しまばら》に行《ゆき》て、花川をたつね渡《わた》さん」と、すこしは鬢《びん》のそゝけを作《つく》りて宿《やど》を立《たち》出《いで》し後《のち》、此《この》一歩《ぶ》只《たゞ》かへすも、思へばおしき心ざし出て、五七度も分別《ふんべつ》かへけるが、程《ほど》なく色里《いろさと》の門口《もんぐち》につきて、すぐには入《いり》かね、しばらく立《たち》やすみ、揚屋《あげや》より酒取《さけとり》に行《ゆく》男《をとこ》に立寄《たちより》「此御門《このごもん》は、断《ことはり》なしに通《とを》りましても、くるしう御ざりませぬか」といひければ、彼男《かのをとこ》、返事《へんじ》もせず、おとがひにてをしへける。

さては、と編笠《あみがさ》ぬぎて手に提《さげ》、中腰《ちうこし》にかゞめて、やう〳〵に*出口《でくち》の茶屋《ちやや》の前《まへ》を行過《ゆきすぎ》て女郎《ちよらう》町に入《いり》、*一文字《いちもんじ》屋の今唐土《いまもろこし》、*出掛姿《でかけすがた》に近寄《ちかより》、「花川《はなかは》さまと申《まうす》御かたは」と尋《たづ》ねけるに、太夫やり手のかたへ顔を移して、「私《わたくし》はぞんじませぬ」と斗《ばかり》。やり手、青暖《あをのう》簾《れん》のかゝるかたに指《ゆび》さして、「どこぞ其《その》あたりで聞給《きき》へ」といへば、跡《あと》なる六尺《ろくしやく》目に角《かど》を立《たて》「其《その》女郎つれておじやれ。見てやらふ」と申せば、「つれ参《まい》る程《ほど》なれば、御まへさまに御尋ねは申《まうし》ませぬ」と、跡《あと》へさがりて、あなたこなたにたづねあたり、様《やう》子《す》を聞《きけ》ば、*弐匁どりのはしけいせいなるが、此《この》二三日、気色《きしよく》あしくて引籠《ひきこも》り居《ゐ》らるゝよし、そこ〳〵にかたり出《いで》ければ、彼文届《かのふみとゞけ》ずかへりさまに、思ひの外《ほか》なる浮気《うはき》おこりて、「元此金子《もとこのきんす》我物《わがもの》にもあらず。一生《いつしやう》の思ひ出に、此金子《このきんす》切《ぎり》に、けふ一日の遊興《ゆうけう》して、老《をひ》ての咄《はなし》の種《たね》にも」と思ひ極《きは》め、*揚屋《あげや》の町は思ひもよらず、*茶屋《ちやや》にとひ寄《より》、藤屋《ふぢや》彦《ひこ》右衛門といへる二階にあがり、*昼《ひる》のうち九匁の御かたを呼《よび》てもらひ、呑《のみ》つけぬ酒《さけ》にうかれて、これより手習《てなら》ふはじめ、情文《なさけぶみ》の取《とり》やりして、次第《しだい》のぼりに太夫残らず買出《かひいだ》し、時なる哉《かな》、都《みやこ》の*末社《まつしや》四天王、願西《ぐはんさい》・神楽《かくら》・あふむ・乱酒《らんしゆ》にそだてられ、まんまと此道《このみち》にかしこくなつて、後には、色作《いろつく》る男《をとこ》の仕出《しだ》しも是《これ》がまねして、扇屋《あふぎや》の恋風《こひかぜ》様といはれて*吹揚《ふきあげ》、人はしれぬ物《もの》かな、見及《みをよ》びて四五年此《この》かたに、弐千貫目塵《ちり》も灰《はい》もなく、火《ひ》吹力《ふくちから》もなく、家名《いへな》の古扇《ふるあふぎ》残りて「*一度《ひとたび》は栄《さか》へ、一度《ひとたび》は衰《をとろふ》る」と、身の程《ほど》を*謡《うたひ》うたひて一日暮《くら》しにせしを、見る時《とき》聞《きく》時《とき》「今時はまふけにくひ銀《かね》を」と、身《み》を持《もち》かためし*鎌《かま》田《だ》やの何《なに》がし、子共《こども》に是《これ》をかたりぬ。

〈現代語訳〉

二代目になって破られた扇屋の扇とその風

人の家に有ってほしいものは、梅・桜・松・楓だと『徒然草』にある。しかし、それを言うなら、やはり、金・銀・米銭だろう。美しい花木を植えた庭山に勝る、庭蔵を眺め、四季折々の品々を買い置きして値上がりを待つ楽しみ、是こそ現世の喜見城《きけんじよう》の楽しみである。ここに、そう心に思い込んでいる男が居た。この男、今の都に住んでいながら、四条の橋を東に渡って役者と遊ぼうとも、大宮通りより丹波口の西へ行って島原の遊女に親しもうともしない。そればかりか、寄進などさせられぬよう諸山諸寺の僧侶を寄りつかせず、諸浪人に近づかず、少しの風邪や腹痛ならば自ら調合した薬で治し、昼は家業を大事にし、夜は家から出ずに、若い時に習った小謡を、両隣への迷惑を気にしながら、低い声で謡うことを、自分一人の慰みにするという何とも物堅い性格であった。しかも、その謡も、灯の光で謡本を見ながら謡うのではなく、覚えた所だけを、その通りに謡うだけで、無駄になることは一切しなかった。この男は、一生のうちに草履の鼻緒を踏み切ることをせず、釘の頭に引っ掛けて、袖を破くということもせず、万事に気をつけて生活し、其身一代にして二千貫目（約二十六億円）をしこたま溜め込んで、八十八歳まで長生きをしたところ、世間の人々はこの男の長寿にあやかりたいと、幸運の印として竹の升掻《ますかき》を切り出してもらったのであった。

しかしながら、限りあるのが人の命、この男は、その年の時雨降る頃に、にわかに雲が湧き立つように、世の憂いというものがいきなりやって来て急死した。その枕元に残った一人息子が親父の跡を継ぎ、全てを相続して、二十一歳にして生まれついての長者となった。この息子は親に勝って物事の節約・節制を第一にする性格で、多くの親戚に形見分けとして箸片方も渡さず、初七日の法事が済んだ八日目から、さっそく店の蔀戸《しとみど》を上げ、揚げ縁を出して、世を渡る生業は大事だとして商売を始めた。この息子は、腹が減るのを悲しんで、火事の見舞いにも早くは歩かず、ケチなことばかり考えて一年を暮らしていたが、年が明けると、今日こそ親父様の祥月命日だと旦那寺にお参りをした。その帰りに、親父の生きていた昔を思い出し、涙で袖を濡らしたものの、「この手織紬《つむぎ》の碁盤縞の着物は、丈夫で死ぬまで着られると言って親父様が着ていたものだが、思えば命は惜しいもの、もう十二年生きられれば『丁百』だったなぁ。若死にされて随分損をされたものだ」と父親の寿命まで損得勘定で考える始末だった。その帰り道に、紫野の辺の御薬苑《やくえん》の竹垣のもとで、一緒に連れていた年季奉公の女が、お寺へ上げる斎米《ときまい》を入れておいた空き袋を持ちながら、片手で封じ文を一通拾い上げた。その文には「花川様まいる」と届け先が表に書かれ、裏には「二三より」と送り手の名があり、飯粒で封をしてありながら、念を入れて印判まで押してある。その上に封じ目が開かないようにと「五大力ぼさつ」と黒々と筆書きされている。息子は「これはきっと、聞いたこともないお公家衆のお名前だろう」と、宿に帰ってから人に尋ねてみれば、「これは島原の局女郎あたりに送られた手紙に違いない」と読み捨てにしようとしたのを、息子は「これでも杉原紙一枚の得になる。損にはならない」と言って、静かに封じ目を開けてみたところ、中から一歩金（二万円）がひとつ飛び出て来た。「これは一体」と驚いて、まず試金石にて金であることを確認し、その後小型の棹秤で量ってみると、一匁《もんめ》二分《ふん》（約四・五グラム）の重さ通りにあることを喜んだ。そして胸の高まりを静めながら「思いもよらない幸福とはこのことだろう。世間へは一切話をしないようにしよう」と、下々の者たちの口を封じて、手紙を読んだ。すると恋も情けも放っておいて、最初からぶっきらぼうに、「あいにく金のない時節柄ですが、我が身に代えても愛おしいと思うお前のことだから、春の給金を前借りして届けることにいたします。この内の二匁は先頃の勘定、その残りは皆そなたに進呈しますので、それで年々積もり積もった借金を済ますのが良いでしょう。総じて人間には、その分際に応じた心づもりというものがあります。大坂屋の太夫野風殿に、西国の大尽が菊の節句に必要だろうと言って、一歩金を三百枚も与えたのも、私の一歩一枚も、心の内は全く同じことなのです。金がもっとあるなら何で出し惜しみなどしましょうか」と、哀れを含む文章であった。息子は読むほど不憫に感じられて、「何としても、この金をこのまま貰ってしまう訳にはいかない。もしそんなことをすれば、この男の怨念も恐ろしい。この男に金を返そうとは思うが、住所が分からない。送り先の島原へ行って花川を訪ねて渡すことにしよう」と、少しは鬢髪のほつれも整えて宿を出てはみたものの、この金をただ返すのも考えれば惜しい気がしてきて、やはりそのまま貰ってしまおうと思案しては、また気を取り直して島原へと、五度も七度も考えを変えているうちに、色里の門の入り口に辿りついてしまった。すぐには入り兼ねて、しばらく様子を窺いながら、揚屋より酒を取りに行く男に立ち寄って、「此の門は誰にも断らずに通っても構わないのでしょうか」と言ったところ、その男は返事もせずに、顎で早く入れと指図した。

それではと、扇屋の息子は編笠を脱いで手に提げて、中腰にかがんで進み、ようやく茶屋の前を行き過ぎて女郎町に入った。その折、一文字屋の太夫今唐土《いまもろこし》の揚屋入りの道中姿に出くわすと、そのまま太夫に近寄り、「花川さまと申す方をご存知ないか」と尋ねたところ、迷惑そうに太夫は遣手《やりて》に顔を向けて「私は存じませぬ」と言う。遣手は青暖簾のかかる方へ指さして「どこかその辺りで聞きなされ」と言えば、道中の後からついて来た下男が怖い顔をして、「その女郎を連れて来い。俺が品定めをしてやろう」と言った。慌てた息子は「連れて来られる程ならば、お前さんに尋ねたりいたしません」と後ろへ下がって、あちらこちらに尋ねたところ、居場所が分かって寄ってみた。すると花川とは二匁取りの端傾城《はしげいせい》であり、ここのところ体調が悪く引き籠ったままだと、家の者が煩わしそうに語るので、結局、手紙と金は返せずに帰る破目となった時、息子に思いの外なる浮気心が起こった。「どうせこの金は私のものでないのだから、一生の思い出に、この金の分だけ、今日一日の遊興をして、年を取ってからの話の種にでもしよう」と思い決めた。しかしたった金一歩では揚屋町に行くことも出来ないので、まず茶屋に寄って、藤屋彦右衛門という家の二階に上り、昼間の揚げ代九匁（約一万二千円）の遊女を呼んでもらい、呑み慣れぬ酒に浮かれて遊んだ。これが手習いの初めということになって、恋文のやり取りを遊女と交わし、次第に遊びのレベルや遊女の格が上がって、遂には太夫を残らず買い出すまでになった。そうなるとその折の、京都の末社四天王、願西・神楽・あふむ・乱酒に上手く乗せられ育てられ、まんまと此の色道に賢くなって、後には、遊廓で遊ぶ男たちの身なりも、この扇屋の息子を見習う程になり、扇屋の恋風様と煽《おだ》てられて吹き上げられた。人の運命とは分からぬもので、色里で派手にやらかしてから四、五年このかたで、二千貫目の財産は塵とも灰とも無くなって、飯炊きの火をおこす力さえもなくなってしまった。残ったのは家の名にちなんだ古扇一本で、息子は「一度は栄へ、一度は衰《おとろ》ふる」と謡曲「杜若《かきつばた》」の文句を自らの身の程になぞらえて謡いながら、その日暮らしをする境涯にまで落ちぶれた。その姿を見て身持ちの堅い鎌田屋の何某は「近年儲けにくくなった銀を」と子供への教訓として語ったということだ。

〈語釈〉

○**人の家に有たきは**　『徒然草』百三十九段「家にありたき木は、松・さくら……」による構文。○**買置**　値上がりした時に売って儲けるために安価の時に買いためておくこと。○**喜**

見城　仏説で、世界の中心にそびえ立ちその中腹を太陽と月が回転する高山、須弥山《しゆみせん》の頂上にある帝釈天《たいしやくてん》の居城。遊里など、この上なく楽しい場所にたとえられる。○**四条の橋をひがしへわたらず**　四条の橋の東には芝居小屋や茶屋が立ち並ぶ歓楽街があった。ここはそうした場所で芝居子や茶屋女を相手にした遊びをしないことをいった。○**大宮通りより丹波口の西へゆかず**　京都の西側を南北に走る大宮通には、丹波街道の入り口である丹波口があり、その西には島原遊廓があった。○**小謡**　謡曲の一節を伴奏なしで謡うもの。○**升掻**　米などの穀物を枡で量る際に平らにならす竹製のへら。米寿の縁で八十八歳の人に切ってもらうと幸運を得るといわれた。○**七日の仕揚**　死後七日目初七日《しよなのか》の法事を営み、関係者を慰労して諸費用の支払いをすること。○**蔀門口**　上半分を蔀戸、下半分を揚げ縁にした商家の門口。巻二の一挿絵参照。○**しはひせんさく**　しわいは吝嗇《りんしよく》、けち。その方法を穿鑿《せんさく》・吟味して失費を防ぐこと。○**長百**　一般には九十六文を銭緡につないで百文として通用していたので、きっちり勘定することをこういった。丁百。「今廿二年」は「十二年」の誤記。○**紫野の辺り御薬苑**　京都市鷹峰山麓の紫野には宮中御用の薬草園があった。○**二三**　五兵衛・五右衛門などの五を分解した、遊里での替名《かえな》・通り名。○**五大力ぼさつ**　三宝や国王を守護する大力の五菩薩。手紙の封じ目などに記し封の解けないまじないにした。○**聞もおよばぬ御公家衆の御名**　公家には堀川・白川・花園などの諸家があったので、遊里に疎い主人公が遊女名花川を勘違いした。○**付石**　金付け石。金銀をすりつけ真贋・純度を判断する。試金石。○**壱匁弐分**　一匁二分は一歩金の標準的な重さ。厘《りん》は微小な単位なので、一厘の差もなくきっちりしているの意で用いた。○**春切米**　春に支給される扶持米や給金。借り越しは前借しての意。○**弐匁**　銀に換算して二匁に相当する花川の揚げ代金分。○**大坂屋の野風**　当時実在した島原大坂屋太郎兵衛抱えの太夫（最高級の遊女）の名。○**菊の節句仕舞**　菊の節句（九月九日の重陽《ちょうよう》の節句）は、遊女が必ず客を取らなければならない特別な日、紋日《もんび》の中でも特に重要な日とされていた。遊興するには莫大な費用がかかり、もてなす遊女も何かと物入りであった。仕舞は勘定を支払うこと、またその費用。○**一角**　一歩金の異称。○**出口の茶屋**　島原の大門口《おおもんぐち》（通称出口）を入ったところにある茶屋。○**一文字屋の今唐土**　一文字屋七郎兵衛抱えの太夫、二代目の唐土。○**出掛姿**　女郎屋から揚屋に呼ばれて行く道中の姿。挿絵参看。○**弐匁どりのはしけいせい**　揚げ代銀二匁（約三千円）の下級の遊女、端傾城。○**揚屋の町は思ひもよらず**　揚屋に遊女を呼ぶ高級な遊びは費用がかかるのでこういった。○**茶屋**　客を揚屋に案内する茶屋で昼間下級の遊女を呼んで遊ぶことができた。○**昼のうち九匁の御かた**　太夫、天神に次ぐ鹿恋《かこい》の揚げ代十八匁を半分にした昼九匁、夜九匁の半夜《はんや》という遊女。○**末社**　遊里で客を取り持ち酒席の相手をする太鼓持《たいこも》ち。以下は当時都で有名な願西の弥七・神楽の庄左衛門・鸚鵡の吉兵衛・乱酒の与左衛門の四人。○**吹揚**　遊女狂いで金銀財産を浪費することを扇・風の縁でこういった。これ以降縁語による構文を、扇―風―吹き上げ、のように表記する。○**一度は栄へ……**　謡曲「杜若《かきつばた》」の「然れども世の中の一度は栄へ、一度は衰ふる理《ことわり》の、誠なりける身のゆくへ」による。主人公の身の上を言い当てた詞章。○**謡うたひて**　門口に立って謡曲をうたい施しを受ける門付け芸人（謡うたい）になったことをいう。〇**鎌田や**　西鶴よりも一時代前に金持ちになる教訓を記した『長者教』に見える長者の名前。

〈挿絵解説〉

格子造りで暖簾の掛かった見世先を行くのは、唐土と想定される太夫の道中姿で、禿《かむろ》・遊女の世話をする遣手《やりて》・下男の六尺を従えている。脇差を差した男が、本文の封じ文とは異なるが結び文を示して出会った女に話しかけている。遊廓によくある日常風景の一齣《こま》であるが、これが主人公であるとすると花川の所在を尋ねている場面である。

〈解説〉

章題の「二代目」は本章が作品の第二番目に当たるのにちなんだもので、扇屋の二代目が遊興の末に家を破産させたことをいった。西鶴はこの展開に相当なこだわりがあったらしく、身代を息子が没落させてしまう話は、巻三の二、三の五、五の三、五の五、六の一にも見出され、この作品における類型の一つとなっている。

『徒然草』を踏まえて風雅に書き起された文章から一転して、金銀を崇拝してひたすら蓄財する人物の姿を軽妙に描きだす。物資を買い置きして値上がりを楽しみにする男は、喜見城に例えられる色町に足を踏み入れることもなく家業に励み、立ち居ふるまい万事に細かく気を付けて、無駄な失費をせず徹底して始末（倹約）するのであった。遊蕩も人付き合いもせず、灯火もない真暗な家の中で趣味の小謡を小さな地声で一人興じる姿には鬼気迫るものがあるが、草履の鼻緒を踏み切らず、釘の頭に袖をひっかけずなどと詳細に記し、いささか滑稽化して西鶴は描き出している。元手もなくひたすら倹約して三十億円にも達する程の資産を貯えたとされる親は、蓄財だけを楽しみとする人生を送り、米寿の記念に升掻を切って八十八歳で頓死してしまった。

遺産を相続した息子が二十一歳というのは、親が六十八歳の時に生まれたことになり極めて不自然なのであるが、苦労を重ねた親と女色に溺れて没落する若い男の組み合わせとしては説得力がある。当初は二代目も親に輪をかけたように始末一途で家業に専念していたが、一通の手紙を拾ったことがつまずきの元となってしまう。

父親の一周忌の墓参りの帰りに厳重に封緘された手紙を拾い、そこからころがり出した一歩金を試金石で調べ重さまで量るこの息子も、極端に金を崇拝する人物であることが知られる。だが、それだけに一層、馴染みの遊女に対する差出人の切々たる思いは無視し難かった。一流の太夫でも下級の遊女でも身の回りの品々は自弁であり、支払う金の出所は馴染み客の祝儀に頼るしかなかった。借金の支払いに窮して泣きつかれた男は給金の前借りをし、揚げ代の他にもその数倍する金額をあわせて寄付するというのである。息子は一旦は着服しようとしたのを思い返し、先方に届けることにするのだが、花川という名前をお公家さんかと間違える程に野暮な男である。それでも色町に行くとなると思わず髪の乱れを繕い、返すのを惜しんで何度も何度も逡巡する。この辺りの心理描写は実に巧みである。

島原の立派な大門を入りかねて通行人に確認し、顔を隠すための編笠を脱いで中腰になって女郎町に入り、花やかな道中姿の太夫にいきなり話しかける主人公は野暮丸出しの体であり、たかが二匁取りの端傾城の消息を尋ね歩いても煩《わずら》わしがられるだけであった。遊女の所在は突き止めたものの、体調不良で二、三日引きこもっていると突慳貪《つっけんどん》にあしらわれ、おずおずと手紙も渡しかねた帰り際に、元々これは自分のものではないのだから一生の思い出にこの金ポッキリに遊んでしまおうと思いがけない浮気心が兆してしまう。ところが、飲みなれない酒に浮かれて一度味わった楽しさは、それこそ天にも上る心持ちで際限がなくなってしまうのであった。

一歩（約二万円）の所持金に相応しく揚げ代九匁（一万二千円程）の半夜と遊んだ主人公は次第に上級の遊女を相手にするようになり、遂には一晩の揚げ代だけで十万円は下らない太夫を残らず買い出す有様であった。折しも末社四天王と呼ばれた太鼓持ちに煽《おだ》てられ育てられて遊び上手の粋《すい》大臣となり、扇屋の恋風様と呼ばれ、お洒落な遊び人がスタイルを真似する程のファッションリーダーになってしまった。金銀をバラ撒くような浪費ぶりに、遊び始めて四、五年間で親から譲られた二千貫目（約二十七億円）の銀は跡形もなく放蕩してしまったのである。色遊びを全く知らなかった人物がこのようになるとは人間というものは解らないものであるが、当時の町人社会ではこうした事例は必ずしも珍しいものではなく、西鶴の作品に限らず、浄瑠璃や歌舞伎に於いても取り上げられている。

遂に無一文になった扇屋の二代目は、屋号ゆかりの古扇を手に「一度は栄へ一度は衰ふる」と自分の身の上そのままを謡って施しを受ける、物乞い同然の門付け芸人になってしまったという。この結末は、暗がりで小謡を謡うのを親が唯一の趣味にしていたことと照応する設定となっている。極端に金銭を大切にする人物の、ちょっとした心の隙間に魔が差したとしか言いようのない人の心の機微を巧みに表現した西鶴は、『長者教』にも登場する身持ちの固い鎌田屋の親が諄々《じゅんじゅん》と子供に教え諭した話であるとして一篇を締めくくっている。もっとも至極な教訓ではあるものの、それが浮いてしまっているのも、この話の文学作品としての面白さである。

浪風《なみかぜ》静《しづか》に神通丸《じんづうまる》

諸大名《しよだいみやう》には、いかなる種《たね》を前生《ぜんじやう》に蒔《まき》給へる事にそ有《あり》ける。万事《ばんじ》の自由《しゆう》を見し時は、目前《もくぜん》の仏《ほとけ》といふて又外《ほか》になし。さればとよ、世に*大名の御知行《ちぎやう》、百弐拾万石を五百石どり、釈迦如来《しやかにょらい》御入滅《ごにうめつ》此《この》かた、今に永々《ゑい〳〵》勘定《かんじやう》したて見るに、これを取《とり》つくさじといへり。大人《たいじん》小人の違《ちが》ひ各別《かくべつ》、世界は広し。近代泉州《きんだいせんしう》に唐《から》かね屋とて、金銀《きん〳〵》に有徳《うとく》なる人出来《でき》ぬ。世《よ》わたる大船《たいせん》をつくりて、其名《そのな》を神通丸《じんづうまる》とて、三千七百石つみても足かろく、北国《ほつこく》の海《うみ》を自在に乗《のり》て、難波《なには》の入湊《いりみなと》に八木《はちぼく》の商売《しやうばい》をして、次第に家栄《いへさか》へけるは、諸事《しよじ》につきて其身《そのみ》調義《てうぎ》のよきゆへぞかし。

惣《そう》して*北浜《きたはま》の米市《こめいち》は、日本《につぽん》第一の津《つ》なればこそ、一刻《こく》の間に、五万貫目《まんくはんめ》の*たてり商《あきなひ》も有《ある》事なり。その米は、蔵々《くら〳〵》にやまをかさね、夕《ゆふべ》の嵐《あらし》・朝《あした》の雨《あめ》、日和《ひより》を見合《みあはせ》、雲《くも》の立所《たちど》をかんがへ、夜《よ》のうちの思ひ入《いれ》にて、売《うる》人有《あり》、買《かふ》人有《あり》。壱分《ぶん》弐分《ふん》をあらそひ、人の山をなし、互《たがひ》に面《をもて》を見しりたる人には、千石・万石の米をも売買《ばい〳〵》せしに、両人手《て》打《うち》て後《のち》は、少《すこし》も是《これ》に相違《さうゐ》なかりき。世上《せじやう》に金銀《きん〳〵》の取《とり》やりには、預《あづか》り手形《てかた》に請判《うけはん》慥《たしか》に、「何時《なんどき》なりとも御用次第」と相定《あひさだめ》し事さへ、其約束《そのやくそく》をのばし、出入《いでいり》になる事なりしに、空《そら》さだめなき*雲《くも》を印《しるし》の契約《けいやく》をたがへず、其日切《そのひぎり》に損徳《そんとく》をかまはず売買《ばい〳〵》せしは、扶《ふ》桑《そう》第一の大商人の心も大腹中《だいふくちう》にして、それ程《ほど》の世をわたるなる、*難波《なには》橋《はし》より西《にし》見《み》渡《わた》しの百景《けい》、数《す》千軒《せんげん》の問丸《とひまる》、甍《いらか》をならへ、白土雪《しらつちゆき》の曙《あけほの》をうばふ。杉《すぎ》ばへの俵物《ひやうもの》、山もさなから動《うご》きて、人馬《しんば》に付《つけ》おくれば、大道《だいだう》轟《とゞろ》き*地雷《ぢらい》のごとし。上荷《うはに》・茶船《ちやぶね》かぎりもなく川浪《かはなみ》に浮《うか》ひしは、秋の柳《やなぎ》にことならず。*米《こめ》さしの先をあらそひ、若ひ者の勢《いきほひ》、虎臥《とらふす》竹《たけ》の林《はやし》と見へ、*大帳《だいちやう》雲を翻《ひるかへ》し、十露盤《そろばん》丸雪《あられ》をはしらせ、*天秤《てんびん》二六時中《じちう》の鐘《かね》にひゞきまさつて、其家《そのいへ》の風《かぜ》、暖簾吹《のうれんふき》かへしぬ。商人《あきんど》あまた有《ある》が*中の嶋に、岡《をか》・肥前屋《ひぜんや》・木《き》屋・深江《ふかえ》屋・肥後《ひご》屋・塩《しほ》屋・大塚《をゝつか》屋・桑名《くはな》屋・鴻池《かうのいけ》屋・紙《かみ》屋・備前《びぜん》屋・宇和嶋《うわしま》屋・塚《つか》口《くち》屋・淀《よど》屋など、此所《この》久しき分限《ぶげん》にして、*商売《しやうばい》やめて多く人を過《すご》しぬ。

昔、こゝかしこのわたりにて纔《わづか》なる人なども、その時にあふて旦那《だんな》様《さま》とよばれて、置頭《をきづ》巾《きん》・鐘木杖《しゆもくつへ》・替草履《かへぞうり》取るも、是皆《これみな》、大和《やまと》・河内《かはち》・津《つ》の国《くに》・和泉近在《いづみきんざい》の、物つくりせし人の子共《こども》、*惣領《そうれう》残してすゑ〳〵をでつち奉公《ほうこう》に遣《つかは》し置《をき》、鼻垂《はなたれ》て手足《てあし》の土気《つちけ》おちざるうちは、豆腐《とうふ》・花柚《はなゆ》の小買物《こがいもの》につかはれしが、お仕着《しきせ》二つ三つ年《とし》をかさねけるに、定紋《でうもん》をあらため、髪《かみ》の結振《ゆひふり》を吟味《ぎんみ》仕出《しだ》し、風俗《ふうそく》も人のやうになるにしたがひ、供《とも》はやし・能《のう》・舟遊《ふなあそ》びにもめしつれられ、*行水《ゆくみづ》に数《かず》かく砂手習《すなてならひ》、地算《ぢざん》も子守《こもり》の片手に置習《をきなら》ひ、いつとなく角前髪《すみまへかみ》より銀取《かねとり》の袋をかたげ、次第《しだい》おくりの手代《てだい》ぶんになつて、見るを見まねに*自分《じぶん》商《あきなひ》を仕掛《しかけ》、利徳《りとく》はだまりて損《そん》は親方《をやかた》にかづけ、肝心《かんじん》の*身を持時《もつとき》、親《をや》・請人《うけにん》に難義《なんぎ》をかけ、遣《つか》ひ捨《すて》し金銀《きんぐ》の出所《でどころ》なく、其《その》なりけりに*内証《ないしやう》曖済《あつかひすみ》て、荷《にな》ひ商《あきなひ》の身《み》の行《ゆく》する、幾人《いくたり》かかぎりなし。おのれが性根《しやうね》によつて、長者《ちやうじや》にもなる事ぞかし。惣《そう》じて大坂《おほざか》の手前《てまへ》よろしき人、代々《だい〴〵》つゞきしにはあらず。大かたは*吉蔵《きちぞう》・三助がなりあがり、銀持《かねもち》になり、其《その》時をえて、*詩歌《しいか》・鞠《まり》・楊弓《やうきう》・琴《こと》・笛《ふえ》・鼓《つゝみ》・香会《かうくはい》・茶の湯も、おのづからに覚《をぼ》えてよき人付会《つきあひ》、むかしの片言《かたこと》もうさりぬ。菟角《とかく》に*人はならはせ、公家《くげ》のおとし子、作《つく》り花《はな》して売《うる》まじき物にもあらず。

是《これ》を思ふに、奉公《ほうこう》は主取《しうとり》が第一の仕合《しあはせ》なり。子細《しさい》は、繁昌《はんじやう》の所にはよらず、北浜過《きたはまくは》書町《しよまち》のほとりにすみけるさし物細工人《ものさいくにんあり》有しに、此《この》職人にもちいさき弟子《でし》二人ありしが、*新《あたらし》屋・天王寺《てんわうじ》屋などの十貫目入《くはんめいり》の銀箱《かねばこ》、不断《ふだん》手に懸《かけ》て寸法《すんほう》は覚《をぼ》えて、其銀《そのかね》はつゐに手に取《とり》たる事なし。此《この》弟子おとなしくなりて、一分見世《ぶんみせ》を出しけるに、親方《をやかた》にかはらず鍋蓋《なべぶた》・火燧箱《ひうちばこ》の仕置《しをき》、是《これ》より外《ほか》をしらず。此《この》者も、同じ所から大所《をゝところ》につかはれなば、それ〳〵の商人《あきんど》になるべき物をと、見及《みをよ》びふびんなり。

*すぎはひは草《くさ》ばふきの種《たね》なるべし。此浜《このはま》に西国米水揚《さいごくまいみづあげ》の折ふし、こぼれすたれる*筒《つゝ》落米《をこめ》をはき集《あつめ》て、其日《そのひ》を暮《くら》せる老女有《らうぢよあり》けるが、形《かたち》ふつゝかなれば、廿三より後家《ごけ》となりしに、後夫《こうふ》となるべき人もなく、ひとり有世悴《あるせがれ》を行《ゆく》するの楽《たのし》みに、かなしき年《とし》をふりしに、いつの比《ころ》か、*諸国改免《しよこくかいめん》の世の中すぐれて、八木《はちぼく》大分此浦《このうら》に入舟《いりふね》、昼夜《ちうや》に揚《あげ》かね、かり蔵《くら》せまりて置《をく》へきかたもなく、沢山《たくさん》に取《とり》なをし、捨《すた》れる米《こめ》を塵塚《ちりつか》まじりにはき集《あつ》めけるに、朝夕《てうせき》にくひあまして、壱斗《と》四五升《せう》たまりけるに、是《これ》より欲心出来《よくしんいでき》て始《し》

末《まつ》をしけるに、はや年中《ねんぢう》に七石《こく》五斗のばして*ひそかに売《うり》、明《あけ》のとしなをまたのばしける程《ほど》に、毎年《まいねん》かさみて、二十余年《よねん》に胞《ほぞ》くり金《かね》拾弐貫五百目《め》になしぬ。其後《そのゝち》、世悴《せがれ》にも九歳《こゝのつ》の時《とき》よりあそばせずして、小口《さん》俵《たはら》のすたるをひろひ集《あつめ》て、銭《ぜに》ざしをなはせて両替《りやうがへ》屋《や》・問屋《とひや》に売《うら》せけるに、人の思ひよらざる銭《ぜに》まふけして、我手《わがて》よりかせぎ出し、後《のち》には、慥成《たしかなる》かたへ*日借《ひがし》の小判《こばん》、当座《たうざ》かしのはした銀《かね》。是《これ》より思ひ付《つき》て、*今橋《いまばし》の片陰《かたかげ》に*銭《ぜに》見せ出しけるに、田舎《いなか》人立寄《たちよる》にひまなく、明がたより暮《くれ》がたまで、わづかの銀子《ぎんす》とりひろげて、*丁銀《てうぎん》こまかねかへ、小判を大豆板《まめいた》に替《かへ》、秤《はかり》にひまなくかけ出し、毎日〳〵つもりて、十年たゝぬうちに、中間《なかま》商《あきなひ》のうはもりになつて、諸方《しよはう》に借帳《かしちやう》、我《わが》かたへはかる事なく、銀替《かねがへ》の手代《てだい》これに腰《こし》をかゞめ、機嫌《きげん》をとる程になりぬ。*小判市《こばんいち》も、此《この》男《をとこ》買出《かいいだ》せば俄《にはか》にあがり、売出《うりいだ》せば忽《たちま》ちさがり口《くち》になれり。自《をのづから》此男《このをとこ》の口を窺《うかゞい》、みな〳〵手をさげて、旦那《だんな》〳〵と申《まうし》ぬ。中にも先祖《せんぞ》をさがして「なんぞ、あれめに随《したが》ひ世をわたるも口惜《くちをし》き」と我《が》を立《たて》ける人、物の急《きう》なる時にさしあたつて迷惑《めいわく》し、是《これ》も又御無心《むしん》申さるゝ。金銀《きん〴〵》の威勢《ゐせい》ぞかし。後《のち》は大名衆の*掛屋《かけや》、あなたこなたの御出入《でいり》もつはらにしければ、昔《むかし》の事はいひ出す人もなく、歴々《れき〳〵》の聟《むこ》となつて、家蔵数《いへくらかず》をつくりて、母親《はゝをや》の持《もた》れし筒落掃《つゝをはゝき》・藁箒子《しべはゝき》・*渋団扇《しぶうちわ》は、貧乏《びんぼう》まねくといへ共《ども》、此家《このいへ》の宝物《たからもの》とて、乾《いぬゐ》の隅《すみ》におさめをかれし。

諸国《しよこく》をめぐりけるに、今もまだかせいで見るべき所は大坂北浜《おほさかきたはま》、流《なが》れありく銀《かね》もありといへり。

〈現代語訳〉

浪風立たぬ静かな海を神通丸が行く

諸国のお大名は、いったいどのような善い種を前世に蒔かれたのであろうか。その万事につけての自由で豊かな振る舞いを見る時、目の前に御仏が示現《じげん》されたのかと思ってしまうほどである。世にある大名の禄高を百二十万石として、そこから五百石取りの武士が毎年禄を戴くとすると、お釈迦さまが入滅してこのかた、二千有余年の今日まで取り尽くすということがないという。大身と小身の違いは格別であり、世界は広いものだ。近ごろ、和泉の国に唐金屋といって、金銀をゆたかに持つ人が現れて、世渡りのために、どこにでも行ける大船を造った。その船の名を神通丸と言う。三千七百石もの米を積んでも軽やかに進み、北国の海を自由自在に乗り回して、難波の港に米商売をして、しだいしだいに家が栄えたのは、万事につけてやりくりが上手だったからである。

そもそも大坂北浜の米市場は、ここが日本第一の港だからこそ、二時間程度の間に五万貫目（約六百六十五億円）もの立会商いが成立する。その取り引きされた米は、蔵々に山と積まれる。商人たちは、夕方の嵐、朝の雨など天候をよく見て、雲の立つ場所を考えて米の相場を予想する。前夜のうちに、それぞれの考えでもって予想しておき、売る人あり、買う人ありで、銀一分（百三十三円）二分の価格差でも量によっては大きな差になるものだから、先を争って人だかりとなる。互いに顔を見知った人には、千石万石の米を売買しても、文書を交わすことなどなく、いったん双方が手打ちをすれば、すこしもその約束を違《たが》えることがない。世間一般の金銭の貸借と言えば、借用証書を書き、保証人の判までしっかり押して「何時なりとも必要になり次第にお返しします」などと相互で取り決めをしたことさえ、その約束期限を延ばして訴訟沙汰になることなのに、空模様によってはどうなるか分からない米相場の口約束の契約を違《たが》えず、その日限りに損得を考えずにきちんと売買するのは、日本一の大商人の太っ腹の心意気を示すものであり、またそれだけ確かな世渡りをしていることにもなるのである。難波橋より西へ見渡した時の光景は、数千軒の問丸が甍《いらか》を並べている。その、うち続く白壁は、まるで雪の曙《あけぼの》に優るかと思しき美しさである。杉形《すぎなり》の三角に積み上がった米俵は、さながら山も動くかと思われるように、荷馬に付けて送られて行く。その豪快な音は大通りに轟き、まるで大地に響き渡る雷のようである。二十石積みの上荷船や十石積みの茶船が、数限りなく川に浮かんでいるのは、水面を埋め尽くす秋の柳の葉そのものである。検査のための米刺しが先を争うように突き刺され、若い者達の勢いはまるで虎が伏す竹林かと思われ、めくられる大福帳は白雲が翻るようであり、はじかれる算盤《そろばん》の玉は霰《あられ》が飛び散るようである。天秤の針口を叩く音は、時を知らせる鐘に勝って響き渡り、それぞれの店の暖簾は、家の繁栄を示すかのように風に大きく翻っている。多くの商人が居る中に、中之島の岡、肥前屋、木屋、深江屋、肥後屋、塩屋、大塚屋、桑名屋、鴻池屋、紙屋、備前屋、宇和島屋、塚口屋、淀屋などは、この地に久しい分限であり、表向きの商売は止めにして多くの人を養って過ごしている。

昔、大坂のこの辺りに住んでいた僅かな金しか持たなかった人たちも、時流に乗って上手く出世をすると、皆旦那様と呼ばれるようになり、置き頭巾に撞木《しゅもく》の杖、履き替え用の草履を供の者に持たせたりしている。これらの人々は皆、大和、河内、津の国、和泉といった近在の農民の息子たちで、長男は家に残してそれ以外は丁稚奉公に大坂へ出すのである。そして、まだ鼻水を垂らして手足の泥臭さが抜けない内は、豆腐や花柚《はなゆ》の使い走りをさせられるが、お仕着せの二、三枚も貰うほど年を重ねると、自らの紋を定め、髪の結い方などもあれこれと吟味するようになり、さらには風采《ふうさい》も人並みとなれば、主人のお伴を仰せつかり、能や船遊びにも連れて行かれるのである。また商人としての実務能力も「行く水に数書く」の和歌のように、砂で手習いし、算術も子守仕事の片手間に習い、いつからともなく角前髪《すみまえがみ》の頃より、掛け取りの袋を担《かつ》ぎ、順送りに手代の身分となる。そして先輩の姿を見様見真似で主人に内緒の商いを仕掛けて、利得があれば黙って自分のものにし、損は親方へ付けたりもする。ところが自ら独立して店を持つという肝心な時に、この使い込みが発覚して親や保証人に迷惑をかけることになり、足りない金を返すことが出来ずに、結局そのまま示談となって、惨めな行商人になり果てる。こんな輩《やから》がけっこう多いのである。自分の根性一つで、このように破滅もするし、また長者になることも出来るのがこの世界なのである。大坂で羽振りのよい金持ちは、代々続いた商人ではなく、大方は吉蔵・三助といった下働きからの成り上がりである。時流に乗って金持ちになり、詩歌・鞠《まり》・楊弓、琴・笛・鼓、香道・茶道も、金持ち同士の付き合いから自然と覚えて、昔の訛《なま》り言葉もなくなるのである。とかく、人間は環境でどうでも変わる。公家の落とし種であっても、落ちぶれれば造花を作って売るような生活をしないということはない。

こうしたことを考えると、奉公はどのような主人に仕えるのかが大事だ。何故ならば、繁昌している場所で奉公すればよいというわけではないからだ。たとえば、北浜の過書町辺りに住んでいる指物細工の職人が居たが、この人は年少の弟子を二人抱えていた。この職人は新屋や天王寺屋といった大店の、十貫目（千三百三十万円）入りの銀箱《かねばこ》を普段から作っていたが、その銀箱の寸法はよく覚えているのに、そこへ入れる金はついに手に取ったことがなかった。この弟子も成長して自分の店を出したが、親方と変わらずに鍋蓋《なべぶた》や火打ち箱等の作り方以外何も知らなかった。この者たちも、もし北浜の大店に奉公していたら、それなりの商人になれた可能性があるのにと、見れば見るほど不憫に思われてならない。

「身過ぎは草の種」（生活する手段は世に幾らでもある）という諺があるが、この北浜にこんなことがあった。西国からの米を水揚げする折に、米の検査のために米刺しが行われる。その最中に地面へと落ちる米を掃き集めて、その日暮らしをする老女が居た。この老女は器量が悪いので、二十三歳で後家となってからは夫となる男も現れずに、一人息子の成長だけを楽しみに、貧しく歳を重ねていた。ところがいつのころからか、諸国で年貢米の率が引き上げられると、昼夜を徹しても陸揚げすることが難しい程大量の米が船に積まれて、この北浜に集まるようになった。臨時に借りて設置される蔵も満杯になって、米を置くべき場所もなく、結果何度も積み直すうちに、そこから多くの米がこぼれ落ちた。老女は、その米を塵といっしょに掃き集めたところ、朝夕に食べる量を越えて、一斗四、五升（二十五、六リットル）程も余った。そこから欲心が出て、余った米を蓄えてみると、早くもその年の内に七石五斗にまでになった。これを密かに売りさばき、次の年にまた売って蓄えを増やしたところ、毎年増え続け、二十数年にてそのヘソクリの金が銀十二貫五百目（約千六百万円）までになった。その後、息子も九歳より遊ばせずに、捨てられた桟俵《さんだわら》を拾わせて、それを元に銭《ぜに》緡《さし》を作らせて、両替屋や問屋に売らせたところ、人の思いもよらない銭儲けになった。そして自ら稼ぎ始めると、後には確かな借り手に小判の一日貸しや、はした金の当座貸しなど、ここから思いついて、今橋の近くに銭両替の店を出した。そうすると、田舎人が多く訪れて、明け方から暮まで僅かの銀貨を店に並べ、丁銀を小粒銀に替え、小判を豆板銀に替え、秤でひっきりなしに掛けるようになり、毎日の儲けが積もりに積もって十年経たないうちに、いっぱしの両替商人となった。その金を方々に貸し出して貸帳に付け、自分の方へは一切借りることなく、本両替商の手代がこの息子に腰をかがめて機嫌をとるほどにまでなった。小判市の売買も、この男が買い始めれば急に値上がりし、売り始めれば急に下がるといった具合になった。皆々が、自然とこの男の意向を窺うようになり、手を下げて「旦那、旦那」と呼ぶようになった。中には、この男の素性を調べて「どうしてあんな奴に従って世を渡るのか、口惜しいことじゃないか」と高飛車に言う者も居たが、そんな人も急にお金が必要になった時には困り果てて、この男にお金を貸して欲しいと頼み込むのである。これこそ金銀の威勢であろう。後には、大名の御用商人となり、あちらこちらのお屋敷に出入りをすることがもっぱらとなったので、昔のことを言い出す人も居なくなり、歴々の町人と縁組みをして、数々の家蔵を建てた。母親の持っていた筒落米掃き用の稭箒《しべぼうき》や渋団扇は、貧乏を招くものとして世間では嫌われるものの、この家の家宝として乾の隅（西北の方向）に納めた。

諸国をめぐってみると、今でも稼ぎが期待できる場所はやはり大坂北浜であろう。ここにはまだまだ大金が流れ歩くように人から人へと渡るという。

〈語釈〉

○**大名の御知行、百弐拾万石を五百石どり**　大大名とされる加賀百万石金沢前田藩の実質的な石高が百三十万石程度とされていたことなどを想定した構文。この石高から毎年五百石ずつ取っていくとの意。○**北浜**　大阪市中央区土佐堀川に面した北向きの川岸。米市や後出する金相場会所が置かれ、大商人が多く商業経済の中心地帯であった。○**たてり商**　立会《たちあい》商い。米市で現米の流通を伴わずに相場によって米の売買取引をすること。○**雲を印**《しるし》　あてにならないことのたとえ。○**難波橋**　淀川にかかり北浜と対岸の天満をつなぐ橋。西には土佐堀川と堂島川に囲まれた中之島が望めた。○**地雷**　大地に鳴りひびく雷《かみなり》。地雷《じがみなり》のこと。○**米さし**　俵に突き刺して米を抜き出し品質を検査する先の尖った竹の筒。○**大帳**　商家で勘定の元になる元帳・台帳。大福帳。○**天秤二六時中の鐘にひゞきまさつて**　銀貨を量る際には天秤の中央の針口を小槌で叩いて平衡をはかるが、その針口の音が終日時の鐘以上に鳴り響いて。○**中の嶋**　現在の大阪市北区中之島。以下の商家の多くは当時中之島・北浜辺に実在した蔵屋敷出入りの大町人。○**商売やめて**　物品売買の商売をやめて金融業などに転じ悠々自適の仕舞屋《しもうたや》になった。○**惣領残してすゑ〳〵を**　大坂近郊の農村では長男に土地を譲り、次三男以下は商家に奉公に出すことが多かった。子供・小者・小僧とも呼ばれる丁稚《でっち》は成長すると手代に昇進し、番頭の指図で商用に参加するようになる。○**行水《ゆくみづ》に数かく砂手習**「行く水に数書くよりもはかなきは思はぬ人を思ふなりけり」(古今集、恋一)による。砂手習は盆などに砂を入れ指などで習字をすること。書いては消しを繰り返すので「はかなき」の縁でこう言った。○**自分商**　主家に内密で私的な商売をし利益を着服して役得とすること。ほまち商い。○**身を持**　奉公をやめて身を固め独立する。○**内証嗳**　内証扱い。表向きの訴訟沙汰にせず示談ですますこと。○**吉蔵・三助**　下働きの奉公人、下男の通称。○**詩歌・鞠・楊弓……**　当時の上流教養人の嗜《たしな》みとされていた趣味・習い事。○**人はならはせ**　人間は境遇次第でどうにでも変わるの意の諺。○**新屋・天王寺屋**　大坂の両替商や金融の取り締まり統制をする役職、十人両替の一員。○**すぎはひは草ばふきの種**　生業は数限りなくある、という意の諺「すぎはひは草の種」を、以下の草箒で米を掃き集めた老婆の話の伏線としてこう書き起こした。○**筒落米**　米刺しの筒からこぼれ落ちた米。貧窮者がこれを拾うことは黙認されており、掃除名目で拾い集める老女達がいた。○**諸国改免の世の中**　慶安二年及び寛文・延宝の検地などによって諸国の地租の率が改まったことをいうか。これによって各地から大坂への回米も増加した。○**ひそかに売**　正式の販路に乗るはずのない拾い集めた米を闇取引で売却した。○**日《ひ》借《がし》の小判、当座かしのはした銀**　一日期限の貸金及び期限なしの短期少額金融。いずれも利息が高い。○**今橋**　現在の大阪市中央区今橋。付近に市場や船着き場があり、旅人など少額の貨幣や小銭を必要とする者が往来した。○**銭見せ**　銭店。銭を中心に金銀貨と両替する店。銭両替。○**丁銀・こまかね・大豆板**　巻末「江戸時代の貨幣と経済」参照。○**小判市**　金銀交換の市価を定めるため、大坂では寛文初年から本両替の手代が高麗橋筋の両替所に毎朝集まり、小判を売買して相場を立てた。○**掛屋**　諸藩の蔵屋敷に出入りする御用商人。物産品を売り捌いて代金を預り金融にも応じた。○**渋団扇は貧乏まねく**　諺。母親が渋団扇を塵取りにして稭箒《しべぼうき》で筒落米を集めたのを記念し、この家にとっての宝物として福の神を祀る西北隅に収めたと続く構文。

〈**挿絵解説**〉

帆を上げて片側三丁計六丁艪（但し、右舷には二丁しか描かれていない）で航行する神通丸と想定される大船。米俵の他中央で酒宴・談笑する客や旅人と思われる人物を乗せている。船首で遠望している片肌脱ぎの水夫《かこ》は日和（天候）見か、進路を見定めているのだろうか。船尾の舵柄《かじづか》と水夫の間の船印には神通丸などと記されているはずだが省略されている。手前の小船は通い船であろうか。

〈解説〉

本章は、大名の知行米とこれを運ぶ北前船の話題から書き起こされている。加賀百万石に代表される大名の知行百二十万石ならば毎年五百石ずつ取っていっても釈迦入滅以来未だに取り尽くさないとされ、泉州の唐金屋の大通丸と想定される神通丸は三千七百石積みで北国の海を船足軽く自在に航行しているというのである。釈迦の入滅年次には諸説あるが、当時の通説では入滅以来二千六百数十年を経ているとされており、百二十万割る五百は二千四百という単純計算をすれば、逆に不足分が生じてしまうことがわかる。これ以外の数字の扱いを見ても、明らかな誤りに西鶴が気付かなかったとは考えられない。恐らくはこれは嘘を承知の法螺咄《ほらばなし》である。また、浜松歌国の『摂陽奇観』や月尋堂の『子孫大黒柱』には大通丸を四千八百石積み・四千石積みとしているが、江戸時代の廻船は大型のものでも千石積みから最大限二千石積みであり、石井謙治『和船Ⅱ』によれば、実用的な廻船としては三千七百石積みはどうにも考えられず、西鶴一流の誇張であろうという。つまりこの書きだしは、大名の贅沢な生活やこれを支える年貢米輸送の活況を殊更オーバーに表現した嘘話・お笑い種《ぐさ》なのである。

続いては、日本国中からの回米が集積される大坂北浜の米市の様子が、これまたやや大袈

裟ながら、二時間で七百億円もの売買があるとされ、取り引きする商人たちの姿が生き生きと描かれている。難波橋から西の方を見渡した情景は、商業経済発展の中心となった大坂の繁栄ぶりが目に見えるように書き留めた屈指の名場面とされている。

第三段落は、農村出身者が丁稚奉公に出て商人修業をし手代・番頭と上りつめ、やがては一人前の商人に出世し優雅な暮らしをする様を描き、何事も心掛け次第であると説いている。この辺りは歴史学的に見ても当時の新興町人の在り方を的確に記しているのだが、その一方で彼らが元は洟垂《はなた》れ小僧の田舎者で、中にはほまち商いに手を出して零落する者がいるなどの記述も見出される。次の段落では同じ北浜でも指物師に弟子入りをし結局は一介の職人で終わってしまった男の話を記し、奉公先次第で商人として成功するかどうか決まってしまうと述べており、成り上がりの町人貴族に対して皮肉な視線も向けられている。

これに続くのが、本章の中心となる挿話である。年貢の率が改定され回米の量が増加し、収蔵が間に合わないような盛況と混乱が生じた。それに乗じて、拾い集めた米を密かに売った筒落米拾いの女が、二十年余りで千六百万〜二千万円にも相当する金額を貯め込んだという。息子も同様に拾った桟俵《さんだわら》で銭緡《ぜにさし》を作って売って小銭を儲けるなどしていたが、これらの金を日貸・当座貸などの高利の闇金融に融資して利殖を図り、小規模な銭店を出して大成功を収めた。この辺の記述には意図的な省略があるようなのだが、十年経たないうちに銭両替から本両替になって小判市の相場を動かすような実力者となり、遂には大名の掛屋として諸方に出入りするようになったとされている。人々がこの男の意向を気にして顔色を窺うようになっても母親の昔の事を言い立てる者もいたが、金の威勢の前には屈服する他はなく、とうとう歴々の町人と縁組みして家柄までも立派になってしまったという。

両替商として財を成し一流町人となった男の成功譚を記した本章は、諸国を巡ってみたが、流れ歩く銀《かね》もあるという大坂の北浜こそ今も稼いでみるべき所であると結ばれている。北浜の繁栄ぶりを活写し謳歌する一方で「吉蔵・三助がなりあがり」に輪をかけたワケ有りの暗い過去を持つ男の話を取り上げた西鶴の眼は複眼的である。家を興した先祖の苦労を忘れないように所縁の品を家宝にすることは珍しくないが、最後の最後に筒落米を集めた箒と渋団扇に言及したのは何とも皮肉であり、作者自身心の中ではこうした新興町人を快く思ってはいなかったと考えられる。

大仰な法螺咄に始まり、米つながりの挿話を表と裏、明暗取り混ぜて軽妙に叙述した本章は、『日本永代蔵』の中で珍しく西鶴の地元大坂を取り上げた作品である。あるいは作者周辺に実在する人々に対する遠慮なども複雑に絡んでいたのではないかと推測される。

*昔《むかし》は掛算《かけざん》今《いま》は当座《たうざ》銀《ぎん》

*古代《こだい》にかはつて、人の風俗《ふうぞく》次第《しだい》奢《をごり》になつて、諸事《しよじ》其分際《そのふんざい》よりは花麗《くはれい》を好《この》み、殊《こと》に妻《さい》子《し》の衣服《いふく》、また上《うへ》もなき事共《ども》、身の程《ほど》しらず、冥加《みやうが》をそろしき。高家《かうけ》・貴人《きにん》の御衣《ぎよい》さへ、*京織羽二重《きやうをりはふたへ》の外《ほか》はなかりき。殊《こと》さら黒《くろ》き物に定《さた》まつての五所紋《いつところもん》、大名よりすゑ〱の万人《ばんにん》に、此《この》似《に》合《あは》ざると云《いふ》事なし。近年《きんねん》小ざかしき都人《みやこびと》の仕《し》出《だ》し、男女《なんによ》の衣類《いるい》品々《しな〱》の美《び》をつくし、雛形《ひながた》に色《いろ》をうつし、浮世小紋《うきよこもん》の模様《もやう》、*御所《ごしよ》の百色染《ももいろぞめ》、*解捨《ときすて》の洗鹿《あらひかの》子《こ》、物好《ものすき》各別《かくべつ》世界《せかい》にいたりせんさく。女の身持《みもち》、娘《むすめ》の縁組《えんぐみ》より内証《ないしやう》うすくなりて、家《か》業《げう》の障《さはり》となる人、数《かず》しらず。婬姒《いんし》の平生《へいぜい》きよらを見するは渡世《とせい》のためなり。万民の美《び》婦《ふ》は、春の花見、秋の紅葉見《もみぢみ》、婚礼振舞《こんれいふるまひ》の外《ほか》は、目《め》立《だつ》衣装《いしやう》を着重《きかさね》ず共《とも》すむ事なり。

有時《あるとき》、*室町《むろまち》のかた脇《わき》に、仕立物《したてもの》屋の*軒《のき》かほりて、橘《たちばな》の暖簾《のうれん》掛《かゝ》りて、当世着物《たうせいきるもの》の縫《ぬひ》出しすぐれて、都《みやこ》の手《て》利《きゝ》ありて、絹《きぬ》・綿《わた》爰《ここ》に持《もち》つとひて、さながら衣掛《きぬかけ》山を我宿《わがやど》に見し事ぞかし。仕付《しつけ》の糸、火熨《ひのし》あつるを*待兼《まちかね》しほとゝぎす、初空《はつぞら》卯《う》月《づき》一日は衣《ころも》かへとて、色《いろ》よき袷《あはせ》を縫《ぬひ》かけしをみるに、白き紋羅《もんら》のひつかへしに、緋縮緬《ひぢりめん》を中に入《いれ》て、三枚かさねの袷《あはせ》、両袖・襟《えり》に引綿《ひきわた》、むかしはなかりし事なり。此《この》うへは、万《よろづ》の唐織《からをり》を常住着《じやうぢうぎ》となすべし。此時節《このしせつ》の衣装*法度《はつと》、諸国《しよこく》・諸人の身のため、今思ひあたりて、有《あり》がたくおぼえぬ。*商人《あきんど》のよき絹《きぬ》きたるも見ぐるし。*紬《つむぎ》はおのれにそなはりて見よげなり。武士《ぶし》は*綺羅《きら》を本《もと》としてつとむる身なれば、たとへ無僕《むぼく》のさふらひまでも、風義《ふうぎ》常《つね》にしておもはしからず。

*近代《きんだい》*江戸静《しづか》にして、松はかはらず*常盤《ときは》ばし、本町《ほんてう》*呉服所《ごふくしよ》、京の出見世《でみせ》、*紋付鑑《もんつきかがみ》にあらはし、棚《たな》もり・手代《てだい》、それ〲に得意《とくい》の御屋敷《やしきへ》出入《でいり》、ともかせぎに励《はげみ》あひ、商売《しやうばい》に油断《ゆだん》なく、弁舌手《べんぜつて》だれ・智恵《ちゑ》・才覚《さいかく》、算用たけて、わる銀《がね》をつかまず、利徳に*生牛《いきうし》の目をもくじり、*虎《とら》の御門《ごもん》の夜をこめ、千里《せんり》にゆくも奉公《ほうこう》。朝《あした》には星《ほし》をかづき、秤竿《はかりさほ》に心玉《こころたま》をなして、明暮《あけくれ》御機嫌《きげん》とれ共《ども》、以前《いぜん》とちがひ、今はん昌《じやう》の武蔵野《むさしの》なれ共《ども》、隅《すみ》から角《すみ》まで手入《ていれ》して、更《さら》に摑取《つかみどり》もなかりき。御祝言《しうげん》又は*衣配《きぬくばり》の折《をり》からは、其《その》役人、小納戸《こなんど》かたの好《よし》みにて、一商《ひとあきなひ》して取けるに、今時は、諸方《しよはう》の入札《いれふだ》、すこしの利潤《りじゆん》を見掛《みかけ》て*喰《くら》ひ詰《づめ》になりて、内証《ないしやう》かなしく、外聞斗《ぐはいぶんばかり》の御用等調《とゝの》へ、剰《あまつさ》へ大分《だいぶん》の売《うり》かゝり数年《すねん》不埒《ふらち》になりて、*京銀《きやうぎん》の利まはしにもあはず、かはし銀につまりて難義《なんぎ》、俄《にはか》に、取ひろげたる棚も仕舞《しまひ》かたく、自《をのづから》小前《こまへ》になりぬ。

兎角《とかく》はあはぬ算用、江戸《えど》棚残《たなのこつ》て何百貫目の損《そん》、*足《あし》もとのあかいうちに本紅《ほんもみ》の色かへてと、銘々分別《めい〳〵ふんべつ》する時、又商《あきなひ》の道《みち》は有物《ある》。*三井《みつゐ》九郎右衛門といふ男《をとこ》、手金《てがね》の光《ひかり》、*むかし小判の駿河町《するがてう》と云《いふ》所に、面《おもて》九間に四十間に、棟高《むねたか》く長屋作りして、新棚《しんたな》を出《いだ》し、*「万 現銀売《よろづげんぎんうり》にかけねなし」と相定《あひさだ》め、四十余人利発《りはつ》手代を追《をひ》まはし、*一人一色《ひといろ》の役目。たとへば、金襴類《きんらんるい》一人、日野《ひの》・郡内絹《ぐんないぎぬ》類壱人、羽二重《はぶたへ》一人、沙綾《さや》類一人、紅《もみ》類一人、麻袴《あさばかま》類一人、毛織《けをり》類一人。此《この》ごとく手わけをして、天鵞兎《びろうど》一寸四方《はう》、段子《どんす》毛貫《けぬき》袋《ふくろ》になる程、緋繻子《ひじゆす》鑓印長《やりしるしたけ》、龍門《りうもん》の*袖覆輪《そでふくりん》かた〳〵にても、物の自由《しゆう》に売渡《うりわた》しぬ。殊《こと》更《さら》、俄《にはか》目見《めみへ》の熨斗《のし》目、いそぎの羽織などは、其使《そのつかひ》をまたせ、数十人の手前《てまへ》細工人《さいくにん》立《たち》ならび、即座《そくざ》に仕立《したて》これを渡しぬ。さによつて家栄《いへさか》へ、毎日金子《きんす》百五十両つゝならしに、商売《しやうばい》しけるとなり。世《よ》の重宝是《てうほうこれ》ぞかし。此亭主《このていしゆ》を見るに、目鼻手足《めはなてあし》あつて、外《ほか》の人にかはつた所もなく、家職《かしよく》にかはつてかしこし。大商人《あきんど》の手本《てほん》なるべし。いろは付の引出しに、唐国《からくに》・和朝《わてう》の絹布《けんふ》をたゝみこみ、品々《しな〳〵》の*時代絹《じだいきぬ》、*中将姫《ちうじやうひめ》の手織《ており》の蚊屋《かや》、*人丸《ひとまる》の明石縮《あかしちぢみ》、*阿弥陀《あみだ》の涎《よだれ》かけ、*朝比奈《あさひな》が舞鶴《まひつる》の切《きれ》、*達磨大師《だるまだいし》の敷蒲団《しきふとん》、*林和靖《りんわせい》が括頭巾《くゝりづきん》、*三条小鍛冶《かぢ》が刀 袋《かたなぶくろ》、何によらずないといふ物なし。万《よろづ》*有帳《ありちやう》めでたし。

〈現代語訳〉

昔は掛買いだったが今や主流は現金取引だ

徳川の御代が始まったばかりの古い時代とは変わって、近年では世間の人の身なりもだんだん奢りが出て来て、諸事全般に身分不相応な華麗さを好むようになった。特に妻子の衣装をこの上なく贅沢なものにするのは、身の程知らずの所業で、将来どんな罰が当たるのか恐ろしい。格式のある家や貴族のお召し物さえ、京都西陣織の羽二重の外は身につけない。特に武家の礼装は、定まって黒羽二重の五つ所紋付きで、これは大名に始まって下々の者まで似合わないということはない。ところが近年、小賢しい都の人間が作り出したのは、男女の衣服に数々の美を尽くしたものである。それらは、まず見本によって色を示し、現代風の小紋模様やら、御所風の多色染めやら、絞り糸を解いて水洗いをした鹿子染めなど、万人の好みを詮索した上で格別に贅沢なものとなっている。そんな贅沢をする女房の品行の為に、また娘の豪勢な結婚の為に、財産を減らして家業経営が立ち行かなくなった商人は数知れない。遊女が常日頃から身を飾るのは商売の為である。一般の婦人が、春の花見や秋の紅葉狩り、婚礼の宴席に臨む場合は良しとして、それ以外は目立つ衣装を着飾らなくとも済むことである。

ある時、京都室町の片隅に仕立物屋があり、その軒に香るような橘紋の暖簾が掛かっていた。ここでは当代流行の着物を縫い仕立てていたが、都でも大変優れた職人を揃えていたので、下地の絹や綿もここに持って集まった。さながら宇多天皇が白衣を掛けて雪景色を演出したと伝わる衣掛山《きぬかけ》を、我が宿に居ながらにして見るようだ。糸を仕付け、火熨《ひのし》を当てて着物を作るのを待ち兼ねている客も居る。そのまさに待ち兼ねていたホトトギスの鳴き声も、四月一日の初空に響き渡ると、衣替えとて、色の良い袷《あわせ》を縫い掛けている。それを見ると、白い紋羅《もんら》の引返しに、緋縮緬《ひぢりめん》を中に入れ、三枚重ねの袷で、それに両袖と襟に引き綿を仕込む。こんな贅沢は昔は無かったことである。これからは高価な唐織が普段着になるかも知れない。それを考えると、この諸事贅沢になった時期に幕府から出された衣装法度は、諸国諸人の身の為になるものだと、今になって思い当たり、有難く思われることだ。商人が良い絹物を着ているのは見苦しいものだが、紬《つむぎ》は商人に相応しいもので、見ていて気持ちがよい。武士は威厳を保つために美しく着飾るのが務めである。たとえ下僕を連れない侍であっても常と変わらぬ普段着では良くない。

近年、江戸は静かに治まって、松平（徳川）氏を寿《ことほ》ぐ松は常緑の輝きを見せている。その永久《とこしなえ》の名を付けた常盤橋に続く本町の呉服所は、いずれも京都の出見世であり、武家の名鑑である紋付鑑《もんつきかがみ》にも名を載せている。支配人や手代はそれぞれに懇意にしているお得意先のお屋敷に出入りし、共に競い励まし合って稼ぎ、商売に油断なく、口達者の巧者で、知恵・才覚があり算用に長けている。悪銀を摑《つか》むことはなく、利得の為には生き牛の目をくじるほどしたたかでもある。虎ノ門を夜更けに通ってどんなに遠くへ行くのも、奉公と思い、朝は星の瞬くような早いうちから秤竿《はかりざお》に心を配り、明け暮れ得意先の機嫌を取っているのである。しかしそうした繁昌の武蔵野ではあるが、一生懸命に働いても昔と違って隅から隅まで商人たちの手が行き届いていて、摑み取りのような大きな儲けは期待できなくなった。昔は婚礼や正月の為の衣配りをする時には、将軍家・大名やその奥向きの役人から一儲けをさせてもらったのだが、今では、諸商人の入札《いれふだ》によって商売が行われ、少しの利潤を見込んでの取り合いになるので、内情は厳しくなり、ただ世間体を良く見せるためだけに取引をするようになってしまったのである。その上に多くの売掛金が数年間も未払いになり、京で借りた金の利払いにも事欠く有り様で、為替銀の支払いにも困ってしまうのである。とは言いつつも、今まで広げた店を急に仕舞うこともならず、自然と小規模経営になってゆくのである。

　ともかくも、このままでは帳尻が合わず、江戸の出見世だけ残って何百貫の損となる。それならせめて足元の明るいうちに、本紅《ほんもみ》の色を変えるように商売向きを変えようと、それぞれ思案している時に、商いの道というものはあるものである。三井九郎右衛門という男は、手持ちの金を上手く使って、昔小判の名にちなむ駿河町に、間口九間に奥行き四十間の棟高い長屋作りをして新店舗を出した。そして「全ての商品、現金売りで掛け値なし」と定めて、四十人余りの才覚のある手代を操り、一人一種類の商品を担当するという分業体制を行った。例えば、金襴《きんらん》類一人、日野・郡内絹類一人、羽二重《はぶたえ》一人、沙綾《さや》類一人、紅《もみ》類一人、麻《あさ》袴《ばかま》類一人、毛織類一人と、このように手分けをして、さらにはビロード一寸四方でも、緞《どん》子《す》が毛抜き袋になる程度でも、緋《ひ》繻子《じゅす》を鑓印《やりじるし》にする長さでも、竜門模様の綾絹を袖覆輪《そでふくりん》片方のみにても、自由に売り渡した。とくに俄かにお目見えが決まった武士が必要な礼服、急な用の折の羽織など、店に使いを待たせたまま、数十人ものお抱え職人が即座に仕立ててこれを渡すのである。これでもって家が栄え、平均して毎日金子百五十両（約千五百万円）ほどの商売となった。世の宝物とはこういう人を言う。この主人を見ると、目鼻や手足があって他人と変わったところもない。ただ家業の方法だけが賢いのである。これこそ大商人の手本であろう。いろは順番の引き出しに、唐国・日本の絹布を畳んで入れ、さらに様々な古渡《こわた》りの時代絹、中将姫が手織をした蚊帳《かや》、人麿が着たという明石縮、阿弥陀様のよだれかけ、朝比奈三郎が着用していた舞鶴の紋所がある布切れ、達磨大師の敷蒲団、林和靖《りんわせい》の括《くく》り頭巾、三条の小鍛冶の刀袋まで、ないというものはない。多くのものが帳簿に記されていて実に目出度いことである。

〈語釈〉

○**昔は掛算今は当座銀**　章題は、昔は商品の値段に掛け値をする掛け算が大切だったが、今の時代は現金取引が売り物だの意。本文にある三井の新商法「現銀売りに掛値なし」にことよせたもの。○**古代**　ここは過ぎ去った古い時代、昔の意で、江戸時代初期の元和・寛永年代から明暦・万治頃までを想定しているらしい。○**京織羽二重**　京都西陣織の上質の絹織物。○**御所の百色染**　寛永頃に女院の御所で始められたという美しい染模様、御所染の一種。○**解捨の洗鹿子**　鹿子染の絞り糸を解いて水洗いをしぼかすように染めたもの。○**室町**

京都を南北に走る室町通り沿道の地名。室町下立売《しもたちうり》から二条三条辺りには、宮中御用を始めとする呉服所・呉服棚が多かった。○**軒かほりて**　軒の下風—橘の香—ほととぎす。○**待兼ほとゝぎす**　待兼ねる—ほととぎすの初音—更衣。○**衣装法度**　奢侈《しゃし》禁制の衣服制限令。たびたび発令されていたが、寛文八年以降天和・貞享にかけて頻発された。○**商人のよき絹きたるも**　『古今集』仮名序「いはば、商人のよき衣《きぬ》着たらんがごとし」による。○**紬**　屑繭を利用した丈夫で実用的な紬は、衣装法度で絹織物を禁じられていた百姓・町人にも例外的に着用が認められていた。○**綺羅**　あやぎぬとうすぎぬ。美しい衣装またそれを着飾り装うこと。ここは威儀を正すの意で用いている。○**近代**　冒頭の古代に対して今の時代、近年。○**江戸静にして、松はかはらず**　徳川（松平）氏の治政を寿《ことほ》ぐ常套句。松—常盤《ときわ》。○**常盤ばし**　江戸城大手口と日本橋本町の間にかけられた橋。近世初頭から日本橋付近には大呉服商が多かった。○**呉服所**　宮中・幕府大名出入の呉服商。多くは京都に本店がありその出《で》店《みせ》であった。○**紋付鑑**　大名家・幕府諸役人を中心とする『大名御紋尽《ごもんづくし》』『江戸鑑』などの武家の名鑑。武鑑。呉服所や出入商人名を記載したものもあった。○**生牛の目をもくじり**「生き馬の目を抜く」と同じく素早くずる賢いことをいう成句。○**虎の御門**　江戸城外郭の虎ノ門。牛—虎（寅）。○**衣配**　正月の晴れ着用として、一家一門奉公人など目下の者に衣服を配り与える年末の行事。○**喰ひ詰**　動きが取れなくなって次第次第に状態が悪くなり、窮迫すること。位詰《くらいづめ》。○**京銀の利まはし**　京都で調達した営業資金の利払い。○**足もとのあかいうちに**　呉服屋の縁で成句「足下の明るいうち」を「あかい」に変えて「本紅」を導き出した構文。手遅れにならないうちに商売の趣向を変えての意。○**三井九郎右衛門**　史実では三井八郎右衛門。天和三年江戸駿河町に三井（越後屋）呉服店を開業。○**むかし小判**　当時通用の慶長小判以前に鋳造された小判。家康ゆかりの駿河に関わることから駿河町の序詞とした。○**万現銀売にかけねなし**　三井の新商法、掛け売りなしの現金取引、定価販売。○**一人一色の役目**　店内分業制も三井の新機軸であった。○**袖覆輪かた〳〵**　袖口を別布で細く包み縫いにしたもの。その片一方分。○**時代絹**　室町時代以前に中国から伝来した古渡《こわた》りの絹。以下はありそうであり得ないものを列挙した、西鶴の俳諧的創作による遊び。○**中将姫の手織の蚊屋**　当麻《たいま》寺《でら》に入り蓮の糸で曼荼羅を織ったとされる中将姫にちなんで、透き通って涼しそうな手織りの蚊帳とした。○**人丸の明石縮**　近世初頭に創製された明石縮を、「ほのぼのと明石の浦の朝霧に島がくれゆく船をしぞ思ふ」の縁で、これを詠んだとされるはるか昔の柿本人麻呂が着ていたものとこじつけた。○**阿弥陀の涎かけ**　地蔵に涎掛けをさせる風習はあるが阿弥陀には聞かない。首に三本の筋（三道）があり衲衣《のうえ》の胸を大きくU字形にくつろげた阿弥陀如来像定番のスタイルを涎掛けをしたものと見立てた。○**朝比奈が舞鶴の切**　史実とは異なるのだが清水寺の絵馬などによって朝比奈三郎が着用していたとされる舞鶴の紋所のある布の切れ。○**達磨大師の敷蒲団**　面壁九年の座禅の際に敷かれていたという触れ込みの敷蒲団。○**林和靖が括頭巾**　中国宋の時代の隠士に、老人・隠居に相応しい括頭巾を被せた面白味。○**三条小鍛冶が刀袋**　平安時代中期京都三条住の著名な刀鍛冶橘宗近。袋は別人の作であるが何かありそうで有難味がある。○**ないといふ物なし**　どんな品物でもあるの意で使われる語だが、裏を返せばないものは元々存在しないという至極当然のことを言っていることにもなる。○**有帳** 商品の在庫高を記入する帳簿。有物帳。万の品があるの意とかけた。

〈**挿絵解説**〉

越後屋と想定される店の店頭風景。絹物を扱う呉服店の顧客は両刀を手挟《たばさ》む武士で、括頭巾の老人客に対応する番頭は算盤《そろばん》をおいて値を定め、もう一人が反物を広げて見せている。土間には供の者が杖と笠を持って控えている。帳面を付ける手代の手前では、鞘《さや》と呼ばれた瓢箪型のケースを傍らに置いて、携帯用の秤《はかり》で上げ見世の客の銀貨の重さを確認している。挟箱を前にした中間《ちゅうげん》もこれを注視している。店内に種々の反物が雑然としいかにも繁盛の体である。暖簾には三井の標《しるし》があるべきところだが実在のモデルに遠慮したものか省略されている。

〈**解説**〉

本章は、浮世絵などにも描かれ江戸名物となった越後屋三井呉服店の致富成功を取り上げた典型的なモデル小説である。だが、文学的な虚構化《フィクション》も見事に凝らされている。

第一段落では、西鶴当時の風俗や服飾についての一般論を述べている。徳川秀忠の娘で後水尾天皇の女御となった東福門院和子の衣装好みで、雁金屋新三郎が一代の財を成した逸話

にもあるように、近世初頭以来京都の呉服業界の染織技術の発展には目ざましいものがあり、寛永文化の一翼を担う程のものであった。上流貴紳のものであった華麗な風俗は寛永年間以降は庶民層にも広まるようになり、西鶴によれば、分際不相応な贅沢三昧は家業の支障になる程のものであったという。質素を旨とすべき庶民にとってこれを戒める衣装法度は有難いものであるが、武士勤めの場合は例外とされ、事情はやや複雑である。なぜならば、威儀を正して武士らしく装うためには莫大な経費を伴うことにもなるわけで、庶民における場合と同様に財政を逼迫させることにつながるからである。

徳川氏の治世を謳歌する常套句に始まる次の段落では、江戸の呉服商戦は販路が開拓し尽されて既に過当競争になっていると記されている。婚礼や年末の衣配りでは一度に大量の注文が見込まれ、小納戸方などの役人の御機嫌を取って誼《よしみ》を通じ商いが成り立っていたわけだが、近年は入札制になって利益を低く見積もらざるを得なくなり、ジリ貧状態になっていたという。それでも武家方のお屋敷に出入りしているという世間体のために商売を続けているが、大量の売掛金が数年間も未払いになってしまい、営業資金の遣り繰りもままならないという。ここには露骨に示されているわけではないが、幕府以下諸大名・旗本などの財政窮乏状態が進行していることがはっきりと見据えられており、驚くことにこの記述は、後藤縫殿助《ぬいのすけ》・茶屋四郎次郎など当初数軒であった幕府の呉服師が元禄期を経て増員され、武家の財政破綻がしだいに増幅する江戸中期には経営難に陥るという歴史的現象と符合しているのである。

信用取引《クレジット》が中心であった当時、現金取引は経済的信用のない貧困層を対象にするものであった。この『日本永代蔵』では、三井の「現金売にかけねなし」の新商法は困窮する武家を相手に敢行したと設定されている。「壱寸四方も商売の種」と副題にもあるように、毛貫袋や鎗印にする程の長さや袖覆輪の片方といったこまごまとした注文に応じたということは、それを現金買いしなければならない程に武士達が窮乏していたということなのである。お目見えの際には定められた礼服がなくて困ったという事態にも即座に対応した。これぞまさに「世の重宝《ちようほう》」なのであった。その結果一日の売り上げ平均が百五十両（約千五百万円）にもなったというのである。現実には越後屋も呉服師の仲間入りをしているし、綿製品なども手広く扱っており、必ずしもこの通りに零細な武家だけを顧客としていたわけではないが、この作品の文脈では、支払い能力のない武士を相手の新商法で大成功した「大商人の手本」だというのである。

「此亭主を見るに、目鼻手足あつて、外の人にかはつた所もなく、家職にかはつてかしこし」と滑稽化した八郎右衛門ならぬ九郎右衛門の描写は、大胆な虚構化を笑いの中で表現しようとする姿勢の現れである。俳諧的な創作によって中将姫の手織りの蚊帳以下現実にはあり得ない品々を列挙し、「ない物はない」越後屋の有物帳はまことにめでたいものだと、笑い話として一篇はしめくくられている。にもかかわらず本章は、薄利多売・分業制、そして何よりも世界に先駆けての正札付き定価による現金売買という越後屋のデパート商法を的確に描き出しており、経済史的にも貴重な資料となり得ている。

世《よ》は欲《よく》の入札《いれふだ》に仕合《しあはせ》

用心《ようしん》し給へ、*国《くに》に 賊家《ぬすびといへ》に鼠《ねずみ》、後家《ごけ》に入聟《いりむこ》いそぐましき事なり。*今時《いまとき》の仲人《なかうど》、頼《たの》もしづくにはあらず、其敷銀《そのしきぎん》に応《をう》じて、たとへば五十貫目つけば、五貫目取《とる》事といへり。此《この》ごとく十分《ぶ》一銀出《ぎんいだ》して、娌呼《よめよぶ》かたへ遣《つかは》しけるは、内証《ないしやう》 心もとなし。*一代に一度《ど》の商《あきなひ》事、此《この》損取《とり》かへしのならぬ事、よく〳〵念《ねん》を入《いる》べし。

世《よ》の風義《ふうぎ》をみるに、手前《てまへ》よき人、表《をもて》むきかるう見せるは稀《まれ》なり。分際《ぶんざい》より万事《ばんじ》を花《くは》麗《れい》にするを近年《きんねん》の人心、よろしからず。娌取時分《よめとりじぶん》のむす子ある人は、まだしき屋《や》普《ぶ》請《しん》・部屋《へや》づくりして、諸道具《しよだうぐ》の 拵《こしらへ》、下人・下女を置添《をきそへ》て富貴《ふうき》に見せかけ、娌《よめ》の敷銀《しきぎん》を望《のぞ》み、商の手だてにする事、心根《こころね》の恥《はづか》しき。世の外聞《ぐはいぶん》ばかりに、をくりむかひの*駕籠《のりもの》、一門縁者《もんゑんじや》の奢《をごり》くらべ、無用の物入《ものいり》かさなりて、程《ほど》なく穴《あな》のあく屋《や》ねをも葺《ふか》ず、家《いへ》の破《は》滅《めつ》とはなれり。或《あるひ》は又、娘持《むすめもち》たる親《をや》は、おのれが分限《ぶんげん》より過分《くわふん》に先《さき》の家《いへ》を好み、*身袋《しんだい》の外《ほか》、聟《むこ》の生れ付《つき》、諸芸《しよげい》ありて人の目立程《たつほど》なるを聞合《きゝあはせ》けるに、小鼓《こつゝみ》うてば博奕《ばくち》うち、*若ひ者《もの》ぶりすれば傾城《けいせい》くるひ止《やま》ず、一座《ざ》の公儀《こうぎ》ふりよき人と人の誉《ほむ》れは、*野郎《やらう》あそびに金銀《きん〳〵》をつゐやしぬ。是《これ》を思ふに、男よくて身過《みすぎ》にかしこく、世間にうとからず、親に孝《かう》ありて、人ににくまれず、世のためになる人、聟に取《とり》たきとて、尋《たづね》ても有《ある》べきや。よい事過《すぎ》て、かへつて難義《なんぎ》ある物ぞかし。上つかたにさへ*不祥《ふしやう》はある物、ましてや下つかたの人、十に五つは見ゆるし、小男なり共《とも》、はげあたまなり共《とも》、商口利《あきなひぐちきゝ》て、親《をや》のゆづり銀《ぎん》をへらさぬ人ならば、縁組《ゑんぐみ》すべし。「あれは何屋の誰殿《たれどの》の聟《むこ》ぞ」と、*五節供《せつく》に袴《はかま》・肩衣《かたぎぬ》ためつけ、紋付《もんつき》の小袖《こそで》に金拵《きんごしらへ》の小脇指《こわきざし》、跡《あと》より小者《こもの》・若《わか》ひ者《もの》・挿箱持《はさみはこもち》つれたる当世男《たうせいをとこ》、見よげにして、娘《むすめ》の母親《はゝをや》よろこぶ事なり。それも*分散《ぶんさん》にあへば、衣類《いるい》・刃物も皆人手にわたりて、あしき男の、紬《つむぎ》を花色小紋《はないろこもん》に染《そめ》て着《き》、あるひはまた、うら付《つけ》の木綿袴《もめんはかま》きたるよりは、おとれり。娌《よめ》も、高人《かうにん》の家《いへ》は各別《かくべつ》、民家《みんか》の女は、琴《こと》のかはりに*真綿《まわた》を引《ひき》、伽羅《きやら》の煙《けぶり》よりは、薪《たきゞ》の*燃《もへ》しさるをばさしくべたるがよし。それ〳〵に似合《にあひ》たる身持《みもち》するこそ見よけれ。

世間体《せけんてい》ばかり皆《みな》*いつはりの世中《よのなか》に、時雨降行奈良坂《しぐれふりゆくならざか》や、春日《かすが》の里に、*曝布《さらし》の買問屋《かいとひや》して有徳人《うとくにん》、松屋《まつや》の何がしとてありしが、むかしは、今の*秋田屋《あきたや》、榑屋《くれや》にまさりて、世盛《よさかり》の*八重桜《やえざくら》、爰《こゝ》の都《みやこ》に花《はな》をやつて、春《はる》をゆたかに暮《くら》され、*所酒《ところざけ》のから口、*鱶《ふか》のさしみを好《この》み、其《その》身栄花《ゑいぐは》に明《あか》し、此家次第《このいへしだい》におとろへ、*天命《てんめい》をしる年になりて、平生《へいぜい》の不《ふ》養生《やうじやう》にて、頓死《とんし》をせられける。妻子《さいし》に大分の借銭《しやくせん》を残し、これを譲《ゆづ》られける。人の身《しん》袋《だい》、死《しな》ねばしれぬ物ぞかし。此後家《このごけ》、今年《ことし》三十八にして小《こ》作《つく》りなる女。殊更《ことさら》きめごまかにして色《いろ》白く、うち見には二十七八、人《ひと》の好《この》める当流女房《たうりうにうばう》。*跡《あと》を忘《わす》れて、又の縁《えん》にもつきかねざる風俗《ふうそく》なりしに、若年《じやくねん》の子共をあはれみ、人のうたがはぬ程《ほど》に*髪切《かみきつ》て、白粉絶《をしろいたへ》て紅花《べに》の口びる色さめ、男模様《をとこもやう》の着《きる》物、帯《をび》も細《ほそ》きを好《この》み、才覚男《さいかくをとこ》にまされど、女の鍬《くは》もつかはれず、柱《はしら》の根《ね》つぎも手細工《てざいく》には及《をよび》がたく、いつとなく、軒《のき》もる雨にしのぶ草《くさ》しげりて、*野《の》を内《うち》に見る鹿《しか》の声《こゑ》、不断聞《ふだんきく》よりはかなしく、恋慕《れんぼ》の外《ほか》につれあひの事ゆかしく、女ばかりも世を立《たて》かたき事、今ぞ身に覚《おぼ》えける。

今時《いまとき》の後家《ごけ》立《たつ》るは、其死跡《そのしにあと》に過分《くはぶん》の金銀《きん〴〵》・家督《かとく》ありて、欲《よく》より女の親類異見《しんるいいけん》して、いまだ若盛《わかさかり》の女《をんな》に、無理《むり》やりに髪《かみ》をきらせ、心にもそまぬ仏《ほとけ》の道をすゝめ、命日《めいにち》を吊《とぶら》はせける。かならずうき名立《なたち》て、家久《いへひさ》しき若《わか》ひ者《もの》を旦那《だんな》にする事、所々に是《これ》を見及びける。かくあらんよりは外《ほか》への縁組《えんぐみ》、人の笑《わら》ふ事にはあらず。

彼松屋《かのまつや》後家《ごけ》こそ、世《よ》の人の鑑《かゝみ》なれ。いろ〳〵の渡世《とせい》して心まかせにかなはず、むかしの借銀《しやくぎん》済《すむ》べき調法《てうほう》もならず、次第《しだい》にまづ敷《しく》なる時、一生一大事の分別出《ふんべついだ》し、住宅《ぢうたく》を借《かし》かたの衆中《しゆちう》に渡すべきと申せば、人皆《みな》あはれみて、今取《いまとる》べきと云《いふ》者一人もなし。借銀《しやくぎん》五貫目《くはんめ》、此《この》いゑ売《うれ》ば三貫目より内なり。後家《ごけ》*町中《てうちう》に歎《なげ》き、此《この》家を*たのもしの入札《いれふだ》にして売《うり》ける。壱人に銀《ぎん》四匁つゝ取《とり》て、突当《つきあた》りたる方《かた》へ家を渡すなれば、*てんほにして銀四匁と札《ふだ》を入《いれ》ける程に、三千枚入《いり》て銀拾弐貫目請取《うけとり》、五貫目《くはんめ》の借銀《しやくぎん》はらひ、七貫目残りて、後家《ごけ》二度《ふたたび》、是《これ》より分限《ぶげん》に成《なり》ぬ。人に召《めし》つかはれし下女《げぢよ》、札《ふだ》に突当《つきあたり》て、四匁にて*家持《いへもち》となれり。

〈現代語訳〉

今の世は入れ札のように欲まみれだが、
そこから仕合わせもまた飛び出す

用心しなさい、国に盗人、家には鼠が付き物だ。また後家に入り婿を取ることも同じで、けっして急ぐべきでない。昨今の仲人は誠意だけで世話をするのではない。その持参金に応じて、例えば五十貫目を用意すれば、そのうちの五貫目を手数料として取るのである。このように手数料を一割も差し出して、嫁を呼ぶ家へ娘を送るのは、どんな事情があるのか分からないので、心もとない限りである。結婚は一代に一度の商いごとであるから、損をしたら

取り返しがつかない。よくよく念を入れて調べた方がよい。

今の世の風潮を見ると、豊かな人で表向きを軽く質素に見せる人は稀である。身の程より全てを華麗にするのが昨今の人心だが、これは良くない。嫁取り時期の息子がある人は、まだ必要のない家の普請や部屋の増築をして、諸道具を拵《こしら》え、下人下女を雇い入れて、如何にも財産があるように見せかける。これは嫁の敷金を当てにして商いの元手とするためであるが、心根の恥ずかしい所業である。世間体のためだけに、女房・娘の送り迎え用の上等の駕籠を用意し、一門や縁者との奢《おご》り比べをする。結局は無用の物入りが嵩《かさ》んで、程なく身代に穴が開き、雨漏りする屋根の修繕もできずに、家の破滅となるのである。あるいはまた、娘を持った親は、おのれが身の程より過分な財産を持った嫁入り先を好み、財産の外にも婿が男前で、諸芸に通暁《つうぎよう》し、人目に立つ程の男を求めるが、小鼓打つと言えば博奕も打ち、若々しい働きぶりが良いとあれば傾城狂いが止まず、人中《ひとなか》での振舞いが優れていると評判であれば、歌舞伎役者との遊びに金銀を費やしなどしているのである。これを考えると、男ぶりが良くて経営手腕があり、世間の常識に敏《さと》く、親に孝行を忘れず、人から憎まれることなく、世の為になるような人材を婿に取りたいと言っても、居るはずがない。良いことずくめというのは、かえって難儀が多いものだ。高貴な方々さえ欠点はあるのだから、ましてや下々の者には十に五つは欠点があっても許すべきだろう。小男でも禿《は》げ頭でも、商いの応対が確かで、親の譲り銀を減らさない人ならば、縁組みすべきである。「あれは何屋の誰殿の婿様だ」と噂され、五節句に袴・肩衣を折り目正しく着こなして、紋付きの小袖に金細工の小脇差を差し、後から丁稚、手代、挿み箱持ちを連れ歩く現代風の男は、見栄えが良くて、娘の母親が喜ぶことだろう。しかし、それも家が分散してしまえば、衣類や脇差も皆人手に渡って、醜い男が紬《つむぎ》を花色小紋に染めて着たり、あるいは、裏付きの木綿袴を穿いたのよりも見劣りがするだろう。嫁も、身分の高い家は別として、普通の家の娘であれば、琴をひく代わりに真綿を引きのばし、伽羅《きやら》を焚《た》くより、消えそうな薪を上手に火にくべられる方が良い。それぞれの身分に相応しい行いが出来ることこそ見栄えがよいものだ。

世間体ばかりを繕う、この偽りの世の中に、これだけは偽りがないと歌われた時雨が奈良坂に降っている。その奈良坂を越えた春日の里に曝布《さらし》の買問屋をして裕福になった松屋の何某という商人が居た。昔は、今の秋田屋や榑屋《くれや》に勝って繁昌すること、満開の八重桜のようであり、この奈良の都で華美を極めて春を豊かに送り、地酒の辛口、鱶《ふか》のさしみを好んで食べ、その身は贅沢に暮らしていた。しかし、この家も次第に衰え、天命を知るという五十歳になった頃、日頃の不養生がたたって急死してしまった。そして妻子に多額の借金を残し家を譲ったのである。人の財産というものは死ぬまで分からないものである。この松屋の後家は今年三十八歳ではあるが小作りな女で、殊のほか肌のきめが細かく色白で、ちょっと見には二十七、八に見える。誰もが好む現代風の女性であった。普通なら亡き夫の後を弔《とむら》うことも忘れて、別の男に縁付くこともあろうかと思われる容姿であったが、幼い子供を憐れみ、他人から貞節を疑われないよう髪を短くして、白粉もせず、紅も注《さ》さずに、唇の色も褪《さ》め、男模様の着物を着て、帯も細いものを好んで身につけた。才覚は男に勝るものがあったが、女だてらに鍬《くわ》を使うという力仕事もできず、柱の傷んだ部分を根継ぎすることも手ずからは出来ない。いつとなく雨が漏れる軒には忍ぶ草が茂り、屋敷の内も野原と見紛うような荒れ方で、妻を呼ぶ男鹿の声も普段より一層悲しく思われるのであった。その鹿のような恋慕の心というのではなく、ただひたすらに死なれた夫に会いたい気持ちが募り、女だけでは生き難いことを、今になって身に沁《し》みたのである。

今のご時世に、後家を立て通すなどというのは、夫の死に跡に多くの金銀や家財があって、女の親類縁者がその金欲しさに、様々に後家に言い聞かせる場合であろう。未だ若盛りの女房に無理やり髪を切らせ、いやがる出家をさせて命日を弔わせるのである。こんなことをしても、若盛りの女房だから、必ず浮き名を立てて、家に久しくつかえた若い者を後で旦那にすること、あちこちで見かけるのである。そうなるのなら最初から他家へ縁組みした方が良い。これは他人が笑う事ではない。

それに比べて、松屋後家は世の鑑《かがみ》である。様々な工夫をして渡世を試みても上手く行かず、昔、夫が借りた借金を済ませる方法もない。だんだんと貧しくなってきた時、一世一代の知恵を働かせ、「我が家を債権者の方々にお渡ししましょう」と言ったが、債権者も後家を憐れんで、それでは今受け取ろうと言い出す者は一人も居なかった。借金は五貫目（約六百七十万円）、この家を今売っても三貫目を越えることはない。後家は町の年寄・五人組に嘆き訴え、天狗頼母子《たのもし》の方法で入札にして売ることにした。希望する者から四匁（約五千三百円）ずつ取って、札に突き当たった人に家を渡すこととして、人々が「どうせ外れても銀四匁だ」と札を入れたので、何と三千枚もの札が入って、松屋後家は銀十二貫目（約千六百万円）を受け取り、五貫目の借金を払っても七貫目残ることとなった。松屋後家はここからまた商売を始めて分限にまでなったのである。この札に突き当たったのは、人に使われていた下女で、たった四匁で一人前の家持ちとなった。

〈語釈〉

○**国に賊家に鼠**　『徒然草』九十七段「家に鼠あり、国に賊あり」を踏まえ本文後半の松屋後家の話題を導いたもの。「用心し給へ」といきなり読者に呼びかけた書き出し。○**今時の仲人……十分一銀出して**　縁組みの仲人に限らず周旋料は動いた金銀の一割、十分の一とするのが当時の習慣。敷銀は手付け金・前払い金の意だが、ここは婚姻の持参金のこと。○**一代に一度の商事**　結婚を人生最大の商いとするのは当時の町人階層の典型的な発想。○**駕籠**《のりもの》　武家など特に許された者だけが使用する上級の駕籠を乗り物と称したが、これを真似た駕籠を子女に使用させるのが富裕町人の贅沢であった。○**身袋**　身代。暮らし向きや家の財産、資産。○**若ひ者ぶり**　若い者は商家などで働く手代クラスの男。手代としての働きのある様子。○**野郎あそび**　歌舞伎若衆や陰間を買って男色の遊びをすること。○**不祥**　愚かで劣っていること。不本意ながら諦めなければならないような不都合なこと。不運。○**五節供**　人日《じつ》（正月七日）上巳《じょうし》（三月三日）端午《たんご》（五月五日）七夕《しちせき》（七月七日）重陽（九月九日）の五つの節句。一年の節目に当たり決算期（節季《せっき》）でもあった。○**分散**　全財産を債権者側に委ね、その売却金を各債権者に分配する制度。自己破産。○**真綿を引**　衣類に入れる真綿を薄く一様に引きのばす女の手仕事。○**燃しさる**　竈《かまど》の外の方で燃えていること。または燃えさしになり燃え渋ること。○**いつはりの世中に**　『続後拾遺集』冬「偽りのなき世なりけり神無月誰が誠より時雨そめけん」（定家）とこれを踏まえた謡曲「千手」の「げにや世の中は定めなきかな神無月、時雨降りおく奈良坂や」による構文。○**曝布**《さらし》　さらして白くした綿布または麻布。奈良を中心に生産された高級麻織物の奈良晒は名産品であった。○**秋田屋**　当時の記録に松屋と共に名前の見える実在の晒問屋。榑屋は未詳。○**八重桜、爰の都に**　『詞花集』春「いにしへの奈良の都の八重桜けふ九重に匂ひぬるかな」（伊勢大輔）による構文。九重の「ここ」を現在地の此処《ここ》の都とした。○**所酒**　地酒。奈良酒は天下の名酒とされ室町時代から有名であった。○**鱶**《ふか》**のさしみ**　内陸地帯の奈良では腐敗しにくい鱶や蛸が珍重されたという。○**天命をしる年**　『論語』為政篇「五十ニシテ天命ヲ知ル」により五十歳。知命。○**跡**　亡夫の家督と財産（跡式）を守り、菩提を弔うこと。○**髪切て**　髪を短くして後家の髪形である切髪《きりかみ》に結うこと。○**野を内に見る鹿の声**　屋敷内が野原同然に荒れて春日明神の使いとされる鹿が出没する。妻を恋う鹿の声が夫を亡くした身にはより悲しく聞こえるさま。○**町中に歎き**　家屋敷の売買には町内の年寄・五人組の同意加判が必要だったので窮状を訴えた。○**たのもしの入札**　頼母子《たのもし》は無尽とも称し、積み立てた金を順番に使用する仲間相互の融資法。ここは後の富籤と同様に賭博化した天狗頼母子の一種。○**てんぽ**　あてもなく運まかせにすること。○**家持**　江戸時代家屋を所有する者だけが様々な権利・義務を持つ一人前の町人として扱われた。奉公人下女が家持になるのは破格の出世である。

〈挿絵解説〉

松屋の入れ札に参集した人々。右頁には木箱を前に札を読み上げ、硯の側で記帳するなど立ち合いの町役人たちがいる。その下には相談する老人と若者。左頁は武士を先頭に左回りに僧侶・神官・振り袖の娘・山伏、縁側にはうなぎ綿を被った中年の女。土間には杖を手にする按摩と綿帽子の老女に男が二人。中央の欅掛けは後に幸運を仕留めることになる下女のつもりであろう。どの人物も札を持っているが、これを突く錐《きり》などは描かれていない。

〈解説〉

本章は、嫁取り・婿取りの風俗を記した序説にあたる導入部と、後半の松屋後家の家督相続における才覚咄の二つから成っている。

一般庶民階層にも嫁取り婚が普及した中世以降、資産や家督を有する富裕層の間で、親が裁量する家同士の婚姻が一般化した。両家の間を取り持つ媒酌人・仲人には当時の周旋料の常識として持参金の一割相当が支払われるのが通例であった。あてにならないことを意味する仲人口という言葉があるように、好条件を並べられてうかうかと話に乗ると大失敗するので油断がならない。また有利な相手を望む婚家では、いかにも財産家であるかのように見栄を張って世間体を取り繕い、贅沢な暮らし振りをして見せるのが常であり、時には詐欺まが

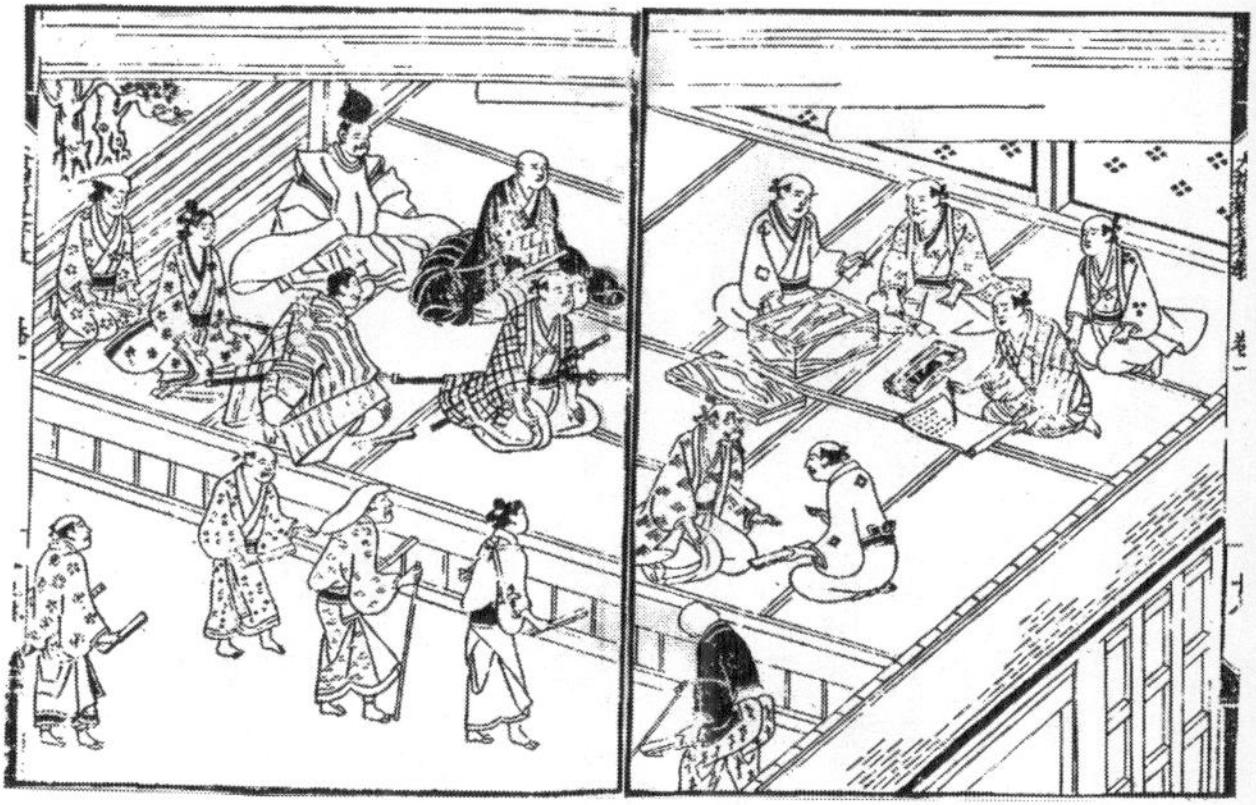

いの事も行われていたことが西鶴の作品に散見する。こうした欲得ずくの縁組みに対する西鶴の批判は、人それぞれ分相応に無難な暮らしをすべきである、という常識的な線に落ち着いている。

本題に入って、奈良晒の問屋松屋何某は裕福な家であったが酒好きの美食家で、贅沢な暮らしの末に五十歳で病死し、妻子に多額の借金を残した。まさに人の身代というものは死後にならなければ本当のところは解らないものである。残された後家は再度の縁組みに付きかねない程に年齢の割に若く美しかったが、髪も短くして地味な風体で家を守っていた。だが女手一つでは如何ともし難く、家は次第に荒れ放題になり、野原同然の家で鹿の声を聞くにつけても亡夫の恋しさを痛感するのであった。

こうした松屋の後家の殊勝な在り方は今時の後家を立てる事例とは対照的であるとする挿話

が次いで記される。

結びの段落は、松屋の後家こそは世の人の鑑であると書き起こされ、あれこれと生業を試みたがうまく行かず、貧しくなる一方だったので家を手放す決意を固めたという。所謂分散（自己破産）を申し出たわけであるが、気の毒がった人々は誰も家を受け取ろうとしなかった。借銀は五貫目あって家の売却代銀は三貫目以下なのでどうにもならないと町内に嘆願し、一枚四匁の籤引きを発案したところ三千枚も札が入った。後家の手取りは十二貫目となり、五貫目の借銀を支払って残り七貫目で再び分限になったというのである。

この話のポイントの一つは、タイトルにもある欲得ずくの世の中に付け込んで考え出された、実際にはあり得ないような入札が成立した経緯にある。通常の分散であれば、家の代銀三貫目を借銀五貫目に充当し、債権者各人が五分の三、六割の返金を受け取って終了する（実際には手数料その他の経費を差し引くのでもっと目減りする）。ところが気の毒に思って受け取り手のなかった家が一枚四匁の入札となるや、わずかな金で家が入手できるかもしれないというので大勢の人々が参集して三千分の一の確率の籤が町内立ち合いの下で成立した。幸せだったのは七貫目の利益があった後家ばかりではない。六割しか回収できないはずのところを全額受け取った債権者達にとってもこの企ては御の字だったはずなのである。法外な入札が年寄・五人組の同意の上で認められ成立したというのも、すべてこれ欲に絡んだ上のことであった。債権者並びに僅かの元手で家を欲しがる人々の、それぞれの欲心に目を付けた後家の「一生一大事の分別」はまことにあっぱれ見事という外はない。

だがそれだけではない。問題なのは三貫目以下というこの家の見積価格である。次章巻二の一に出てくる京都烏丸《からすま》通りの家質《かじち》が三十八貫目とあるように、西鶴の作品で家屋敷は通常現在の数千万円に相当する銀数十貫目で売り買いされている。その中で円に換算して四、五百万円以下というのは余りに安い。注意深く読み返せば明らかなのだが、この家は柱の根継ぎもしておらず、軒が雨漏りして忍草が生い茂り、野原同然の屋敷内に鹿が出入りしようかという、かつては広壮だったが今は全くのボロ屋なのである。後家が明け渡すといっても誰も受け取り手がなかったのにはこういう裏があったのである。

この話は「世間体ばかり皆いつはりの世中」で処分に困った廃屋同然の家屋敷を世人の欲に付け込んで籤引きにし、関係者一同が幸運を手に入れたという夢物語に他ならない。家を手に入れた人はさぞかし困惑しただろうと思いの外、下女が家持ちになるという破格の出世であったというのがおまけ、一篇のいわば〝落ち〟である。一歩間違えば陰湿な話になりかねないところを、亡夫の借金も皆済して返り咲いた美しく殊勝な後家の才覚咄として、見事にまとめ上げた西鶴の筆力は流石であると言えるであろう。

日本永代蔵《につぽんゑいたいぐら》　巻二

目録《もくろく》

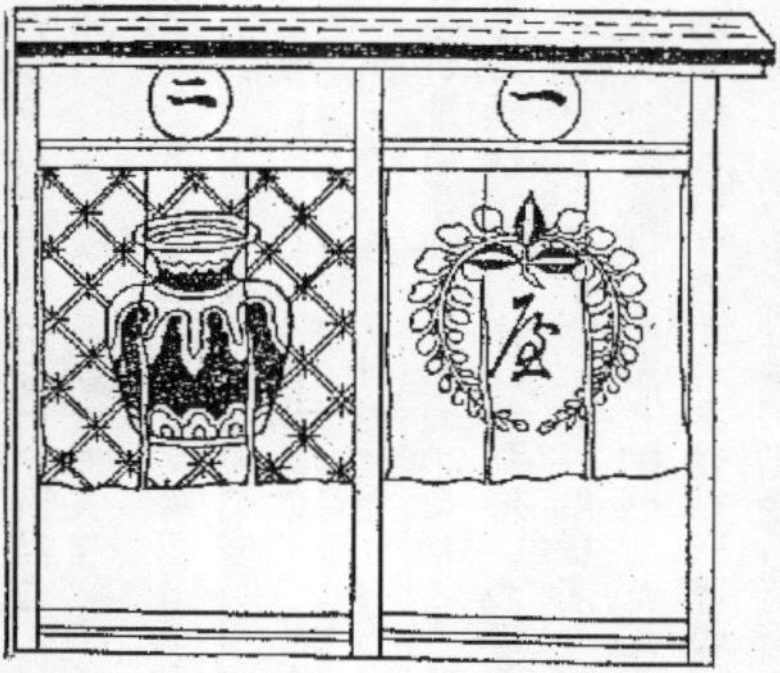

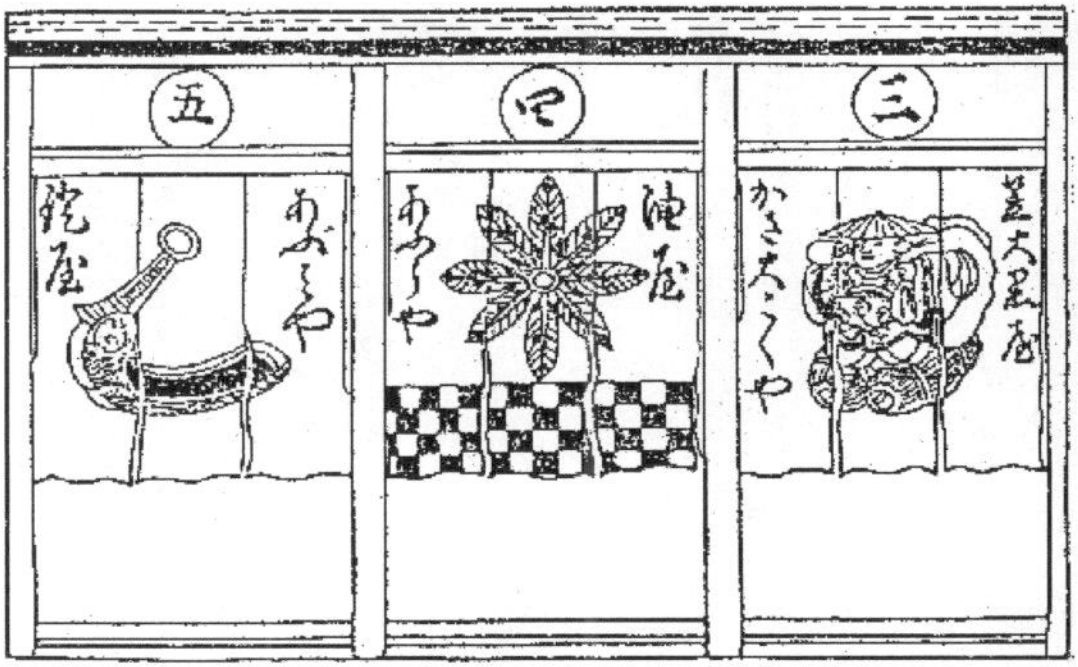

*才覚《さいかく》を笠《かさ》に着大黒《きるだいこく》
江戸にかくれなき*小《こ》倉持《くらもち》
身過《みすぎ》の道急《みちいそ》ぐ犬《いぬ》の黒焼《くろやき》

*天狗《てんぐ》は家名《いゑな》の風車《かざぐるま》
紀伊国《きのくに》に隠《かく》れなき*鯨《くじら》ゑびす
*横手《よこで》ぶしの小歌《こうた》の出所《でどころ》

舟人馬《ふなびとむま》かた*鐙屋《あぶみや》の庭《には》
*坂田《さかた》にかくれなき亭主振《ていしゆぶり》
*明《あく》れば春《はる》なり長持《ながもち》の蓋《ふた》

〈語釈〉

○**世界の借屋大将**　借屋住まいの大金持ちは世界に類例がない、と主人公が自慢したことからつけられた章題。○**怪我**　思いがけない不幸・災難をもたらしたの意。○**才覚を笠に着**　勘当された主人公が才覚を働かせて成功したことを「笠に着る」と揶揄した表現。○**小倉持**　大黒舞の唱歌「九ツ小蔵をぶつ立て」にちなんで、主人公の資産が過去に遣い込んだ金額に及ばないことを暗示した。巻二の三解説参照。○**天狗は家名の風車**　鯨突きの名手天狗源内が風車の図案を船印にしたことを指す。○**鯨ゑびす**　鯨を御神体とする恵比須神社。○**横手ぶし**　船歌の一種らしく、本文によれば紀州熊野太地《たいじ》の発祥というが未詳。○**鐙屋**　船問屋鐙屋惣左衛門。当時酒田（現山形県酒田市）随一の豪商。○**坂田**　古くは坂田と表記されたが近世以降酒田と通用。○**明れば春なり**　章末にある鐙屋の吉例によって、長持ちの蓋を開けるとめでたい春が訪れるの意。

〈解説〉

巻二の一の暖簾は、下り藤《さがふじ》の紋所に屋と書いて主人公の藤屋を表す。巻二の二は、醬油を入れる壺で中心人物の商売を表す。巻二の三は、俵の上で打出の小槌を持ち袋を担ぐ定番の大黒像に笠を被せた図柄に、漢字と仮名の二通りで笠大黒屋と屋号を示す。巻二の四は、市松模様の上部に源内の旗印八枚羽の風車を描き、鯨油を搾ったことにちなんだ油屋という屋号を、これも二通りに記した。巻二の五も乗馬用の鐙に鐙屋と漢字・仮名で表記している。

世界《せかい》の借屋《かしや》大将《たいしやう》

「*借屋請状《しやくやうけじやう》之事、室町菱屋《むろまちひしや》長左衛門殿借屋《しやくや》に居申され候*藤市《ふぢいち》と申《まうす》人、慥《たしか》に千貫目御座候」「広き世界にならびなき分限我《ぶんげんわれ》なり」と自慢《じまん》申せし、子細は、二間《けん》口の*棚借《たなかり》にて千貫目持《もち》、都《みやこ》のさたになりしに、烏丸《からすま》通に三十八貫目の家質《かじち》を取《とり》しが、利銀《りぎん》つもりておのづから流《なが》れ、始《はじめ》て家持《いへもち》となり、是《これ》を悔《くや》みぬ。今迄は、借屋《しやくや》に居ての分限《ぶんげん》といはれしに、向後《きやうかう》家有《ある》からは、*京の歴々の内蔵《うちくら》の塵埃《ちりほこり》ぞかし。

此藤市《このふぢいち》、利発《りはつ》にして、一代のうちにかく手まへ富貴《ふうき》になりぬ。第一、人間堅固《にんげんけんご》なるが、身を過《すぐ》る元なり。此《この》男、家業《かげう》の外《ほか》に、反故《ほんご》の帳《ちやう》をくゝり置《をき》て見世《みせ》をはなれず、一日《じつ》筆を握《にぎ》り、両替《りやうかへ》の手代通《とを》れば、銭《ぜに》・小判の相場《さうば》を付置《つけをき》、米問屋《こめとひや》の売買《うりかい》を聞《きゝ》合せ、木《き》薬屋《ぐすりや》・呉服《ごふく》屋の若《わか》ひ者に*長崎の様子を尋《たつ》ね、繰綿《くりわた》・塩《しほ》・酒《さけ》は*江戸棚《えどだな》の状日《じやうび》を見合《みあは》せ、毎日《まいにち》万事を記《しる》し置《をけ》ば、紛《まぎれ》し事は爰《ここ》に尋ね、洛中の重宝《てうほう》になりける。不断《ふだん》の身持《みもち》、肌に単襦袢《ひとへじゆばん》、*大布子《ぬのこ》綿《わた》三百目入《いれ》て、ひとつより外《ほか》に着《きる》事なし。袖覆輪《そでふくりん》といふ事、此《この》人取《とり》はじめて、当世《とうせい》の風俗、見よげに始末になりぬ。*革足袋《かはたび》に雪踏《せつた》をはきて、終《つゐ》に大道《だいだう》をはしりありきし事なし。一生のうちに、絹《きぬ》物とては紬《つむぎ》の花色《はないろ》、ひとつは海松茶《みるちや》染《ぞめ》にせし事、若《わか》ひ時の無分別と、廿年も是《これ》を悔《くや》しく思ひぬ。*紋所を定《さだ》めず、丸《まる》の内に三つ引《ひき》、又は壱寸八分《ぶ》の巴《ともへ》を付《つけ》て、土《ど》用干《ようぼし》にも畳《たゝみ》の上に直《ぢき》には置《をか》ず、麻袴《あさばかま》に鬼綟《おにもぢ》の肩衣《かたぎぬ》、幾年か折目《をりめ》正《たゞ》しく取置《とりをか》れける。町並《まちなみ》に出る葬礼《そうれい》には、是非《ぜひ》なく*鳥部《とりべ》山におくりて、人より跡《あと》に帰《かへ》りさまに、六波《は》羅《ら》の野《の》道《みち》にて、奴僕《てつち》もろ共苦参《ともたうやく》を引《ひい》て、「是《これ》を陰干《かげぼし》にしてはら薬なるぞ」と、只《たゞ》は通《とを》らず、*跪《けつまづ》く所で燧石《ひうちいし》を拾《ひろい》て袂《たもと》に入《いれ》ける。朝夕《てうせき》の煙《けぶり》を立《たつ》る世帯《せたい》持《もち》は、よろづか様《やう》に、気を付《つけ》ずしてはあるべからず。

此《この》男、生《むま》れ付《つき》て吝《しは》きにあらず。万事の取《とり》まはし、人の鑑《かゝみ》にもなりぬべきねがひ、かほどの身袋《しんたい》まで、*としとる宿《やど》に餅搗《もちつか》ず。閙敷《いそがはしき》時の人遣《ひとづか》ひ、諸《しよ》道具の取置《とりをき》もやかましきとて、是《これ》も利《り》勘《かん》にて、*大仏の前へあつらへ、壱貫目に付《つき》何程と極《きは》めける。十二月廿八日の曙《あけぼの》、いそぎて荷《にな》ひつれ、藤屋《ふぢや》見せにならべ、「うけ取《とり》給へ」といふ。餅《もち》は搗《つき》たての好《この》もしく、春めきて見えける。旦那《だんな》は、きかぬ顔《かほ》して十露盤《そろばん》置《をき》しに、餅《もち》屋は、時分柄《ぶんがら》にひまを惜《をし》み、幾度《いくたび》か断《ことはり》て、才覚《さいかく》らしき若ひ者、*杜斤《ちぎ》の目りんと請取《うけとつ》てかへしぬ。一時《とき》はかり過《すぎ》て、「今の餅請取《うけとつ》たか」といへは、はや渡《わた》して帰りぬ。「此《この》家に奉公《ほうこう》する程にもなき者ぞ、温《ぬく》もりのさめぬを請取《うけとり》し事よ」と、又目を懸《かけ》しに、思ひの外《ほか》に*減《かん》のたつ事、手《て》代我《だいが》を折《をつ》て、喰《くひ》もせぬ餅に、口をあきける。

其年明《そのとしあけ》て夏になり、*東寺《とうじ》あたりの里人《さとびと》、茄子《なすび》の初生《はつなり》を、目《め》籠《かご》に入《いれ》て売来《うりきた》るを、*七十五日の齢《よはひ》、是《これ》たのしみのひとつは弐《に》文《もん》、二つは三文に直《ね》段《だん》を定め、何《いづ》れか二つとらぬ仁《ひと》はなし。藤市《ふぢいち》は、ひとつを二文に買《かい》て、「今一文で、盛《さかり》なる時は、大きなるが有《あり》」と、心を付《つく》る程の事あしからず。屋敷の空地《あきち》に柳*・柊《ひいらぎ》・楪葉《ゆづりは》・桃の木・はな菖蒲《しやうぶ》・薏苡仁《じゆずだま》など、取《とり》まぜて植置《うへをき》しは、ひとり有《ある》娘がためぞかし。よし垣《がき》に、自然と朝顔《あさがほ》のはへかゝりしを、同《をな》じ詠《なが》めにははかなき物とて、*刀豆《なたまめ》に植《うへ》かへける。何より、我子《わがこ》をみる程面白《をもしろ》きはなし。娘おとなしく成《なり》て、頓《やが》て、嫁入屏風《よめいりべうぶ》を拵《こしらへ》とらせけるに、「*洛中尽《らくちゆうづくし》を見たらば、見ぬ所を歩行《ありき》たがるべし。*源氏・伊勢物語は、心のいたづらになりぬべき物なり」と*多田《たゞ》の銀山出盛《かなやまでさかり》し有様書《かゝ》せける。此《この》心からは、*いろは歌を作りて誦《よま》せ、女寺《をんなでら》へも遣《やら》ずして筆の道《みち》を教《をしへ》、ゐひもせす京のかしこ娘となしぬ。親の世智《せち》なる事を見習ひ、*八才より墨《すみ》に袂《たもと》をよごさず。節句《せつく》の雛遊《ひなあそ》びをやめ、*盆《ぼん》に踊《をど》らず。毎日、髪かしらも自梳《みづからすき》て、*丸曲《まるわげ》に結《ゆひ》て、身の取廻《とりまは》し人手にかゝらず。引《ひき》ならひの真綿《まわた》も、着丈竪横《きだけのたてよこ》を出《で》かしぬ。いづれ女の子は、遊《あそ》ばすまじき物なり。

折ふしは正月七日の夜《よ》、近所《きんじよ》の男子《なんし》を、藤市《ふぢいち》かたへ、長者に成《なり》やうの指南《しなん》を頼《たの》むとて遣《つかは》しける。座敷に燈《ともしび》かゝやかせ、娘を付置《つけをき》、「*露路《ろぢ》の戸の鳴《なる》時しらせ」と申置《まうしをき》しに、此《この》娘しほらしくかしこまり、灯心《とうしん》を一筋《すぢ》にして、*嘇《ものもう》の声《こゑ》する時、元《もと》のごとくにして勝手《かつて》に入《いり》ける。三人の客座《きやくざ》に着《つく》時、台所《だいどころ》に擂鉢《すりばち》の音《をと》ひゞきわたれば、客耳《きやくみゝ》をよろこばせ、是《これ》を推《すい》して「皮鯨《かはくじら》の吸物《すひもの》」といへば、「いやく、はじめてなれば雑煮《ざうに》なるべし」といふ。又ひとりは、よく考《かんがへ》て「*煮麺《にうめん》」とおち付《つけ》ける。必ずいふ事にしておかし。藤市出《ふぢいちいで》て、三人に世渡りの大事《だいじ》を物がたりして聞《きか》せける。一人申せしは「今《こん》日《にち》の七草《なゝくさ》といふ謂《いはれ》は、いかなる事ぞ」と尋ねける。「あれは神代《かみよ》の始末《しまつ》はしめ、*増水《ぞうすい》と云事《いふ》を知《しら》せ給ふ」。又壱人「掛鯛《かけだい》を、六月迄荒神前《までくはうじんのまへ》に置《をき》けるは」と尋ぬ。「あれは、朝夕《てうせき》に肴《さかな》を喰《くは》ずに、是《これ》をみて喰《くう》た心せよと云事也《いふ》」。又、太箸《ふとばし》をとる由来《ゆらい》を問《とひ》ける。「あれは、穢《よごれ》し時白《しら》げて、一膳《ぜん》にて一年中あるやうに、是《これ》も神代《かみよ》の二柱《ふたはしら》を表《ひやう》すなり。よく〳〵万事《ばんじ》に気を付《つけ》給へ。扨《さて》、宵《よひ》から今まで各《をの〳〵》咄《はな》し給へは、最早夜食《もはやしよく》の出《いづ》べき所なり。出《だ》さぬが長者に成《なる》心なり。最前《さいぜん》の摺鉢《すりばち》の音は、*大福帳の上紙《うはがみ》に引糊《ひくのり》を摺《すら》した」といはれし。

〈現代語訳〉

世界一の借家大将

「借家保証書に記す。室町の菱屋長左衛門殿の借屋に居住している藤市と申す者、確かに千貫目の財産を有す」。この藤市が、「広い世間に並ぶもののない金持ちこそ私だ」と自慢していた理由は、二間間口《まぐち》の店を借りる身でありながら千貫目の財産を持っていたからで、このことが都で評判になっていた。だが、三十八貫目の貸金の抵当に取っていた烏丸通にある家が、たまたま利息がたまって質流れとなって手に入ったため初めて家持ちとなり、そのことを世間の人とは逆に悔やんだ。というのも、今までは借家住まいにもかかわらず金持ちだと言われもしたが、家持ちになってしまった以上は、京の名だたる大商人たちから見れば内蔵の塵《ちり》や埃《ほこり》同然であるからだ。

この藤市は利口な男で、たった一代でここまでの金持ちになった。第一に、人間は健康であることが渡世の基本である。この男は、家業のかたわら反故紙をとじて帳面を作っておき、店を離れずに終日筆を握り、両替屋の手代が通れば銭や小判の相場を聞いて書き付け、米問屋での売り買いの様子を聞き合わせ、生薬《きぐすり》屋・呉服屋の手代には長崎の市況を尋ね、繰綿・塩・酒の動向は江戸の支店から手紙の届く日に確認し、毎日すべての情報を書き記しておくので、わからなくなったことは藤市に尋ねればよいと、京中の人々から重宝がられた。藤市の普段の服装は、肌着は単《ひとえ》の襦袢《じゆばん》、その上には大布子に綿を三百匁入れたものを重ね、着物はこれ一枚だけで通した。袖覆輪というものはこの人がやり始めたもので、そのおかげで世間の風俗は見苦しくなく経済的になった。革足袋に雪踏をはき、傷まないようにと大通りを走り歩いたことがついぞなかった。一生のうちに着《ちやく》した絹物と言えば二枚の縹色《はなだいろ》の紬《つむぎ》だけで、一枚を海松茶《みるちや》染にしてしまったことを、若い時の無分別だったと二十年も悔やみ続けた。紋所などは気にせず、ありふれた丸の内に三つ引きか一寸八分の巴を付けて、土用干しの時も畳には直に置かないほど大切にし、麻袴と鬼綟《おにもじ》の肩衣も、何年着ても折り目正しくしまっておいた。町内の付き合いで葬礼に出た時は、しかたなしに鳥辺山に野辺送りには行くが、人より遅れて帰る途中に、六波羅の野道で丁稚と一緒にせんぶりを引き抜き、「これを陰干しにすれば腹の薬になるぞ」とただでは通らず、つまずいたら火打石を拾って袂《たもと》に入れるほどだった。朝夕の煙を立てて生計を営む世帯持ちであるなら、万事このように気を付けなくてはならないものだ。

この男は、生まれついてのけちん坊ではない。何事の対応についても人の模範でありたいという願いを持っていて、これだけの身代になるまで新年の準備に自宅で餅をついたことがない。忙しい時に人手がかかるし、そのための諸道具の取り扱いもめんどうだと、これも計算ずくで大仏前の餅屋に注文して、一貫目当たりいくらと値を定めてつかせた。十二月二十八日の早朝に、餅屋は忙しそうに連れだって担ぎ込み、藤屋の店先に並べて「お受け取り下さい」と声をかける。つきたての餅は好ましい感じがし、いかにも正月を迎えるにふさわしく見える。藤市は聞こえぬふりをして算盤をはじいていたが、餅屋は時節が時節だけに暇を惜しんで何度も催促するので、気のきいた若い手代が秤できっちりと量り、餅を受け取って帰した。二時間ほどたってから藤市が「今の餅は受け取ったか」と尋ねるので、「先ほど餅を置いて帰っていきました」と手代は答えた。「この家に奉公する資格のないやつだ。温もりの冷めていない餅をよくも受け取ったものだ」と言うので量りなおしてみると、思いのほか目方が減っていることに手代は恐れ入って、食いもしない餅に口を開けて呆然とした。

その年が明けて夏になり、東寺あたりの村人が茄子の初生りを目籠に入れて売りに来ると、初物を食えば七十五日命が延びるからこれは楽しみと人々は言い、一つが二文で二つは三文と値段が決まると、二つ買わない人はいなかった。しかし藤市だけは一つを二文で買い、「残りの一文で、茄子の盛りの時期には大きいのが買える」と言う。その目の付けどころはなかなかのものだ。敷地の空き地に柳・柊・ゆずりは・桃の木・花菖蒲・数珠玉などを取り混ぜて植えておいたのは、一人娘のためだった。葭垣《よしがき》に自然と生えかかった朝顔を、「どうせ眺めるのなら、こんな役に立たない物ではないのを」と言って、刀豆《なたまめ》に植えかえた。我が子の成長をみる楽しみは誰しも同じものだ。娘が成人したので藤市も程なく嫁入り屏風をこしらえてやったが、「京都名所尽しなどを見たら、まだ見ていない所に遊山に出かけたがるだろう。源氏物語や伊勢物語の絵は人の心を淫らにするものだ」と、多田の銀山の最盛期の様子を描かせた。このような心掛けから、いろは歌を自ら作って読み習わせ、女寺子屋へもやらずに手習いを教え、京で一番の賢い娘に育て上げた。娘も親の倹約ぶりを見習って、八歳で手習いを始めた時から墨で袂を汚したことはなく、節句のひな遊びをやめ、盆の小町踊にも行かず、髪は毎日自分で梳《す》いて丸髷《まるわげ》に結い、身の回りのことでは人の世話にならず、綿入れに真綿を入れることも着丈《きたけ》の縦横に行き渡るよう見事に習得した。

それは正月七日の夜のこと、近所の親たちが息子を藤市のところへ「長者になる方法を教えてやってほしい」と言ってよこした。藤市は座敷の灯火を明るくさせてから娘に番をさせておき、「露地の戸が鳴るのが合図だ」と言った。すると、この娘は素直に正座をして、無駄な油を使わぬように灯心を一本にして待ち、訪れの声がするともとのように明るくして台所に入った。三人の客が座についた時、台所から擂鉢の音が響いてきたので、客は勝手に喜んで推量して、一人が「皮鯨の吸い物かな」と言うと、別の一人が「いやいや、年の初めだから雑煮だろう」と言う。また一人はよく考えて「煮麵に違いない」というのでそれに落ち着いた。こんな折には誰かが必ず言い出すことで、なんともおかしい。そこに藤市が来て、三人に世渡りの秘訣を語って聞かせた。一人が、「今日の七草粥の由来はどのようなものですか」と尋ねた。「あれは神代の昔からの倹約の教えで、雑炊の重宝さを教えてくださったのだ」と答える。また一人が、「正月の掛鯛を六月まで三宝荒神《さんぼうこうじん》の前に飾ったままにしておく理由は」と尋ねた。「あれは、朝晩の食事で魚を食べなくても、これを見て食べたつもりになれということだ」と答える。また一人が、太箸をつかう由来を尋ねた。「あれは、汚れて来たら削って白くし、一膳だけで一年中使えるようにするためで、これも神代の二柱にちなんだものだ。どうかよくよく何事にも気をつけなさい。さて、宵の口から今までみなさんお話になったのだから、もう夜食が出てもよい時分だと思っているはずだ。だがここで出さないのが長者になる秘訣である。先ほどの摺鉢の音は、大福帳の表紙を貼るのに使う糊を摺らせていたのだ」と言ったのだった。

〈語釈〉

○**借屋請状**　借屋契約の際借り手の身元などを保証する文書。本章の書き出しは、読者の意表をつく請状の書式に則《のっと》って書かれている。○**藤市**　本章の主人公藤屋市兵衛の略称。室町通御池町に住み長崎商いで財を成した実在の人物。倹約家として名高かった。○**棚借**　家を借りて住むこと。江戸時代法的には町人として認められていなかった。○**京の歴々**　京都には室町時代以来という、藤市とは桁違いの富豪商人が数多くいた。○**長崎の様子**　漢方薬の原料生薬や高級織物・生糸は長崎経由で輸入されていたので、その市況を尋ねた。○**江戸棚の状日**　江戸の支店から書状の届く日。○**大布子**　大きく仕立てた木綿の綿入れ。○**革足袋に雪踏をはきて**　革製の足袋と草履の裏に皮を打った雪踏は丈夫で、倹約家の常用品だった。さらに傷まないように決して走らなかったというのである。以下藤市の極端な倹約ぶりを滑稽化して列挙しているのだが、決して否定せずに誉めそやしているのがポイントである。○**紋所を定めず**　家系を重視する人にとって家紋は大切であったが、そうしたことを意に介さないで既製品を用いた。○**鳥部山**　京都清水坂南方の丘陵で火葬場や墓地があった。六波羅は六波羅蜜寺のあった鳥辺山西北一帯の地名。○**跪く所で燧石を拾て**　諺「転んでもただは起きぬ」を文字通り実行した。火打石―煙（―鳥辺山）。○**としとる宿に餅搗ず**　正月の準備の一環としての餅搗きは社会的地位《ステイタス》の象徴《シンボル》でもあったが、利益勘定からこれをしなかった。○**大仏の前**　方広寺大仏殿の前には有名な餅屋、隅田氏があった。○**杜斤**　杠秤《ちぎばかり》。一貫目以上の重さを量る棹秤。○**減**　目方・分量などが減少すること、目減り。正しくは欠《かん》。○**東寺あたり**　京都市南区にある東寺の付近一帯。○**七十五日の齢**　俗説に初物を食えば七十五日生き延びるという。○**柳・柊・楪葉《ゆづりは》**……以下はいずれも実用性のある草木。柳は正月の祝い箸や三月三日の髪飾り柳の鬘《かづら》など多種。柊は節分の鬼除《よけ》。楪葉は正月飾り、桃は雛祭り、花菖蒲は端午の節句に用いる。薏苡仁《じゅずだま》は八月一日八朔に作り雀をつけて贈答し、また薬用や種々玩具に役立つ。○**刀豆**　同じ蔓《つる》性植物でも一日花の朝顔に対して刀豆は食用になり飼料や肥料にも用いられる。○**洛中尽**　洛中洛外図のように京都市街の名所を描いた屛風。○**源氏・伊勢物語は、心のいたづらに**　当時は源氏物語や伊勢物語は性的興味をそそる書であるとの考え方があった。いたづらは悪ふざけ、特に性的にみだらな行い。○**多田の銀山**　兵庫県川辺郡にあった多田銀山。「出盛し有様」とあるように豊臣秀吉の頃（天正時代）が最盛期であった。○**いろは歌**　いろは四十七字と京の字を各歌の頭に置いた教訓短歌。いろは短歌。○**八才より**　男女ともに八歳から手習を始めるのを通例としていた。○**盆に踊らず**　近世初期の京都では七月七日・十五日に着飾った娘たちが行列して町々を踊り歩いたという。小町踊。これに参加しなかった。○**丸曲**　髪を一つにまとめて取り上げぐるぐる丸く巻いた髪形。丸髷《まるわげ》。○**露路の戸**　座敷に続く通路の入り口にある木戸。○**嗳**《ものもう》　物申すの略。頼もうと同じく他人の家を訪問した時の言葉。○**煮麵**　素麵を醬油または味噌の汁で煮たもの。摺鉢の音を聞いて味噌仕立てと推測した。○**増水**　雑炊のあて字。おじや。分量が増えて満腹することから無病息災を願う七草粥を倹約にこじつけた。以下も同様に正月の風習を始末と曲解している可笑《おか》しさ。○**大福帳**　商家で最も重要とされる帳簿の縁起をかついだ美称。家によって用法は様々であったが、売掛金の元帳として用いられることが多かった。

〈挿絵解説〉
藤屋の店頭風景。右上の上げ店では餅屋の女たちが運び込んだ餅を秤で量る手代。門口に

は魚屋、台所用品などの行商、正月飾り用の松・山草などの物売り、背後にはこれも渋い顔をして帳面と銀袋をかついだ掛け取りがつめかけている。帳場では細銀《こまがね》・丁銀を入れた皿と銀包みを前にして掛硯と大福帳を両脇に帳面を調べる藤市、分銅を並べた天秤で銀貨を量る手代と算盤を置く手代が決算の真っ最中。土間では頭に飾りをつけ覆面した節季候《せきぞろ》が祝言を唱えているが見向きもされない。藤市宅らしく門松その他の正月飾りも一切描かれていない。

〈解説〉

主人公の藤屋市兵衛は実在の人物であり、本章もモデル小説の部類に入る。三井高房が子孫への家訓として著した『町人考見録』によれば、手代であったが主人から銀五百目を受け取って独立し、知り合いから銀百貫目を借りて長崎商いをしていたという。大変「商人心」のある人物で、長崎商人がこぞって高値を付けた際には輸入品には入札せず、九州の安い穀物を買い付けて大坂で売って利鞘をかせぐという臨機応変ぶりであった。段々に身上《しんしょう》が良くなり一生に二千貫の分限になったが、暮らし向きは質素でその倹約話は有名であるという。『古《こ》今犬著聞集《こんいぬちょもんじゅう》』の記事では、炊事以外には湯茶も沸かさず、咽が渇くと隣の家に行って飲み、黒米の飯に糠味噌汁と焼塩しか副菜はなく、下女奉公に出された一人娘が悔しがって自殺しても平然としていたという。このような倹約を通り越した吝嗇家《りんしょくか》藤市のイメージが当時の人々には定着していた。

西鶴はこれを合理的な見識を備えた新しいタイプの商人として描き出している。冒頭、借家に住みながら千貫目持ちであることを自慢していた藤市は、家賃が流れて家持ちになったことを悔んだという。京都には藤市とは月とスッポン程も違う大富豪が多数いたわけで、一人前扱いされない借家人でありながら一角《ひとかど》の金持ちだというのが彼のプライドなのであった。一代分限で家柄を気にしない藤市は家紋も定めず、吉例の年中行事の餅搗きも利益勘定から行わなかった。藤市の倹約精神は、生活自体が人々の手本になるようにとの思いからであったとされ、商売に必要な情報を小まめに集めて記録していたので皆に重宝されていたという。家の空き地にも実用性のある植物を植え、一人娘の教育にも心掛けたので、親の処世術を見習った娘も、客のいない間は灯心の数を減らし、来客と同時に明るくするというように質実に成長した。『犬著聞集』とは対照的に、「転んでもただでは起きない」藤市の倹約ぶりを、西鶴は肯定的に描き称賛している。

にもかかわらず、一方でそれは滑稽化されている。運び込まれた餅を気を利かせて受け取った手代は、時間がたって冷えてから量り直すと思いの外に欠《かん》がたって目減りしているのを見せつけられ、食べてもいない餅のためにあんぐりと口を開いたという。近所の息子たちへの世渡り・長者指南として、七草粥・掛鯛・正月の太箸を倹約の見地から説明したのは、いかにももっともらしい珍妙なこじつけであり、これこそが藤市の見識なのであった。笑話仕立ての典型は台所の擂鉢の音である。これを聞いた近所の息子たちは、皮鯨の吸い物だ、雑煮だ、いや煮麺が出ると喜んでいたが、夜食を出す時間になっても出さないのが長者になる心掛けだとぎゃふんと言わせた藤市は、あれは大福帳の表紙を貼る糊を擂らせたのだと種明かしした。明らかにこれは、予《あらかじ》め仕込んでおいたネタを逆転させる落語特有のサゲである。

本章は、合理的な商人精神によって一代で財産を築いた新興町人の人間像を描いた作品として高く評価されている。ここに記された細々《こまごま》とした倹約心が商人にとって必要不可欠であるのは確かだが、『町人考見録』にあるように「商人心」とはそればかりではないはずである。家持ちになった藤市が所詮は京都のお歴々の内蔵の塵埃でしかないように、「お山の大将」にすぎない彼の心掛けやプライドにも、自ずから限界があるのは目に見えている。その上、命の親ともいうべき金が町人にとって大切なのは勿論であるが、金銭的な価値をすべてに優先させる藤市のような生き方が、人として真に理想的であるのかどうかに問題がなくはないのである。そうした点にまで視野が行き届いている西鶴は、世上に流布しているような吝嗇家とは異なる合理的な倹約家として藤市を肯定的に描きながら、一方で笑いの対象にしているのである。

実在のモデルに依拠して新しいタイプの倹約家を造形し、同時にこれを戯画化したのは、生きることに対する西鶴の深い洞察による虚構化《フィクション》であった。読者としては、金儲けのための教訓や独善的なプライドを読み取ったり、単なるお笑い草として片付けるのではなく、文学的な作品として向き合うことが大切である。「世界の借屋大将」はそれに値する秀作である。

怪我《けが》の冬神鳴《ふゆがみなり》

細波《さゞなみ》や近江《あふみ》の湖《みづうみ》に沈めても、*一升入《いる》壺は其《その》通り也。大津《をゝつ》の町に、醤油屋《しやうゆや》の喜平次《きへいじ》といふ者有《あり》ける。此《この》所は北国《ほつこく》の舟着《ふなつき》、殊更東海道《ことさらとうかいだう》の繁昌《はんじやう》、馬次《むまつぎ》・かへ駕籠《かご》・車《くるま》を轟《とゞろか》し、人足《にんそく》の働き、*蛇《じや》の鮓《すし》・鬼の角細工《つのざいく》、何をしたればとて売《うれ》まじき事にあらず。近年、*問《とひ》屋《や》町《まち》長者のごとく、屋《や》造《つく》り昔にかはり、二階に撥音《ばちをと》やさしく、*柴屋町《しばやまち》より*白女《しやれをんな》よび寄《よせ》、客の遊興昼夜《ゆうけうちうや》のかぎりもなく、天秤《てんびん》のひゞきわたり、金銀《きんぎん》も有所《あるところ》には瓦石《ぐはせき》のごとし。「身袋程高下《しんたいほどかうげ》の有《ある》物はなし」と、喜平次、荷桶《にをけ》おろして無常観《むじやうくはん》じける。「我商《われあきなひ》に廻《まは》れるさき〳〵にも、世は愁喜貧福《しうきひんふく》のわかち有《あり》て、さりとは思ふまゝならず。かしこき人は*素紙子《すがみこ》きて、愚《をろか》なる人はよき絹《きぬ》を身に累《かさ》ねし。菟角《とかく》、一仕合《しあはせ》は分別の外《ほか》ぞかし。然《しか》れ共《ども》、其身《そのみ》祖《はたらか》ずして、銭《ぜに》が一文天から降《ふら》ず、地《ぢ》から涌《わか》ず、正直にかまへた分にも、埒《らち》は明《あか》ず。身に応《をう》じたる商売をおろそかにせじ」と、一日暮《くら》しを楽しみける。

*関寺《せきでら》のほとりに、森山玄好《もりやまげんかう》といへる人、かたのごとく薬師《くすし》は上手《じやうず》、殊《こと》に老功《らうこう》なれ共《ども》、*叡《ひへ》の山風《やまかぜ》程の事にも、かつて薬まはらず、門《かど》に嘇《ものもう》の声絶《こゑたへ》て、内《うち》に*神農《しんのう》の掛絵《かけゑ》も身《み》ぶるひして、万《よろづ》の紙袋《かみぶくろ》の書付《かきつけ》ほこりに埋《うづも》れ、冬も羽二重《はぶたへ》のひとへ羽織《はをり》、*せんじやうつねにかはらぬ衣装《いしやう》つき。医師《くすし》も傾城《けいせい》の身に同じ、呼《よば》ぬ所へはゆかれず、宿《やど》に居《い》れは外聞《ぐはいぶん》あしく、毎日朝脈《あさみやく》の時《じ》分《ぶん》より立出《たちいで》て、*四《し》の宮《みや》の絵馬《ゑむま》をながめ、又は*高観音《たかくはんをん》の舞台《ぶたい》に行《ゆき》て、近江八景《あふみはつけい》もあさゆふ見てはおもしろからず。身《み》すぎはかけて隙《ひま》の有程《あるほど》、気《き》の毒《どく》なる物はなし。人には絵馬医者《ゑむまいしや》といはれて、口おしかりし。有人取立《あるひととりたて》、碁会《ごくはい》の宿《やど》して、一番《ばん》に三銭《せん》づゝ茶《ちや》の代《だい》とりて漸々《やうやう》死《しな》ぬを徳にして、世をおくる人も有《あり》。

また、*馬屋町《むまやまち》といふ所に、坂本《さかもと》屋仁兵衛殿《どの》とて、以前は大商人《あきんど》なりしが、大分《だいぶん》の銀《かね》をなくなし、残る物とて家蔵売《いへくらうり》て、弐拾八貫目ありしを取《とつ》て退《のき》、其《その》後三十四五度《ど》も商売《しやうばい》かへられしうちに、今は残らず喰込《くひこみ》て、何をすべきたよりもなく、むかしの厚鬢《あつびん》もうすく、*仁体《じんたい》おかしげなれば「ひとつも埒《らち》のあかぬ男、貧乏神《びんぼうがみ》の社人《しやにん》になれ」とて、一門中《もんぢう》是《これ》を見かぎる。され共《ども》、母親の隠居銀《ゐんきよぎん》拾貫目あるを、ひとりの子なればふびんにおもはれ「せめてはこれをとらせ、世《よ》にすむ種《たね》ともなれかし。然《しか》れ共《ども》、仁兵衛に渡しては一年もあるまじ。姉聟《あねむこ》にあづけて、月に八拾目づゝ利銀《りぎん》わたし、此有切《このありきり》に五人口を過《すぎ》よ」といはれし。先夫婦《まづふうふ》、子が壱人、弟《をとゝ》に仁三郎とて背僂病《せむしやみ》、ひとりは、乳のませし姥《うば》が足たゝずして、外《ほか》に頼む*嶋《しま》もなく爰《こゝ》にかゝり舟《ぶね》。日和《ひより》を見ても、どれを壱人出《で》て行《ゆけ》といふものもなし。さりとては、拾貫目の利銀《りぎん》にて八拾目取《とり》、五人口は過《すぎ》がたし。此銀《このかね》朔日《ついたち》に請取《うけとり》、五匁の家賃をのけて置《をき》、白米《はくまい》のよきに、味噌《みそ》・塩《しほ》・薪《たきゞ》をとゝのへ、常住《じやうぢう》香《かう》の物菜《ものざい》。此外《このほか》には、いかな〳〵、*三月の鯛《たい》を壱枚、*松茸《まつたけ》壱斤《きん》弐分《ふん》する時も目に見るばかり。咽《のど》がかはけば白湯《さゆ》に焦穀《こがし》、油火《あぶらび》も真中《まんなか》にひとつともして、これを寝《ね》さまに消《けし》て、鼠《ねずみ》のあるゝをかまはず。盆《ぼん》・正月の着《きる》物もせず、年中《ねんぢう》始末《しまつ》に身をかため、慰《なぐさみ》には観世紙縷《くはんぜこより》をして、明暮不自由《あけくれふじゆう》なる世や。あきなひの道しるとて、百目にたらぬかねにて、七八人楽々と年こすもあり。

又、*松本《まつもと》の町に後家有《ごけあり》。独《ひと》りの娘に、黄唐茶《きからちや》のふり袖《そで》に*菅笠《すげがさ》を着せて、言葉すこしなまりならひ、「ぬけ*参《まい》りの者に御合力《ごかうりよく》」と、*御伊勢様《おいせさま》を売《うり》て、此《この》十二三年も、同し偽《うそ》にて世を過《すぐ》る女もあり。又、*池の川の針屋、ほそき事なれ共《ども》、娘を京《きやう》への縁組《ゑんぐみ》を聞《きゝ》立《たて》、銀弐千枚付《つけ》るとて仲人《なかうど》かゝがとびまはり、「しいたら百貫目《くはんめ》は付《つけ》てやらるべし」と私語《さゝやき》し。人の内証《ないしやう》はしれぬ物、此《この》大津のうちにもさま〳〵ありと、醤油売《しやうゆうり》まはるさき〳〵にて見聞《みきゝ》、喜平次が宿にかへりて語りける。

此女房《このにようばう》ずいぶんかしこく、子共《こども》も奇麗《きれい》にそだて、人の物をもおはず、年《とし》とり物をも師走《しはす》のはじめ比《ころ》より調《とゝの》へ、「節季《せつき》に、*帳《ちやう》かたげた男の顔を見ぬを嬉《うれ》しや」とて、万事《ばんじ》を仕舞《しまひ》けるに、此幾年《このいくとし》か、銭《ぜに》とりあつめて七匁五分か八匁、七匁六分、八匁八九分か残り、つゐに拾匁ともちて年越《としこへ》たる事なく、「*板木《はんぎ》でをしたるやうな此家《このいへ》の*若《わか》ゑびす」といはひけるに、瓦落《ぐはら》〳〵と、空《そら》さだめなや冬神鳴《ふゆがみなり》、十二月廿九日の夜《よ》の明《あけ》かたにおちかゝりて、*一跡《せき》に一つの*鍋釜《なべかま》、微塵粉《みぢんこ》灰《はい》にくだかれ、是《これ》を歎《なげ》くにかひなく、片《かた》時《とき》もなければはならず買《かい》もとめしに、其《その》としの暮《くれ》に、それ程《ほど》たらすして、九匁、廿四五所に買《かい》かゝり、やかましき事を聞《きき》ぬ。「是《これ》をおもふに、当所《あてど》のかならす違《ちが》ふものは世の中。我《われ》も、神鳴《かみなり》の落《をち》ぬまでは、世にこはき物はなかりしに」と悔《くや》みぬ。

〈現代語訳〉

不運なことに冬の落雷

近江の琵琶湖に沈めたところで、一升の壺には一升の水しか入らないものだ。大津の町に醤油屋の喜平次という者がいた。ここは北国と上方を結ぶ船着き場であり、その上に東海道の繁華な宿場でもあるので、馬や駕籠の乗り換えに忙しく、荷車の音が響き渡り、人足もせわしなく働いている。ここなら蛇の鮨だろうが鬼の角細工だろうが、何でも売れないということはない。近年ここの問屋町の家々は長者のような立派な造りに変わり、二階で優雅な撥《ばち》音《おと》がするのは柴屋町から遊女を呼び寄せているからで、客の遊興が昼夜の別もなく続く一方で、天秤の音が響きわたっており、金銀もあるところには瓦や石のようにあるものだ。「人の身代ほど高下に差のあるものはない」と、喜平次は荷桶をおろして、ままならぬ世を嘆いた。「私が商いに回る先々でも、世帯には愁喜貧富の別があって、どうにも思い通りにならないものだ。賢い人が素紙子を着ているのに、愚かな人がよい絹物を重ね着していたりする。とかく富を得るのは運次第だ。とは言っても、自分が働かなくては、銭一文でさえ天から降ったり地から湧いたりするものではない。正直に徹していても埒はあかない。つまりは身に応じた商売の仕方を粗略にしないことだ」と、その日暮らしの生活を楽しんでいた。

その大津の関寺のほとりに住む森山玄好という医者は、世間並みに処方は上手でむしろ老巧なほどだったが、風邪ぐらいの病気にも薬が効いたことがなかった。門口《かどぐち》に訪れの声も絶え、室内に飾った神農の掛け絵も身震いし、すべての薬袋の書付もほこりに埋もれ、冬でも羽二重《はぶたえ》の単羽織《ひとえばおり》を着たままの同じ衣装だったが、医者も遊女の身と同じで、呼ばれぬ所へ行くわけにもいかない。といって家に居れば外聞も悪いので、毎日朝の往診の頃から外出し、四の宮の絵馬を眺めたり、高観音の舞台に行って近江八景を眺めたりしたが、それもいつものこととなっては面白くもない。商売は何であれ、暇なことほどつらいことはない。人からは絵馬医者といわれるのは悔しい限りだが、ある人の世話で自宅を碁会所にして、一番に三文ずつ茶代をとり、どうにか死なずにいるのがありがたいことだと、その日その日を送っている身の上であった。

また、馬屋町という所では坂本屋仁兵衛殿といって、以前は大商人であったが、相当な財産を失い、残った家蔵を売って二十八貫目（約三千七百万円）を得て立ち退いた。その後三十四、五回も商売替えするうちにその銀も残らず使い果たし、今は何をする手立てもない。昔の上品な厚鬢も薄くなり、風采も見苦しくなったので、「何一つうまくやれぬ男だ、貧乏神の神職にでもなれ」と言って、親類もそろってこの男を見限った。それでも母親は、隠居銀が十貫目あったので、一人息子でもあり不憫に思い、「せめてこれを与えて、生活費にしてやりたいもの。とはいえ、仁兵衛に渡したら一年ともたない。これを姉婿に預けて月に八十匁（十万数千円）ずつの利息を与えることにし、これだけで五人の暮らしを立てなさい」と言った。その五人とは、まず夫婦に子が一人、佝僂病を患う弟の仁三郎、もう一人は仁兵衛に乳を飲ませた乳母が、足が立たなくなり他に頼る所もないので厄介になっている。この様子を見たところ、誰一人として出て行けとは命じられそうにない。そうかといって、十貫目の利息の八十匁での五人暮らしは難しい。この銀を毎月朔日に受け取り、五匁の家賃をのけておき、白米のよいのと味噌・塩・薪を買い調え、いつもお菜は香の物、この外にはどうやったところで、三月の安い鯛を一枚、松茸一斤がわずか二分《ふん》（数百円）の時でも見るだけにするほかはない。喉がかわけば白湯に香煎《こがし》を入れて飲み、油火も部屋の真ん中に一つ灯すだけで、これも寝る時には消して鼠が暴れてもほうっておく。盆・正月の着物もこしらえず、年中倹約で身を固め、手慰みに観世ごよりをこしらえての明け暮れは何とも不自由な暮らしだ。だが、世間には商いの道を心得ているがゆえに、百目（銀百匁、約十三万円）に足らぬ金で七、八人の家族をかかえて、楽々と年を越す人もあるのだ。

また、松本の町に住む後家がいた。一人娘に黄唐茶の振袖を着せて菅笠をかぶらせて、田舎なまりを少し覚えさせ、「抜け参りの者にご報謝を」とお伊勢様を口実に使い、この十二、三年同じ手口で世渡りする女もある。また、池の川にある針屋は、細くて利の薄い商売だが、娘を京へ縁付けたいという話を仲人嚊《なこうどかか》が聞き出すと、銀二千枚（八十六貫目）の持参金をつけるという。嚊は相手探しに駆け回りつつ、「もうひと押ししたら、百貫目つけるかもしれません」とささやいた。全く人の家の内情はわからぬもので、この大津にもさまざまあるものだと、醬油を売り歩く先々で見聞きしては我が家に帰った喜平次は語った。

この男の女房はずいぶんと賢く、子供も身ぎれいに育てて、人から借金することもなく、正月を迎える準備も十二月の初めごろから始め、「大晦日に、帳面をさげた掛け取りの顔を見ずにすむのが嬉しい」と払いを万事すましたが、この数年間、残った銭をかき集めても七匁五分か八匁、七匁六分か八匁八、九分が残るくらいで、これまで十匁を持って年を越したことがなく、「版木で刷った若恵比須のように、いつも変わらぬ我が家の年越し」と祝っていると、急変した冬空からガラガラと雷が、十二月二十九日の夜明け方に落ちて来て、たった一つしかない鍋釜がこっぱみじんに砕かれてしまった。これを嘆いたところでどうにもならない。片時もなくては困るものだから買い求めたが、その年の暮れはその代金分ほどが足りず、わずか九匁を二十四、五ヵ所から借金し、年末にはやかましい催促を受けることになった。「このことを考えると、当てが外れるのが世の中だ。私も雷が落ちるまでは、世の中に怖いものはなかったのだが」と喜平次は口惜しがった。

〈語釈〉
○**一升入《いる》壺は其通り**　物には限度がありそれ以上のことは出来ないの意の諺「一升入る壺は一升」によって、日本一大きい琵琶湖に沈めても一升入りの壺には一升しか入らないと極端に対比して書き起こした。○**蛇の鮓・鬼の角細工**　北陸地方の松波鮓《まつなみずし》の呼称蛇《じゃ》の鮓《すし》にちなんで、鬼の角細工とともにありそうもない珍奇なもののたとえとして用いた。○**問屋町**　大津市浜町。諺「問屋長者に似たり」による構文。○**柴屋町**　大津の遊廓の通称。遊女が廓外の旅館に出ることが許されていたが後に制禁されたという。○**白女《しゃれをんな》**　洒落女。派手な装いをする女の意だがここは柴屋町の遊女をさす。○**素紙子**　布よりも安価な紙製の衣服の中でも柿渋を引いていない更に粗末な製品。○**関寺**　老年の小野小町が門前に庵を結んだとされる寺。現在の大津市逢坂付近の地名。○**叡《ひへ》の山風程の事**　比叡と冷え、風と風邪をかけた構文。○**神農**　医薬の祖として祀られる中国古伝説上の帝王。○**せんじやうつねにかはらぬ衣装つき**　薬袋の注意書「煎じやう常の如し、生姜一片」をもじって着物がいつも同じであることを言った。○**四の宮**　大津市京町三丁目の天孫神社。境内に絵馬堂があった。○**高観音**　三井寺《みいでら》南院正法寺の俗称。その懸造《かけづく》りの舞台からは近江平野が一望される。○**馬屋町**　未詳。博労町の異称かという。○**仁体**　人品、ひとがら。風采や体裁。○**頼む嶋もなく爰にかゝり舟**　外に頼りとする所もなくこの家に厄介になっている。嶋―かゝり舟―日和。○**三月の鯛**　陰暦三月頃は魚島時《うおじまどき》と言われ瀬戸内海の鯛の出盛り時で最も安価。○**松茸壱斤弐分**

同様に最も安い時期の松茸。○**松本**　大津市松本。大津の東の東海道沿いにあり矢橋《やばせ》からの船着き場もあって旅人の往来で賑わった。○**菅笠**　国所などを記した菅笠は巡礼・伊勢参りの常備品。○**ぬけ参り**　親や主人の許可を得ずに伊勢参宮をすること。帰ってからも罰せられず、先々の住民はこれを援助するのが習わしであった。○**御伊勢様を売て**　お伊勢様を口実に人をだまして。○**池の川の針屋**　大津市追分町には池の川針の元祖大黒屋森越清兵衛があった。○**帳かたげた男**　掛け取りの帳面を担いだ借金取り。○**板木でをしたるやうな**　木版で印刷したように型通りで変化のないことのたとえ。○**若ゑびす**　京坂地方では元日の早朝から若恵比須の像を印刷した紙の札を売り歩いた。○**一跡に一つの**　全財産の中に一つしかない、かけがえのない。○**鍋釜**　炊事の必需品として生活に必要な最低限の道具の意に用いる語。

〈**挿絵解説**〉

黒雲に乗り鉤形《かぎがた》の稲光りを伴った雷神が、激しい風雨の中で今まさに屋根を突き破って落下、輪に付けた小太鼓を撥《ばち》で叩いて雷鳴を発して足を踏み鳴らしている。子供を庇《かば》って倒れ伏す喜平次夫婦。京風作りの竈の周囲には鍋であろうか釜であろうか蓋もろともに砕け散っている。右下の門口には「しやうゆ　おろし」の看板、その陰に醬油の樽も見える。

〈**解説**〉

大津の町は、琵琶湖の水運と東海道とをつなぐ中継地として繁栄し、柴屋町の遊廓は都に近いこともあって大いに賑わっていた。ところが、寛文年間以降日本海から関門海峡を抜けて瀬戸内海を通る西廻り航路が開発され、福井の敦賀から琵琶湖を経由して大津から京坂地方へという北国物資の輸送ルートは衰退し始めていた。東海道の宿駅としては以後も継続発展することにはなるのだが、新旧交代する住民の生活にも大きな変化が訪れていた。本章は、大津の町で盛衰する人々の様々な暮らし向きを、醤油屋の喜平次が進行役となって見聞する、定点描写のスタイルで構成されている。

　老練な医者ではあるが何故か治療効果が上がらずに患者もなく、家にも居られずに近江八景や奉納された絵馬を見物し、人々に絵馬医者と呼ばれて口惜しがっていた森山玄好は、ある人の世話で碁会所を始めてかつかつの命を繋いでいた。時勢というものは致し方のないもので、以前は大商人だった坂本屋仁兵衛は、零落して家屋敷を銀二十八貫目（約四千万円に相当）で売って、三十四、五回も商売替えをしたが、その金も残らず使い果たしてしまった。仕方なく、母親の隠居銀の利息を月々八十匁（十万数千円）ずつ受け取って五人の生活を賄っていた。漬物以外の副菜はなく、お茶も飲めず、灯火も部屋の真ん中に一つだけ、盆や正月に晴れ着もないという始末ぶりで、楽しみといえば紙縒《こより》をよるだけであったという。そうかと思えば、商売の道に通じていて、百匁（十数万円）足らずの銀を元手に七、八人楽々と年を越す者もいるという。どうしてこのような差が生じるのか西鶴自身説明していないことからも解るように、運命としか言いようのない事柄なのであった。賢い人は素紙子を着て愚かな人が絹物を身に着けているという巡り合わせはどうしようもない。かと言って働かなければ一銭も手には入らず、正直に構えていても埒は明かない、自分の商売を大切にするしかないと述懐して、喜平次はその日暮らしをしていたという。

松本の町の後家は、娘に伊勢参りの扮装をさせて施しを乞わせ、一度しか通らない旅人を相手に十二、三年間も同じ嘘をつき通して生計を立てている。池の川の針屋は縫針という地味な商品を扱いながら巨額の蓄えがあるらしく、娘の持参金に銀二千枚（八十六貫目）付けるというので一割の周旋料目当てに仲人嗅が奔走し、もうひと押しで百貫目は付けるだろうと囁いたという。これは一億円を上回る金額である。醬油を売り回る先々で見聞きした噂話という体裁で、西鶴は大津の人々の様々な暮らしを細かく数字を挙げてリアルに描き出している。

当の喜平次は、賢い女房のおかげで子供も小奇麗に育て、借金もせずに正月用品も十二月初めから整え、大晦日に借金取りの顔を見ないのは嬉しいことだと喜んで、毎年十匁（一万数千円）に足りない銀をもって年を越していたという。要するにこれは信用取引以下の現金買いで、その日暮らしの貧困生活をしていたということなのである。喜平次の家を直撃した雷は一般に夏の定番であるが、日本海側などでは大気が不安定になる冬場にも頻発する。こともあろうに十二月二十九日の明け方に、一つしかない鍋釜に落雷し粉々に割れてしまい、なけなしの越年資金で代わりを買い求めたために、翌年の暮れにその分不足し、九匁を二十四、五ヵ所から買い掛りし、催促される破目になってしまったという。これは一軒当たり五百円前後の借金で、ここからも零細な暮らし向きが知れるのだが、喜平次は、神鳴の落ちるまでは世の中に怖いものはなかったのにと負け惜しみを言ったというのである。

実直な小商人の身に降りかかった災難を哀れにもおかしく描いたこの結末は、彼が見聞した大津の人々の様相と対照させることで、下層町人にとっての生憎《あやにく》な世の成り行きを一層鮮やかに浮かび上がらせる構想となっているのである。同じ方法は晩年の傑作とされる『世間胸算用』全体の枠組みに採用され、個々の話にも見出されるもので、集約的リアリズムと名付けられている。

才覚《さいかく》を笠《かさ》に着《き》る大黒《だいこく》

一*に俵《たはら》、二階造《かいづく》り、三階蔵《かいぐら》を見わたせば、都《みやこ》に*大黒《だいこく》屋といへる分限者有《ぶんげんしやあり》ける。富貴《ふうき》に世をわたる事を祈り、*五条《でう》の橋切石《はしきりいし》に掛《かけ》かはる時、*西《にし》づめより三枚目の板をもとめ、是《これ》を大黒に刻《きざ》ませ、信心《しんぐ》に徳《とく》あり、次第《しだい》に栄《さか》へ、家名《いへな》を大黒屋新兵衛と、しらぬ人はなかりき。男子《なんし》三人無事に撫育《そだて》、いづれもかしこく、親仁《をやじ》よろこび老後の 楽《たのしみ》を極《きは》め、追《をつ》つけ隠居《ゐんきよ》の支度《したく》をせしに、惣領《そうれう》の新六、俄《にはか》に金銀を費《つゐや》し、算用《さんよう》なしの色あそび。半年立《はんとしたゝ》ぬに、百七拾貫目入帳《いりちやう》の内《うち》見へざりしに、迚《とて》も埒《らち》の明《あか》ざる僉儀《せんぎ》なれば、手《て》代《だい》ひとつに心をあはせ、*買置《かいをき》の有物《ありもの》に勘定仕立《かんぢやうしたて》、七月前を漸々《やうやく》に済《すま》し、「向後《きやうかう》、奢《をごり》を止《やめ》たまへ」と、異見《ゐけん》さま〳〵申せしに、更《さら》に聞入《ききいれ》ずして、其《その》年の暮に、又弐百三十貫目たらず。今は*内証《ないしやう》に尾《を》が見えて、*稲荷《いなり》の宮《みや》の前にしるへの人ありて、身を隠しぬ。律義《りつぎ》なる親仁《をやじ》腹立《ふくりう》せられしを、色々詫《わび》ても機嫌《きげん》なをらず、町衆《ちやうしゆ》に袴《はかま》きせて、*旧里《きうり》を切《きつ》て子をひとり捨《すて》ける。

されば、親の身として是《これ》程までうとまるゝ事、大かたならぬ悪心《あくしん》なり。新六是非《ぜひ》もなき仕合《しあはせ》、はや当分の借屋《かりや》にも居《ゐ》られぬ首尾《しゆび》になりて、爰《ここ》を立退《たちのき》、東《あづま》のかたへ行《ゆく》道の草鞋銭《わらんぢせん》とてもなく、「かなしさは我身《わがみ》ひとり」と、なげくに甲斐《かひ》もなし。比《ころ》は十二月廿八日の夜、水風呂《すいふろ》に入《いり》しを、「それ親仁《をやじ》様」といふ声《こゑ》おそろしく、湿身《ぬれみ》に綿入《わたいれ》ひとつ肩《かた》にかけ、左に帯《をび》を提《さげ》て、下帯《したおび》には気をつけずして逃《にげ》のび、けふ旅立《たびたつ》にも*尻《しり》からげきのどく。廿九日の空《そら》さだめなく、たまりもやらぬ白雪《しらゆき》の、*藤《ふぢ》の森《もり》の松にふりしこりて、菅笠《すげがさ》なしの首筋《くびすぢ》に、*入相《いりあひ》の鐘《かね》も胸《むね》にひゞきて、大亀谷《おゝかめだに》・勧修寺《くはんじゆじ》の茶屋の奇麗《きれい》に、湯《ゆ》釜《かま》の沸《たぎる》をこのもしく、「たへかたき寒さをしのぐ物よ」と思ひながら、一銭もなければ腰《こし》かけを見あはせ、大津《をゝつ》・伏見《ふしみ》駕籠《かご》の立《たち》つゞき、大勢のどさくさまぎれに、咽《のど》のかはきを止《やめ》、立《たち》さまに、人の脱捨《ぬぎすて》し豊嶋筵《てしまむしろ》をはづし、はじめて盗心《ぬすみごころ》になつて行《ゆく》に、小《を》野《の》と云里《いふさと》につきぬ。落葉《をちば》して梢《こずへ》さびしき柿《かき》の木の陰《かげ》に、童子友達《わらべともたち》の集《あつま》りて、「惜《をし》や、弁《べん》慶《けい》が死《しに》ける」と悔《くや》むを聞《きけ》ば、特牛程《こというじほど》なる黒犬《くろいぬ》なるを、立寄《たちより》て是《これ》を貰《もらひ》、彼筵《かのむしろ》につゝみ、*音羽山《をとはやま》の麓《ふもと》に行《ゆき》て、野《の》に鍬《くは》つかふ夫《をとこ》を招《まね》き、「これは*疳《かん》の妙薬《めうやく》になる犬なり。三年《とせ》あまり種々《しゆぐ》の薬をあたへ、今黒焼《くろやき》になす」といへば、「さては諸人《しよにん》の為《ため》ぞ」と、あたりの柴《しば》・枯笹《かれさゝ》をあつめ、火打袋《ひうちぶくろ》を取出《とりいだ》し、煙《けぶり》の種《たね》となし、里人にもわづかにとらせ、残るを肩に置《をき》て、山家《やまが》の作《つく》りことばになりて「*狼《おほかみ》の黒焼《くろやき》は」と、声《こゑ》の可笑《をかし》げに売《うり》て、*行《ゆく》も帰《かへ》るもの関越《せきこへ》て、しるもしらぬもにつき付商《つけあきな》ひ、随分道中《ずいぶんだうちう》の人になれたる心の、針屋・筆《ふで》やかたられて、*追分《をひわけ》より八丁《てう》までに、五百八十が物代《しろ》なして、先《まづ》は才《さい》覚男《かくをとこ》、「此取廻《このとりまは》しが京《きやう》にて出《いづ》れば、遠《とを》い江戸《えど》迄《まで》は行《ゆか》ずに済《すむ》事を」と心ながら泣《ない》つ笑《わらふ》つ、*勢田《せた》の長橋《ながはし》するゑに頼《たの》みをかけて、*草津《くさつ》の人宿《ひとやど》にて年《とし》を取《とり》、姥《うば》が餅《もち》をむかしの鏡山《かゝみやま》に見なし、頓《やが》て心の花も咲出《さきいづ》る*桜山《さくらやま》、色《いろ》も香《か》も有《あり》若さかり、*かせぐに追着貧乏神《をひつくびんぼうがみ》は、足よはき老曽《をひそ》の森の、注連餝《しめかざり》もおのづからに春めきて、秋見る月もたのもしく、*不破《ふは》の関戸《せきど》の明暮《あけくれ》、美濃路《みのぢ》・尾張《をはり》を過《すぎ》て、東海道の在々《ざいく》廻《めぐ》り、都《みやこ》をいでゝ六十二日めに品川に着《つき》ぬ。

是迄《これまで》の口をすぎ、銭《ぜに》弐貫《くはん》三百延《のば》し、売《うり》残せし黒焼《くろやき》を磯浪《いそなみ》に沈《しづ》めて、それより江戸入《いり》を急ぎしに、暮《くれ》て行当所《ゆくあてど》もなければ、*東海寺《とうかいじ》門前《もんぜん》に一夜《や》を明《あか》しけるに、其《その》かた陰《かげ》に、薦《こも》かふりて非人《ひにん》あまた臥《ふし》けるが、春も浦風《うらかぜ》あらく、浪枕《なみまくら》のさはがしく、目のあはぬ夜《よ》半《は》まで、身の上の事共《ども》物がたりするを聞《きく》に、皆《みな》*筋《すぢ》なき乞食《こつじき》。壱人は大和《やまと》の*竜田《たつた》の里《さと》の者、すこしの酒造りて、六七人の世《よ》を楽々とおくりしに、次第《しだい》にたまりし金銀、取《とり》あつめて百両になる時、所《ところ》の商《あきなひ》まだるく、万事うち捨爰《すてこゝ》にくたるを、一門《もん》残《のこ》らず、*呉服《ごふく》町の肴棚《さかなだな》かりしたしき友の色々申《まうし》てとめける。我無《わがむ》分別《ふんべつ》さかんにまかせ、て、*上上吉諸白《じやうぐきちもろはく》の軒《のき》ならびには出しけれ共《ども》、鴻《かう》の池《いけ》・伊丹《いたみ》・池田《いけだ》・南都《なんと》、根《ね》づよき大木《たいぼく》の*杉《すぎ》のかほりに及《をよ》びがたく、酒元手《さかもとで》を皆水《みなみづ》になして、*四斗樽《しとだる》の薦《こも》を身に被《かぶ》りて、「*古郷《ふるさと》の竜田《たつた》へ、もみぢの錦《にしき》は着ず共《とも》、せめて新しき木綿布子《もめんぬのこ》なればかへるに」と、男泣《をとこなき》して、「是《これ》に付《つけ》ても、仕付《しつけ》たる事を止《やめ》まじき物ぞ」と、いふ程《ほど》よろしからず、よい智恵《ちゑ》の出時《でどき》もはやおそし。又、壱人は泉州堺《せんしうさかい》の者なりしが、万《よろづ》にかしこ過《すぎ》て、芸自《げいじ》慢《まん》してこゝにくだりぬ。手*は*平野仲庵《ひらのちうあん》に筆道《ひつだう》をゆるされ、茶《ちや》の湯《ゆ》は*金森宗和《かなもりそうわ》の流れを汲《くみ》、詩文《しぶん》は*深草《ふかくさ》の元政《げんせい》に学び、連俳《れんぱい》は*西山宗因《にしやまそうゐん》の門下《もんか》と成《なり》、能《のう》は*小畠《こばたけ》の扇《あふぎ》を請《うけ》、鼓《つゞみ》は*生田《しやうだ》与右衛門の手筋《てすじ》、朝《あした》に*伊藤源吉《いとうげんきち》に道《みち》を聞《きゝ》、ゆふべに*飛鳥井殿《あすかゐどの》の御鞠《まり》の色を見、昼は*玄斎《げんさい》の碁会《ごくわい》にまじはり、夜《よる》は*八橋検校《やつはしけんげう》に弾《ひき》ならひ、一節切《ひとよきり》は*宗三《そうさん》に弟子となりて息《いき》つかひ、浄《じやう》るりは*宇治《うぢ》嘉太夫節《ぶし》、おどりは*大和《やまと》屋の甚《ぢん》兵衛に立《たち》ならび、女郎狂ひは嶋原《しまばら》の太夫*高橋《たかはし》にもまれ、野郎遊《やらうあそ》びは*鈴木《すゞき》平八をこなし、噪《さは》ぎは*両色里《りやういろざと》の太鼓《たいこ》に本透《ほんすい》になされ、人間のする程《ほど》の事、其道《そのみち》の名人に尋ね覚《をぼ》え、「何をしたればとて人の中には住《すむ》べきものを」と腕たのみせしが、かゝる至《いた》り穿鑿《せんさく》、当分身《たうぶんみ》業《すぎ》の用には立《たち》がたく、十露盤《そろばん》をおかず、秤目《はかりめ》しらぬ事を悔《くや》しがりぬ。武士つとめは勝手《かつて》をしらず、町人《まちにん》奉公もおろかなりとて追出《をひいだ》され、今此《この》身になりて思ひあたり、諸芸《しよげい》のかはりに、身を過《すぐ》る種《たね》をおしへをかれぬ親達をうらみける。今壱人は、親から江戸の*地生《ぢばへ》にて、*通《とを》り町《てう》に大屋敷を持《もち》て、一年に六百両づゝ、さだまっての棚賃《たなちん》を取《とり》ながら、始末《しまつ》の二字をわきまへなく、其家迄売《そのいへまでうり》はたし、身の置《をき》所なく、*心の燃《もゆ》る火宅《くはたく》を出て、*車善七《くるまぜんしち》が中間はづれの、物もらひとなりぬ。

思ひ〳〵の身《み》の上物語《うへものがたり》、さりとては同《をな》じ思ひに哀《あはれ》ふかく、新六枕《しんろくまくら》に立《たち》より、「我《われ》らも京《きやう》の者なるが、旧里断《きうりきら》れて、お江戸を頼《たのみ》に下りけるが、各《をの〳〵》咄《はな》しを聞《きく》に心ぼそし」と、恥《はぢ》をつゝまず申せば、三人共に口を揃《そろへ》て「詫言《わびこと》の手便《てだて》はあらずや」「姨様《をばさま》もないか」「何《なに》とぞ下り給《たま》はぬがよい物を」と云《いふ》。「はや跡《あと》へ帰らぬむかし、今から先《さき》の思案《しあん》なり。扨《さて》、面々《めん〳〵》の利発《りはつ》にて、かく浅《あさ》ましく成《なり》給ふは不思儀《ふしぎ》なり。何事を見立給《みたてたま》ひても有《ある》べき」といへば、「いかな〳〵、此広《このひろ》き御城下《しやうか》なれ共《ども》、日本《にっぽん》のかしこき人の寄会《よりあひ》、銭三文あだにはもうけさせず。只《たゞ》、*銀《かね》がかねをためる世の中」といへり。「久敷《ひさしく》見及《みをよ》び給ふ内《うち》に、商《あきなひ》の仕出《しだ》しはなきか」と尋《たづね》しに、「されば、大分《だいぶん》にすたり行《ゆく》貝からを拾ひて、*霊岩嶋《れいがんじま》にして*石灰《いしばい》を焼《やく》か、物毎《ものごと》閙《いそが》しき所なれば、*刻昆布《きざみこんぶ》・花鰹《はなかつを》かきて斗売《はかりうり》か、つゞき綿《もめん》を買《かふ》て手拭《てぬぐひ》の切売《きりうり》か、か様《やう》の事ならでは、かるい商売《しやうばい》有《ある》まじ」と云《いふ》にぞ智恵付《ゑつき》、よの明《あけ》かたに立別《たちわか》れけるが、三人に三百の*置銭《をきぜに》、悦《よろこぶ》事限《かぎ》りなく、「御仕合《しあはせ》みへて、富士《ふじ》山程《さんほど》の金持《かねもち》に今の事ぞ」と申《まうし》ける。

それより、*伝馬町《てんまてう》の太物棚《ふとものだな》にしるべ有《あり》て尋行《たづねゆき》、此度《このたび》の子細《しさい》をかたれば哀《あは》れをかけ「男の働《はたらく》べき所は爰《こゝ》なり。ひとかせぎ」と云《いふ》にぞ力《ちから》をえて、思ひ入《いれ》の綿《もめん》を調《とゝの》へ、きり売《うり》の手拭《てぬぐい》、然《しか》も三月廿五日、はじめて下谷《したや》の天神《てんじん》に行《ゆき》て、手水鉢《てうづばち》のもとにて売出《うりだ》しけるに、参詣《さんけい》の人「*買《かふ》ての 幸《さいはひ》」と一日に利《り》を得て、毎日是《これ》より仕出して、十ケ年立《たゝ》ぬ内《うち》に五千両の分限《ぶんげん》にさゝれ、一人の才覚者《さいかくもの》といはれ、新六か指図《さしづ》をうけて、*所の人の宝《たから》とは成《なり》ける。暖簾《のうれん》に、*菅笠《すげがさ》きたる大黒《だいこく》を染《そめ》ければ、笠大黒屋《かさだいこくや》といへり。八つ屋敷《やしき》かたに出入《いでいり》、九つ小判の買置《かいをき》、十《とを》で丁《てう》ど治《をさま》りたる御代《みよ》に住《すめ》る事の目出たし。

〈現代語訳〉

才覚を頼りにいばる大黒様

「一に俵、二に二階造り、三階蔵の家屋敷」という大黒舞の歌詞通りの、大黒屋という分限者が都にいた。ここの主人は富貴に世を渡ることを祈り、五条の橋が石橋にかけ替わる時に、西詰から三枚目の板を手に入れ、これに大黒像を刻ませて信心した功徳があってか、次第に繁盛したので屋号を大黒屋新兵衛と称して、これを知らない人はなかった。男子三人を無事に育て、いずれも賢いので父親は喜び、老後の楽しみを極めようと近々隠居するつもりで準備をしていたが、長男の新六が急に金銀を浪費し始めて、金に糸目をつけない色遊びにふけり、半年たたないうちに百七十貫目（二億数千万円）が出納簿の中から消えてしまうと、どうにも手の施しようのない事態なので、手代たちは心を一つにして決断し、買い込んである在庫品で勘定のやりくりをして盆前の決算をどうにかすまし、「今後は浪費をやめてください」といろいろ意見したが、新六はいっこうに聞き入れず、その年の暮れにはまた二百三十貫目（約三億円）足りなくなった。こうなるともはや実情を隠しておくことは出来ず、新六は稲荷の宮の前の知人宅に身を隠した。真面目な父親はすっかり立腹し、はたからいろいろと仲裁しても機嫌が直らず、町役の人々に礼装して奉行所へ出頭してもらい、正式な勘当が成立して息子を一人捨てることになった。

それにしても親の身でこれほどまでに子を疎むようになったのは、度はずれた新六の悪心ゆえだ。新六は致し方のないなりゆきで、もはやさしあたり家を借りて住むこともできない身となり、ここを立ち退いて江戸の方へ行こうにもその旅費がなく、「私だけがこのような悲しい身の上に」と嘆くがどうなるものでもない。頃は十二月二十八日の夜、風呂に入っていたところ、「それ、親父様が来た」という声に恐れをなし、濡れた身体に綿入れ一つを肩にかけ、左手から帯を下げ、下帯までは気が回らないまま逃げ延びたので、今日から旅立とうにも尻からげさえできない情けなさだった。翌二十九日の天気は変わりやすく、積もる程でもない白雪が藤の森の松に降りしきって、菅笠なしの首筋に入り込み、入相の鐘も胸に悲しく響く頃に大亀谷を過ぎ、勧修寺のこぎれいな茶屋で釜に湯のたぎっているのに心ひかれ、「堪えがたい寒さをしのぐにはもってこいだ」とは思いつつも、一文もないので腰かけるのを見合わせてはいたが、大津や伏見の駕籠がたてこんでいるのを幸い、そのどさくさ紛れに盗みのみして喉をうるおし、立ち際に人が脱ぎ捨てた豊島筵《てしまむしろ》を持ち逃げし、初めて盗み心を抱いて行くと小野という里に着いた。葉が落ちた梢のさびしい柿の木の陰に子供たちが集まり、「ああ残念だ、弁慶が死んじゃった」と悔やんでいるのを聞いてみると、立派な牛ほどもある黒犬のことだったので立ち寄ってこれをもらい、例の筵に包んで音羽山の麓に行き、野良で鍬を使っていた男を呼んで、「これは疳の妙薬になる犬だ。三年余りいろいろな薬をあたえておいたので、これから黒焼きにする」と言うと、「それは人様のためになることだ」と言ってあたりの柴や枯れ笹を集め、火打ち袋を取り出して焼いた。その村人にも少し与え、残りを肩に担いで山家者《やまがもの》のなまりをまねて、「狼の黒焼きはいらんか」と妙な声で売り歩き、行くも帰るものの逢坂の関を越えて、相手かまわず押し売りをすると、かなり旅慣れて疑い深くなっている針屋・筆屋もだまされて、追分から八丁までの間に五百八十文（約一万数千円）ほどの売り上げとなり、なかなかの才覚男と自賛しつつも、「京でこの機転がきいていれば、遠い江戸まで行かなくてすんだものを」と心の中で泣き笑いしつつ、瀬田の長橋を渡っては将来の幸運を祈り、草津の宿屋で年を越した。名物の姥が餅を実家での鏡餅に見たて、やがて幸運の花が咲くこともあろうと桜山を見て、自分もまだ色も香もある若盛り、必死に稼げば足弱の貧乏神は追いつけまい、と思うと老蘇《おいそ》の森の注連飾りも何となく春めいて見え、この地で秋の月を見るのが楽しみと思いつつ不破の関を通り、毎日歩み続けて美濃路・尾張を過ぎ、東海道沿いの村々を回りながら、都を出て六十二日めに品川にたどり着いた。

ここまで食いつないだ上に銭を二貫三百文（約五万円）も貯め込んだので、売れ残りの黒焼きは磯波に沈め、それから江戸入りを急いだが日も暮れてきて行く当てもないので、東海寺の門前で一夜を明かしたところ、その片陰に薦《こも》を被った乞食が大勢寝ていた。春とはいえ浦風が強く波音もうるさくて眠れず、夜中まで乞食たちが身の上話をするのを聞いていると、どれもにわか乞食ばかりであった。その中の一人は大和の竜田の里の者で、「少しばかりの酒を造って六、七人の世帯を楽々とやしなっていたが、そうやって貯めた金銀が百両（約八百万円）になった時、田舎での商売が物足りなくなり何もかも捨てて江戸へ行く決心をすると、親類たちや親しい友人たちはいろいろといさめて引き止めた。それでも、なにしろ無分別な勢いに任せて、呉服町の魚店を借り、上上吉諸白を売る店と軒を並べてはみたものの、鴻の池・伊丹・池田・奈良といった根強い老舗の杉の香り高い上酒相手では勝負にならず、酒を仕込む元手もすっかりなくし、四斗樽の薦を身に被る乞食に落ちぶれ果てた。故郷の竜田へ紅葉の錦を着て帰れなくとも、せめて新しい木綿布子があれば帰るのに」と男泣きして、「これにつけても、やり慣れたことをやめてはならぬものだ」と言えば言うほど愚痴になるばかりで、よい知恵が出た時はもう手遅れである。また一人は泉州堺の者だったが、万事に器用すぎて芸自慢をして江戸へ下って来た男だった。書は平野仲庵に伝授を受け、茶の湯は金森宗和の流れをくみ、漢詩文は深草の元政に学び、連歌・俳諧は西山宗因の門下となり、能は小畠の伝授を受け、鼓は生田与右衛門の流儀、朝に伊藤仁斎から道を聞けば、夕べには飛鳥井殿から蹴鞠を習い、昼は玄斎の碁会に加わり、夜は八橋検校に琴三味線を習い、一節切《ひとよぎり》（尺八の一種）は宗三の弟子となって吹き鳴らし、浄瑠璃は宇治嘉太夫節、踊りは大和屋甚兵衛に劣らず、女郎狂いでは島原太夫高橋に仕込まれ、野郎遊びでは鈴木平八をあしらい、遊芸は島原と四条河原の幇間《ほうかん》によって本物の粋にされ、人がやれるすべての芸事はその道の名人について覚え、「これなら何をしても立派に世間を渡っていけるはず」と、自信満々だったが、こんな物好きな諸芸の道は当面の生活手段としては役立たず、算盤もはじけなければ秤の目も読めないことを後悔した。武家奉公は勝手がわからないので勤まらず、町屋奉公も愚か者めと追い出され、今さら乞食の身となって渡世の厳しさに気がつき、諸芸の代わりに生活の手段を教えてくれなかった親たちを恨んでいるというのだった。

もう一人は親の代からの江戸生え抜きで、通り町に大屋敷を持っていて年に六百両（約五千万円）ずつきまった家賃収入を得ながら、始末の二字をわきまえなかったため、その屋敷まで売り果たして身の置き所がなくなり、口惜しく思いながらわが家を出て、車善七の仲間からもはずれた物乞いにまで落ちぶれたのだった。

それぞれの身の上話を聞くにつけ、自分も同じようなものだと深く哀れに思い、新六は三人の枕元に立寄って、「私も京の者だが、勘当されて江戸の繁栄を頼りに下って来たのに、皆さんの話を聞くと心細い」と恥を包み隠さず語ると、三人ともに口をそろえて、「詫び言の手立てはないのか」「おば様もいないのか」「なにがあっても江戸にお下りにならなければよかったのに」と言う。「それはもう今さらどうにもならないので、これから先の思案が肝心だ。さて、皆さんのように利発でいながら、こうも落ちぶれてしまうとは不思議なものだ。何をやったにしろ商売になりそうなものを」と言うと、「どうしてどうして、この広い御城下とはいえ日本中の賢い人が集まっているのですから、銭三文でもたやすくは儲けさせてくれない。ただひたすら銀が銀を生み出す世の中だよ」と言う。「長く世間をご覧になっていて、何か新しい商売の工夫は思いつかないものか」と尋ねると、「それなら捨てられる貝殻をたくさん拾ってきて霊岸島で石灰を焼くか、万事に忙しい江戸の暮らしに付け込んで刻み昆布か花鰹を削って量り売りするか、一反続きの木綿を買って手拭いとして切り売りするか、こんなこと以外には、手軽にできる商売はないだろう」と言うのを聞いて知恵がつき明け方に三人と別れたが、その時三百文（約六千円）の銭を与えると大変喜んで、「お幸せが目に見えるようで、今に富士山ほどの大金持ちになりますぞ」と言った。

それから新六は、伝馬町の木綿問屋の知人を訪ねて行き、これまでの事情を語ると、「男の働きどころは今ここだ。ぜひとも一稼ぎ」と言われて自信を持ち、見当をつけておいた木綿を買込み、切り売りの手拭いにしてしかも縁日の三月二十五日に初めて下谷の天神に行って手水鉢のかたわらで売り出したところ、参詣の人々が「買うての幸い」の口上通りに買い求めたので、一日で利益が上がり、それからも毎日工夫を重ねて、十年もたたないうちに新六は五千両の金持ちと評価され、土地一番の才覚者といわれて町中の人がその指図を受けたので、地元の宝と言われるほどになった。暖簾に菅笠を被った大黒を染め出したので、世間では笠大黒屋と称した。「八つ屋敷方に出入り、九つ小判の買置き、十でちょうど治まった」という歌詞の通り、この御代にこうやって暮らしていることは誠にめでたい。

〈語釈〉

○**一に俵、二階造り、三階蔵を……**　一から十の数字を読み込んだ大黒舞の歌詞「一に俵をふまへて、二ににつことわらうて、三に酒をつくつて」による構文。主人公の家名大黒屋にちなんだもので本章の末尾にも照応させている。○**大黒屋**　寛文四年京都室町に呉服店を開業した大黒屋善兵衛をモデルにしたと考証されているが、他にも大黒屋を名乗る豪商が存在するので断定は出来ない。○**五条の橋**　賀茂川の五条大橋。正保二年に木造から石橋に架け替えられた。○**西づめより三枚目の板**　橋詰から三枚目の橋板で刻んだ大黒を祀ると福徳が授かるという俗信があった。○**買置の有物に勘定仕立**　買い置きした商品の評価額に繰り入れて収支決算の帳尻を合わせた。○**内証に尾が見えて**　内々のごまかしの化けの皮がはがれ尻尾を出して。○**稲荷の宮の前**　京都市伏見区深草稲荷、伏見稲荷の門前町。○**旧里を切て**　正しくは久離または旧離。プライベートな内証勘当ではなく、正式に届け出て親子・親族の縁を切り勘当すること。○**尻からげきのどく**　歩きやすいように着物の裾を端折《はしょ》ろうとしても下帯（ふんどし）をしていないので尻からげに出来ず困惑する。○**藤の森**　伏見区深草藤森。伏見稲荷の南方藤森神社の森があった。以下大亀谷・勧修寺・小野は山科から大津へ抜ける往還。○**入相の鐘**　夕暮れ日没の頃に寺でつく鐘の音。首筋に入る―入相の鐘。○**音羽山**　小野の東北約一里（四キロ）にある山。○**疳の妙薬**　発作的に夜泣きしたりひきつけたりする小児の神経症、疳の虫には犬の肉の黒焼きが効くとされていた。○**狼の黒焼**　狼の肉は寒さによる疝気（腹痛）や癪《しゃく》（さしこみ）などに効能があるとされ、狼の黒焼きと称して行商する者がいた。都会人の新六が山家育ちの訛《なまり》言葉を真似て売り歩いた。○**行も帰るもの関越て**　「これやこの行くも帰るも別れては知るも知らぬも逢坂の関」（『後撰集』雑・蝉丸）による構文。逢坂の関を越えて相手かまわず押し売りしたの意。○**追分より八丁まで**　東海道と伏見街道の分岐点追分から大津の入り口八町までの約一里。○**勢田の長橋**　滋賀県大津市の瀬田川にかかる橋。以下道中の名所・歌枕を詠み込んだ文飾《レトリック》を施した道行文《みちゆきぶん》仕立て。○**草津**　東海道と中仙道の分岐点。名物の姥が餅を正月の鏡餅に見たて、その縁で歌枕の鏡山を詠み込んだ。○**桜山**　野洲市の歌枕、桜の山（『一目玉鉾』）。○**かせぐに追着貧乏**

神は　諺「稼ぐに追いつく貧乏なし」を踏まえ、貧乏神は老いて足が弱っているとし安土町（近江八幡市）の歌枕老蘇《おいそ》（老曾）の森を導いた。○**不破の関**　岐阜県関ケ原町にあった関所。有名な歌枕で名所となっていた。○**東海寺**　品川区北品川の沢庵和尚開創の臨済宗の禅寺。○**筋なき乞食**　諺「乞食に筋なし」のもじり。にわか乞食の意。○**竜田の里**　奈良県生駒郡斑鳩町竜田。○**呉服町**　呉服橋御門の東、現在の中央区八重洲一丁目付近。○**上上吉諸白**　酒屋の看板の謳い文句、精白米を用いた最上級の清酒。鴻の池以下は上方の酒の名産地。○**杉のかほり**　酒樽は杉で作られその香りを賞味することをふまえた表現。○**四斗樽の薦を身に被りて**　酒樽を包む薦を着る薦被り（乞食）になってしまい、の意。○**古郷の竜田へ、もみぢの錦は着ず共**　諺「故郷へは錦を着て帰れ」による。竜田は古来紅葉の名所。○**手**　文字を書く技術、書風・筆跡。○**平野仲庵**　御家流・滝本流の書の達人。○**金森宗和**　姫宗和と呼ばれる公家風の茶道宗和流の祖。○**深草の元政**　深草瑞光寺の開山。和歌・漢詩文に優れた学僧。○**西山宗因**　大坂天満天神の連歌宗匠。談林俳諧の祖で西鶴の師。○**小畠**　小鼓の名手小畠了達。シテ方となり謡を教えていたという。扇を請は伝授の証としての扇子を与えられたこと。○**生田与右衛門**　幸流小鼓家元の高弟、鼓の名手。○**伊藤源吉**　古学派の儒学者、伊藤仁斎。○**飛鳥井殿**　蹴鞠道・歌道の家柄を受け継いだ宗家。色は蹴鞠《けまり》の回転具合をいう。○**玄斎**　囲碁の名手寺井玄斎。○**八橋検校**　箏曲八橋流の祖、八橋検校城談。この辺り『論語』里仁篇「朝《あした》ニ道ヲ聞カバ、夕《ゆふべ》ニ死ストモ可ナリ」を踏まえ、朝・夕・昼・夜と続けた。○**宗三**　一節切中興の名手中村宗三。幼い頃より盲目であったが一節切・琴・

三味線の奏法を記した『糸竹初心集』（寛文四年刊）を著した。○**宇治嘉太夫**　京都の浄瑠璃太夫、西鶴も愛好した嘉太夫節の祖。○**大和屋の甚兵衛**　大坂歌舞伎の立役兼座元、初代大和屋甚兵衛。○**高橋**　島原大坂屋太郎兵衛抱えの太夫が襲名した遊女名。時期的には二代目に当る。○**鈴木平八**　大坂の若衆方随一とされた伝説的な役者。○**両色里**　女色・男色二つの色里。島原と四条河原付近を指す。○**地生**　江戸開府以来住む草分けの町人。格式のある旧家。○**通り町**　江戸の日本橋を中心に南北に通じる目抜き通り。○**心の燃る火宅を出て**　火宅は煩悩が盛んで不安な状態を焼ける家にたとえた仏教語。ここは激しい怒りに燃える心で家を出たの意。○**車善七**　江戸の北半分を支配した浅草の非人頭。「中間はづれ」はその配下に属さない餓か乞食の意。○**銀がかねをためる世の中**　商業資本主義の経済構造を的確に表現した言葉。同様の指摘は西鶴の作品に頻出する。○**霊岩嶋**　現在の中央区新川付近に当る島、霊岸島。○**石灰**　貝殻を焼いて粉末にしたもの。建築ラッシュの江戸で防火用の壁塗り材として需要があった。○**刻昆布・花鰹**　せっかちな男世帯の多かった江戸で簡易な食材として重宝された。○**置銭**　出発の際旅宿などに残す茶代。ここはアイデア料あるいは施し。○**伝馬町**　中央区日本橋大伝馬町。麻・木綿織物を扱う太物店《ふとものだな》が立ち並んでいた。○**買ての幸**　『世間胸算用』序にも見える、商人の口上「買うての幸い売っての仕合せ」による。○**菅笠きたる大黒**　（巻二）目録挿絵参照。江戸下りの旅の初めに菅笠を持たなかったことを想起したもの。○**八つ屋敷かたに出入**　大黒舞の歌詞「八ツ屋敷をひろめて、九ツ小蔵をぶつ立て、十でとうどをさまつた、大黒舞をみさいな」のもじり。本章冒頭と照応する。

〈挿絵解説〉

羽織を着て括り頭巾を被り六尺棒を振りかぶった親に追い立てられる丸裸の新六。本文では「綿入ひとつ肩にかけ、左に帯を提て」とあるがそれらしき物は左側の手代らしき人物が持っている。左上には桶の下部に焚き口のついた水風呂が描かれ、下げ髪にうなぎ綿の女主人とその娘、土間の下女が慌てふためいている。

〈解説〉

本章は、親に勘当されて無一文になった男が才覚を働かせて一代で分限になったという、典型的な致富談である。だが『永代蔵』の致富談の例に漏れず、これまたワケ有りの話なのである。店の銀四百貫目を色遊びに使い込んで家を追い出された新六は、一銭も持っていないので街道の茶店で休むことも出来ず、どさくさ紛れに湯茶を只飲みし、人の脱ぎ捨てた豊嶋筵をちょろまかして寒さを凌いだ。犬の死骸を焼いて狼の黒焼きと偽り、薬効があると騙してあっという間に一万数千円儲け、江戸に下るまでに五万円余りも貯め込んだという。この金を元手に商売を始めたのだが、そのアイデアも乞食に教えられたものであった。行く当てもなく品川の東海寺門前に野宿した新六は三人の乞食の身の上話を耳にする。大和の竜田で百両の金を蓄えた造り酒屋の男は、江戸で一旗上げようとしたが競争相手に負けて一文なしになり、商売物の薦を被る身になってしまった。泉州堺出身の、学問・遊芸から色遊びまで超一流の教養を身につけた男は、生活に困るようなことはないだろうと思いの外、実用的な知識がないので武家勤めは勝手がわからず、町人に奉公すれば愚か者だと追い出され乞食になってしまった。もう一人は親の代から江戸根生いの旧家で、年に五千万円もの家賃収入がありながら、倹約なしの贅沢暮らしをして家屋敷も売り果たし、遂には物乞いになってしまったのであるという。

三者三様のよくある失敗談を聞いて身につまされた新六が、勘当されて江戸を頼りに下ったことを告げると、現在は「銀が銀を貯める世の中」で元手なしの商売は難しいと言いながらも、貝殻を拾って石灰を焼くか、刻み昆布・花鰹、あるいは手拭いの切り売りという、江戸に相応しい商いの種を教えてくれたのであった。新六の側のストーリーとは何の関係もない話を取り入れながら、商業資本主義時代の経済状況や、そ

こから弾き出された人々の運命を点出する西鶴の筆致は巧みである。

手拭いの切り売りを志した新六は、知り合いの店から木綿を仕入れ、人の集まる天神様の縁日に皆が手を洗う手水鉢の側で売るという着眼が大当たりし、毎日商売の工夫を重ねて十年たたない内に五千両の分限になり、土地一番の才覚者と言われ人々を指図する迄になったという。新六の才覚ぶりを描くこの間の事情は一切省略されている。父親の大黒屋新兵衛が橋板で大黒像を刻ませ「信心に徳あり、次第に栄へ」とあったように、この話において西鶴は肝心の致富の経緯に重きを置いていないようなのである。そうした作者の構想を考える上で決定的なのが、五千両という新六の資産額である。

これは銀三百貫目に相当するが、実は新六が一年で使い込んだ親の金の総額四百貫目に及ばないのである。目録の副題に「江戸にかくれなき小倉持（小さな蔵の持主）」と記しているように、西鶴は十年かかった新六の資産が一年間の遊興費にも足りないという構図で揶揄しているのである。『永代蔵』にこれ迄登場した人物に限って見ても、始末一筋で蓄えた巻一の二の扇屋の先代の二千貫目、巻二の一の藤市の千貫目も新六より一桁上の数字である。章題にも示した才覚を笠に着てもその程度なのだとする西鶴は、偽薬売りと乞食に教わった手拭いの切り売り以外に発揮されたかも知れない才覚を具体的に記す必要を感じなかったのであろう。

本章は至る所で縁語や掛詞を駆使し、文飾《レトリック》を施した文章が多用されている。大黒舞の詞章を用いた冒頭に照応させてこの話は、「八つ屋敷かたに出入、九つ小判の買置、十で丁ど治りたる御代に住る事の目出たし」と結ばれている。遊び心一杯の文体によって西鶴は、笠大黒屋新六が武家屋敷にも出入りし、小判の買い置きもするようになり、天下泰平の世の中に住んでいるのは誠にめでたいことだと、ワケ有りの致富談を皮肉たっぷりに祝い収めているのである。

天狗《てんぐ》は家《いへ》な風車《かざぐるま》

智恵《ちゑ》の海広《うみひろ》く、日本《につぽん》の人の袒《はたらき》をみて、身過《みすぎ》にうとき*唐楽天《もろこしらくてん》が逃《にげ》て帰りし事のおかし。詩《し》をうたふは耳遠《みゝとを》く、横手《よこて》ぶしといへる小歌の出所《でどころ》を尋《たづ》ねけるに、紀路大湊《きのぢおほみなと》、*泰《たい》地《ぢ》といふ里《さと》の妻子《つまこ》のうたへり。此《この》所は繁昌《はんじやう》にして、若松村立《わかまつむらだち》ける中に、鯨恵比須《くじらゑびす》の宮《みや》をいはひ、鳥井《とりゐ》に其魚《そのうを》の胴骨立《どうぼねたち》しに、高さ三丈ばかりも有《あり》ぬべし。目なれずして是《これ》にけう覚《さめ》て、浦人《うらびと》に尋《たづ》ねければ、此浜《このはま》に、鯨突《くじらつき》の*羽指《はざし》の上手《じやうず》に、天狗源内《てんぐげんない》といへる人、毎年仕合男《まいねんしあはせをとこ》とて、むかし、此《この》人をやとひて舟を仕立《したて》けるに、有時《あるとき》、沖《をき》に一むら夕立雲《ゆふたちくも》のごとく塩吹《ふき》けるを目がけ、一の鑓《もり》を突《つき》て*風車《かざぐるま》の験《しるし》をあげしに、又天狗とはしりぬ。諸人浪《しよにんなみ》の声《こゑ》をそろへ、*笛・太鼓・鉦《かね》の拍子《ひやうし》をとつて、大綱《おほつな》つけて轆轤《ろくろ》にまきて、磯《いそ》に引《ひき》あげけるに、其《その》たけ三十三尋《ひろ》弐尺六寸、*千味《せみ》といへる大鯨《おほくじら》、前代《ぜんだい》の見はじめ、*七郷《なゝさと》の賑《にぎは》ひ、竈《かまど》の煙立《けふりたち》つゞき、油をしぼりて千樽《ちたる》のかぎりもなく、其《その》身・其《その》皮・ひれまで捨《すた》る所なく、長者に成《なる》は是《これ》なり。切《きり》かさねし有様《ありさま》は、山なき浦《うら》に珍《めづら》しく、*雪《ゆき》の富士・紅葉《もみぢ》の高雄《たかを》爰《こゝ》にうつしぬ。いつとても捨置骨《すてをくほね》を、源内もらひ置《をき》て是《これ》をはたかせ、又油をとりけるに、思ひの外成徳《ほかなるとく》より分限《ぶんげん》に成《なり》、するゑ〱の人のため大分《だいぶん》の事なるを、今まで気のつかぬこそおろかなれ。近年《きんねん》工夫《くふう》をして*鯨網《くじらあみ》を拵《こしらへ》、見付《みつけ》次第に取損《とりそん》ずる事なく、今浦々《うら〱》に是《これ》を仕出《しだ》しぬ。昔日《そのかみ》は浜《はま》びさしの住《すま》ゐせしが、檜木《ひのき》造《づく》りの長屋《ながや》、弐百余人の猟師《れうし》をかゝへ、舟ばかりも八十艘《そう》、何事しても頭《づ》に乗《のつ》て、今は金銀うめきて、遣《つか》へど跡はへらず、根《ね》へ入《いり》ての内証吉《ないしやうよし》、是《これ》を楠木分限《くすのきぶんげん》といへり。

　信《しん》あれば徳《とく》ありと、仏《ほとけ》につかへ神《かみ》を祭《まつ》る事おろかならず。中にも*西《にし》の宮《みや》を有《あり》がたく、例年《れいねん》*正月十日には、人よりはやく参詣《まふで》けるに、一年《ひととせ》、*帳縫《ちやうとぢ》の酒に前後《ぜんご》をわすれ、漸々《やう〱》明《あけ》かたより、手船《てふね》の弐十挺立《てうだち》を押《をし》きらせ行《ゆく》に、いつの年よりおそき事を、何とやら心がゝりに思ひしに、年男《としをとこ》の福太夫《ふくだゆう》といふ家来《けらい》、子細らしき顔つきして申出《もうしいだ》せしは、「二十年此来《このかた》朝《あさ》ゑびすに参り給ふに、当年《たうねん》は日の入、旦那《だんな》の身袋《しんだい》も*挑灯程《てうちんほど》な火がふらふ」と、思ひもよらぬあだ口、いよ〱気をそむきて脇指《わきざし》に手は掛《かけ》しが、爰《こゝ》が思《し》案《あん》とおさめて、「春の夜《よ》の闇《やみ》を挑灯《てうちん》なしにはあるかれじ」と、足を延《のば》し胸をさすりて苦笑《にがわら》ひの中に、早船《はやぶね》*広田《ひろた》の浜に付《つけ》て、心静《しづか》に参詣《さんけい》せしに、松原淋《まつばらさび》しく、御灯《ごとう》の光《ひか》り幽《かす》かに、皆下向《みなげかう》ばかりにて、参《まい》るは我より外《ほか》になく、心をせきて神前《しんぜん》になれは、「お神楽《かぐら》」といへど、社人《しやにん》は車座《くるまざ》にゐて、*銭《ぜに》つなきかゝり、誰《たれ》の彼《かれ》のと兼《かによ》ひあひ、舞姫《まひびめ》の跡《あと》にて鼓《つゞみ》ばかり打《うち》て、そこ〳〵に埒明《らちあけ》、*鈴《すゞ》も遠《とを》ひからいたゝかせて仕舞《しまは》れける。

神《かみ》の事ながら少《すこし》腹立《はらたち》て、大かたに廻《めぐ》りて又舟に取乗《とりのり》、袴《はかま》も脱《ぬが》ず浪枕《なみまくら》して、いつとなく寝入《ねいり》けるに、跡よりゑびす殿《どの》、*ゑぼしのぬげるもかまはず、玉襷《たまだすき》して袖《そで》まくり、片足あげて岩《いは》の鼻《はな》から船に乗移《のりうつ》らせ給ひ、あらた成《なる》御声《こゑ》にて、「やれ〳〵、よい事を思ひ出してゐてから忘《わす》れたは。此《この》福を何《いづ》れの猟師《れうし》成共《なりとも》、機嫌《きげん》に任《まか》せ語《かたり》与《あたよ》ふと思ふに、今の世の人心せはしく、我云《わがいふ》事斗《ばかり》いふてざら〳〵と立行《たちゆけ》ば、何を云《いふ》て聞《きか》す間《ま》もなし。*おそく参《まいり》て汝《なんぢ》が仕合《しあはせ》」と、耳たぶによらせられ、小語《さゝやき》給ふは、「魚嶋時《うをしまどき》に限らず、生《いけ》船《ふね》の鯛《たい》を何国《いづく》迄も無事《ぶじ》に着《つけ》やう有《あり》。*弱《よはり》し鯛の腹に針の立所《たてどころ》、尾さきより三寸程前《ほどまへ》を、とがりし竹にて突《つく》といなや、生《いき》て働《はたら》く鯛の療治《りやうぢ》、新敷《あたらしき》事ではないか」と、語《かたり》給ふと夢覚《ゆめさめ》て、「是《これ》は世の例《ためし》ぞ」と、御告《つげ》に任《まか》せけるに、案《あん》のごとく鯛を殺《ころ》さず。是《これ》に又利《り》を得《え》て、*仕合《しあはせ》のよい時津風《ときつかぜ》、真艫《まとも》に舟を乗《のり》ける。

〈現代語訳〉

天狗源内の家名を誇る風車ののぼり旗

海のように広い知恵を使いこなす日本人の働きを見て、渡世にうとい唐の白楽天が逃げ帰ったのは、なんとも滑稽なことだ。漢詩の吟詠には興味はないが、横手節という小唄の出所が気になって尋ねてみると、紀伊国の大湊、太地《たいぢ》という村の女子供が歌い出したものだという。この土地は繁盛していて、若松の林の中に鯨恵比須の神社を祀り、鳥居代わりに鯨の胴骨が立っていて、その高さは三丈ばかりもあるだろう。初めて見たものが圧倒されて、土地の人にいわれを尋ねると次のように教えてくれた。この浜に鯨突きの羽刺しの名人で天狗源内という人がいたが、いつの年でも運のよい男だということで、かつてこの人を雇って船を仕立てたところ、ある時、沖に一群の夕立雲のように潮を吹いている鯨をめがけ、一の銛《もり》を打ち込み風車の旗印を掲げた者がいたので、これが天狗源内の手柄と人々は知った。漁師たちは波のようにかけ声をそろえ、笛・太鼓・鉦で拍子をとって、鯨に大綱をかけて轆轤《ろくろ》で巻いて磯に引き上げたが、その長さは三十三尋《ひろ》二尺六寸の背美《せみ》という大鯨で、前代未聞のものであり、「鯨一頭捕らえれば七郷のにぎわい」という諺のとおりに、近郷近在の村里はにぎわい、竈の煙が立ち続き、油を搾れば千樽以上にもなり、その身、その皮、ひれまで無駄になるところはなく、これだけで文句なく長者になれるというものだ。肉を切り重ねた有り様は、山のないこの海辺に雪の富士・紅葉の高雄を移したかのような珍しさだった。いつもであれば捨ててしまう骨を源内はもらい受け、これを砕かせてまた油をとったところ、思いのほかの利益を得て金持ちになった。下々の人々のために大きな利益になることを、今まで誰も気づかなかったとは愚かなことだ。近年、源内はさらに工夫して鯨網をこしらえ、今見つけ次第に確実に捕らえるようになったので、今ではどこでもこの漁法を用いるようになった。以前、源内は浜辺の粗末な家に住んでいたが、檜木造りの長屋に二百人余りの漁師を抱え、舟だけで八十艘も持ち、何をしてもうまく事が運び、今では金銀がうめくほど集まり、いくら使っても減ることがない。土台のしっかりした金持ちで、まさに楠分限というものだ。

信心すれば徳があるという諺通り、源内は仏に仕え神を祀ることをおろそかにせず、中でも西宮の恵比須神社を大切にして、毎年十日恵比須の例祭には人よりも早く参詣していたが、ある年、帳綴じの祝い酒に酔いつぶれてしまい、やっとのことで夜明け方から持ち船の二十挺だてを全速でこがせて向かったものの、例年になく遅くなったことが気がかりでいたところ、年男の福太夫という家来が訳知り顔で、「二十年来朝恵比須の御参りを続けたのに、今年は日の入り時、旦那の身代も提灯の火が降るような惨状になろう」と、とんでもない冗談をいうものだから、いよいよ機嫌が悪くなって脇差に手を掛けはしたが、ここが思案のしどころと心を静めて、「春の夜の闇を提灯なしで歩くわけにもゆくまい」と、足を伸ばし胸をさすって苦笑いをしているうちに、船は広田の浜に着いた。心静かに参詣はしたが、松原は寂しくお灯明の光も薄暗くて、帰る人の姿ばかりで参る人は自分以外にはおらず、気をせかせながら神前に来て「お神楽を奉納したい」と言ったが、神主たちは車座になって賽銭の勘定を始めだしており、誰の彼のと譲り合った末に、舞姫の背後で申し訳ばかりに鼓を打ってさっさと片づけ、頭の上で振るはずの鈴も、遠い所からすませておしまいになってしまった。

神社のこととはいえ少々腹が立ち、末社はざっと回っただけでまた船に乗り、袴も脱がずに横になって、いつとなく寝込んでいると、後から恵比須殿が、烏帽子の脱げるのもかまわず襷《たすき》がけに袖まくりで追いかけてきて、片足をあげて岩の端から船に乗り移られ、神々しいお声で、「やれやれ、良いことを思いつきながら忘れていたわい。この幸福をどの漁師にでも気分次第で語り告げようと思っていたら、今の世の人はせっかちで、自分のことを祈願するとさっさと去ってしまい何を言って聞かせる暇もない。遅く参詣したお前は幸せ者だ」と、源内の耳たぶに口を寄せて囁かれたことには、「鯛の豊漁期（三、四月ごろ）に限らず、生船の鯛をどこまでも活きたまま送り届ける方法がある。弱った鯛の腹に針を立てるというもので、尾先から三寸程先をとがった竹で突くと、たちまち生き返って動きまわるという鯛の治療法、新しい方法ではないか」と、語られたかと思うと夢が覚めた。「これは新しい工夫だ」と源内がお告げ通りにやってみると、そのとおりに鯛を殺さず輸送できた。これでまた利益を上げて、仕合せよく順風を真艫《まとも》に受けて、船を乗り出すような勢いで繁盛した。

〈語釈〉

○**唐楽天が逃て帰りし事**　唐の詩人白楽天が日本の知恵を計ろうと渡海し、住吉明神の化身の漁翁に敗れ神風で吹き返された故事（謡曲「白楽天」）の滑稽化。○**泰地**　和歌山県東牟婁郡太地町。捕鯨発祥の地として知られる。○**羽指**　捕鯨の勢子船を指揮し銛を打ち込む人。○**風車の験**　風車を描いた標識。挿絵参照。○**三十三尋弐尺六寸**　一尋は約一・五メートルなので五十メートル位になるが、数字を細かく端数まで記すのは西鶴の常套。○**千味といへる大鯨**　背美鯨。大きいものは十五メートル以上に達するという。○**七郷の賑ひ**　諺「鯨を突取れば七郷浮かむ」による。○**雪の富士・紅葉の高雄**　白い脂肪身《あぶらみ》の山を白雪の富士に、赤身肉を高雄の紅葉にたとえた。○**鯨網**　太地の捕鯨が突銛から網による漁法に変わったのは延宝年間のこととされている。ここはそれを源内の考案とした。○**西の宮**　えびす神の総本社、兵庫県西宮市の西宮神社。○**正月十日**　初戎十日戎の祭日。西宮では早朝に参詣すると福を授かるとされていた。○**帳縫**　帳綴。一月十日または十一日に一年間使用する帳面を綴じ上書きして祝う行事。○**挑灯程な火がふらふ**　家計の苦しいことの喩、「提灯ほどの火が降る」。○**広田の浜**　西宮市広田神社の前の浜。○**銭つなぎかゝり**　銭を銭緡《ぜにさし》につなぐ作業にかかり、賽銭の勘定を始めた様子。○**鈴**　神楽を舞う時に用いる鈴、神楽鈴。本来は参拝客の頭上で振り、祓い清める。○**ゑぼしのぬげるもかまはず**　以下気紛れで物忘れをし、慌てた恵比須神の滑稽な様。○**おそく参て汝が仕合**　早朝に参詣する朝恵比須信仰の逆を行く設定。○**弱し鯛の腹に針の立所**　この方法は『本朝食鑑』などにも見える活け締め法で現在でも行われているが、生き返って泳ぎ出すわけではない。○**仕合のよい時津風……**　家業が順調に繁栄する様を漁師の縁で、順風を真艫《まとも》から受けて航行すると祝意を込めて表現した。

〈挿絵解説〉

巨大な魚のような鯨に刃刺《はざ》しが一の銛を打ち込んだ天狗源内組の勢子船が右上に描かれている。舵取り・漕ぎ手の他に補佐役らしき人物が乗っている。その他の勢子船の船首にも銛を手にした刃刺しが描かれ乗り組もほぼ同数で、各船いずれも風車の船印を立てている。源内が刃刺しの現役であるとすると右上の人物、統率者とすると左下で扇子で賞賛している人物が相当するが不明。いずれにしても空想で描かれた捕鯨風景である。

〈解説〉

商人の話題を中心的に取り上げた『日本永代蔵』の中で、本章は紀州太地の漁業という、作中唯一の目新しい素材をテーマにしている。元々は粗末な苫屋住まいであった鯨突きの刃刺しの名人天狗源内は、鯨の骨から油を搾って思いがけない利益を上げ、捕鯨網を考案して事業を発展させた。檜造りの大きな長屋に大勢の漁師を抱える楠分限となった源内は、西宮恵比須の御告の鯛の活け締め法でますます順調に繁栄した。前章の大黒から恵比須に続けたまことにおめでたい話である。

謡曲「白楽天」を換骨奪胎して、才智に長けた日本人の働きぶりを見て渡世に疎い中国の白楽天が逃げ帰ったのは可笑しいことだと書き起こされた本章は、誇張された嘘咄・笑い話として構成されている。源内が仕留めた背美鯨《せみ》は、三十三尋二尺六寸というから体長が五十メートルもあったことになる。背美鯨は十五〜十八メートルとされ、地球上で最大の動物白《しろ》

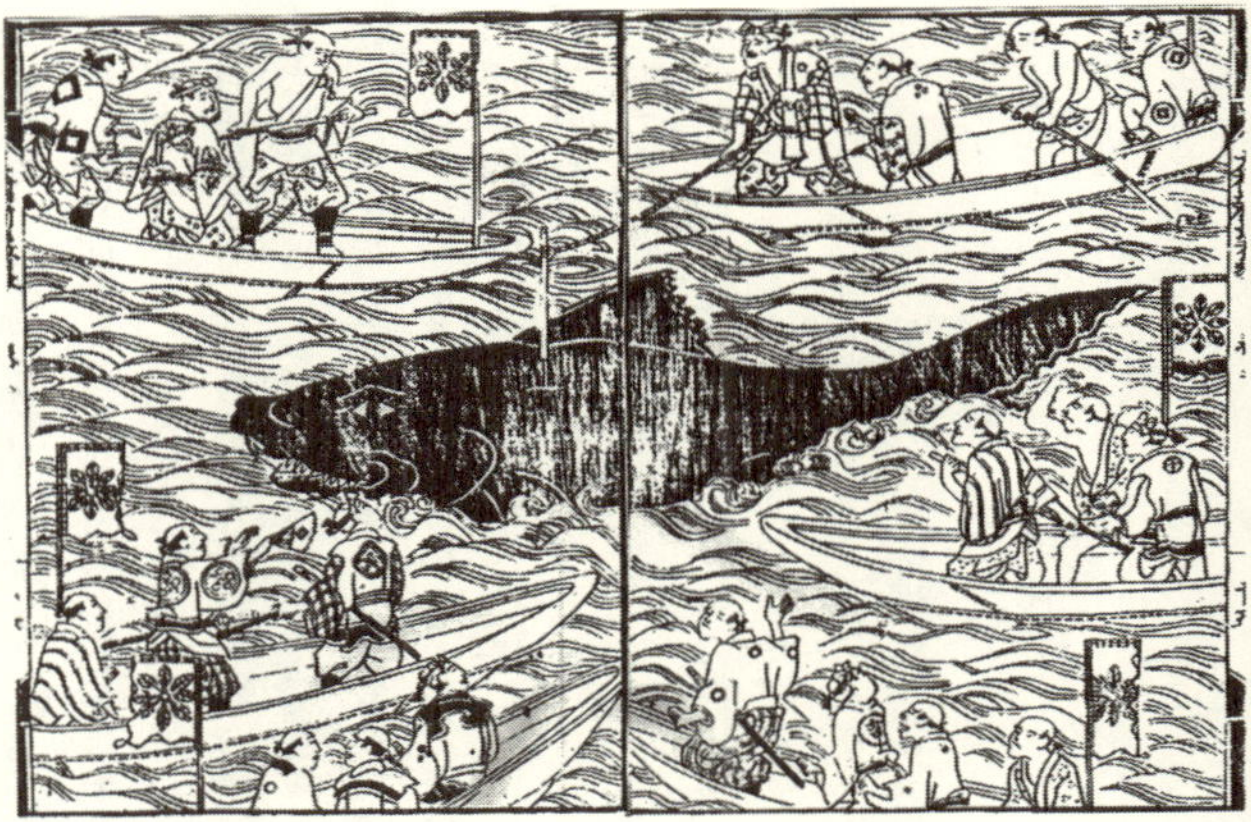

長須《ながす》鯨でも最長三十メートル程度であるという。西鶴当時の常識は不明であるが、いくら何でもこれは大き過ぎるので、殊更に細かい数字を示してでっち上げたものであろう。信心深い源内は西宮の恵比須を信仰し、毎年正月の十日には朝参りをしていたというが、これも有り得ない話である。太地と西宮は直線距離で約百五十キロ。ＪＲ紀勢本線経由の大阪―太地間の営業キロ数は二百五十三キロメートル。半日や一日の船の漕行で到達するのは不可能で、太地から潮岬を経て熊野灘を抜け、日の岬を通って紀淡海峡から大阪湾を突っ切るという二百五十キロメートルもの大航海を、それこそ徹夜でしなければならないのである。搾った油が千樽というのは言葉の綾であろうが、源内配下の漁師二百人余り、持ち船だけでも八十艘というのも誇大表現であり、基本的にこれらはお笑い種なのである。

にもかかわらず西鶴は、源内の祀った鯨恵比須に立てられた鯨の胴骨が三丈（約九メートル）とか、西宮に参詣する持ち船が二十挺立の小早船であるというように、正確な要素を併せ用いることでリアリティを確保している。一頭取れば七郷が賑うといわれた浜辺の活気あふれる様子も、残らず切り重ねた鯨の赤身や脂肪身《あぶら》が雪の富士・紅葉の高雄を移したようだと大袈裟ではあるが生き生きと表現されている。源内が鯨網を考案したというのは嘘なのだが、太地の捕鯨が他に先駆けて網取り漁法になったというのは歴史的事実であり、これによって彼が財を成したというのも不自然ではない。滑稽味のあるオーバーな表現は、一方で広い海で鯨を取る壮大な話題と見事に調和しており、ストーリーは基本的に笑い話として進行している。

いつもの年は朝一番に参詣していたのに、ある年のこと帳綴じ祝いの酒を呑み過ごし、出発が遅れたことを気に病んでいた源内は、家来の年男に縁起の悪いことを言われ意気消沈してしまった。夕方の閑散としたお宮では、巫女や神職に無愛想な扱いをされて立腹し、帰りの船中で寝込んでしまった。ところが「怪我の功名」とはこのことで、朝恵比須の信仰とは逆に遅く来たのがお前の幸せだと、恵比須が福を授けてくれたというのである。烏帽子が脱げるのも構わず、玉襷を掛けて袖まくりした姿で、片足上げて岩から船に慌てふためいて乗り移り、神々しい御声を張り上げていたものを、肝心の秘法は余人に聞こえないように小声で囁く恵比須様の様子はいかにも珍妙である。笑い話仕立てで授けられた活け締め法は、活魚の輸送が容易になった現在でも行われているもので、瀬戸内海名産の鯛を扱うにはもってこいのアイデアではある。だが、遥か離れた太地在住の源内がお告げ通りに実行して利益を得たというのは、実はちぐはぐな話なのである。

　以上のほとんどは、源内が家名とした天狗でなければ出来ないようなことばかりである。途方もない嘘咄・笑い話を基調にして、太地の捕鯨・鮮魚の処理法など正確な情報を盛り込み、源内の功績に結びつけて、立身譚をめでたくまとめ上げた筆致は、実に巧みである。

舟人《ふなびと》馬《むま》かた鐙屋《あぶみや》の庭《には》

北国《ほつこく》の雪竿《ゆきざほ》、毎年《まいとし》壱丈《でう》三尺《じやく》降《ふら》ぬと云《いふ》事なし。神無月《かみなづき》の初《はじ》めより山道《やまみち》を埋《うづ》み、人馬《じんば》の通《かよ》ひ絶《たへ》て、明《あけ》の年《とし》の*涅槃《ねはん》の比迄《ころまで》は、おのづからの精進《せうじん》して、*塩鯖売《しほさばうり》の声《こゑ》をも聞《きか》ず、*茎《くき》桶《をけ》の用意、焼火《たきび》をたのしみ、隣《となり》むかひも音信不通《ゐんしんふつう》になりて、半年《はんとし》は何もせすに、明暮《あけくれ》煎《せん》じ茶《ちや》にしておくりぬ。諸事《しよじ》を兼々《かね〴〵》たくはへ置《をき》し故《ゆへ》に、渇命《かつみやう》に及《およ》ばざりき。かゝる浦《うら》山《やま》へ、馬《むま》の背《せ》ばかりにて荷物《にもつ》をとらば、万《よろづ》高直《かうぢき》にして迷惑《めいわく》すべし。世《よ》に*船程重宝《ふねほどてうほう》なる物はなし。

　爰《こゝ》に坂田《さかた》の町に、鐙屋《あぶみや》といへる*大問屋《をゝどひや》住《すみ》けるが、昔は纔《わづか》なる人宿《ひとやど》せしに、其《その》身才覚《さいかく》にて近年次第《きんねんしだい》に家栄《いへさか》へ、諸国《しよこく》の客を引請《ひきうけ》、北《きた》の国一番の米《こめ》の買入《かいいれ》、惣《そう》左衛門といふ名をしらざるはなし。表口《をもてぐち》卅間・裏行六十五間を家蔵《いへくら》に立《たて》つゞけ、*台所の有様目《め》を覚《さま》しける。米《こめ》・味噌《みそ》出し入《いれ》の役人、焼木《たきぎ》の請取《うけとり》・肴奉行《さかなぶぎやう》、料理《りやうり》人。椀家具《わんかぐ》の部屋を預《あづか》り、菓子《くはし》の捌《さば》き・莨菪《たばこ》の役《やく》、茶《ちや》の間《ま》の役・湯殿《ゆどの》役、又は*使番《つかひばん》の者も極《きは》め、*商《あきなひ》手代・内証《ないしやう》手代、金銀の渡し役・入帳《いりちやう》の付手《つけて》、諸事《しよじ》壱人に壱役つゝ渡して、物の自由《じゆう》を調《とゝの》へける。亭主《ていしゆ》、年中袴《はかま》を着てすこしも腰《こし》をのさず、*内儀《ないぎ》は、かるひ衣装をして居間《いま》をはなれず、朝から晩まで笑《わら》ひ顔して、中〱上方《かみがた》の問屋《とひや》とは各別《かくべつ》、人の機嫌《きげん》をとり、身過《みすぎ》を大事に掛《かけ》ける。座敷数《かず》かぎりもなく、客《きやく》壱人に壱間づゝ渡しける。都にて*蓮葉女《はすはをんな》といふを、所詞《ことば》にて杓《しやく》といへる女三十六七人、下《した》に絹《きぬ》物、上に木綿《もめん》の立嶋《たつじま》を着て、大かた今織《いまをり》の後帯《うしろをび》。是《これ》にも女かしら有《あり》て指図《さしづ》をして、客に壱人つゝ、寝《ね》道具《だうぐ》あげおろしのために付置《つけをき》ける。

十人よれは十国《とくに》の客。難波津《なにはづ》の人あれば*播州網干《ばんしうあぼし》の人もあり。山城《やましろ》の伏見衆《ふしみしゆ》、京・大津《をゝつ》・仙台《せんだい》・江戸の人、入《いり》まじりての世間咄《はな》し、いづれを聞《きき》ても皆かしこく、*其《その》一分を捌《さば》き兼《かね》つるは独《ひと》りもなし。年寄《より》たる手代は、我《わが》ためになる事をしておく、若《わか》ひ手代は*悪所《あくしよ》つかひ仕過《しすご》し、とかく親かたに徳《とく》をつけず。是《これ》をおもふに、遠国《をんごく》へ商《あきなひ》につかひぬる手代は、律義《りつぎ》なる者はよろしからず。何事をもうちばにかまへて、人の跡《あと》につきて利を得る事かたし。又、大気《たいき》にして主人に損《そん》かけぬる程の者は、よき商売《しやうばい》をもして、*取過《とりすご》しの引負《ひきをひ》をも埋《うづむ》る事はやし。此問屋《このとひや》に、数年《すねん》あまた商人形気《あきんどかたぎ》を見及びけるに、はじめての馬《むま》おりより、葛籠《つゞら》をあけて、*都染《ぞめ》の定紋付《ぢやうもんつき》に道中着《きる》物を脱《ぬぎ》かへ、皺皮《ひきはだ》取《とり》すて新しき足袋《たび》・草履《ざうり》、鬢撫《びんなで》つけて咬楊枝《くはへやうじ》、誰《たれ》にか見すべき采体《とりなり》をつくろひ、此《この》あたりの*名所見に行《ゆく》とて、用《よう》を勤《つと》めし手代を案内《あんない》につれける人、今迄幾人《いままでいくたり》か、*して出られしためしなし。親《をや》かたかゝりの程なく親かたになる人は、気の付所《つけどころ》各別《かくべつ》なり。爰《ここ》に着《つく》といなや*面若《をもわか》ひ者に近寄《ちかより》、「いよ〳〵、跡《あと》月中比《なかごろ》の書状の通りと、*相場《さうば》かはりたる事はないか」「所々で気色《けしき》はかはる物にて、日和《ひより》見さだめがたく、あの山の雲たちは、*二百日をまたずに風とは御らんなされぬか」「当年の*紅《べに》の花の出来は」「*青苧《あをそ》は何程」と、入《いる》事ばかりを尋《たづ》ね、干鮭《からざけ》のぬけ目のない男《をとこ》、間《ま》なく、上《かみ》がたの旦那《だんな》殿より身《しん》袋《だい》よしとなられける。いづれ、物には仕《し》やうの有《ある》事ぞかし。此《この》*鐙屋《あぶみや》も、武蔵《むさし》野のごとく広《ひろ》ふ取《とり》しめもなく、*問屋《とひや》長者に似《に》て何国《いづく》に内証《ないしやう》あぶなかりしは、さだまりし*貢銭《こうせん》とるをまだるく、*手前の商《あきない》をして大かたは仕《し》損《そん》じ、損をかけぬる物ぞかし。問屋《とひや》一片《ぺん》にして、客の売物・買物大事にかくれば、何の気づかひもなし。

惣《そう》して問丸《とひまる》の内証、脇《わき》よりの見立《みたて》と違ひ、思ひの外諸事《ほかしよじ》物の入《いる》事なり。それを実体《じつてい》なる所帯《しよたい》になせば、かならず衰微《すいび》して家久しからず。年中の*足余《たりあま》り、*元日《ぐはんじつ》の*五つ前《まへ》ならではしれず、常《つね》には算用《さんよう》のならぬ事なり。鐙屋《あぶみや》も、仕合《しあはせ》の有《ある》時、来年中の台所物、前年《まへどし》の極月《ごくげつ》に調《とゝの》へ置《をき》、それより年中*取込《こみ》金銀を、長持《ながもち》におとし穴《あな》を明《あけ》て是《これ》にうち入《いれ》、十二月十一日、さだまつて勘定《かんでう》を仕《し》たてける。たしかなる*買問屋《かいとひや》、銀《かね》をあづけても夜《よ》の寝《ね》らるゝ宿《やど》なり。

〈現代語訳〉

船人や馬方であふれかえる鐙屋の土間

北国の雪は、雪竿で測って毎年一丈三尺（約四メートル）は積もらないということがない。十月の初めから山道が埋まり、人馬の通行も絶えて、翌年の涅槃会《ねはんえ》の頃までは仕方なく精進生活をすることになり、塩鯖売りの声さえも聞かず、茎漬の桶の用意や焚火で気を紛らすばかりで、隣や向いの家とも付き合いがなくなり、半年は何もせずに明け暮れ煎じ茶を飲んで過ごしている。ただし必要なものは前もって蓄えておくので、飢え死にするようなことはない。こんな漁村山村に馬だけを使って荷物を運ばせたなら何もかもが高値になってさぞかし困るだろう。それにつけても、世の中に船ほど便利なものはない。

ここ酒田の町には鐙屋という大問屋があり、かつては小さな旅人宿にすぎなかったが、自らの才覚で稼いで近年次第に繁栄し、諸国の客を相手にする北国一の米の買い入れ問屋となったので、今や惣左衛門という名を知らない者はいない。表口三十間奥行き六十五間の土地に家や蔵を建て並べ、その台所の様子は目覚ましいばかりである。米・味噌を出し入れする担当、薪の受取役、魚の係、料理人。膳・椀の部屋の管理役、菓子の担当者、煙草の係、茶の間の役、湯殿（浴室）役、または使い走りの者も決め、商いの手代、家計係の手代、金銀の渡し役、収入簿記入係といったように、万事一人に一役ずつ受け持たせて、事を思い通りに処理している。亭主は一年中袴を着て少しも腰を伸ばさず頭を下げており、その妻は身軽な服装で居間を離れず、朝から晩まで笑顔を絶やさずにいるなど、まことに上方の問屋などは及ばぬほど気を使って、人の機嫌をとって家業を大事に務めている。座敷は数限りもなくあって、客一人に一間ずつあてがっている。都では蓮葉女と呼んでいるものをこの土地の言葉では杓《しやく》と言い、その女が三十六、七人、下に絹物上に木綿の縦縞を着て、大方は今織の後帯をしめて働いている。これにも女頭という者がいて指図をし、客に一人ずつ蒲団の上げ下ろしのために付けておくことにしている。

「十人寄れば十国の客」と言うように、ここでも大坂の人がいるかと思うと播州網干の人もいる。山城の伏見の人、京・大津・仙台・江戸の人が入り混じって世間話をしていたが、どれを聞いてもみな賢そうで、一人前の仕事をさばけないような人は一人もいない。それでも、年配の手代は独立する時に自分のためになる事をしておき、若い手代は、色里で金を使いすぎ、とかく主人の利益にはならないものだ。これを思うに、遠国へ商いに遣わす手代は、実直すぎる者はふさわしくない。何事も控え目にして、人に遅れて行動するので、利を得ることに疎いからだ。また、大胆で時に主人に損を掛ける程の者は、一方では上手に商売して、先の失敗でできた借金の穴を埋めるのも早いものだ。この問屋で数年来多くの商人気質を見てきたが、はじめてやって来て、馬を降りるとすぐに葛籠を開けて都染めの定紋付に道中着を脱ぎ替え、皺皮《しぼかわ》の鞘袋をはずして新しい足袋・草履をはき、鬢をなでつけて楊枝をくわえ、誰に見せるためか身なりをつくろい、この辺りの名所を見に行くと言って、御用を勤める手代を案内役に連れ立って出かけるような人が今まで何人もいたが、一人として出世したためしはない。それに比べ、使用人の身からすぐに主人になるような人は、目の付け所が違っていて、ここに着くや否や主だった手代に近寄り、「本当に先月中ごろの手紙に記してあった通りの相場で、変わったりしてませんか」「所によって空模様は違うので、天候も見極めにくいものですが、あの山の雲の立ち具合は、二百日を待たずに台風が来るとは御覧になりませんか」「今年の紅花のでき具合は」「青苧《あおそ》の相場はどんなものですか」と、必要なことばかりを尋ねる、干し鮭のように抜け目のない男は、すぐに上方の主人よりも豊かな身代となる。何事につけ、ものにはやり方があるものだ。この鐙屋も、武蔵野のように手広く商売を広げて、世間でいう問屋長者風で危うくも見えるのだが、決まった口銭を取るだけの商売をまだるっこしく思うようでは、勝手な商売をしたあげくに失敗して客に損を掛けることにもなるのだ。問屋家業を一筋にやって客の売物買物を大事に取り仕切っていれば、何の気遣いもない。

そもそも問屋の内情というものは、脇からの見立てとは違って、思いのほか万事に物入りが多いものだ。だからといって、それを引き締めて地味すぎるやり方をすると、必ず衰微して遠からずつぶれることになる。一年中の収支は元日の朝の五つ前になるまでわからず、普段は収支勘定のできない商売なのだ。鐙屋では儲けのあった時、次の年に台所で必要なものは前年の十二月に買っておき、その後は一年中に入ってくる金銀を、長持ちにあけた穴から中に落とし入れ、十二月十一日に、きまって決算をするのであった。鐙屋こそは信用できる買問屋、銀を預けても安心して夜寝ることができる宿だ。

〈語釈〉

○**涅槃**　釈迦が入滅し涅槃に入った陰暦二月十五日。涅槃会。○**塩鯖売**　北陸地方の鯖を塩漬けにして鮮魚の乏しい京都や山間部に輸送・行商する。○**茎桶**　大根・カブなどを葉や茎と共に塩漬け（茎漬け）する桶。○**船程重宝なる物はなし**　寛文十一年、河村瑞賢（瑞軒）によって酒田を起点とする西廻り航路が整備され、北陸地方をはじめ全国的な海運が飛躍的に発展した。○**大問屋**　問屋は荷主の委託を受けて仲買人や小売商に売りさばく業者。酒田（坂田）の大問屋には諸国の商人を宿泊させたり、海運に従事する者もあったという。○**台所の有様**　以下一人一役の分担の有様を列挙する。○**使番**　元々は武家方の役職名だが、ここは使い走りの意。○**商手代・内証手代**　店の商売をする表勤めの手代と内証（奥向き）の家計・家事を管理する手代。○**内儀**　身分ある人の妻をいう語。武家の奥様に対し町人の妻の尊敬語。御内儀。○**蓮葉女**　上方の問屋などに置かれた宿泊する商人の身の回りの世話をし時に色を売る女。酒田の方言で杓《しやく》・提杓《ひしやく》と呼ばれた。○**播州網干**　播磨の国兵庫県姫路市の港町。○**一分**　ここはその人に課せられた職責、一人前の仕事。○**悪所つかひ**　悪所は遊里・芝居小屋などの遊興の地をいう語。ここは遊里通いで浪費すること。○**取過しの引負**　金品を着服したことで生じる主人に対する負債、借り。○**都染**　友禅染など京都で作られる染め物。京染。○**名所見に行とて**　衣服を着替えお洒落をして名所見物と称して色遊びに出かける様。○**して出る**　独立して一人前の商人になること。○**面若ひ者**　店の中心となる主だった手代。○**相場**　主に米などの物産品の相場、価格。○**二百日をまたず**　立春から二百十日前後は台風の襲来期。それ以前にの意。○**紅の花**　染料や紅の原料となる紅花は山形地方の特産品。○**青苧**　麻の茎から取った繊維製品。奈良晒の原料となりやはり山形の主要産物。○**鐙屋も、武蔵野のごとく広ふ……**　武蔵鐙の縁によって鐙—武蔵野。武蔵野は広いことから武蔵野—広ふと続けた。広ふ取しめもなく、は商売が手広いわりに収支勘定などがしっかりしていないこと。○**問屋長者に似て**　問屋は人の出入りも多く商売が盛んで裕福そうに見えるが内証の生計は苦しいの意の諺「問屋長者に似たり」による。○**貢銭**　口銭・手数料。売買の仲介をして手数料を収益とするのが問屋の基本。○**手前の商**　客の注文によらず問屋自身が商品を売買すること。○**足余り**　金銭や品物などの過不足。生活にゆとりのあるなし。○**五つ前**　およそ現在の午前八時頃。○**台所物**　台所で調理に必要な米・味噌・塩など。○**取込金銀**　収入となる金銀。収納金。○**買問屋**　卸売りをする売り問屋に対して、物産買い付けの世話をする商人宿兼業の問屋。

〈**挿絵解説**〉

鐙屋の台所と食事部屋。座敷では杓《しゃく》たちが客に配膳中。土間の大きな炉で魚を焼き、梯子をかけた竈の大釜で炊き上がった飯を手桶に取り出す男たち。これまた巨大な半切桶の膾《なます》を

鍬で和えている男と提子《ひさげ》を手にした女の向こうには料理を盛った足付きの盤。その右奥には、燗鍋、盃を載せた渡盞《とさん》・大皿がおかれ、襷掛けの下女がそちらを見ている。

〈解説〉

話の舞台は紀州和歌山の太地から雪国山形県の酒田へと一変する。本章は、北国の生活を描く冒頭、酒田の大問屋鐙屋の紹介、そこに滞在する諸国の商人の様子、問屋一偏に徹する鐙屋の堅実な商法を記した四つの部分から成っている。

北国では毎年四メートルもの積雪があり、十月頃から山道は雪に埋もれて人馬の通行も途絶え、翌年二月中旬までは隣近所とも付き合いがなく、半年余り家に閉じ籠って暮らし、日用品はすべて予め準備しておくので餓死するようなことはないという。いささか誇張された雪国の生活は海上輸送に支えられているとして、話題は西廻り航路の積出港酒田へと転じられる。手回し良く万般の準備をする雪国の習慣が、後述される鐙屋独特の決済法に生かされることになるのである。

西鶴の描く鐙屋は、元は小規模な宿屋で近年になって次第に家が栄え、北国一番の買問屋になったというのだが、史実では近世初頭から米問屋として有名で、町年寄を勤める程の旧家であった。明暦年間には鐙屋だけで町の半分を占める程の大屋敷を構えていたという。西鶴の描く家内の様子は、挿絵にもあるように目を瞠《みは》るものがある。台所では、米・味噌・薪・肴・菓子・煙草等々に係が定められ、料理人・食器当番・茶の間の役・浴室の役から走り使いまで細かく分けられ、店の手代と奥向きの手代、金銀を取り扱う役目と帳簿の付け手も別々で、一人一役の分業制であった。亭主も内儀も常時客の応対に余念がなく、女中頭の下で三十六、七人もの蓮葉女が客に一人ずつ付いて世話をしているという。主人夫婦が陣頭に立つ細分化された体制は、効率が良いだけではない。使用人の自己裁量の余地が殆どなく、金銀の渡し手と記帳の役が別人で、不正を働く機会を未然に防いでいるのである。一方ここに滞在する手代達の場合はどうであろうか。

全国各地から派遣されて来る手代たちは皆賢い者ばかりだが、年若い者は色遊びをし過ぎて、抱え主の利得にならないという。到着するや否や衣服を着替えてお洒落をし色里に出かけるような手代は、独立して一人前の商人になった例はない。すぐにでも親方になるような人物は、相場を確認し、価格に影響する天候を予想、紅花・青苧の出来具合を聞き合わせるなど目の付け所が違い、間もなく上方の旦那よりも身代が上になってしまうのだという。要するにこれは単身赴任の間自分の自由になる経費を、ある者は別会計にしてこっそり着服し、またある者は遊びに使ってしまうということである。色遊びをしない抜け目のない手代は自分の裁量で取り引きをした自分商いの利得の多くをほまちとして我が物にしているので、あっという間に出世してしまうのである。

もっともこれは一歩間違えば大損をして返済に追われる危険性があるが、そういうことをしない真面目な律義者は消極的で利が薄く、主人に損をさせる程に大胆な手代は、良い商いをして欠損分の埋め合わせも早々に済ませるという。この自分商いの危険性を回避して着実な成果を挙げているのが、他ならぬ鐙屋であるというのが本章の設定である。

顧客の売買の仲介をして決められた口銭を取るだけでは物足りなくて、問屋自身の思惑で商売に手を出すと失敗して損をするが、鐙屋は問屋一筋に徹したとされている。物資の品目や輸送料など様々な条件が絡むので、問屋の口銭即ち手数料の実態は必ずしも明確ではないが、『酒田市史』には米・大豆で取引高の一から一・五パーセント、明治初年の『商事慣例類集』にも二〜五パーセントの数字が記されており、これが問屋の収入となる。問屋商法に専念した鐙屋の場合収入は全く自身の意のままにならず、客の取り引きの増加だけが収入増につながることになるので、独特の決算法を採用していたという。多数の客を宿泊させるには派手な生活をしなければならず物入りが嵩《かさ》み、余裕の有無は元日の午前八時頃にならなければ解らないので、一年間に台所で必要なものは前年の十二月に全部調え、収納金はすべて蓋に穴を明けた長持にプールしておき、年に一度十二月十一日に決済したというのである。

実際問題としてはこのような散漫な会計で鐙屋程の大世帯が維持出来るはずはないし、モデルとしての実態ともかけ離れている。だが、分業制で効率が良く不正を働く者もいない鐙屋は、半年冬籠りする雪国らしい物資の調達方法による健全な経営状態で、安心して銀の預けられる買問屋であるというのが、本章の全体構想なのである。

日本永代蔵《にっぽんゑいたいぐら》　巻三

目録《もくろく》

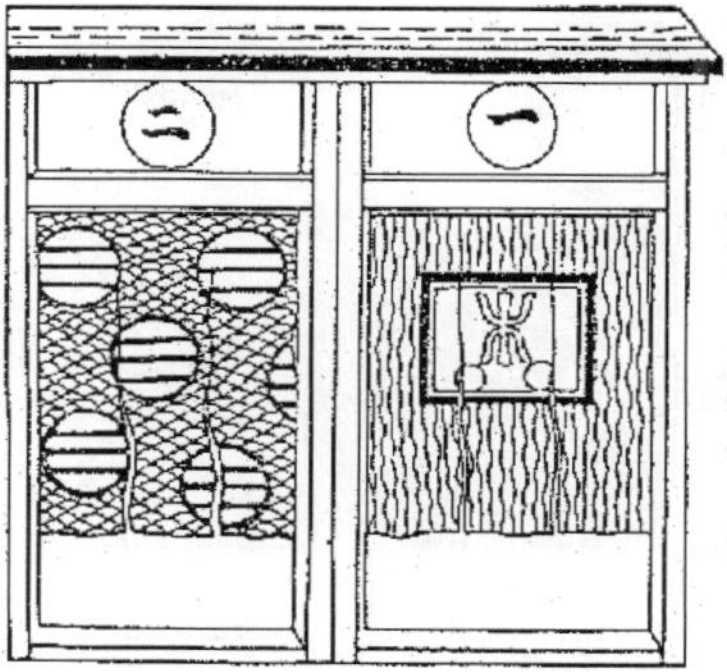

*煎《せん》じやう常とはかはる問薬《とひぐすり》

*江戸にかくれなき箸削《はしけづり》

小松さかへて材木屋

国に移して*風呂釜《ふろがま》の大臣

豊後《ぶんご》かくれなき*まねの長者

程なくはげる*金箔《きんぱく》の三の字

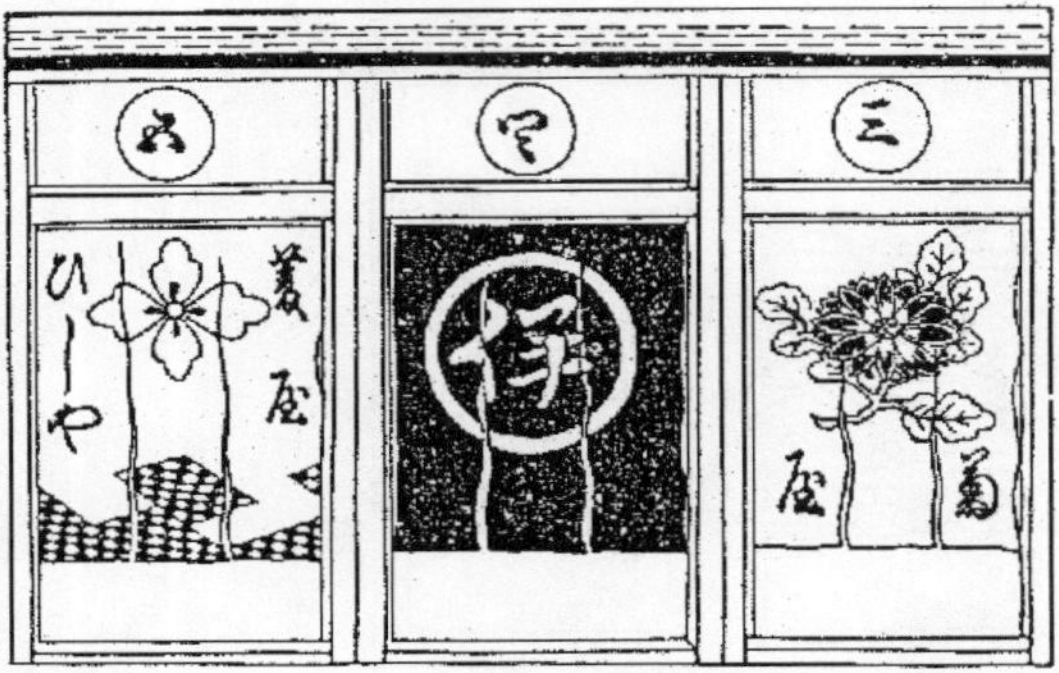

世は*抜取《ぬきとり》の観音《くはんをん》の眼《まなこ》
伏見にかくれなき後生嫌《ごしやうきら》ひ
*質種《しちだね》は菊屋が花ざかり

高野《かうや》山《さん》 *借銭塚《しやくせんづか》の施主《せしゆ》
大坂にかくれなき律義《りつぎ》屋
*三世相《ぜさう》よりあらはるゝ猫

*紙子《かみこ》身体《しんだい》の破《やぶ》れ時
駿河《するが》にかくれなき花菱《はなびし》の紋
*無間《むけん》の鐘を聞《きけ》ば突《つき》そこなひ

〈語釈〉

○**煎じやう常とはかはる**　薬袋の上書きの決まり文句「煎じやう常のごとし」を逆転したもの。問薬は病気を判断するための試薬。○**小松さかへて**　箸削りから材木屋に成長したことを、木材の縁で小さな松が栄えたと表現した。○**風呂釜の大臣**　主人公が都の水を国元に運ばせて風呂を焚かせたことを、塩釜の大臣　源融《みなもとのとおる》になぞらえていったもの。○**まねの長者**　前項の行いを、豊後の国の伝説上の真野の長者の名前をもじって、真似の長者と表現した。○**金箔の三の字**　主人公万屋三弥が軒の瓦に金箔で三の字を付けたが破産してしまったことを、程なく剝《は》げるといった。○**抜取の観音の眼**　利欲のために神仏を欺く非道な行為をいう成句「仏の目を抜く」によって主人公の行為をたとえた。○**質種は菊屋が花ざかり**　質草は菊屋の繁昌を呼ぶの意。家名から花ざかりと表現した。○**借銭塚**　返却する見込みがなくなった借銭で建立した塚。○**三世相よりあらはるゝ猫**　本文に登場する大坂の有名な分限者の前世が、人の過去・現在・未来の三世にわたる運命・吉凶を記した書物『三世相』によると猫と判明したの意の副題。○**紙子身体**　紙子商売で築き上げた身代。○**無間の鐘**　これを撞《つ》くと来世は無間地獄に堕ちるが現世では富貴になると伝えられている、静岡県の小夜（佐夜）の中山の観音寺にあった鐘。

〈**解説**〉

巻三の一の暖簾の立涌《たちわき》模様に、子持枠で膳をかたどり、合子《ごうし》を配して食事道具を描いたのは箸の縁。これに材木屋を意味する木を『説文解字』の小篆の字体で描いた。巻三の二は、網目模様に丸に三の字の万屋三弥の定紋。巻三の三の、菊屋と書いて花弁の先の尖った鬼菊の折枝を配したのは、鬼のように悪辣な善蔵の所業に当てたものであろうか。巻三の四は、借銭塚の施主伊豆屋の屋号を丸に伊と白抜きにした。巻三の五は、菱形をつないだ市松模様の松皮菱《まつかわびし》と花菱の定紋を描き、屋号を漢字・仮名二通りに記したもの。

煎《せん》じやう常とはかはる問薬《とひぐすり》

*「四百四病は、世に名医ありて、験気《げんき》をえたる事かならずなり。人は智恵・才覚にもよらず、貧病《ひんびやう》のくるしみ、是《これ》をなをせる療治《りやうぢ》のありや」と、家有徳《いへうとく》なるかたに尋ねければ、「今迄それをしらず、養生《ようじやう》さかりを四十*の陰《ゐん》まで、うか〱暮されし事よ。少し見立《みたて》おそけれ共、いまだよい所あるは、革足袋《かはたび》に雪踏《せつた》を常住《じやうぢう》帯《はか》るゝ心からは、分《ぶん》限《げん》にもなり給はん。*長者丸《ちやうじやぐはん》といへる妙薬《めうやく》の方組《はうぐみ》、伝へ申《まうす》べし。

△朝起《あさおき》五両* △家職《かしよく》弐十両 △*夜詰《よづめ》八両 △始末《しまつ》拾両 △達者《たつしや》七両

此《この》五十両を細《こまか》にして、胸算用《むねさんよう》・秤目《はかりめ》の違ひなきやうに、手合《てあはせ》念を入《いれ》、是《これ》を朝夕呑込《てうせきのみこむ》からは、長者にならざるといふ事なし。然《しか》れ共《ども》、是《これ》に大事は*毒断《どくだち》あり。

○美食《びしよく》・淫乱《ゐんらん》、絹物を不断着《ふだんぎ》 ○内義《ないぎ》を乗物全盛《のりものぜんせい》、娘に琴・歌賀留多《うたがるた》 ○男子《むすこ》に万《よろづ》の*打囃《うちはやし》 ○鞠《まり》・楊弓《やうきう》・香会《かうぐはい》・連俳《れんぱい》 ○座敷普請《ぶしん》・茶《ちや》の湯《ゆ》数奇《ずき》 ○花見・舟遊び・*日《ひ》風呂入《ぶろいり》○夜歩行《よありき》・博奕《ばくち》・碁《ご》・双六《すごろく》○町人の居合《ゐあひ》・兵法《ひやうはう》○物参詣《まうで》・後生心《ごしやうごころ》○諸事の扱《あつかひ》・請判《うけはん》○*新田《しんでん》の訴詔事《そせう》・*金山《かなやま》の中間入《いり》○食酒《けざけ》・莨菪好《たばこずき》、心当《こころあて》なしの京のぼり○勧進相撲《くはんじんずまう》の銀本《かねもと》・*奉加帳《ほうがちやう》の肝入《きもいり》○家業の外《ほか》の小細工・金の*放目貫《はなしめぬき》○役者に見しられ、揚屋《あげ》に近付《ちかづき》○八より高借銀《たかいかりぎん》

先此《まづこの》通りを、*斑猫《はんめう》・*比霜石《ひさうせき》より怖敷《をそろしく》、口にていふも扨置《さてをき》、心に思ふ事もなかれ」と、少《ちい》さき耳に小語《さゝやき》給へば、是《これ》皆金言《きんげん》と悦《よろこ》び、彼《かの》福者の教《をしへ》に任《まか》せ、朝暮《てうぼ》油断なく、「所は御江戸なれば、何をしたればとて商《あきなひ》の相手はあり。珍敷《めづらしき》見立《たて》もがな」と、日本橋の南詰《づめ》に、曙《あけぼの》より一日立《たち》つくしけるに、流石《さすが》諸国の人の集《あつま》り、山も更《さら》にうごくがごとく、京の祇園会《ぎをんのゑ》・大坂の天満祭《てんままつり》にかはらず。毎日の繁昌此御時《このおんとき》、君が代の道広く、*通《とを》り町《ちやう》十二間《けん》の大道《だいだう》所せきなく、此《この》橋の上に*馬乗《むまのり》一人・出家壱人・*鑓壱筋《やりひとすじ》、朝から晩迄絶《たゆ》る事なく、され共、人の大事にかくる物はおとさず、銭を壱文、いかな〳〵目に角立《かどたて》ても拾ひがたし。是《これ》を思ふに、佩《あだ》につかふべき物にはあらず。

「菟《と》角《かく》商売に一精《ひとせい》出し見ん」と、心は働きながら、手振《てぶり》てかゝる事は、今の世の中に、取手《とりて》の師匠か取揚婆々《とりあげばゝ》より外《ほか》に、銀《かね》に成《なる》物なし。「種蒔《たねまか》ずして、小判も壱歩はへる例《ためし》なし。何とぞ只取《たゞとる》事を」と、気を付《つけ》、心を砕《くだく》中に、屋形〳〵に行て殿作り仕舞、大工《だいく》・屋根葺《やねふき》のがひとつれに、弐百・三百人、辰巳《たつみ》あがりなる高咄《たかはな》し、逆鬢《さかびん》にして天窓《あたま》つきおかしく、衣裏《ゑり》の汚《よごれ》着物《きるもの》、袖口のきれたる羽織のうへに帯《をび》して、*間棹《けんざほ》

杖《つえ》に突《つく》も有《あり》。大かたは懐手《ふところで》、腰の屈《かゞ》み後付《うしろつき》、其《その》職人とは、看板なしにしれける。跡より、番匠童《ばんじやうわらは》に、鉋屑《かんなくづ》・木屑《こつぱ》をかづかせけるに、可惜《あたらひ》檜の木の切々《きれぐ〵》をちて捨《すた》るをかまはず。「是《これ》らまで大様《おほやう》なる事、天下の御城下なればこそ」と思はれ、是《これ》に気を付《つけ》てひとつ〳〵拾ひ行《ゆく》に、*駿河町の辻より神田の*筋違橋《すぢかひばし》迄に、一荷《いつか》にあまる程取集《とりあつ》め、其《その》まゝ是《これ》を売《うり》けるに、弐百五十文手取《てどり》して、「足もとにかゝる事を、今迄しらぬ事の残念」と、其《その》後は日毎《ごと》に暮《くれ》を急ぎ、大工衆《だいくしう》の帰りを見合《みあはせ》、其道筋《そのみちすぢ》に有程《あるほど》拾ひけるに、五荷《か》よりすくなき事なし。雨の降《ふる》日は、此木《このき》屑《くず》より箸《はし》を削《けづり》て、*須田町《すだてう》・*瀬戸物町の青物屋におろし売《うり》、箸《はし》屋甚《じん》兵衛と*鎌倉牱《かまくらが》栈《し》にかくれなく、次第分限《しだいぶんげん》となりて、後は此木《このき》切大木《きれたいぼく》となりて、材木《ざいもく》町に大屋敷を求め、手代ばかりを三十余《よ》人抱《かゝ》へ、*河村《かはむら》・柏木《かしはぎ》・伏見《ふしみ》屋にも劣《をとる》まじき*木山《きやま》をうけ、心の海広く、*身体真《しんだいま》艫《とも》の風、*帆柱《ほばしら》の買置《かいをき》に、願ひのまゝなる利を得て、幾程《いくほど》なく四十年のうちに、拾万両の内証金、是《これ》ぞ若い時呑込《のみこみ》し長者丸《ちやうじやぐはん》の験《しるし》なり。今は七十余歳なれば、すこしの不養生《ふやうじやう》もくるしからじと、はじめて上下《うへした》共に飛騨紬《ひだつむぎ》に着替《きかへ》、芝肴《しばさかな》もそれ〳〵に喰覚《くひをぼ》へ、築地《つきぢ》の門跡《もんぜき》に日参《につさん》して、下向《げかう》に*木《こ》引町《びきちやう》の芝居を見物、夜《よる》は碁友達《ごともだち》をあつめ、雪のうちには*壺の口を切《きり》、水仙の初咲《はつざき》なげ入《いれ》花のしほらしき事共《ども》、いつならひ初《そめ》られしも見えざりしが、銀《かね》さへあれば何事もなる事ぞかし。

此《この》人、前後にかはらず一生吝《しは》くは、富士を白銀《しろがね》にして持《もち》たればとて、武蔵《むさし》のゝ土、*羽《は》芝《しば》の煙《けぶり》となる身を知《しり》て、老《をひ》の入前《いりまへ》かしこく取置《とりをき》、世に有《ある》程のたのしみ暮し、八十八*の時、聞《きき》伝へ、升掻《ますかき》をきらせ、子共の名付親《なづけをや》に頼《たのみ》、人のもちひ世のさたに飽《あい》て、此《この》人、死光《しにびかり》さながら仏にもならるゝ心ちせり。後《のち》の世も悪《あし》からしと、万《ばん》人是《これ》を羨《うらや》みける。人、若《わかい》時貯《たくはへ》して、年寄《より》ての施《ほどこし》肝要《かんよう》也。迚《とて》も向《さき》へは持《もち》て行《ゆけ》ず、なふてならぬ物は銀《かね》の世中《よのなか》。

〈現代語訳〉

煎じ方はいつもと違った試し薬

「俗に四百四病とも言って様々な病気があるけれど、世の中には名医が居て必ず治すことができるというものだ。ところが、知恵があろうが無かろうが、貧乏の苦しみというものがあって逃れ難い。これを治す方法というものは無いだろうか」と裕福な人に尋ねてみると、「今までそんなことも知らずに、養生を本格化しなくちゃならない四十歳過ぎまで、よくまあ、うかうかと暮らして来られたもんだねえ。診察するには遅いけれど、まだ見込みがある。というのは、お前さんは革の足袋《たび》に、雪駄《せった》を常に履くような用心深い心掛けだから、分限にだってなれるかもしれないよ。長者丸という妙薬の作り方を伝授いたそう。

△早起きは五両（七十五グラム）、△家業に励むこと二十両、△夜なべは八両、△倹約は十両、△健康は七両

この五十両（七百五十グラム）を細かく砕いて粉にして、万端間違いないように秤目きっちり調合する。これを朝夕に飲み込めば長者にならないということは絶対ない。しかしながら、これには大事な毒断ち、すなわちやってはならない禁止事項がある。

○美食と淫乱、高級な絹物を普段着とすること。○女房を上等な駕籠に乗せて贅沢をさせ、娘に琴や歌かるたをさせること。○息子に鼓や太鼓など遊芸をさせること。○蹴鞠、楊弓、お香の会、連歌・俳諧の座に出座すること。○座敷の普請、茶の湯にふけること。○花見、船遊び、毎日風呂に入ること。○夜ほっつき歩くこと、博打・囲碁・双六に興じること。○町人の居合抜き、兵法の稽古。○寺社の参詣、後世の往生を願うこと。○諸事の仲裁、保証人としての捺印《なついん》。○新田の訴訟事、鉱山開発に関わること。○食事の時に酒を飲むこと・煙草好き、予定のない京都行き。○勧進相撲の元手となる資金を出すこと、奉加帳の世話役をすること。○家業の外の小細工・金で装飾された刀の放目貫《はなしめぬき》。○役者に顔を見知られること、遊廓の揚屋の近づきになること。○月利八厘（〇・八パーセント）より高い利息の借金。

とまあ、まずこの一通りを、斑猫《はんみょう》や砒霜石《ひそうせき》よりも恐ろしい毒と思い、口に出すのはもちろんのこと、心に浮かべることもないように」と耳たぶの小さい貧相な耳にささやきなさったので、これは全て大切にすべき格言だと喜んで、その金持ちの教えのままに、明け暮れ油断することなく商売に励もうと考えた。「ここは何と言っても江戸だから、どんな商売をしたとても客はあるはずだ。何か珍しい商売が思い浮かばないか」と、日本橋の南詰に夜の明ける前から日が沈むまで一日中立ち続けて考えたところ、さすがに諸国の人が集まる場所で、さながら山が動くように、その賑わう様は京の祇園祭や大坂の天満祭の雑沓と同じである。毎日の繁昌は、徳川将軍の治世という御時だからこそで、その将軍の広きご政道のように、目抜き通りの通り町は道幅二十数メートルの大通りにもかかわらず人がいっぱいでごった返している。その日本橋の上に、馬に乗った武士、僧侶、鑓持《やりも》ちを従えた侍が、朝から晩まで絶えることなく行き来しているが、人が大切にしているものは落とさない。たとえ銭一文であっても、どのように目を凝らして見渡しても拾うことは出来ない。これを考えると銭というのは、疎《おろそ》かに使うものではない。

「ともかくも精を出して商売に励もう」と、心は勇みながら、今の世の中、元手のない手ぶらの状態で取りかかれる仕事は素手で行う武術の師匠か、助産婦より他にない。「種を蒔かないで小判も一分金も生えた例はない。しかし何とか元手なしで儲かる仕事はないものか」と苦心していると、あちらこちらの大名屋敷に行って、その日の家造りの仕事を終えた大工や屋根葺《ふ》き職人たちが、それぞれ二百人、三百人の一団となって、甲高い声で話をしながら帰って行く。その者たちの鬢《びん》の毛は前にそそけ、変な頭付きになっており、着物も襟が汚れており、袖口が切れた羽織の上に帯をして、長い物差しを突きながら歩く者もいる。大方は懐手《ふところで》をして腰の屈んだ後ろ姿で、看板になるようなものがなくても、その姿で大工職人とわかってしまう。その一団の後からやって来るのは、大工の見習いの弟子たちで、鉋屑《かんなくず》や木っ端を担いでいる。もったいないことに、檜《ひのき》の切れっぱしが落ちて捨てられたままになってゆくが、「こんな連中まで大様なことは、天下の将軍さまの御城下なればこそ」と思われてくる。これに思い付いて、ひとつひとつ拾ってゆくと、駿河町（日本橋室町）の辻より神田の筋違橋まで拾い続けたところ、一荷、つまり一人で担ぐことができる範囲を越えるほど集まったので、それをそのまま売ってみると二百五十文（約五千円）にもなった。「足元にこんな儲け話があったことに、今まで気付かなかった事は残念」と、その後は毎日夕暮れを待ち、大工連中が帰るところを見合わせて、その道伝いに落ちている木屑を拾ったところ、五荷より少ないということは無かった。雨の降る日は、この木屑を削って箸にして、須田町・瀬戸物町の八百屋に卸売《おろしう》り、箸屋甚兵衛といって鎌倉河岸にその名がよく知られるようになり、次第に裕福となって、後にはこの木切れが大木となって、材木町に大きな屋敷を構え、手代だけで三十数人抱えて、河村、柏木、伏見屋といった大材木商とも肩を並べる存在となった。さらに木山を買い込むと、海のように広い心で真艫《まとも》に風を受け、順風満帆に商売を走らせ、そうした船の帆柱まで買い置きをし、願い通りに利を得るようになった。程なく四十年のうちに、十万両（約八十億円）の手持ち金を持った。これこそ若い時に飲み込んだ長者丸の効き目である。今は七十数歳になり、少しぐらいの不養生は構わないだろうと、初めて上着下着ともに飛騨紬に着替えて、芝浦付近で捕れる江戸前の小魚もそれぞれに食べ覚え、築地の西本願寺別院に毎日通い、帰りには木挽《こびき》町の芝居を見て家に帰るのであった。夜は碁仲間を集めて、雪の降る頃には新茶の壺の口を切り、水仙の初咲きを投げ入れに活けるなど風流なことをするのだが、一体いつそんなことを習い始めたのかは誰も知らなかった。金さえあれば何事も出来ないということはない。

この人は、老後も若い時と同じように、一生けちん坊で通したのなら、富士山を全部銀貨にして持っていたとしても、結局は武蔵野の土、千住橋場《はしば》の火葬場の煙となる身で空しい限りである。恐らくそのことを知ったからであろう、前々から賢くも老後の生活費を別に取り置き、世にある楽しみを全て嗜《たしな》んで暮らしたのであった。その後、八十八歳になった折に噂を聞いた人がこの老人に升掻《ますかき》を切らせたり、子供の名付け親になってもらったりした。こうしてこの人は、飽きるほど人にも大切にされて亡くなった。その葬式の様子、つまり死に光は、まるで仏様にでもなったかのようで、あの世でも良いことが続くのであろうと、万人がこの人のことを羨《うらや》んだ。人は若い時に蓄えをして、年寄りになってから周囲に施しをすることが肝要だ。金はあの世に持っては行けないのだから。そうだとしても、無くてならないのは銀、それがあっての世の中だ。

〈語釈〉

○**四百四病**　人間がかかる病気の総称。仏説に人体を構成する地・水・火・風の四つの元素の不調から百一ずつの病が生ずるとされ、計四百四病となる。諺「四百四病より貧の苦しみ」。○**四十の陰**　陽気が衰え陰気が盛んになり体の勢いの衰える四十歳以上の年齢。○**長者丸**　長者になるための心得を薬の処方になぞらえたもの。丸は丸薬の意。○**両**　重さの単位、四〜五匁。薬種は通常四匁、約十五グラム。縁起よく小判の単位を掛けたもの。○**夜詰**　ここは夜遅くまで仕事をすること。夜なべ。○**毒断**　体の害になり、服薬の妨げとなる飲食物を避けること。以下裕福な町人好みの遊興や付き合い事を列挙する。○**打囃**　鼓・太鼓などを打つ男の嗜みとされた芸道。○**日風呂入**　毎日入浴すること。当時は贅沢とされていた。○**新田の訴詔事**　開発された新田の境界や所有権・耕作権に関する紛争や裁判にかかわること。○**金山の中間入**　鉱山開発を共同で請け負うこと。投機的で危険を伴う事業。○**奉加帳の肝入**　神仏に奉加（寄付・寄進）する金品の目録や寄進者の氏名を記した帳簿。一般の寄付金名簿にもいう。肝入は世話役。○**放目貫**　装飾のため刀の目貫を柄糸で巻き固めず露出させたもの。○**斑猫**　体に劇毒のある甲虫豆斑猫《まめはんみよう》の通称。○**比霜石**　猛毒のヒ素を含む鉱物。砒石。諺に「毒は砒霜石と斑猫」とあり、この二つは毒物の代表とされていた。○**通り町**　日本橋を中心に南北に通じる江戸一番の目抜き通り。○**馬乗**　馬上の武士。三百石取り程度の格式。○**鑓壱筋**　槍持ちに持たせた槍一本のことで、槍持ちを従えた百石取り程度の武士を意味する。○**間棹**　建築現場で用いる一間以上の長い物差し。尺杖《しやくづえ》。○**駿河町**　日本橋の北、現在の中央区日本橋室町一、二丁目。○**筋違橋**　通り町の北端、神田川に架けられた橋。この間約千三百メートル。○**須田町**　現在の千代田区神田須田町。青物市があった。○**瀬戸物町**　日本橋室町通り町の東側。鳥屋・下り酒屋・青果商など種々の店があった。○**鎌倉河岸**　鎌倉河岸は千代田区内神田の江戸城堀端にあった河岸。○**河村・柏木・伏見屋**　当時実在の大材木商、治水工事や海運でも名高い南新堀の河村瑞軒（瑞賢）・茅場町の柏木太右衛門・佐久間町の伏見屋四郎兵衛。○**木山をうけ**　山全体の材木伐採権を契約によって入手すること。山―海―真艫の風―帆柱。○**身体真艫の風**　順調に家業が発展し財産が蓄積されたの意。○**帆柱の買置**　帆柱用の木材は高価で他の材木に比べ需要も少ないので買置には大資本と忍耐が必要となる。○**木引町の芝居**　木挽町は中央区銀座四丁目。歌舞伎芝居の山村座・森田座があった。○**壺の口を切**　通常は陰暦十月の初め頃新茶の茶壺の口を切り茶会を催す。雪のうちにはとするのはいささか時期遅れである。○**羽芝の煙**　現在の荒川区南千住付近の地名橋場。火葬場があった。富士―武蔵野（―煙）。○**八十八の時……升掻をきらせ**　前出、巻一の二参照。

〈挿絵解説〉
日本橋の情景。挟箱持二人、大名行列や槍踊りで用いる毛槍を持った奴、若党二人、沓籠《くつかご》持と右手に主人の草履を持つ草履取りを従えた裃姿の馬上の三百石取程度の武士の一行。天秤棒で荷物をかつぐ行商人。本文と服装は異なるが、弟子に道具箱を持たせた大工であろうか、反対側から橋を渡りかかっている。

〈解説〉

本章は、金持ちになるための心得を妙薬長者丸として伝授する件《くだ》り、主人公が木端《こっぱ》を拾い箸削りから身を起こし、遂には材木屋となって巨万の富を築く条、安楽な晩年を過ごした後日譚の三つより成っている。

長者丸の処方を要約すれば、早起きして家職に励み、夜の空き時間も無駄にせず、倹約に心懸けて丈夫で暮らすという、至極基本的な心構えである。一方で毒断ちとして列挙されているのは、失費の戒めとして微に入り細を穿《うが》つ具体的且つ詳細なものであった。だからといってこの通り実践すれば必ず長者になれるというわけではないはずであるが、主人公は「是皆金言である」と喜び、致富の方法を薬にたとえる西鶴のアイデアは多くの模倣作を生んでいるという。

伝授された男は商いの手段を発見しようと早朝から日本橋の南詰に立ち、一日中人通りを見物したという。よく考えてみれば奇妙な反応の末に主人公が得たのは、銭一文も落ちてはおらず、金は無駄に使うべきものではないという、馬鹿げた結論であった。だが、どこまでも油断のないこの男は何とかして只で手に入るものはないかと気を付け、現場帰りの大工の一行が落として行く木片を拾い集めて売り、その日の内に五千円程度儲けたという。それからは毎日のように夕方には木屑を拾い、雨の日には箸を削って卸し売りをし、箸屋甚兵衛と

鎌倉河岸の有名人になった。扱う木端は大木となり、次第次第に金持ちとなった甚兵衛は、材木町に屋敷を求め、四十年間で手代を三十人余り使う、十万両というから約八十億円の資産を有する大材木商に成長した。これというのも若い時に飲み込んだ長者丸の効験であるという。
　夢物語のようなこの話で目につくのは、木端拾いから出発したという、またしてもワケ有りの設定である。江戸幕府の材木御用達を勤めた日本橋材木町の鎌倉屋甚兵衛が本章のモデルではないかともされているが、箸削りのことは他に所見がなく真偽不詳である。草創期以来大名屋敷の作事が続き、火事が多くその度に家が建て直された江戸の町は材木の需要が多く、作中に実名の上っている河村・柏木・伏見屋のような材木商が続出し、時代はやや下るが紀伊国屋文左衛門のような伝説的な豪商も生まれている。こうした歴史上の事実と長者丸の構想を結

びつけることで西鶴は、四十歳過ぎて伝授された長者丸を若い時に飲み込んだとし、その後間もなく四十年間で蓄財し今は七十余歳であるという、荒唐無稽な致富譚をリアリティある作品に仕上げているのである。

七十歳を過ぎた主人公は、少しくらいの不養生は差し支えないだろうと毒断の戒めを破ることとなった。着物もここで初めて紬に着替え、江戸前の小魚の味もそれぞれに覚え、寺参りと歌舞伎見物を日課とし、夜は碁友達を集め、雪の降る頃に新茶の口を切り、水仙の初咲きを投げ込みにする自己流の茶の湯三昧を楽しんだという。あまりにも細《ささ》やかな老後の生活を「銀さへあれば何事もなる」「世に有程のたのしみ暮し」とした西鶴は、八十八歳で升掻を切り、他人の子供の名付け親となり、人々に愛され、死光りそのまま仏にもなるようだと皆が羨ましがったと肯定的に描いている。「人、若時貯して、年寄ての施肝要也」と記した作者が、単なる金の亡者に終わらなかった主人公に一片の共感を寄せているのは確かである。

だが、町人の理想的な生き方を描き出したかのような本章の主人公の人生設計がちぐはぐで、資産に比べて老後の楽しみが余りに些細である所に、「なふてならぬ物は銀の世中」に対する作者の複雑な心境を垣間見ることが出来るであろう。人間にとって金銭がどのような意味を持つのかというテーマは、次章以降でも様相を異にして展開されるはずである。

国に移して風呂釜《ふろがま》の大臣

国中《こくちう》の医師《くすし》見放《みはなし》、既に末期《まつご》の水、今ぞ生死《しやうじ》の海、蛤《はまぐり》貝《かい》にて入《いれ》けるに、是《これ》さへ咽《のんど》を通りかね、いづれも手足を握り、「是《これ》〳〵、西方極楽《さいはうごくらく》へ只一道《ただひとみち》に、とこへも寄《よら》ずに参る事を忘《わすれ》給ふな、親仁様《をやじさま》」と進めければ、又、中眼《ちうがん》に見ひらき、「我《われ》は行年《かうねん》六十三、*定命《ぢやうめう》さし引《ひき》なしに、浮世の帳面さらりと消《けし》て、閻魔《えんま》の筆に付《つけ》かゆるに胸算用《むねさんよう》を極《きは》めければ、何をか思ひ残す事なし。汝等《なんぢら》、過賄《すぎはひ》の種《たね》を忘れな」と、云《いひ》おかるゝも外《ほか》の事なく、往生《わうじやう》いたされしを、各々《をの〳〵》歎きを止《やめ》て取置《とりをき》ける。「扨《さて》も、死《しん》では何も入《いら》ぬぞ。*帷子《かたびら》ひとつと銭六文を*四十九日の長旅のつかひ、*地獄の馬に乗給ふも成《なる》まじき」と、終《つゐ》に行道《ゆくみち》をおもひやりける。

其後《そのご》、親の家督《かとく》を取《とり》て、むかしにかはらず*豊後《ぶんご》の府内《ふない》に住《すみ》て、*万屋三弥《よろづやさんや》とて名高し。万事*掟《をきて》を守り、三年か程は、軒端《のきば》の破損《はそん》も其《その》まゝに、愁《うれへ》を心根《こゝろね》にふくみ、命日を弔《とぶら》ひ、慈悲善根《じひぜんこん》をなし、独《ひと》りの母に孝を尽せば、何事も願ひに叶《かなふ》仕合《しあはせ》なり。「親仁遺言《をやじゆいごん》に、『すきはひの種を大事』と申置《まうしをか》れしが、菜種《なたね》は油のしぼり草、*此《この》種の事なるべし」と一筋《すぢ》に思入《おもひいり》、いつぞは此買置《このかいをき》するか、又は是を作らせて分限《ぶんげん》になる事を、明暮《あけくれ》工夫《くふう》めぐらしける。有《ある》時、里をはなれし広野《ひろの》荒《あれ》て、古代より眇々《べう〳〵》と薄原《すゝきはら》を通りけるが、かゝる所を狼《をほかみ》の臥戸《ふしど》にするも国土の費《ついへ》とおもひ付《つき》、窃《ひそか》に菜種を蒔散《まきちら》して心見《こころみ》けるに、其時節《そのじせつ》に花咲《さき》実がのりて、おのづからさへ是《これ》なれば、新田《しんでん》に申請《まうしうけ》て＊十年は無年《むねん》貢《ぐ》、爰《こゝ》を切平《きりなら》して、所々《ところ〳〵》に幾村《いくむら》か＊人家を立《たて》つゞけ、鋤鍬《すきくは》とらせ耕作《ものつくり》させけるに、毎年徳を得て人しらぬ金銀溜《たま》り、それより＊上方《かみかた》への船商《ふなあきな》ひ、あまた手代にさばかせ、西国《さいこく》にならびなき次第長者となりて、何の不足もなし。

其後《そのゝち》、母親同道して京の春に逢《あへ》り。何国《いづく》も花の色香《いろか》に違ひはなくて、花みる人に違ひ有《あり》。＊おもしろの女臈《ぢよらう》の都や、山も川も＊ちらぬ花の歩行《ありく》をみて、「かなしや、いかなる因果にて田舎《いなか》には生れけるぞ」と、我国元《わがくにもと》の事を忘れて毎日の遊興に気を乱しける。され共《ども》、限り有《あり》て帰るさに、色よき妾者《てかけもの》十二人抱《かゝへ》て豊後《ぶんご》に下り、居宅《ゐたく》を＊京作りの普請《ふしん》、美を尽して、軒《のき》の瓦《かはら》に金紋《きんもん》の三の字を付《つけ》ならべ、四方に＊三階の宝蔵《たからぐら》、＊広間につゞきて大書院《おほしよゐん》、六十間《けん》の廊下、東西に筑山《つきやま》、南に洲《すはま》を掘《ほら》せ、岩組西湖《いはぐみせいこ》を移し、玉の蒔石《まきいし》、唐木《からき》かけ橋、亭《ちん》に＊雪舟《せつしう》の巻龍銀骨《まきれうぎんぼね》の瑠璃燈《るりとう》をひからせ、瑪瑙《めなう》の釘隠《くぎかく》し、青貝の椽鼻《たるきばな》、真綿入《まわたいり》の畳に天鵞兎《びろうど》の縁《へり》を付《つけ》、其外《そのほか》の＊結構記《けつかうしる》し難《がた》し。＊雪の朝《あした》を詠《ながめ》、夏の夕涼《ゆうすゞ》み、＊玄宗《げんそう》の花軍《はないくさ》をやつし、扇軍《あふぎいくさ》とて、数多《あまた》の美女を左右に分《わけ》て、其身《その》は真中《まんなか》に座して、汗しらぬ姿を両方より金地《きんぢ》の風に扇《あふ》ぎ立《たて》られ、風つよきかたの女になびき、まけたる方の扇は捥取《もぎとり》て池にうかめ、＊扇ながしを慰《なぐさみ》の一景《けい》。むかしの＊真野《まの》の長者も、此《この》奢《をごり》には何としてかは及ぶまじ。内証は人しらねばとて、天の咎《とがめ》も有《ある》べし。一家《け》是《これ》を悔《くや》めと、更《さら》に止《やむ》事なし。

年久敷《ひさしき》手代根帳《ねちやう》を〆《しめ》、銭蔵《ぜにくら》・銀《かね》蔵は渡して、三間《げん》に五間の小判蔵ひとつ、主人のまゝにもさせざるうちは、其家《そのいへ》たじろく事は思ひもよらざりしに、世は無常なり、此男五十八の冬のはじめ、霜の朝風といふばかりにむなしくなりぬ。其後《そののち》は、鑰《かぎ》ども請《うけ》取《とり》て心まかせの奢《をごり》を極《きは》め、我住国《わがすむくに》の*水の重きを改め、「兎《と》角《かく》都の水に増《まし》たるはあらじ」と、*音羽《をとは》の滝のながれを毎日汲《くま》せ、先《せん》ぐりに幾樽《いくたる》か、遥《はるか》なる舟路《ふなぢ》を取《とり》よせ、手前に*湯《ゆ》屋・風呂屋を拵《こしら》へ、日毎に焼《たか》せける。むかし千賀《ちが》の浦を六条《でう》に移され、*塩釜《しほかま》の大臣あり。是《これ》は都の水を桶《をけ》に移されければ、風呂釜《ふろがま》の大臣とぞ、申《まうし》ならはし、追付《をつつけ》、朝夕《てうせき》の煙絶《けぶりたへ》にし事を待《まち》みしに、案のごとく、一年《とせ》の暮《くれ》に惣勘定《そうかんぢやう》せしに、五千貫目余《よ》のさし引《ひき》に、壱匁三分本銀《ほんぎん》に不足出来《でき》そめ、夫《それ》より次第に穴明《あなあき》て、*千丈《でう》の堤《つゝみ》も蟻穴《ぎけつ》よりもれる水に滅《めつ》するごとく、*其《その》身に悪事かさなり、一命《めい》迄ほろび、世に残れる物は人の宝《たから》とぞなれり。

〈現代語訳〉

都の水を国に移して焚き風呂釜の大臣と呼ばれた男

国中の医師が見放して、既に末期の水を与えようとした時、今こそ生と死を越える海の境だと、蛤にて水を飲ませようとしたが、これさえ喉を通りかねる始末であった。皆で手足を握り、「これこれ親父さま。西方の極楽へ続く只一つの道を、どこへも寄らずに行かれるのですぞ。この道を忘れたりしたらなりませんぞ」と言えば、目を少し見開いて「私は今年で六十三歳、定命から言って貸し借りもなく不足はない。浮世の帳面にある名前をさらりと消して、閻魔さまの持つ帳面に付け替えることを覚悟した。よって何も思い残すことはない。お前たちは世を渡る種のことを忘れるでないぞ」と言ったばかりで他のことは何も言わずに往生された。一同は嘆きながらも涙を押さえつつ葬儀を執り行った。「さても人間は死んでしまえば何もいらないことだ。経帷子《きようかたびら》一つと銭六文ばかりが四十九日の長旅の費用なのだ。地獄の馬にお乗りになることもできないのだ」と皆で最期に行く冥途への道を思いやった。

その後息子は、親の家督を譲り受け、昔に変わらず豊後の府内に住んで、万屋三弥と称して世間に知られることとなった。万事父親からの家訓を守り、三年ほどは軒端の破損もそのままにして、父親が亡くなった愁いを心に刻んで、命日を弔い、慈悲善根を施して一人残った母に孝養を尽くした。そうしたところ何事も願い通りになって幸せに過ごすことができた。「親父さまは遺言で、世を渡る種を大切にせよと申されたが、菜種は油を搾り取る草だから、きっと親父さまが言った種とはこのことであろう」と一筋に思い込んで、いずれはこの菜種を買い占めるか、又はこれを作らせて大金持ちになろうと、明け暮れ考えを廻らした。ある時、人里離れた広野を通り過ぎた時、野は荒れ放題で、古い時代から眇《びょうびょう》々たる薄《すすき》原《はら》となっていた。このようなところを狼の寝床にしておくのも、国土の無駄遣いで勿体無いと思いついて、密かに菜種を蒔き散らしてみたところ、花が咲く時節には花が咲き、実りの季節には実ったのであった。放っておいてもこのようなのだからと、新田としてお上から払い下げてもらった。十年は年貢もないということで、この土地を切り拓いて、その所々に人家を建てて集落を作り、鋤《すき》や鍬《くわ》を持たせて耕作させたところ、毎年利益をここから得て、人も知らない多くの金銀が溜まった。それからは上方へ船を回して商いをし、多くの手代に売り捌《さば》かせたところ、西国に並びない、次第次第に成長する確かな長者となって、何の不足もない身代となった。

その後、母親を連れて京都の春を廻《めぐ》った。どの国も花の色香そのものは変わらないが、花を見る人の側には大きな違いがある。都は若く美しい女性が集まってまことに素晴らしい。山にも川にも散らぬ花のような美人が歩いているのを見て「悲しいことだ。どのような因果で田舎なんぞに生まれてしまったのか」と自分の国元のことは忘れて毎日の遊興に心乱れてのめり込んでしまった。しかしながら、いつまでも遊興にふけることもならず、帰る時に、美しい妾《めかけ》を十二人ほど召し抱えて豊後に帰った。帰ってからすぐに居宅を京風に造り直した。その美麗を尽くすこととは、軒の瓦に金箔で家紋の三の字を付け並べて、四方には三階建ての宝蔵を建て、広間に続くところに大書院を建て、六十間（約百十メートル）の廊下を渡し、庭の東西には築山、南には池を掘らせて州浜を拵《こしら》え、その岩組には中国の西湖《せいこ》を彷彿とさせる工夫を施し、玉を砂利に撒き、熱帯産の高価な唐木《からき》を用いて橋を渡し、東屋には雪舟図案の巻龍《まきりゅう》、銀骨《ぎんほね》の瑠璃の灯籠を吊るして光らせ、瑪瑙《めのう》の釘隠し、軒下の垂木《たるき》の螺鈿《らでん》装飾、真綿入りの畳にビロードの縁、その他の贅《ぜい》を尽くした家造りの有り様は記し難い。雪の朝の情景を演出してはそれらを眺め、夏の夕涼みには、玄宗皇帝の行った花軍《はないくさ》を真似て、扇軍《おうぎいくさ》と称して、多くの美女を左右に分けて、自らはその真ん中に座り、汗などかいていない体を、両側から金色の地の扇であおぎ立てられて、風の強い方の女を近くに侍らせ、負けた方の扇は捥《も》ぎ取り、池に浮かべて扇流しという趣向にて慰みの一景色としたのであった。昔の真野《まの》の長者も、この奢りにはとても及ばないであろう。家の内証は他人が知ることもないだろうが、天の咎めもあるだろう。この奢りを一家の者どもは悔やんだが、本人は一向に止める気配がなかった。

この家に古くから居る手代が、元帳を管理し、銭蔵《ぜにくら》と銀蔵《かねぐら》の鍵は主人に渡して自由にさせたが、三間に五間の小判蔵一つは、主人の自由にもさせなかった。その時までは、この家がたじろぐことは思いもしなかったのに、世の中は無常である。この重手代《おもてだい》が五十八歳の冬の始め、霜が降りる頃、風邪程度の病気で死んでしまった。その後、主人が鍵を受け取ると、心のままに奢りを極め、自分が住む国の水の重いことを調べ出しては「やはり京都の水に勝るものはあるまい」と音羽の滝から流れ来る水を毎日汲ませては、次々と何樽をも遥かな船路で取り寄せ、屋敷の中に湯殿や蒸し風呂を拵えては、毎日焚《た》かせたのであった。その昔、塩釜の浦の風景を京都の六条河原に移させて、塩釜の大臣と言われた源《みなもとのとおる》融の逸話があるが、これは都の水を桶に入れて移させたので、風呂釜の大臣だと人は言いふらした。これでは押っ付け朝夕の煙も絶えてしまうのではないかと見られていたが、案の定、ある年の暮れに全体の勘定をしてみたところ、五千貫目（六十六億五千万円）余りの決算に、銀一匁三分（約千七百円）の不足が出てからというもの、それから次第に穴が空き始め、千丈の堤も蟻の一穴から崩れるという喩《たとえ》のように、その身にも不運な悪いことが重なって、ついには命まで落としてしまった。後に残ったものは他人の宝となった。

〈語釈〉

○**定命さし引なしに**　仏説にいう予め定められた寿命。常命。以下さし引なし・帳面消《けし》て・付《つけ》かゆる・胸算用と商業用語を用いた遺言で、家業一筋に生きた親の姿を示す。○**帷子ひとつと銭六文**　棺に入れる経帷子と六道銭六文。○**四十九日の長旅**　今生の死から次の生を得るまでの期間四十九日は、俗に死者の魂が迷っているとされる。中有《ちゅうう》・中陰を長旅にたとえた。○**地獄の馬**　地獄にいるとされる人面獣身の馬を道中の乗り馬にたとえた。○**豊後の府内**　現在の大分市。○**万屋三弥**　巨万の富を築いたが、正保四年に処刑され家は闕所《けっしょ》となったという、大分の豪商万屋の三代目、守田山弥助氏定。○**掟を守り、三年か程は**　『論語』学而篇「三年父之道ヲ改ムル無キハ孝ト謂フ可シ」による。○**此種の事なるべし**　親の遺言を諺通りに草の種（菜種）と理解して工夫したことが成功につながったという虚構《フィクション》。○**十年は無年貢**　新田開発に必要な期間を鍬下年季《くわしたねんき》といい、その間検地はされず年貢・諸役も取られなかった。幕領では三〜五年程度だが、戦国大名では十年の事例があり、織豊期から近世初頭に継承されたという。○**人家を立つゞけ、鋤鍬とらせ……**　小作人を誘致し住居・農具を与えて耕作させる大規模な経営方法。鍬下年季の間は開発者の造り取りとなり、「人しらぬ金銀」が貯まることになる。○**上方への船商ひ**　生産農業だけでなく、船問屋を営むなどして上方との運輸・商業にも従事した。○**おもしろの女﨟の都や**　謡曲「放下僧《ほうかぞう》」の「面白の花の都や」などによる。女﨟は若く美しい女性、上郎。○**ちらぬ花**　美女。○**京作り**　田舎の農家風ではなく、京都風の建築様式。○**三階の宝蔵**　町屋の建築は二階までであったが、防火壁をかねた土蔵の場合は三階が認められることもあった。京都の大規模商家に倣い屋敷の四隅にこれを配し宝蔵とした。○**広間につゞきて大書院……**　広間・書院に廊下を廻らし庭園を取り入れた、御殿風の書院造り建築。○**雪舟**　雪舟の図案による巻龍を彫刻した銀骨の吊り灯籠。雪舟に言及したのは、中国から帰国後一時期豊後に在住したことにちなむか。○**結構**　贅を尽くした家の造作。○**雪の朝を詠**　人工的に雪の朝の情景を演出して雪見をした。○**玄宗の花軍**　唐の玄宗皇帝が楊貴妃との遊興に宮女を二つに分けて花の枝で戦わせたという俗伝があり、芝居などにも取り入れられていた。○**扇ながし**　室町将軍が天竜寺へ御成りの時供奉《ぐぶ》の人々が渡月橋から扇を流したことに始まるという、美しい扇を川に流す遊び。図案化され屛風絵などに描かれている。○**真野の長者**　幸若舞曲「烏帽子折《えぼしおり》」などに見られる豊後の国内山の伝説上の長者。炭焼竈の周囲から黄金を得て長者となり、愛娘玉世姫を慕う後の用明天皇が草刈童となって近づき求愛したという。○**水の重きを改め**　当時水質には軽重・剛柔があるとされていた。鴨川の水を第一とし、山城（京都）の水は清潔で味も甘美で剛《かた》からず重からず他国よりも優れているという。○**音羽の滝**　名水として知られる、京都市東山区清水寺奥の院付近の滝。○**湯屋・風呂屋**　当時は蒸し風呂が一般的であったが、巻二の三の挿絵のような桶に浸かる温湯浴も行われていた。湯屋は後者、風呂屋は前者の形式の浴室とするのが順当であるが、二通り作ったというのかどうか判然としない。○**塩釜の大臣**　左大臣源融は京都六条の河原院に陸奥の塩釜（千賀の浦）の景観を写した庭園を造ったことで有名であった。○**千丈の堤も蟻穴より……**　『韓非子』喩老篇「千丈ノ堤モ螻蟻《ろうぎ》ノ穴ヲ以テ潰《つい》ユ」大きな堤防も小さなありの穴から崩れ出すの意の諺「千丈の堤も蟻穴より崩るゝ」による。○**其身に悪事かさなり……**　解説参照。

〈挿絵解説〉

屛風を背に毛氈《もうせん》の上で脇息に倚りかかる主人公万屋三弥。長柄の扇を手に四人一組の愛妾たちが扇軍の真っ最中。御所風のおすべらかしに似た、遊女や庶民女性の正装であった平元《ひらもと》結《ゆい》の垂髪に大柄模様の派手な打ち掛けを身に着けている。本文通りであるとすると畳は天鵞絨縁で真綿が入れられているはずである。

〈解説〉

父親の臨終の様子をいきなり描き出す意表を突く幕開けは、前章末の箸屋の「死光さながら」の死を裏返したものである。何も思い残すことはないと商人らしい胸算用を極めた父は「過賄の種を忘れるな」と遺言する。一同は、さてさて死んでしまえばもう何も必要なものはなく、帷子一つと銭六文があの世の旅の路銭で、余分に持っていても地獄の馬に乗れもしないだろうと、あっけらかんとしている。このいささか滑稽な最期によって西鶴は、大金を貯えた人物の前章とは別種の死に姿を点出したのである。

掟の通り軒の破損も放置して母親に孝行を尽くし、慈悲善根を施す息子は「過賄の種」を菜種のことと一心に思いつめる程に愚直であったが、逆にこれが幸いした。荒れ野にこっそり蒔き散らした菜種が実を結んだのを見て新田開発を思いつき、大成功を収めたのである。愚かな早合点が効を奏するお咄は、十年の鍬下年季制度や小作人誘致という大規模経営方式を導入し、自ら廻船問屋を営んで上方と交易したという設定でリアリティを確保している。

並ぶ者のいない次第長者となり経済的余裕のできた主人公は、母親と京見物をして京都の女性の美しさに目覚め、田舎暮らしの惨めさを痛感するや、純朴さは箍《たが》が外れて暴走を始めてしまう。十二人の妾者を豊後に連れ帰り、豪華な調度を揃えた家屋敷を京風に普請し、美女達に玄宗皇帝の花軍に見紛うような扇軍をさせたのである。軒瓦に金箔の紋をつけ並べ、

釘隠しは瑪瑙で真綿入りの畳は天鵞絨縁である等々と伝説上の真野の長者も及ばないような奢りの限りを、西鶴は誇張して描いている。家の者は内々のことは人は知らないとしても天の咎もあるだろうと悔やんだが、一向に止めようとはしなかったという。この件《くだ》りは、贅を尽くした浪費が破産の原因となっただけではなく、驕奢の罪科で処刑される結末をも仄めかした表現となっている。

長年働いていた手代ががっちり元帳を押さえ主人に小判蔵を意のままにさせない内は家は安泰であったが、この男が頓死したことで事態は一層悪化してしまう。田舎の水は重いからと、京都清水の音羽の滝の水を汲ませ順繰りに船で運ばせて、毎日風呂を焚かせたので、河原の左大臣の名をもじって風呂釜の大臣と評判になったという。

ある年の暮、銀五千貫目（約六十七億円）の決算で一匁三分（千七百三十円）の欠損が生じ、以降家計は次第次第に悪化の一途を辿るにいたったという。これが破局の一因であるが、そればかりではない。「其身に悪事かさなり、一命迄ほろび」と婉曲な書き方がされているが、この件りは主人公に擬せられた万屋三弥が正保四年に領主の命で処刑され家が闕所になったこと（『大分市史』）を暗に表現したものである。物語の文脈に即するならば、当初は掟を守り軒の破損もそのままにしていたものが、京風の豪華な家屋敷で美女に扇軍をさせたばかりでなく、風呂釜の大臣と世間で噂になる程の僭上ぶりがお上の目に止まり、罪科に処せられたということである。従って「世に残れる物は人の宝とぞなれり」という結末は、闕所処分によって家財が当局に没収されたことを意味しており、逆に云えばこの時点で万屋にはそれなりの資産が残存していたということでもある。だが、これ以上に露骨な書き方は、出版を前提とするからには流石に出来なかったのであると考えられる。

本章もまた『永代蔵』に頻出する二代目没落譚であるが、愚直な息子が身を誤り、親子で築いた財産が瓦解して人手に渡る様を、豊後の万屋三弥の名前を前面に出して、知る人ぞ知る咄として巧妙に仕上げている。ここに於いても西鶴が、功罪併せ持つ金の魅力と魔力を冷徹に見据えていることが見て取れるであろう。万屋三弥が箸屋甚兵衛程度の暮らし向きに満足していたならば、こんなことにはならなかったはずではあるが、そうとばかりもゆかないというのが人情の常なのである。

世はぬき取《どり》の観音《くはんをん》の眼《まなこ》

*歌念仏《うたねぶつ》の*日暮《ひぐら》しと云《いふ》は、むかし*伏見の御上代《ごじやうだい》の時、諸大名の御《を》成門《なりもん》軒《のき》をならべてかゝやき、金銀珠玉《しゆぎよく》を鏤《ちりば》め、何《いづ》れの工匠《たくみ》か珊瑚《さんご》を削《けづり》なして、紅梅の枝に春を移し、五《ご》色《しき》の浮雲《うきぐも》をしづかに、龍《りやう》はさながらに動き、虎はそのまゝかける勢《いきほ》ひ、見ぬ唐土《もろこし》の*二十四孝を*越前《ゑちぜん》の殿《との》の御門に、あり〱と美形《びけい》を彫物《ほりもの》に、此清《このきよ》らなる事言葉にも伸《のべ》がたし。*五十五万石三年の物成《ものなり》、是《これ》に入《いり》けるとなり。彼《かの》京の鉦《かね》たゝき、盂蘭盆《うらぼん》の比勧進《ころくはんじん》にまはりしが、朝日影《あさひかげ》御成門《なりもん》にうつろひしに、是《これ》に気をとられて詠めけるに、先《まづ》*大舜《しゆん》の耕作《かうさく》の所、斑牛《まだらうし》の、いかな事作り物とは思はれず。淀《よど》・鳥《と》羽《ば》に帰る車をとゞめ、己《をの》が友かと道づれをこひける。又*老莱子《らうらいし》が舞振《まひぶり》、足にはたらきて音曲《をんぎよく》の有《ある》やうに思はれ、手にふれし風車《かざぐるま》に、あたりの草木《さうもく》もなびくがごとし。「*郭巨《くはつきよ》か堀出《ほりいで》し金《こがね》の大釜《おほかま》、あれにて食《めし》も焼《たか》れまじ。茶沸《わか》す事も勿体《もつたい》なし。ほしや、小判に砕《くだ》き一生楽々と世をわたるもの」と、それに心をとられ、是《これ》に目をよろこばし、*実《げに》秋の日のならひにて、はや暮《くれ》ておどろき、*願以此功徳空袋《ぐはんいしくどくあきぶくろ》かたげて都に帰るを見て、人申《まうし》ならはして日暮坊《ひぐらしばう》と、其《その》するゑ〱今に名たかし。

其時《そのとき》の繁昌にかはり、屋形《やかた》の跡は芋畠《いもばたけ》となり、みるに寂しき*桃林《たうりん》に、はな咲《さく》春は人も住《すむ》かと思はれける。つねは昼も蝙蝠飛《かうふりとん》で、蛍《ほたる》も出《いづ》べき風情《ふぜい》なり。*京海道《きやうかいだう》は、昔残りて見世の付《つき》たる家もあり。片脇《かたわき》は、崩《くづれ》次第に人倫絶《じんりんたへ》て、*一町に三所《みところ》ばかり、かすかなる朝夕《てうせき》の煙《けぶり》、蚊屋《かや》なしの夏の夜《よ》、蒲団《ふとん》もたずの冬を漸々《やうく》に送りぬ。*葛籠《つゞら》・吹矢《ふきや》の細《さい》工人《くにん》は、まだしも歴々なり。*取葺《とりふき》の屋根の輪《わ》、扇の要《かなめ》刻み、灸箸《やいとばし》を削《けづ》り、荷縄《になは》なひ売《うり》したればとて、細長《ほそなが》ひ命はつながれまじ。うき世に住《すむ》に哀れ多し。

町《てう》はづれに、菊屋の善蔵《ぜんざう》といへる質屋有《あり》しが、内蔵《うちくら》さへもたず、車のかゝりし長持《ながもち》ひとつ、物置《ものをき》にも蔵にも是《これ》を頼みにして、*此《この》道をしるとて、弐百目にたらぬ元銀《もとぎん》にて先繰《せんぐり》に利を得て、八人口を大かたにして渡世しける。此《この》家に質置《しちおき》、さりとてはかなしき事かず〱なり。降《ふり》かゝる雨にぬれて、古傘《ふるからかさ》一本六分かりて行《ゆけ》ば、朝食焼捨《あさめしたきすて》し跡、まだ洗ひもやらぬ羽釜《はがま》さげきて、銭百文かり行《ゆく》も有《あり》。八月にも帷子《かたびら》着たる女房が、うす汚《よごれ》たる二幅《ゆぐ》ひとつに三分かりて、身の見へすくをもかまはず行《ゆく》。また八十ばかりの腰かゞみ婆々《ばゝ》、能生《よういき》てから今年もしれぬ身をして、一日もかなしく、両手のない仏《ほとけ》一体《たい》、*さかな鉢《ばち》ひとつ持《もち》てきて、四十八文*かりの世や。また十二三のむすめ、六つ七つの小坊主と、昇階子《のぼりばしご》ながきを跡向漸々《あとさきやうく》に夯《かたげ》てきて、銭三十文かりて、すぐに、*かた見世にある黒米《くろこめ》五合・手束木《たばねぎ》買《かふ》て帰る。扨《さて》もいそかしき内証、しばし見るさへ身に応《こたへ》て泪出《なみだいで》しに、亭主は中〱心よはくてはならぬ商売、是程《これ》いやな事はなし。これにも請人《うけにん》・印判吟味《ゐんばんぎんみ》かはる事なく、掟《をきて》の通り大事に掛《かけ》ける。千貫目かるにも判ひとつと、わづかなる事に念入《ねんいる》を思はれける。

利といふ物、つもれば大分なり。此菊屋《このきくや》、四五年に銀弐貫目あまり仕出《しだ》し、なをひすらく、人に情《なさけ》をしらず、足もとなる*高泉和尚《かうせんをしやう》の寺にまいらず、祭にも*五香《かう》の宮に参詣せず、神仏の願ひ、いかな〳〵思ひ出しもせさる男、遠ひ*初瀬《はつせ》の観音《くはんをん》を信心し、俄《にはか》にあゆみをはこぶを、「人の気もあのことくかはる物か」と、世間にて是《これ》さたぞかし。此《この》寺の御開帳《ごかいちやう》、七日を古代より*判金《はんきん》一枚づゝに極《きは》めおかれしを、菊屋、弐貫目の身袋《しんだい》にて三度まで開帳すれば、*本願坊をはじめ、一山《いつさん》に名を聞伝《きゝつた》へ、またもなき後生《ごしやう》ねがひ、古今《ここん》に、三度迄壱人しての開帳なき事申侍《まうしはんべ》る。有《ある》時、心をつけて*戸帳《とちやう》を見しに、かけまくも長竿《ながざほ》にして、一端《たん》つゞきの十端《たん》ならびを、*用捨《ようしや》もなくあげおろしに、半《なかば》ことの外毀《ほかそこね》、見ぐるしかりき。菊や申せしは、「我《われ》たび〳〵開帳せしに、戸帳《とちやう》かくきれ損《そん》じけるを、寄進《きしん》に新しく掛《かけ》かへん」といふ。僧中《そうちう》これをよろこひ、都より金襴《きんらん》とりよせ、あらためける。そのゝち菊屋申《まうす》は、「此《この》ふるき戸帳を申《まうし》うけ、*京の三十三所《しよ》の観音《くはんをん》へかけたき」といへば、「安《やす》き事」とてつかはしけるを、残らず取《とり》てかへる。此唐織《このからをり》、申《まうす》もおろか、時代わたりの柿地《かきぢ》の小釣《こづる》・浅黄地《あさぎぢ》の花兎《はなうさぎ》・紺地《こんぢ》の雲鳳《うんぽう》、其《その》外《ほか》も模様かはりぬ。是《これ》みな、大事の*茶入《ちやいれ》の袋・*表具切《ひやうぐきれ》に売《うり》ける程に、大分《だいぶん》の金銀とりて家栄へ、五百貫目と脇《わき》から指図《さしづ》、違ひなし。観音《くはんをん》信仰にはあらず、是《これ》をすべき手だて。さてもすかぬ男、一たびはおもふまゝなりしが、元来《ぐはんらい》*すぢなき分限《ぶんげん》、むかしより浅ましくほろびて、後《のち》には京橋*に出てくだり舟にたより、請売《うけうり》の焼酎《しやうちう》・諸白《もろはく》、あ*まひも辛《から》ひも人は酔《ゑは》されぬ世や。

〈現代語訳〉

今の世は観音の眼さえ抜き取るほどに世知辛い

門付け芸の歌念仏で知られ、「日暮」を名乗る一統がいた。それは昔、家康公が伏見城を居城としておられた時のことである。その伏見では、徳川家を称え、将軍のお成りを迎える諸大名の御成門が軒を並べていた。その光り輝く姿は、金銀珠玉をちりばめて、名匠に珊瑚を刻ませて、細工した紅梅の枝には春が訪れたようであり、五色の浮き雲は静かに流れ、龍はまるで今にも動き出し、虎はそのまま駆け出さんばかりであった。さらに、結城秀康公の御門には、まだ見たこともない中国の二十四孝の人物までもが、ありありと美しく彫られていて、この清らかなることは言葉で述べ難いほどである。結城公の年貢、五十五万石の三年分がこれに費やされたとのことである。くだんの歌念仏の者たちは盂蘭盆会《うらぼんえ》の折に勧進にこの伏見にも回ってきたが、朝日の光がこの御成門を映し出すと、美しさに気を取られて眺め入っていた。すると、まず二十四孝の一人、大舜《たいしゆん》が耕作に使っていた斑牛《まだらうし》が、どうしても造り物とは思われないほど真に迫っていたので、淀や鳥羽に帰る運送用の牛たちまでもが、車を止めて、自らの友かと思って道連れを乞うような有り様であった。また同じく二十四孝の一人、老莱子《ろうらいし》の舞振りを見ると、自然に足が動き出すような音曲が聞こえてくるかのようで、手に持った風車は、周囲の草木をも靡《なび》かせるが如くであった。歌念仏の一人が「郭巨《かっきょ》が掘り出した金の大釜では飯を炊くこともできまい。茶を沸かすのも勿体ないが、何とも欲しいものだ。小さく砕いて小判にすれば一生楽々と生きて行くことが出来るものを」と、あちらに気を取られ、こちらを見て目を細めてばかりいると、秋の日の短いこともあって既に一日が暮れていることに驚いた。読経の最後につける「願以此功徳」と言いつつ空き袋を担いで都に帰るしかなかったが、その姿を見た人は、これこそ日暮らし坊と言い慣わしたので、その名は広がり今では知らぬ人とてない。

伏見は、その時の繁盛と変わり、今では屋敷の跡は芋畑となり、見るさえ寂しい桃林に、花が咲く春になっても、人が住んでいるのかと疑われるほど寂れてしまった。普段は昼でも蝙蝠が飛び、蛍も出るような風情である。それでも京海道は昔の姿が残っていて、店の付いた家もある。しかし脇道に入れば、崩れ放題で人家が絶え、微かな炊事の煙がまばらに立ち、蚊帳無しの夏の夜や、蒲団なしの冬を何とか送っている体である。葛籠《つづら》や吹矢を作る職人は、まだしもましで、ここでは上流の人たちである。板葺の屋根を固定する竹の輪を作ったり、扇の要を刻んだり、艾《もぐさ》を挟む箸を削ったり、荷作り用の縄をなって売ったとしても、それだけで生きていけるとは思えない。この憂世に住むのは大変で哀れなことが多い。

町はずれに、菊屋の善蔵という質屋があるが、内蔵さえ持たずに、車の付いた長持一つで、それを物置にも蔵にも使っているような有り様だったが、質屋の商法を知っているので銀二百匁（約二十七万円）足らずを元金にして順繰りに利を得て、家族八人分をどうにかこうにか養っていた。この家に質を入れにくる様子は、何とも悲しきことが数々ある。降って来る雨に濡れながら、古い唐傘一本で銀六分（約八百円）借りていく者も居れば、朝飯を炊いたあと、まだ洗ってもいない鍔《つば》付きの釜を持って来て、銭百文（約二千円）借りていく者もいる。八月になっても帷子《かたびら》を着ている女房が、うす汚れた腰巻一枚で銀三分（約四百円）を借り、体が透けて見えるのも構わずに行く姿がある。また八十歳位の腰の屈んだ婆さんが、長生きしたとて今年生きているかどうか分からぬ身でありながら、一日たりとも生きられないのが悲しく、両手のない仏像一体、さかな鉢一つを持って来て、銭四十八文（約九百六十円）を借りていくのも、儚《はかな》いまさに仮の世の中である。また十二、三歳の娘、六、七歳ぐらいの小坊主と梯子の長いのを後先に担いで、ようやく持って来て銭三十文（約六百円）を借り、そのまま同じ質屋が傍らで売っている玄米五合と束ねた薪を買って帰って行った。さても忙しい暮らしぶりで、その姿をちょっと見ただけで、もう身に応えて涙が出て来るが、質屋の亭主というのはなかなかに心が弱くては成り立たない商売である。しかしこれほど嫌な商売もまたない。こんな小さな質屋でも保証人や印判の吟味は同じで、定めの通り、気を配って商売をしている。千貫目借りるにも判一つで済むのだが、こんな僅かな金額でも念を入れるのは同じことで、改めて商売の厳しさを感じさせられる。

利息というものは、積もれば大分の額になる。この菊屋は、四、五年のうちに銀二貫目（約二百六十万円）あまりを儲け、さらに悪賢く、人に情けをかけず、地元にある高泉和尚の仏国寺にも参拝せず、祭りにも、御香宮《ごこうぐう》神社にも参詣しなかった。このように神仏への祈願などは、どうあっても思いつきもしない男なのに、不思議なことに遠い初瀬の観音を信仰し、急に足しげく参拝するのを「人の心もあのように変わるものなのか」と世間では噂を立てたのである。この寺の御開帳は、古くから七日間で大判金一枚（約六十万円）ずつと決められていたのを、菊屋は僅《わず》か二貫目の身代で三度まで開帳したところ、宿坊を始め、寺全体に「この上ない深い信心である。昔から今まで一人で三度まで開帳された例がない」と噂となった。ある時、気をつけて仏前の戸帳を見ると、もったいなくも長棹で一反（縦約三十センチ、横約九メートル）ずつを十反に括り繋げたもので、ぞんざいに上げ下ろしをしたものだから、半分ほどはことの外ひどく破損して見ぐるしかった。菊屋は「私がたびたび開帳して、戸帳がこのように切れていたんでいるので、新しいものを寄進して掛け直したい」と寺に申し出ると、僧侶たちは喜んで都より金襴を取り寄せて新しいのに改めた。それから菊屋は、「この古い戸帳を私がいただいて、都の三十三箇所の観音様へ寄進したい」と言えば、お易いことだと譲られたので、全て菊屋は持ち帰ってしまった。この唐織とは、言うまでもなく、古い時代に外国から渡ってきた、いわゆる古渡《こわた》りで、赤茶色の地に小さい蔓草、薄藍色に花と兎、紺色の地に雲と鳳凰といった貴重なものであった。またその他にも珍しい模様があった。これをみな、大切な茶入れの袋、表具の切れとして売ったところ大分の金銀を儲けて家が栄え、五百貫目（約六億七千万円）との世間の評価は間違っていないだろう。元々観音信仰から始まったわけでなく、金儲けの手段だったことになる。なんとも、抜け目のない好きになれない男である。一度は思うままに稼いだが、元来、条理が通らない分限だった為に、昔よりも浅ましく落ちぶれ果てて、その後には、伏見の京橋に出て、下り船を目当てに、焼酎や諸白《もろはく》を小売りする身となった。その酒が甘いにしても辛いにしても、そう簡単に酔わされたりしないのが今の世の中である。

〈語釈〉

○**歌念仏**　江戸初期、伏《ふ》せ鉦《がね》を叩き念仏に節をつけて歌った僧形の門付け芸。○**日暮し**　歌念仏出身の日暮小太夫・八太夫は京都四条で説経浄瑠璃の操り芝居を興行して評判となった。○**伏見の御上代の時**　伏見城は慶長五から十二年頃まで徳川家康の居城となり、一時期越前の結城秀康が城代となった。この十年程伏見の町は大いに栄えたが、以後急速に衰退した。○**二十四孝**　中国で選定された二十四人の孝子伝。諸説あるが元の郭居敬《かくきょけい》選のものが名高い。○**越前の殿**　徳川家康の次男、結城秀康。関ケ原の合戦の戦功により越前の国六十八万石に封じられ福井藩の祖となる。○**五十五万石**　秀康の次男忠昌の時代には越前五十万石であったことからこういった。○**大舜**　二十四孝の一人。その孝心に感じて大象や鳥が耕作を助けたという。○**老莱子**　二十四孝の一人。親に年齢を忘れさせるために七十歳にして幼児に扮し舞い戯れたという。○**郭巨**　二十四孝の一人。貧窮して母を養いかね、三歳の幼児を地中に埋めようとして黄金の釜を掘り当てたという。○**実秋の日のならひにて……**　謡曲「松風」の「げに秋の日の慣らひとて、程なく暮れて候」による構文。○**願以此功徳**　法会の終わりにその功徳を自他の成仏・往生に振り向ける意を表す回向文《えこうもん》の初句。願わくばこの功徳を以っての意。読経の最後に唱えることから、物事の終わりや結末をいう。○**桃林**　桃は伏見の名物であった。○**京海道**　大坂城の西北京橋から淀・鳥羽伏見を経て東福寺から京都四条縄手に至る街道。○**一町に三所ばかり**　間隔がまばらである、数が少ないの意のたとえ「一丁三所」による。○**葛籠・吹矢の細工人**　周辺に竹の産地が多く竹細工は伏見の名物であった。○**取葺の屋根**　枌板《そぎいた》を並べ石や丸太を押さえにした粗末な屋根。○**此道をする**　質屋商売の方法を心得ているの意。○**さかな鉢**　酒の肴や総菜などを盛る容器。○**かりの世**　借りと仮を掛ける。借りていくのもはかない仮の世の中であるの意。○**かた見世**　本業の他に同じ店舗の一角で別の商売をすること。ここは質屋の傍らで米や薪を商っていた。○**高泉和尚の寺**　延宝六年に後の黄檗山《おうばくさん》第五代高泉性潡《こうせんしょうとん》により建立された伏見大亀谷の天王山仏国寺。○**五香の宮**　伏見区御香宮門前町の御香宮神社。陰暦九月九日の伏見祭は伏見総鎮守の祭礼で賑わった。○**初瀬の観音**　奈良県桜井市初瀬の長谷寺の本尊十一面観音。天文七年造像、重要文化財。○**判金**　大判金。額面十両、通用価格は七両二分前後とされる。○**本願坊**　本願の施主が帰依し、供養・寄進などの仲介をする宿坊。○**戸帳**　神仏を安置しその前に懸ける帳《とばり》。○**用捨もなく**　遠慮することなく、ぞんざいに。秘仏開帳特有の戸帳を手早く上げ下ろしする様をこう表現した。○**京の三十三所の観音**　西国三十三所観音にならって選定された京都の観音三十三の札所。○**茶入の袋**　棗《なつめ》や肩衝《かたつき》など茶を入れておく器、茶入れの袋。仕服。多く金襴・緞子・錦などの名物裂《ぎれ》で作られる。○**表具切**　掛け物などの表装用の切。前項同様に時として骨董的価値のある裂が用いられる。○**すぢなき分限**　条理が通らない、なるべくしてなったのではない金持ち。○**京橋**　伏見の京橋。大坂伏見間の乗合船の発着所。○**あまひも辛ひも**　酒の甘口・辛口の縁で上下につなげ、騙されないの意を酔わされぬと続けた。

〈挿絵解説〉
長谷観音御開帳の光景。蓮華座に乗り、左手に蓮の花を持ち右手を下げた観音像のいささか大柄だが蔓草模様の戸帳を僧侶が高く掲げている。懸造《かけづく》りの舞台から菊屋らしき人物他二名が参拝している。有名な登廊《のぼりろう》の階段を旅姿の人々が上っている所である。

〈解説〉
歌念仏一派の日暮《ひぐらし》という名称の由来譚が本章の発端となっている。徳川家康が伏見に在城した頃、諸大名の御成門は軒を並べて輝き渡り、中でも中国の二十四孝をテーマとする越前公の御門の素晴らしさに終日見とれた鉦叩きが空袋をかついで都に帰ったことから日暮坊と云われるようになったという。現在でも日光東照宮の陽明門は一日見ても見飽きない日暮の門として名高いが、越前藩の場合は五十五万石の年貢三年分をこれに要したとされている。

当時の標準米価一石を一両で計算すれば百六十五万両の建築費は大名ならではの莫大な額であるが、これを前章万屋三弥の家屋敷を没収した側の事例として西鶴はさり気なく持ち出している。

その時代とは打って変り、寂れ果てた伏見の町には気の毒としか云いようのない貧しい人々が暮らしていた。その実情を作者は町外れの質屋の店頭風景を通して描き出している。通常は当面不必要な品を質草にするのだが、以下の多くはその逆であり、赤貧状態であることが窺われる。雨に濡れながら持ち込んだ古い傘一本を質に置いて八百円ほど借りていく人がいる。朝飯を炊いた後未だ洗ってもいない釜で二千円。秋も半ばになっても帷子を着た女が汚れた腰巻一つで四百円。八十歳位の婆さんが両手の欠けた仏様と肴鉢一つで九百六十円借りる。かと思えば、十二、三歳の娘と六、七歳の男の子が梯子を重そうにかついで来て六百円借り、片見世で玄米五合と燃料の薪を買い無一文で帰って行く。しばらく見ているだけで涙が出る惨状だが、菊屋の亭主善蔵は意に介することなく商いに専念する。作者は数百円から二千円程度の質物を列挙して極貧の人々の暮らし向きと、これを相手に利益を上げる質屋の商法を描き出している。こうした人々から絞り取った利息で身代は増え続け、二十七万円以下だった元金は四、五年間で二百七十万円もの資産になったという。貧者の窮状とこれを相手にする質屋の様子を併せ描く見事な筆致は『世間胸算用』巻一の二・『西鶴織留』巻五の三でも変奏されている。

信心とは無縁だった善蔵が遠く離れた長谷観音に通うのを見た人々は奇異の思いであったが、七日間で判金一枚を必要とする開帳を三度も行った菊屋は寺中の評判となった。後に判明するようにこれは莫大な価値のある時代渡りの戸帳を詐取する企みだったのだが、そんなことは曖《おくび》にも出さず、度々開帳した自分のせいで戸帳が傷んだので寄進するから掛け替えたいと云ったので、僧侶達は喜んで都から金襴を取り寄せて新しくした。そしてここが肝心なのだが、その後で古い戸帳を貰い受けて京都の三十三所の観音に掛けたいと申し出たので、お安い御用と下げ渡されたのであった。善蔵が戸帳の価値に気付いたのは開帳後のはずであろうとする解釈がある程にこの手順は鮮やかであり、一歩間違えば全て水の泡になってしまう。銀二貫目の菊屋の身代は約三十三両余り。判金一枚を額面通り十両で計算するか実質の七両二分にするか、いずれにしても三回の開帳費用だけで資産の大部分は費えてしまう。その上に新調した金襴の代金も負担するわけだから、余程性根がすわっていなければこの悪巧みは実行出来ないであろう。茶道具や掛け軸には今でいう重要文化財や国宝級の値段の付けられないものがあり、莫大な価格で取り引きされていた。戸帳を細分化してそうした仕服や表具裂として売り捌いた結果菊屋の身代は五百貫目、約六億七千万円にも膨れ上がったという。

だが、思い通りに事が運んだのはここまでで、元々なるべくしてなった分限ではないのだから、昔より浅ましく衰亡し、伏見の下り船を相手に酒・焼酎の請け売りをする程に落ちぶれてしまったという。没落の過程は書くには及ばぬとばかり、一切省略されている。恐らくは「なをひすらく、人に情をしらず」「さてもすかぬ男」と評した西鶴にしてみれば、当然の報いに外ならなかったのであろう。「あまひも辛ひも人は酔されぬ世や」と結んで作者の残した謎を解くならば、善蔵のような人物が五百貫目の身代に安閑としていたはずはなく、再度資産の全てを抛《なげう》つ大勝負に出たが、今度ばかりは人は騙されず（酔わされず）企みは露顕し、破却してしまったということなのであろうと考えられる。

高野《かうや》山《さん》借銭《しやくせん》塚《づか》の施《せ》主《しゆ》

「物には時節、花の咲散《さきちり》、人間の生死《しやうじ》、なげくへき事にあらず。然《しか》れ共《ども》、命は養生の一大事なるに、毒魚《どくぎよ》と知《しり》ながら鰒汁《ふぐじる》、是《これ》に風味《ふうみ》かはらずして*藻《も》魚《うを》といふもの、何《なに》の気《き》遣《づかひ》なかりき。女房は、縁組のはじめより祖母《ばゞ》になるまで手池《ていけ》にせしを、無分別に*水《みづ》をへらしぬ。此貧取《このひんとり》かへす事なく、一生損にたつなれば、人たしなむべきは是《これ》、長命《ちやうめい》は其《その》心にあり」と、堅作《かたつく》りの親仁《をやぢ》、わかひものともに異見《いけん》を申せし。「むかし難波《なには》の*今《いま》橋筋《ばしすぢ》に、しはき名をとりて分限《ぶんげん》なる人、其《その》身一代独《ひと》り暮して、始末《しまつ》からの食 養生《しよくやうじやう》、残る所なし。此《この》人も、男ざかりにうき世を何《なに》の面白ひ事もなく果《はて》られ、其跡《そのあと》の金銀御寺へのあがり物、*四十八夜を申《まうし》てから役に立《たゝ》ぬ事なり。され共《ども》、年久敷内蔵《ひさしくうちくら》に隠れ世間見なんだ銀《かね》が、人手《ひとで》にまはりて、*九軒《くけん》の*二日払ひの用にも立、道頓堀《だうとんぼり》の*座《ざ》払《はら》ひのたより共《とも》なる。*宝《たから》といふ字の消《きゆ》る程、今は世のすれ者となりける」と、大笑ひせし。「此《この》しはき人は五十七、*癸《みづのと》の辰《たつ》にてありしが、又癸《みづのとの》 辰の年辰の日の辰の刻《こく》に相果《あひはて》られし」といへば、是《これ》もふしぎの宏才《こうざい》なる人有《あり》て『*三世《ぜ》相命鑑《さうめいかん》』を操《くり》けるに「此《この》男、先生《ぜんじやう》は鎌倉の将軍頼朝公《よりともこう》より西行法師《さいぎやうほうし》に給はりし*鏐《こがね》の猫、*値遇《ちぐ》の縁にひかれてたま〱人界《にんがい》に生《しやう》を受《うけ》、その身は金ながらつかふ事もならず、人の子の物に成《なり》ける。此《この》はづなり。其金猫《そのきんみやう》は、西行《さいぎやう》しばし手にふれて、里の童子《わらべ》にとらせける。其《その》猫ほしや」と、見もせぬむかしの物語にも先掻《まづかき》つき、欲をまろめて今の世の人間とはなりぬ。

分限《ぶんげん》は、才覚に仕合手伝《しあはせてつだひ》では成《なり》がたし。随分《ずいぶん》かしこき人の貧《ひん》なるに、愚《をろか》なる人の富《ふう》貴《き》、此有無《このうむ》の二つは、*三面《めん》の大黒殿《どの》のまゝにもならず。鞍馬《くらま》の多門天のをしへに任《まか》せ、百足《むかで》のごとく身を働《うごき》て、其《その》上に身袋《しんたい》のならぬ、是非《ぜひ》もなし。天も憐《あはれ》み有《あり》、諸人も不便《ふびん》をかくるなり。おのれがかせぎは疎略《そりやく》して、居宅《きよたく》を奇麗《きれい》に作り、朝夕《あさゆふ》酒宴・美食《びしよく》を好み、衣類・腰の物を拵《こしら》へ、分際《ぶんざい》に過《すぎ》たる人附会《ひとづきあひ》、傾城狂《けいせいぐる》ひ・*治郎《やらう》遊び、尻《しり》も結ばぬ糸のごとく、針を蔵に積《つみ》ても溜《たま》らぬ内証、人の物を見せかけにて借込《かりこみ》、是《これ》を済《すま》すべき分別なし。是《これ》は我と覚《をぼへ》ての仕業《しわざ》、手を出して昼盗人《ひるぬすびと》より悪《にく》し。末々《すへ〴〵》一度《ど》は倒るゝつもりに、五七年も前より覚悟して、弟《をとゝ》を別家《べつけ》に仕分《しわけ》て、分散に是《これ》を遁《のが》れさし、京の者は、伏見に名代《なだい》を替《かへ》ては屋敷をもとめ置《をき》、大坂の者は、在郷《ざいがう》の親類に田畠《たはた》を買《かは》せ置《をき》ぬ。身の置所《をき》を先へ、跡の虚殻《あきから》を借銭《しやくせん》のかたへ渡して、古帳《ふるちやう》を枕にして*横に寝てかゝるこそうたてけれ。町衆扱《てうしゆあつか》ひにかゝり、*年分《ねんぶ》に其家《その》を立《たて》んといへば、かへって是《これ》を迷惑がりて、外聞は灰まで渡し住家《ぢうか》を立《たち》のき、三月の節句を心やすく、桃の酒を祝《いはへ》り。

有時《ある》、十壱貫目の分散に、*ある物弐貫五百目、課《をほ》せ方八十六人、毎日勘定に出合《であひ》、中間事《なかまごと》に始末《しまつ》する人なく、*遣日記《つかひにつき》に温飩《うんどん》・蕎麦切《そばきり》・酒《さけ》・肴《さかな》、さま〴〵の菓子《くはし》を好み、半年《ねん》あまり隙《ひま》を費《つゐや》し、取物《とる》は*みなになして、埒《らち》の明所《あく》は、壱人手前より四分五リンつゝ出してつくばひ、町内へ礼《れい》いふてまはるもおかしかりき。むかし、*大津にて千貫目借銭《しやくせん》おひければ、世になき事と申せしに、近年、京・大坂に三千貫目・弐千五百貫目の分散、いづれ遠国《をんごく》のちいさき所にはなひ事ぞかし。ならびなき大湊《おほみなと》なればこそ借《かす》人もあれ、*かるも是《これ》程迄は商人《あきんど》也。手柄《てがら》にも百貫目迄はかられぬ物といへり。

むかし、*難波江《なには》の小嶋に、伊豆《いづ》屋といへる手前者《てまへしや》、自然と倒れ、正直の首《かうへ》をさげて詫言《わびこと》して、財宝渡して六*分《ぶ》半あり、残る三分半は、いつとても仕合《しあはせ》次第に済《すま》すべしと、結構《けつかう》づくにたち退《のき》て、生国《しやうこく》伊豆《づ》の大嶋に行《ゆき》て親類を頼み、日夜《にちや》に世をかせぎ、一たび元のごとくにと、思ひこみし所存《しよぞん》より大分まふけて、二たび大坂にのぼり、あ*つて過《すぎ》たる分散の残り銀《ぎん》、こと〳〵く済《すま》しぬ。それよりは十七年すぎぬれは、国遠《こくえん》してしれぬ人もあり。此《この》分の銀《かね》は*太神宮《だいじんぐう》へ御初尾《はつを》にあげ、又、六七人も死《しに》うせて、子孫のなき人の銀《かね》は、*高野《かうや》山に石塔を切《きつ》て借銭塚《しやくせんづか》と名付《なづけ》、其跡《そのあと》をとふらひける。かゝる人、前代ためしなき事なり。

〈現代語訳〉

高野山にある借銭塚の施主

「ものには相応しい時節というものがある。花の咲くことと散ることがそうであれば、人間の生死というのも嘆くことではない。しかしながら、命は養生が一番大事であるのに、毒魚であると知りながら河豚汁《ふぐじる》を喰う。これと味風味の変わらないものに藻魚《もうお》があり、これを食すなら何の気遣いもない。また女房というものは、縁組みした最初から年老いた婆《ばば》になるまで、自分の独占物なのに、無分別に同衾をして腎水を使い減らしてしまう。この無駄な消耗は取り返しのつかないもので、一生の損失になる。人が慎むべきことはこうしたことで、長生きが出来るかどうかは本人の心がけ次第である」と、或る物堅い親父が若い者どもに異見を言っておられた。その話を聞いた者が「昔、難波の今橋筋に、評判のケチで分限になった人がいて、その身一代独り暮らしをして、倹約のための食養生に余念が無かった。この人は、男ざかりに浮き世を何の面白いこともせずに亡くなり、その跡に残った金銀は菩提寺への上がり物となった。四十八夜の念仏供養をしてもらったところで何の役にも立たない。しかしながら、久しい間、内蔵に隠れて世間を見なかった銀が、人の手から手に廻って、大坂の遊廓新町、毎月二日の遊興費の支払いにも用立ち、道頓堀歌舞伎の芝居興行費の助けにもなる。極印《ごくいん》の『宝』という字が消えるほどに、今の世のすれっからしとなってしまった」と言って、大笑いとなった。また一人が「このケチな人は五十七歳で癸辰《みずのとたつ》の年の生まれだが、また癸辰の年の辰の日、辰の刻に亡くなられた」と言えば、この場に不思議な才知に長けた人がいて、『三世相命鑑《さんぜそうめいかん》』なる書をめくりながら「この男の前世は、鎌倉の将軍頼朝公より西行法師がいただいた黄金の猫で、西行を通して仏縁に触れた為に、今世はたまたま人間として生を享けたものだ。自分の身は黄金でありながら、自分で使うこともできずに、その金は他人の子のものとなった。それはそのはずで、その金色の猫は西行がちょっと手に触れただけで里の童《わらべ》に渡してしまったのだから。それはともかく、その黄金の猫が欲しいものだ」と見たこともない昔の物語でも、金が絡むと飛びつくのが人間だ。そうした欲がかたまって今の世に人間として生まれてきたに違いない。

分限とは、知恵才覚に好運が手伝わなければ成ることができない。ずいぶんと賢い人が貧乏で、愚かな人が富貴となる。この貧富の二つは、出世に利益があるという三面の大黒様でも自由にならない。鞍馬寺の多聞天の教えを守り、その多聞天の使者である百足《むかで》のように手足を働かせて、それでも身が立たないなら仕方がない。そうした人には、天も憐れんで、また他人も同情してくれるものである。しかし、自分の稼ぎは良い加減にして、居宅を綺麗に作り、朝に晩に酒宴を開き、美食を好み、着物や脇差を贅沢に拵え、身の丈に合わない人づきあいもし、遊女や歌舞伎若衆と遊ぶ人は、玉止めをしない縫い糸のように締まりがなく、または滅多に消耗しない針を蔵に積むようで財産が貯まることはない。挙げ句には見せかけだけで他人の金を借り込んだりするが、当然返す考えは最初から無い。これは意図的に行う詐欺の仕業で、自分の手を使って昼間に泥棒をするより酷いやりかたである。末々に一度は破産するつもりで、五年、七年前よりそれを見込んで、弟を別家にして分散からこれを逃れさせ、京都の者は、伏見に名義を変えて屋敷を買っておき、大坂の者は、田舎の親類に田畑を買わせておくのである。自分の身の置き所を先に用意し、跡の抜け殻を借金した先方に渡して、自分は古帳を枕にしてふて寝を決め込むことこそ、さもしいやり方だ。町衆が調停の間に立ち、年賦で借金を返す算段をして家をつぶさない方法を提案しても、却ってこれを迷惑がって、世間体では竈《かまど》の灰まで他人に渡して住居を立ち退き、移転先で三月の節句には心安く桃の酒を飲んで祝うのである。

ある時、十一貫目（約千四百六十万円）の借金のために分散を申請した者がいた。返せるお金は二貫五百目（約三百三十万円）しか無く、債権者八十六人が毎日清算する算段のために集まった。仲間内の寄り合いだったので、慣れ合いになって倹約することがなかった。支出帳を見ると、饂飩・蕎麦切り・酒・肴をはじめ、様々な菓子を好み、半年あまりの時間を費やして、受け取る分は皆なくなっていた。結局のところは、八十六人は一人銀を四分五厘（約六百円）ずつ出し、平身低頭して町内に礼を言って廻ることになったが、その姿も可笑しい。昔、大津にて千貫目（約十三億三千万円）の借金を負った人がいて、それを世にもまれな事と噂したが、近年では、京や大坂で三千貫目・二千五百貫目の分散があったが、こんなことは遠国の小さい所には無いことである。比類のない大湊なればこそ、それだけの大金を貸す人も出て来るのであり、借りる方もこれほどの大金を借りることができるのは立派な商人である。いくら自慢してもなかなか百貫までは借りられぬものだ。

その昔、大坂の江の小嶋というところに、伊豆屋という財産家がいたが、自然と破産して、正直に頭を垂れてお詫びして廻った。残った財産を全て渡すと総額の六割半にあたった。残った三割半はいつか都合のついた時にお支払いしますと借金先にも納得してもらって、生国の伊豆大島に居る親類を頼り日夜働き続けた。再び元のようにと思い込んだ一念が通じてか大きな儲けを得て、再び大坂に上り、今となっては返すにもおよばない分散の残り銀をことごとく返済した。分散した時から十七年も過ぎているので、遠国へ立ち退いて行方知れずになった人もいた。そうした人たちへの返金の金は、伊勢神宮のお賽銭とし、また六、七人もすでに死んでしまい、子孫もない人への返金は、高野山に石塔を建てて借銭塚と名付けて、亡くなった方たちの菩提を弔った。このような奇特な人は昔から例がない。

〈語釈〉

○**藻魚**　沿海の藻場にすむ魚、メバル・ハタ・カサゴなどの総称。『和漢三才図会』では「いそめばる」のこととし、その大きなものは赤魚《あこう》と呼ばれているという。西鶴によれば鰒《ふぐ》と風味が同じであるとされる。○**水**　腎水（精液）。○**今橋筋**　大阪市東区、今橋の西の町筋。○**四十八夜**　阿弥陀の四十八願にちなんで浄土宗で四十八夜の間念仏などを唱えたりする法会。○**九軒**　大坂の遊廓新町の揚屋町。○**二日払ひ**　近世初期上方の遊廓の支払い日が毎月二日であったことから、遊廓での遊興費の支払いをいう。○**座払ひ**　興行主が俳優・道具方・衣装方に支払う、芝居興行の仕込み金。○**宝といふ字**　丁銀・豆板銀には宝や常是などの極印が打たれていた。○**癸の辰**　干支に癸《みずのと》と辰《たつ》の組み合わせは存在しない。仮に干支が同じ年に死んだとすれば五十七ではなく六十一歳のはず。ここも例の法螺咄である。「ふしぎの宏才」は前の「大笑ひ」と共に話の性格を掠めたもの。○**三世相命鑑**　仏教の因果説や陰陽五行説などによって、人の過去・現在・未来の三世にわたる吉凶・善悪を説いた書物『三世相』に仮託した書名。○**鏐の猫**　鎌倉を訪れた西行が源頼朝と歌道や弓馬の道を談じ、別れ際に銀の猫を贈られたが門前の童子に与えたという『吾妻鏡』の故事を黄金の猫に変えたもの。○**値遇の縁**　稀なるめぐり逢いの仏縁。○**三面の大黒**　右に毘沙門天、左に弁財天と計三つの顔を持つ大黒天。比叡山の出世大黒など各地に祀られている。○**冶郎遊び**

野郎遊び—尻。○**横に寝てかゝる**　借財を返さないで居直ること。横は正しくないことや道理に合わないことの意で、横に出る・横を言うなどと用いられる。○**年分**　年賦返済。○**ある物**　借方の家財の総額。○**遣日記**　毎日の支払いを記入する帳簿。金銭支払い帳。○**みなになす**　取りつくす。使いはたす。○**大津にて千貫目借銭おひければ……**　事実関係未詳だが巻六の四にも同様の記述がある。大津は滋賀県大津市。○**かるも是程迄は商人也**　信用がなければ借りられないわけだから、これ程借りられるのは立派な商人だの意。○**難波江の小嶋**　現在の大阪市西区江之子島。かつては文字通り島であった。○**六分半**　全財産の評価額が借金の総額の六割五分に当ること。四割以下が普通であり好条件の分散。○**あつて過たるにはあったが十七年も過ぎたことでないも同然の。○**太神宮**　伊勢神宮。「正直の頭に神宿る」の縁で神国の伊勢神宮を出した。○**高野山に石塔を切て……**　宗派にかかわらず高野山に納骨・建碑する習慣があったので、死者の供養のために借銭塚を建立した。

〈挿絵解説〉

高野山奥の院の墓所。三人の僧侶の前で膝をついた伊豆屋が銭緡《ぜにさし》を持つ人足に何事か指示している。右側には天秤棒で銭を運ぶもう一人の人足。左奥は御廟所、玉川にかかるのは御廟橋。明遍上人が差した杖が根付いたという明遍杉と弘法大師が蛇を変えたという蛇柳が向かい合わせに描かれている。位置関係に不自然さはあるが奥の院の典型的な情景である。

〈解説〉

本章は、大坂今橋筋のケチな金持ちの話・分散に関する諸相を記した件《くだ》り・章題の借銭塚を建立した正直者伊豆屋の話の三つから成っている。

冒頭は「物には時節があり人の生き死は嘆くことではないが、長命は当人の心掛け次第であるから十分留意しなければいけない」という、物堅い親仁の若い者への大真面目な意見から書き始められている。ところが文脈は一転して法螺咄・笑い噺へと変化する。今橋筋のケチな金持ちは養生に気を付けて独身で過ごし男盛りに頓死、残った金銭はお寺に上り物になりこの男の身にしては何とも空しい仕儀であった。とはいうもののこれを手にした僧侶が色遊びに使い、長い間内蔵に納められていた銭がすっかり世間ずれしたということだと大笑いし、このケチン坊は癸《みずのと》の辰《たつ》で同じ干支の辰の日辰の刻に五十七歳で死んだと出鱈目をぶち上げた。すると側から、実はこの男の前生は源頼朝が西行法師に与えた黄金の猫で、人間に生まれ変わったが金を使うことも出来ずに他人の子供のものになってしまったのだとまぜっ返し、それにしてもその猫が欲しいとうそぶいた。このような雰囲気の下で話題は分散（自己破産）へと転じられる。

才覚に幸運が伴わなければ金持ちにはなれず、神仏といえどもどうしようもないことで、一生懸命働いていても身代が良くならないのは致し方ないが、贅沢な暮らしをして計画倒産を企てて多額の資産を隠匿しておき、表向きは全財産を放棄したように見せかけて悠然としているのは昼盗人より憎らしいという。ここでは詐欺行為としての計画的な分散の奸策を詳

細に示している。同様の事例は巻六の四でも言及され、西鶴は『世間胸算用』巻一の一、『万の文反古』巻一の一でも繰り返し取り上げている。また、十一貫目の借銀に提供された家財が二貫五百目という分散では、債権者八十六人が半年余りも会合を続けて決済し、諸経費を差し引き各人が銀四分五厘ずつ供出して町内へ礼を云って回るお笑い種であったという。昔大津の町で千貫目の借銭を珍しいことと噂になったが、最近京・大坂では三千貫目もの大規模な分散がある。借りる方も立派な大商人だから出来ることであって、自慢しようにも百貫目は借りられないものだという。一見筋が通っているようでありながら支離滅裂な文章になっているのは、分散の持つ複雑な事情によるものである。『町人考見録』によれば、千五百貫目の借銀をした図子口《ずしぐち》は町人の分際で不届きであると京都町奉行によって磔に処せられ、大黒屋徳左衛門

は千二、三百貫目の借財の咎で獄門になったという。京都に於ける正保〜寛文頃の人命に関わる古例に対し、当事者間の合意によって解決する分散という方式が大坂を中心に発達した。分散には様々なケースがあり、西鶴が繰り返し言及するような詐欺まがいのものもあって社会問題化していたらしい。だが、江戸時代中期に公権力が強力に介入する身代限りという債務決済に移行するまでの間、仲間事として処理される分散の場合奉行所など司法当局は原則的に管轄外であった。町人の自己責任で行われる分散には長短様々な側面があり、ここではそれが笑い話のノリで表現されているということである。

最後に取り上げられているのは、これらとは真逆の極めて良心的な分散である。通常は四割程度しか回収出来ないことが多い中で、大坂江之子島の伊豆屋の場合は六割半の分散であったという。従って常識的にはこの時点で解決済みとなるはずなのだが、生国伊豆大島で一念発起して稼いだこの男は十七年後に再び大坂に上り全額を返済し、受け取り手のない分は大神宮の御賽銭にしたり、高野山に借銭塚を築いたというのである。「かゝる人、前代ためしなき事なり」と結ばれた正直に馬鹿がついたような伊豆屋の例も、基本的には「そこまでするのかい」というお笑い種のはずである。にもかかわらず前半部に比べ可笑味《おかしみ》が乏しいものになっているのは、良心や正直に対する西鶴のこだわりの強さによるものであろう。

紙子《かみこ》身袋《しんたい》の破《やぶ》れ時

商売ひだり前なる*呉服屋忠助《ちうすけ》とて、むかしは駿河《するが》の本町に軒《のき》ならべし中にも、花菱《はなびし》の大紋《だいもん》に家名《いへな》をしらせ、住国《すむくに》はおろかなく、東国《とうごく》・北国《ほつこく》にあまたの手代出見世をかざらせ、次第に人まし、内の賑《にぎは》ひ、*大釜に富士の煙《けぶり》の絶《たへ》ず、水瓶《みづかめ》に湖水《こすい》を湛《たゝ》へ、朱椀《しゆわん》、龍田《たつた》のもみぢを散《ちら》し、白箸《しらはし》、むさし野に立《たつ》霜柱のごとく、朝《あした》の繁昌夕《ゆふべ》に消《きへ》て、かくも又なりはつる世の習ひ、其《その》時節とはいひながら、亭主の心かけ悪敷《あしき》か故なり。

此《この》人、親代《をやだい》にはわづかの身袋《しんだい》なりしが、*安部《あべ》川紙子《かみこ》に縮緬《ちりめん》を仕出《しだ》し、又はさま〳〵の小紋を付《つけ》、此《この》所の名物となり、諸国に売《うり》ひろめ、はじめは壱人なれは、卅余年に千貫目といはれける。其子《そのこ》には、利発生《むま》れおとりて、忠助《ちうすけ》家をしつて三十年あまり、勘定なしの無帳《むちやう》無分別、*十露盤《そろばん》の玉にもぬけて春の柳の風に手前乱れて、日当りの氷《こほり》のごとくむかしの水に帰り、湯を呑《のむ》べき薪《たきゞ》もなく、かやうにおとろへる事、世にためしすくなし。惣《そう》じて、金銀もうくるは成《なり》がたくて、へる事はやし。忠助《ちうすけ》、財宝《ざいほう》みなになして、今となつて合点《がてん》の行《ゆく》事おそし。

是非《ぜひ》なく、*浅間《せんげん》の宮の前なる町はづれに、かりの世のかり屋すまゐもうたてく、人の情《なさけ》も家繁昌の時にて、親類縁者の遠《とを》ざかれば、ましてや他人は、見ぬ顔も恨《うらみ》かたし。是《これ》程まで*主《しう》をたてしたる手代共《ども》、家名《いへな》をかへて音信不通《ゐんしんふつう》に見捨《みすて》、盆《ぼん》のさし鯖《さば》・正月の鏡餅《かゝみもち》も見た事なくて、かなしき月日をおくり、世上はいそがはしき師走《しはす》にも隙《ひま》にして、両隣《どなり》あつまり、暮《くれ》ちかき年《とし》せんさく。をの〳〵忠助《ちうすけ》をさして、「こなたもわかひやうに見えてから、顔にふるめきたる所あり。殊更《ことさら》成人の子共達《たち》、大かた中《ちう》つもりにも違《ちが》ふまじ、四十八九か」。忠助機嫌《ちうすけきげん》かはりて、「歴々のお目違ひ。私《わたくし》事、当年《たうねん》三十九に罷成《まかりなる》」といふ。いづれも合点《がつてん》せず、「いかにしても三十九・四十にしては請取《うけとり》がたし。物はありやうに語り給へ」と、皆々問《とひ》つめられ、「年は四十七なれ共《ども》、三十九がまこと」ゝいふ。其《その》子細を聞《きけ》ば「元日に雑煮《ざうに》も祝《いは》はず、*初着物《はつきるもの》もせず、松かざりは思ひもよらず、*え方が東《ひがし》やら、*南に梅が咲《さく》やら、暦さへもたずして、*年をとらぬ年が八年有《ある》によつて、四十七ながら三十九しや」と、大笑ひして暮《くれ》ける。「我《われ》も、遠江《とをゝみ》の*新坂《にっさか》あたりまでの路銀《ろせん》あれば、忽《たちまち》に分限になる覚《おぼ》へ有《あり》」と、慥《たしか》に申せは、小家《こいへ》住ゐの人々にはやさしく、銭壱貫弐百つなき集め、合力《かふりよく》せしをよろこび、其座《そのざ》よりすぐに旅たち、「さだめて、よろしき親類ありて歎きをいふか、又は、むかしの売《うり》がけに*断り申《ことはまうす》分別か、どの道にも、年とり物には成《なる》へし」と、いつれも推量《すいりやう》して待《まち》ける。

忠助《ちうすけ》が心さし、人の思はく違ひ、瀬にかはる大井川をわたりて、佐夜《さよ》の中山に立《たゝ》せ給ふ*岑《みね》の観音《くはんをん》に参り、後世《ごせ》はともあれ現世《げんせ》を祈りて、*いつの世《よ》には埋《うづ》みし、無間《むけん》の鐘《かね》の有所を尋《たづね》て、骨髄《こつずい》抛《なげうつ》て「我一代、今一たびは長者になし給へ。子共か代《よ》には乞食《こつじき》になる共《とも》、只《ただ》今たすけ給へ」と、心入《こころいれ》ならく迄も通じて突《つき》にける。此《この》鐘を突《つき》て分限《ぶんげん》にならは、今の世の人、末《すへ》の世には蛇《じや》になる事もかまふべきか。増《まし》て蛭《ひる》の地獄など恐《をそろ》しからず。愚《をろか》なる忠助、無用の路銭《ろせん》をつかひて爰《ここ》に来にけり。先《まづ》さし当《あたり》て、是《これ》程の損になりぬ。駿河《するが》に帰りて語れは、聞人毎《きくひとごと》に「其《その》心からあれ」と、指をさしける。
此《この》所は、*桑《くは》の木のさし物、竹細工《さいく》、名人あり。忠助是《これ》を見ならひ、鬢水入《びんみづいれ》・花籠《はなかご》をつくりて、十三になる娘に府中の通り筋《すぢ》へ売《うり》に出し、其《その》日をなりわひにをくりけるに、この娘、親に孝なる事国中《こくちゅう》にかくれなし。然《しか》も其《その》形うるはしく、気を留《とめ》て見る程美女なり。有《ある》時、江戸の福人《ふくじん》伊勢参宮《さんぐう》の下向《げかう》に是《これ》を見そめ、親もと尋ね貰《もら》ひ、独《ひと》り有《ある》子の娵《よめ》になし、其《その》後、忠助夫婦一家《け》残らず東武《とうぶ》へ引《ひき》こし、子にかゝる時を得て、一生楽々とをくりぬ。「*美目《みめ》は果報《くはほう》のひとつ」と、是《これ》を聞《きき》つたへて、随分女子《ずいぶんによし》を大事に生育《そだて》けれ共《ども》、*安倍《あべ》川の遊女はしらす、つゐに好女《よきをんな》見た事なし。兎《と》角《かく》、美形《びけい》はないものに極《きはま》れり。是《これ》をおもふに、唐土《もろこし》*龐居士《ほうこじ》が娘の霊照女《れいせうぢよ》は、悪女なるべし。美形《びけい》ならは、よもや籠《かご》は売《うら》せてはおかし。

〈現代語訳〉

紙子で作った財産が破れてしまう時

商売の運も尽きたなど揶揄《やゆ》される呉服屋忠助だが、昔は駿河の本町に軒を並べ、多くの商家と商売を競い合い、花菱の大紋を暖簾《のれん》に染め抜いて家名をとどろかせていた。そして自分の住む駿河の国はもちろんのこと、東国・北国にたくさんの手代を送り、出店を開かせていた。次第に使用人は増え、家内の賑わいが増してきて、大釜に立つ煙はまるで富士山から立ち上る煙のようであり、水瓶《みずがめ》には琵琶湖のような水がなみなみと満ちていた。また、朱塗りの茶椀は龍田の紅葉を散らしたようであり、白箸《しらはし》は武蔵野に立つ霜柱の如くであった。しかし、そのような朝の景色が夕方には消えるように、忠助の繁昌《はんじょう》も長くはもたなかった。こうして商人が落ちぶれるのは、世の習いで、そうした廻り合せになったと思えば良いのだが、結局のところは亭主の心掛けが悪かった故である。

この忠助の親の代には僅かな財産であったが、忠助の父親は、安倍川紙子に縮緬《ちりめん》のような皺をつける工夫を凝らし、または様々な小紋を付けると、この地方の名物となって諸国に売り広めたのであった。はじめはこの父親だけの専売だったので、三十数年間で千貫目とも言われる財産を築いた。その息子の忠助は親ほどの才覚はなかった。忠助が家を仕切るようになってから三十年あまりで、収支勘定せずに帳面にもつけないという無分別なやり方が災いして、算盤の玉が抜けるように帳尻が合わなくなってしまった。それは丁度、柳が春風に乱れるように暮らし向きも乱れて、太陽に当った氷が水に戻るように昔の貧乏な生活に戻ってしまった。そして湯を沸かして呑もうにも薪すらない状態になった。こんな身の持ち崩し方をするのは世間でもあまり例が無い。総じて、金銀は儲けるのが難しく、減るときはあっという間である。忠助は財産を皆無くして、今になってその道理がわかったが、如何にせん遅すぎたのである。

忠助は仕方なく浅間神社の門前町のはずれに、仮の世の借り住まいをしたが辛いことであった。人の情けというのも家が繁昌している時のことで、親類縁者も遠ざかってしまうのだから、他人が見て見ないふりをするのを恨むことはできない。一方、これほどになるまでに主を破産に追い込んだ手代たちはどうしているかと言うと、家名を変えて音信不通となり主を見捨ててしまったのである。忠助は盆の進物のさし鯖や正月の鏡餅も見ることがなく、貧しく辛い月日を送るほかなかったが、世間は忙しい十二月も忠助は暇なので、近所合壁の同じ境遇の者どもが集まって話をすると、年の暮れも近いこととて年齢詮索になった。他の者たちが忠助に向かって「おまえさんも若いようには見えるが、顔にどこか老けたところがある。とくに成人した子供達もいることだから、大方の当て推量でも違うことはあるまい。四十八、九歳だろう」と言った。すると忠助は機嫌を悪くして「皆さまの見当違いですな。私めは今年で三十九歳になりました」と言った。誰も合点せず「どうしたって三十九や四十には見えませんね。物事は正直に言ってもらわんと」と皆々から問い詰められた。忠助は「年は四十七ですが、三十九がまことのことです」と言う。そのわけを聞くと「元日に雑煮も祝わず、晴れ着も着ず、松飾《まつかざり》などは思いもよらず、恵方が東やら、南に梅が咲くやら、暦さえ持たずに、年を取らなかった年が八年あるのだから、四十七のところ三十九なのだ」と言えば一同は大笑いをしてその日も暮れた。忠助が「私だって遠江の新坂あたりまでの旅費さえあれば、たちまちに金持ちになる心当たりがある」と自信ありげにはっきりと皆に言ったので、小家住まいの貧乏人の集まりにしては優しいことに、銭を一貫二百（約二万四、五千円）つなぎ集めて、進呈してくれた。忠助は喜んで、その場よりすぐに旅立った。金を恵んだ人たちは「きっと、裕福な親類があって現状を話して無心をするか、または、昔商品を渡したままで、まだ現金を受け取っていないものを取り立ててくる算段か、どっちみち年越しの費用ぐらいにはなるだろう」と当て推量をして待っていた。

ところが忠助の考えは、そうした周囲の人間とはまったく違っていて、向かった場所は、瀬と淵の変わり易い大井川を渡って、佐夜の中山に立つ峰の観音寺であった。その観音にお参りして、来世のことはともあれ現世での幸福を祈って、いつの時代かに埋められたという伝説の無間の鐘の在り処を探し出すと、全身全霊でもって「私の一代のうちに今ひとたび長者にしてください。子供たちの時代には乞食になっても構いませんから、ただ、この今の私を、お助けください」と一念が奈落の底にまでも通じよとばかりに突いたのであった。この鐘を突いて裕福になるのなら、今時の世の人ならば、末の世は蛇になろうと構うものではあるまい、まして無間地獄にあるという蛭《ひる》の地獄など恐ろしくもあるまい。愚かな忠助は、無駄な路銭を使ってここにまで来た。まずさしあたってこの旅費だけが損になった。駿河に帰って人に語れば、聞く人ごとに「そういう心がけだから、あのざまになったのだ」と指を差したのであった。

ところで、この駿河の府中は桑の木の指物《さしもの》や竹細工の名人がいる。忠助はこれを見習って、鬢水入《びんみずいれ》や花籠を作り、十三歳になる娘に府中の大通りにて売らせて、その日その日を凌いで生活をしていた。この娘は、親孝行であること国中に評判で、加えてその姿形が美しく、気をとめて見れば見るほど美人であった。ある時、江戸の財産家が伊勢参りの帰りに、この娘を見初めて、親元を聞き出し、一人息子の嫁にと縁組みをした。その後、忠助夫婦はじめ一家のこらずに江戸に引っ越し、我が子に世話になる好運に恵まれ、一生を楽々と送ったのである。「見目は果報の種のひとつ」と、これを聞き伝えた人は随分と娘を大事に育てたけれど、安倍川の遊女はどうか知らないが、この辺りで、まずもって美しい女を見たことがない。とかく美人というものは居ないものだ。これを思うに、中国の龐居士《ほうこじ》の娘は醜い女だったのだろう。美貌ならばよもや籠を売らせ続けることはなかったろうから。

〈語釈〉

○**呉服屋**　目録には菱屋とあり、紙子商売で財を成したと本文にはある。（着物の着方）左前―呉服。○**大釜に富士の煙……**　以下家内繁昌の様を誇張して諸国の名勝にたとえた文飾。○**安部川紙子**　静岡県安倍川流域で産出した名物の紙衣《かみこ》。○**十露盤の玉にもぬけて……**「浅緑いとよりかけて白露を珠にもぬける春の柳か」（古今集、春上　僧正遍昭）による。柳の風―乱れる。○**浅間の宮の前**　静岡市葵区宮ケ崎町の浅間神社の門前町。○**主をたをしたる手代共**　出店を任された手代たちが主人忠助が帳面をつけず放任していたのを好いことに本店にきちんと送金をせず私腹を肥やしていた。そのため忠助は破産し出店が繁栄した。○**初着物**　正月吉日に新調の着物を初めて着ること。着衣始《きそはじめ》。○**え方**　その年の福徳をつかさどる歳徳神《としとくじん》の在る方角。恵方。○**南に梅が咲やら**　『和漢朗詠集』の詩句を踏まえた「誰かいひし春の色は東より来るといへども南枝花始めて開く」（謡曲「難波」）による構文。梅ー暦。○**年をとらぬ年**　正月の祝いをせず、新年を迎えたことにならないような年。○**新坂**　静岡県掛川市日坂。東海道の宿駅。府中（静岡）からは約四十二キロメートル。○**断り**　理由を説明して支払いを請求すること。談判。○**岑の観音**　小夜の中山の北方にある曹洞宗観音寺の別称。○**いつの世には埋みし**　無間の鐘を撞く者が多いのを嘆いた明応頃の住職が古井戸に埋めたが、その場所を榊の枝で突くと同じ効果があるとされていた。○**桑の木のさし物、竹細工**　ともに紙子と並ぶ駿河府中の名物であった。○**美目は果報のひとつ**　美しいのは幸運のもとの意の諺「美目は果報のもとゐ」に同じ。○**安倍川の遊女**　安倍川の左岸には府中の遊廓があった。○**龐居士が娘の霊照女**　中国唐代の人龐居士は馬祖大師に参禅して悟る所があり、家財を西湖に沈め竹籠を作って娘の霊照女に売らせたという。

〈挿絵解説〉

左端に府中の通り筋で花籠を売る振袖島田の忠助の娘十三歳。相対する武家と菅笠を被った旅装の侍主従が娘を見やっている。乗掛馬に乗った見るからに福々しい人物が伊勢参宮の帰り道で娘を見初めた場面。後には供の荷持ちが従っている。連子《れんじ》窓《まど》と黒い丸（白餅）の長暖簾、波頭を描いた中暖簾に白無地の水引暖簾の屋並みが街道らしさを点出している。

〈解説〉

本章は、寛永年間には駿河名物として広く知られていた安倍川紙子で財を成した菱屋の後日譚として構想されている。細かく皺をつけた縮緬紙子や小紋模様を考案し、各地に出店を出して独占的に売り広めた菱屋の先代は、三十年余りで千貫目（約十三億円）持ちの分限となり大いに繁栄していた。ところが、家を継いだ忠助は無分別で商才がなく、三十年間帳面をつけなかったので家計は破綻し、無一文の借家住まいになってしまったという。没落の経緯は明示されていないのだが、「是程まで主をたをしたる手代共」という記述によれば、本店に送金すべき商品の売り上げを出店を任された手代たちがほしいままに着服していても、忠助が愚かにも帳面をチェックしていなかったので一向に気付かなかった、というのが原因であろう。三十年もこれを放置していたというのは現実にはあり得ないであろうが、今になって金銀を儲けるの

は難しく減るのは早いと思い知ったがもう遅い、というのが愚か者咄の筋道である。

年末になって周囲の人達から四十八、九歳になるであろうと言われた忠助は三十九歳だと答えて問い詰められ、雑煮も祝わず門松も立てず人並みに正月を迎えたことにならない年が八年もあるので、実際は四十七だが三十九歳にしかなっていないと説明し大笑いになったという。忠助の阿呆ぶりは更に続く。遠江の日坂《につさか》辺までの旅費があれば忽ち金持ちになる心当たりがあると云うので、きっと裕福な親類に泣きつくか昔の貸金を取り立てるかするのであろうと、隣近所の貧乏な人々が銭を一貫二百文（約二万四、五千円）かき集めてカンパしてくれた。ところが案に相違して忠助は小夜の中山の観音寺に行き「子供の代には乞食になってもいいから自分一代はもう一度長者にしてくれ」と祈って、無間の鐘を埋めた場所を一心不乱に突いたという。無駄に旅費を使って損した愚か者が帰ってこの経緯を報告すると、聞く人毎に皆が指を差して呆れ返ったというのである。

最終段落では、静岡名産の竹細工を見習った忠助が鬢水入れや花籠を作って十三歳の娘に大通りで売らせてその日暮らしをしている。美人で親孝行な娘は国中の評判となり、江戸の金持ちが伊勢参りの帰りに見初めて一人息子の嫁にしたので、忠助一家は江戸に移住し一生楽々と暮らしたという。これとそっくりな話が西鶴編『俳諧女哥仙』に記されている。駿河の国府中の勝女は安倍川西岸の遊女手越の長者の末裔で、籠細工の家に生まれたが美人だったので高貴な人に出会い東武に行ったという。真偽未詳ではあるが、恐らく旧知のこの話を利用して西鶴は、忠助の娘の夢物語を構想したのであろう。一篇のオチは、これを聞いて人々が娘を大事に育てたが安倍川の遊女以外には美人はおらず、考えてみれば唐土の龐居士の娘は醜女だったのであろう、美人ならばよもや籠を売らせてはおくまい、というものである。

愚かな忠助は無帳・無分別故に家財を失ったが、馬祖大師に学んだ龐居士は禅機を悟って全財産を西湖に投げ捨て本来の無一物となった。同じように父の作った竹細工を売っていた忠助の娘は美しかったので玉の輿に乗り、霊照女は思う所あって籠を売り続けた。『一休はなし』では彼女を「馬祖にだまされて宝を海にすつる阿龐《あほう》（阿呆）居士《こじ》が娘」と揶揄し、『猿蓑』で越人は「茶の花や惚るゝ人なき霊照女」（茶の花のように白く楚々としているが故に誰も思いをかけなかった）と詠んでいる。西鶴はもう一歩諧謔の度を進めて美しくなかったから籠を売り続けたのだと決めつけて、一篇のしめくくりとしたのである。

冒頭の忠助の親が考案した紙子で大成功したというのも虚構《フィクション》であり、全篇笑い話の集積とも云うべき本章の展開に目くじらを立てるのも不粋《ぶすい》だが、目録副題にあるように忠助は無間の鐘を突き損なったのであろうか。「一生楽々とをくりぬ」とあるようにこの話は鐘の霊験があったかのように進展している。従って、「子供の代には乞食になっても」という忠助の願い通りに江戸の金持ちの家は息子の代には破産して乞食同然になるはずである。このどんでん返しもまた、落とし咄の趣向の一環なのではないだろうか。

日本永代蔵《につほんゑいたいぐら》　巻四

目録《もくろく》

仕合《しあはせ》の種を蒔銭《まきせん》
江戸にかくれなき*千枚分銅《せんまいふんどう》
そなはりし人の身の程

*茶《ちや》の十徳《とく》も一度《ど》に*皆《みな》
越前《ゑちぜん》にかくれなき*市立《いちだち》
身は燃杭《もへくい》の小*釜《かま》の下

伊勢海老《いせゑび》の高買《たかがひ》
堺《さかい》にかくれなき*樋《ひ》の口過《くちすぎ》
能《のう》は桟敷《さじき》から見てこそ

〈語釈〉

○**神の折敷**　神饌を供える小さなへぎ板製の角形の盆。○**桔梗染**　桔梗色は、桔梗の花の色で青と紫の中間の色。万治・寛文頃から流行し、下染を藍、上染に紅花または蘇芳《すおう》などをかけて染色したという。○**畳込**　心の中に深くおさめる。秘めておく。畳む―屛風。○**古筆**　鎌倉時代以前のすぐれた筆跡。主に仮名書・和様の書についていう。鑑賞用の美術品として尊重された。○**千枚分銅**　大判千枚に相当する金の分銅。豊臣秀吉が製作し、大坂の陣の後徳川氏の手に帰したとされる。明暦の大火後江戸幕府は独自に重量約四十四貫目の金分銅を作り軍事用に貯蔵したという。○**茶の十徳**　茶を飲むことで得られる十種の効能。○**皆**　皆になるの意で、なくなること。尽きること。○**市立**　市に出かけること。市に出て物を売ること。またその商人。○**小釜**　小さい釜。狭義には茶を煮る茶釜をいう。○**樋の口過**　口過ぎは暮らしを立てること、生計。主人公樋口屋《ひのくちや》の縁でいった。

〈解説〉

巻四の一の暖簾は桔梗染屋の縁で桔梗の花を色変わりで描いたもの。巻四の二は水玉模様の地に主人公の屋号を金屋と描いた。巻四の三は分銅を白抜きにして分銅屋と屋号を記す。巻四の四の橋の絵は主人公小橋の利助にちなんだもの。巻四の五は流れを調節する樋の口の縁で水生植物の沢瀉《おもだか》を描き屋号を樋口屋と記したもの。

祈《いの》るしるしの神《かみ》の折《を》敷《しき》

大絵馬《おほゑむま》*掛奉《かけたてまつ》る御宝前《ごほうぜん》、*洛陽清水寺《らくやうせいすいじ》に、呉服所《ごふくしよ》の何某《なにがし》銀百貫目を祈り、其願成就《そのぐはんじやうじゆ》して、是《これ》に名をしるして懸《かけ》られしと語りぬ。今其家《そのいへ》の繁昌《はんじやう》を見競《みくらべ》、一代に金銀もたまる物ぞと、*室町《むろまち》の是《これ》さたなり。人皆欲《みなよく》の世なれば、若恵比須《わかゑびす》・大黒殿《だいこくどの》・毘沙門《びしやもん》・弁才天《べんざいてん》に頼みをかけ、鉦《かね》の緒《を》に取付元手《とりつきもとで》をねかひしに、世《せ》けんかしこき時代になりて、此事《このこと》かなひがたし。

爰《こゝ》に、桔梗《ききやう》やとて纔《わづか》なる染物屋の夫婦、渡世《とせい》を大事に正直《しやうぢき》の頭《かうへ》をわらして*、暫時《ざんじ》も只居《たゞゐ》せずかせげ共《ども》、毎年餅搗《もちつき》おそく、肴掛《さかなかけ》に鰤《ぶり》もなくて、春を待《まつ》事を悔《くや》みぬ。*宝船《たからぶね》を敷寝《しきね》にして、節分大豆《せつぶんまめ》をも「福は内に」と、随分うつかひもなく、貧《ひん》より分別《ふんべつ》かはりて、「世はみな富貴《ふつき》の神仏を祭《まつ》る事、人のならはせなり。我《われ》は又、人の嫌《きら》へる貧乏神をまつらん」と、おかしげなる藁《わら》人形を作りなして、身に*渋帷子《しぶかたびら》を着せ、頭《かしら》に紙子幁《かみこづきん》を被《かぶら》せ、手に破《やぶ》れ団《うちわ》をもたせ、見ぐるしき有様を松餝《まつかざ》りの中になをして、元日より七《なゝ》種《くさ》迄心に有程《あるほど》のもてなし、此神《このかみ》うれしき余《あま》りに、其夜枕元《そのよまくらもと》にゆるぎ出《いで》、「我《われ》、年月貧家《ひんか》をめぐる役にて身を隠し、様々《さま〴〵》かなしき宿《やど》の借銭《しやくせん》の中に埋《うづ》れ、悪《わる》さする子共《こども》を詈《しか》るに『貧乏神め』とあて言《こと》をいはれながら、分限《ぶんげん》なる家に不断《ふだん》*丁銀かける音耳《おとみゝ》にひゞき、*積《しやく》の虫がおこれり。朝夕《てうせき》の鴨鱠《かもなます》・杉焼《すぎやき》のいたり料理《れうり》が胸につかへて迷惑。我は、元来其家《そのいへ》の内儀《ないぎ》に付《つゐ》てまはる神なれば、奥《をく》の寝間《ねま》に入《いり》て、かさね蒲団《ぶとん》・*釣夜着《つりよぎ》・*はんやの括《くゝ》り枕《まくら》に身がこそばく、白《しろ》むくの寝巻《ねまき》に*留《とめ》らるゝかほりに鼻ふさぎ、花見・芝居行《ゆき》に*天鵞莵《びろうど》窓《まど》の乗物《のりもの》にゆられて、目舞心《めまひごころ》に成《なる》もいやなり。夜《よる》は*蠟燭《らうそく》の光り、*金《きん》の間《ま》にうつりてうたてかりき。貧《ひん》なる内の灯《ともしび》、十年も張《はり》かへぬ行燈《あんどう》のうそくらきこそよけれ。夜半《やはん》油をきらして、女房の髪の油を事かきにさすなど、かゝる不自由なる事を見るをすきにて、年々《としく》を暮《くら》しぬ。誰《たれ》とふ者もなくなげやりにせられ、*我《が》は貧《ひん》よりおこり、なを〳〵衰微《すいび》させけるに、此《この》春、其方《そのはう》心にかけて、貧乏神を祭られ、折敷《をしき》に居《すはり》て物喰《くう》事、前代《ぜんだい》是《これ》がはしめなり。此《この》恩賞忘れがたし。此《この》家につたはりし貧銭《ひんせん》を、二代長者の奢《をご》り人《びと》にゆづり、忽《たちま》ちに繁昌さすべし。それ、身過《みすぎ》は色々あり。*柳《やなぎ》はみどり花は紅《くれな》ゐ」と、二三度、四五度繰返《くりかへ》し、あらたなる御霊夢《れいむ》。覚《さめ》ても是《これ》を忘れず、有難く思ひ込《こみ》、「我《われ》染物細工《さいく》なるに、くれなゐとの御告《つげ》は、正《まさ》しく紅染《もみぞめ》の事なるべし。然《しか》れ共《ども》、是《これ》は*小紅《こべに》屋といふ人大分仕《だいぶんし》込《こみ》して、世の自由をたしぬ。それのみ、近年*砂糖染《さたうそめ》の仕出《しだ》し、重ひ智《ち》恵者《ゑしや》の京なれば、大方《をほかた》の事にて利を得る事思ひも寄《よら》ず」と、明暮《あけくれ》工夫《くふう》を仕出《しだ》し、*蘇枋《すわう》木《ぎ》の下染、其《その》上を*酢《す》にてむしかへし、本紅《ほんもみ》の色にかはらぬ事を思ひ付《つき》、是《これ》を秘密《ひみつ》して染込《そめこみ》、自《みづか》ら歩行荷物《かちにもつ》して江戸に下り、本町《ほんてう》の呉服棚《ごふくだな》に売《うり》ては、登商《のぼりあきない》に奥筋《をくすじ》の絹綿《きぬわた》とゝのへ、さす手《て》引く手に油断なく*鋸商《のこぎりあきない》にして、十年たゝぬうちに、千貫目《くはんめ》余《よ》の分限《ぶんげん》とはなりぬ。

此人《このひと》、数多《あまた》の手代を置《をき》て諸事さばかせ、其身《そのみ》は楽《たのしみ》を極《きは》め、わかひ時の辛労《しんらう》を取《とり》かへしぬ。是《これ》ぞ人間の身のもちやうなり。たとへは万貫目持《もち》たればとて、老後《らうご》迄其《その》身をつかひ、気をこらして世を渡る人、一生は夢の世とはしらず、何か益《ゑき》あらじ。されは家業《かげふ》の事、武士も大名は、それ〲国につたはりてねがひなし。末々《すへ〲》の侍《さぶらひ》、親の*位《ゐ》牌知行《はいちぎやう》を取《とり》、楽々と其《その》通りに世を送る事、本意《ほんい》にあらず。自分に奉公を勤め、官禄《くはんろく》に進めるこそ出世なれ。町人も、*親にまふけためさせ、譲状《ゆづりじやう》にて家督請取《かとくうけとり》、仕《し》にせおかれし商売、又は棚賃《たなちん》・借銀《かしがね》の利つもりして、あたら世をうか〲とおくり、二十《はたち》の前後より無用の竹杖《たけづへ》・置頭巾《をきづきん》・長柄《ながえ》の傘《からかさ》さしかけさせ、世上《せじやう》かまはず潜上男《せんしやうをとこ》、いかにおのれが金銀つかふてすれはとて、天命《てんめい》をしらす。人は十三才迄はわきまへなく、それより廿四五まては親のさしつをうけ、其後《そのご》は我と世をかせぎ、四十五迄《まで》に一生の家をかため、遊楽《ゆうらく》する事に極《きは》まれり。なんぞ若隠居とて男さかりの勤《つとめ》をやめ、大勢の家来に暇《いとま》を出《いだ》し、外《ほか》なる主取《しうとり》をさせ、するゑを頼みしかひなく難義《なんぎ》にあはしぬ。町人の出世は、下々《したく》を取合《とりあはせ》、*其《その》家をあまたに仕分《しわく》るこそ親方の道なれ。

惣《そう》して、三人口迄を身過《みすぎ》とはいはぬなり。五人より世をわたるとはいふ事なり。下《げ》人《にん》壱人もつかはぬ人は、世帯持《せたいもち》とは申さぬなり。旦那といふものもなく、*朝夕《てうせき》も、通《かよ》ひ盆《ぼん》なしに手から手《て》にとりて、女房もり手くふなど、いかに腹ふくるればとて口をしき事ぞかし。同し世すぎ、各別の違ひあり。これを思はゞ、暫時《ざんじ》も油断する事なかれ。*金銀はまはり持《もち》、念力《ねんりき》にまかせ、たまるまじき物にはあらず。我夫婦《わがふうふ》よりはたらき出《いだ》し、今七十五人の*竈将軍《かまどしやうぐん》、大屋敷ねがひのまゝに、七つの内蔵《うちぐら》・*九《ここ》の間《ま》の座敷、万木千草《ばんぼくせんさう》の外《ほか》*銀《かね》の生《な》る名木《めいぼく》はびこりて、所はしかも*長者町にすめり。

〈現代語訳〉

祈れば験《しるし》のある貧乏神の折敷

「掛け奉《たてまつ》る御宝前」と書いた大絵馬が、京都の清水寺に掛けられており、「これは、呉服所のなにがしが銀百貫目（一億三千万円）の身代を祈願し、それが成就したので名を記して掛けたものだ」と語り伝えられている。今のその家の繁盛を以前と比較し、一代のうちにこんなにも金銀がたまるものなのかと、室町ではもっぱらの評判である。何事も欲得ずくの世の中なので、若恵比須、大黒天、毘沙門天、弁才天を頼りにし、鰐口に付いた綱に取り付き元手を欲しいと誰もが願をかけるが、世知辛い今の世になってこの方、そんなことは成就しそうにない。

ここに桔梗屋《ききようや》という小さな染物屋の夫婦がいて、商売を大切にし正直第一の気配りで、わずかな間もぼんやりすることなく働いたが、いつの年も、餅つきは時期遅くなり肴掛《さかなかけ》に鰤《ぶり》がないままで、迎春の支度をすることを悔しく思っていた。宝船の絵を枕の下に敷いて寝たり、節分の豆を「福は内に」と言いつつ沢山撒いたりしたが、その甲斐もないので貧しさのあまり考えが変わり、「誰もが富貴を恵む神仏を祀るのが、世間の風習となっている。それなら私は、みんなが嫌う貧乏神を祀ってやろう」と、妙な藁人形をこしらえて渋帷子《しぶかたびら》を着せ、頭には紙子《かみこ》頭《ず》巾《きん》を被らせ、手には破れ団扇を持たせて、その見苦しい姿を松飾りの中に安置し、元日から七草の日まで心を尽くしてもてなしたところ、その夜貧乏神が嬉しさのあまり枕元にゆらゆらと現れて、次のように語った。「私は長年にわたり貧家を巡る役を引き受けていたので、身を隠してさまざまな困窮した家の借金の中に埋もれており、いたずらをする子供をしかる時には『貧乏神め！』とあてこすりを言われるものの、裕福な商家の絶え間なく丁銀を量る音が耳に響くと、癪の虫が起きるのだ。朝夕に鴨の鱠《なます》や杉焼きなどの贅沢料理が出ると胸につかえるのでかえって迷惑する。私は元々その家の女房についてまわる神なので、奥の寝室に入っても重ね蒲団に釣り夜着、パンヤの括り枕などでは体がこそばゆく、白無垢の寝巻に焚き込められた香には鼻をふさぎたくなり、花見や芝居見物に行くのにビロード張りの窓の乗り物で揺られるとめまいが起きて我慢できない。夜は蠟燭《ろうそく》の光が金襖《きんぶすま》の部屋を照らすのがうっとうしい。貧しい家の灯火、それも十年も紙を張り替えていない行《あん》灯《どん》の薄暗い明かりこそ心地よいものだ。夜中に油が切れてしまって、女房の髪の油を間に合わせに注ぐような、そんな不自由な様子を見るのを楽しみに、毎年過ごしてきた。だれも祀ったりはしてくれないので、貧しさから意地を張り、ますます衰えさせていたが、この新春にはあなたたちが心を込めて私を祀って下さり、おかげで折敷に座って食事することができた。これは、今までになかったことだ。この御恩は忘れられない。だから、この家に伝わってきた貧銭《ひんせん》を、親ゆずりの金持ちで得意になっている人に譲り、あなたたちをたちまちのうちに繁盛させよう。それ、商売の方法は色々とある」といって「柳は緑、花は紅《くれない》」と二、三度、四、五度繰り返した。あらたかな御霊夢ではないかと、目が覚めてもこのことを忘れず、ありがたく思い込み、「染物細工を生業とする私に紅の御告げとは、間違いなく紅染《もみぞめ》のことだろう。とはいえこれは、小紅屋という人がすでに相当に売り出して、世間の需要を満たしている。それどころか、最近は砂糖染の工夫もあり、優れた知恵者の多い京では、並大抵のことで利益を得ることなど思いもよらない」と明け暮れ工夫を重ねて、蘇芳木《すおうぎ》の下染めをした上から酢で蒸し返すと、本紅《ほんもみ》の色と変わらないように見えることを考案し、これを秘密にしたまま染め込み、自ら荷物を背負って徒歩で江戸に下り、本町の呉服店に売った後、京に上る際には奥州の真綿を仕入れ、行き帰りに油断なく鋸商《のこぎりあきない》をして、十年経たないうちに千貫目（約十三億円余り）もの金持ちになった。

この人は大勢の手代を雇って万事を任せ、自分自身は遊楽をきわめて、若い時の苦労を取り戻した。これこそ人間の生き方というものだ。たとえば万貫目所持していたところで、年老いるまで身を粉にして働き、心労を重ねて世を渡る人は、一生が夢のようにはかないことを知らないので、大金を得たところで何の益もない。ところで家業というものは、武士の場合は大名ならそれぞれの領国を世襲するのだからそれ以上に望むものはない。だが末々の侍は、親譲りの位牌のごとき俸禄を受け取って気楽に過ごすことが本望ではない。自ら奉公に励んで、官職と俸禄とを高くしてこその出世である。町人も、親に稼がせて金をためさせ、遺言状通りに家督を受け取って、世間からの信用を得た商売を引き継ぎ、家賃や貸銀による利益をため込んでおきながら、もったいないことに世をうかうかとして過ごし、二十歳の前後から外見を飾るために竹杖をついて置頭巾を被り長柄の日傘を差し掛けさせて、世間の評判も気にしない贅沢者は、いかに自分の財産を使ってやっていることとはいえ、天命を知らない所業なのだ。人というものは十三歳までは分別がなくてよいが、それから二十四、五歳までは親の指図どおりにし、その後は自分の力で生計を立て、四十五までに余生を過ごす家を構えて、あとは遊楽して過ごすというのが最良なのだ。それなのにどうして若隠居を気取って男盛りの内に商売をやめ、大勢の使用人に暇を出して他の商家に奉公させ、末々を頼りにしてきた甲斐もなくつらい目に遭わせてしまうのだろう。町人の出世というものは、親方が末々の奉公人の面倒を見て、やがて本家を支えるための暖簾分けを多くの者に施してやるというのが本道なのだ。

そもそも三人暮らしまでは身過ぎなどとは言わないものだ。五人以上で暮らしてこそ渡世と呼ぶにふさわしい。下男の一人も使っていないような人は、世帯持ちと名乗るものではない。旦那と呼んでくれる者もなく、朝夕の食事も給仕の盆からではなく直接手にとって、女房が手盛りした飯を食うなど、たとえ腹がふくれるとはいえ情けないものである。同じ世過ぎとはいえ、上下で格別の差がある。このことを考えれば、わずかな間であっても油断してはならない。金銀は世間を流通していくものだから、懸命に働いても貯まらないというものではない。桔梗屋のように夫婦二人で稼ぎ始めて、今は七十五人もの奉公人を使う竈将軍となり、大屋敷を思い通りに建て、七つの内蔵と九間《ここのま》の座敷を設け、庭には万木千草の他に銀《かね》の生る名木がはびこって、しかも住んでいるところは文字通りの長者町なのである。

〈語釈〉

○**掛奉る御宝前**　奉納する絵馬に記すきまり文句「奉掛《かけたてまつる》御宝前」を利用した書き出しのアイデア。○**洛陽**　中国の都市の名。これにちなむ平安京の東の京の雅称。また京都の異称。○**室町**　京都室町通り沿い二条、三条辺には当時大呉服商の多い一角があった。○**わらす**　割る。くだく。頭をわらすで心を砕く、気を配る、苦心するの意。諺「正直の頭に神宿る」をふまえる。○**宝船を敷寝**　節分や大晦日の夜に宝尽くしや七福神を乗せた宝船の絵を枕の下に敷いて寝て、良い夢を願う俗信があった。○**渋帷子**　柿渋で染めた帷子。○**丁銀かける音**　丁銀は約四十三匁のなまこ型の銀貨。天秤にかけて重量を計る時、バランスを見るため針口を槌で叩くその音。○**積の虫**　癪の虫。激しい胸痛・腹痛を起こすと考えられていた虫。転じてかんしゃくの原因、腹立ち。○**釣夜着**　重さを感じないように、天井からつるすようにした寝具。○**はんやの括り枕**　パンヤの綿毛を詰め物にし両端をくくった枕。柔らかく贅沢品。○**留らるゝかほり**　香木を焚いて衣服に移し留めた香り。留木。○**天鵞菟窓の**

乗物　窓にビロードを張った上製の女乗り物。より贅沢なものは全体をビロード張りにするという。○**蠟燭の光り**　蠟燭は油火の照明より明るく、特別な時に用いられる贅沢品であった。○**金の間**　金襖《きんぶすま》や金箔張りの壁を用いた部屋。○**我《が》は貧《ひん》よりおこり**　「我」は自分の考えに固執すること。諺に「貧乏の僻《ひが》み根性」。○**柳はみどり花は紅ゐ**　天地自然そのままを真面目《しんめんもく》の姿とする禅語。柳緑花紅。謡曲の詞章などに頻出し笑い話にも取り入れられている。もとは蘇軾の詩の「柳緑花紅真面目」によるとされるが誤伝。○**小紅屋といふ人**　当時の京都の地誌類に紅花染の小紅屋和泉（烏丸通中立売下ル）の名がみえる。○**砂糖染**　未詳。○**蘇枋木の下染**　蘇芳の抽出液を用いた紅染。紅花で染めた本紅に対し中紅と呼ばれた。○**酢にてむしかへし**　紅花染に酢を用いるのを蘇芳染に応用したとの意。蘇芳の染色に酢を用いることは古く『延喜式』に記されているという。○**鋸商**　ここは江戸への行きにも帰りにも商売をするの意。○**位牌知行**　位牌は死者の戒名などを記して安置する木の札。祖先から受け継いだ知行・俸禄。軽蔑の意で用いられる。○**利つもり**　利息の計算や見積もり。積もるはあらかじめおよその見当をつけるの意。○**其家をあまたに仕分る**　奉公人を独立させて店を持たせること。暖簾分け。○**朝夕**　朝と夕方の食事。転じて食事をすること。○**金銀はまはり持**　金銀は流通し人から人へと回るの意。俗に「金は天下の回り物」という。○**竈将軍**　家の中で将軍のように思うままにふるまう人の意。一家の主人。○**九の間の座敷**　柱の間が縦横三間の広さの部屋。室町時代将軍などの正式な座敷とされていた。○**銀の生る名木**　果実として金が実るという想像上の木。金のなる木。ここは中紅の染液に用い

第一図

た蘇芳にかけた。○**長者町**　桔梗屋甚三郎が住んでいたとされる京都市上京区中之町。

〈挿絵解説〉

本章には挿絵が二面ある。第一図は貧乏神を祀る桔梗屋夫婦。型染などに使う大型の机に渋帷子に紙子頭巾、渋団扇を手にした藁人形の貧乏神を安置し、行灯・折敷・香盆・口の欠けた御神酒徳利や花を供えて手を合わせている。壁下地が露出した片脇には染色に用いる麻笥《おけ》・瓢箪。土間には竈に鍋・釜・水桶や縁の欠けた擂鉢。枌板《そぎいた》を竹で押さえ重石を置いた取葺屋根、ちぎれた紐状の暖簾の側の庇《ひさし》も破損しており、すべて貧家の体。鼠を追う猫が侘しさを際立たせている。第二図は対照的に四人の奉公人の挨拶を受ける夫婦。主人は置頭巾に羽織姿、女房はうなぎ綿をかぶり打掛を着ており、前図とは一変している。

分厚い扉を開いた内蔵には銀箱が置かれ貫緡《かんざし》につないだ銭が袋から溢れ出ている。書院造りを思わせる舞良戸《まいらど》の座敷に天秤を飾った様子はいかにも富家に相応しい。

〈解説〉

絵馬に記す極り文句を用いた斬新な書き出しで、呉服所の何某が清水寺に祈願した銀百貫目が成就し、その繁盛ぶりは室町の大評判となり、多くの人々が商売の元手を神仏に願うが世知辛い世の中ではそれも叶わないとする前置きは、主人公が貧乏神を祀って福徳を授かったという設定と照応させたものである。

小規模な染物屋桔梗屋は、正直一途・渡世大事に働いたが正月の準備もままならない程の貧困から抜け出せなかった。分別を変えて藁人形で貧乏神を造って松飾りの中に安置して心を込めて饗応した

第二図

ところ、嬉しさの余り七草の夜夢枕に立ったという。貧乏神の云うには、食事・寝具・家内の調度に至るまで贅沢で高級なものは胸が痞《つか》え目眩《めまい》がして嫌《いや》になり、不自由な様子を見るのが好きでますますその家を衰微させるのだという。貧乏人の僻《ひが》み根性を地で行く常識とは裏腹な云い分は、至極もっともで且つ極めて珍妙な可笑味《おかしみ》がある。手厚いもてなしの恩賞にと「柳は緑花は紅」との霊夢を授かった主人公は、職業柄紅染のことであろうと直感して工夫を重ね、本紅の色と変わらぬ染法を考案した。秘密裡に染込んだ品物を自分で江戸本町の呉服屋に売り、帰り道には奥州の真綿を調達する鋸商いを繰り返し、十年経たない内に千貫目余り（十三億円以上）の大金持ちになったという。一代で財を成した典型的致富談であるが、ここには例によってワケが有る。

商品を携えて旅をしながら、土地柄品薄で高価な品物を売って利益を稼ぐ旅商人という業種があった。桔梗屋の場合は江戸と京都の間でこれを行っていたということになるのだが、問題は価格差の理由である。小紅屋の品物とも砂糖染とも異なる、彼の考案した本紅そっくりの染め物は染め物先進国の京都では通用せず、江戸では高く売れたらしい。本紅と偽って売り捌いたとすれば偽物商いになるが、それなりの商品として評価され需要があったのならば必ずしも不正行為には当たらない。だが、「是を秘密して染込」という西鶴の物言いは極めて微妙である。東北地方の真綿を売買して二重に稼いだと補塡されてはいるものの、年に一億円以上という利益額から見て、本物の高級品として売り捌いていたと想定されているのではないかと考えられるのだがどうであろうか。少なくとも、単身の旅商いで十億円以上の資産を築くのは現実問題としては恐らく不可能であり、どこかの時点で営業形態を大幅にシフトしなければならないはずである。そうした経緯が省略されているのは、一見すると才覚と知恵と努力で達成されたかのようなこの話が、実は珍妙な貧乏神に福を授けられたというワケ有りの夢物語だからに他ならない。

貧乏神を擬人化して戒めとするのは『長者教』や笑話などに先例があり、近世初頭以来流行していたらしいが、本章の構想は異なっている。昔話や民間伝承に貧乏神の力を借りて長者になったという「大歳の客」という類型があり、西鶴がこれに依拠したとも考えられなくはないが、先後関係は不明である。また後に触れる『本朝世事談綺《せじだんき》』の事例は、むしろ本章が元になって作り上げられたと見るのが順当ではないだろうか。

大富豪となった桔梗屋は商売を手代に任せて安楽な老後を送ったとされ、十三歳までは何の弁え《わきま》もなく、二十四、五歳までは親の指図を受け、その後は自分の才覚で金を稼ぎ、四十五歳までに一生の家を築き上げて遊楽するという、『世間胸算用』巻二の一や『西鶴織留』巻五の一にも見出される、町人の理想とする現実主義的処世論が次に展開される。町人の出世は奉公人を養い育てて分家させることにあるとし、親の遺産を喰い潰して平然と楽隠居するのを戒める言も見出される。このような常識的な指摘に独自性はないが、笑いと教訓の二面性はハナシの要素として唱導文芸や節談説教《ふしだんせっきょう》などに見られるもので、本章の構成も基本的にこれによっている。

ワケ有りの致富談を貧乏神の笑話的な面白さと現実的な処世訓で包み込み、おめでた尽くしの祝言でしめくくった本章は、夢物語の典型として、良くまとまっている。なお、先行諸注『本朝世事談綺』によって承応の頃甚三紅《じんざもみ》を染出した長者町の桔梗屋を本章のモデルとしているが不審である。野間光辰氏所引「狛平治日記」によれば、延宝九年八月十六日、上京の桔梗屋甚三郎が百万遍の阿弥陀堂の前で女敵《めがたき》として殺害されたという。西鶴がこの事件の知名度を利用して桔梗屋を主人公とする構想を立てたとするならば、その換骨奪胎ぶりには目覚ましいものがあると言えるだろう。

心を畳《たゝみ》込《こむ》古筆《こひつ》屏風《びやうぶ》

時津《ときつ》風静《かぜしづか》*に日和見《ひよりみ》乗覚《のりをぼへ》て、西国《さいこく》の*壱尺八寸といへる雲行《くもゆき》も三日前より心えて、今程《いまほど》舟路《ふなぢ》の慥《たしかなる》成事にぞ。世に舟あればこそ一日に百里を越《こし》、十日に千里の沖《をき》をはしり、万《ばん》物《ぶつ》の自由を叶《かな》へり。されば、大商人《あきんど》の心を渡海《とかい》の舟にたとへ、我宿《わがやど》の細き溝川《みぞかは》を一足《そく》飛《とび》に*宝の嶋へわたりて見ずは、打出《うちで》の小槌《こづち》に天秤《てんびん》の音きく事有《ある》べからず。一生《しやう》　秤《はかり》の皿《さら》の中をまはり、広き世界をしらぬ人こそ口惜《くちをし》けれ。和国《わこく》は扨置《さてをき》て、*唐《たう》へなげかねの大気《たいき》、先《さき》は見えぬ事ながら、唐土《もろこし》人は、律義《りつぎ》に云約束《いひやくそく》のたがはず、絹物に奥口《をくくち》せず、薬種《やくしゆ》にまぎれ物せず、*木《き》は木、銀《かね》は銀に幾年《いくとし》かかはる事なし。只《たゞ》ひすらこきは日本《につぽん》、次第に針《はり》をみぢかく摺《すり》、織布《をりぬの》の幅《はゞ》をちゞめ、傘《からかさ》にも油をひかず、銭安《ぜにやす》きを本として、売渡《うりわた》すと跡をかまはず。身にかゝらぬ大雨に、親でもはだしになし、只《たゞ》は通さず。むかし、*対馬《しま》行《ゆき》の莨菪《たばこ》とて、ちいさき箱入《はこいり》にしてかぎりもなく時花《はやり》、大坂にて其《その》職人に刻《きざ》ませけるに、当分《たうぶん》しれぬ事とて下つみ手ぬきして、然《しか》も水にしたし遣《つか》はしけるに、舟わたりのうちにかたまり、煙《けぶり》の種《たね》とはならざりき。*唐人是《たうじんこれ》をふかく恨《うら》み、其《その》次《つぎ》の年、なを又過《すぎ》つる年の十倍もあつらへければ、欲に目のあかぬ人、我《われ》おそしと取《とり》急下《いそぎくだ》しけるに、大分湊《だいぶんみなと》に積《つま》せ置《をき》て、「去年たばこは水にしめされ思はしからず。当年《たうねん》は湯か塩につけて見給へ」と、皆々つき返され、自《をのづか》らに朽《くち》て磯《いそ》の土とは成《なり》ぬ。

是《これ》を思ふに、人をぬく事は跡《あと》つゝかず。*正直なれば神明《しんめい》も頭《かうべ》に宿り、貞廉《ていれん》なれば仏《ぶつ》陀《だ》も心を照《てら》す。兎角《とかく》は天に任《まかせ》て*長崎商《ながさきあきな》ひせし人、筑前《ちくぜん》の国博多《はかた》に住《すみ》なして金やとかやいへる人、海上《かいしやう》の不仕合《ふしあはせ》、一年《とせ》に三度《ど》迄の大風《おほかぜ》、年々《とし〳〵》の元手《もとて》打込《うちこみ》て、*残る物とて家蔵《いへくら》ばかり。軒《のき》の松風淋《まつかぜさび》しく、めしつかひの者も暇出《いとまいだ》して、妻子も一日暮《くら》しのかなしさ、俄《にはか》に*何に取付《とりつく》嶋もなく、なみの音さへ恐《をそろ》しく、孫子《まごこ》に伝《つたへ》て舟には乗《のせ》まじきと、*住吉《すみよし》大明神を心誓言《こころせいごん》に立《たて》、ある夕暮に、端居《はしゐ》して涼風《すゞかぜ》を願ひ、四方山《よもやま》を詠《なが》めしに、雲の峯に立《たち》かさなり*龍《たつ》ものぼるへき風情《ふぜい》、空定《そらさだ》めなきは人の身体《しんだい》、我《われ》貧家となれば庭も茂みの落葉《をちば》に埋《うづも》れ、いつとなく葎《むぐら》の宿にして、万《よろづ》の*夏虫野《なつむしの》を内《うち》になし、諸声《もろこゑ》の哀れなり。見《み》越《こし》の大竹《おほたけ》より杉の梢に、蜘《くも》の糸筋《いとすぢ》*はへて、是《これ》をわたれば嵐《きら》に切れて、中程より其《その》身落《をち》て命もあやうかりしに、又も糸かけて伝《つた》へばきれ、三度《ど》迄難義《までなんぎ》にあひしに、終《つゐ》に四度《ど》めにわたりおゝせて、間もなく蜘《くも》の家《いへ》を作りて、飛蚊《とぶか》の是《これ》にかゝるをおのか食物《しよくもつ》にして、猶々《なをく》糸くりかへすを見て、「あれさへ心なかく、巣をかけおゝせて楽しむなれば、いはんや人間の気短《きみじか》に、物毎打捨《ものごとうちすつ》る事なかれ」と、是《これ》より思ひ付《つき》て居宅売払《きよたくうりはらひ》、其《その》時を見《み》合《あは》せ少しの荷物を仕《し》入《いれ》、むかしにかはりて手代もなく、我《われ》と長崎に下《くだ》り、人の宝《たから》の市《いち》にまじはり、唐織《からをり》・薬種《やくしゆ》・*鮫《さめ》・諸道具見しに、買《かへ》はあがりを受《うく》るをしりながら、金銀に余慶《よけい》なく、京・堺の者によい事させて、智恵・才覚には天晴《あつぱれ》人にはおとらね共《ども》、是非《ぜひ》なき*革袋《かはぶくろ》に取集《とりあつめ》て五十両、爰《こゝ》の商人《あきんど》の数にはいらず。

はかどらぬ算用捨《すて》て、わざくれ心になりて、*丸山の遊女町に行《ゆき》て、全盛《ぜんせい》の時に身なし太夫《たゆふ》を、今宵《こよひ》ばかりを一生のおさめと、以前の便《よすが》を求め、*花鳥《くはてう》といへるに逢初《あひそめ》しよりあさからず、常《つね》よりしめやかなる枕屛風《まくらべうぶ》を見しに、両面の惣金《そうきん》にして古《こ》筆《ひつ》明所《あきど》もなく押《をし》けるが、いづれかあだなるはなかりし。中にも*定家《ていか》の小《を》倉色紙《ぐらじきし》、*名物記《めいぶつき》に入《いり》たる外《ほか》六枚、見《みる》程、時《じ》代紙《だいがみ》・正筆《しやうひつ》に疑ひなし。「いかなる人か此太夫《このたゆう》には送られし」と、欲心発《をこ》りて遊興は脇《わき》になりぬ。それより、明暮《あけくれ》通ひなれて上手《じやうず》を仕《し》掛《かけ》しに、いつとなく女藹《ぢよらう》*悩《なづみ》て、我《わが》*黒髪も惜《をし》からず切《きる》程の首尾《しゆび》になりて、彼屛風貰《かのびやうぶもらひ》かけしに、子細もなくくれける。取《とり》あへず、暇乞《いとまごひ》なしに上方《かみがた》にのぼり、手《て》筋《すじ》を頼み大名衆《だいめうしゆ》へあげて、大分の金子《きんす》申請《まうしうけ》て、又むかしにかはらぬ大商人《あきんど》と成《なり》て、眷属《けんぞく》あまた召《めし》つかひ、其後《そののち》長崎に行《ゆき》て花鳥《くはてう》を請《うけ》出し、願ひの男豊《ぶ》前《ぜん》の浦里に有《ある》なれば、其元《そのもと》へ金銀・諸道具、何《なに》に不足もなく拵《こしら》へ、縁に付《つく》れば、花鳥《くはてう》限りもなく悦《よろこ》び、「この御恩は忘れじ」と申《まうし》ぬ。「一《ひと》たびは傾城《けいせい》をたらすといへど、是《これ》らは悪《にく》からぬ仕《し》かた、其目利《そのめきゝ》、ぬからぬ男」と、世間皆是《これ》をほめける。

〈現代語訳〉

思いを畳み込んだ古筆屏風

順風が静かに吹き、乗りなれた日和見の船員は、西国で「一尺八寸」と呼ばれる笠雲の動きも三日前から予測できるのだから、今ほど航海が安全な時代はないものだ。世の中に船というものがあるからこそ一日に百里以上も進み、十日で千里の沖を走って、万事の自由を実現できるのだ。だから、大商人の心を渡海の舟にたとえてみるなら、我が家の前の細い溝川をひと飛びして宝の島へ渡ってみなければ、打出の小槌を手に入れて銀《かね》を打ち出し、それを量る天秤《てんびん》の音を聞くことなどできない、といったところだ。一生秤《はかり》の皿のように狭いところを駆け回り、広い世界を知らない人間でいるのは情けないことだ。日本のことはさておいて、中国への投資は大胆でなければ出来ず、先が見えないものの、中国人は律義で口約束でも違《たが》えることがなく、絹織物の巻き軸の方の品質を落としたり、薬種にまやかし物を混ぜたりはせず、木は木、金は金と正直に、何年も変わることなく商売をしている。ひたすらずる賢いのが日本人で、次第に針は短く摺るようにし、織物の幅を狭くし、傘に油を引かず、安上がりに作ることを第一にして売り渡した後のことなどは考えない。大雨が降っても自分の身にさえかからなければ、親をはだしで外を歩かせても平気で、利益のないことには手を出さない。昔、対馬行きの煙草といって、小さな箱入りにしたものが際限なく流行したので、大坂でその職人たちに煙草を刻ませていたが、当分の間は気が付かないだろうと荷物の下の方では手を抜いて、しかも水に浸して送ったので、輸送する船の中で固まってしまい、使い物にならなくなってしまった。中国人はこのことを大変に恨んで、その次の年はあえて前年の十倍もの量を発注してきたので、欲に目のくらんだ日本人が我先にと急いで荷を運んできたが、大量に港に積ませておいて、「去年の煙草は水にぬれていて商品にならなかった。今年は湯か塩にでもつけてごらんなさい」とすべて突き返したので、そのまま腐っていって磯の土となってしまった。

このことを考えると、人を騙すような商法は長くは続かないものだ。正直であれば神様も頭《こうべ》に宿り、清廉であれば仏様も心を照らしてくれる。何につけても運を天に任せて長崎商いをしていた、筑前の国博多に住んでいる金屋という商人は、海上での不運で、一年の内に三度も大風で船が難破し、長年ため込んだ財産を失ってしまった。残ったものといえば家と蔵だけで、軒下を松風も淋しく吹く。奉公人たちには暇を出し、妻子もその日暮らしの貧しさとなって、さしあたりの商売の手掛かりさえもなく、波の音まで恐ろしく感じられて、孫子の代まで伝えて船には乗せないことにしようと、住吉大明神に心から誓いを立てた。ある夕暮れに、涼風を求めて縁側に座り四方の景色を眺めていたところ、山の峰のような積乱雲が重なって龍が昇天しそうな天候になった。それを見て、「空模様のようにどうなるかわからないのが人の身の上、我が家も貧家となってしまったので、庭も伸び放題の茂みの落葉に埋もれ、いつのまにか雑草がはびこってしまい、さまざまな夏虫が野原同然の住家として、その鳴き合う声も哀れなものだ」と落胆していた。すると、塀越しに高く伸びた大竹から杉の梢にむかって蜘蛛が糸を掛けようとしており、向こう側へ渡ったかと思えば嵐に糸を切られ、中程から落ちて命も危うかったが、またも糸を掛けて伝われば切れ、三度まで失敗して危うい目にあったのに、ついに四度目には渡り切り、間もなく蜘蛛の巣を作って、飛んできた蚊がこれに掛かったのを食物として、さらに糸を張るのをくり返している。これを見て、「あのようなものでさえ気長に巣を作りぬいて楽しんでいるのだから、ましてや人間が短気になって、物事を打ち捨てるものではない」と、このことから思い付いて家を売り払い、時期を見合わせて少しばかり品物を仕入れ、昔と変わって手代もなく自分で長崎に下り、人々が輸入品を取引する入れ札市に参加した。唐織・薬種・鮫《さめ》・諸道具を見たが、買えば確かに値が上がって利益が出るとわかっていながら、手持ちの金銀に余裕がなく、京都や堺の商人によい思いをさせるばかりで、智恵才覚なら立派に対抗できるのに、何をするにつけ革袋に集めたのはわずか五十両（四、五百万円）ばかり、これではここの商人仲間とは張り合えない。

無駄な算段をあきらめ、自暴自棄になって丸山の遊女町に行き、かつて羽振りのよかった時に熱中した太夫を相手に、今宵は一生の遊び納めと、以前の伝《つて》を頼りに、花鳥《かちょう》という遊女に逢い始めたところすっかり情が通って、いつもよりしみじみとした気持ちで枕屏風を見たところ、両面が総金箔《きんぱく》貼りのもので古筆が隙間もなく張り付けてあって、どれをとってもいい加減なものではなかった。中でも定家の小倉色紙は、「名物記」に入っているもの以外に六枚あって、見ればみるほど時代の古い色紙であり、真筆に間違いはない。「いったいどんな人がこの太夫に贈ったのか」と思ううちに欲が出てきて、遊興は二の次になってしまった。それからは明け暮れ通いつめて上手く口説くと、いつしか太夫も心を寄せて、自分の黒髪を惜しげもなく切って心中立てをするほどの仲になり、例の屏風を譲るよう持ち掛けたところ、わけもなく与えてくれた。大急ぎで別れの挨拶もしないまま上方へ向かい、伝《つて》を頼りに大名衆に差し上げ、たっぷりの礼金をいただいて、また昔に変わらない大商人になり、奉公人を大勢召し抱えて、その後長崎へ行って花鳥を身請けし、その思い人が豊前の漁村にいるというので、そこへ金銀と諸道具を何の不足もないほど用立てて縁付けたので、花鳥もこの上もなく喜んで、「この御恩は一生忘れません」と言った。「一度は傾城を騙しはしたものの、これは憎くないやり方であり、名品の鑑定眼が確かな男だからこそだ」と、世間ではみなこの男をほめたたえた。

〈語釈〉

○**日和見**　空模様などによって海路の天候を観測し予測すること。またそれをする船員。○**壱尺八寸**　悪天候の前兆とされる笠雲の異称。笠の直径の寸法による名称。○**宝の嶋**　金銀財宝の山積する島。ここは後出する長崎を意味している。○**唐へなげかね**　投銀《なげかね》は近世初期、朱印船や中国・ポルトガル商人などの外国貿易に対する貸付金。利率が三割から九割と高かったが、船が難破した場合返済が保証されず投機的性格が強かったのでこう呼ばれた。「唐へ投銀」は危険を伴う目算のない投資を云い、後には浪費を意味する成句となった。○**木は木、銀は銀**　物事の区別をきちんとしてごまかさないことのたとえ。「木は木金は金と分くる者《わろ》」。○**対馬行の莨菪**　対馬を中継地とする朝鮮向けの煙草。○**唐人**　狭義には中国人をさすが、広く外国人の意にも用いられた。○**正直なれば神明も……**「正直ナレバ神明モ頭ニヤドリ、貞廉ナレバ仏陀モ心ヲ照ス」(沙石集、巻九の二)による。貞廉は行いが正しく潔白なこと。○**長崎商ひ**　長崎経由の輸入品を取り扱う商売。○**残る物とて……松風淋しく**　「松風ばかりや残るらん」(謡曲「松風」)をふまえた西鶴作品に頻出する文飾《レトリック》。○**何に取付嶋もなく**　商売の手がかりもないの意。成句「取り付く島もない」による。○**住吉大明神**　航海安全の神。大阪市の住吉大社が著名であるが、博多を始め各地に鎮座する。○**龍ものぼるへき風情**　龍が昇天する時は、風を呼び雲を起こし雨を降らせるという。○**夏虫**　蛾・蚊・蟬・蛍など夏に出てくる虫。「八重葎しげき宿には夏虫の声より外にとふ人もなし」(後撰集、夏)による。葎—夏虫の声。○**はへて**　延《は》へるは糸・紐などを長く引きのばす。張りわたす。○**鮫**　刀の柄《つか》・鞘を巻く輸入品の鮫の皮。○**革袋**　革製の金入れ袋・財布。○**丸山**　長崎の丸山遊廓。○**花鳥**　西鶴編『俳諧女哥仙』にも収載された、漢詩・和歌・俳諧を能《よ》くしたという丸山の伝説的な遊女。○**定家の小倉色紙**　嵯峨の山荘の障子に貼ったとされる藤原定家染筆の小倉百人一首の色紙。小倉山荘色紙。○**名物記**　名物とされる由緒のある茶道具類の名鑑・目録。○**悩て**　泥《なず》むはひたむきに思いを寄せ執着すること。○**黒髪も惜からず切程の首尾**　遊女が客に誠の心を示すための心中立てとして髪を切ることが行われていた。それ程の恋仲になったということ。

〈挿絵解説〉
七宝繋《しっぽうつなぎ》模様の屏風を肩にした金屋が花鳥と別れを惜しんでいる場面。後方の振袖姿の禿《かむろ》も金屋も眼を押さえて泣いており、本文に「暇乞なしに」とあるのとは相違しているかのようである。大柄の桐の文様の小袖を着た花鳥が引き上げた下着の襟に頬をうずめているのは、美人画などで当時好まれた遊女の姿態。もう一人は遊女の世話をする遣手《やりて》。

〈解説〉
本章は、一年に三度も海難事故に遭遇して失意の底にあった主人公が、失敗しても巣を掛け続ける蜘蛛の働きを見て一念発起、家を売って長崎へ商いに赴き、遊女から貰い受けた枕屏風が契機となって大商人に復活したという致富譚であるが、底流するテーマは商人にとって正直とは何かという問題である。

全国的な海運が発展し海上輸送が便利になったこの時代にそれを背景に商業圏が国内外に拡大し、商人の心も自ずと大気になったことから書き起こされ、律義で約束を違えない中国人に、ずる賢い日本人が、粗悪で不正に増量した煙草を輸出して仕返しされた例を挙げて、人を騙す行為は長続きしないことが述べられている。「唐土人」が律義であるという認識は巻五の一にも見出され、一方それは「身過かまはぬ唐人の風俗」でもあるとされており、巻二の四冒頭にも身過に疎い白楽天が日本人の働きを見て逃げ帰ったと記されていた。要するに、律義・正直であることと商い上手は本質的に両立しないということなのである。

　本筋としての金屋の話も、これを受けて「正直なれば神明も頭に宿り云々」と書き始められている。運を天に任せて長崎商いをしていた博多在住の金屋が三度も海難に遭ったという設定は、船の便利さが一方で多大なリスクを伴うものであるという現実をも的確に映し出している。自分同様三度も失敗しながら四度目に糸を掛け通して巣を完成させた蜘蛛に啓発された主人公は家屋敷を売り払って自ら長崎へ出掛けたが、掻き集めた元手五十両（四、五百万円）では二進《にっち》も三進《さっち》も行かず、知恵・才覚は人に勝れていてもそれだけではどうしようもないことなのであった。

自棄《やけ》を起こして丸山遊廓に遊んだ主人公は、敵娼《あいかた》の枕屛風に定家の小倉色紙の直筆《じきひつ》が押してあるのを見付けて通い詰めて深い仲になり、貰い受けるのに成功、上方の大名達に献上して多額の金を受領し、これを元に昔と変わらぬ大商人に返り咲いたという。平安・鎌倉時代に書写された古筆は、書道手本や茶室での鑑賞用に珍重され、切断された古筆切は江戸時代には名物として高値で取り引きされていた。現在では国宝級のものもあり、当時一枚で何万両というクラスのものも存在したというから、明記されてはいないが主人公は莫大な金額を入手したはずである。この間の遊女との関係に於いて金屋に疚《やま》しさがないと言えば、恐らくそれは嘘になるであろう。「一たびは傾城をたらすといへど」と後に記されているように、騙したと言えば金屋は花鳥を騙したわけで、決して正直ではなかったのである。だが、商人としての資質が問われるのは事後の処理の仕方であった。

一旦は暇乞いもなしに立ち去った主人公は、大勢の奉公人を召使う大商人となって再び長崎に行き、花鳥を身請けして金銀・諸道具を付けて意中の男に縁付けたので、彼女は限りなく喜んだという。この間に花鳥達の身の上にもしものことでもあれば話は全く様相を異にするはずであるが、架空のサクセスストーリーではそうした固いことは度外視される。巻三の三で長谷寺の戸帳を詐取した菊屋を見る影もなく零落させた西鶴その人が金屋の行為を心底どう受け止めていたかは不明である。だが、世間の人々は「是《これ》らは悪《にく》からぬ仕かた、其目《そのめ》利《きゝ》、ぬからぬ男」と賞讃したというのである。

海難事故という悲運、発奮して再出発、長崎での絶望と自暴自棄、枕屏風を入手する僥倖から大団円の後日譚と、諺や縁語などの文飾《レトリック》を駆使し逆へ逆へと展開しドラマチックに進行する本章は読み物としても面白い。しかもその上に、商人にとって最も大切とされる正直という徳目の在り方を、商上手や知恵・才覚という致富に不可欠の要素との関係に於いて見事に描き出していると云えるであろう。

仕合《しあはせ》の種を蒔銭《まきせん》

人は正直を本《ほん》とする事、是《これ》*神国《しんこく》のならはせなり。伊勢《いせ》の社《やしろ》の*かろ〳〵敷《しく》、*百二十末社《まつしや》*紙表具《かみひやうぐ》の神体《しんたい》、思へば*浅猿《あさま》なる事なれ共《ども》、何《なに》の偽りなき心を*鏡に懸《かけ》て人も曇《くも》らず、殊勝《しゆせう》に有《あり》がたく、此《この》*秋津洲《あきつす》に住者歩《すむものあゆみ》をはこびぬ。さればいづれの世より、小才《こざい》覚《かく》らしく、宮廻《みやめぐ》りの蒔銭《まきせん》に鳩《はと》の目《め》と云《いふ》おかしげなる鉛銭《なまりぜに》、百といふて六十つなぎにして、扨《さて》もせちがしこき人心、豊《ゆたか》なる福の神是《これ》を笑ひ給ふべし。爰《ここ》の繁昌、中《まうす》もおろかなり。*大々神楽《だいだいかぐら》の宝の山、諸願成就《しよぐはんせうしゆ》十弐貫目《くはんめ》、此《この》御初尾《はつを》の絶《たゆ》る間《ま》もなく、*笙《しやう》の笛・

貝杓子《かいじやくし》して世渡る海の若和布《わかめ》に、真砂《まさご》の数をしらず。其外末々《そのほかすへ〳〵》*御《を》師《し》、手前《てまへ》右筆《ゆうひつ》のなき人は、諸国檀那《だんな》まはりのお定《さだま》りの状《じやう》、ひとつ銭《ぜに》壱文つゝにして、是《これ》を書《かい》て年中妻子《ねんちうさいし》はごくむ人、何百人か其《その》かぎりしられず。口過《くちすぎ》さま〳〵に有《ある》所ぞかし。人の気をくみて、商《あきなひ》の上手《じやうず》は此《この》国なり。*相《あひ》の山の*袖乞《そでごひ》迄《まで》も、心ながく道者《だうしや》の機嫌《きけん》をとりて、うへず寒からす、身に絹布《けんぷ》をかざり、連引《つれびき》の三味線《さみせん》に乗《のせ》て「*浅ましや心ひとつ」といふ一節《ふし》、いつ聞《きゝ》ても替《かは》らず。此《この》一里の間《うち》、殊更《ことさら》に慰《なぐさみ》にもなれり。世に銭程《ぜにほど》面白き物はなし。あまたの*講参《かうまい》りはあれ共《ども》、終《つゐ》に此乞食《このこつじき》のたんのする程、銭とらせし人なかりき。思へは纔《わづか》の事なるに、よろこばせたき物なり。「*嶋原《しまばら》正月買《かい》の*庭銭《にはせん》はすれと、京の人すぐれてしはし」と、*お白石《しらいし》まく親仁《をやじ》もいへり。

有時《あるとき》、江戸の町人参宮《さんぐう》せしに、*乗掛《のりかけ》さのみかざらず、駕籠《かご》ぶとんも紫の目に立《たゝ》ずして、供《とも》二三人召《めし》つれ、太夫殿《たゆふとの》の案内者《あんないしや》に任《まか》せ、*山田《やうだ》を出《いで》し時*新銭《しんせん》弐百貫調《とゝの》へ、から尻《しり》馬《むま》に付《つけ》て、間《あひ》の山五十町のうち蒔散《まきちら》しけれは、大道は土《つち》も見へず、野も山もみな*銭掛《ぜにかけ》松《まつ》かと思はれ、立《たち》かゝりて拾へは、*松原踊《まつばらをどり》の袖にあまり、*味噌漉《みそこし》よりこぼれて、しばしは小歌《こうた》・撥音《ばちをと》の鳴《なり》をやめて、「いかなる長者に有《ある》やらん」と其《その》名を尋《たづね》しに、武州《ぶしう》*境町《さかいてう》の辺《ほと》りに分銅屋《ふんどうや》の何某《なにかし》とて、人のしらぬ銀持《かねもち》なり。世間には、唐大名《からだいめう》の見せかけ商売おほし。此《この》人は、面《をもて》むきかるうして内証《ないしやう》のつよき事、*闇《くらかり》に鬼をつなぐがごとく、年越《としこし》毎《ごと》に仕合《しあはせ》かさなり、廿一より五十五才迄、卅四年に我とかせぎ出し、金七千両を一子にゆづりぬ。抑《そも〱》商《あきなひ》のはじめは、*都伝内《みやこでんない》といふ芝居の近所に、九尺間《ま》の棚借《たなかり》て*銭《ぜに》見せを出し、諸見物《しよけんぶつ》の札銭《ふだせん》を売《うり》けるに、銀弐匁三匁のうちにて、五厘《りん》・壱分の*掛込《かけこみ》を見て、少しの事ながら、つもれば大分《だいぶん》の利を取《とり》、次第に両替屋となりて、是《これ》楠《くすのき》分限《ぶんげん》、根のゆるぐ事なし。

其隣《そのとなり》にすぐれて利発《りはつ》なる男ありて、烏《からす》を鷺《さぎ》の見せ物を拵《こしら》へ、一年は*閻魔鳥《えんまてう》とて作り物珍《めづ》ら敷《しく》、一日に五十貫づゝも取込《とりこみ》、又ある年は、形《かたち》のおかしげなるを*便乱坊《べらぼう》と名《な》付《づけ》、毎日銭の山をなして、俄《にはか》に家蔵《いへくら》求《もとむ》べき人はさもなく、今に奥山・入海《いりうみ》に心をなし、「自然、浅黄色《あさぎいろ》なる猿もがな。もしも手足の付《つき》たる鯛《たい》の有事《あること》も」と、水の泡《あは》の世わたり、消《きゆ》る事安《やす》し。惣《そう》じて、役者子共の取銀《とるかね》は、当座の化花《あだばな》ぞかし。*玉川千之丞、女がたして*河内《かはち》通ひの狂言一番を、一日小判壱両に定め、一年三百六十両づゝ取《とり》ぬるも、*伊勢へ引込《ひきこみ》、死《しぬ》る時は昔の舞台衣装も残らず、其時《そのとき》の栄花を楽しめる外《ほか》なし。金銀溜《ため》て商人《あきんど》になるべき心掛《こころがけ》しるにもあらず。其道《その》々をしる事、人の肝心《かんじん》なり。

過《すぎ》にし*酉《とり》の年、諸道具迄も煙《けぶり》となし、皆々丸裸《まるはだか》になりしが、程なく以前のごとく、酒屋は*杉をしるしの門《かど》はかはらず、本町《ほんちやう》の呉服棚《ごふくだな》それ〲の錦《にしき》を餝《かざ》り、伝馬町《てんまてう》の絹屋・綿屋も同じ棚つき、*佐久間《さくま》の面《をもて》は万《よろづ》の紙売《かみうり》、*舟町《ふなてう》の魚市《うをいち》・*米河岸《こめかし》の売買《うりかい》・*尼棚《あまだな》の塗物問屋《ぬりものとひや》、通《とを》り町《ちやう》の繁昌此《この》御時なるへし。風絶《たへ》て雲静《しづか》に、*降照町《ふれてれてう》は下踏《げた》・雪踏《せつた》の細工《さいく》人《にん》、*白銀町《しろかねてう》の槌《つち》の音、昔見し人其家職《そのかしよく》かはらず、此前《この》日用取《ひようとり》は其《その》姿、山伏は其《その》顔、腫《しゆ》物《もつ》・切疵《きりきず》の膏薬売《かうやくうり》は今も同じ声、独《ひと》りも身過《みすぎ》をかへたるは見えず。貧者ひんにて、分《ぶん》限《げん》は分限《ぶんげん》に成《なり》ける。是程《これほど》ふしぎなる事なし」と、彼分銅《かのふんどう》屋見廻《みめぐ》り置《をき》て語りぬ。広き町《まち》筋《すじ》に只《たゞ》壱人、其時分《そのじぶん》銀拾《かねひろ》ひてや、手馴《てなれ》し珠数《じゆず》屋をやめて、*中橋《なかはし》に刀《かたな》・脇指《わきざし》の棚《たな》出して、一度《たび》は栄《さかへ》て見えしか、程なく、*今の剱《つるぎ》 昔の菜刀《なかたな》とさびて、又もとの珠数《じゆず》屋を後《ご》生大事《しやうだいじ》として、命の珠《たま》をつながれ、人はしつけたる道を一筋《すじ》に覚《をぼへ》てよしとそ。

〈現代語訳〉

幸せの種と思って銭を蒔く

人は正直が第一というのが、この神国のならわしである。伊勢の社は簡素な軽々しい造りで、百二十末社も紙表具が御神体だという、思えば粗末なものだけれど、何の偽りもない神慮を映す神鏡に誓って人心も曇らず、誠に立派で有り難いので、この日本に住む人々はここに参詣しにくるのだ。それなのにいつのころからか、小利口そうに宮参りの御賽銭に鳩の目という怪しげな鉛銭を考案し、百と言いながら六十つないで売っているのはなんとも世知賢い人の心であり、裕福な福の神もこれをお笑いになるに違いない。この地の繁盛は言葉にするのも愚かしいほどだ。大々神楽への奉納金は宝の山のようで、諸願成就のための祈禱料は十二貫目（約二十四万円）、これらの賽銭が絶え間なく納められ、笙《しよう》の笛や貝杓子《かいじやくし》をこしらえ海の若布を採って商売にしている人も数えきれないほど沢山いる。その他に、専属の書き役もいない下級の御師《おし》は、諸国の檀那廻りをする時に配るお決まりの祝儀状を一通につき一文ずつで書いてもらうが、これを書いて妻子を養っている人が何百人いるかわからないほどだ。身過ぎの方法にさまざまある所なのだ。とにかく人の気持ちをつかんで商いを上手にするのがこの伊勢の国である。間《あい》の山《やま》の乞食までもが、気長に参詣人の機嫌を取って、飢えることも凍えることもなく、絹の着物で身を飾り、連れ引きの三味線の音に合わせて、「浅ましや心ひとつ」という一節を歌う様子は、いつ聞いても変わることがない。内宮と外宮の間の一里の道のりは、とりわけ見ていて退屈しないものである。世の中で銭ほど面白いものはない。大勢の講中がお参りにやってくるが、いまだかつてここの乞食が満足するほど、銭を与えた人はいない。考えてみればほんの少しの金額でいいのだから、喜ばしてやりたいものだ。「島原の正月買いには祝儀をはずむくせに、京都の人は特別にケチだ」と、玉砂利をまく親父も言っていた。

ある時、江戸の町人が参拝にやってきたが、乗掛馬はさほど飾り立てず、駕籠蒲団も紫色の目立たないものを用い、御供《おとも》を二、三人召し連れて、御師の定めた道案内役に任せて山田を出る時、新銭二百貫目（約四百万円）を用意して駄賃馬に乗せ、間の山の五十町（約五千五百メートル）でそれを撒き散らしたところ、広い通りの地面が見えないほどになった。野も山もすべてが銭掛松になったかと思われ、先を争って人々がそれを拾うものだから、松原踊りの乞食の袖からあふれ、味噌漉しのざるからはこぼれてあふれて、しばらくは小歌や撥音が鳴り止むほどだったので、「いったいどういうお金持ちなのですか」とその名前を尋ねたが、武蔵の国は堺町のあたりの分銅屋のなにがしとかで、名の知れていない金持ちだという。世の中には名前ばかりで実力の伴わない見せかけの商売人が沢山いる。この人は、見かけは軽く見せていても内情がしっかりしており、その実力は不気味なほどで、毎年毎年幸せを重ね、二十一歳から五十五歳までの三十四年間に一代で稼ぎ出し、金七千両（約五億六千万円）を一子に譲るまでになった。もともとは、江戸堺町の都伝内《みやこでんない》の芝居小屋のそばに間口九尺の小さな店を借りての銭店が始まりで、見物人たちが木戸札を買うための小銭の両替をしていたが、銀二匁三匁（七・五～十一・二五グラム）につき五厘（〇・一九グラム）や一分（〇・四グラム）ずつ少なく量って対応し、わずかずつではあるがこれをためこんで大層な利益となり、いつの間にか両替屋にまでなったもので、これこそ根のゆるぐことのない「楠分限」そのものである。

その隣に、大変利発な男が住んでいて、鳥を鷺と偽るようなインチキな見世物をこしらえ、ある年には閻魔鳥《えんまちょう》というものを仕立てて珍しがられ、日に五十貫（約百万円）ずつも儲け、また別の年には、奇妙な風貌のものをベラボウと名付けて見物代を山のように稼いだので、たちまち家や蔵を建てそうなものだがそうはいかず、いまだに山奥や入り江を訪ね歩いて、「ひょっとして浅黄色をした猿がいないものか。もしかしたら手足のついた鯛がどこかにいるかもしれない」と、水の泡のようなはかない渡世をしているので、儲けも簡単に消えてしまう。大体において役者若衆の稼ぐ収入は、その場限りのあだ花にすぎない。玉川千之丞が女方をつとめて河内通いの狂言一番の出演料を一日小判一両（八万円）に定め、一年に三百六十両ずつ取ったものの、後には伊勢に引きこもってしまい、死ぬときには昔の舞台衣装ですらなくなって、その場限りの栄華を楽しんだだけの生涯を閉じてしまった。彼は、金銀を溜めて商人になろうという心掛けを知るよしもなかった。それぞれの稼業のあり方を知ることは、人間にとっては肝心なことである。

かつての酉《とり》年の火事（明暦の大火）の際、何もかも焼けてしまい、誰もが裸同然となったが、間もなく以前と同様に、酒屋は杉の玉を軒先につるして商売を再開した。本町の呉服店はそれぞれに錦を飾り置き、伝馬町の絹屋も綿屋も依然として同様な店構え、佐久間屋敷の表通りには種々の紙売り、舟町の魚市や米河岸での売り買いに、尼棚《あまだな》の塗物問屋や通り町の繁盛は、今の時勢ならではであろう。風は止んで雲も静かに流れ、照降《てりふり》町には下駄や雪駄の細工人、白銀町では槌の音が響き、昔から見慣れた者がその家業を変えることなく、以前日雇いで働いていたものはそのままの姿、山伏は同じ顔、腫れ物切り傷に効く膏薬売りは今も同じ売り声で、一人として商売を変えたものは見当たらない。貧乏人は貧乏なままであり、金持ちはやはり金持のままでいる。これほど不思議なことはない」と、例の分銅屋が見て回ったうえで語った。広い町筋の中でただ一人、大火のころに金でも拾ったのか、手馴れた珠数屋をやめて中橋に刀や脇差の店を出して一時は繁盛しているように見えた者がいたが、ほどなく剣も錆びた菜刀に変わってしまい、結局は元の珠数屋を後生大事に守って生計をつないでいるのだから、人はやり慣れた商売を一筋に励むのがよいということだ。

〈語釈〉

○**神国**　神が開き、神が守護するという国。日本国。狭義には伊勢神宮のある伊勢の国。○**かろ〴〵敷**　社殿が掘立柱に茅葺屋根の簡素な造りであること。○**百二十末社**　俗に外宮四十末社、内宮八十末社とされ、計百二十となる。○**紙表具の神体**　神号を記して表装して御神体としたもの。○**浅猿**《あさま》　簡略で粗末なこと。浅ま。伊勢・志摩国境の朝熊《あさま》山《やま》をかけた表現。伊勢—浅熊《あさま》。○**鏡に懸て**　天照大神の御魂代《みたましろ》として八咫鏡《やたのかがみ》が伊勢神宮に奉斎されているという。○**秋津洲**　日本国の古称秋津島のこと。○**大々神楽**　奉納する神楽には等級があり、その中で最大規模のもの。○**筆の笛・貝杓子・若和布**　いずれも参宮土産。○**御師**　参詣人の宿泊や祈禱・神楽などの世話をし、諸国の檀家を廻って御祓箱や暦などを配ったりした。格式・権限を異にする階層に分かれていたという。○**相の山**　内宮と外宮の間の山道。間の山。○**袖乞**　通称お杉・お玉の女芸人、松原踊りの子供、熊野比丘尼《びくに》など種々の物乞いがいた。○**浅ましや心ひとつ**　お杉・お玉などが歌った間の山節特有の一節。○**講参り**　講中を作って団体で寺社に参詣すること。ここは伊勢講を指す。○**嶋原正月買**　京都島原遊廓の大物日《おおものび》「正月」の大晦日・三ケ日の計四日間遊女を揚げづめにすること。○**庭銭**　正月や節句など特別の日に遊女が抱え主・揚屋の奉公人に配る祝儀の銭。買い手の客の負担となる。○**お白石**　神宮正殿の瑞垣《みずがき》門内に敷く玉砂利。参宮者の寄進を受けていたという。○**乗**

掛　両側に葛籠《つづら》二個をつけその上に人ひとりを乗せる宿駅の駄馬。乗掛馬。巻三の五挿絵参照。○山田《やうだ》　外宮の所在地。三重県伊勢市のうち。西鶴の『懐硯』に「よふだ」とする用例があり、当時の読み癖であった。○新銭　寛永十三年に永楽銭や鐚《びた》銭に代わる新銭、寛永通宝が鋳造され、寛文年間にはより良質の寛永通宝が大量に増鋳され流通するようになった。○銭掛松　銭を枝に掛けたという故事・伝説のある松。三重県津市西北参宮街道沿いにあったものは大神宮の遥拝所とされていたという。○松原踊　間の山で子供乞食が踊ったとされる伊勢踊りの変種。○味噌漉　味噌漉しのざる。ここは踊りの袖と同じく物乞いが施しを受けるのに用いたもの。○境町　中央区日本橋人形町付近。堺（境）町は、隣の葺屋町と共に二丁町と俗称される芝居町であった。○闇に鬼をつなぐ　正体がわからず気味の悪いことのたとえ。ここは資産額が判然としないことをいったもの。○都伝内　江戸堺町乃至葺屋町の芝居小屋都伝内座。○銭見せ　銭両替の店。銭屋。○掛込　銀貨を天秤ではかる際に実際よりも少なく量ること。○閻魔鳥　からくり仕掛・作り物の地獄の鳥。○便乱坊　寛文から延宝ころ評判になり、流行語ベラボウの元になった見世物。○玉川千之丞　承応・寛文頃の京都出身の名若女形。○河内通ひの狂言　『伊勢物語』二十三段を脚色した千之丞の当たり狂言。高安通い。江戸で三年間興行され、一日一両の出演料は当時大評判となった。○伊勢へ引込、死る時　千之丞は一時江戸を離れ伊勢にも居たらしいが、実際には寛文十一年に江戸で死去している。○酉の年　明暦三年丁酉《ひのととり》の年。一月十八・十九日の大火事明暦の江戸大火。江戸城天守閣をはじめ市街地の大半が焼失、以後江戸の町の景観は一変した。○杉をし

るし　杉の葉を束ねて軒先に吊す酒屋の看板。酒林・杉玉。○**佐久間の面**　大伝馬町名主、佐久間勘解由《かげゆ》屋敷の表通りの意という。○**舟町**　中央区日本橋の北岸、魚河岸のあった本舟町。○**米柯杙**　同じく江戸橋から北に入る伊勢町堀の西岸。米問屋が多かった。○**尼棚**　同、室町一丁目の西側の俗称。古くから漆器屋があった。○**降照町**　照降町の誤り。同、小網町付近の俗称。傘や履物の問屋が集まっていた。○**白銀町**　同、本石町四丁目から本町四丁目付近の町名。○**中橋**　中央区八重洲三、四丁目の通り町の西側の中橋広小路の町。○**今の劔昔の菜刀**　諺「昔の剣今の菜刀」のもじり。

〈**挿絵解説**〉

背もたれを付けた旅人用の宿駕籠《しゆくかご》の中で懐手をした分銅屋が、銭緡《ぜにさし》を持つ二人の手代に銭を撒かせている。挟箱を置いた下男と草履取りの丁稚、向こう鉢巻の駕籠舁《かごか》きが見物している。夢中になって銭を拾う三番叟《さんばそう》の翁のような剣先烏帽子を被り尻端折りの子供の芸人とその後を追いかける後見役。右手に柄杓を持つ黒頭巾の熊野比丘尼《びくに》。お杉・お玉の内一人は三味線を手にし、もう一人は小屋の中に摺り簓《ささら》を置いたままである。この二人は前に張った網の間から参詣人が銭を投げつけるのを演奏したまま上手にかわし、決して顔に当らなかったとされている。

〈**解説**〉

伊勢参りの際間の山で銭を撒き散らした分銅屋を狂言回しにして、伊勢と江戸の町との経済状況を描出した本章には、分銅屋の見聞と語り手たる作者の視点とが複雑に混在している。

　前章から伏流するテーマを受けて、「正直の頭に神宿る」大神宮を祀る神の国伊勢は大変な商い上手であることが先ず紹介される。ここには、参詣人の世話をして神楽を上げる御師、土産物を製作し商う人、檀那廻りの祝儀状を手内職で書く人等々様々な生業があり、袖乞の芸人・乞食もお参りの人の機嫌を取っては生計を立てているという。簡素な造りの大神宮は最も豊かな福の神で、鳩の目銭を鋳造する小ざかしい欲心をお笑いになっているだろうと揶揄し「世に銭程面白き物はなし」と、平気でこれをバラ撒く人もいれば、一文二文と受け取って喜ぶ人もいる現実を滑稽化している。乞食達が堪能する程の銭を施す者が居ない中で、大盤振る舞いをする人物が居た。

金持ちそうにも見えない目立たぬ拵えの江戸の町人が、外宮から内宮に至る間の山五十丁で新銭二百貫というから総額四百万円にも上ろうかという銭を撒き続けたので、道路は土も見えない程銭だらけになり、大勢が我を忘れて拾いにかかり大騒ぎになった。この男、その身一代で七千両貯めた分銅屋のそもそもの始まりは、芝居町堺町の銭見世で、銀二匁三匁の取引で五厘・一分と量目を少なく計る「掛込」で利鞘を稼ぎ、積もり積もってとうとう両替屋に成長したのであるという。この反対は巻一の三に出て来た「掛出し」でやはり銭見世について云われており、次章には「かるめなしに掛て」という記述も見出される。商人用語に「はかりを良くする」「悪くする」や「天秤のかけひき」などがあり、計量の際自分に有利なように加減するのは商人の世界の常識であった。だが、ここで作者は二から五パーセントの不足を具体的に記し、不正な所得であることを明示している。数百万円もの銭を撒いて人々が慌てふためくのを愉快に思う金銭感覚は、そうした泡銭《あぶくぜに》で一財産を築き上げた者ならではのものであろう。同趣の金銭感覚について、二つの事例が続けて示される。

作り物の閻魔鳥で毎日百万円の日銭を稼ぎ、便乱坊《べらぼう》でも銭の山を築いた見世物師は家蔵を買い求めることもなく、未だにネタ探しの旅に暮らしている。河内通いの芝居で大当たりした玉川千之丞は、一日に小判一両すなわち八万円ほどの出演料を取ったのだから、一年で三千万円近くの収入があったはずであるが、死ぬ時は舞台衣装も残らず当座の栄花な暮らし向きを楽しんだだけであるという。商人になるための心掛けを持たなかったこの二人に対して、三十四年間で飛躍を遂げ子供に七千両の資産を譲った分銅屋が、むしろ例外的な存在であることが本人の見聞を通して明らかになる。

江戸中を総嘗めにした明暦の大火で焼け出された店々は程なく復興し、酒屋は酒屋に、本町の呉服棚や伝馬町の太物店も同じ店構えで、紙売り・魚河岸・米問屋・塗物問屋が立ち並ぶ通り町は元通りに繁盛している。履物作りや飾り職人は昔通り家職は変わらず、日雇い人足・山伏・膏薬売りに至るまで一人も生業を変えた者はいないという。貧者は相変わらず貧しく、金持ちは金持ちになるというのも不思議なことだとは分銅屋の言であるが、ここには経済発展によって町人層の貧富の差が拡大し、商業資本主義に入って二極分化が固定する社会状況が明確に映し出されている。歴史的な事象としては、明暦の大火を境に一変した江戸の町々では様々な階層交代があったはずであるが、それを総体として捉えて寛文から延宝頃の世相として描いている。厳密に言えば作中人物と語り手の視点が交錯しているわけであるが、作中人物の見聞がいつの間にか語り手目線に移行する例は、この作品にもしばしば見出される。

その時分というから大火のどさくさに紛れて金を拾って着服したらしく、ただ一人数珠屋から商売替えをして一旦は繁盛した中橋の刀屋も零落し、元の商売に戻ったという。この結末から透視されるのは、成り上がったのは分銅屋だけであって、その根元は掛け込みという不正行為の泡銭であったという構図である。それこそが、伊勢の国の商売上手から書き起こされ、人は手慣れた仕事を一筋にするのが良いという教訓で結ばれた本章の隠された創作動機《モティーフ》である。伏流するテーマ「正直」は次章に受け継がれ、更に深められることになる。

茶《ちや》の十徳《とく》も一度《ど》に皆《みな》

越前《ゑちぜん》の国*敦賀《つるが》の湊《みなと》は、毎日の入舟《いりふね》、判金《はんきん》壱枚ならしの上米《うはまい》ありといへり。*淀《よど》の川舟の運上《うんじやう》にかはらず。万事《ばんじ》の問丸《とひまる》、繁昌の所なり。殊更《ことさら》、秋は立《たち》つゝく*市の借屋《かりや》、目前《もくぜん》の京の町、男ましりの女尋常《じんじやう》に、其形気《そのかたぎ》、北国《ほつこく》の都ぞかし。旅芝《たびしば》ゐも爰《こゝ》を心かけ、巾《きん》着切《ちやくきり》も集《あつま》れば、今時の人かしこく、印籠《ゐんろう》ははじめからさげず、鼻紙袋も内 懐《うちふところ》に入《いれ》しは、手のとゞく事に非《あら》ず。此中《このなか》にても、銭を壱文只《たゞ》はとられず、盗人仲間《ぬすびとなかま》もむつかしの世や。兎角《とかく》*正直の頭《かうへ》をさげて、当座《たうざ》の旦那《だんな》あひしらひに物買《ものかい》をまねき、商 上手《あきなひじやうず》の者は世をわたりかねず。

町《ちやう》はづれに、小橋《こばし》の利助《りすけ》とて、妻子も持《もた》ず、口ひとつを其《その》日過《すぎ》にして才覚男、*荷《にな》ひ茶屋《ちやや》しほらしく拵《こしら》へ、其《その》身は玉だすきをあげて、くゝり袴《ばかま》 利根《りこん》に、烏帽子《ゑぼし》おかしげに被《かづ》き、人よりはやく市《いち》町に出《いで》、「*ゑびすの朝茶《あさちや》」といへば、商人《あきんど》の移り気、咽《のんど》のかはかぬ人迄も此《この》茶を呑《のみ》て、大かた*十二文づゝなげ入《いれ》られ、日毎の仕合《しあはせ》、程なく元手《もとで》出《で》来《か》して、葉茶《はちや》見せを手広く、其後《そのゝち》は、あまたの手代《てだい》をかゝへ、大問屋となれり。是迄《これまで》は、我《わが》はたらきにて分限《ぶんげん》に成《なり》、人のほめ草なびき、歴々の乞聟《こひむこ》にも願ひしに、「壱万両よりうちにて女房をよばず。四十迄はおそからず」と、*当分《たうぶん》の物入《ものいり》を算用して、銀《かね》の溜《たま》るを慰《なぐさみ》に、淋《さび》しく年月《としつき》を送りぬ。

それより道ならぬ悪心発《をこ》りて、越中《ゑつちう》・越後《ゑちご》に若ひ者をつかはし、捨《すた》り行《ゆく》茶の煮辛《にがら》を買集《かいあつ》め、*京の染物《そめもの》に入《いる》事と申《まうし》なし、呑茶《のみちや》に是《これ》を入《いれ》まぜて、人しれずこれを商売しければ、一度《たび》は利を得て家栄《いへさか》へしに、天是《てんこれ》をとがめ給ふにや、此利《このり》助俄《すけにはか》に*乱人《らんしん》となりて、我《われ》と身の事を国中《こくちう》に触《ふれ》まはり、「茶辛《ちやから》〳〵」と口をたゝけば「扨《さて》は、あの分限《ぶんげん》さもしき心底《しんてい》より」と人の附会《つきあひ》絶《たへ》て、薬師《くすし》をよべど行《ゆく》人なく、おのづから次第よはりに湯水《ゆみづ》のかよひ絶《たへ》て、既に末期《まつご》におもむき、「我今生《われこんじやう》のおもひ晴《はら》しに、茶を一口」と、涙を漏《こぼ》す。目に見せても咽《のんど》に因果の関居《せきすはり》て、息も引入《ひきいる》時、内蔵《うちくら》の金子《きんす》取《とり》出させて、跡《あと》や枕《まくら》にならべ「我死《わがしん》だらば、此《この》金銀誰物《たがもの》にかなるべし。思へは惜《をし》やかなしや」と、しがみ付《つき》かみ付《つき》、涙に紅《くれな》ひの筋引《すじひき》て、顔つきはさながら角《つの》なき青鬼《せいき》のことし。面影《をもかげ》屋内《やない》を飛《とび》めぐりて、落入《をちいる》を押付《をしつく》れはよみがへりして、銀《かね》を尋《たづぬ》る事三十四五度に及べり。後《のち》には、下々《したく》も愛想《あひそう》つきて物すごく、病家にゆく人もなく、やう〳〵台所に大勢《おほせい》集《あつま》り、棒《ぼう》・乳切木《ちぎりき》を手毎《てごと》に持《もち》て身用心《みようじん》をして、二三日も音のせぬ時、あまた立《たち》かさなりて見しに、金銀に取付眼《とりつきまなこ》を開《ひらき》し有様、人皆魂《たましゐ》なかりき。其《その》まゝ*乗物にをし込《こみ》、野墓《のばか》に送りける。折ふし春の日の長閑《のどか》なるに、俄《にはか》に黒雲立《こくうんたち》まよひ、車軸平地《しやぢくひらち》に川を流し、風枯《かぜこ》木《ぼく》の枝折て、*天火《てんぴ》ひかり落《をち》て、利助《りすけ》がなきからを、煙《けぶり》になさぬ先《さき》に取《とり》てや行《ゆき》けん、明《あき》乗物ばかり残りて、眼前《がんぜん》に*火宅《くはたく》のくるしみ、をの〳〵にげ帰りて、皆菩提心《ぼだいしん》にぞ成《なり》にける。

其後《そののち》、利介が跡*に遠き親類をまねき、是《これ》を渡すに、聞伝《きゝつた》へて身をふるはかし、箸《はし》をかたし取《とる》人なし。下人《げにん》共に「配分してとれ」といへと、「更《さら》に望《のぞみ》なし」とて、此《この》家にて仕着《しきせ》の布子《ぬのこ》迄置《をい》て出れば、欲でかためし人もおろかなる物ぞかし。せんかたなくて諸事売払《うりはらひ》、残らず檀那寺《だんなでら》にあげしに、思ひの外《ほか》の仕合《しあはせ》、是《これ》を仏事《ほとけごと》にはつかはずして、京都にのぼり、野郎あそびに打込《うちこみ》、又は、*ひがし山の茶屋のよろこびとぞなれり。利介相《あひ》はてて後《のち》、所々《しよ〳〵》の問屋《とひや》をめぐり、年々《とし〳〵》の売掛《うりかけ》を取《とる》こそふしぎなれ。死失《しにうせ》しとは知《しり》ながら、むかしの形《かたち》におそれて、*かるめなしに掛《かけ》て済《すま》しける。此《この》事さたして、利介が住《すめ》る家居《いへゐ》を、化物《ばけもの》屋敷とて人只《ただ》ももらはず、崩《くづ》るゝまゝに荒《あれ》ける。

是《これ》らを見るに付《つけ》、たとへば利を得るにして、*工《たくみ》て置捨《をきすて》の質物《しちもつ》・万《よろづ》の似物《にせもの》、*語《かた》りに合《あはせ》て敷銀《しきがね》の付《つく》女房をよび、寺々の*祠堂銀《しだうぎん》をかり集め分散にて済《すま》し、博奕《ばくち》中間《なかま》・山売《やまうり》・人《にん》参《じん》のつき付《つけ》・*筒《つゝ》もたせ・犬釣《いぬつり》、乳呑子《ちのみご》を養《やしなひ》てほし殺し、川流れの髪の落取《をちとる》なと、いかに身《み》過《すぎ》なればとて、*人外《にんぐはい》なる手業《てわざ》する事、適《たま》〳〵生《しやう》を受《うけ》て世を送れるかひはなし。其《その》身にそまりては、いかなる悪事も見えぬものなり。いと口おしき事なれば、世間にかはらぬ世をわたるこそ人間なれ。是《これ》を思ふに、夢*にして五十年の内外《うちそと》、何して暮《くら》せはとて成《なる》ましき事には非《あら》ず。

〈現代語訳〉

茶の十徳も一度に消え去る

越前の国敦賀の港では、入船により毎日平均して大判一枚もの入港税が収められるという。淀川の川船の通行税と大差がない。ここは各種の問屋が繁盛している所である。とりわけ、気比《けひ》神宮の祭礼のある秋は市の仮小屋が立ち続き、目前に京の町を見るようで、男たちに立ち混じる女の身なりもきちんとしており、その気風は誠に北国の都と呼ばれるにふさわしい。旅芝居の者はここを目指し、巾着切りまで集まってくるが、今時の人は賢く、印籠は始めから下げず、紙入れも内懐に入れるので、手出しができない。この混雑の中で銭一文も容易には盗《と》らせないとは、盗人仲間にとっても生きづらい世の中となった。それでもとにかく正直に頭を下げてその時限りの客でも丁寧に対応して買う気にさせるような、商い上手であれば世渡りに困ることはない。

町はずれに小橋の利助といって、妻子も持たずに一人でその日暮らしをしている才覚のある男がおり、小ぎれいな担い茶屋の屋台を作って、その身には恵比須様のようにたすきを掛け、括り袴をきりりとはいて烏帽子をおかしげに被り、他の商人よりも早く市の立つ町に出て、「恵比須の朝茶」と言って売り歩いたところ、商人は影響されやすいもので、喉が渇いていない人までこの茶を飲んで、たいていは十二文（約二百四十円）ずつ投げ入れたものだから、日毎に儲けは大きくなり、ほどなくためこんだ元手で葉茶店を手広く商うようになり、その後は大勢の手代を抱える大問屋となった。ここまでは自分自身の努力で金持ちになったので、人々もほめそやし、名だたる商人から婿にほしいと乞われたが、「一万両（約八億円）たまらない内は女房を持たない。四十を過ぎるまでは遅いということはない」と言いつつ、その実当座の出費を計算して気にかけ、金がたまることだけを慰みにして、淋しく年月を送っていた。

　その後で道に外れた悪心が起こって、越中・越後に店の若い者を遣わし、「京の染物に使うのだ」と言い訳をしながら、捨てられる茶の煮がらを買い集めさせ、飲む茶にこれを混ぜ入れ、人知れずこれを売り捌いたので、一度は利益を得て家は繁盛したものの、天がこれを咎めなさったのだろうか、この利助はにわかに乱心し、自分から自分の悪事を国中に言いふらし、「茶殻《ちやがら》、茶殻」とわめきたてるので、「さてはあんなに金持ちになったのも卑劣な心底からか」と悪評が立ち、人付き合いもすっかりなくなって、呼んでも往診してくれる医者などはなく、当然のことながら徐々に衰弱していき、湯水も喉を通らなくなって臨終間際となり、「私の生涯の思い晴らしに茶を一口」と涙を流した。目の前に茶を出されても悪行の因果からか、喉に関所があるかのように飲むことが出来ず、いよいよ息を引き取る時には、内蔵から金を取り出させて足元や枕元に並べ、「私が死んだらこの金銀は誰のものになるのだろう。思えば惜しく悲しいものだ」としがみつき嚙みつき、血の涙を流すその顔つきは、まるで角のない青鬼のようであった。幽霊のような姿で家の中を駆け回った末に気絶したところを押さえつけると、意識を取り戻して金のことを尋ねるということが三十四、五度に及んだ。ついには使用人たちも愛想がつきて恐ろしくなり、病室を訪ねる人もなくなったが、やっとのことで大勢が台所に集まり、それぞれ棒や乳切木を手にして用心して、二、三日間も音がしなくなってから、一斉に立ち重なるようにして見に行ったところ、利助が金銀に取り付いて眼を開いたまま死んでいたので、人々は生きた心地がしなかった。そのまま駕籠に押し込んで野墓に送っていく時、春の日ののどかな陽気であったのに、たちまち黒雲が湧き起こり、車軸のような大粒の雨が降り地面を川のように流れ、強風は枯れ枝を折り、雷が電光と共に落ちて、利助の遺骸は火葬にする前に持ち去られてしまったのだろうか、空になった駕籠だけが後に残り、業火の苦しみを目の当たりに見た人々は、みなみな逃げ帰って、その後はすっかり信心深くなってしまった。

その後利助の遺産処分のために遠い親戚を招いて相続をさせようとすると、みな利助の最期の様子を聞いて身を震わせ、箸片方でさえ引き取ろうとしない。使用人たちへは「分けて持っていきなさい」と伝えたが、「まったくそんな望みはありません」と言って、お仕着せの衣類まで置いて出て行ったというから、欲の塊といわれる人間も愚かしいものである。仕方がないのですべての財産を売り払ってしまい、代金はすべて菩提寺に納めたところ、住職は思いもよらない幸いと、これを仏事には使わずに京都へ上って野郎遊びに使い込み、また東山で豪遊して色茶屋を喜ばせることとなった。利助は死んだ後も、その幽霊があちらこちらの問屋を訪ね、年々たまっていた売掛金を取り立てたというから不思議である。死んでしまっていると承知していても、生前そのままの姿を恐れて、どこの店でもきっちりと秤で量って支払いをすませた。このことが評判となって、利助が住んでいた家は化け物屋敷と呼ばれるようになり、ただでも貰う人がなく、崩れ放題に荒れ果ててしまった。

このようなことを見るにつけ、たとえ一度は利益を得られるにしても、流すつもりの質種で金を持ち逃げしたり、さまざまな贋物をこしらえたり、うまく口裏を合わせて持参金つきの女と結婚したり、寺社の祠堂金を借り集めておいて計画的に自己破産してごまかしたり、ばくち仲間やペテン師、贋物の朝鮮人参売り、美人局《つつもたせ》、犬つり、養育費目当てで乳飲み子をもらって餓死させたり、水死人の髪を集めたりするなど、これらはいかに生活のためとはいえ人の道を踏み外したことで、せっかくこの世に生まれながらもこれでは生きていく甲斐がないといえる。そのような生活が身についてしまうと、どんな悪事をやってもその自覚がなくなってしまうものなのだ。それは大変情けないことであり、世間並みの世渡りをしてこそ人間と言えるのだ。このことを考えると、せいぜい五十年前後の夢のような人生、何をやって暮らして行こうとどうにかなるものなのだ。

〈語釈〉

○**敦賀**　福井県敦賀市。敦賀湊は北国と上方の中継港として栄え、寛文年間に最盛期を迎えた。○**淀の川舟の運上**　淀川の過書船《かしょぶね》の営業税。○**市の借屋**　敦賀の市は八月十日（類船集）。気比神宮の例祭敦賀祭に合わせ二日から十日にかけて商人・旅芸人が参集し市が立つという。借屋は仮設の家、仮屋。○**正直の頭をさげて**　諺「正直の頭に神宿る」によって、盗人や主人公小橋の利助の悪心と対照させたもの。○**荷ひ茶屋**　茶釜や茶道具などを肩にかけて運ぶ（担《にな》う）ように拵えた屋台。○**ゑびすの朝茶**　朝恵比須を信仰する商人向けに縁起をかついだ命名。朝茶は朝食前に飲む茶。福徳を得、災難よけになるとされていた。○**十二文**　江戸時代銭十二文を灯明代や賽銭として神仏に供える風習（十二灯・十二銅）があった。これにちなみ本来茶代一服一銭のところ、賽銭代りに十二文ずつ支払った。○**当分の物入**　さしあたりの出費。ここは結婚に伴う費用をいう。○**京の染物**　茶染は京都の名物（毛吹草）で宮中御用達の茶染師などもいたことから、茶殻を集める口実にした。○**乱人**　心が乱れ精神錯乱状態になった人。○**乗物**　棺桶を運ぶ駕籠、用乗物《ようのりもの》。俑駕籠《よかご》。○**天火**　落雷によって起こる火災。天から降る火。雷火。○**火宅のくるしみ**　ここは利助の死骸が業火に焼き滅ぼされた様をいう。○**跡**　死に跡《あと》。また跡式・跡目などの遺産。○**ひがし山の茶屋**　京都東山の石垣町、祇園・八坂などの色茶屋。○**かるめ**　正規の重量より目方の軽いこと。○軽目。○**工て置捨の質物**　当初から請け出す意思なく粗悪な品や贋物を質入れし、相当以上の金を計画的に詐取すること。○**語りに合て**　うまいことを言って人をだます騙《かた》りとぐるになって。○**祠堂銀をかり集め……**　寺社の建築や修復を目的に貸し付けられる祠堂金は、冥罰《みょうばつ》を恐れて返済が滞ることがないのが通例であったが、意に介せず借り集めて分散（自己破産）し利殖を図ること。○**筒もたせ** 関係した女の夫と自称して相手の男から金品を脅し取ること。○**人外** 人の道にはずれたこと。人倫にもとること。○**夢にして五十年の内外** 人生は夢のようにはかなく、僅か五十年前後であること。「人間五十年、下天の内をくらぶれば、夢幻の如くなり」（幸若舞「敦盛」）。

〈挿絵解説〉

ざんばら髪で仁王立ちになった狂乱状態の利助。足元に枕が転がり背後の夜具蒲団が異様に盛り上がっているのは中に金銀を積んだということなのであろうか、人を寄せつけまいとしているかのようである。下から覗いているのは銭緡、敷居の上と利助の右手には銀包み、左手に持つのは小判であろうか、下にも円形のものが見えるが不詳。手代らしき三人は棒を持って身構えているが、剃髪した黒衣の医者と女二人、前髪立ちの丁稚は茫然の体。子持枠の菱形の水引き暖簾の店先には茶葉を入れた笊《ざる》、袋のついた分銅秤・茶壺・茶俵などが放置されている。堅固な土蔵造りは内蔵を外側から見た構図であろう。

〈解説〉

本章は、話の舞台である敦賀の港の繁栄ぶりや祭礼の市立ちの賑いを点出し、そうした中でも銭一文ただでは取れず盗人でさえ世渡りが難しい世の中ではあるが、正直で商い上手な

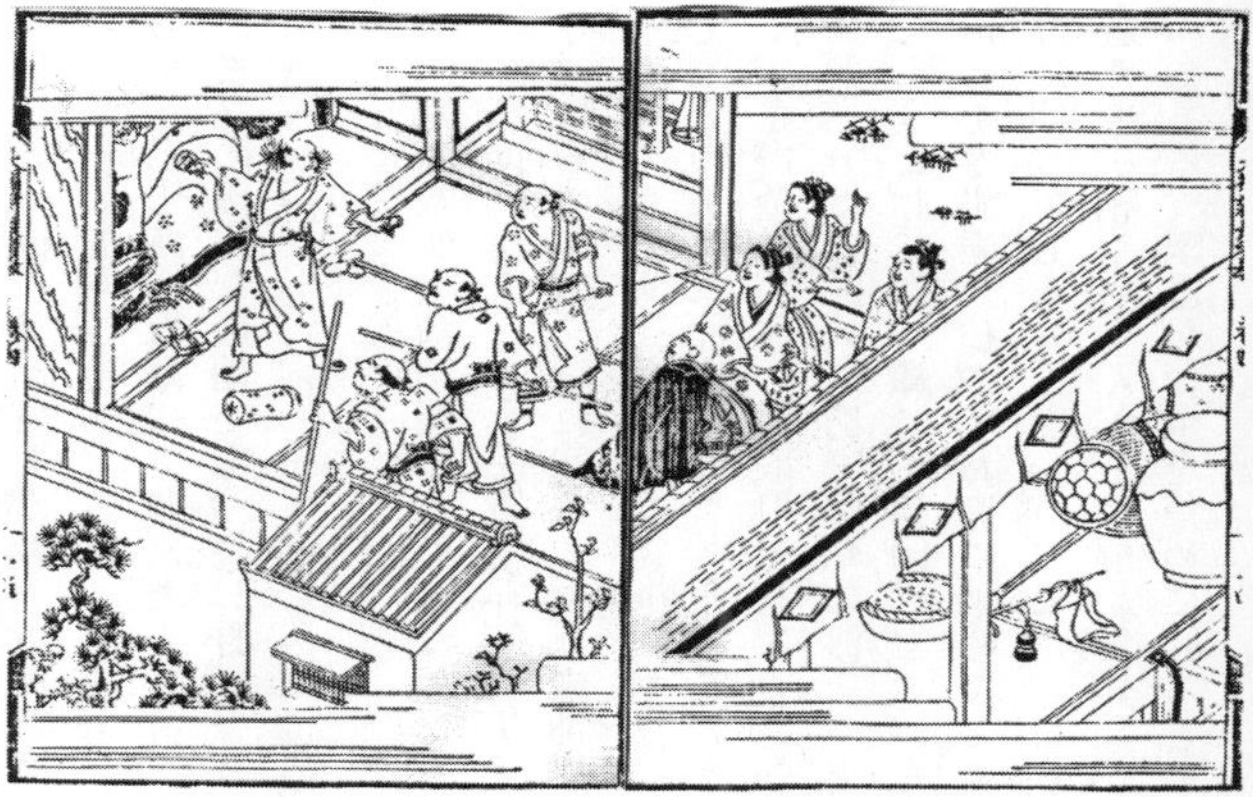

らば暮らして行けるであろうと軽妙に書き始められている。

町外れに住む独身でその日暮らしという、社会の底辺に位置する主人公は扮装をこらして、一服一銭の呑茶を十二文で商う恵比須の朝茶のアイデアで元手を獲得、葉茶店から大勢の手代を抱える大問屋に成長した。歴々の商人から聟に望まれても一万両以下の財産では結婚しないと云い切り、銀が溜まるのを楽しみに淋しい生活を送っていた利助は、前章の分銅屋とは正反対の貧者特有の金銭に対する強烈な執着心の持ち主であった。金銭欲から悪心を起こした利助は、京の染物に使うと偽って茶の煮殻を集めさせて飲料用の茶葉に混ぜて売り一旦は栄えたが、乱心状態になって自分の悪事を国中に触れ廻るようになってしまったという。衰弱し湯水も喉を通らず、今生の思い晴らしに茶を一口と望んでも飲むことが出来ない。今わの際に金銀を病床の周囲に並べてしがみ付き噛みつき、血の涙を流して鬼のような形相となり、面影となって家中を飛び巡る。人事不省になった体を押さえつけると蘇って「銀は、銀は」と尋ねる事が三十四、五回にも及んだという。数日後に怖々覗くと、金銀に取り付いて目を見開いたままの凄惨な最期であった。野辺送りの途中で空模様が急変して雷火が光り落ち、死骸は何処へか持ち去られて空き乗り物だけが残るのを見た人々は一様に菩提心を起こしたという。

悪徳商人が天罰を蒙って悲惨な死に方をするというのは『因果物語』等にも記されているが、利助の事例は仏教説話の比ではない。西鶴は利助の症状を心因性のものと想定している。自分の悪事を触れ回るという精神錯乱状態は抑圧された良心が惹き起こしたもので、茶を飲めないという摂食障害も神経性のものである。譫妄《せんもう》状態の魂は衰弱した体から抜け出して幽霊のような面影となって飛遊したが、金銭に対する執着心は死んでなお衰えることはなく、売掛金を回収しに取引先を次々と訪れたのである。

形見分けに跡式一切を親類に渡そうとしても気味悪がって誰も受け取らず、奉公人に分配しようとしても、却って利助にもらったお仕着せまで置いて立ち去るという有様であった。止むを得ず売り払ってお寺に納めたところ、僧侶は仏事供養には使わずに京都に上って色遊びに使ってしまったという。これでは利助が成仏出来ないのも当然であるが、幽霊に請求された取引相手も死んだとは解っていながらも、怖がってきちんと軽目なしに返却したというのである。幽霊が貸金を集めに回るという怪異譚も『因果物語』に先蹤《せんしょう》があるが、この話はそれとは異なっている。歯車の狂った利助の金銭欲が人々の間に引き起こした顚末を、西鶴は滑稽めかして描き出しているのである。

人間の自分本位の悪心を親不孝という側面から赤裸々に表現した西鶴の傑作に『本朝二十不孝』があるが、本章は金の魔力に取り憑かれて錯乱した人間の悲劇を、正直・良心を映し鏡として他に類例がない程リアルに描きだしている。最後に作者が洩らしたのは、他人を騙したり人倫の道に外れた生業に手を染めるべきではないという極めて常識的な教訓であり、人間僅か五十年夢幻のような生涯とする諦念なのであった。逆に言えば、西鶴が本章で踏み込んでしまった心の闇の領域は、御座なりを言って言葉を失い、嘆息するしかない程に重苦しく深刻な問題をはらんでいたということである。

伊勢《いせ》ゑびの高買《たかがひ》

＊生《しやう》あれば食《じき》あり、世に住《すむ》からは、何事も案したるがそんなり。毎年《まいねん》世間がつまり、我人《われひと》迷惑するといへど、それ〳〵の正月仕舞《しまひ》、餅突《もちつか》ぬ宿《やど》もなく、数子買《かずのこかは》ぬ人もなし。肴掛《さかなかけ》に＊丹後鰤《たんごふり》・雉子《きじ》をならべ、＊薪棚《きだな》につみ重ね、＊庭に米俵《こめたはら》、三月比《ころ》迄の用意、払ひは廿日切《きり》に、取《とり》かた斗《はかり》にして置《をき》し手まはし、内証《ないしやう》のよろしき所見えたり。又、算用はあひなから、売掛《うりかけ》を取集《とりあつ》めて買掛《かいかゝり》を済《すま》す程、せはしき物はなし。下々《したく》の雪踏《せった》も足袋《たび》も、

大晦日《おほつごもり》の夜《よ》半過《なかすぎ》に調《とゝの》へけるは、浮世の義理にさしつまりての事ぞかし。年切《ねんきり》の下女《げぢよ》・でつちの仕着《しきせ》に、*買嶋《かいしま》の綿入《わたいれ》に白裏付《しろうらつけ》てとらせし親方は、手前のならぬ節季のしるし、春見ゆる事ぞかし。

惣《そう》じて、人の始末《しまつ》は正月の事なり。まだ堪忍《かんにん》のなる道具を改め、内《うち》ぶしん・畳の表《おもて》替《がへ》・竈《かまど》の上塗《うはぬり》、万事わつさりと気を付《つけ》、一つ〳〵目にも立《たゝ》ずして、物入年中《ものいりねんぢう》の損なり。かしこき人は、大方の事は春夏《はるなつ》日の永き時する社《こそ》よし。一年《ひととせ》、伊勢《いせ》海老《ゑび》・代々《だい〳〵》きれて、江戸*瀬戸物町《せとものてう》・須田町《すだてう》・*麹町《かうじまち》をさがして、諸大名の御祝義《しうぎ》なれば、海老《ゑひ》一疋《ひき》を小判五両、代々《だい〳〵》一つを三両づゝに売《うり》ける。其《その》年は上方《かみがた》も稀《まれ》にして、大坂などにても、伊勢《いせ》ゑび弐匁五分、代々《だい〳〵》七八分づゝせしに、春の物とて是非《ぜひ》調《とゝのへ》て、*蓬莱《ほうらい》を餝《かざ》りける。江戸つゞきて町の人心ふてきなる所、後日《ごにち》の分別せぬぞかし。

爰《こゝ》に、摂泉境《せつせんさかひ》*大小路《せうぢ》の辺《ほと》りに、*樋口《ひのくち》屋といふ人、世わたりに油断なく、一生物《もの》の費《つゐへ》になる事せざり。されば、「蓬莱《ほうらい》は神代《かみよ》此《この》かたのならはしなればとて、高直《かうぢき》なる物を買調《かいとゝのへ》て是《これ》をかざる事、何の益なし。天照太神《てんせうだいじん》もとがめさせ給ふまじ」と、伊勢《いせ》ゑびの代《かはり》に車《くるま》ゑび、代々《だい〳〵》の替《かへ》に九年母《ねんぼ》をつみて、同じ心の春の色、才覚男の仕出《しだ》しと、其年《そのとし》は、境中《さかいぢう》に伊勢《いせ》ゑび・代々《だい〳〵》ひとつ買《かは》ずに済《すま》しぬ。人の身持《みもち》しとやかにして、十露《そろ》盤現《ばんうつゝ》にも忘れず、内証細《こま》かに見かけ奇麗《きれい》に住《すみ》なし、物毎《ものごと》義理を立《たて》て、随分《ずいぶん》*花車《きやしや》なる所なり。然《しか》れ共《ども》、*年《とし》のよる所にて、外《ほか》より行《ゆき》て住家《すみか》は成《なり》がたし。元日より大年《おほどし》迄を一度《ど》にも付《つけ》て、其外《そのほか》は壱銭も化《あだ》につかはす、諸事の物年々《としぐ〵》拵《こしらへ》て、慥《たしか》成《なる》世帯《せたい》なり。男は、紬嶋《つむぎしま》の羽織《はをり》ひとつ卅四五年も洗濯《せんだく》せず、*平骨《ひらほね》の扇《あふぎ》は幾夏《いくなつ》か風に合《あはせ》ける。女は又、娌入着物其《よめいりきるものその》まゝ娘に譲り、孫子《まごこ》迄も伝《つたへ》て折《をり》めも違《たがへ》ず有《あり》ける。三里違《ちがふ》て大坂《おほざか》は各別《かくべつ》、けふを暮してあすをかまはず、当座〳〵の栄花《ゑいぐは》と極《きは》め、思《おも》ひ出《で》なる人心、是《これ》を思ふに、*ほらなる金銀まうくる故《ゆへ》なり。女は猶大気《なをたいき》にして、盆《ぼん》・正月・衣替《ころもがへ》の外《ほか》、臨時に衣装を拵《こしら》へ、用捨《ようしや》なく着ぶるし、程なく針箱のつぎ切《きれ》となりて捨《すた》りし。境《さかい》は始末《しまつ》て立《たつ》、大坂ははつとして世を送り、所々《ところぐ〵》の人の風俗おかし。それも、よき人は何国《いづく》にてもよし。いかに利発顔《りはつがほ》しても、手前のならぬ人の云《いふ》事は、聞者《きくもの》なし。愚《をろか》にても、福人《ふくじん》のする事よきに立《たつ》なれば、闇《くら》からぬ人の身を過《すぎ》かぬる、口惜《くちをし》き事ぞかし。「若時《わかきとき》心をくだき身を働《はたら》き、老《をひ》の楽《たのし》みはやく知《しる》べし」と、うそつかぬ大黒殿《だいこくどの》の御詫宣《たくせん》なり。去《さり》ながら、今程能《よい》事をさせぬ事はなし。金銀昔《むかし》に増《まさ》り、次第に沢山《たくさん》に成《なり》けるを、どこへ取《とつ》て置《おい》て見せぬ事ぞ、合点《がてん》のゆかぬ事也。是《これ》程人の出しかねる金銀を、分《わけ》もなき事には少しも遣《つか》ふ事なかれ。溜《たま》るはとけしなく、*へるははやし。

有時《あるとき》、夜更《よふけ》て樋口屋《ひのくちや》の門《かど》をたゝきて、酢《す》を買《かひ》にくる人あり。中戸《なかど》を奥へは、幽《かすか》に聞えける。下男目を覚《さま》し「何《なに》程が*の」と云《いふ》。「六借《むつかし》ながら壱文がの」と云《いふ》。空寝入《そらねいり》して、其《その》のち返事《へんじ》もせねば、ぜひなく帰りぬ。夜明《よあけ》て、亭主は彼男《かのをとこ》よび付《つけ》て、何《なに》の用もなきに「門口《かどぐち》三尺ほれ」と云《いふ》。御意《ぎよい》に任《まか》せ、久三郎諸肌《もろはだ》ぬぎて鍬《くは》を取《とり》、堅地《かたぢ》に気をつくし、身汗水《あせみづ》なして、やう〳〵堀《ほり》ける。其《その》深さ三尺と云《いふ》時、「銭が有《ある》はづ、いまだ出ぬか」と云《いふ》。「小石・貝殻《かいがら》より外《ほか》に何も見えませぬ」と申《まうす》。「それ程にしても銭が壱文ない事、よく心得て、かさねては壱文商《あきな》ひも大事にすべし。むかし、連歌師の*宗祇《そうぎ》法師の此所にまし〳〵、歌道のはやりし時、貧しき木薬屋《きぐすりや》に好《すけ》る人有《あり》て、各々《をの〳〵》を招き、二階座敷にて*興行《かうぎやう》せられしに、其《その》あるじの句前《くまへ》の時、胡椒《こしやう》を買《かい》にくる人有《あり》。座中へ断《ことはり》を申《まうし》て、*壱両懸《かけ》て三文請取《うけとり》、心静《しづか》に一句を思案して付《つけ》けるを、『去《さり》とはやさしき心ざし』と、宗祇《そうぎ》殊外《ことのほか》にほめ給ふとなり。人はみな、此《この》ごとくの勤め、誠《まこと》ぞかし。我、そも〳〵は少しの物にて一代にかく分限《ぶんげん》になる事、*内証の手廻《てまは》しひとつなり。是《これ》を聞覚《きゝをぼへ》て、まねなばあしかるまじ。たとへば、借家住《しやくやすみ》の人は、毎日其割《そのわり》にして、家賃《やちん》を外《ほか》にのけ置《をく》べし。借銀《かりがね》も此《この》ごとく、利を一ケ月も重《かさね》ぬやうにまはせば、いづれには勝手の商《あきな》ひする物なり。借銭《しやくせん》の済《すま》しやうは、もうけの有時《あるとき》其半分《そのはんぶん》のけおき、壱貫目の内へ、百目つゝにてもあぐれば、十年には済《すむ》事也。算用なし打込置《うちこみをき》て、*帳〆《ちやうじめ》にて合《あはせ》る人は、手前うすくなる物ぞかし。我《わが》物ながら小遣帳《こづかひちやう》を付《つく》べし。買物《かいもの》は買《かい》ながら、違ひ有物《あるもの》なり。商事《あきなひごと》せぬ日は、少しにても銭銀《ぜにかね》出す事なかれ。万事《ばんじ》を*通《かよ》ひにて取《とる》事なかれ。当座に目に見えねば、いつとなくかさなり、払ひの時分*書出《かきだ》しに驚く事なり。又、家質置《いへじちをく》程の身体《しんたい》にならば、外聞かまはず売捨《うりすつ》べし。迚《とて》も請帰《うけかへ》したる例《ためし》なく、利にたゝまれて、只《たゞ》とらるゝやうになる物なり。*まだも時、所を去《さり》て分別かゆれば、戸棚《とだな》の一つも残る、なりわひの渡世は送る物なり」。境《さかい》といふ所は、俄分限者《にはかぶんげんしや》稀《まれ》なり。親より二代三代つゞきて、古代《こだい》の買置物《かいをき》、今に売《うら》ずして時節を待《まつ》は、根《ね》つよき所なり。*朱座《しゆざ》落着《をちつき》、*鉄炮屋《てつぽう》は御用人、薬屋中間は慥《たしか》に、長崎へ取《とり》やり銀《かね》、余所《よそ》より借《かる》事なし。世間うちばにかまへ、又有時《ある》は、ならぬ事をもする也。*南宗寺《なんしうじ》の本堂・庫裏《くり》に至る迄、壱人しての建立《こんりう》、殊勝《しゆせう》なる事なり。心はともあれ、風俗は都めきたり。此前《この》、京の*北野《きたの》七本松にて、観世《くはんせ》太夫一世一代の*勧進能《くはんじんのう》有《あり》しに、*金子《きんす》壱枚宛《つゝ》の桟敷《さんじき》を、京・大坂に続《つゞき》ては堺へ取《とり》ける。至穿鑿《いたりせんさく》も、是《これ》にてしれぬる。奈良・大津・伏見も、人は替《かは》らねと、此桟敷《このさんじき》一軒《けん》も取《とら》ず。申せば安《やす》き事ながら、町人心に判金《はんきん》一枚にてかりさじき論《ろん》じて、*所せきなく見物《けんぶつ》する事、*千秋万歳《せんしうばんぜい》の御代にぞ住《すみ》ける。

〈現代語訳〉

伊勢海老の高買い

生きていればどうにか食べていけるもので、この世に住んでいる以上は、何事につけ心配し過ぎるのは損だ。年々世間が不景気になり誰もが困窮しているとはいうが、それぞれの新年を迎える準備を見ていると、餅をつかない家はないし、数の子を買わない人もいない。肴《さかな》掛《か》けに丹後鰤《ぶり》や雉《きじ》を並べ、薪《まき》を棚に積み重ね、土間には米俵を置いて三月までの用意を済ませ、支払いは十二月二十日を期限に済まし、取り立てる方だけが残っているという手回しの良さなら、よほど内情がしっかりした身代だと察せられる。一方、帳簿の上では順調であるはずなのに、売掛金をかき集めてその金でまた掛け買いの代金を支払っていくほど、あわただしいものはない。使用人に祝儀で与える雪駄や足袋も大晦日の夜中過ぎになってからでもそろえるのは、浮き世の義理を立てようとするからこそだ。年季奉公の下女や丁稚のお仕着せとして、出来合いの縞織物の綿入れに白い裏地をつけたものを親方が渡したのは、さては節季仕舞いがはかばかしくなかったからなのだなと、新年になってからわかるものである。

いずれにせよ、始末をするということは、正月から始めるものなのだ。まだ我慢すれば使える道具を新調し、家の修理や畳の表替え、竈の上塗りなどをすべて小ざっぱりとするよう気を配るのは、一つ一つは大したことはないが、その出費を合わせると一年中家計に影響が続くことになるものだ。賢い人は、大体のことは春夏の日の長い時期にするのがよいと心得ている。ある年の暮れ、伊勢海老と橙《だいだい》とが品不足になり、江戸の瀬戸物町、須田町、麹町を探してみると、諸大名の御祝儀物だけに、海老一匹を小判五両（約四十万円）、橙一つを三両（約二十四万円）ずつで売っていた。その年は上方でも品不足で、大坂などでも伊勢海老が二匁五分（三、四千円）、橙が七、八分（千円前後）ずつもしたが、新春の縁起物だと何とかして手に入れて、蓬莱に飾りつけた。江戸に次いで町人の心が大胆な所で、後のことは考えないのである。

ここに、摂津と和泉の国境にある堺の大小路のあたりの樋口屋という商人がいて、世渡りに油断することなく、生涯にわたって無駄遣いをしたことがなかった。だから、「いくら蓬萊の飾り付けが神代からの習わしだとはいえ、高価なものを買い調えて、これを飾ったところで何の御利益もない。天照大神《あまてらすおおみかみ》もおとがめなさることはないだろう」と、伊勢海老の代わりに車海老、橙の代わりに九年母《くねんぼ》を飾って、例年と同じ気分で新春の風情を楽しんだので、「才覚男の妙案」と評判になり、その年は堺中の人が伊勢海老と橙とを一つも買わずにすませた。堺は人の気持ちが物静かで、十露盤勘定を片時も忘れることがなく、暮らし向きは質素に見せて小ぎれいに生活し、何事にも義理を立てるようにする、随分と上品な土地柄である。しかしながら新しいものを受け入れない古風な所で、よそ者が来て住み着くことは難しい。元旦から大晦日までの出費の詳細を一度に計画し、それ以上は一銭も無駄に使わず、色々な品物も毎年予定通りに調えるという手堅い家計である。男は紬縞《つむぎじま》の羽織一つを三十四、五年も洗濯せずに使用し、平骨の扇は幾夏も一つで間に合わせる。女はまた、嫁入りの時の着物をそのまま娘に譲り、孫子の代まで伝えて折り目も違《たが》えず大切にとっておく。三里しか離れていないが大坂は、堺とは気風が大きく異なり、今日さえ何とかなれば明日のことは気にしない。その時々の栄華を極める享楽的な人心ではあるが、予想外にまとまった金銀を儲けることができるからこそだといえる。女はさらに気持ちが大きく、盆や正月、衣替えの時期以外にも、臨時に衣装をこしらえ、惜しげもなく着古し、すぐに継ぎ切れとして針箱の中に捨て置くことになる。堺は始末で成り立ち、大坂は派手に世渡りをするというように、所によって人々の風俗が変わるのは面白いものだ。それでも、身代のよい人はどこの土地であろうと結構なことだ。どんなに賢そうな顔をしていても、家計が苦しい人の言うことは誰も耳を傾けない。愚かな人であっても金持ちがやっていることは通用してしまうのだから、聡明な人がうまく世渡りできないでいるのは、情けないことである。「若い時は心身を粉にして働き、老後の楽しみを早く知るのがよい」というのが、嘘をつかない大黒様の御託宣である。とはいうものの、当世ほど楽には儲けさせてくれない時代はない。金銀は昔より多く発行され、流通量は増えていっているはずなのを、どこに隠し置いて人目につかなくしているのか、納得のできないことである。これほど世間の人が出し渋っている金銀なのだから、つまらないことには少しも使ってはならない。金を貯めるには時間がかかるが、減るのはあっという間だ。

ある時、夜更けに樋口屋の門《かど》をたたいて、酢を買い求めに来る人がいた。店と奥とを隔てる中戸を越して主人にも幽かにその音が聞こえた。下男は目を覚まし、「いったいどれくらい要るのかね」と言う。すると、「ご面倒でしょうが一文（二十円程）分だけを」と答える。下男は空寝入りをして、そのうちに返事もしなくなったので、客は仕方なく帰っていった。夜が明けてから主人はその下男を呼びつけて、何の必要もないのに、「門口を三尺掘れ」と命じた。仰せの通り下男の久三郎は諸肌脱ぎになって鍬を手にし、苦労して汗まみれになって、硬い地面をどうにかこうにか掘り下げた。その深さが三尺になろうかという時、

「銭があるはずだが、まだ出ないか」と主人が尋ねた。「小石や貝殻の外には何も見当たりません」と下男は答えた。「それだけ苦労をしても銭が一文も出てこないということをよくよく心得て、これ以後はたとえ一文の商いであっても大切にするのだ。昔、連歌師の宗祇法師がこの地にいらっしゃった折、ちょうど和歌の道が流行していた時でもあったので、貧しい生薬屋《きぐすりや》にもこの道を愛好するものがおり、人々を集めて二階座敷で連歌の会が開かれたが、その主人が付句を詠む順番の時に、胡椒を買い求めにくる客がいた。一座の人々に断りを言って、重さ四匁（十五グラム）分を量って代金三文（六十円相当）を受け取り、席に戻って心を静めて一句を思案して付けたのを、『それにつけても殊勝な心構えだ』と、宗祇法師は特別にお褒めになったという。商人というのはみな、このように勤めるというのが本来の姿なのだ。私は元々わずかな身代であり、一代のうちにここまで金持ちになったのは、家計のやりくりひとつの成果である。このことを聞き覚えて真似たならば、悪いことはないはずだ。たとえば、借家住みの人は、毎日日割りにしてその家賃を別にしておくのがよい。借金も同様に、利息を一ヵ月も重ねないようにして運用すれば、いつかは思う通りの商売ができるようになるものだ。借金の済ませ方は、儲けの出た時にその半分を別にして取っておき、一貫目（約百三十万円）の借金の内の百匁（約十三万円）ずつでも毎年返してゆけば、十年後には返済することができるものだ。計算もせずに儲けた金を営業資金につぎ込んで、帳面の上で決算を済ませている人は、次第に身代が上手くいかなくなるものだ。自分の金ではあっても、小遣帳を付けるようにしなさい。買うべきものを買っていても、違いは出てくるものだ。商売をしない日は、少しでも銭や銀を使ってはならない。どんな買い物でも掛け買いにしてはならない。その場では出費が目に見えないものだから、いつのまにか金額が大きくなり、支払いの時には請求書を見て驚くことになるものだ。また、家を抵当に入れて借金しなくてはならないほど困窮した身代になったら、外聞など気にせずに売り払ってしまう方が良い。そんな家を取り戻せたためしなどなく、積み重なった利息に追い倒されて、タダ同然に人に取られてしまうものだ。まだどうにかなる内に、住み所を変えて心構えを改めれば戸棚の一つも残り、なんとかして世を渡っていくことができるものだ」

堺という土地には、にわかに金持ちとなったものが少ない。親譲りの二代三代と続いた身代が多く、ずっと前に買い置きしたものを取っておいて、今に値段が上がる時節が来ると根気よく待つという土地柄なのだ。江戸との朱座の騒動はお上に訴えて落着させ、鉄砲屋は幕府の御用人をつとめ、薬屋仲間は長崎との金銭取引によそから借金はしないという手堅さである。世間体は控えめにしているのだが、時には思いもよらない金の使い方をするものだ。南宗寺の本堂から庫裏に至るまでたった一人の商人が建立したというのは、大したものである。心の内はともあれ、風俗は都めいたところがある。このまえ、京の北野七本松で観世太夫が一世一代の勧進能を演じたが、大判一枚ずつする桟敷席を、京大坂の人に続いて取っていたのは堺の住人であった。贅沢をきわめた物好きぶりはここからもわかる。奈良、大津、伏見の商人も人に変わりはないものの、この桟敷席を一軒も取らなかった。口にするのは簡単なことだが、町人の身分でありながら大判一枚で借桟敷を取り合い、隙間もないほど集まって見物するとは、天下泰平の御代に生まれたものである。

〈語釈〉

○**生あれば食あり**　生きていれば何とか食べていけるものだの意の諺。「生身《いきみ》に餌食《えじき》」ともいう。○**丹後鰤**　京都北部丹後沿海名産の鰤。上方では正月用の食材として珍重された。○**薪棚**　まきを積み上げておく棚。○**庭**　出入り口や台所の土間。○**買嶋**　買い入れた安っぽい出来合いの縞織物。○**瀬戸物町・須田町**　前出、巻三の一語釈参照。○**麹町**　江戸城半蔵門から四谷門外へかけての町（現千代田区麴町周辺）。大名や旗本屋敷の多い地区で古くから町屋も開け、魚屋八百屋などもあったという。○**蓬莱**　新年の祝儀に三方《さんぼう》の上に楪《ゆずりは》・羊歯《しだ》・昆布などを敷き熨斗鮑《のしあわび》・伊勢海老・橙その他めでたい品を飾ったもの。蓬莱飾。○**大小路**　堺の町を東西に走る通り。市町と湯屋町との間の大小路の辻、占辻《うらのつじ》を摂津と和泉の境目とする（堺鑑）。○**樋口屋**　堺の伝説的な豪商、吝嗇家《りんしょくか》にちなんだ命名。○**花車**　上品で優雅なこと。○**年のよる所**　伝統があり、古風で退嬰的な土地柄。○**平骨の扇**　親骨が地紙と同じ幅の扇。夏扇。○**ほら**　意想外に巨大なこと。思いもかけない金銀を一気に儲けること。○**とけしなく**　もどかしく、待ちどおしい。○**がの**　……のもの、或いは……に相当するものの意。○**宗祇**　室町時代の連歌作者・古典研究家・歌人。庶民の出であったが、連歌や古典研究によって皇族・将軍・諸大名とも交流があり、京都を中心に全国的規模で活躍し、各地を遍歴した。○**興行**　儀式・会合などを催すことを興行というが、ここは連歌の会を開催したこと。○**壱両**　薬種一両は四匁。○**内証の手廻し**　以下にあるように手元の資金を細かく分割して運用し、融通すること。○**帳〆にて合る**　決算の時に帳簿の上で収支の勘定を合わせること。○**通ひ**　現金払いでなく後日まとめて支払う掛け買いをすること。また、その帳面。通い帳。○**書出し**　元帳などから代金を書き抜いた請求書。勘定書。○**まだも時**　まだしもの時、まだどうにかなる時の意。○**朱座落着**　延宝年中、堺の朱座小田助四郎と江戸の朱座年寄淀屋甚太夫の間で紛争が起こり、助四郎方が勝訴した史実を指すとされている。朱座は、朱や朱墨の製造と販売を独占した商人組織。○**鉄炮屋は御用人**　堺は古くから鉄砲の産地として知られ、江戸幕府の御用をつとめる鉄砲鍛冶は年寄制の同業組合を組織していた。○**南宗寺**　臨済宗大徳寺派の禅寺、龍興山南宗寺。延宝六年堺の町人中村宗治が独力で修復再建したという。○**北野七本松**　北野神社右近馬場の七本松原。○**勧進能**　寛文十二年九月十一代観世太夫左近重清が同所にて一世一代の勧進能を興行したという。○**金子壱枚**　大判一枚。額面十両、実質七両二分前後という。桟敷一軒七、八十万円相当の代金。後出判金一枚も同じ。○**所せきなく**　一杯で余地がない。人がつめかけて場所が狭く見える。○**千秋万歳**　千年万年。転じて永久・永遠を祝うことば。ここは永遠に続く天下泰平の世の中の祝言。

〈**挿絵解説**〉樋口屋の門口並びに座敷の体。置頭巾をかぶり杖を手にした主人に指示された下男久三郎

が片肌ぬぎになり鍬で穴を掘っているのは懲らしめのため。門口左右には上部に竹をあしらった門松を立て、軒下中央には干し柿に昆布、葉のついた九年母に車海老らしきものを用いた注連飾《しめかざり》が下げられている。座敷では垂髪にうなぎ綿、打掛姿の女主人、仲居、丸髷《まるわげ》の下女と振袖に島田の娘らしき人物が蓬萊飾りを囲んでいる。尾頭つきの鯛が見えるが、一緒に飾られているのは本文の通りとすれば、伊勢海老・橙ではなく丸く曲がった車海老と九年母のはずである。歳末か正月か判然としないが、久三郎が狸寝入りした翌朝と伊勢海老・橙が品切れになった年の情景を一つに描いた、異時同図法である。

〈解説〉

前章末の詠嘆的な感慨に続く本章は、諺「生あれば食あり」を用いて楽観的に書き起こされ、正月の準備には様々あること、中でも始末が大切であると説き、伊勢海老・橙の品不足の話から堺の町へと焦点をしぼっている。

ある年の暮れに、江戸では大名の御祝儀物の伊勢海老が五両、橙が三両で売られ、大坂でも伊勢海老が銀二匁五分、橙は七、八分したことがあるという。江戸では数十万円単位、大坂でも数千円ずつを費やして蓬萊飾りを整えたのに対し、堺の樋口屋は車海老・九年母で代用し、堺中の人々がこの始末を見習って伊勢海老・橙なしで済ませたという。需要供給の法則によって物の値段は決まるわけで、『西鶴置土産』巻二の二には江戸で大名の若様のお慰みに金魚一匹が四十万から六十万円で売られていたとある。また、大坂中で伊勢海老が一匹しか残っていなかった大晦日、二千円から値が上り六千五百円出しても売ってくれないので困った使いの者が家に帰って相談している間に八千円で売れてしまったが、この家の老婆は十二月中旬に手回し良く一匹百円足らずで二匹も買っておいた話が『世間胸算用』巻一の三に記されている。

中世以来海外貿易や鉄砲等々で巨万の富を築いた多くの富豪が自治制を施行していた堺は、江戸時代の鎖国令以降急速に衰え、隠然たる富力はあるものの地味な暮らし向きの町であった。隣接する大坂は商業経済の中心地として急成長し、享楽的な気風であった。そうした風俗の違いにもかかわらず、何処の国でも貧者の言に耳を貸す人はなく、金持ちの云うことには誰もが従うものであるという。貧富の差によって人間の価値が定まってしまうという現実認識は、しっかり働くようにというお定まりの教訓に落ち着くわけであるが、金銀は昔よりも潤沢に出回っているはずなのに何処へ行ってしまったのだろう、ちっとも見かけなくなってしまったという貧者目線で長い前置きがしめくくられる。

分量的には全体の半分弱ではあるが、次いで本章の中心となる樋口屋の言動と処世訓が記される。ある夜更けに樋口屋に酢を一文買いに来た客があったが、床についていた下男は目を覚ましたものの一文と聞いて空寝を決め込んだ。奥で始終を耳にしていた主人は翌朝下男に三尺の穴を掘らせ、それ程苦心しても銭が一文も手に入らないことを肝に銘じ以後は一文商いも大事にしろと諭した。更に、著名な連歌師宗祇が昔この町の生薬屋の二階で連歌の会を開き、主人の順番の時胡椒を買いに来た客があり、一同に断って中座して十五グラム計って六十円程を受け取り、その後に心静かに句を付けたのを宗祇は大変誉めたという。定められた営業時間の外には客を受け付けないのが当たり前になっている現在では考えられないかも知れないが、一時代前まではこれが商人の常識であった。夜中に酒屋を叩き起こして一合の酒を買ったり、早朝店を開ける前にもかかわらず子供の運動靴を買いに来る母親があれば、毎度有難うございますと和《にこ》やかに対応する。それが商人というものであった。そうした勤勉さを人としての誠であるとする樋口屋は、始末のみならず「内証の手廻しひとつ」で一代分限になった自己の体験から、資金を細分化して家賃や借金の支払いに充て、こまめに小遣帳を付けて万事を現金払いにし、もしも家を質に置かなければならないような事態になったら思い切って売却した方が再出発につながる等々と語ったというのである。

堺には珍しく貧困層から成り上がった樋口屋とは対照的に、大昔の買い置き物の値上りを待つ代々続く豪商や朱座・鉄砲屋・薬屋仲間など地力のある人々は、質素な暮らし向きの一方で時には独力で寺を再建するなど人の出来そうもないことをしてしまうという。北野七本松の観世太夫の勧進能の桟敷を京・大坂に続いて堺が買い占め、町人ながら一軒七、八十万円もする桟敷に密集して見物するというのも、千秋万歳天下泰平の世の中であると一篇はめでたく閉じられている。

古風で退嬰的であるとされる堺を舞台に、一代で分限となった几帳面な樋口屋の苦心談を一方に置き、他方で伝統的な財力を誇る豪商の優雅な様相を華やかに描いた本章は、徳目としての正直や金の魔力の問題に踏み込んで暗澹としていた作品世界を一転清々《すがすが》しく明るいものにしている。

日本永代蔵《にっぽんゑいたいぐら》　巻五

目録《もくろく》

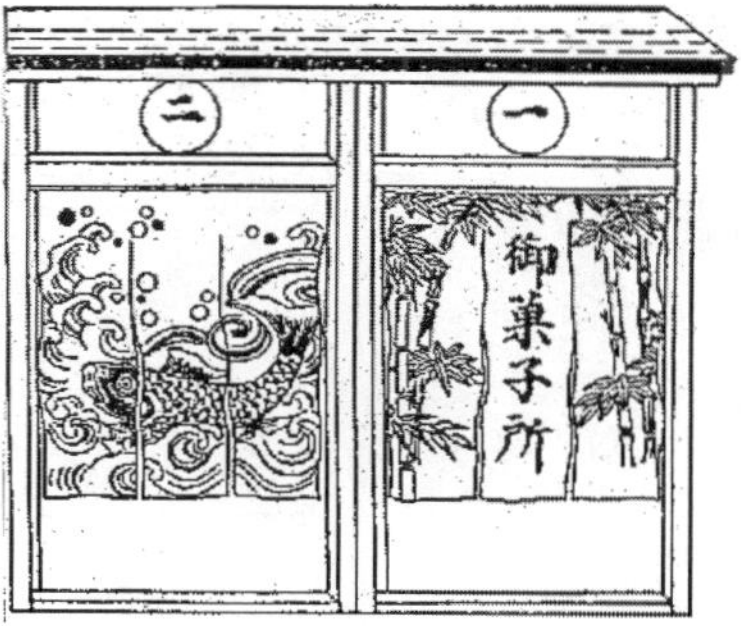

廻《まは》り遠《とを》きは時計細工《とけいさいく》
　＊長崎《ながさき》にかくれなき思案者《しあんもの》
　＊火《ひ》を喰鳥《くふとり》も身をしりぬ

世《よ》渡《わた》りは＊淀鯉《よどこい》のはたらき
　＊山崎《やまざき》にうち出《で》の小槌《こづち》
　＊水車《みづぐるま》は仕合《しあはせ》を待《まつ》やら

〈語釈〉

大豆《まめ》一粒《りう》の*光り堂《ひかだう》
大和《やまと》にかくれなき木《き》綿《わた》屋
借銭《しやくせん》の書置《かきをき》めづらし

朝《あした》の塩籠《しほかご》夕《ゆふべ》の油桶《あぶらおけ》
常陸《ひたち》にかくれなき*金分限《こがねぶんげん》
人はそれ〳〵の願《ねが》ひに叶《かな》ふ

*三匁五分《ふん》 曙《あけぼの》のかね
*作州《さくしう》にかくれなき悋気《りんき》娌《よめ》
*蔵合《ざうごう》といふは九つの蔵持《くらもち》

○**火を喰鳥**　火食鳥《ひくいどり》はダチョウに似たやや小型の鳥。オーストラリア北部、ニューギニアなどに分布する。カズワル。本文や『和漢三才図会』「食火鶏《ひくいとり》」にもあるように当時実際に炭火を食うと信じられていた。○**淀鯉**　淀川産の鯉。近江の鮒とともに最も美味とされた。○**山崎**　京都府乙訓郡大山崎町。○**水車**　淀川にあった有名な大水車。当時流行の踊歌謡「淀の川瀬の水車　誰を待つやらくる〳〵と」（阿国歌舞伎草紙）を踏まえる。○**光り堂**　本文に後出する豆灯籠のこと。「真《ま》面堂《めんどう》」或いは「菽堂《まめどう》」などの呼称も見える。○**金分限**　現千葉県松戸市小金・小金原辺の長者。水戸家小金御殿の留守居役、日暮家のこと。○**三匁五分**　豆板銀一つの重さ。○**作州**　美作《みまさか》の国（岡山県北部）の別称。○**蔵合**　美作一の分限者。津山町大年寄・藩札札元を勤めた蔵合孫左衛門家。

〈解説〉

巻五の一の暖簾は本文中の金餅糖の縁で竹に御菓子所としたもの。巻五の二は川魚の行商で財を成した作中人物にちなんで泳ぐ魚を描いた。巻五の三は小松に大きな豆灯籠をあしらったもの。巻五の四は金分限《こがねぶんげん》こと日暮の何某が当初様々な生業に従事して苦労した中の塩売りの行商の籠を描く。巻五の五は二通りの梅鉢模様を散らしたもの。本文挿絵の駕籠の敷物にも同種の図柄があり、似た紋所の人物が描かれているが、巻五の一の竹の絵と同様にアイデア不詳。

第一　廻《まは》り遠《とを》きは時《と》計《けい》細工《さいく》

唐土人《もろこしびと》は心静《しづか》にして、世の翫《かせぎ》もいそかす、*琴碁詩酒《きんきししゆ》に暮して、秋は月見る浦に出《いで》、春は*海棠《かいだう》の咲《さく》山をなかめ、*三月の節句前共《せつくまへとも》しらぬは、身過《みすぎ》かまはぬ唐人《たうじん》の風俗、中〳〵和朝《わてう》にて此《この》まねする人愚《をろか》なり。年中工夫《くふう》にかゝり、昼夜《ちうや》の枕《まくら》にひゞく*時計の細工《さいく》仕掛置《しかけをき》しに、其《その》子大かたに仕継《しつぎ》、其跡孫《そのあとまご》の手にわたりて、やう〳〵三代目に成就《じやうじゆ》して、今世界の重宝《てうほう》とはなれり。去《さり》ながら、口過《くちすぎ》にはあはぬ算用《さんやう》ぞかし。

こまかに心を付《つけ》てみしに、是《これ》も南京《なんきん》より渡《わた》せし菓子《くはし》、金餅糖《こんぺいたう》の仕掛《しかけ》、色々せんさくすれ共終《どもつゐ》に成《なり》がたく、唐目《たうめ》壱斤銀五匁つゝにして調《とゝの》へけるに、近年下直《げぢき》なる事、長崎《ながさき》にて女の手業《てわざ》に仕出し、今は上方《かみがた》にも是《これ》をならひて弘《ひろま》りける。初《はじめ》の程は、都《みやこ》の菓子《くはし》屋さま〳〵心を砕《くだ》きしに、胡麻《ごま》壱粒《りう》を種《たね》として此《この》ごとくなれる事を、しらざりき。是《これ》をそも〳〵智恵付《ちゑつけ》しは、長崎に纔《わづか》なる町人、二年あまり心をつくし、唐人《たうじん》に尋《たづね》しに、更《さら》に覚えたる人あらずして、気《き》をなやませける。律義《りちぎ》なる他国《ひとのくに》にも、よき事は深く秘《かく》すとみへたり。*胡椒粒《こせうつぶ》にも沸湯《にへゆ》を懸《かけ》て渡しければ、其《その》木つき見た人もなく、何程《なにほど》か蒔《まき》てもはへ出る事なし。有時高野《あるときかうや》山にて、何院《ゐん》とかやに一度に三石蒔《ごくまか》れしに、此《この》内より二《し》本根《ね》ざし、蔓《はびこり》て今世上《せじやう》に多《をほ》し。「此金餅糖《このこんぺいたう》も種のなきにや、胡麻《ごま》より砂糖《さたう》をかけて次第《だい》にまろめければ。第一胡麻《ごま》の仕掛《しかけ》に大事あらん」と、思案《しあん》しすまし、まづ胡麻《ごま》を砂糖にて煎《せん》じ、幾日《いくか》もほし乾《かはらげ》て後《のち》、煎鍋《いりなべ》へ蒔《まき》て、ぬくもりのゆくにしたがひ、ごまより砂糖を吹《ふき》出し自《おのづ》から金餅糖《こんぺいたう》となりぬ。胡麻《ごま》壱升《しやう》を種《たね》にして、金餅糖《こんぺいたう》弐百斤になりける。壱斤四分にて出来《でき》し物五匁に売《うり》ける程に、年《とし》もかさねぬ内に、是《これ》にて弐百貫目仕出しぬ。後《のち》には是《これ》を見習ひ、家毎《いへごと》に女の仕事となせば、此《この》男、菓子《くはし》をばやめて*小間物《こまもの》見せを出し、なを才覚《さいかく》の花をかざり、商売に身をなし、其《その》一代に千貫目持《もち》とはなりぬ。

日本富貴《ふうき》の宝《たから》の津《つ》、秋舟入《あきふねいり》ての有《あり》さま、*糸・巻物・薬物《くすりもの》・鮫《さめ》・伽羅《きやら》・諸道具の入札《いれふだ》、年々《としどし》大分《だいぶん》の物なるに是《これ》をあまさず。たとへば、*神鳴《かみなり》の犢鼻褌《ふんどし》・鬼の角細工《つのざいく》、何《なに》にても買取《かひとり》、世界の広き事思ひしられぬ。国々の商人《あきんど》爰《こゝ》に集《あつま》る中に、京・大坂・江戸・堺《さかひ》の利発者共《りはつものども》、万《よろづ》を中《ちう》くゝりにして、雲をしるしの異国船《ゐこくぶね》になげかねも捨《すた》らず、それ〲の道にかしこく、目利《めきゝ》をしるにたがはず。金銀すぐれてもうくる手代は、算用は合《あはせ》てつかふ事にかしこく、律義《りつぎ》に構《かまへ》て始末《しまつ》過《すぎ》たる若ひ者は、利を得る事にうとし。菟《と》角《かく》、よい事ふたつはない物ぞかし。長崎に丸山といふ所なくば、上《かみ》がたの金銀無事に帰宅《きたく》すべし。爰通《こゝがよ》ひの商《あきな》ひ、海上《かいしやう》の気遣《きづか》ひの外《ほか》、何時《なんどき》をしらぬ*恋風《こひかぜ》おそろし。

雨ふりて物淋《ものさび》しき夕暮に、人の手代あまた寄会《よりあひ》、銘々《めい〲》の親方、分限《ぶんげん》のなりたてを語りけるに、其種《そのたね》なくて長者になれるは、独《ひと》りもなかりき。先《まづ》、江戸手代の咄《はな》しけるは、「我らか主人は、*伝馬町《てんまてう》にて纔《わづか》なる身体《しんだい》なりしが、さる大名の*御厄落《やくおと》しの金子《きんす》四百三十両拾《ひろ》ひしより段々《だん〳〵》大銀持《かねもち》になられしとかや」。又京の手代の語りけるは、「私《わたくし》の親方は少しの人なるが、世渡《よわたり》かしこく、世間にせぬ事ならではと、葬礼《そうれい》のかし色《いろ》、*ゑぼし・白小袖《こそで》・紋《もん》なしの袴《はかま》、駕籠《かご》も拵《こしらへ》て俄《にはか》の用を調《とゝの》へ、此損料銀積《このそんれうぎんつもり》て、程なく*東山《ひがしやま》に楽隠居《らくゐんきよ》を構《かま》へ、人の目に三千貫目との差図《さしづ》、さのみ違《ちか》ふまじ」。扨《さて》大坂の手代云《いひ》けるは、「拙者《せつしや》が旦那は人に替《かは》り、定《さだま》る女房*家主《いはらぢ》なし。是《これ》、内証《ないしやう》の物入《ものいり》をかんがへ持給《もち》はぬかと思へばそれには非《あら》ず。一代後家《だいごけ》をせんさくして、彼是《かれこれ》年ふるうちに、形は醜《みにく》きをかまはず、*むかし長持《ながもち》ひとつの思ひ入《いれ》、案のごとく、*臍《ほぞ》くり銀《がね》三十貫目。是《これ》より商売替《かへ》て、ちいさき紙屋も生薬屋《きぐすり》になりやすく、今弐千貫目のふり廻《まは》し、其《その》時の家《いへ》の風《かぜ》たかうふかすも、出世《しゆつせ》の町人しかられず」。何《いづ》れを聞《きゝ》ても、大分限《だいぶんげん》の始《はじめ》、常にては及びがたし。皆一子《ひとし》細《さい》つゝ各別《かくべつ》の替《かは》り有《あり》。

此《この》所、唐物《からもの》の買置《かいをき》、勝《すぐれ》て安き相場物《さうばもの》の、年累《としかさね》ても損《そん》ぜぬ物買置《かいをき》て、利を得ぬ事なし。有《ある》人、*龍《れう》の子の弐尺余《あま》り成《なる》を金子《きんす》廿両に求め、はや十年も過《すぎ》て、少　逞《すこしたくましく》なりて気遣絶《きづかいたへ》ず。又火喰鳥《ひくいどり》の卵《たまご》一つ、判金《はんきん》壱枚に買《かふ》て是《これ》を復《かへら》させ、炭《すみび》を喰《くふ》事　疑《うたがひ》なし。いかに珍敷《めづらしき》とて、此買置国土《このかいをきこくど》の費《つゐへ》なり。

〈現代語訳〉

廻り遠くて商売には合わない時計細工

中国人は心が穏やかであって、世の中の目まぐるしい生業《なりわい》を急ぐこともなく、琴をひき、碁を打ち、詩を作り、酒を飲む、という風流韻事に暮らしている。秋は水辺に出て月を愛《め》で、春は海棠《かいどう》の花が咲いている山を眺めて、何かと物入りの三月の節句前のことも知らないのは、商売のことを考えない中国人の風習だからで、日本にてこの真似をする人は愚かである。ある人が、一年中かけて、昼夜枕元で動き続ける時計細工の仕掛けを考え始めたが、その子供がそれを大方受け継いで更に工夫をし、その孫の三代目の時代になってようやく完成となった。今、この時計は、世界中の重宝とはなったものの、こんなに年数が掛かってしまうのでは、生活を支える仕事としては、全く割が合わないのである。

世の中を注意深く見渡すと、これも中国の南京から渡ってきた菓子に金平糖《こんぺいとう》がある。これを作る方法について色々と調べ、試みても中々上手くいかない。よって、中国の秤目《はかりめ》で言うところの一斤《きん》、すなわち百六十匁（六百グラム）の金平糖を銀五匁（約六千七百円）を出して買い整えなくてはならなかった。しかし、近年安くなったのは、長崎にての女仕事として作りだすことが可能になり、今では上方でもこれを見習って作るようになり広まったからである。始めのうちは、都の菓子屋が様々に工夫して苦労したのだが、胡麻一粒を種として、このようなものが出来ることを誰も知らなかったのである。この作製法をはじめて知ったのは、長崎に住む貧乏な町人で、その人が二年あまり苦心し、製法を中国人にも尋ねたのだが、知っている人が全く居らず悩みの種となった。実直な人間が多いという中国でも、儲かることは深く隠すと見える。たとえば胡椒の粒にしても熱湯をかけた後、日本に渡って来ているので、その胡椒の木の形を見たこともなく、いかほど蒔いても生えて来ることはなかった。ところが、ある時高野山の何とか院というところで、一度に三石（五百四十リットル）ほどの分量を蒔いたところ、この内から二本だけ根が生えて、次第にはびこり、今では世上に広まることとなった。「この金平糖を作るのに仕掛けがあるはずだ。胡麻に砂糖をかけてだんだんと丸くしていったものなのだから、第一には胡麻の仕掛けに大事な秘密があるのだろう」と気をつけて、まず胡麻を砂糖で煎じて、幾日も干して乾かした後、煎り鍋に入れて煎ると、温まっていくに従い、胡麻より砂糖が吹き出て、自ずから金平糖になったのである。胡麻一升《しょう》（一・八リットル）を種として、金平糖二百斤《きん》（百二十キログラム）になった。一斤四分（五百三十円）にて出来た物を五匁（六千七百円、約十二倍）で売ったところ、年も明けないうちに、ここから二百貫目（二億七千万円）を儲けた。後には他の人々もこれを見習って、その家毎に女の仕事となったので、この金平糖の作り方を突きとめた男は、菓子作りを止めて小間物の店を出し、更に商才の花を咲かせた。そして商売に専念し、その一代に千貫目（十三億三千万円）持ちとなった。

日本の富貴を象徴するかのような宝の集まる長崎の港に、中国やオランダの秋船が入港する有り様は見事である。糸・織物・薬・鮫皮・伽羅や諸道具の入札は、毎年莫大なのにこれを余さずに落札してしまう。たとえば雷神の褌《ふんどし》や鬼の角を使った細工物など、どんなものでも買い取られていくのを見ると、世間の広いことが思い知られるのである。全国の商人たちがここに集まる中に、京・大坂・江戸・堺の知恵者たちが、万事を要領よく決済して、雲を目印にするような当てにならない異国船との取引でも失敗はしない。それぞれの商売に賢く目利きをして間違うことがない。一般に金銀を上手に儲ける手代は、上手く帳尻を合わせて使い込みがうまい。逆に実直に構え倹約し過ぎる手代は、利益を得ることに疎いのである。とかく良いことが二つ揃うことはないものだ。長崎に丸山という遊廓がなければ、上方の金銀は無事に帰宅するはずだが、長崎通いの商売は、海上の天候が心配になるだけでなく、いつ起こるとも分からない恋風が恐ろしいのである。

雨が降って物淋しい夕暮れに、手代たちが大勢寄り合い、それぞれの主人が金持ちになった由来を語り合ったが、それぞれ何か特別なわけがあり、それがなくて金持ちになった主人は一人も居なかった。まず、江戸の手代が話したのは、「私たちの主人は、伝馬町にて僅かな身代であったが、さる大名の御厄落としの金子四百三十両（三千四百四十万円）を拾ってからだんだんと大金持ちになられた」とのことだった。また京の手代が語ったのは「私の親方は少しの身代でしたが、世渡りが上手く、世間でしないことをしようと、葬礼の貸衣装屋を始めて、烏帽子《えぼし》・白小袖・紋なしの袴《はかま》などの一式を揃え、加えて棺桶用の駕籠も作って急場に間に合わせ、この賃貸料が積み重なって、ほどなく東山に隠居用の家を構えて、世間では三千貫目（約四十億円）ほどの財産との噂は、それほどに違いはありますまい」と言う。

さて大坂の手代が言うには「私の旦那は人とは違っていて、定まった女房はお持ちではありませんでした。これは家計の出費を考えて持たないのかと思えばそうでなく、再婚せずに後家を通そうとする女性を探して、かれこれと年が経つうちに、姿形は醜くとも構わず、古い長持一つを目当てにして結婚したところ、案の如く臍繰《へそく》り金が三十貫目（約四千万円）その長持の中に入っていました。これを元手にして商売を替えて、小さい紙屋も生薬屋《きぐすり》になることが出来ました。今、二千貫目（二十六億六千万円）の銀を自由に動かして、得意気に家の風を吹かせていますが、町人も出世してしまえば、とやかく言う人も居りません」と言う。いずれの話を聞いても、大金持ちの始まりは、常の働きでは及び難いものだ。皆、それぞれにワケがあって他とは格別の違いがある。

この長崎で、舶来品の買い置きをするなら、特別に安い相場のもので、年を重ねても破損しない物を買っておけば利益にならないものはない。ある人は、蝲龍《あまりょう》（オオトカゲ）の子供で二尺（六十センチ）あまりのものを金子二十両（百六十万円）で買い求め、はやくも十年過ぎ、少し逞《たくま》しくなってきたので心配が絶えなくなった。また、火喰鳥の卵一つを大判一枚（七、八十万円）で買った。これを孵化させたら炭火を喰うこと間違いない。いかに珍しいからと言って、この買い置きは国土の損失である。

〈語釈〉

○**琴碁詩酒**　中国で四芸として尊ばれた琴棋《きんき》書画《しょが》の後半を置き換えたもの。琴をひき碁を打ち詩を作り酒を飲む、風流韻事。○**海棠**　中国原産のバラ科の落葉低木。玄宗皇帝が楊貴妃のなまめかしい美しさをたとえた花とされる。○**三月の節句前**　節句の前（物前・節季）は収支決済の日で受け払いに忙しい。○**時計の細工**　自鳴鐘と呼ばれる西洋式の機械時計は一五五一年に渡来したとされ、振り子時計も長崎貿易を通じて日本にもたらされていたという。これらをもとに昼と夜の長さが違う不定時法に合う日本独特の製品が工夫された。○**胡椒粒**　『百姓伝記』に「こせうの木、実植にしてよくそだつ。もろこしよりわたりたるこせう、何程植てもはへず。本朝のこせうは実のなりながし」とあり、日本で栽培されるものは別種であるという。高野山云々は嘘話とも思えないが未詳。○**小間物見せ**　主として婦人の化粧用品や日用品などこまごまとした品を扱う店をいうが、資産額や長崎という土地柄から見て、装飾品・文房具・調度などの輸入品を商ったものか。○**糸**　中国原産の輸入生糸。○**神鳴の犢鼻褌・鬼の角細工**　ともにありそうであり得ない、珍奇なもののたとえ。○**恋風**　丸山の遊女に魅惑されることを海上の縁でこういった。海—恋・嵐。○**伝馬町**　中央区日本橋大伝馬町・小伝馬町。一帯は町屋であるが、南の方日本橋川鎧《よろい》の渡《わたし》対岸から八丁堀にかけて大名屋敷が多く、西は本町通りが常盤橋御門に接していた。○**厄落しの金子**　厄年の節分の夜、年の数プラス一の銭を路上に落として拾わせる風習があった。ここは四十二の大厄の大名が一歳を十両として厄落としとしたもの。○**ゑぼし**　葬送の際に額につける三角形の白紙や白布。紙烏帽子。紙半《しはん》。○**東山**　東山山麓の岡崎・粟田口辺は別荘地で隠居所なども点在していた。○**家主**　主婦。後には農家の主婦を指すことが多い。○**むかし長持**　昔造りの長持。◯**ふり廻し**　営業資金の融通。金銭のやりくり。◯**龍の子**　南洋産の大とかげの一種、蝄龍《あまりよう》の子。『万の文反古』巻四の一にも当時長崎に渡来していたとの風聞が記されている。

〈挿絵解説〉

右面は朱印船を模倣した南蛮船と座敷に寝転んで日本人と談笑する男。特異な洋装の南蛮人はいずれも鍔広の帽子を被り唐団扇を手にしている。左面は幔幕を張り、毛槍・鞘付きの槍を立て、袋に入った鉄砲を並べた座敷で南蛮人と対応する裃姿の役人二人。濡れ縁には輸入織物を載せた机と掛け時計を箱台にのせた櫓時計が置かれ、下には紐を掛けたままの長持も見える。

〈解説〉

貿易港として唯一繁栄していた長崎を舞台とする本章は、金平糖を発明して大金持ちになった人物の話と諸国から集まる手代達の親方に関する噂話から成っている。だが中心的なテーマは、致富談そのものではなく、成功するための才覚とは何なのかという点に置かれている。

時計も金平糖も共に長崎経由で渡来した品物である。時計細工の場合、精緻な機巧を工夫するには高度な才能を必要とし、親子三代かかってやっと完成したというのだが、製品は世

界の重宝であっても採算が合うわけではなく、経済的には愚行以外の何物でもない。金平糖の製法は二年間も費し、これを持ち込んだ外国人に尋ねても分からなかったのだが、胡麻を種にして砂糖の蜜を炒りつける方法を発見し、莫大な利益につながったという。菓子作りには古代からの長い伝統がある京都の菓子屋にも出来なかった方法を見つけたのは長崎の貧しい町人だったとされているが、ここで問題なのは才能そのものではなく、商売として成立するか否かを見極められるかという点である。製法が全国に知れ渡り利が薄くなったのを見たこの男は、小間物屋に転業して増々発展し、一代で千貫目の資産を貯えたという。経済効率から見た知恵才覚の在り様を、西鶴は対照的な事例を用いて滑稽めかして軽妙に描き出している。

続いて記される、外国から珍奇な品物が流入する宝の港の繁栄ぶりも、雷の褌から鬼の角細工まで余す所なく売買されるとか、丸山遊廓がなければ上方の金銭も無事に帰れるだろうというように笑いを誘うものとなっている。全国から派遣された手代たちの世間咄も、オーソドックスな蓄財法というよりは、何か一つユニークな目の付け所が必要であるという側面から語られている。

江戸から来た手代の主人は、普通の人ならば出歩かない節分の夜に大名の厄落としの約三千五百万円もの金を拾うという、乞食同然というかそれ以下の所業によって元手を獲得し、以後はトントン拍子に大金持ちになったという。京都の手代の親方は、他人の不幸に乗ずるという、人のやりたがらない葬礼用品の損料貸しで成功し、四十億円もの財産を貯えて楽隠居の身の上になった。大坂手代の旦那は、容貌の醜いのも頓着なしに一代後家と結婚し、古長持のへそくり銀約四千万円を元手に小さな紙屋から生薬屋に商売替をして、二十六億円もの金を運用して薬種の輸入品を扱う身分になったという。このような、才覚や商才というよりは当人ならば口にしたくないであろうような人目を憚《はばか》る抜け目のなさを、手代に語らせるという巧妙な方法で記した西鶴は、「皆一子細つゝ各別の替り有」とさり気なく結んでいる。

才覚を働かせて一代で分限になることの難しさを軽妙な筆致で描いて来た作者は、長崎ならば年数が経っても欠損のない輸入品の買置きで利益にならないものはないと言いながら、真逆の例を挙げて落とし咄的に一篇をしめくくっている。六十センチ程度の蝄龍《あまりよう》の子を百六十万円で仕入れ、十年が経過して獰猛になり心配でならない。火喰鳥の卵一つを七、八十万円出して買い求めて孵化させ、間違いなく炭火を食べたという。「いかに珍敷とて、此買置国土の費なり」とあるように、これは全くの笑い話である。
「大福新長者教」と副題のある本書の性格からして、巨額の金が動き何をしても商売になる宝の港長崎の話はどうしても必要だったに違いない。繁栄する町長崎を舞台にして西鶴は、商才とは何か、商人的発想とは何なのかを笑いの中で表現したのである。

第二　世《よ》渡《わた》りには淀鯉《よどごい》のはたらき

*人の翺《かせぎ》は早川《はやかは》の水車《みづぐるま》のごとく、夜昼《よるひる》の流れも七十五里につもり有《あり》て、*年波《としなみ》のせはしき世の事、算者《さんじや》も是《これ》をつもれり。*大節季《おほせつき》の闇《くらき》事は、秋の比《ころ》の月夜よりしれたる事を、人皆《みな》さし当《あた》りて是《これ》を驚《をどろ》きぬ。前廉《まへかど》より、商人《あきんど》は気を働《はた》らかせ、職人はそれ〳〵の細工《さいく》を取《とり》いそげ共《ども》、必ず日数延《ひかずのび》て、当所《あてど》の違《ちが》ふ物ぞかし。又売掛《うりかけ》も、たとへば十貫目《くはんめ》の物、みつ壱《ひと》ぶんにして三貫目と請払《うけはら》ひすれば、世間に尾《を》を見せず、狐《きつね》よりは化《ばけ》すまして世をわたる事、人の才覚《さいかく》也。

商《あきな》ひ功者《こうしや》なる人のいへり。「掛銀《かけぎん》は、取《とり》よきから集《あつむ》る事なり。いつにても手の物にして残し置《をき》、思ひの外《ほか》の隙入《ひまいり》、あるひは留主《るす》とて、たび〳〵足をはこびぬ。惣《そう》して、掛乞《かけこひ》の*無常《むじやう》を観《くはん》ずる事なかれ。入相《いりあひ》の鐘袋《かねぶくろ》に心玉を籠《こめ》て、言葉つき奇麗《きれい》に、顔愧《をそろ》しく作りて、*広敷《ひろしき》の中程に腰掛《こしかけ》て、たばこ吸《すは》ず茶呑《ちやのま》ず、内義笑顔《ゑがほ》して咄し仕懸《しかく》るにも聞《きか》ぬふりして、肴掛《さかなかけ》の鰤《ぶり》・雉子《きじ》に目を付《つけ》て『当年のお仕舞《しまひ》は、庭に三石《ごく》、地米《ぢごめ》と見えました。いつもよりはやき餅つき、鍋《なべ》の蓋《ふた》迄も新敷《あたらしく》なり、お娘子《むすめこ》の正月小袖、紫《むらさき》の*飛鹿《とびかの》子《こ》に紅裏《もみうら》、是《これ》でこそ春なれ。私《わたくし》らは、盆《ぼん》のごとく*胸が踊《をど》りて、*松原越《こへ》て門餝《かどかざ》りの*山《やま》草《くさ》一葉《は》、数子《かずのこ》ひとつ今に調《とゝのへ》もせず。悴子《せがれ》が去年《こぞ》の手織嶋《てをりしま》の袷《あはせ》に、せめて木綿入《きわたいれ》てと思ふさへ成《なり》がたきに、こなたを見る時は、長者《ちやうしや》といふて外《ほか》になし。此《この》やうなる御仕《し》舞《まひ》、江戸にはしらず、京にも有《ある》まじ』と、家の宜《よろ》しき事ばかり申て六《むつ》かしうかゝれば、外《ほか》をさし置《をき》、それから済《すま》す物ぞかし。折《をり》ふしの寒《さむ》きとて、掛乞宿《かけこふやど》にて酒を呑《のみ》、湯《ゆ》漬飯《づけめし》をくふ事、必ずせぬ事」といへり。

又、*借銭《しやくせん》の渕《ふち》をわたり付《つけ》て、幾度《いくたび》か年の*瀬越《せごし》をしたる人のいへり。「世の習《なら》ひにて、買掛《かいがゝり》する事互《たがひ》に合点《がてん》づくなり。たとへば、新米《しんまい》壱石六拾目の相場《さうば》の時も六十五匁にして、しかも下米《げまい》をわたしぬ。油も、壱升弐匁の折から弐匁三分に仕掛《しかけ》られ、此《この》外《ほか》、味噌・酒・薪《たきゞ》・万《よろづ》をかくのごとくなれば、年中*人奉公《ひとぼうこう》して、勝手《かつて》迷惑するにつもりぬ。払《はら》ひ方《かた》はすこしの物から済《すま》し、大分《だいぶん》の所を明置《あけをく》物なり。手前に銀子《ぎんす》のたまり有《あり》共《とも》、大年《おほどし》の夜に入《いり》て渡すべし。大かた退屈して、*松の内と云断《いふことは》りを聞届《きゝとゞけ》、*銭の仕かけ・銀《かね》のかる目もかまはず、拾《ひろ》ふた物の心《こゝ》ちして、手に握《にぎり》ながら門《かど》にはしり出《いで》、『扨《さて》もうたてや、此《この》家へ重《かさね》て商《あきなひ》いたさじ』と、心誓文立《こころせいもんたて》ても、商売のならひとて、年明《あく》れば又忘《わす》れた昔《むかし》になりぬ。是本意《これほんい》にはあらず、内証《ないしやう》のならぬより、思ひの外《ほか》なる悪《あく》心《しん》もおこりし」。

　爰《こゝ》に、山城《やましろ》の*淀《よど》の里に*山崎《やまざき》屋とて、身業《みすぎ》の種《たね》は親代《をやだい》からの油屋《あふらや》なりしが、家職《かしよく》の槌《つち》の音《をと》を嫌《きら》ひ、無用《むよう》の奇麗好《きれいずき》、此《この》家の福の*神は塵《ちり》にまじはり給ひしに、竹箒《たけばゝき》に恐《をそれ》て出《いで》させ給ふにや、次第に淋《さび》しくなりて毎年銀高《ぎんだか》へりて、自《をのづか》ら槌《つち》・*碓《からうす》の音も聞《きこえ》ぬやうに、いつとなくともし油《あぶら》も絶《たへ》ぬ。俄《にはか》に昔の*宝寺《たからでら》を祈《いの》る甲斐《かひ》なく、*手と身になりての思案、何共《なにとも》埒《らち》の明《あか》ぬ世渡り。*小橋《こばし》の下に魚《うを》はあれど、網《あみ》なふて渕《ふち》を覗《のぞ》き、*弥陀次郎《みだじらう》が*跡《あと》たれて発心《ほつしん》もならざれば、「菟角《とかく》身を捨《すて》てかせがば、遅牛《をそうじ》も淀車《よどぐるま》の廻《まは》り合せよくは、二度《たび》家の栄《さか》へ行《ゆく》事も」と、商《あきなひ》の道替《かへ》て、鯉《こい》・鮒荷《ふなにな》ふて京通《かよ》ひ。淀《よど》の川魚《かはうを》、名物とて殊更《ことさら》に売払《うりはら》ひ、人も面《をもて》を見しりて、淀の釈迦《しやか》次郎と異名《ゐみやう》を呼《よび》て、用ある方《かた》には此《この》者をまつ程になりてから、淀の里より手振《てぶり》て行《ゆき》て、丹波《たんば》・近江《あふみ》より都にはこぶ鯉《こい》・鮒請《ふなうけ》て、一日にかぎりもなく売《うり》ける程に、風味《ふうみ》各別《かくべつ》といひなして、同じ鯉《こい》・鮒《ふな》を、外の者のは買《かは》ざりき。商人《あきんど》は只《ただ》*しにせが大事ぞかし。其《その》後、さしみを作りて、盛売《もりうり》に五分・三分にても自由調《しゆふとゝの》へければ、*京は台所の事せちかしこく、人振舞《ひとふるまひ》にも是《これ》にて埒《らち》を明《あけ》、次第に時花《はやれ》は、其《その》程なく分限《ぶんげん》になりて、金銀*蒔《まき》ちらして両替の見せを出し、あまたの手代を抱《かゝ》へ、此《この》家繁昌の時は、昔の鯉売《こいうり》の事はいひ出《いだ》する人もなく、風俗も自《をのづ》から都めきて、*新在家《しんざいけ》衆の衣装をうつし、油屋絹《あぶらやきぬ》の諸織《もろをり》をけんぼう染の紋付《もんつき》、袖口薄綿《そてくちうすわた》にしてみつ重《がさ》ね、小妻高《こづまたか》からず裙長《すそなが》く、同じ羽織《はをり》ゆたかに見えて、歴々《れき〳〵》とはいはでしれける。

たとへば、公家《くげ》のおとし子・大名の筋目《すぢめ》あればとて、昔の*劔《つるぎ》の売喰《うりぐい》、*運は天に具足《ぐそく》は質屋に有《あり》ては、時《とき》の役には立《たち》がたし。只《ただ》智恵・才覚といふも、世わたりの外《ほか》はなし。一年《ひととせ》の暮《くれ》程、世上《せじやう》の極《きはめ》とて愧《をそろ》しき物はなし。それを油断して、十二月中比過《なかころすぎ》よりの分別はをそし。何となき宮寺《みやでら》さへ、御祈念《きねん》の守《まもり》ふだ・年玉扇《としだまあふぎ》の用意するなど、まして工商《こうしやう》の家に*十三月なる顔つきかまへ、貧乏花盛《はなざかり》待《まつ》は今の事成《なる》べし。大かた成《なる》年を越《こし》てこそ、春になりての心もよけれ。薬代《やくだい》は覚えながらやらずに、小者《こもの》が布子《ぬのこ》に手染《てぞめ》の薄色《うすいろ》仕《し》立《たて》て着《きせ》る程せはしき内証、我世《わがよ》なればとて面白からず。京の町も様々《さま〴〵》の年の暮、*初春《はつはる》の歌案《うたあん》じけるなど、石流王城《さすがわうじやう》の風俗なれ共《ども》、かく豊《ゆたか》なる人は稀《まれ》にして、悲しき渡世《とせい》の人数多《あまた》なり。

鯉《こい》やが手代、自分商《じぶんあきない》に少しの米見せ出して、纔《わづか》五貫目の元銀《もとぎん》、大豆粉《をゝまめこ》にくだきたるやうに方々《はう〴〵》に売懸《うりかけ》、是《これ》を取集《とりあつめ》けるに、小家《こいへ》がちなる世帯《せたい》をみれば、無常の発《をこ》りぬ。はや極月《ごくげつ》も廿八日、然《しか》も*小《せう》の晦日《つごもり》なるに、けふと明日《あす》との物前、さもいそがはしき片手に、*下機《しもばた》に棉《もめん》一端《たん》、是《これ》を織颪《をりをろ》して正月仕舞《しまひ》の百品《ももしな》にも心当《こころあて》、又有家《あるいへ》に行《ゆけ》ば、古鉄買《ふるかねかい》を呼入《よびいれ》、鏡台の金物《かなもの》・銅網《あかゝねあみ》の鼠取《ねずみとり》・禁中熊手《きんちうくまで》壱本・爪《つめ》をれの五徳《ごとく》ひとつ、取集《とりあつ》めてから銭百三十に直段付《ねだんつけ》捨《すて》て行《ゆく》。夫婦、人の聞共《きくとも》しらず、「借銭《しやくせん》の分は、始《はじめ》から済《すま》する心入《こころいれ》にあらず。銭五百、天から降《ふれ》がな。ゆるりと取《とる》年男」と、哀《あはれ》やいたいけ比《ごろ》の娘

「今いくつねてから正月じや」と云《いふ》を「米の有時《ある》が正月よ」と、白眼形《にらむかたち》のおそろしく、門口《かどぐち》より掛《かけ》も乞《こは》ずに立帰《たちかへ》り、又有家《ある》に入《いれ》ば、*公事《くじ》たくみなる女、うすき唇《くちびる》を動《うごか》し、「こなたから、米の銀《かね》さい〳〵の御使《つかい》、かるも世の習ひなるに、扨《さて》もむごひ言葉つかひ、『首引《くびひき》ぬいても今取《とる》』といはれしを聞《きか》れましてから、亭主は震《ふるひ》つかれまして、今に枕あがりませぬ。四匁五分で首をぬかるゝは口惜《くちをし》き事」と、大声《おほこゑ》あげて啼《なけ》ば、とやかく論《ろん》もむつかしければ、「随分養生《ずいぶんやうじやう》めされ。命があらば春のせんさく」と、云捨《いひすて》にして帰り、又さる家に行《ゆけ》ば、浅黄《あさぎ》の上《うへ》を*千種《ちぐさ》に色《いろ》あげて、袖下《そでした》につぎのあたりし布子《ぬのこ》に、*御三寸《みきしん》進じて悦《よろこ》び、「是《これ》はかみのかたき着物《きる》かな。此《この》十七八年も、冬中《ぢう》は*人の蔵に有《あり》て、爰《こゝ》へもどりて正月をする事、めでたい」と云《いふ》所へ行《ゆき》かゝりて、「算用しませう」といへば、拾八匁二分の書出《かきだ》しに、「*壱匁六分数《かず》ひとつ」と書付《かきつけ》して、然《しか》も、「つきの悪き銀《かね》をこなたへ懸《かけ》て置《おき》ました。いやならいやになされ」と、猫の蚤《のみ》見てあしらひもせねば、是《これ》もぜひなく、とらぬがそんと帰る。それより又、有方《あるかた》に行《ゆく》に、男は宿《やど》を出て、十人並《なみ》なる女、髪《かみ》かしら常《つね》よりは見よげに、帯《をび》も不断《ふだん》を仕《し》替《かへ》、*薄雪《うすゆき》・伊勢《いせ》物語の草紙《さうし》取広《とりひろ》げ、掛乞《かけこひ》あまたと打《うち》まじり、「春はどの芝居《しばゐ》はやるべし」と、扨《さて》もゆるりとしたる有様《ありさま》、「是《これ》の主《あるじ》は何《いづ》かたへ」と問《とへ》ば、「年寄《としより》女房が気にいらぬとて、置去《をきさり》にしてゆかれました」と、別《べつ》して笑ひかゝる。「*暇《いとま》とらしやれ。請取《うけとり》手《て》は我の、人の」とじやれて、懸帳《かけちやう》は心に消《けし》て帰る。

人程賢《かしこく》て愚《をろか》なる者はなし。借銭《しやくせん》の宿《やと》にも、様々の仕掛者有《しかけものあり》。油断する事なかれ。たとへは、万《よろづ》の売掛《うりかけ》する共《とも》、其《その》人と次第に念比《ねんごろ》にならぬやうに常住《じやうぢう》の心入《こころいれ》、商人《あきんど》のひみつ也。親敷成《したしくなり》て能《よき》事もあれと、それは稀《まれ》なり。*敷銀《しきがね》にして物を売共《うるとも》、前より残銀かさむ時は、見切《みきり》て是《これ》を捨《すつ》べし。それにひかれて、後は*大分の損をする事、みな人先の見えぬ欲からなり。此《この》米屋も、当座銀《たうざぎん》にして、俵《たはら》なしにはかり売《うり》の四五年は、仕合《しあはせ》のかさなりけるに、有時《あるとき》、西陣《にしぢん》の絹織《きぬをり》屋へ俵米売初《たはらこめうりそめ》、*置替《をきがへ》の約束も年々かさみて、算用はあひながら、その銀《かね》ふさかりて手まはしなりかたく、後《のち》は*碓《からうす》の音たえて、*釣掛升《つるかけます》のみ残れり。掛商《かけあきな》ひには、分別有《ある》べし。

〈現代語訳〉

世を渡るには淀鯉売りのような働きが必要

人の生業《なりわい》というものは、急流の水車のように、昼夜とどまることはない。その流れも一昼夜に七十五里（約三百キロメートル）進むものと見積もられていて、その川波のように世の中のせわしいことは、数学者のそうした見積もりと違わない。大晦日が闇であることは、秋の月夜の頃から分かりきったことなのに、人は皆それに直面して驚くのである。予《あらかじ》め商人は気を働かせて、職人はそれぞれの細工を取り急いで行うのだが、必ず日数が延びて当てが外れてしまう。また売り掛けの代金も、たとえば十貫目（千三百三十万円）のものならば、三分の一として三貫目（四百万円）しか取れないと判断して、その受け取りや支払いをすれば、世間に家計の状態を暴露せずに、キツネよりは上手に化け済まして世を送ることができる。これは人の才覚の内であろう。

商売上手な人が次のように言った。「売掛金は取り易いところから集めるものだ。いつでも取れるものとして残して置くと、思いの外に手間取ったり、あるいは留守だというので、たびたび足を運ぶことになるものだ。一体に、借金取りは無常を感じて慈悲深くなってはならない。入相《いりあい》の鐘を聞いても、その鐘ならぬ金袋に魂を込めて、言葉つきは綺麗に、顔は恐ろしく作って、台所と土間の間にある板の間の中ほどに腰をかけて、煙草を吸わずお茶も飲まずに、内儀が笑顔で話しかけてくるのも聞かぬふりをして、正月用の肴掛《さかなかけ》の鰤《ぶり》や雉《きじ》に目をつけて『今年のお仕舞いは見事なもので、庭に三石、これは地元の米と見ました。いつもより早い餅つきで、鍋の蓋まで新しくされて、お嬢様の正月小袖は紫色の飛鹿子《とびがのこ》に紅裏《もみうら》をつけ、これでこそ春というものですな。それに比べて私どもは、盆踊りのように胸が高鳴って落ち着かず、その盆踊りの「松原越えて」ではありませんが、あちらこちらへ渡り歩いて、門飾りの山草一葉、数の子一つ今に至っても調えることができません。せがれのために昨年調えました手織縞《ておりじま》の袷《あわせ》にせめて綿《わた》でも入れてやりたいと思いながらも、それさえできない始末です。それに比べれば、こちらさまの有り様は長者とはまさにこのようだと思われます。

このような節季仕舞いは江戸ではどうか分かりませんが、京都にもありますまい』と、その家の良いことばかりを言い募って、難しそうな相手だと思わせれば、他の借金取りは後にしても、こちらから先に済ましてくれるものである。丁度寒い時期だからと言って、掛け取り先にて酒を飲み、湯漬け飯など勧められるままに食すこと、絶対にしてはならない」。

また、借金の深淵を渡り慣れて、幾年か年の瀬を越した人は次のように言った。「世の中の習いで、掛け買いをすることはお互いが承知の上でのことだ。たとえば、新米が一石（百八十リットル）で銀六十匁（約八万円）の相場の時も六十五匁（八万六千五百円）にして、しかも下等米を渡すのである。また油も、一升（一・八リットル）二匁（二千六百六十円）の時に二匁三分（三千六十円）の値をつけて売られる。これ以外にも味噌・酒・薪など全てがこのように掛け売りされるのであれば、これをまともに払っていては、年中他人に奉公しているようなもので、自分の方の勝手向きが悪くなって迷惑するのは必定である。よって支払いは、少額のものから済ませ、たくさん有る方は払わずにおくのである。自分の手元に蓄えがたとえあったとしても、大晦日の夜に入って渡すのがよい。そうすれば、掛け取りは大方が待ちくたびれて『松の内には払いますよ』という言い訳を聞き届け、銭相場を偽ったり、銀の目方を軽くして誤魔化したりするのも構わず、まるで拾いものでもしたかのような気分で、少量の金を握りながら門を走り出るのである。そして、『さても情けないことだ。二度とこんな家とは商売はしないぞ』と心の中で誓っても、商売の習いとして、年が明ければすっかり忘れて昔の話となるのである。こうしたやり方は、商人として本来ならすべきことではないが、家計が苦しいことから思いがけない悪心も起こるのだ」。

ここに山城の国の淀の里に、山崎屋と言って、商売の種は親の代から油屋であったが、その家業の、油搾木《あぶらしめぎ》を叩いて絞り取る、その槌の音を嫌って、無用の綺麗好きを通したものだから、塵に交わっていた福の神は竹箒《たけぼうき》を恐れて逃げ出してしまわれたのであろうか。この家は次第に淋しくなって、毎年の銀高も減って、自ずから槌《つち》や油搾木《しめぎ》、碓《からうす》の音も聞かなくなり、いつともなく灯火の油も絶えてしまった。俄かに近くの宝寺で、昔のように富貴になることを祈ってみたものの甲斐なく、お足（金）のない手と身だけになっての思案では世渡りはどうしようもない。淀の小橋の下に魚はあれども、「網無くして淵を覗くな」という諺の通り、準備をせずには何事も成就しない。その網ではないが、阿弥陀仏を引き上げた弥陀次郎を慕っても出家することもならなかった。「とかくに身を捨てる思いで稼げば、諺の『遅牛も淀、早牛も淀』のように、遅くても早くても、いつかは廻り合せが良くなって再び家が栄えることもあろう」と、商売の道を替えて、鯉や鮒《ふな》を荷《にな》って京まで通ったのであった。そして淀の川魚は名物と宣伝して売ったところ、人も顔を覚えてくれて、淀の釈迦次郎と渾名《あだな》で呼ばれ、川魚を必要とする所では彼を待つほどになった。そうなってから、淀より手ぶらで京に行き、丹波・近江より都に運ぶ鯉や鮒を仕入れて一日に数限りなく売り捌《さば》けば、風味が格別だとの評判を得て、同じ鯉や鮒なのに、他の魚屋からは買わなくなった。商人というのは、ただ伝統から来る信用が大事なのである。その後、刺身を作って盛り売りを始め、五分（約六百七十円）、三分（約四百円）などの少額でも注文に応じたところ、京は台所のことにも抜け目のないところなので、客への馳走にもこれで間に合わせるようになり、次第に流行ったのであった。そして程なく分限になり、金銀を撒き散らして両替の店を出して、多くの手代を抱えるほどに繁盛した。そうなると昔の鯉売りのことは言い出す人もなく、身なりも自ずと都風になって、上層の新在家衆の衣装を真似て、油屋絹《あぶらやぎぬ》の諸織《もろおり》を憲法染めの紋付に仕立て、袖口には薄綿を入れて三枚重ねにし、小褄《こづま》を高くとらずに裾長くとって、同じ羽織でも豊かに見え、歴々の町人とは言わなくても分かるようになった。

たとえば、公家のご落胤《らくいん》やら大名の血筋であろうとも、先祖伝来の剣を売って食費とし、運は天に任せ、鎧兜《よろいかぶと》は質屋にあるのでは、万一の戦の時の役には立つまい。ただ知恵・才覚と言っても、世渡りに役立たなくては意味がない。一年の暮れほど、世間の締めくくりとして恐ろしい時はない。それを油断して十二月の中旬を過ぎてから準備をするのでは遅すぎる。何も心配することのない神社やお寺でさえ、御祈念の守り札や年玉用の扇などを用意するのに、まして職人や商人の家に、十三月があるような顔つきで構えていたのでは、貧乏の花盛りになることはすぐの話である。世間並みの年越しをしてこそ、新年の春を迎える心持ちも良くなるのである。薬代は分かっていながら払わず、丁稚に着せる布子は手染めの薄い色に仕立てて着せる程のせわしない内証では、いくら自分が主人だからと言っても楽しいはずがない。京の町にも様々な年の暮れの景色で、正月に備えて初春の歌を案じているのは、さすが都の風俗ではあるが、そうした豊かな人は稀で、多くは悲しく厳しい年の瀬を迎えている。

鯉屋の手代が独立して、小さな米の店を持ち、わずか銀五貫目（六百六十五万円）を元に、それを大豆を粉にするように細かくして方々に売り掛けて、これを集金したのだが、その取り立て先の小家作りの世帯の多くを見ると、この世の儚《はかな》さが身に染みてくる。はや十二月も二十八日、しかも小の月で明日が大晦日、つまり今日と明日とが決算日前で、そんな忙しい時期の片手間に、下機《しもばた》で木綿を一反織り上げてから、これを正月支度の品々に引き換える心積もりをしている。またある家では、金物を扱う屑屋《くずや》を呼び入れて、鏡台の金具、銅の網の鼠捕り、金属製の熊手一本、爪が折れた五徳一つを取り集めて、屑屋は銭百三十文（二千六百円）の値を付けたが、話は折り合わずに、値を付けただけで帰ってしまった。夫婦は人が聞いているとも知らずに「借金は最初から返すつもりはない。銭五百文（一万円）、天から降らないものか。それがあればゆったりと年男になれるものを」と言う。哀れなのは、まだ年端もゆかない娘で「もういくつ寝ると正月なのか」と聞くと親は「米がある時が正月だ」と睨《にら》みつける顔つきが恐ろしく、金を請求することなく門口から帰ってしまった。またある家では、言いがかりをつけるのが上手い女が、貧相な薄い唇を動かして「お前さんのところから、米代の催促が何度も来た。貸すも借りるも世の習いなのに、惨《むご》い言葉遣いで『首を引き抜いても今取ってみせる』と言われてから、亭主は震えが止まらなくなって、今になっても起き上がれません。四匁五分（約六千円）で首を抜かれるとは何とも口惜しいこと」と大声で泣けば、ともかく口争いをしても難しそうと判断して「しっかり養生してください。命があったら春にまたご相談」と言い捨てて帰ってしまった。また別の家に行けば、浅黄色を千草色に染直し、袖下に継ぎのあたった布子にお神酒を供えて喜び、「これは丈夫な着物だ。この十七、八年も、冬の間は質屋にあって、ここに戻って正月を迎えることになるとは、目出度いことだ」と言う。そんな所へ行きがかって「勘定を済ませましょう」と言うと、十八匁二分（約二万四千円）の請求額に「壱匁六分（二千百三十円）数ひとつ」と書付けた包みを置き、しかも「これはお前さんの分として、質の悪い銀をわざわざ目方も量って用意しておきました。いやならいやで結構ですよ」と、猫の蚤《のみ》を取りながら応対さえまともにしない。これも仕方なく、取らないのはそれだけの損になると取って帰る。それから又ある方へ行けば、亭主は外出していて、器量は人並みの女房が、髪もいつもよりは美しくして、帯も常のものとは違って外出用のものを締め、『薄雪《うすゆき》物語』『伊勢物語』などの草紙を広げて、多くの掛乞《かけご》いの中に交じって「正月はどの芝居が流行るだろうか」とさもゆったりした有りさまで居る。「こちらのご亭主はどこへいらしたか」と問うと、「年老いた女房が気に入らないようで、私を置き去りにして行ってしまいました」と何やら意味ありげに笑いかかる。「それならもう離婚されたらよい。その後夫はあんたか、それともそっちの人か」とふざけて、掛け取り帳は心の中で帳消しにして家に帰ってしまった。

人は賢いように見えても愚かなものだ。借金のある家にも、様々な計略を立てる者がいるから油断してはならない。たとえば、多くの取引をするとしても、その相手と次第に仲良くなるようなことのないように、日頃から用心することが商人の秘訣である。親しくなって良いこともあるが、それは稀なことだ。手付けの保証金を取って物を売ったとしても、前に売り掛けた品の残金が嵩《かさ》むようになったら、その取引相手との関係は断った方が良い。その売掛金に未練を持つと、後でさらに大損をすることになる。誰でも人は欲心で先が見えないようになるからである。この米屋も、現金のやり取りのみで、俵《たわら》などの大口の扱いをしない量り売りをした四、五年は、儲けが増えたのであるが、ある時、西陣の絹織屋へ俵米を売り始めて、保証金を元に商品を売り掛ける方法をとったものの、年々に売掛金が膨らんで、算用は合いながらも、回収できないために現金が不足してしまい、資金繰りがつかず、結局は米を搗《つ》く碓《からうす》の音も絶えて、弦掛升《つるかけます》だけが残った。とかく掛商いには分別が必要だ。

〈語釈〉
○**人の翺は早川の水車のごとく……**　同様の文章が巻六の四冒頭にも見出される。夜昼に七十五里云々は未詳。○**年波**　年数の経過を波にたとえたもの。○**大節季の闇事**　大晦日は月の出ない闇夜であることに、収支決算の恐ろしい時であるの意をかけたもの。○**無常を観ずる**　仏教思想で、一切万物が生滅・変化してとどまらないと観ずること。生命のはかなさを知ること。転じて諦めの境地に達すること。無常―鐘の音（金袋）。○**広敷**　台所の土間につづく板の間。○**飛鹿子**　とびとびに染め出した鹿子絞り。○**胸が踊り**　胸がどきどきする。正月―盆―踊り。○**松原越て**　盆踊り歌、松原踊りの一節。松―年始のかざり。○**山草**　松飾に使う羊歯《しだ》。ウラジロ。数の子同様正月の必需品だが、ともに身近で安価なものであった。○**借銭の渕**　借金の多いことを危険な渕にたとえたもの。借銭―渕―瀬（年の瀬）。○

瀬越　川の早瀬を越すこと。困難や危険をのりこえること。○**人奉公**　他人の利益のために奉仕するような無駄な骨折り。○**松の内と云断り**　残額は門松が取れないうちに支払うという言訳。○**銭の仕かけ**　銭と金銀の間の相場を自分に有利に偽って換算して支払うこと。○**淀の里**　京都市伏見区南西部。淀川の起点。○**山崎屋**　淀の対岸山崎は中世から荏胡麻《えごま》油の製造が盛んであったが、山崎油は近世に入り菜種油に押され凋落《ちょうらく》したという。山崎―油。○**福の神は塵にまじはり給ひ**　「和光同塵」を「塵に交はる神慮《かみごころ》」（謡曲「春日龍神」）と解する発想があり、これによった表現。塵―神の誓。○**碓**　油の原料の荏胡麻・菜種を碾《ひ》く臼。○**宝寺**　山崎の補陀洛山宝積寺《ふだらくさんほうしゃくじ》の別称。昔のような財宝を宝寺に祈願したの意。○**手と身になる**　お足（銭）がなくなり無一文になる。体一つになる。○**小橋**　宇治川にかかる淀の小橋。○**弥陀次郎**　淀の漁師の悪次郎は、投網で水中から金色の仏像を得、発心して弥陀次郎と呼ばれたという。宇治、西方寺の本尊縁起に引かれる伝説上の人物。○**跡たれて**　手本として。ならって。「本地垂迹《ほんじすいじゃく》」の「迹《あと》を垂る」をきかせたもの。○**しにせ**　似せてすること。仕似せる。代々の家業を守り継ぐこと、長い間商売をして店の信用が出ること。老舗は名詞形。○**京は台所の事せちかしこく**　京都のしみったれは巻四の三に既出。諺に「京の去《いに》品《しな》の茶漬挨拶」「京の立品《たちしな》挨拶」。食事を振る舞う気はないのに声だけはかけるという。○**金銀蒔ちらして**　両替商に限らず新規開業には同業者仲間への礼金・振舞をする慣習があった。○**新在家衆**　御所の南西角、新在家には富豪や文化人が住み上層町人独特の風俗・文化を形成していた。○**昔の劔の売喰**　諺「昔の劔今の菜刀」をもじり、役に立たない家重代の刀を売って食費にあてるとした。○**運は天に具足は質屋に……**　諺「運は天に有り」「運ハ天ニ在リ、吾ガ刀ハ質屋ニ在リ」（醒睡笑、巻五）。○**十三月なる顔つき**　一年が十三ヵ月あると思っているような呑気な顔つき。○**初春の歌**　新春宮中の清涼殿で行われる御会始《ごかいはじめ》（現在の歌会始）の兼題の和歌。○**小の晦日**　陰暦では月の大小は不定で、大の月は三十日、小の月は二十九日が晦日《みそか》となる。○**下機**　主に木綿を織るのに用いられる丈の低い機《はた》。○**公事たくみ**　巧みに言いがかりをつけること。理屈をこねるのが上手いこと。○**千種に色あげて**　千草色はわずかに緑がかった淡い青。褪《あ》せた浅葱《あさぎ》色（薄い藍色）の上に更に薄い藍をかけること。○**御三寸**《おみき》　御神酒《おみき》。神前に供える酒。古着に献じてふざけている様。○**人の蔵**　質屋の蔵。冬の間入質しておき正月用に請け出すことを十七、八年間繰り返していたということ。○**壱匁六分数ひとつ**　銀包みの上書きには目方と数を明記するのが作法。○**薄雪・伊勢物語**　恋文のやりとりを中心とした仮名草子に『薄雪物語』がある。『伊勢物語』は最古の歌物語。ともに恋愛をテーマとしている。○**暇**　夫や主人に願い出て夫婦・主従の関係を解消する。離縁する。○**敷銀**《しきがね》　売買・貸借などの証拠金。手付け金。敷金《しききん》。○**はかり売**　客の求めに応じて量って売ること。米俵は通常玄米四斗乃至四斗五升入りであるが、これを精白し升で少量ずつ量り分けて販売する。○**置替**　一定量の敷金を預かり商品を納入する販売方法。決算期に不足分を追徴し、余剰分は次期に繰り越す。○**碓**　玄米を精白する踏み臼。前出油の原料を碾く臼と照応。○**釣掛升**　口辺の対角線に鉄の弦《つる》を張った枡。同一規格に統一され枡座の検定のあるものを使用する定めであった。京枡。

〈挿絵解説〉

上げ見世に座り煙草盆を前にキセルを吹かす客と、小粒銀の入った皿と紙を敷いた小判を左右に、背後に銀袋を置いた手代が天秤で銀貨を計量している様。店先では頬被りに尻ばしょり、脚絆を巻いた釈迦次郎が魚を見せており、盤台に天秤棒を通した拵えは、いかにも川魚の行商らしい姿である。

〈解説〉

『永代蔵』の中でも極めて分量の多い本章は、売掛金の受け払いの心得を記した前置き、川魚の行商から両替屋を開業した致富談、その手代が独立して米屋を始め掛商いの末に破産した経緯の三つの部分から成っている。

冒頭、売掛金は全額回収するのは不可能と見極めて三分の一程度と見積もって商売するのが才覚であるとし、掛金は取り易い所から先に集めること、相手に同情して諦めたりせずねちねちと口煩く持ちかけるようにするものだという商い上手の言葉が諺や縁語を多用し、おどけて記される。更に続けて、欠損を見込んで相場より高値で掛け売りするのは納得ずくの世間の習慣なのだから、支払う側も極力先延ばしにして相手に厭がられても気にしないという秘訣が提示される。意地悪く厭味な態度で対応するのが世渡りの知恵であるとする教訓は、売掛金が滞るのが当り前になった経済状況に即応したものである。言い換えれば、荒廃した心の持ち主でなければ生き残れないような世の中になってしまっているということなのである。

奇麗好きが高じて親代々の油屋を没落させ、心機一転淀の川魚の行商で信用を得て釈迦次郎と異名をとった男は、後には丹波や近江から運ばれる鯉・鮒を仕入れて商ったが、外の者の魚とは味が違うともて囃され繁盛した。近国産の川魚を美味と定評のある淀川産としたのは偽装販売なのだが、これをしも西鶴は「商人は只しにせが大事ぞかし」と評している。作者はここで、商人にとって最も重要なはずの信用（＝しにせ）すら実は当てにならないものであるという現実をも同時に茶化しているのである。同業者に多額の礼金や饗応をして両替商に転身した鯉屋は、スタイルも都風となり、お歴々の仲間入りをするに至ったという。狡賢《ずるがしこ》く変り身の早さで伸《の》し上がったこの男の成功談を西鶴は、網も持たずに淵を覗いた殺生を

する魚屋の渾名《あだな》を釈迦次郎としたり、「金銀蒔ちらして」のように軽妙な文体で描いている。鯉屋が身を置くことになった京都の上流階層の優雅な暮らし向きとは対照的に「悲しき渡世の人」が多いことが、独立して米屋を開いた元手代の見聞として次に記される。

　大晦日目前の忙しい中で木綿布一反を織り上げ、その代金で正月用品を整えようとする家。がらくたを集めて古鉄買いを呼び込み、二千六百円の値で折り合わずに帰った後で夫婦が、借金は最初から払う気はない、銭五百（約一万円）空から降って来ればゆっくりと年が越せるのにと話し、可愛い盛りの娘が「もういくつ寝るとお正月か」と聞くと、「米のある時が正月だ」と睨む父親の顔が怖ろしく、掛金の請求もしないで帰ったという。ある家では難癖をつけそうな女房が、厳しく催促されて亭主が寝込んでしまったが僅か六千円の金で首を引っこ抜かれるのは口惜しいと声を上げて泣くので即座に退散し、別の家では代金の一割にも満たない銀を差し出され、「嫌ならよせ」と言われ取らなきゃ損すると立ち帰る。亭主がドロンを決め込んだ家では、恋物語を読みながら借金取りと芝居の噂をする女房が、「置き去りにされた」というので冗談を返して帰ったという。貧家の窮状を前に無常を観じて諦めてしまう米屋の姿は、冒頭に示された商い巧者の言とは全く裏腹である。

　最終段落で教訓的発想に立ち戻った作者は、現金売りをしていた四、五年は経営状態が良かった米屋が俵米の置き替え商法に手を出し、掛金の回収が出来ずに破産したとして、掛け商いには注意しなければいけないと結んでいる。だがこれは明らかに詭弁であり、前段にあるように量り売りの米でさえ掛けにせざるを得ず、その徴収すらままならないのが現実だったのであり、売掛金の焦げ付きは世の中全体に広がっていたということなのである。

「只智恵・才覚といふも、世わたりの外はなし」とあるように、世渡り上手で成功した鯉屋と、これとは対照的に貧者に同情する心の持ち主である米屋の没落談を併記することで西鶴は、当時の経済状況が人間の心を荒廃させてしまう体のものであることを的確に描き出している。そうした世の中を乗り切るためには、回収率を三割と見極めて化けすまし、思いやりや人情味とは縁遠い強靱な心がなければならないはずである。本章はそうした世の中を、油屋と米屋の碓の音が共に聞こえなくなったと照応させ、滑稽な表現や文飾を駆使して戯謔的に表現している。同時代の嘆かわしい様相を西鶴は苦笑しながら描出しているのである。

第三　大豆《まめ》一粒《りう》の光《ひか》り堂《だう》

鉱《あらがね》の土割《つちわり》手づからに畑《はた》うち、女は麻布《あさぬの》を織延《をりのべ》、足引《あしびき》の大和機《やまとばた》を立《たて》、東《ひがし》あかりの*朝《あさ》日《ひ》の里に、川ばたの九介とて小百性《こひやくしやう》ありしが、牛さへ持《もた》ずして、角屋《つのや》作りの浅ましく住《すみ》なし、幾秋《いくあき》か*壱石《こく》二斗の御年貢《ねんぐ》をはかり、五十余迄同じ顔にて、年越の夜に入《いり》て、ちいさき窓も世間並《なみ》に、*鰯《いはし》の首《かしら》・柊《ひらぎ》をさして、目に見えぬ鬼《をに》に恐《をそ》れて、心祝《こころいは》ひの豆うちはやしける。夜明《よあけ》て是《これ》を拾《ひろ》ひ集め、其《その》中の一粒《りう》を野に埋《うづみ》て、「もし、*賁豆《いりまめ》に花の咲《さく》事もや」と待《まち》しに、物は諍《あらそ》ふまじき事ぞかし、其《その》夏あを〳〵と枝茂《えだしげ》りて、秋は自《をのつ》から実入《みいり》て、手一合《がふ》にあまるを溝川《みぞかは》に蒔捨《まきすて》、毎年かり時《どき》を忘れず、次第にかさみて、十年も過《すぎ》て八十八石になりぬ。是《これ》にて大きなる灯籠《とうろう》を作らせ、*初瀬《はせ》海道《かいだう》の闇《やみ》を照《てら》し、今に*豆灯籠《まめとうろう》とて光りを残せり。

此《この》九助、此《この》心から次第に家栄《さか》へ、諸事の物、つもれは大願《たいぐはん》も成就《じやうじゆ》する也。*田畠《たはた》を買求《かいもと》め、程なく大百 性《おほびやくしやう》となれり。折ふしの作り物に肥汁《こやし》を仕掛《しかけ》、間《あひ》の草取《くさとり》、水を掻《かき》ければ、自《をのづ》から稲に実《み》のりの房振《ふさふり》よく、木綿《きわた》に*蝶《てふ》の数《かず》見えて、人より徳を取《とる》事、是天性《これてんせい》にはあらず、朝暮《てうぼ》油断なく、鋤鍬《すきくは》の禿《ちびる》程はたらくが故《ゆへ》ぞかし。万《よろづ》に工夫《くふう》のふかき男にて、世の重宝《てうほう》を仕出《しだ》しける。鉄《くろかね》 の爪《つめ》をならべ、細攫《こまざらへ》といふ物を拵《こしら》へ、土《つち》をくだくに、是《これ》程人のたすけになる物はなし。此外《このほか》、*唐箕《たうみの》・*千石通《せんごくどを》し、麦《むぎ》こく手業《てわざ》もとけしなかりしに、鉾竹《とがりだけ》をならべ、是《これ》を*後家倒《ごけだをし》と名付《なつけ》、古代は二人して穂先《ほさき》を扱《こき》けるに、力《ちから》も入《いれ》ずして、しかも一人して、手廻《てまは》りよく是《これ》をはじめける。其後《そののち》、女の綿仕事《わたしごと》まだるく、殊更《ことさら》*打綿《うちわた》の弓、やう〳〵一日に五斤《きん》ならては粉馴《こなれ》ぬ事を思ひめくらし、もろこし人《びと》の仕業《しわざ》を尋《たづ》ね、唐弓《たうゆみ》といふ物はじめて作《つくり》出し、世の人に秘《かく》して横槌《よこづち》にして打《うち》ける程に、一日に三貫目づゝ、雪山《ゆきやま》のごとく繰綿《くりわた》を買込《かいこみ》、あまたの人を抱《かゝ》へ、打綿《うちわた》、幾丸《いくまる》か江戸に廻《まは》し、四五年のうちに大分限《だいぶんけん》になりて、大和に隠れなき綿商人《わたあきんど》と成《なり》、*平野村《ひらの》・大坂の*京橋、富田屋《とんだ》・銭や・天王寺屋《てんわうじ》、何《いづ》れも綿問屋《わたどひや》に、毎日何百貫目と云限《いふかぎ》りもなく、摂河《せつか》両国《りやうごく》の木綿買取《きわたかいとり》、秋冬少しの間に毎年利を得て、三十年余《あま》りに千貫目の書置《かきをき》して、其《その》身一代は楽《らく》と云《いふ》事もなく、子孫の為によき事をして、八十八にて空《むな》しくなりぬ。

死光《しにひか》りのして、折しも十月十五日浄土《じやうど》は願ひのまゝに、野辺《のべ》の煙《けぶり》になして、それ百ケ日も過行《すぎゆけ》ば、遺言《ゆいごん》の通りに*有原寺《ありはらでら》の法師を証拠《しやうこ》に、御非時《ひじ》の上にてゆづり状《じやう》の箱を開《ひらき》て見しに、「有銀《ありがね》一千七百貫目、一子九之助に相渡《あひ》し、なを家《いへ》屋敷・諸道具の義は書《かき》載《のする》に及ばず」。扨《さて》、親類のかたへ、それ〴〵の所務《しよむ》分《わけ》の書付読《かきつけよみ》しに、「*三輪《わ》の里の姨《をば》の方へ、手織《ており》の*算《さん》くづしの綿《もめん》袷《あはせ》ひとつ・紬地《つむぎぢ》の首巻《くびまき》・桑《くは》の木《き》の鐘木杖《しゆもくづえ》壱本、吉野の*下《しも》市《いち》に住《すみ》し弟《をとゝ》の方《かた》へ、三星小紋《みつほしこもん》の布子《ぬのこ》にもしの肩衣《かたきぬ》、是《これ》を送るべし。*岡寺《をかでら》の妹《いもと》に、花色《いろ》の布子《ぬのこ》に黒き半襟《はんゑり》のかゝりしを一つ、生平《きひら》の帷子添《かたびらそへ》てとらすべし。同姪《をなじくをい》に、病中下《びやうちうした》に敷《しき》たる立嶋《たつじま》の蒲団《ふとん》・中柑子《ちうかうじ》の革足袋《かはたび》一足《そく》、是《これ》は縫《ぬひ》ちゞめてはくべし。*唐竹《からたけ》の煙管《きせる》筒《づゝ》・*日《ひ》野《の》絹《きぬ》の頭巾《づきん》、此二色《このふたいろ》は、薬師《くすし》の中林道伯老《なかはやしだうはくらう》へ形見なり。柿染《かきぞめ》の夏羽織、袖の鼠《ねずみ》喰《くひ》を見えぬやうに継《つぎ》を当《あて》、寺同行《てらどうぎやう》の仁左衛門殿へ進《しん》ずべし」。家久敷《ひさしき》手代二人有《あり》けるに、壱人には、置《をき》ふるびし十露盤《そろばん》壱丁とらせける。又壱人には、つかひなれし秤《はかり》壱丁譲《ゆづ》りける。書置《かきをき》見ぬうちは頼もしく、何《いづ》れも開《ひら》くを待兼《まちかね》しに、いかな〳〵、金銀の事は壱匁モ書付《かきつけ》なくて、をの〳〵飽果《あきれはて》、「手前のよき親類も、銭銀《ぜにかね》の便《たよ》りにはならぬ物」と、今迄洒《こぼ》せし涙をやめて、此《この》家を見限《みかぎ》り、我《わが》里〳〵に帰りぬ。千七百貫目の銀《かね》は、一代の始末《しまつ》にて舒《のば》しければ、一門《もん》ほしがれはとて、沢山《たくさん》にやる筈《はづ》もなし。

此《この》九助、一生絹物肌《はだ》に着《き》ざる印《しるし》は、此度《このたび》の改めにてしれぬ。四十二の厄年《やくどし》に、絹の下帯《したをび》一筋はじめて買《かは》れしが、少しも汚《よご》れめつかず、其《その》まゝに有《あり》ける。親仁《をやじ》の身の廻《まは》りとては、右の通りの外なく、*藤巻柄《ふちまきつか》に胡桃《くるみ》の目貫《めぬき》の相口《あひくち》一腰《こし》、熟革《なめしかは》横ひだの巾着《きんちやく》に鹿《しか》の角《つの》の根付《ねつけ》、*長門練《ながとねり》の無地の印籠《いんろう》、是《これ》ならでは、世間道具《せけんだうぐ》ひとつもなかりし。九之助是《これ》を浅ましく思ひ、はや遺言状《ゆいごんじやう》を背《そむ》き、親類・手代迄も、それ〲に銀子《ぎんす》を分《わけ》とらせけるを、「親とは各別《かくべつ》の心ざし」と、人皆悦《よろこ》び出入申《でいりまうし》、むかしに替らず商売するうちに、有《ある》時、多武峯《たふのみね》の麓《ふもと》 里*二《に》王堂《わうだう》と云《いふ》所に、京・大坂の飛子《とびこ》の隠家《かくれが》をしるべの人にそゝのかされ、爰《ここ》にかよふ事つのりて恋の二道をかけ、奈良*木辻《きつじ》狂ひも程なくいやになりて、*今の都の*和国《わこく》・もろこし迄も*引舟《ひきふね》まかせに買つめ、やむ事なきを、母親の歎きて、*十市《とをいち》の里より色よき娘よびむかへしに、分里《わけざと》の美形《ひけい》を見なれたる目なれば、中〱是《これ》にてとまらぬ事を思ひとなり、母人《はゝびと》も終《つゐ》に果《はて》られし後《のち》、異見云《ゐけんいふ》人もなくて、万事を捨《すて》て年久敷《ひさしく》さはぎぬ。其後《そのゝち》は、下々《したく〱》迄も見かきりて、奉公外《ほか》になしける。され共《ども》、夫婦の中に、いつ共《とも》なふ男子《なんし》三人有《あり》て、家継《やつぎ》は気遣《きづか》ひなかりしに、いよ〱、九之助酒婬《しゆゐん》のふたつに身をせめ、八九年のうちに頼みすくなき身となつて、三十四の年に頓死《とんし》、驚くに甲斐《かひ》なく無常野《むじやうの》に送りける。

九之助も身の程は覚悟して、兼《かね》て書置《かきをき》したゝめ置《をき》しを、手代共《ども》あつまり、「若年《じやくねん》の人々なれば、跡《あと》の事共《ども》心もとなし。金銀はいづれもの中へ預《あつか》り、かた〱御成長《せいちやう》の時分相渡《あひわた》し申《まうす》べし」と、心底《しんてい》残らぬ内談《ないだん》、「石流《さすが》むかしのよしみ」と、所の人々是《これ》を感じ、先々《まづく》書置開《かきをきひらい》て見しに、皆々横手《よこて》をうちける社《こそ》道理なれ。有銀《ありがね》千七百貫目はつかひくづし、是《これ》は借銀《しやくぎん》の書置《かきをき》、興《けう》を覚《さま》しける。「京井筒《ゐづゝ》屋吉三郎殿、小判弐百五十両かり有《あり》。是《これ》は、悪所にて金子《きんす》の入《いる》事俄《にはか》なれば、借用《しやくよう》して恥をすゝぎければ、*義理のかり金なり。是《これ》は惣領《そうりやう》九太郎成人《せいじん》の後《のち》、随分《ずいぶん》かせぎ出し済《すま》すべし。大坂の*道頓堀《だうとんほり》にての遊《ゆう》興《けう》の分《わけ》の立《たゝ》ぬ事、一つ書《がき》にしてあるなれば、是《これ》は九二郎済《すま》すべし。此外《このほか》所々買《かい》かゝり、纔《わづか》三十貫目ばかりなれは、是《これ》は九三郎寄々《よりく》に済《すます》べし。家屋敷・諸道具は、所のさし引《ひき》に分散して相渡《あひ》すべし。跡《あと》の吊《とふら》ひは後家《ごけ》にさすべし。書置仍而如件《かきをきよつてくだんのごとし》」。

〈現代語訳〉

大豆一粒から出世して光を放ったお堂の話

夫は土割り用の柄の長い槌《つち》を手に持って畑を打ち、女房は麻布《あさぬの》を織り上げるために大和地方特製の手織り機を立てて動かし続けている。東の窓が明るくなった朝日の里に、川端の九助という小百姓が居たのだが、牛さえ持たずに、角屋作りの家に侘びしく住み、惨めな生活を送っていた。毎年幾秋か、一石二斗（三俵）の年貢を量り納め、五十過ぎまで同じ顔つきをして、年越しの夜になると、その小さい窓も世間並みに、鰯の頭や柊を刺して飾り、目には見えない鬼を恐れて、控えめなお祝い気分で豆を撒くのであった。夜が明けるとこれを拾い集めて、その中の一粒を野に埋めて、「もしかして、この煎り豆から芽が出て花が咲くことがあるかも知れない」と待ったが、物事はどうこう言わずにやってみなくては分からないものである。その夏に青々と枝が茂って、秋になれば自ずと実がなって、手一杯に余るほど取れたのである。それを溝川に撒き散らして、毎年の刈り時を忘れずにいたところ、次第に増えて十年過ぎには八十八石（約十六キロリットル）にまでなった。その代金で大きな灯籠を作らせ、初瀬街道に立てれば、その闇を照らして、今でも豆灯籠と言ってその光を残している。何事でも積もれば大願成就するものである。

この九助は、このような心掛けから仕事に励んだので、次第に家が栄えて、田畑を買い求めると程なく大百姓になった。季節の作物に肥料を十分に施し、田や畝《あぜ》の間の雑草を取り、水を掻けば、自然と稲が良く実ってふさふさとし、木綿も多くの蝶がとまったように花をつけ、他の百姓より多くの収穫があった。こうなったのは本人の生来の能力からではなく、朝夕油断することなく、鋤《すき》や鍬《くわ》がすり減るほどに働いたからに他ならない。そしてこの男は、様々に工夫を凝らして、世の中の重宝となる物を様々に作り出した。たとえば、鉄の爪を並べて、細攫《こまざらえ》という物を拵《こしら》えると、土の塊《かたまり》を砕くに、これほど人の助けになる物はなかった。他にも、唐箕《とうみの》、千石通しなども作った。また、それまでは麦を扱《こ》く手わざも、もどかしいものだったのに、尖った竹を並べ、これを後家倒しと名付けた。古くは二人して穂先を扱《こ》いたのに、一人で、しかも力も入れずに手回しよく行えるようになった。その後、女の綿仕事はまだるっこく、特に弓で綿を打つ作業は、一日仕事をしてもようやく五斤（約三キログラム）程度しか出来上がらない。ここに工夫は出来ないものかと、中国人のやり方を尋ねて、唐弓という道具を日本で初めて作りだした。そして世間には内緒にして、横槌で打ったところ、一日にして三貫目（約十一キログラム）ずつ綿が取れたので、雪山のように繰綿を買い込んで、多くの人を雇い、打ち綿をし、幾丸も江戸に出荷したところ、四、五年のうちに大分限となり、大和に知らぬ人のない綿商人となった。そして、綿問屋が多く集まる平野郷や、大坂の京橋にある、富田屋・銭屋・天王寺屋といった有数の綿問屋などに、毎日何百貫目という限りない量の綿を卸《おろ》し、摂津・河内両国の木綿を買い取って、秋冬わずかの間に毎年利を得ると、三十年余りにして千貫目（十三億三千万円）の身代となった。これを書き置きに残して、自分自身は楽をすることもなく、子孫のために良いことをして、八十八歳で亡くなった。

死に光りとはまさにこのことで、ちょうど十月十五日は十夜念仏の終わる日、極楽浄土は思いのままと野辺の煙となったのであった。そして百ヵ日を過ぎた頃、九助の遺言の通りに、有原寺の法師を立会人として招き、食事を供した後、遺言状の箱を開いてみると、「遺産金の千七百貫目（二十二億六千万円）は、一子九之助に相続させる。家屋敷や諸道具は書き残すまでもない」とあった。さて、親類の方はと見れば、それぞれに書き付けがあるので、それを読んでみると「三輪の里の叔母へは、手織の算崩《さんくず》し模様の木綿袷《もめんあわせ》を一着、紬地《つむぎじ》の首巻、桑の木の撞木杖《しゅもくづえ》一本を。吉野の下市に住む弟へは、三つ星小紋の布子に綟《もじ》の肩衣を譲る。岡寺の妹には、縹色《はなだいろ》の布子に黒い半襟《はんえり》を掛けたものを一着、生平《きびら》の帷子を付けて取らせる。同じく甥には、病中下に敷いていた縦縞の蒲団、うすい柑子色の革足袋一足を渡すので、これを縫い縮めて履くがよい。唐竹の煙管《キセル》筒、日野絹の頭巾、この二つは医者の中林道伯老への形見とする。柿色染めの夏羽織は、鼠が齧《かじ》った跡が分からないように袖に継ぎ当てをして、信者仲間の仁左衛門殿に渡して欲しい」とあった。また九助の家に永く奉公してきた手代が二人居たが、一人には使い古した十露盤《そろばん》一つを取らせた。またもう一人には、使い慣れた秤《はかり》一つを譲った。遺言状を見ないうちは、様々に期待して誰もが箱が開くのを待っていたが、いっこうに金銀のことは一匁ばかりも書き付けがなく、それぞれにあきれ果てて「金持ちの親戚を持っていても銭金の当てにはならぬもんだ」と今まで流していた涙を止めて、この家を見限り、それぞれの里に帰ってしまった。しかし、考えてみれば、この千七百貫目の銀は、九助一代の始末によって溜め込んだものなのだから、親戚一門が欲しがっても、おいそれと呉れてやるはずがないのは当然であった。

この九助、一生のうちに贅沢な絹物を着なかったことが、この度、遺言状の確認をして改めて分かった。それは四十二の厄年に、絹《きぬ》の褌《ふんどし》を一本初めて買ったのだが、少しも汚れ目が付かずそのままになっていたからである。この親父様の身の回りのものとしては、遺言状通りに違いなく、藤巻柄に胡桃《くるみ》の目貫の匕首《あいくち》が一本、なめし革横ひだの巾着に、鹿の角の根付、長門練の無地の印籠、これ以外には外出時の装身具は何も無かった。息子の九之助はこの親父の有り様を情けないことだと思い、遺産を受け取るとすぐに遺言状に背いて、親類・

手代までも、それぞれに銀子を分け与えた。「親父様とは格別に違ったお心ざしである」と周囲の人々はみな喜んで店に出入りをして、昔と変わらずに商売を続けた。多武峰《とうのみね》の麓《ふもと》の里の仁王堂に京・大坂の飛子（色を売る若衆）の隠れ家があり、ある時知り合いの人にそそのかされて、九之助は、此処に通いつめることになった。そうなると男色・女色の恋の二道をまっしぐらで、奈良の木辻町もほどなく嫌になり、今の都の太夫、和国・唐土までも、引船女郎に引かれるままに買って遊び、遊蕩《ゆうとう》が止まらなくなってしまった。母親は深く歎いて、十市《とおいち》の里より見目麗《みめうるわ》しき娘を嫁として迎えてはみたものの、色里の美女を見慣れている眼からすれば、その程度ではなかなかに遊蕩心が止まらず、その有り様を苦にして遂に母親も亡くなられた。その後、もう九之助に異見を言う人間も居らず、全てを忘れて長い年月を遊び暮らしてしまった。それからは下々の者たちまで九之助を見限って、奉公を蔑《ないがし》ろにしてしまった。しかし夫婦の中にいつともなく男子三人が生まれて、後継ぎの心配は無かったのだが、いよいよ九之助は色と酒の二つにおぼれて、八、九年のうちに病気がちの身となって、三十四歳で頓死してしまった。周囲の者たちは驚くにも今更仕方なく、野辺送りをするだけであった。

九之助も自分の行く末を覚悟していたと見え、かねてから遺言を書き置いていた。手代たちは集まって「三人の子供さんたちは皆若年であるので、遺産を渡すに心もとない。金銀は手代一同で管理をして、三人がそれぞれに成長した折に渡すことにしよう」と心を打ち明けて内談をしたが、近所の人たちは「さすが昔からの恩を忘れてはいない」と感じ入った。ところが、書き置きを開いてみて皆横手を打つほどに驚いたのも道理であった。あったはずの千七百貫目は全て使い果たし、残ったのは借金の書き置きであり、皆興醒《きょうざ》めするしかなかった。「京の井筒屋吉三郎殿には、小判二百五十両（二千万円）の借金。これは遊廓にて急に金が必要になったので、借りて恥を濯《すす》いだ義理のある金である。長男の九太郎が成人した後、一生懸命に働いて稼ぎ出して返して欲しい。それから、大坂道頓堀にての遊興費の未払い分を箇条書きにしてあるので、これは二男の九二郎が済ませること。この他に所々の掛け買いがあるが、僅《わず》かに三十貫目（四千万円）のことなので、これは三男の九三郎がそのうちに済ませること。家屋敷・諸道具は、土地の人の借金の代りに相手方に渡すがよい。後世《ごせ》の弔《とむら》いは後家にやらせること。書置き仍《よっ》て件《くだん》の如し」と、最後は、遺言状の形式に則った文章で結んであった。

〈語釈〉

○**朝日の里**　天理市長柄《ながら》町・佐保庄町辺の古名という。○**壱石二斗の御年貢**　年貢率を五公五民として一石二斗の年貢の倍の二石四斗の収穫があったことになる。これはおおよそ田二段の作柄に相当する。○**鰯の首・柊**　節分の豆まきに、鬼を追い払う呪《まじな》いに戸口や窓に挿す。○**煑豆に花の咲事**　有り得ないことがおこる意の諺「煎豆に花咲く」。○**初瀬海道**　奈良から佐保庄・柳本・三輪を経て桜井に至る上街道を初瀬への道としたものか。○**豆灯籠**　天理市柳本町長岳寺境内の真面堂《まめんどう》のことかとされている。○**田畠を買求め**　寛永二十年の田《でん》畑《ばた》永代売買禁止令施行以降も、実際には年季売り・質入れなどの方法で売買・譲渡が行われていた。○**蝶**　綿の花のつぼみ。○**唐箕**　穀物の実と秕《しいな》・籾殻などを選別する農具。漏斗状の上部から穀物を流し込み、風車などの送風器によって吹き分けるもの。中国伝来で元禄ころから普及したという。唐箕《とうみ》。○**千石通し**　傾斜した篩《ふるい》部分を通して搗米《つきごめ》と糠、玄米と籾とを選別する用具。貞享年間に江戸で発明されたという。千石簁《どおし》。○**後家倒**　台の上に細長い歯を立て並べた脱穀用の農具。稲扱《いねこき》・千歯扱。後家の手仕事を奪ったとの意。○**打綿の弓**　種子を取り除いた繰り綿をやわらかくする綿打は、竹製の弓に糸を張ったものを用いていたが、江戸初期に木製の弓に鯨の筋を張り横槌で叩く唐弓が、中国から長崎にもたらされたという。○**平野村**　大阪市南東部の地名、平野郷。近国一円の綿の集散地であった。○**京橋**　大阪市中央区。富田屋・銭屋は京橋に実在した木《き》綿《わた》問屋。天王寺にも綿問屋があった。○**有原寺**　天理市石上《いそのかみ》にあった在原業平旧跡と伝えられる寺。○**三輪の里**　奈良県桜井市三輪。○**算くづし**　三筋ずつ縦横に石畳状にした縞や模様。算木崩し。挿絵参照。○**下市**　奈良県吉野郡下市町。○**岡寺**　東光山竜蓋寺（通称岡寺）のあった、奈良県高市郡明日香村岡。○**唐竹**　昔中国から渡来した竹、また真《ま》竹《だけ》・淡《は》竹《ちく》の異名。○**日野絹**　上野国日野（群馬県藤岡市の内）産の絹。近江国日野を原産とする説があるが、『毛吹草』『類船集』『和漢三才図会』に上野国とあるので今改めた。単に日野とされることもある。○**藤巻柄に胡桃の目貫の相口**　藤蔓を巻いた柄に胡桃の彫刻をした目貫の匕首《あいくち》。○**長門練の無地の印籠**　牛革に黒漆を塗った長門国名産の印籠（和漢三才図会）。長門印籠。○**二王堂**　奈良県桜井市倉橋。仁王堂の飛子宿は『好色一代男』巻二の一に詳しい。○**木辻**　木辻鳴川と併称される奈良の遊廓。揚げ代二十一匁の小天神《こてんじん》が最高位の遊女（色道大鏡）。○**今の都**　「古の奈良の都」に対して京都をいう。○**和国・もろこし**　ともに島原の一文字屋七郎兵衛抱えの太夫。○**引舟**　上方の遊里で太夫に付き添い世話をする囲《かこい》クラスの遊女。引舟女郎。○**十市**　奈良県橿原市十市町。○**義理のかり金**　商売上の取引ではなく、対人関係の上で返却しなければならない義理のある借金。○**道頓堀にての遊興**　道頓堀付近の芝居茶屋や野郎宿での男色遊び。

〈挿絵解説〉
九助の家の庭仕事の情景。左面、磨臼《すりうす》の引き縄を男女が交互に引いて上臼を回転させ、籾磨りをしている。その奥の千石簁《どおし》からは玄米と籾とが選別されて流れ出ている。小屋の外では箕《み》を手にした女が塵・埃を風で飛ばしている。左端には米搗用の立臼と稲束が見え、画面上部には米俵が置かれている。帳面を手に煙管を吹かす算木崩しの着物の男は主人九助であろうか、右面の綿仕事を監督している。女が綿の実を綿繰車にかけて種子と繰綿を分離し、諸肌脱ぎの男二人が杠秤《ちぎばかり》をかついで打綿の計量をしている。もう一人片肌脱ぎの向こう鉢巻は綿荷を馬に積んでいる。女三人は塵除けの前掛けと姉さん被りをしている。

〈解説〉
冒頭部の「鉱の」「足引の」は土・山にかかる枕詞。機《はた》は東から採光しやすいように設置

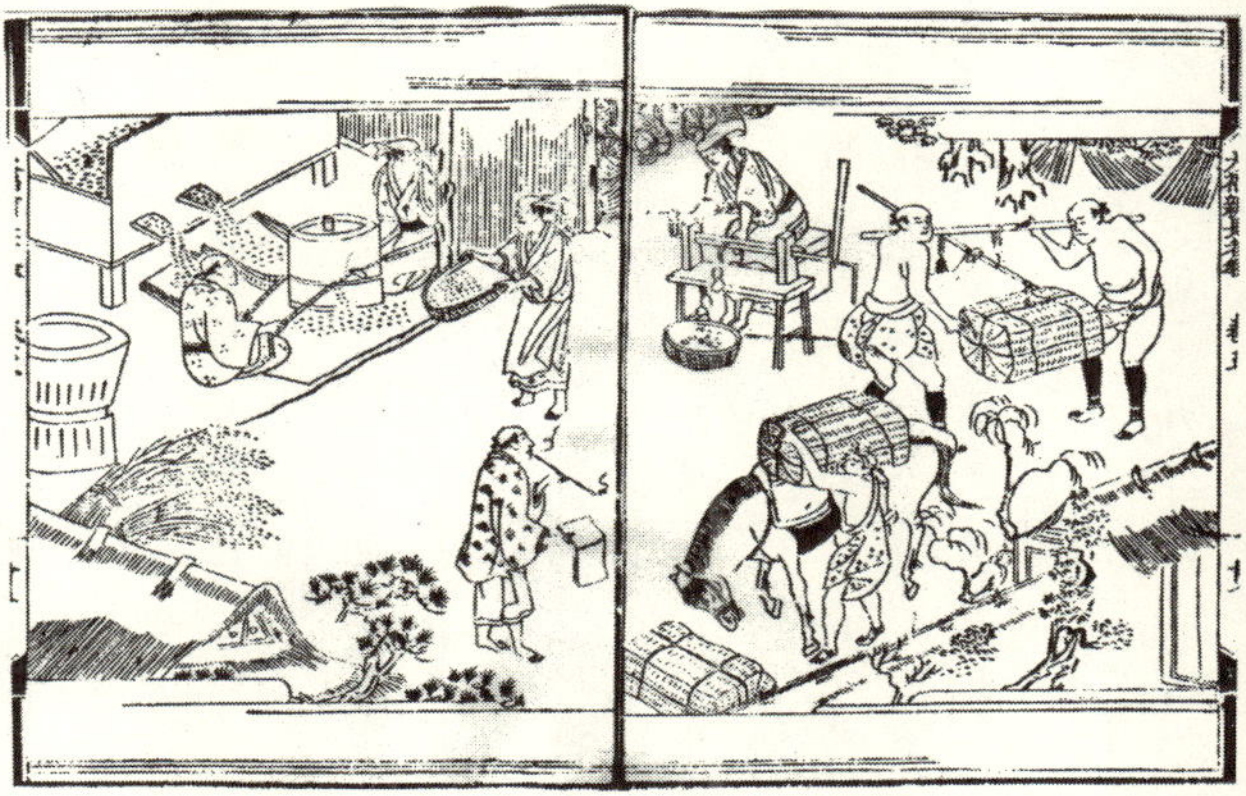

されるので大和《やまと》機—東あかり—朝日と続く。朝日の里の九助は節分の炒り豆一粒を埋め秋には約一合の収穫があり、これを溝川に蒔くことを繰り返し十年後には八十八石に嵩み、初瀬街道沿いに豆灯籠を作らせたという。これとそっくりな話が『譬喩尽《たとえづくし》』に「大和の菽堂《まめどう》」として載せられており、そこでは当初豆三粒から始まったとされている。当時そのような言い伝えがあって西鶴が利用したものか、逆にこの作品が元になって成立した伝承なのかは不明である。

　年貢高から推測して五十歳過ぎまで約二段（四、五十メートル四方）の田しか持っていなかった九助が田畠を買い求めるには、別途何らかの現金を必要とするはずだが、厳密に言えば出所は明らかではない。本文によれば、九助は人一倍熱心に耕作して大量の収穫を得、細攫《こまざらえ》、唐箕、千石簁を発明して作業効率を上げたとされているので、前記の豆の栽培と並行して、あるいはそれ以前から女房の織った麻布や綿その他の畑作物を売って現金収入を得ていたことが想定されているのであろうと考えられる。この現象は農業技術の発展などによって年貢収奪後も農民の手元に剰余が残るようになる寛文・延宝期の農村の事情と符節を合わせている。唐弓を発明した九助はこれを秘密にして打綿を大量に生産し、使用人を抱える家内工業によって、大和でも有名な綿商人に成長したという。

八十八歳で大往生した九助の遺言状の親類縁者への細々とした形見分けの品々は、家財全てを一子九之助に譲った彼の吝嗇な性格を端的に示しているが、そんな男が多くの人々の為に初瀬街道の闇を照らす灯籠を寄進したのは最大の謎である。恐らく西鶴は、当時の畿内平野に於ける綿産業の飛躍的発展や農機具の発明による生産力の向上という歴史的事象を九助一人の手柄に仮託して、文字通り「炒り豆に花の咲いた」御伽噺を構築したのである。枕詞や縁語を多用した書き出しや、川ばたの九助が溝川に豆を蒔き捨てて大きな豆灯籠を建立したなどの設定にはそうした作者の遊び心が見て取れるであろう。だが一方でそれは歴史学サイドで近世農業史の史料として利用される程のリアリティを備えてもいるのである。

遺言状に記された微笑を誘われるような形見分けの品々や生前の所持品を列挙することで九助の生活態度や性格までも表現した西鶴は、金にならないと見るや手の平を返して冷淡になり家に帰る人々の心の内をも同時に描き出し、「一門ほしがれはとて、沢山にやる筈もなし」と突き放している。こんなにまでして自分一人の為に莫大な資産を残してくれた父の所業を情けなく思った九之助は、遺言状に背いて親類や手代に銀を分配したので、人々は悦んで出入りし、商売も昔通りに継続したという。このように男気があって人の褌で相撲を取るような人物にありがちなように、九之助は酒色に溺れ若死にしてしまう。主人の乱行中は仕事を蔑《ないがし》ろにしていた手代達は、私腹を肥やそうとしたのであろうか、残された幼児のためにと遺産の共同管理を申し出るが、欲得ずくで反応する周囲の人々の思惑を見事にひっくり返したのが、全財産を蕩尽した挙げ句の借金の書き置きであった。

京の悪所での義理のある借金、大坂道頓堀の遊興費の不払い、諸処方々での買い掛りを、三人の子供が間違いなく返済し、家屋敷・諸道具は地元の不足分に分散し、死後の弔いは後家にさせよという至れり尽くせりの遺言状には、前章に描かれた荒廃した人心とは対照的な九之助の屈折した潔癖さが映し出されている。欲に右往左往する人々を嘲笑うかのように「書置仍而如件」の決まり文句が一篇の下げとして働いている。

勤勉と才覚、そして始末に徹した父親の致富談と、これとは対照的な二代目没落談を書き置きをセットに組み合わせた落とし咄は、単なるお笑い草に終わることなく、生産力の発展に伴って変化する関西の都市近郊の農村の姿を的確に描き、蓄積された富が呆気なく失われる様に至るまで余す所なく表現している。

第四　朝《あした》の塩籠《しほかご》夕《ゆふべ》の油桶《あぶらをけ》

*「是《これ》やこなたへ御免なりましよ。鹿嶋大明神《かしまだいみやうじん》さまの御託宣《ごたくせん》に、人の身袋《しんだい》は、『動《ゆるぐ》とも

よもやぬけじの要石《かなめいし》、商神《あきないかみ》のあらんかぎりは』との御詠歌《ゑいか》の心は、惣《そう》じて産業《すぎはひ》の道、翱《かせ》ぐに追付《をひつく》貧乏なし」と、言触《ことふれ》がいふてまはりしに、正直の耳にはさみて、壱文の銭をもあだにする事なかれ。むかし、*青砥《あをと》左衛門が松炬《たいまつ》にて鎌倉川をさがせしも、世の重宝《てうほう》の朽捨《くちすた》る事を惜《をしみ》ての思案ふかし。それは*西明寺《さいみやうじ》の御時にて、松・桜・梅を切《きつ》て薪《たきゞ》やをしても、抓取《つかみどり》のある世なり。今は*銀《かね》がかねを設《もうく》る時節なれば、中〳〵油断して渡世はなりがたし。

爰《こゝ》に、*常陸《ひたち》の国に其《その》身一代のうちの分限《ぶんげん》、十万両の鏐《こがね》が原《はら》と云《いふ》所に、日暮《ひぐらし》の何《なに》がしとて、棟《むね》高く屋作《やづく》りして、人馬《じんば》あまた抱《かゝ》へ、田はた百町にあまり、家栄《さかへ》て不足なし。すゑ〳〵の里人《さとびと》を憐《あはれみ》、慈悲《じひ》ふかく、此《この》人所の宝《たから》と、村の草木《くさき》もなびきける。始《はじめ》は纔《わづか》なる笹葺《さゝぶき》に住《すみ》て、夕《ゆふべ》の煙《けぶりほそ》細く、朝《あした》の米櫃《こめびつ》もなく、着類《きるい》も春夏《はるなつ》のわかちなく、只律義《たゞりちぎ》千《せん》万《ばん》に身をはたらき、夫婦諸共《もろとも》にうき時を過《すぐ》しぬ。朝《あした》は酢《す》・醬油《しやうゆ》を売《うり》、昼は塩籠《しほかご》を荷《にな》ひ、夕《ゆふ》ぐれは油の桶《をけ》に替《かは》り、夜《よる》は沓《くつ》を作りて馬かたに商《あきな》ひ、若き時より一刻《こく》も徒居《たゞゐ》をせず、毎年内証よろしくなりて、五十余《よ》迄に銭三十七貫延《のば》しける。此《この》男、商売に取付《とりつき》て此《この》かた一銭も損をしたる例《ためし》なく、年〳〵に利得《りとく》を求めたれ共《ども》、元《もと》すこしの事なれば、金子《きんす》百両になる事中〳〵むつかしく、漸《やうく》百両に積《つもり》て、それより次第に東長者《あづまちやうじや》となりぬ。然《しか》も、男子《なんし》ばかり四人ありて、何《なに》に不足もなし。

此所は江戸より程ちかければ、此《この》人の頼もしき事を聞及《きゝをよ》び、*長浪人《ながらうにん》の身を隠しかね、筋目《すぢめ》有《ある》かたより状を添《そへ》られ、鏐《こがね》の里に行《ゆき》てひたすら頼みけるに、此《この》男心ざし深く、藁葺《わらぶき》の庵《いほり》を渡して扶持《ふち》を分置《わけをき》けるに、後《のち》は七八人も有《あり》て物かしましけれど、牢人《らうにん》うれかたき世なれば、いづれも是非《ぜひ》なく里《さと》の月日をかさねぬ。此中《この》に、森嶋権六《もりしまごんろく》といふ男、すこし*こびたる者にて、学力《がくりき》あれば道を忘れず、かくやつかいになれる恩賞《をんしやう》にせめてはと思ひ、四人の子共《こども》に、*四書《しよ》の*素読《そよみ》をさせけるは殊勝《しゆしやう》なり。又、木塚《きつか》新左衛門といふ男は、中《なか》むす子を進め、三野色道《さんやいろみち》をおしへ、大分の金銀をつかはせける。宮《みや》口半内《くちはんない》と云《いふ》男は、小刀細工《こがたなざいく》き〻ければ、卯木《うつぎ》の耳攪《みゝかき》・鼠の作り物仕出して、明暮《あけくれ》油断なく情《せい》に入《いれ》、江戸の通り町に遣《つか》はし、五六年に銀子《ぎんす》ためけるは、此時《この》にいたりての才覚人なり。又大浦甚八《をゝうらぢんぱち》といふ者は、*小歌《こうた》・*小舞《こまひ》に気を移し、後《のち》には自《をのづ》から拍子《ひやうし》き〻て、人の為《する》程の事、習ひ得ずといふ事なし。又岩根《いはね》番左衛門と云人《いふ》は、其《その》さますぐれて大男、髭生《ひげをひ》て眼《まなこ》すさまじく、使役《つかいやく》にしても三百石が物は見えたり。然《しか》れ共《ども》、此人《この》形《かたち》に似《に》せぬ心入《こころいれ》、仏の道にかしこく、身をせ〻る蚤《のみ》を殺さず、足下《あしもと》の蚓《みゝず》を踏《ふま》ず、正直の頭《かうべ》ばかりは恐ろし。又赤堀《あかぼり》宇左衛門と云《いふ》男は、此身《この》に成《なり》ても鉄炮《てつぽう》を残し置《をき》、無用の盗鳥《ぬすみとり》、野山の狼《をゝかみ》を殺し、鞘咎《さやとがめ》・武勇達《ぶようだて》、年中我《わが》ま〻をふるまひける。それ〴〵の人心、かく替《かは》り有《ある》こそ浮世なれと、かくまへ置《をき》し主《あるじ》は、此《この》善悪をたゞさず置《をき》しに、世の*牢人改《あらた》めに、皆々所を送りける。

其後《そのゝち》、つら〳〵世上《せしやう》を見るに、色々《いろ〳〵》に成行《なりゆく》さまこそおかしけれ。書物好《しよもつずき》の権六《ごんろく》は、神田《かんだ》の筋違橋《すぢかひばし》にて*太平記の勧進読《くはんじんよみ》、好色《かうしよく》の新左衛門は、*十面《じふめん》新吉と名をよばれて、*田町に茶屋して、日比《ひごろ》きいたる口三味線《さみせん》、太鼓持《たいこもち》となれり。細工利《さいくきゝ》の半内は、*芝《しば》の神明《しんめい》の前にて、渋紙敷《しぶかみしき》ての小間物売《こまものうり》、今に編笠《あみがさ》おかし。音曲好《をんぎよくずき》の甚八は、又九郎が芝居に入《いり》て、やう〳〵口の世で抱《かゝ》へられ、朝から晩まで尤《もつとも》役につかはれ、身をそれになしける。武士顔《ぶしがほ》をやめざる宇左衛門は、心のごとく*乗馬《のりむま》に十文字《もんじ》をもたせ、先知《せんち》五百石の時にあひぬ。又、後生《ごしやう》ねがひの番左衛門は、いつしか墨染《すみぞめ》の袖となり、おのが姿も*大仏《をゝほとけ》のあたりにて、我と心をせめ念仏《ねぶつ》、申ても〳〵口惜《くちをし》き身の行《ゆく》するゑ。皆、知行《ちぎやう》も取《とり》し者の、死《しな》れぬ命なれば、かくはなりさがりける。

「是《これ》を思ふに、銘々《めい〳〵》家業《かげう》を外《ほか》になして、諸芸ふかく好《この》める事なかれ。是《これ》らも常々《つね〳〵》思ふ所の身とはなりぬ。かならず、人にすぐれて器用《きよう》といはるゝは、其《その》身の怨《あた》なり。公家《くげ》は敷嶋《しきしま》の道、武士は弓馬《きうば》、町人は、算用こまかに*針口《はりくち》の違はぬやうに、手まめに当座帳《ちやう》付《つく》べし」と、金《こがね》の有徳《うとく》人の、あまたの子ともに申《まうし》わたされける。

〈現代語訳〉

朝に塩籠を背負い、夕に油桶を担いでの商い

「これやこなたへ御免なさいましよ。鹿島大明神さまのご託宣に、人の身代は『揺らいでも傾くともまさか抜けぬであろう要石《かなめいし》、商売の神がいらっしゃるかぎりは』という御詠歌がありますが、その心と申すは、総じて生業の道は、常に精を出して働けば貧乏になることはない、ということでございますぞ」と、鹿島の言触《ことぶ》れが言いふらしている。これを真正直に受け取って一文の銭をも無駄にしてはならない。その昔、青砥左衛門が松明を掲げて鎌倉川に落とした十文（二百円）の銭を探させたのも、世の宝物がそのまま朽ち果てることを惜しむという深い心からであった。しかし、それは最明寺《さいみようじ》公の御代にて、松・桜・梅を切り、薪屋をしてもつかみ取りのぼろ儲けが出来たからであった。今は、金が金を儲ける時節なので、なかなか油断して渡世はできないものだ。

ここに常陸《ひたち》の国にて其身一代にて分限となり、十万両（八十億円）を蓄えた男が、その名も黄金が原という所に住んでいた。名を日暮《ひぐらし》の何某と言い、棟を高くした立派な家を建て、人と馬をたくさん抱えて、田畑は百町（百万平方メートル）を越え家は栄え、何不足ない生活をしていた。この男は、下々の里人まで憐れんで、慈悲深く接したので、土地の宝と村の草木もなびくほどであった。この人も初めは僅かな身持ちで笹葺《ささぶ》きの家に住み、夕餉《ゆうげ》の煙も細く、次の朝の米櫃《こめびつ》にも米はなく、着物も春夏の違いがなかった。ただ実直で身を粉にして働き、夫婦ともに辛い時を過ごしたのであった。朝には酢・醤油を売り、昼は塩籠《しおかご》を荷《にな》い、夕暮れにはこれが油桶《あぶらおけ》に代わり、夜は沓《くつ》を作って馬方に商った。若い時より一刻とて無駄にせずに働いたので、毎年次第に暮らし向きが良くなって、五十歳を過ぎると、銭三十七貫目

（約七十四万円）まで蓄えることができた。この男、商売に励んでこの方、一銭も損したことはなく、年々利得を得たのだが、元金が少ししかなかったので、金子百両（八百万円）になることは中々難しかった。それでも何とか百両を貯めて、それからは徐々に東長者となった。しかも、子供は男子ばかり四人あり、何の不足もなかった。

　ここは江戸より程近かったので、長い浪人生活で身の置き所のなくなった武士たちが、この人の頼もしいことを聞き及んでは、由緒のある所から紹介状をもらい、黄金の里に行き、庇護《ひご》を頼みこんだ。この人は、恩愛の情深く、藁葺《わらぶ》きの庵を浪人たちに貸し、扶持米《ふちまい》まで分け与えた。後には、浪人も七、八人になり喧《かまびす》しくなったが、大名に抱えられにくい時世なので、いずれも、仕方なくこの里で月日を送った。この中に、森嶋権六という少し学のある男が居た。人倫の道を忘れず、このように世話になっているお礼にせめてもということで、四人の子供に、四書の素読《そどく》をさせたのは殊勝なことであった。また、木塚新左衛門は、次男に勧めて、吉原遊廓での色の道を教えて、多くの金銀を使わせた。また宮口半内は、小刀細工が上手なので、卯木《うつぎ》で作った耳かき、鼠の彫刻を作り始めて、明け暮れ油断なく精を出して仕事をした。そして江戸の日本橋通り町に送って売り、五、六年の間に銀を溜め込んだのは、こうした浪人生活の中でも知恵を出せる、才覚人と言って良いであろう。また大浦甚八は、小歌や小舞に夢中になって、後には自ずと拍子も身につけて、人がするほどの芸事は全て習い覚えてしまった。また、岩根番左衛門は、その姿は見事な大男で、立派な髭が生えて眼が鋭く、武家の使者をさせれば三百石ぐらいで大名に抱えられるに違いない人物である。

ところが、この人は姿形に似合わぬ優しい心の持ち主で、仏の道に帰依し、身を刺す蚤を殺さず、足元の蚯蚓《みみず》を踏まず、正直者であるが顔つきだけは恐ろしかった。また、赤堀宇左衛門は、こんなに落ちぶれても鉄砲を残し持っていて、無用の密猟をし、野山の狼を殺し、鞘が触れたとして喧嘩をし、武勇を誇って、常にわがままな振る舞いをしていた。それぞれの人の心が、このように違っているからこそ浮き世なのだと、浪人を匿《かくま》っていた主は、行いの善悪を正すことなく過ごしていたが、公儀の浪人改めが行われて、皆所を追われることとなった。

その後、よくよく世間を見ると、この浪人たちが辿《たど》った行く末こそ面白いものだ。書物好きの権六は神田の筋違橋にて、太平記の辻講釈になり、好色の新左衛門は、十面新吉と名を呼ばれて、浅草の田町に茶屋を出し、日頃から得意の口三味線が人気を博して末は太鼓持ちとなった。また細工上手の半内は、芝の神明の前で、渋紙を敷いての小間物売りとなった。この時になっても浪人時代の編み笠姿なのがおかしい。音曲好きの甚八は、坂東又九郎座の芝居小屋に入って、ようやく喰うだけの給金で抱えられて、朝から晩まで「ごもっとも」と言うだけの端役に使われる役者人生を送ることとなった。また武士顔を止めなかった宇左衛門は、願った通りに馬に乗る身となって十文字槍《じゅうもんじやり》を持たせ、元の知行五百石の武士に返り咲いた。また、後生願いの番左衛門は、いつしか墨染の僧侶となり、自分の姿そのままの芝高輪の大仏の近辺に住んで、我が身と心を懺悔する念仏三昧の境涯となった。かく申すも口惜しいそれぞれの身の行く末、かつては知行を得た身ではあったが、おいそれと死ぬこともできない身なので、このように落ちぶれたのである。「これを思うと、各自家業を外にして諸芸を深く好むことがあってはならない。この浪人たちも、常々関心のある道で世渡りする身となった。人より優れて器用だと言われるのは、その身の仇《あだ》となって返ってくる。公家は和歌の道、武士は武術、町人は算用細かく天秤の針口を間違えぬように、こまめに当座帳を付けなくてはならない」と黄金が原の長者は、沢山の子供達にむかって申し渡された。

〈語釈〉
○**是やこなたへ御免なりましよ**　茨城県鹿嶋市の鹿島神宮の神の御託宣と称して触れ歩いた鹿島の事触れの常套句。以下鹿島の神詠とされる「ゆるぐともよもやぬけじの要石《かなめいし》鹿島の神のあらん限りは」をもじり滑稽化した構文。○**青砥左衛門**　青砥左衛門尉が鎌倉滑川《なめりがわ》に落した銭十文を松明《たいまつ》五十文を買って探させた故事（太平記、巻三十五）。○**西明寺**　鎌倉幕府の執権最明寺入道北条時頼。佐野源左衛門が廻国行脚中の時頼を秘蔵の梅・桜・松の盆栽を焚いてもてなし、後に領地を安堵されたという謡曲「鉢木《はちのき》」を薪屋の摑み取りと滑稽化。○**銀がかねを設る時節**　商業資本主義の時代を意味する語。○**常陸の国**　現在の茨城県の旧国名。後出「鏐《こがね》が原《はら》」は千葉県にあるが、主人公と想定される日暮玄蕃が水戸藩に所縁であったことからこう言った。○**長浪人の身を隠しかね**　江戸初期には浪人に対する規制が厳しく、江戸の町で宿を貸すには確かな保証人を必要とし、町奉行所に届け出ることとされていた（万治二年町触れ）。○**こびたる者**　学識や教養がある者。○**四書**　儒教の基本図書として重んじられた『大学』『中庸』『論語』『孟子』の四つ。○**素読**　意味内容にかかわりなくひたすら音読する漢文学習の基礎。素読《そどく》。○**小歌**　三味線の伴奏で歌う短詩型の流行歌謡。○**小舞**　女歌舞伎時代に始まり元禄のころにかけて流行した、小歌に合わせる舞踊芸。○**牢人改め**　浪人の追放・居住制限令、身元調査などの取締令は各地で繰り返し出されている。○**太平記の勧進読**　建武の中興から南北朝の内乱の様を描いた軍記物語『太平記』の講釈をして金銭を乞うこと。太平記読み。○**十面**　不機嫌な渋い顔、渋面の当て字。これを名字代りにした二つ名。○**田町**　浅草の田町、台東区浅草五、六丁目。吉原に隣接し編み笠茶屋と呼ばれる多くの茶屋があった。○**芝の神明**　芝増上寺の東、港区芝大門一丁目の芝大明神。周辺は江戸屈指の盛り場となった。○**乗馬に十文字をもたせ**　十文字は左右に刃の突き出た十文字槍。馬上で供に槍を持たせる格式の侍身分。○**大仏**　芝高輪にあった如来寺の俗称。本尊五智如来が一丈の大仏であった。「おのが姿も」は番左衛門が大男なのに掛けた表現。○**針口**　銀貨を量る天秤中央の針が平衡を示す箇所。

〈**挿絵解説**〉

小金長者の家の食客達。障子の手前の部屋では森嶋権六が前髪立ちに振袖、若衆姿の少年に素読をさせており、背後には書物が積まれている。その横では鉈《なた》を脇に置いた宮口半内が卯木であろうか小刀で削り出している。木刀で立ち会う赤堀宇左衛門の相手をする総髪で髭の男は岩根番左衛門であろうか左八双の構えである。後の壁にはたんぽ槍が掛けられている。

〈解説〉

家業大切に油断なく働くべき旨を喩した教訓で首尾照応させ、日暮某の致富談とその家に身を寄せた浪人達の姿を描いた本章は、畿内の畑作先進地域を取り上げた前章から、武家の町江戸の近郊に話題を転じたものである。冒頭の教訓は、鹿島の神詠をもじって「稼ぐに追いつく貧乏なし」としたり、謡曲「鉢木」を薪屋のボロ儲けと滑稽化していることからも解るように、巫山戯《ふざけ》半分になされている。

笹葺きの小屋に住む主人公は、朝は酢・醬油、昼は塩、夕方には油の行商をし、夜鍋仕事に馬の草鞋を作って売るという勤勉さであった。零細な商売を重ねて五十歳を過ぎても銭三十七貫、小判に換算して九両一分、百万円には手の届かない資産しか持てなかったが、漸くのことで百両に辿り着いてからは次第に成長して、大きな家も建て、多くの人や馬も抱え、田畑百町（百ヘクタール）余りを所有する東長者になったという。ここに記されたような営業形態で、五十歳までに蓄えた金額の十倍以上の八百万〜一千万円に相当する金を手にすることが出来るとは考えられないが、行商から大規模な店舗商いに変わった等々の事は何も記されていない。仮に刻苦精励して百両儲けたとしても、ゼロから出発して百町余り、一キロメートル四方の田畑を所有するには、その金で周囲の土地を購入しなければならない。厳密

には、質に取ったり年季を定めて借り受けたりして獲得するわけで、そうした土地の売買は実際には広く行われていたが、トラブルが発生して訴訟になり、寛永二十年の禁令に違反する永代売りと認定されると処罰されるリスクを伴う。更には、農民を雇い入れて耕作させるなどの営農規模の拡大があったはずなのだが、前章にあった「田畠を買求め」の文言すらここには見出されない。

下々にも憐みをかけ人望もあったとされているから、あくどいことをした形跡もなく、読者としては、真面目に一生懸命働いてこんなに立派になったのだと思い込まされてしまうのだが、現実はそんな甘いものではないことを作者は十分弁《わきま》えていたはずである。水戸藩所縁の日暮玄蕃に遠慮したのであろうか、致富の経緯を曖昧にした西鶴は、頬被りを決め込んでいるらしい。

　そうした恍《とぼ》けた筆致は、日暮家の食客となった浪人達を面白可笑《おか》しく描いた部分にも見出すことが出来る。学問があり人の道を心得ていた森嶋権六は、四人の子供に勉強を教える殊勝な男であったが、橋のたもとで『太平記』の勧進読みをする物乞い同然の身の上になってしまった。好色者の木塚新左衛門が茶屋を開いて太鼓持ちとなり、音曲好きの大浦甚八が芝居の仲間入りをしてちょい役で使われたというのは順当なところかもしれないが、大男で厳《いか》つい顔付きだが仏の道を知り虫も殺せないような心情の岩根番左衛門は、乞食坊主に成り下がってしまったという。小刀細工が得意で小金を貯めた才覚者の宮口半内は、路上の小間物売りになったので恥じて編み笠を被っているのもおかしいことであった。中で突出しているのが、鉄砲を手元に置いて鳥や狼を殺し、人には暴力を振るう我儘放題の赤堀宇左衛門が、武士顔を止めなかったのが幸いして五百石取りの侍に返り咲いたという件《くだ》りであろう。これ自体武士を小馬鹿にした設定であるが、江戸時代初頭以降武芸の優秀な侍よりも計算高く官僚として有能な人物が出来出頭《できしゅっとう》として出世するという皮肉な現象が見られ、西鶴も武家物の中で言及している。従ってこの部分は、まさかそんなこともあるのかという二重の可笑味《おかしみ》を持っているのである。

皮肉たっぷりに浪人達の成り行きを記した西鶴は、最後に「金の有徳人」の口を借りて一見尤《もっと》も至極な教訓によって一篇を結んでいる。家業以外の諸芸に専心すると彼らのように落ちぶれてしまうから、公家は和歌の道、武士は表芸の武術を大事にし、町人は算用を細かくして当座帳を手まめに付けるようにしなさいというのである。主人公は水戸家の小金御殿の預かり役日暮玄蕃と考証されているが、本章に描かれた致富談によれば、行商人の末なのか土地を集積した地主豪農なのか、それとも名字帯刀を許された武士の端くれなのか、得体の知れない存在となっている。家業の判然としない父親の大真面目な教えを聞いた四人の息子は、一体どうしたら良いのか解らないという珍妙な結末が本章のいわば落ちなのである。

第五　三匁五分《ふん》曙《あけぼの》のかね

*万年暦《まんねんごよみ》*のあふもふしぎ、あはぬもおかし。近代の縁組は、相生《あひしやう》・形《かたち》にもかまはず、付《つけ》ておこす*金性《かねしやう》の娘を好む事、世の習ひとはなりぬ。さるに依《よつ》て、今時の仲人《なかうど》、先敷《まづしき》銀《がね》の穿鑿《せんさく》して、跡《あと》にて「其娘子《そのむすめご》は片輪《かたわ》ではないか」と尋ねける。むかしとは各別《かくべつ》、欲ゆへ人のねがひも替《かは》れり。

淵瀬《ふちせ》に流るゝ恋《こひ》の川上《かはかみ》に、*久米《くめ》の更山《さらやま》さら世《せ》帯《たい》より、年月《としつき》次第に長者となり、美作《みまさか》にかくれもなき蔵合《ざうがふ》に立《たち》つゞきて、人のしらぬ大分限《だいぶんげん》万屋《よろづや》と云者有《いふものあり》。一代にのばしたる銀《しろかね》の山、夜《よる》は此精《このせい》うめき渡れど、貧者の耳に入《いる》事に非《あら》ず。然《しか》も奢《をごり》をやめて、棟《むね》も世間並《なみ》に、元日《ぐはんじつ》にも聟入《むこいり》の時仕立《したて》たる麻袴《あさばかま》にして、四十年此《この》かた礼義《れいぎ》を勤めける。世は何染《なにそめ》・何嶋《なにしま》が時花共《はやるとも》かまはず、*浅黄《あさぎ》の七つ星《ぼし》小紋《こもん》に*黒餅《こくもち》、着《きる》物は、花色より外《ほか》は紅葉《もみぢ》も藤色もしらず、幾春《いくはる》をか送りぬ。

蔵合《ざうがふ》といへる家は、蔵《くら》の数《かず》九つ持《もち》て富貴《ふうき》なれば、是《これ》又国のかざりぞかし。万屋《よろづや》はひそかなる手前者《てまへしや》、独《ひと》り子《こ》に吉太郎とて有《あり》しが、十三才の時、鼻紙に*小杉入《こすぎいれ》しを見て勘《かん》当切《だうきり》、*幡州《ばんしう》の網干《あぼし》に姨有《をばあり》しが、此許《このもと》に遣《つか》はし置《をき》、「*那波《なば》屋殿と云分限《いふぶんげん》を見ならへ」と、我子は捨《すて》て、其《その》後妹《いもと》が一子《し》を見立《みたて》、二十五六迄も手代並《なみ》にははたらかせけるに、其始《そのし》末《まつ》、すたれる草履《ざうり》迄も拾《ひろ》ひ集《あつ》め、瓜種《ふりたね》の用に里へ送るを見て気に入《いり》、是《これ》を子分にして家を渡し、相応《さうおう》の娵《よめ》を尋ねけるに、世間と替《かは》り、「成程《なるほど》*悋気《りんき》つよき女房《にうばう》ならば、我娵《よめ》にとりたき」との願ひ、世《よ》は広し、思ふまゝなる娘有《あり》て縁組をすまし、夫婦は隠居をかまへ、残らず渡されけるに、此跡取《このあととり》、金銀有《ある》に任《まかせ》て少し取出《とりいで》、手掛者《てかけもの》を聞立《ききたて》、旅子《たびこ》狂ひを心ざしけるに、彼娌《かのよめ》、約束のごとく悋気仕出《りんきしだ》し、声山立《こゑやまたつ》れば、世間憚《はゞ》かり、自《をのづ》から色遊びやめて、酒呑《のふ》で宵《よひ》から寝《ねる》より外《ほか》はなし。亭主内《うち》を出《いで》ねば、まして手代共《ども》灯《ともしび》の影に座を卜《しめ》て、慰みに帳面をくり、小者《こもの》は地《ぢ》算置《さんをき》ならひ、家の調《とゝのふ》事ばかりなり。始《はじめ》の程《ほど》笑ひし御内義《ないぎ》の悋気《りんき》のよき事、皆々思ひあたれり。

惣《そう》じて、親の子にゆるかせなるは、家を乱すのもとひなり。随分厳敷仕《ずいぶんきびしくし》かけても、大かたは、母親ひとつになりてぬけ道をこしらへ、其《その》身に過《すぐ》る程の悪遣《わるづか》ひする事ぞかし。烈《はげ》しきは其《その》子がため、温《ぬる》きは怨《あた》なり。此《この》万屋の夫婦相果《あひはて》られし後《のち》、姪《よめ》伊勢《いせ》参宮《さんぐう》して、下向《げかう》に京・大坂の遊山《ゆさん》、人のしやれたる風俗をみならひ、*姿を移せば心もそれになりて、悋気《りんき》いふ事初心《しよしん》とたしなみければ、亭主此《この》時と騒ぎ出《いで》、作病《さくびやう》をかまへ、所の養生《やうじやう》思はしからずと、上《かみ》がたにのぼり、若女《じやくぢよ》の二道《ふたみち》にそまりて、日毎《ひごと》に蒔《まき》ける程に、いつとなく恋にほころび、針《はり》を蔵に積《つみ》てもたまらず、久敷此家《ひさしくこのいへ》に住《すみ》なれし金銀に憎《にく》まれ、内蔵《うちくら》の福の神お留主《るす》なりし時やう〳〵夢覚《ゆめさめ》て驚き、商売《しやうばいをゝてい》大体に代《かへ》て、両替屋に見せ付《つき》広く、人の金銀かぎりもなく預《あづか》り、あなたこなたと手まはしして、二度《ふたたび》昔の身《しん》袋《だい》に取続《とりつゞ》くべき年の暮《くれ》、人の*内証は張物《はりもの》、大晦日《おほつごもり》の挑灯《てうちん》おそろ敷《しく》、「請払《うけはらひ》も、今宵《こよひ》一夜《や》を越《こせ》ば明日《あす》よりは自由なり」と、一銭も残らず済帳《すみちやうつけ》付て算用仕舞《しまへ》は、七つの鐘《かね》の鳴《なる》時、いかな〳〵*ちやんが一文なくて、*若ゑびす売呼込《うりよびこみ》たれ共《ども》、「ゑぼしきぬ夷《ゑびす》ならば買《かふ》」とて戻《もどし》ける。それより間《ま》もなく*門《かど》を扣《たゝき》て、兵庫《ひやうご》屋といへる人*革袋《かはぶくろ》持《もた》せきて、「小判千五百両有《あり》。来年預《あづけ》たし」と取出《とりいだ》し、「先程《さきほど》の利銀《りぎん》の内、三匁五分の*豆板《まめいた》、悪《あく》銀《ぎん》」と、出しける。此替《このかへ》なくて、身代《しんたい》顕《あらはれ》ける。

〈現代語訳〉

元日の夜明けに足りなかった三匁五分（約四千七百円）

万年暦の、日の吉凶や男女の相性が当たるのも不思議だが、はずれるのも面白いものだ。近年の縁組みは、相性や容貌などとは関係なく、持参金がたくさん付いてくる、金性《かねしよう》の娘を望むことが世の習いとなってしまった。それで今時の仲人は、まず持参金の多寡《たか》を穿鑿《せんさく》して、その後からその娘はどこか難があるのではないかと尋ねるのである。昔とは大違いで、欲のために、人の願いが変わってしまったのである。

恋の心のように、淵《さら》となり瀬となって流れる和気川の上流に、久米の佐良山があり、その「さら」ではないが、新世帯を持って年月が経ち、次第に裕福になった者がいた。それは、美作では知らぬ者のない長者の蔵合《ぞうごう》氏と肩を並べ、人には知られない大分限者となった万屋である。その身一代で稼いだ銀の山は、夜になればその銀の精が呻《うめ》き渡るのだが、貧者の耳に入ることはない。しかもこの万屋は、奢りをやめて家造りも世間並みにし、元日の装いも婿入りの時に仕立てた麻の袴を着して、四十年この方年賀の挨拶をしてきた。世の中では、何染、何縞が流行るとしても構わずに、浅葱《あさぎ》色の七つ星の小紋に黒餅の家紋を付けた着物は、花色より他に、紅葉も藤色も知らずに、幾春を過ごしてきた。

蔵合という家は、蔵の数が九つあり金持ちで位も高かったので、これはまた国の飾りとでも言うべき存在だった。それに比べて、万屋は世には知られぬ金持ちで、一人息子に吉太郎が居たが、十三歳の折に、鼻紙に上等な杉原紙を使っているのを知って勘当して親子の縁を切り、播州の網干《あぼし》に居る伯母のもとに送り、「那波屋殿という分限を見習え」と、自分の子は捨てて、妹の息子を見立てて、二十五、六歳になるまで、手代並みに働かせた。すると、その始末ぶりが見事で、捨てられた草履までも拾い集めて、瓜種《うりだね》の肥料にもと里へ送っている姿を見て気に入り、これを養子にして家を渡したのであった。そして、この息子に相応しい嫁を探し、世間とは違って、「なるべく嫉妬深い女が居たら、私共の嫁にしたい」と願った。世間は広いもので、そんな要望にもぴたりと合う娘が居て、縁組みを済まして、万屋夫婦は隠居の身となり、財産を全て息子夫婦に渡したのだった。この跡取り息子は、金銀が多くあることに気をゆるませて少し派手になり、妾になる女を探したり、少年の陰間狂いをしようとしたところ、かの嫁はまるで約束したみたいに嫉妬に燃え、大声を立てるようになった。夫は世間を憚《はばか》って自然と色遊びを止め、酒を飲んで日が暮れると寝るしか他はなかった。亭主が家を出ないので、手代たちは灯の下に座りこんで、気晴らしに帳面を広げ、丁稚は十露盤で計算を習い、家のためになることばかりであった。皆々、初めのうちは悋気深い嫁を取ったことを笑いもしたが、今となっては皆納得するのであった。

そもそも親が子に対して甘いのは、家を乱す元となる。ずいぶんと厳しく躾《しつ》けても、大体は母親と一緒になって抜け道を拵えて、その身に不相応な浪費をするものである。厳しいのはその子の為、手ぬるいのは仇《あだ》になるものである。この万屋の夫婦が共に亡くなった後、嫁が伊勢参宮をして、下向に京・大坂へ遊山し、他人のお洒落な装いや振る舞いを見習い、格好を真似すると、心もそれに従って、嫉妬の振る舞いをすることは野暮なことだと慎むようになった。すると亭主はこの時とばかりに騒ぎ出して、仮病を構えては、地元での養生は思わしくないと、上方へ上り、男色・女色の二道にはまって、毎日金銀を使ったところ、いつの間にか恋のために身代がほころぶようになってしまった。そうなると、蔵に針を積むようなもので金銀は貯まらず、長い間この家に住みなれていた金銀に憎まれるようになり、内蔵の福の神が居なくなってしまった時にようやく夢が覚めるように迷いから覚めて、商売を変えて大規模な両替屋を始めた。店の構えを大きくして、人の金銀を数限りなく預かり、あちらこちらに運用して、再び昔の身代にまで回復できそうな年の暮れ、人の内証は張り物という如く、内実は苦しいので、大晦日に提灯を見ると、現金を引き出そうとやってくるお客のことかと恐ろしく、「収支の勘定も、今宵一夜を越せば、明日よりはゆっくりできる」と、一銭も残らず支払って支払帳に付けて算用を済ました。もうすぐ夜が明けるという七つの鐘が鳴る午前四時頃、どうしても銭が一文もなくなって、若恵比須売りを呼び込んではみたものの、「烏帽子《えぼし》を被らない恵比須なら買おう」と言って戻してしまった。それより間もなく、門を叩いたのは兵庫屋という人で、革袋を持たせて来て、「小判千五百両（一億二千万円）がある。来年一杯預けたい」と言って取り出し、「先ほど受け取った利息銀のうち、三匁五分（約四千七百円）の豆板銀が悪銀だったので、替えて欲しい」と差し出した。ところが、この替わりの銀がなくて、万屋の内証がばれてしまったのである。

〈語釈〉

○**万年暦**　いつの年にも通用する暦。日や方角の吉凶、男女の相性等を記したもの。雑書・三世相の類。○**あふもふしぎ、あはぬもおかし**　夢や占いについて言う諺「合ふも不思議合はぬも不思議」のもじり。○**金性の娘**　持参金の多い娘の意。金性は雑書の用語で、人の性を木・火・土・金・水の五行に配した内の一。○**久米の更山**　岡山県津山市の佐良山。美作国の歌枕。ここまでさら世帯（新所帯）を導く序詞。○**七つ星小紋**　七曜紋を図案化した小紋模様。○**黒餅**　丸を黒く塗りつぶした紋所。○**小杉**　小さいサイズの杉原紙。小杉原を鼻紙に用いるのは遊里の伊達な風俗で贅沢品であった。○**幡州の網干**　播磨の国、兵庫県姫路市の港町。○**那波屋**　『長者教』の三長者の中に「なばや」の名が見える。播磨の国那波出身の京都の豪商那波屋を想定したもの。『町人考見録』によれば那波屋常有は二人の子供を手代同然に召し使ったという。○**悋気つよき女房**　嫉妬深い女房。『長者教』那波屋の言に「わがつま、うるさしといへども」とある。○**姿を移せば心もそれになりて**　流行の洒落た風俗・衣装をまねすると、心もそれに従って洗練され垢抜けて、嫉妬をはしたないと思うようになった。○**内証は張物**　内情は苦しくても世間体は立派に見せかけるのが世の常であるとの諺「世間は張り物」による。張り物―提灯―大晦日の夜。○**ちやん**　銭のこと。○**若ゑびす売**　京坂地方で元日の早朝に恵比須の像を印刷した札を売り歩いた。○**門を扣て**　店の大戸を閉めてしまった門口を叩いて。○**革袋**　革製の金入袋。千五百両は約二十七キログラム。通常は錠のある千両箱に収める額であるが、慌しく革袋で持ち込んだ。○**豆板**　豆板銀。重量五匁前後の小玉銀。悪銀は品質の悪い粗悪な銀貨や贋銀。

〈挿絵解説〉

伊勢内宮五十鈴川にかかる宇治橋の鳥居の前の情景。右面は宿駕籠《しゆくかご》を吊らせた万屋の嫁の一行。奇特頭巾《きどくずきん》に笠をかぶり立涌《たちわき》模様が嫁、帆掛け舟の模様でお端折《はしょ》りをしているのは乳母であろうか、角前髪《すみまえがみ》で横縞の丁稚らしき男も付き添っている。懐手あるいは突袖《つきそで》めいた着こなしの土地者らしい男がこれを注視しており、前髪の男の紋は駕籠の敷物に類似した梅鉢である。戯《じゃ》れ合う犬を挟んで左面は角繰髷《つのぐりまげ》と垂髪に振袖の女を従えた上方の武家娘の一行。束ね綿の紋をつけた六尺の舁《か》く上等の女乗り物の横に両刀を差した若党らしき男が見える。派手な被り物に大柄の桐の模様の振袖の娘達の袂や裾が黒く強調されているのは紅裏《もみうら》であることを殊更に示したものであろう。

〈解説〉

諺の「合ふも不思議合はぬも不思議」をもじって、相性や吉凶を記した「万年暦」が合うのも不思議であるが合わないのもおかしなことだと書き出された本章は、思い通りに事が運ばない「あはぬもおかし」の種々相を描いた笑い話である。冒頭の話の枕で持参金目当ての近年の嫁取りを揶揄したのは、本文で悋気の強い嫁を望んだ件《くだ》りに照応させたものである。津山の町の大年寄で藩札の発行元にもなったという美作の国一番の分限者蔵合孫左衛門の知名度を利用して、主人公万屋はこれに続く程ではあるが人に知られてはいない「ひそかなる」金持ちと設定されている。家造りも世間並みで礼服や着物も十年一日の如く地味に暮らしているこの男が、うめく程の銀の山を一代で築いた致富の経緯は示されておらず、最後に両替屋を開業するまでは所謂仕舞屋《しもたや》だったらしいことしか解らない。その意味でこれは、夢物語あるいは御伽話的といえるであろう。

十三歳で遊里の伊達な風俗を真似た子供を勘当して伯母に預け、二十五、六まで手代並み

に働かせた甥の始末ぶりが気に入って養子にし、嫁を探す万屋自身も聟に入ったとされており、この家は何故か血族関係の薄い者によって継承されている。この部分に「那波屋殿と云分限を見ならへ」との一文があり、『町人考見録』の那波屋常有は二人の子供を手代同然に扱っていたが、親の死後二人共に奢りが出て家を潰したとされており、本章の展開と符合している。また悋気の強い嫁を望んで娶ったので、夫が浮気をしようとすると大声を上げたとされるが、『長者教』の那波屋の妻も煩《うるさ》い女だとされている。一風変わった嫁取りが功を奏して家内が無事に納まり、まさに「合ふも不思議」な成り行きであるが、人柄が気に入ったはずの養子がいきなり浮気心を起こし、女房が喧《やかま》しいので思い止まるというのは、養子合わせの夫婦とはいえ何とも珍妙な構図である。

親夫婦の死後伊勢参宮した嫁が京・大坂の洒

落たファッションを見習い、気持ちも垢抜けたのは良かったが、焼き餅を焼くのはみっともないと遠慮するようになったので、亭主はこれ幸いと上方に上って色遊びに金を撒き散らすのであった。その為に家は呆気なく破産してしまいましたと終わるのかと思いの外、二転三転しながら進んで来た話は更に一捻《ひね》り加えられている。

これではならじと立派な店構えにして手広く両替屋を始め、もう一度昔の金持ちに復活出来そうな大晦日の夜。収支決算も無事に済んだが、後にはビタ一文も残らず折角呼び込んだ若恵比須売りも追い返す有り様であった。大戸を下し店を閉めた所へ千五百両を預けたいという顧客が現れたのは、万屋にとってまさに福の神で千載一遇のチャンスかと思いきや、先に受け取った中の三匁五分の豆板銀が粗悪品だったと差し出され交換することが出来ない。僅か五千円足らずの金額のために、身代の化けの皮は剝がれてしまったという。一億数千万円の現金を目の前にしながらどうすることも出来ない正月の朝の白々とした光景は、落とし咄とは思えない程に鮮烈である。

御伽話のように始まった本章の結末も、現実にはあり得ない絵空事に違いないのだが、独り万屋のみならず、「世は張り物」というバブルのような経済社会の様相を見事に浮かび上らせている。本章との先後関係は未詳だが、『町人考見録』には、内証向きの悪くなった那波屋が家を立派に普請して見かけを繕い遂には潰れてしまった事例を挙げて、同様の企みをする者が多いのでよくよく気を付けるようにとの戒めが記されている。

日本永代蔵《にっぽんゑいたいぐら》　巻六

目録《もくろく》

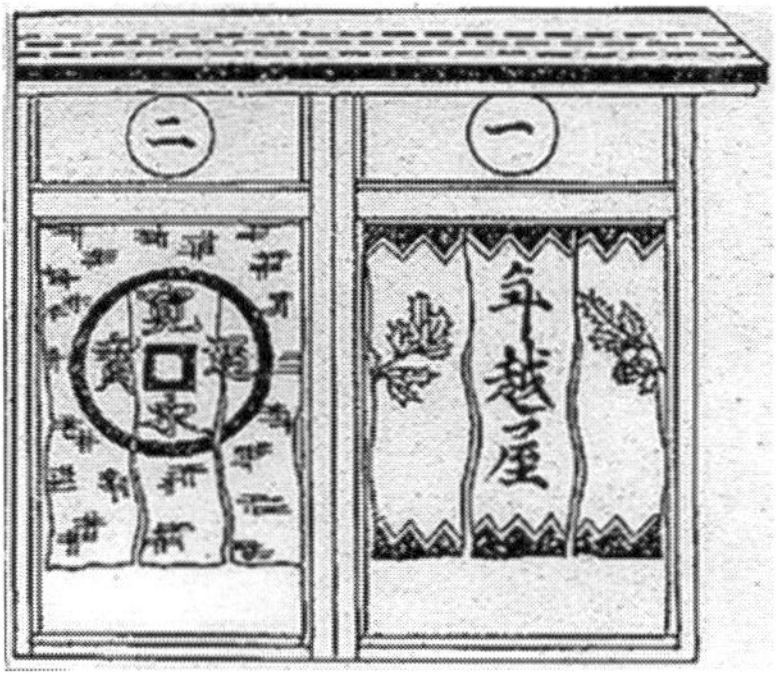

*銀《かね》のなる木は門口《かどぐち》の柊《ひらぎ》
越前《ゑちぜん》にかくれなき年越《としこし》屋

見《み》立《たて》て養子《やうし》か利発
武州《ぶしう》にかくれなき一*文よりの
銭屋

買置《かひをき》は世《よ》の心やすい時*
泉州《せんしう》にかくれなき小刀屋《こがたなや》の
薬代《やくたい》

*身体《しんだい》かたまる淀河《よどがは》の漆《うるし》
山城にかくれなき与三右*が
水車

智恵《ちゑ》をはかる八十八*の升掻《ますかき》
今の都《みやこ》にかくれなき
*三夫婦《みめうと》をいはふ

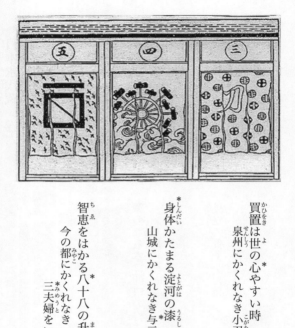

○**銀のなる木**　果実として金が実るという想像上の木。○**一文より**　一文撰《よ》り。質の良い銭を撰《え》る、撰《え》り銭《ぜに》をすること。一文撰《え》りに同じ。江戸時代寛永通宝の普及により行われなくなった。○**心やすい時**　親しい間柄の意に品物の値段の安い時をかけたもの。○**身体かたまる……**　淀川の漆の塊によって身代が堅固になったの意。○**与三右が水車**　淀川名物の水車。河村与三右衛門が淀川の水を屋敷内に引き入れるために設置したのに始まるという。○**八十八の升掻**　前出、巻一の二語釈参照。○**三夫婦**　親・子・孫三代の夫婦が欠けることなく揃っていること。極めてめでたいこととされていた。

〈解説〉

巻六の一の暖簾は雁木模様で上下を縁取りして年越屋と屋号を記し、この家のシンボル・ツリーの柊の枝を描いたもの。巻六の二は絣《かすり》文様に銭屋に相応しく寛永通宝と染め出した。巻六の三は丸十《まるじゅう》の散らし模様に刀と記して小刀屋を表わしたもの。巻六の四は波頭に水車を描いて主人公の与三右衛門の標識とした。巻六の五は雀であろうか群舞する様を背景に弦掛枡《つるかけます》の上部に枡掻を配したもの。竹林を切り尽くす程大量の枡掻を製作したので雀達が慌てふためいたとの洒落か。

なお、巻六のみ目録副題の型《パターン》が他と異なっている。

第一　銀《かね》のなる木は門口《かどぐち》の柊《ひらぎ》

*唐土文王《もろこしぶんわう》の園《その》は、七十里《り》四方あるとやいへり。其内《その》の千草万木《せんさうばんぼく》の詠《なが》めも、一間《けん》四方の畾地《らいち》に柊《ひらぎ》 壱本植《うへ》て見るも、我屋敷《わがやしき》と思へは楽《たのし》む心のかはる事なし。爰《ここ》に越前《ゑちぜん》の国敦《*つる》賀《が》の大湊《おほみなと》に、年越《としこし》屋の何がしとて有徳《うとく》人、所に久敷《ひさしく》住《すみ》なれて、味噌《みそ》・醬油《しやうゆ》をつくり、はじめはわづかなる商人《あきんど》なるが、次第に家栄《いへさかへ》ける。世の万《よろづ》にかしこく、分限《ぶんげん》に成《なる》そも〳〵は、山家《やまか》へ毎日売《うり》ぬる味噌を、いづれにても小桶《こをけ》・俵《たはら》を拵《こしら》へ、此費《このつゐへ》かぎりなし。時に此親仁《このをやじ》工夫《くふう》仕出して、七月*玉祭《たままつり》の棚《たな》をくづして、桃《もも》・柿《かき》瀬々《せゝ》を流るゝ川岸に行《ゆき》て、捨《すて》れる蓮《はす》の葉を拾《ひろ》ひ集《あつ》め、一年中の小売《こうり》味噌を包《つゝ》めり。この利発《りはつ》世上に見習《みなら》ひ、是《これ》につゝまぬ国もなし。程なく大屋敷を買《かい》もとめ、其庭木《そのにはき》にも花咲《さき》実をながめ、生垣《いけがき》も*枸杞《くこ》・五加木《うこぎ》を茂《しげ》らせ、萩《はぎ》は根びきに、風車《かざぐるま》*は十八さゝげに植替《うへかへ》、おなじ蔓《つる》にも取《とり》得《え》の有《ある》物を好《この》めり。海月桶《くらげをけ》のすたるにも蓼穂《たでほ》を植《うゑ》、目にかゝる程の事、ひとつも愚《をろか》なる仕業《しはざ》なし。むかし植《うへ》たる柊《ひらぎ》、後《のち》には大木となつて、其《その》家の目《め》じるしとなる。年越《としこし》屋をしらぬ人なし。節分《せつぶん》の夜《よ》も、鬼の目つこは是《これ》を用《もち》ひ、一銭づゝの事も一代をかんがへ、壱万三千両持《もつ》まで、*取葺《とりふき》やねの軒《のき》のひくきに住《すみ》しが、惣領《そうれう》に幸《さいはひ》の娌《よめ》ありて約束するに、中立《なかだち》の人すゝめて内義《ないぎ》とうなづきあひて、京より今風《いまふう》の衣装《いしやう》・巻物《まきもの》を調《とゝの》へ、

世間に笑《わら》はぬ程の頼み*樽《たる》、二十五人肩を揃《そろへ》ておくりける。親仁《をやじ》には、*角樽《つのたる》一荷《か》に塩鯛《しほたい》一掛《かけ》・*銀壱枚、云入《いひいれ》の祝義《しうぎ》おくると見せけるに、大義なる顔つきして、「銀壱枚よりは、かさだかにして見よきに銭三貫」と申されし。是《これ》程に世間をしらね共《ども》、只《ただ》正直にして、いま六十余《よ》歳《さい》まで暮《くら》されける。

　此《この》家より頼《たのみ》を奢《をこり》のはじめとして、此《この》たび*表屋《をもや》づくりの普《ふ》請《しん》を望めど、子《こ》共《ども》のいふ事なか〳〵親仁《をやし》合点《がつてん》せざるを、念比《ねんごろ》なる*町衆《まちしゆ》を頼《たの》み、又は二世《せ》までの*同行衆《どうぎやうしゆ》・寺の長老様まで頼みまはり、やう〳〵願《ねか》ひ叶《かな》ひ、作事《さくし》に取《とり》つき、所にては天晴棟《あつはれむね》高く、おもひのまゝに作り立《たて》、以前に各別《かくべつ》かはりて、毎日洗ひ琢《みが》きにひかりわたり、近在山家《きんさいやまが》の柴《しば》売《うり》・百姓の出《て》入絶《いりたへ》て、商売俄《にはか》にやみて、作り込《こみ》し味噌《みそ》のすて所なく、醬油《しやうゆ》ながす川もなく、手前よりあまたの売手《うりて》をこしらへ、むかしかはらぬ風味《ふうみ》を出せど、人みな悪敷《あしく》いひなし、是《これ》も売《うり》とまればおのづから商売かへて、仕つけぬ事はあやうく、年《とし》〳〵大分金銀へらして、買置《かいをき》すればさかりを請《うけ》、金山《かなやま》のそん銀、ほどなくいゐばかりになりぬ。此《この》家屋敷、やう〳〵三十五貫目に人の物にする事、親仁《をやし》なげき給へは、悴子《せがれ》いふやうは、「時節のよきおりから家普《ふ》請《しん》をして置《をい》たればこそ、此《この》たび売《うる》に仕合《しあはせ》」と、是《これ》に無用の自慢《じまん》なり。親仁《をやし》翺《かせき》いたして四十年の分限、男子《むすこ》六年にみなになしぬ。

　されば、金銀はもふけがたくてへりやすし。朝夕《あさゆふ》十露盤《そろばん》に油断する事なかれ。「惣《そう》じて*見せ付《つき》のよしあし、鮫《さめ》・書物《しよもつ》・*香具《かうぐ》・絹布《けんふ》、かやうの*花車商《きやしやあきな》ひは、かざりの手広きがよし、質屋のかまへ、喰物《しよくもつ》の商売は、ちいさき内の自堕落《じだらく》なるがよしといへり。久しく仕なれ、人の出入《でいり》仕つけたる商人《あきんど》の、家普請《いへぶしん》する事なかれ」と、徳*ある長者のことばなり。かの味噌屋、敦賀《つるが》にてよびむかへし女房はさりて、浜手《はまて》にすこしの見せを出し、是《これ》にも世*帯人《せたいにん》なくてはと、其所《その》より女ばうよびしに、吉日を見て頼みをつかはしける時、角樽《つのたる》一荷《か》・鯛《たい》二枚・銭壱貫文、是《これ》をおくる。世に有《ある》とき親仁《をやじ》に見せける頼みの事、今思ひあはせり。人々心得の有《ある》べき世わたりぞかし。

〈現代語訳〉

金の成る木とは門口の柊のこと

中国（周）の文王の庭園は、七十里四方の広さがあったという。その中で千草万木を眺めるのも、一間四方の狭い空き地に柊を一本植えて眺めるのも、自分の屋敷だと思えば楽しみに変わりはない。ここ越前の国敦賀の大港に、年越屋の何某という金持ちがいて、長くその土地に住み着いて味噌・醤油を造り続けている。最初はささやかな身代であったが、次第に繁盛するようになっていった。何につけ世渡りのことに抜け目がない人で、金持ちになったきっかけは、山家へ売る味噌というものは一般に小桶や俵を入れ物に用いていたが、この出費が馬鹿にならないことに気付いたことだ。そこでこの親父は一工夫して、世間の人々が七月の精霊棚を壊してお供えの桃や柿を川に流すのに目をつけ、川岸に行って捨てられた蓮の葉を拾い集めて、それに味噌を包んで一年中の売り物にした。この利口なやり方が世間に広がり、全国どこでもこの方法を用いるようになったのだ。年越屋はまもなく大屋敷を買い求め、その庭木に花が咲き実が生るのを楽しんだが、生垣にはクコやウコギのような薬効のあるものを茂らせ、風流な萩は根こそぎ引き抜き、風車は十八ささげに植え替えて、同じ蔓草でも食用になるものを好んで植えた。また、くらげを塩漬けにする桶の壊れたものには蓼穂を植えるというように、目に触れるものは一つとして無駄にしなかった。昔植えた柊が後には大木となって、この家の目印となっている。おかげで、この年越屋を知らない人はいない。節分の夜も鬼の目突きにはこの柊の枝を使うが、これも買えば毎年一文の代金が一代の内には大きな出費だと考えていた。こうして一万三千両（約十億五千万円）を蓄えるまで取葺屋根の軒の低い家に住んでいたが、惣領息子に良い縁談があったので婚約し、仲人が女房とこっそりと示し合わせて、京都から流行の衣装や絹巻物を買い求め、世間体が悪くない程度に酒樽も注文して、二十五人の背丈のそろった男衆に担わせて送らせた。親父には角樽一対と塩鯛二尾、丁銀一枚（約四十三匁、六万円程度）を結納に贈ると見せかけておいたが、それでも大出費だという顔付きをして、「銀一枚よりも嵩高《かさだか》で見栄えの良い銭三貫にすればよかった」という始末。これほどに世間の流儀を知らない父親であったが、ただ正直一筋に、今年六十過ぎまで暮らしていた。

このような結納が奢りの始まりとなって、今度は表屋作りの店の改築を息子は希望したが、親父がなかなか承知しない。そこで、親しくしている町内の有力者を頼んだり、または二世まで約束している旦那寺の同行衆やご住職まで頼んで回ったので、ようやく息子の願いがかない、工事が始まって、このあたりには不似合いなほど立派で棟の高い、思い通りの建物を築き上げ、以前とはすっかり様子が変わり、毎日洗い磨いたので店は光り輝くばかりになった。だが、近在の山家の柴売りや農民は気後れして出入りしなくなり、商売が急に振るわなくなって、作った味噌を捨てる所もなく、出来た醬油を流す川もないので、店から大勢の売り手を出して回らせたところ、昔に変わらない風味を保っていたのに、人々はみなまずくなったと言い、さっぱり売れなくなった。仕方なく商売を変えたところ、やりつけないことは危いもので、年ごとに金銀はごっそりとなくなっていき、買い置きをすれば品物の値段が下がり、鉱山開発に手を出しては損をし、まもなく財産は家屋敷ばかりとなってしまった。それがようやく三十五貫目（約四千七百万円）で人手に渡ることとなり、親父は嘆いておられたが、息子の方は「繁盛している時に家普請をしておいたからこそ、今になって高く売ることが出来た」と、役にも立たぬ自慢をしていた。親父が四十年かけて稼ぎ出した財産を、息子は六年で空しくしてしまったのだ。

そのように金銀は儲けにくく減りやすいものだ。だから明けても暮れても十露盤勘定に油断してはならない。「一般に店構えの良し悪しというものは、鮫革や書物、香具や絹布といった贅沢な品物を商う場合には飾り付けた広いところがよいが、質屋や食料品を扱う店構えは、小さな店で雑然としている方が良いという。だから、長い間住んで人が出入りし馴れた商人は改築などはしないほうがよい」というのが、ある有徳の長者のことばである。あの味噌屋は敦賀で呼び迎えた女房を離縁し、町から外れた浜辺に小さな店を出したが、やはり一家の暮らし向きを取り仕切る者が要ると、その土地の女を女房にすることになり、吉日を選んで結納を贈ったが、それは角樽一対に鯛二枚と銭一貫文だけであった。繁盛していた時に親父に見せた結納のことが、今更ながら思い出された。だから、だれもが心得ていなくてはならないものこそ世渡りの方法なのである。

〈語釈〉

○**唐土文王の園**　周の文王が鳥獣を飼養していた園地。七十里四方の広さであったという。『孟子』梁恵王章句下による。○**敦賀**　前出、巻四の四語釈参照。○**玉祭の棚**　盂蘭盆《うらぼん》の精霊棚。蓮の葉を敷物にして果物・野菜・飯などを供える。七月十六日精霊送りの後これを崩して川に流すのが通例であった。蓮―霊祭。蓮の葉―味噌。○**枸杞・五加木**　いずれも若葉が食用に適し、種々薬効がある落葉低木。節にとげがあり生垣に用いられる。○**十八さゝげ**　豇豆《ささげ》の一変種。長大な莢《さや》に十六から十八の種子が実ることから十六ササゲ・十八ササゲなどと呼ばれる。○**取葺やね**　巻三の三語釈参照。○**頼み樽**　結納の祝儀に贈る酒樽。○**角樽**　祝儀贈答用の酒樽。古くは細長い箱形で、両端の把手部分が角《つの》のように突き出していた。一荷は一対。挿絵参照。○**銀壱枚**　丁銀一枚、約四十三匁。銭に換算すると三貫前後に相当する。○**表屋づくり**　通りに面した見世のある主屋を中心とする家作。○**町衆**　町役人・年寄など町内の有力者。○**同行衆**　同じ宗派に属する人々。特に浄土真宗の信者にいう。○**見せ付**　店の様子。店構え。○**香具**　香道で使用する道具や匂袋・薫物《たきもの》の材料となる香木などの類。○**花車商ひ**　趣味や装飾品など贅沢な品物を扱う商売。○**徳ある**　富のある。有徳の。○**世帯人**　一家の暮らし向きをとりしきる人。主婦。

〈**挿絵解説**〉

ありし日の年越屋の店内。右下には壺形に「しやうゆおろし（醬油卸し）」切匙形《せっかい》に「みそおろし」と記した看板が軒先に下がっている。奥に大きな味噌樽、手前に醬油樽が積まれた店に笊や曲物を持った女達が味噌を買いに来ており、左手に何か入物を提げ、頬被りをして天秤棒をかついだ男の姿も見える。四角い容器で味噌を均《なら》して小売りする女と掛け硯《かけすずり》の横で帳面を付ける手代。左面、天秤の前の年越屋の主人にうなぎ綿の女房と正装した息子らしき人物が結納の品を見せている。進物台には塩鯛一掛と幅広の昆布、角樽が一対並べられている。実際にはこの他に人足二十五人で運ぶ衣装・巻物等が用意されていたはずである。

〈**解説**〉

本章は、四十年の間に親が一代で築き上げた一万三千両余りの資産を、息子が六年程で破却してしまったという、この作品によくある典型的な二代目没落譚であるが、細部に工夫を

凝らして様々な新味を出している。
　敦賀の港で味噌・醬油の醸造販売で成功した先代は質素な暮らしに徹した正直者であった。そもそもの始まりは、桶や俵の代りに盂蘭盆の精霊棚の蓮の葉で小売味噌を包む経費削減にあったという。この新発明が全国に広まったとされているが実際には順序が逆で、蓮の葉と味噌は俳諧の付け合いになっており、一般に行われていた包装法を年越屋の致富談に仮託したものである。細かい事に気の付く親仁は空き地にも実用的な花木を植え、この家のシンボル・ツリーとなった柊の枝を節分の鬼除けに使うというように、僅か一銭ずつの出費にも気を配り、軒の低い粗末な家に住んでいた。一万三千両といえば十億四、五千万円の金を貯えるには、山家の人々相手の小売りだけではなく、挿絵の看板のように醸造元兼卸しの問屋として手広く営業していたはずであるが、その詳細は省略され、

質素・正直故に成功したと設定されている。

躓《つまず》きの元は惣領息子の嫁取りの結納に、親には角樽一荷・塩鯛一掛・銀一枚と見せかけながら、京都で調達した豪華な品々を二十五人がかりで送り届けるという贅を尽くしたことであった。これがきっかけとなって暮らし向きが派手になり、頑として納得しない親仁を拝み倒してピカピカに磨き上げた豪壮な家を新築した。ところが、立派な店に入りづらくなった近辺の人々の出入りが途絶え売り上げが滞り、昔通りの風味を出して売り手を派遣したが、味が変わったと言われ商売にならなくなってしまったという。巻五の二に川魚に関する全く逆の事例があったように、老舗とか世評とはえてしてこうしたものであるのを利用して、作者はいささか現実離れのした極端な失敗例に見事な説得力を与えている。止むを得ず商売替えをしたが、買い置きや鉱山開発等馴れない仕事で失敗を重ね、家屋敷も売りに出すことになった。これを嘆く親に息子は、金のある時立派に建てたので高く売れると役にも立たない自慢をして、読者の失笑を買っている。

子供の縁組みを機に家が傾くというのはよくあることで、遊蕩や贅沢三昧で破産する話はこの作品でもしばしば描かれている。ここでは更に一歩を進めて立派な家が原因で仕馴れた商売がストップし、商売替えの果てに没落したと設定されている。その一因が、苦労知らずで派手好みという息子の性格にあるにしても、地道な商いを続けても埒が明かず、かといって新しい生計の種も見出し難いというのは、西廻り航路の発展で上方への中継港としての繁栄に陰りが見え始めた敦賀にありがちな成り行きでもあったのである。同じような経緯は、やはり北国との中継地であった大津の坂本屋の身の上にも想定されており（巻二の二）、西鶴の社会背景を見る目の確かさを覗《うかが》わせるに十分である。

最終段落は、金銀は儲けることが難しく、減り易いものだから、常時算用に油断してはいけないという常識的な教訓によって始められる。装飾品や贅沢な品物を扱う店は広々と美しく、質屋や食物商売は構えが小さく雑然としているのが相応しいが、いずれにしても長く続き顧客が馴れ親しんだ家はそのままにしておくのが良いという。本文の年越屋の事例に照してもっとも至極な提言ではあるが、そうすれば成功するかどうかは自ら別問題であるのは言うまでもない。一篇は、浜の方で小さな店を出して再出発した味噌屋が再婚し、その結納が裕福な時に親に見せた偽りのそれとそっくりであったのを思い出したと、落とし咄的にまとめられている。

第二　見《み》立《たて》て養子《やうし》が利発《りはつ》

和国《わこく》の*商《あきな》ひ口とて、利徳《りとく》をとらぬと空誓文《そらせいもん》をたつれば、是《これ》に気をゆるし、何によらず買求《かいもと》むる世のならはしなり。*神田《かんだ》の明神《みやうじん》の前に、俗性《そくしやう》*歴々の浪人《らうにん》身を隠して、年も*家に杖《つへ》つく比《ころ》なれば、さのみ主《しゆう》とりの望みもなく、小者《こもの》一人つかふて、一代のたくはへ有《あり》て世をなりはひにくらし、徒居《たゝゐ》を外《ほか》よりのとがめをうたてく、瀬戸物《せともの》見せかけばかり出し置《おき》、ねだんとふものあれば、百の物を百とありのまゝにいひければ、是《これ》をねぎれどまけず。そも〳〵より、擂鉢《すりばち》九つ・さかな鉢《はち》十三・皿《さら》四十五枚・天目《てんもく》二十・徳利《とくり》七つ・油さし二つ、三年あまりにひとつも売《うれ》ず。是《これ》を思ふに、商《あきな》ひ上手はあるべき事也。

年中の誓文《せいもん》を十月廿日のゑびすかう*にさらりとしまふ事あり。其《その》日は、諸商人万事《しよあきんどばんじ》をやめて、我分限《わがぶんげん》におうしいろ〳〵魚鳥《ぎよてう》を調《とゝの》へ、一家《け》あつまりて酒くみかはし、亭主作《つく》りきげんに、下々《したく》いさみて小《こ》歌《うた》・浄《じやう》るり、江戸中の寺社・芝居、其《その》外遊山所《ゆさんじよ》のはんじやうなり。*上《かみ》がたとちがひし事は、白銀《しろかね》は見えず、壱歩《ぶ》の花をふらせける。秤《はかり》いらずに、是程《これほど》よき物はなし。人みな大腹中《だいふくちう》にして、諸事《しよじ》買物大名風《かいものだいめうふう》にやつて、見事《みごと》なる所あり。けふのゑびす講《かう》は、万人肴《さかな》を買《かい》はやらかし、自然《しぜん》と海も荒《あれ》て、常より生物《なまもの》をきらし、殊《こと》に*鯛《たい》の事、壱枚の代金《だいきん》壱両弐歩づゝ、しかも、尾かしらにて壱尺二三寸の中鯛なり。是《これ》を、町人のぶんとして内証《ないしやう》りやうりにつかふ事、今お江戸にすむ商人《あきんど》なればこそ喰《くい》はすれ、京の室町《むろまち》にて、鯛壱枚を弐匁四五分にて買取《かいとり》、五つにわけて杜秤《ちぎ》にかけて取《とる》など、是《これ》に見合《みあはせ》、都の事おかし。

爰《こゝ》に、*通町中橋の辺《ほとり》に、銭《ぜに》見せ出して若いものあまたつかへる人有《あり》。日来《ひころ》はし末《まつ》第一の人なれど、一両弐歩の鯛を調《とゝのへ》て、ゑびすの祝義《しふぎ》をわたしけるに、いづれも何心《きつ》もなふ夕飯《ゆふめし》を祝《いは》ひぬ。大勢のわかい者の中に、此《この》程、伊勢《いせ》の山田《やうだ》のものとて、十年切て抱《かゝ》へたる十四になる小者、すはりし膳《ぜん》を二三度いたゞき、食《めし》くはぬ先《さき》に十露盤《そろばん》置《をい》て、「御江戸へ来《きた》りて奉公をいたせばこそ、かゝる活計《くはつけい》にあふ事よ」と、ひとりつぶやきて是《これ》をよろこぶ風情《ふぜい》、主人の目にかゝりて、子細《しさい》をたづねられしに、「されば、今日の鯛の焼物、壱両弐歩にて背切《せきり》十一なれば、ひときれのあたい*七匁九分八りんづゝにあたるなり。小判は五十八匁五分の相場に仕《つかまつ》る。算用してからは、*銀をかむやうなる物なり。塩鯛《しほたい》・干鯛《ひ》もむかしは生《なま》なれば、いはふ心は同じ事。けふのはらも常にかはらぬ事」と申せば、亭主横手《よこで》をうつて、「さりとは利発もの、分別さかりの手代ともさへ、何のわきまへもなく、箸《はし》は右の手にもつ物とばかり心えて、主《しう》の恩をもしらざるに、いまだ若年《じやくねん》にして物の道理をしる事、*天理にかなふべきものなり」と、親類中をよびよせ、段々《だん〱》物がたりして、「此《この》者を養子ぶんにして、我家《わがいへ》をゆづるべし」と、一筋に夫婦共に思ひ入《いり》て、伊勢《いせ》の親もとへ相談の人つかはしける時、小者其《その》中へまかり出《いで》「いまだおなじみもなきうちに、御心入《こころいれ》の程はかたじけなし。然《しか》れども、国もとへの御つかひは御無用なり。首尾《しゆび》せぬ時は、それほどの費《つゐへ》なり。殊《こと》に御内証の事、*世ははり物なれば、手まはしばかりにて、大分の借金《しやくきん》の有《ある》もぞんぜず。よく〱見とゞけ申さぬうちに、養子のけいやくは成《なり》がたし」と申せば、なを此《この》いひぶんをかんじ、「其方《そのはう》が心もとなき事尤《もつとも》なり。さりながら、一銭も人の物をからず」と、毎年の勘定帳を見せけれは、有金《ありがね》弐千八百両としらせ、「此《この》外金子《きんす》百両、女《によう》はう後々《のち〳〵》寺参り金に、此《この》五年前にのけて置《をき》ける」と、包《つゝ》みながら封《ふう》じ目に年号月日書付置《かきつけをき》ぬ。小者是《これ》をみて「さても〳〵商《あきな》ひ下手なり。包《つゝ》み置《をき》たる金子《きんす》は、壱両もおほくはなるまじ。利発なる小判を長櫃《ながびつ》の底に入置《いれおき》、年久敷《ひさしく》世間を見せ給はぬは、*商人《あきんど》の形気《かたぎ》にあらず。此《この》心から大分限《だいぶんげん》になり給はず、かしらのはけるまで此《この》御江戸に居ながら、やう〳〵三千両の身体《しんだい》、是《これ》を大きなる顔つきあそはしける。わたくし養子になさるゝからは、四五年のうちに、江戸三番ぎりの両替になる事、長生《ながいき》して見給へ。まづ夫婦衆《ふうふしゆ》は、けふより毎日、談義ある寺参りし給ひ、其下向《そのげかう》に*納所坊主《なつしよばうず》にちかより、散銭有程《さんせんあるほど》買《かい》給へ。*世帯仏法《たいぶつぽう》、ふたつのとくあり。供のてつちは道の間の外聞なれは、浮世山枡《さんせう》を受《うけ》て小袋に入行《いれゆき》、法談はしまらぬさきに、諸《しよ》人のねふりさましに是《これ》を売《うる》べし。さてまた、供つれぬ参り衆《しゆ》の笠・杖・ざうりを、談義はつるまで壱銭づゝにて預《あづ》かれ」といひつかはしけるに、毎日銭まうけして、主人の供もつとめける。かくのごとく万事に気を付《つけ》、後《のち》には思ひのほかなる智恵を出して、舟つきの自由させる*行水舟《ぎやうすいぶね》をこしらへ、刻昆布《きざみこんぶ》して目にかけて売《うり》出し、*ちやんぬりの油かはらけ・しぼかみのたばこ入《いれ》、外《ほか》の人のせぬ事に、十五年たゝぬうちに、三万両の分限《ぶんげん》になつて、*霊巌嶋《れいかんじま》に隠居《ゐんきよ》して、ふたりの養《やしなひ》親に孝をつくしける。

いかにはんじやうの所なればとて、常のはたらきにて長者には成《なり》がたし。*三文字屋といへる人、むかし、懐中合羽《かつぱ》を仕出《しだ》し、それより馬道具《ばだうぐ》の仕込《しこみ》、次第にさかへて本朝の織絹《をりきぬ》・から物を調《とゝの》へ、毛類《けるい》は*猩々緋《しやう〳〵ひ》の百間つゞき、*虎《とら》の皮《かは》千枚にても、黄《き》らしや・紫羅沙《むらさきらしや》、都にもないものをもちまる長者とさたせられ、中橋《なかばし》に、九つ蔵とてかくれなし。これらは各別《かくべつ》の一代分限。親よりゆづりなくては、すぐれてふうきにはなりがたし。

京の室町《むろまち》、れき〳〵人《にん》の男子《むすこ》、何も商売なしに、*善五郎などを頼み、大分の銀《かね》がしして世をわたり、此《この》*利銀《りぎん》毎日弐百三十五匁づゝのつもりに入《いり》けるに、何やうにかつかひ果《はた》しける、十五年がうちに此《この》財宝みなになし、江戸へかせきにくだりける。此《この》男の器《き》ようさ、謡《うたひ》は三百五十番覚え、碁《ご》二つと*申《まうす》。鞠《まり》はむらさき腰《ごし》をゆるされ、楊弓《やうきう》は*金《かな》書《かき》くらひ、小歌は*本手の名人、浄《しやう》るりは山本角《かく》太夫とかたりくらべ、茶の湯は*利休《りきう》がながれをくみ、*文作《もんさく》には神楽《かくら》・願斎《ぐはんさい》もはだしてにげ、*枕がへしなどは、いにしへ伝内に横手《よこで》をうたせ、連誹《れんぱい》も当流の行《ゆき》かたを覚え、香《かう》を利《きく》事京にもならひなし。人中《ひとなか》にて長口上もいひかねす、*目安《めやす》も自筆に書《かき》かねす、何にひとつくらからねど、身過《みすぎ》の大事をしらす。当所《あてど》もなく江戸にくだりて奉公するに、「銀《かね》見るか、算用か」といへは、さしあたつて口おしく、諸芸此《この》時の用に立《たた》ず。二《ふた》たび京都にのぼりて、「とかくすみなれし所よし」と、年月したしみの友をたのみて、諷《うたひ》・鼓《つゝみ》の指南《しなん》して、やう〳〵身ひとつくらし、不断《ふだん》の不自由を*松はやしの時質《しち》うけて、又おく事やすし。「此《この》ふんにて通るべきや。人間の身はわづらひある物」と、老《おい》さきの事あんじける。「もつ共《とも》、*六十年はおくりて、六日の事くらしがたし。是《これ》を思ふに、それ〴〵の家業《かけう》油断する事なかれ」と、さる長者のかたりぬ。

〈現代語訳〉

見立てた養子は利発者

日本の商人の口癖で「儲けは取っておりません」と嘘の誓いを立てたりするから、気を許してしまって客が何でも買ってしまう、というのが世の常である。神田明神の前にそれなりの氏素性がありながら身を隠している浪人がおり、年は五十歳くらい、さして仕官も望みはせず、小者を一人使って、自分一代が困らない程度の蓄えもあり気ままに暮らしていたが、無為無職では外聞も良くないので、瀬戸物をただ見せかけばかりに並べ、値段を尋ねる者がいると、百文のものは百文とただありのままに応えて、客が値切っても決して負けることはなかった。商いを始めた時から、すり鉢九つ、肴鉢十三個、皿四十五枚、天目茶碗二十個、徳利七つ、油さし二つを並べたままで、三年の間に一つとして売れなかった。これを思うと、商い上手というのは必要なものである。

一年分の商人の誓文をさらりとなかったことにする、十月二十日に行う恵比須講の誓文払いという行事がある。その日はどの商人も商売をやめて、それぞれの身代に応じて様々な魚鳥を調え、一家中集まって酒を酌み交わし、亭主もわざと上機嫌に見せるので、使用人たちも調子づいて小歌を歌い浄瑠璃を語り、そして江戸中の寺社や芝居などに遊山に出てその先々を繁盛させることになる。上方と違っているのは、こちらでは銀貨ではなく、一歩金の花を降らせるのである。秤《はかり》を使う必要がないので、これほど良いことはない。人々はみな太っ腹で、何につけ買い物は大名風にやってのけて、それは見事なほどである。今日の恵比須講はどこも競って魚を買いに走るが、ちょうど海の荒れる時期でもありいつもより生魚が不足し、とりわけ鯛となると一枚の代金が一両二歩（約十二、三万円）にもなり、しかもそれは尾頭付きで四十センチ足らずの中鯛である。これを町人の身分でありながら家庭の料理に出すというのは、今の江戸の商人だからこそできるのであり、京都の室町なら鯛一枚を二匁四、五分（三千円余り）で買って、五つに分けて秤で目方を確かめてから買い取るのが普通で、江戸に見比べると都の細かさはおかしいぐらいである。

この江戸の通町中橋のあたりに、銭店を出して若い使用人を大勢使っている者がいた。普段は倹約第一の人であったが、その日は一両二分の鯛を買い求め、恵比須講の祝儀に振る舞ったところ、一同は何も考えずに夕飯を楽しんだ。大勢の若い者の中に、最近伊勢の山田から出てきたという、十年年季で雇った十四歳になる丁稚がおり、据えられたお膳を二、三度おし戴き、食べる前に十露盤をはじいて、「お江戸に出て来て奉公をさせてもらえたからこそ、このような御馳走がいただけるのだ」とひとりつぶやいてこれを喜んでいる様子が主人の眼にとまり、理由を尋ねたところ、「そのわけは、今日の鯛の焼き物は値段が一両二分で背切れが十一切ですから、一切当たりは銀七匁九分八厘（約一万円）ということになります。小判一両は五十八匁五分が今の相場です。計算してみるとまるで銀を嚙んでいるようなものです。塩鯛も干し鯛も昔は生で元の姿は同じもの、どちらであっても祝う気持ちに変わりはなく、今日のお腹が普段の腹具合と違うものでもなし」というので、主人は感心して、「それにしても利発な者、分別盛りの手代たちでさえ何の考えもなく、箸は右手に持つということばかり心得て、主人への恩義も感じていないというのに、いまだ若い年ながら物の道理を知っているとは、天理にかなった者に違いない」と、親類中の者を呼び寄せ、このいきさつを語り聞かせ、「この者を養子としてこの家を相続させたい」と夫婦は一途に思いを深め、伊勢の親元へ相談の人を遣わそうという時、この丁稚がその前にまかり出て言うには、「まだお馴染みも薄いというのに、お気遣いいただきまして誠にありがとうございます。とはいえ、国元へのお遣いはご無用でございます。話がうまくまとまらなかった時は、ただ旅費が無駄な出費となるばかりです。とりわけこのお店の御内情のこと、『世は張りもの』と言いますから、繁盛しているように見えても多額の借金があるかも知れません。よくよく確認させていただかぬうちは、養子縁組みは約束いたしません」と言うので、ますますこの返答に感心し、「お前が心配するのはもっともなことだ。しかしながら、一銭たりとも人からは借りていない」と、毎年の勘定帳を見せたので、有金は金二千八百両（約二億二千万円）とわかり、「まだこの外に金子《きんす》百両、これは女房が後々に寺参りするときの費用として、五年前から別にしておいた」と、包み紙の封じ目に何年何月何日と書きつけてあるのを見せた。丁稚はこれを見て「それにしても商売が下手なこと。包んでおいた金子は、一両なりとも増えるはずはない。利発な小判を長櫃《ながびつ》の底に入れておいて長年世間を見せずにいらっしゃるとは、商人のすることではありません。こんな心がけだから大分限にはなられず、頭の禿げるまでこのお江戸にいながら、ようやく三千両くらいの身代どまり、それで大きな顔をしていらっしゃる。わたくしを養子にされる以上は、四、五年のうちに江戸で三番目までに入る両替屋となる次第を長生きしてよくごらんなさい。まずあなた方ご夫婦は、今日から毎日お談義のあるお寺に参りなさって、その帰りには納所《なっしょ》坊主に近寄り、お賽銭をすべてお買い取りください。世帯仏法と申しますが、まさに商売と信心の両方の徳があります。外聞もありますからお供に丁稚を連れていきますが、浮き世山椒を仕入れて小袋に分けて持って行かせ、法談が始まる前に皆様方の眠気覚ましにとこれを売らせなさい。それから、お供を連れていないお参りの方々の笠・杖・草履を、お談義が終わるまでの間、一銭ずつで預からせなさい」と指示したところ、丁稚も毎日銭儲けをしながら主人のお供を勤めるようになった。

このように万事に気を付け、その後には思いがけないような知恵を働かせて、船着き場の船頭や客の便利になる行水船をこしらえ、昆布を刻んで量り売りにし、瀝青塗《ちゃんぬり》の油土器《あぶらかわらけ》や皺《しぼ》紙《がみ》の煙草入れなど、人の思いつかないことを考案して、十五年もたたないうちに三万両（約二十四億円）の大金持ちになり、霊巌島《れいがんじま》に隠居して、二人の養い親に孝行をつくした。

いかに繁盛している江戸とはいえ、普通の働きをしているだけでは長者にはなれないものだ。三文字屋という人が昔、懐中合羽《がっぱ》を売り出し、それから馬道具を仕込んで、次第に家が栄え、さらに国産の絹織物や唐織物を調達し、毛織物は猩々緋《しょうじょうひ》の百間続きでも虎の皮千枚でも、黄羅紗《きらしゃ》や紫羅紗《むらさきらしゃ》にしても、都にもないものを持っている持丸長者と評判になり、中橋に九つ蔵を持つ商人であることは誰もが知っている。こういう人は特別な一代分限である。普通は親から譲られた財産がなくては、飛び抜けて富貴にはなれないものだ。

京の室町に住む名の知れた大金持ちの息子は、何の商売もしないで、両替屋の善五郎などを頼って多額の金銭を貸すことを世渡りにし、この利息が毎日二百三十五匁（約三十一万円）ずつ入ってくることになっていたが、いったい何に使い果たしたのか、十五年のうちに財産をすべて失ってしまい、江戸へ稼ぎに下ることとなった。この男の器用さといったら並大抵ではなく、謡曲は三百五十番を覚え、囲碁は名人に二目置いて対戦するほどの腕前。鞠《まり》は紫腰の袴の着用を許され、楊弓は金書《かながき》くらいの実力、小歌は本手組の名人で、浄瑠璃は山本角太夫と肩を並べるほど、茶の湯は利休の流れをくみ、文作《もんさく》では神楽の庄左衛門や願西の弥七でさえもかなわず、枕返しなどではいにしえの伝内を感心させ、俳諧も流行の作法を身につけ、香道では京でも並ぶ者がいないほど。大勢の人を前に長口上をさせてもよどみがなく、訴状も自筆で書いてしまいそうなくらいで、何に一つ疎いというものはなかったが、世渡りの大切さがわかっていなかった。見通しもなく江戸に下って奉公をしてはみたが、「銀貨の鑑定はできるか、算用は得意か」と聞かれると返答できずに悔しがるばかりで、身についた諸芸もこの時の用には立たなかった。仕方なく京都に戻ってきて、「何にしろ住みなれたところが良いものだ」と、長年の付き合いがある友人を頼って、謡や鼓の師匠となってようやく独り身の暮らしを立て、普段は不自由ながらも正月の松囃子の時には質屋から衣装を借り出して舞い謡い、終わればまた質屋に預けるという気安さ。それでも、「このままで世の中を過ごしていけるだろうか。人間の身に病気はつきものだからなあ」と、老後のことを心配していた。「ただ生きているだけなら六十年は暮らせても、六日の生活の見通しが立たない。そう思うならば、おのおの家業の手を抜いてはならない」と、ある長者が語っていた。

〈語釈〉

○**商ひ口**　商売上の上手な口のきき方。商人らしい言葉づかい。○**神田の明神**　千代田区外神田二丁目、江戸総鎮守と称された神田明神。古くから平将門を祀った社として信仰されていた。○**家に杖つく比**　五十歳。『礼記』王制第五「五十ニシテ家ニ杖ツキ、六十ニシテ郷ニ杖ツク」による。○**ゑびすかう**　陰暦十月二十日商売繁昌を祝って恵比須神を祀り、酒飯魚肉を用意して遊宴する年中行事。恵比須講。この日京・大坂では空誓文の罪滅《つみほろぼし》（誓文祓い）や大安売（誓文払い）をする習慣があった。○**上がたとちがひし事は**　上方の銀遣いに対して江戸は金遣いが中心で、金貨の場合いちいち秤にかける必要がなかった。○**鯛の事**　恵比須に付き物の鯛は恵比須講の祝儀の必需品。○**通町中橋**　中橋広小路。日本橋と京橋の中間、通り町の西側。中央区八重洲二丁目付近。○**七匁九分八りん**　小判一両二歩の代金を一両五十八匁五分の相場で換算して銀八十七匁七分五厘。これを十一で割って七匁九分七厘七毛、四捨五入して七匁九分八厘に相当する。これだけの計算を食事の前にしたということ。○**銀をかむやうなる物**　成句「銭噛むような高値《たかい》もの」の上を行く高値。○**天理**　万物を支配している天の正しい法則。天然自然の道理。儒教の中心的概念で人の行うべき道に通じるものとされていた。○**世ははり物**　内情は苦しくても世間体は立派に見せかけるのが世の常であるとの諺。○**商人の形気**　商人に相応しい生活態度や気質。○**納所坊主**　寺院の施物を収め寺務を取り扱う納所で会計や庶務を担当する僧侶。○**世帯仏法**　仏法も念仏も生活のため、食べていくためのものだの意の諺「世帯仏法腹念仏」をもじって、生計と仏法の一挙両得だとした。○**行水舟**　碇泊船に漕ぎ寄せて、湯銭を取って船頭や旅客に行水させた船。後により本格的な湯船が登場した。○**ちゃんぬりの油かはらけ**　灯火を点す油土器《あぶらかわらけ》の内側に油を吸収しないように瀝青《ちゃん》を塗った製品。○**霊巌嶋**　中央区新川付近にあった島。○**三文字屋**　馬具の一種の切付屋《きつけや》から成功したとされる江戸の豪商、三文字屋常貞（『町人考見録』跋）を想定していると考えられる。『江戸真砂』によれば家康入国以来の分限者で七十三ヵ所の大屋敷を所有する伝説的な金持ちという。○**猩々緋**　猩々の血で染めたという鮮かな深紅色の舶来の毛織物。陣羽織などに用いられた。○**虎の皮**　敷物の他に、馬具の下鞍の切付や太刀の尻鞘などに用いられた。○**善五郎**　京都室町通下立売上ルの両替善五郎。京大坂一番の両替屋で諸大名に融資する大名貸の元締めとして出資者の金を預かり営業していたが、大名方からの返済が滞り破産したという（『町人考見録』）。○**利銀毎日弐百三十五匁**

づゝ　月に約七貫五十匁の利銀となるが、利率を月一分で計算すると元金は七百五貫目となる。円に換算して約九億二千万円余りを善五郎に預けていた計算になる。○**金書**　楊弓で二百本中百五十本以上的中することを金書《かながき》（金貝）と称する。○**本手**　三味線組歌《くみうた》の基本的な様式、本手組の小歌。○**山本角太夫**　京都の浄瑠璃太夫。古浄瑠璃角太夫節の創始者。○**文作**　即興で面白い文句を作ること。洒落や地口などアドリブの言葉遊び。○**枕がへし**　木枕を重ねて行う種々の曲芸。○**いにしへ伝内**　江戸に進出した上方出身の放下師《ほうかし》、古《いにしえ》伝内《でんない》。○**目安**　借金銀・売り掛けなどの金公事《かねくじ》、質地《しちち》・家質《かじち》などの本公事の訴訟に際し、原告が奉行所や役所に提出する訴状。○**松はやし**　室町時代、諸大名や地下《じげ》の人々が風流を凝らして御所や貴顕の邸宅に推参して舞い謡い、キヨメや正月の祝福目的で声聞師《しょうもんじ》が家々を回る松囃子が行われていた。近世初期民間においてもこれに類する正月の祝儀行事があったことが『好色一代女』『好色万金丹』などに散見する。○**六十年はおくりて……**　諺「六十年はくらせど六十日をくらしかねる」による。

〈**挿絵解説**〉

恵比須講の食膳の情景。右奥の床の間には左脇に鯛を抱えた恵比須の画像が掛けられ、御神酒・飯と鯛を載せた三方《さんぼう》が供えられている。正面の睨み鯛と取肴二種、盃を載せた渡盞《とさん》を間に主従が対座している。継裃《つぎかみしも》、打ち掛けの礼装をした主人夫婦の前には蝶足膳、奉公人は猫足膳である。飯・汁・魚などの献立は同じだが主人二人には膳の脇にもう一品付いている。本文によれば鯛の焼き物は切り身のはずであるが、膳の上は小さな尾頭付きの魚である。振袖に島田を結った女中の前にあるのは燗鍋であろうか、給仕のために控えている。順に野郎頭の手代、額際に角《すみ》を入れた半元服の丁稚、前髪立ちに振袖の最近雇い入れた小者が主人に正対して熱弁を振るっているところである。

〈解説〉

本章は、利発な養子の働きで財を成した江戸の銭店の話とこれを補足する三文字屋の事例、及びこれとは対照的に器用ではあるが生計に疎いために零落した京都の歴々の息子の話の二つを軸に構成され、導入として馬鹿正直で商売が下手な浪人者の逸話が置かれている。恵比須講の祝儀に供された高価な鯛の切身を詳細に値踏みして、銀を嚙むような贅沢と賞嘆した小者の利発さを、物の道理を弁《わきま》える天理にかなったことと気に入った主人が養子に望んだ。小者が、見せかけばかりで多額の借金があるかも知れないと言うので、一銭も人のものを借りていないと、勘定帳と有り金二千八百両プラス女房の隠居金百両の包みを見せたところ、小判を退蔵して死に金にしておくのは商人のやり方ではない、自分を養子にすれば四、五年で江戸三番以内の両替屋にしてみせると豪語した。養子は、主人夫婦の寺参りに小銭を稼がせたばかりでなく、行水船を考案し、刻み昆布の量り売り、瀝青《ちゃん》塗の油土器《かわらけ》・皺紙《しぼかみ》の煙草入れなど他人の思い及ばない生業を次々に展開して、十五年経たない内に三万両の大分限となり、霊巌島に隠居して養親に孝を尽くしたという。

二代目没落談が圧倒的に多数を占める『永代蔵』の中で、これは養子とはいえ異色の二代目出世譚である。親孝行したというのも、主の恩を省みない手代達と異なり、物の道理を知る天理にかなった人物らしい立派な態度と言えなくはない。だが、親の譲り金があって初めて可能であったその殊勝さは、懐中合羽を発案して馬道具で成功した「各別の一代分限」三文字屋の挿話によってむしろ相対化されているのである。十四歳で養子になり、十五年以内で十倍の資産を築いたというから、隠居した時この人物は三十歳にもなっていないことになる。これは町人の理想の人生設計を説いた巻四の一で非難されている「若隠居」そのものである。その上に約束したはずの「江戸三番ぎりの両替」になってはいない。やはり銭店から両替商に出世した巻一の三や「金銀蒔ちらして両替の見せを出し」た巻五の二の鯉屋とは別の道を辿ったというのがこの話の眼目である。他人の金を預かって（ここの言葉では借りて）融通

する金貸しにならなかったという一点で養子の致富談は後半部と関連性を持っているのである。

（文面には現れていないが大名貸の元締）両替屋善五郎を介して銀貸しをし、多額の利息が入るはずでありながら十五年で財産を使い果たし、江戸に稼ぎに下った京都室町の歴々の息子は、人並み外れて器用であるにもかかわらず、銀貨の見分け方や算盤勘定など「身過の大事」を知らないために奉公先にありつけず、都に帰って友人相手に謡・鼓の指南をしてその日暮らしをしたという。これでは何が言われているのか全く見当がつかず、「是を思ふに、それ〳〵の家業油断する事なかれ」という「さる長者」の言にもポカンとする外はない。作者は「何につかったのであろうか十五年で財産を使い果たして」と空惚《そらとぼ》けているが、巻二の三の堺の人物のように贅沢な色遊びをしたとも設定されていない。先に、京室町の恵比須講の鯛の買い方が江戸より倹約であることが伏線として示されていたように、融資総額が九億円余り、毎日の利息三十万円以上を生活費として空費していたというのは、どう考えても不自然である。ここは、次々と資金を注ぎ込んだ大名貸しの返済が滞って破産状態に陥ったとしか考えられない。『町人考見録』には京都の豪商で大名貸しが焦げ付いて破産した例が多数記されており、中には江戸に赴いて嘆願したり、幕府に訴えたりした者もあったとされている。大名側は僅かばかりの涙金を支給したり、扶持を与えた家来であると言い逃れをし、稀にではあるが致し方なく士分に取り立てられた商人もあったという。これに照らすならば、人前で長口上も言え、訴状も自筆で書けるこの男が「江戸へかせぎにくだ」ったというのは、漠然と奉公先を探したというのではなく、目当ての大名或いは公儀に掛け合ったということのはずである。だが悲しいかな、武家方でさえ計算高い人物を必要とする世の中では時既に遅く、「身過の大事」を知らない主人公は退散する他はなかったということなのであろうと考えられる。写本で伝わった部外秘の『町人考見録』の場合は商人・大名家の固有名を挙げて逐一詳述されているが、公刊を前提とする本作ではこのように朧化して表現するのがギリギリ限界であったと考えられる。なお、親が柳沢家に用立てた三千両を二代目淀屋辰五郎が江戸に嘆願に行く途中掛川宿で水戸光圀に出会い、返済を保証する一札を頂戴するという落語「雁風呂」がある（円生全集三―下）。

本章は、返済は年賦にする等々言を左右にし挙げ句の果ては「お断り」と支払いを拒否する横暴さとは対照的に馬鹿正直な浪人の事例を前置きに、商人らしからぬ借金なしの養親に孝を尽くすべく才智を働かせて蓄財し、両替商になろうともせず若隠居した養子の美談を配して、大名貸しに投資して破産した京都の金持ちの姿を遠回しに表現した苦心の作である。

第三　買置《かいをき》は世の心やすい時

毎年元日に書置《かきをき》して、四十以後死《し》をわきまへ、正直に世わたりするに、自然《しせん》と分限《ぶんげん》になつて、*泉州《せんしう》堺に、小刀屋とて長崎商人有《あり》。此津《このつ》は長者のかくれ里、根《ね》のしれぬ大金持其数《そのかず》をしらず。殊更《ことさら》名物の諸道具、から物・唐織《からをり》、先祖より五代このかた買置《かいをき》して、内蔵《うちくら》におさめ置《おく》人も有《あり》。又、寛永年中《くはんゑいねんぢう》より年々取込《とりこみ》、金銀今に一度も出さぬ人も有《あり》。又、内義十四の娌《よめ》入して敷銀《しき》五十貫目、其時《その》の箱入封《はこいりふう》のまゝかさね置《おき》、其娘縁《そのゑん》に付《つく》時、是《これ》をもたせておくりける人も有《あり》。外《ほか》よりはこまかにして、内証手広き所ならひ、此《この》歴々に立《たち》ならぶ分限にはあらねど、そもそもの書置は三貫五百目なりしが、二十五年がうちに、ひとりの利発にして仕出し、年々書置《かきをき》かさみて、既にかぎりの時、八百五拾貫目の有銀《ありがね》一子にわたしける。

此《この》人世間によく思はれ、分限《ぶんげん》になるはじめは、其比唐船《そのころたうせん》かずかず入《いり》て糸《いと》・綿下直《わたげちき》になりて、上々吉《じやうじやうきち》の*緋《ひ》りんず一巻《まき》、拾八匁五分づゝにあたれり。前後《せんご》かやうの事は又有《ある》まじきと思ひ入《いり》、念比《ねんごろ》なる友に商《あきな》ひの望みを語りて、壱人より銀五貫目つゝ、十人より五拾貫目借《かり》て、此《この》りんすを買置《かひをき》けるに、その明《あけ》の年、大分の利を得て三十五貫目もうけ、よろこびの折ふし、只《たゞ》ひとりの男子《むすこ》、万事《ばんじ》かぎりにわづらひける。身体《しんだい》にかへて養生《やうじやう》するにげんきなく、さまざま心をつくしなげくうちに、人のかたりけるは「*歩行医者《かちいしや》ながら療治《りやうち》よくせらるゝ」とて引《ひき》あはされ、あぶなき病人を、十の物七つばかりも仕立《したて》、此《この》上はかくしからぬとて、一門の相談にて名医に替《かへ》てみしに、めたくと悪敷《あしく》なり、死病《しびやう》に極《きはま》る時、夫婦《ふうふ》、最前《さいぜん》の薬師《くすし》を念《ねん》に思ひ、あひさつせし人に面《めん》目《ぼく》かへり見ず頼み、今は世にない物にして又薬《くすり》をあたへ、半年あまりに鬼のごとく達《たつ》者《しや》になし給ひ、此手《このて》柄《がら》かくれなし。親の身にして嬉《うれ》しさのあまりに、彼《かの》医者取次《とりつぎ》のかたへ行《ゆき》、「今日《けふ》吉日なれば、薬代《やくだい》を*みやうがのためにつかはしたし。こなたより頼む」とあれば、取次《とりつぎ》せし夫婦《ふうふ》此《この》事をさたして、「是《これ》から遣《つか》はせとは、一廉《ひとかど》の礼《れい》*銀《ぎん》五枚」とさしづすれば、内義のいはく「それは何として。銀三枚」と論《ろん》するのちに、先《まづ》銀百枚・真《ま》綿《わた》二十把《は》・*斗《と》樽《たる》壱荷に*箱肴《はこさかな》、思ひの外《ほか》なる薬代、くすしも再三《さいさん》のしんしやく、取次《とりつぎ》の人も力《ちから》を添《そへ》、銀百枚借《かし》て此《この》医者に家屋敷《いへやしき》をもとめさせ、次第に時花出《はやりいで》、程なく*乗物《のりもの》にのられける。申せばわづかの事ながら、四十貫目にたらぬ身体《しんだい》にて銀百枚の薬代《やくだい》せしは、堺《さかひ》はじまつて、町人にはない事なり。*此《この》気大分仕出し、家さかへしとなり。

〈現代語訳〉

買置きは世間を見て時機を選ぶこと

毎年元日になると遺書を書き直して、四十歳以後はいつ死んでもおかしくないと覚悟を決め、正直第一で世渡りをしていた男が、いつのまにか大金持ちになったというのが、和泉の国の堺に住む小刀屋という長崎商人である。この港町は長者のかくれ里でもあり、どれだけ資産を貯め込んでいるのか外見ではわからない大金持ちが数えきれないほどいる。とりわけ由緒ある名品の茶の湯の道具、唐物《からもの》・唐織《からおり》など、祖先から五代にもわたっての買い置きがあり、それを内蔵に収めたままにしている人もいる。また、寛永年中から毎年金銀を貯め込んで、今までに一度もそこから出費したことがないという人もいる。また、妻が十四歳で嫁入りしてきたときの持参銀五十貫目（約六千七百万円）を、その時の箱入りのままで封をして重ね置き、自分たちの娘が結婚した時にこれをもたせて送り出したという人もいる。よその商人よりも計算が細かく、それでいて暮らし向きがゆったりしているのがここの習俗である。堺の名高い商人たちと肩を並べるほどの金持ちではないものの、小刀屋はもともと遺言状に記し始めた時は三貫五百目（約四百七十万円）であったのを、二十五年の間に自分一人の工夫で商売を広げ、年々遺言状に記す金額も増えていって、いよいよ臨終という時には、八百五十貫目（約十一億円）の財産を一子に相続させた。

この人が世間から好ましく思われ、金持ちになったきっかけは、たまたま中国船が盛んにやって来て、糸や綿の値段が安くなり、最上級の緋綸子《ひりんず》一巻《ひとまき》が十八匁五分（約二万五千円）くらいが相場であったことだ。後にも先にもこのようなことはまたとないはずだと意を決し、懇意にしている友人に商売をしたい旨を語り、一人当たり銀五貫目ずつ、十人合わせて五十貫目を借り集めてこの綸子を買い置いたところ、その翌年かなりの利益を上げて三十五貫目（約四千七百万円）の儲けを出し、喜んでいた最中にただ一人の息子が、どうにも手の施しようのないような大病になった。全財産に代えてでもと治療を試みたが効き目はなく、あれこれと心配しつくして嘆いているところに、ある人から「はやらない貧乏医者ではあるが療治に長けた人がいる」と引き合わされ、重篤な病の治療を試みると七割方は回復した。だが、これ以上は良くなりそうもないということで、親戚一同と相談して名医と評判の他の者に代えてみた。すると、たちまちに具合が悪くなり、もはや死ぬしかない病状ときわまった時、夫婦は以前の医者を念のためにと思って、仲介者に恥を忍んで頼むと、もう助かる見込みはないと承知の上で医者が薬を与えたところ、半年ばかりの内にまるで鬼のごとく達者に回復したということで、このことは大評判となった。両親にしてみればこれ以上嬉しいことはなかったので、その医者を取り次いでくれた人のところへ行き、「今日は吉日ですので、薬代を治療への御礼として差し上げたく思います。こちらからもよろしくお願いします」と言ったところ、取次をした夫婦は薬代について相談して、「これを我々が請け負うというなら、それ相応の礼として銀五枚（約二十九万円）くらいか」と例示したところ、妻はそれに対して「いくら何でも銀三枚まででしょう」などと言い合いをしているうちに、まずは銀百枚（約五百七十万円）に真綿二十把・一斗樽一荷に箱肴という、思いも掛けない高価な薬代を用意した。これを伝えると、医者もさすがに再三遠慮をしたが、取次の夫婦も助力して、銀百枚を貸してこの医者に家屋敷を求めさせたので、次第にはやり出し、まもなく乗り物に乗るような立派な医者となった。口に出してみれば小さい話ではあるけれど、四十貫目（約五千三百万円）に足りない身代で銀百枚の薬代を払うというのは、堺の町が始まって以来、町人にはないことである。このような気性ゆえにかなりの稼ぎを出すようになり、ますますこの家は栄えたということだ。

〈語釈〉

○**泉州堺**　堺の町の実情は前出巻四の五に詳しい。○**緋りんず**　深紅色の綸子。綸子は滑らかで光沢のある絹織物。○**歩行医者**《かち》　乗り物に乗れず歩いて往診する、はやらない貧乏な医者。○**みやうが**　冥加。元は神仏の加護及びそれに対する謝礼を言うが、ここは治療に対する返礼・報恩。「薬代《やくだい》程高下のある物はなし」と『西鶴織留』にもあるように、当時の医療費・治療代は、医者の格式と患者側の資産額や経済事情の組み合わせによって千差万別であった。○**銀五枚**　銀一枚は丁銀一枚、約四十三匁。五枚は二百十五匁。○**斗樽**　一斗（約十八リットル）入りの酒樽。壱荷は一対、二つ。○**箱肴**　祝儀・贈答用の箱入りの魚。○**乗物にのられける**　乗り物に乗って往診するようになり、徒歩《かち》医者から出世した。○**此気**　このような気風。度量が広く大気なこと。

〈挿絵解説〉

蔵の戸前の主人公が旅装をしていることから判断して、長崎で仕入れ梱包したままの商品を松林のある堺の浜から運び入れている情景と考えられる。本文との関係では小刀屋のはずであるが、大小を差しており、堺の町役人或いは長崎商いの役職などを勤め特別に名字帯刀を許された時点を想定しているのであろうか。緋綸子の買い置きをした時のことではなさそ

うである。傍らでは掛硯を側に手代が帳付けをしている。蔵の壁にプレート状のものを塡《は》め込んで補強しているようなのだがどういう仕組みかよく解らない。

〈解説〉

『永代蔵』の中で最も短い本章は、利発で正直な主人公が、その身一代で自然と大金持ちになり、重病を患った一人息子の命も助かったという、まさに夢のような物語である。

当初は五百万円程の資産であった小刀屋が成功したきっかけは緋綸子の買い置きであった。手持ちの資金では埒が明かないと、十人の親しい友人に事情を話して一人から六百七十万円ずつ、総計六千七百万円を借りて値段の安い緋綸子を買い込んだところ、翌年には値上がりして五千万円近くの利益があったという。底値を見極めて買い入れる才覚と、自己資金より多額の金を多くの知り合いから借りるという大胆さは、きちんとわけを説明するという正直さに裏付けられており、大成功を収めたというのである。なお、これと同様のことを巻二の一に登場した藤屋市兵衛が長崎商いで行ったことが『町人考見録』には記されている。

丁度その頃のこと、一人息子が大病を患い、治療の上手な徒歩《かち》医者に診てもらい、七十パーセントは回復したが今一つはかばかしくなかったので、親類一同と相談の上流行の名医に代えたが病状は急速に悪化し、瀕死の状態になってしまった。元の医者を紹介してくれた人に恥を忍んで再度頼み込み、半年余りで見事に全快したという。この対応も主人公の潔い態度と度量の広さを物語っているが、それればかりではなく、医者への礼金も仲介者が二、三十万円台と見積もっている所を五百七十万円プラスアルファという思い切ったものであった。この時の小刀屋の身代は五千三百万円程であるから、全財産の一割強に相当する治療代を支払ったわけで、堺の町人には珍しい気っ風の良さで金を儲け、十億円以上の遺産を助かった子供に残したという。この話には、再三辞退する医者に銀百枚を貸して家屋敷を求めさせ、次第に流行り出し間もなく乗り物で往診する医師に出世したというおまけまで付いている。

本章の良いこと尽《ずくめ》の夢物語的性格を批判的にとらえる見解もあるが、『永代蔵』に於いて致富談といえば何かワケ有りで、金儲けが難しい現実の厳しさを繰り返し描いてきた西鶴にとって、例外的な明るい話題もやはり必要だったということなのであろうと考えられる。巻四の五で詳述されていたように、堺の町は表向きは地味で、名物の茶道具や舶来品を代々持ち伝えて売り時を待っているような長者が隠れ住む、どちらかといえば保守的・退嬰的な所ではあるが、その一方で時には町人離れした思い切った散財も敢えてするような気風もある土地柄とされていた。小刀屋の夢物語はそのような堺の町に相応しいと言えるであろう。この話と似てはいるが全く対照的な事例が『万の文反古』の巻五の一に触れられている。やはり堺から江戸に出て刻み昆布を商っていた人物が元手不足に悩み、わざわざ立派な医者にかかって破格の治療代を払って金回りが良いと思い込ませ、多額の資金を融通させる手段にしたというのである。意想外ではあるが現実にありそうな面白さから言えば『文反古』の方に分があるかもしれないが、西鶴はここで敢えて絵空事めいた小品を物したのであると考えられる。

第四　身体《しんだい》かたまる淀《よど》川のうるし

*人の翺《かせぎ》は早川の水車のごとく、常住《じやうぢう》油断する事なかれ。瀬々《せゞ》の流れも昼夜《ちうや》七十五里《り》につもり、水の行末《ゆくすへ》さへかぎりあるなれば、人間一生、長《なが》うおもふて短《みぢ》かし。ほどなく老《をひ》の浪立淀《なみたつよど》の里に、*与三右衛門《よさうゑもん》といへる人、はじめはわづかの家業《かげう》なりしが、自然《しぜん》の仕合《しあはせ》見えしは、有《ある》時、ふりつゞきたる五月雨《さみだれ》の比《ころ》、長堤《ながづゝみ》も高浪越《たかなみこし》て、里人太鼓《たいこ》をひびかせ、人足《にんそく》を集め此《この》水をふせぐに、小橋《こばし》はつねさへ渕《ふち》なるに、けふのけしきのすさまじく、阿波《あは》の鳴門《なると》を目前《もくぜん》に、渦《うづ》のさかまく其《その》中より、小山程なるくろき物びつとう

き出《いで》、行水《ゆくみづ》につれてながれしを、見る人「鳥羽《とば》の車牛《くるまうし》ならん」と指さしけるに、牛には大きすぎたるに心を付《つけ》、是《これ》を跡よりしたひ行《ゆく》に、渚《なぎさ》の岸根《きしね》なる松にかゝりて留りけるを、立《たち》よりみれば、とし〴〵四十八川の谷々より*流れかたまりし漆《うるし》なり。是《これ》天のあたへとよろこび、くだきて上荷《うはに》舟《ぶね》にて取《とり》よせ、ひそかに売《うり》ける程に、此《この》ひとつのかたまり千貫目にあまり、此《この》里の長者とは成《なり》ぬ。これらは才覚の分限にはあらず、てんせいの仕合《しあはせ》なり。*おのづと金がかねまうけして、其名《そのな》を世上にふれける。

或《あるひ》は親よりのゆづりをうけ、又は博奕業《ばくちわざ》にて勝《かち》を得たり、似《に》せ物商《ものあきな》ひ、後家《ごけ》を見《み》立《たて》て入聟《いりむこ》、高野山《かうやさん》の銀をまはし、人しらねはとてえたむらへこしをかゞめ、手前のよろしきは嬉《うれ》しからず。常にて分限になる人こそまことなれ。人のしはきを笑ふ事は非《ひ》なり。それは面々《めい〳〵》の覚悟に有《ある》事なり。手を出して物はとらねど、其《その》心に違《ちが》はざる非道《ひだう》の人、世にまぎれて住《す》めり。たとへば、借銀《しやくぎん》かさみ、次第にふりにつまり、さま〴〵調《てう》義《ぎ》をするになりがたく、自然《しぜん》と其《その》家をつぶし、毛頭《もうとう》内証に偽《いつは》りなく、委細《ゐさい》に勘定を立《たて》、其《その》上の分《ぶん》さんは、そん銀するに悪《にく》まず。*今時の商人《あきんど》、おのれが身体《しんだい》に応ぜざる奢《をごり》を、皆人の物にて昼夜を明《あか》し、大年《おほどし》の暮《くれ》におどろき、工《たく》みてたふるゝ拵《こしら》へして、世間の見せかけよく、隣《となり》を買添軒《かひそへのき》をつゞけ、町の衆《しゆ》を舟あそびにさそひ、*琴引《ことひく》女をよびよせ、女ばう一門をいさめ、松茸《まつたけ》・大和柿《やまとがき》のはじめを、ねだんにかまはず見せのはしにて買取《かひとり》、茶の湯は出きねど、*口切前《くちきりまへ》に*露路《ろぢ》をつくり、久七に明暮《あけくれ》たゝき土《つち》をさせて、奥深《をくぶか》に金屏《きんへう》をひからし、外《ほか》よりこのもしからせ、頓《やが》て売家《うりいへ》なるに千年もすむやうにおもはせ、内井戸石の井筒《ゐつゝ》に取かへ、人の物からるゝ程は取《とり》こみ、ひそかに田地《でんぢ》を買《かひ》置《をき》、*一生の身業《みすぎ》を拵《こし》らへ、其《その》外、子どもを*仕付銀《しつけぎん》まで取て置《をき》、惣高《そうたか》算用して三分半にまはる程に仕かけ、負《をふ》せかたにわたしけるに、のちは我人《われひと》たいくつして、おのづからに済《すま》し、其《その》当座はかなしき顔つきして、木綿《もめん》きる物にて通りしが、はや此《この》さむさわすれて、風をいとはぬかさね小袖《こそで》、雨ふつて地かたまると、長柄《ながえ》のさしかけ傘《がさ》に竹つえのもつたいらしく、むらさきのづきんして、「小判は売《うり》しゆんか」と、相場聞《きく》など、さなから*のけがねのやうに思はれける。さてもおそろしの世や、うかとかし銀ならず、*仲人《なかうど》まかせに娘もやられず。念を入《いれ》てさへそん銀おほし。

*むかし、大津にて千貫目のさし引《ひき》を、世界になき事とさたせしに、近年京・大坂に三千五百貫目・四千貫目の分算《ぶんさん》も、さのみ大分といふ人なく、其《その》時代にて、物こと手《て》広《びろ》くなりぬ。以前にかはり、世間に金銀おほくなつて、もうけもつよし、そんも有《あり》。

商《あきなひ》のおもしろきは今なり。随分、世わたりにそりやくをする事なかれ。有《ある》長者の詞《ことば》に*「ほしき物をかはす、おしき物を売《うれ》」とぞ。此《この》心のごとくかせぎて奢《をごり》をやむれば、よきに極《きはま》る事なり。されば、商《あきなひ》の心ざしは、根をおさめてふとくもつ事かんようなり。

此淀《このよど》の人、都の栄花《ゑいぐは》を見ならひ、大川《たいせん》を泉水《せんすい》に仕かけ、京よりあまたのたくみをよび寄《よせ》、不断《ふだん》の水車《みつくるま》、*客《きやく》をまつやらくる〱と、椀家具《わんかぐ》の音伏見《ふしみ》までひゞき、*浜焼《はまやき》のかほり*橋本《はしもと》・*葛葉《くつは》にかよひ、茶はうぢ*に人はしをかけ、酒のしたゞり*松《まつ》の尾《を》まで流れ、*あんごの此《この》繁昌、いつかつくる世あらじと見しに、有時《あるとき》、*石清水《いはしみづ》八幡宮《まんぐう》を申おろして、あんごのとうを執行《とりをこなは》れ、目出度《めでたき》事山々なりしに、此行事《このぎやうじ》は、その亭主の心持《こゝろもち》大事なり。万《よろづ》の義《ぎ》をおしきと思へは、忽《たちま》ち*むそくする事成《なり》しに、此《この》家破滅《はめつ》御告《つげ》にや、大釜《おほがま》の下より大束《たいそく》の葭《よし》*もへしさりしに、あまた人庭に有《あり》ながら、是《これ》をさしくべる人もなくて、あるし心にかけしより、幾程《いくほど》なく此《この》家絶《たへ》て、其《その》名は踊《をとり》歌《うた》に残《のこれ》り。

〈現代語訳〉

身体をかためた淀川の漆

人の稼ぎというものは、速い流れに回される水車のように、常に油断がないようにしなくてはならない。川瀬の流れであっても一昼夜で七十五里には達し、その水の行く先でさえ果てるところがあるものなのだから、人間の一生というものは長いように思えても短いものだ。すぐにも老いの波が立つ、その波立つ淀の里に住む与三右衛門という人、最初は小さな家業を営んでいたが、思いがけない幸運を得たのは、五月雨の降り続いていたある時、長堤を高波が越え、里人は警戒のために太鼓を打ち鳴らし、人足を集めて洪水を防ごうとしていたが、小橋の辺りは普段でさえ川底の深いところであるだけに、今日の様子はとりわけすさまじく、まるで阿波の鳴門を目前に見るようだったが、渦が逆巻いているその中から、小山ほどもある黒い物がびゅっと浮き出て、水に流されていくのを、見る人は「鳥羽の車宿の牛だろうか」と言って指さしていたが、牛にしては大きすぎることが与三右衛門は気になり、これの後を追いかけていったところ、川岸に根を張った松に引っかかって留まったので、近付いて見てみると、長年にわたって多くの川の谷々から流れてきて固まった漆《うるし》であった。これこそ天の恵みと喜んで、砕いておいて運搬用の船を取り寄せて運び、それを密かに売ったところ、この一つの塊で千貫目（約十三億円）以上になり、この里の長者となったのであった。これは自らの才覚によって成功した分限者ではなく、天から授かった幸せ者だといえる。自然と金が金儲けをしてくれて、その名が世間に知れ渡るようになった。

　たとえば、親から譲られた財産があったり、または賭けごとに勝って大金を得たり、インチキな品物を扱って商売をしたり、財産目当てで後家のところへ入り婿したり、高野山の祠堂銀を運用資金に利用したり、他人にはわからないからといって差別されている人たちの所へ行って頭を下げて金を借りたりして、富を得るというのはけっして嬉しいものではない。人並みの当たり前の方法で金持ちになる人こそ本物だといえる。他人が倹約しているのを笑うのはいけないことだ。それは各人の心がけ次第だといえる。実際に盗みを働かなくても、盗人と変わらない心掛けでいるのは道に反した人だが、世間にはそんな人が紛れ住んでいる。たとえば、借金がかさんで次第にやりくりがうまくいかなくなり、あれこれ算段してもどうにもならず、その結果家業が続かなくなり、内情については一切偽りなく詳細に勘定を明らかにし、その上で自己破産を申し出るのであれば、周囲に被害を受ける人がいても恨みはしないものだ。近頃の商人が、自分の身代に不相応な贅沢をし、借金だらけで毎日を過ごしながら、大晦日の夕暮れには支払いきれないことに気がつき、計画的に倒産することを思いついて、世間には景気が良いように見せかけようと、隣の家を買収して店の軒を広げ、町内の人々を舟遊びに誘って琴を巧みに弾く女を呼び寄せ、妻の親戚一門には威厳を示し、松茸や大和柿の初物を高値も気にせず店の端で買い取り、茶会を催すわけでもないのに口切の時節の前には露地を造り、久七には朝夕土間をたたき固めさせて、店の奥の方には金屏風を置いて見せびらかして他人にはうらやましがらせ、すぐに売り飛ばす家なのに千年も住むようなふりをし、内井戸は石の井筒に取り替え、人からは借りられる限りの借金をし、その一方でこっそりと他所に田地を買い込んでおいて一生困らないだけの準備をしておき、そのほかに子供の養育費まで取り分けておき、全財産の評価額が借金の総額の三割五分に相当する程度にしておいて、債権者たちに引き渡すことにしてしまうと、最後には債権者の誰もが根負けしてしまい、しかたなく残ったもので決算を済ますことになり、主人はその当座では悲しげな顔つきをして、質素な木綿の着物を着て通っていたが、すぐにこの悲しさ寒さを忘れて世間の風当たりなど気にせず小袖を重ね着し、「雨降って地かたまる」とはこのことだと、柄の長い傘を差しかけさせて勿体を付けて竹杖をついて歩き、紫の頭巾をかぶり、「小判の売り時は今か」と相場を聞くなど、そのままどこかに除けておいた金銭があるように思われる。それにしても恐ろしい世の中である。うっかりと金を貸すことなどできず、仲人口にのせられて娘を縁付けることもできない。いくら念を入れても損が多く出るものだ。

かつて大津に千貫目もの借金をこしらえ、これまでに例のないことだと悪評の立った男がいたが、近年では京や大坂で三千五百貫目・四千貫目くらいの負債で分散するものがいてもさして大騒ぎする人もなく、時代の変化とともに物事の規模は大きくなってしまった。以前とは異なり、世間に流通する金銀も多くなって、儲かる時は大きいが、損をする時もまた大きい。商売が面白いのはまさに今のことだ。十分に気をつけて渡世をいい加減にしたりしないことだ。ある長者のことばに「欲しいものは買わずに、惜しいものを売れ」というのがある。このような心掛けで稼いで贅沢をつつしめば、何事も上手くいくに決まっている。だから、商売の心掛けは、根本をしっかりと固めて気を大きく持つことが肝腎なのだ。

この淀の人は、京都の華やかさにならって淀川の水を庭園の池に引き込み、京都の職人を大勢呼び寄せていつまでも回り続ける水車をこしらえて「客を待つのかくるくると」と回させ、台所で使う椀《わん》や家具の音は伏見辺りまで響き、鯛の塩焼きの香りが橋本や葛葉にまで届き、茶の調達に宇治まで人が連なるほどになり、こぼれた酒ははるか上流の松尾神社にまで達し、この繁盛はいつになっても衰えることはないだろうと見ていたところ、ある時に石清水八幡宮を勧請して安居《あんご》神楽を司る頭人《とうにん》まで務め、めでたいことが山積みのようであったが、この行事は執り行う亭主の心持ちが大切なのである。何事につけ万《よろず》の出費が惜しいと思うと、たちまちにかえって無駄になってしまうもので、この家が破滅する予兆だったのだろうか、大釜の下から葭《よし》の大きな束《たば》が燃え残っているのが見えていたのに、大勢の人が庭にいながら誰もこれをさしくべようとしないのを亭主は気にしていたが、程なくこの家はつぶれてしまい、その名は踊歌の歌詞に残るだけとなった。

〈語釈〉

○**人の翺は早川の水車……**　文意は微妙に異なるのだが、同趣の構文はやはり淀の里を舞台にした巻五の二冒頭にも見出される。○**与三右衛門**　屋敷に淀川名物として踊歌に歌われた水車を設置、慶長年間淀川過書船支配を勤め後に免ぜられた、河村与三右衛門の名を借用したもの。○**流れかたまりし漆**　淵にあった漆の塊で財をなす話は『本朝二十不孝』巻三の三や昔話・伝説などに多くみられる。○**おのづと金がかねまうけして**　商業資本主義の経済構造をいう、西鶴作品に頻出する指摘。この場合本文との整合性は殆んどないのだが、この一語で致富談が一気に現実性を帯びるのは巧みである。○**今時の商人**　以下巻三の四にもあった計画的自己破産の具体的事例を示す。○**琴引女**　堂上方《とうしようがた》のものであった琴は、近世初期、八橋検校の創作した箏曲や上方歌の伴奏楽器として民間にも普及していた。女流の演奏家を家に呼ぶということであろう。○**口切**　陰暦十月初めに新茶の容器の封を切ること。また口切の茶会。○**露路**　茶室に付属する庭や通路。露地庭。○**一生の身業**　生涯暮らして行けるだけの生活設計。そのための手段。○**仕付銀**　分家や嫁入りなどの子供の将来のための資金。○**のけがね**　除《の》け銀。分散に際して予め金銀を秘匿しておくこと。○**むかし、大津にて**以下巻三の四に同工の文章がある。○**ほしき物をかはす、おしき物を売**　『長者教』に「をしき物をうりて、ほしき物をかわずして、銀をば、主《しゅう》とおもへ」とある。○**客をまつやらくる〳〵と**　巻五目録語釈に前出の歌謡「淀の川瀬の水車　誰を待つやらくる〳〵と」のもじり。○**浜焼**　鯛を塩で蒸し焼きにした料理。魚の塩焼き一般にもいう。○**橋本**　淀川の下流、京都府八幡《やわた》市橋本。○**葛葉**　更に下流、大阪府枚方市楠葉《くずは》。○**うぢ**　宇治。人橋をかけるは、茶所の宇治に次々に急使を出して茶葉を調達する。○**松の尾**　桂川の右岸、京都市西京区の内。松尾《まつのお》神社は酒造りの神。饗膳の音が伏見まで響き、浜焼きの香りが橋本・楠葉に通うというのは例の誇張表現であるが、酒の滴りが遥か上流の松尾まで流れたというのは嘘を承知の滑稽化である。○**石清水八幡宮**　京都府八幡市男山《おとこやま》に鎮座。○**あんごのとう**　もと陰暦七月十五日、後に同十二月に行われた石清水八幡宮の神事安居《あんご》神楽を司る頭人《とうにん》。男山山下の旧家から選ばれるという。○**むそくする**　無駄になること。無足する。○**もへしさる**　燃え退《しさ》る。焚き物が竈の外の方まで燃え移り、燃え止《さ》しになること。

〈挿絵解説〉

淀川の洪水で流れ出したという小山程の漆の塊。これ一つが十三億円の収益になったという。背景は淀城と名物の水車。石垣に添って城内に水を引く樋が設置されている様が水車の左にわずかに覗いている。厳密には、漆の塊は与三右衛門が貧しい時に発見し、淀城はその屋敷跡に築城されており、全く時代が異なっている。河村家の全盛期を除外した異時同図法は違和感のある構図となっている。

〈解説〉

本章は、偶然の幸運から巨大な漆を発見して大金持ちになった人物が贅沢な暮らしをし、主宰した神事での失態から破滅した顚末を主軸に、不正な蓄財や計画倒産を戒める等の教訓を挿入した極めて単純な構成である。淀川の過書船支配を勤めた河村与三右衛門の事績と殆ど整合性がないにもかかわらず、主人公が歌に歌われた水車を設置した与三右衛門であることが殊更に明示されているこの話には、西鶴の大胆な虚構化《フィクション》が施されている。

豊臣秀吉の時代から川船支配であった河村家は、慶長八年には木村宗右衛門と共に家康から朱印状を与えられて淀川過書船奉行に任ぜられ、屋敷には有名な水車が仕掛けられている程の旧家であった。西鶴はこれを、初めは僅かな家業であったが洪水で流れ出した漆の塊を密かに売って十三億円も貯えた、漆長者の話に改変している。天から与えられた幸せで有名になるのは不本意なことで、人並みの方法で分限になるべきだとする筆致は、計画倒産を企図する不心得者批判へと展開している。

見せかけだけに家を立派に普請し、町内の人を船遊びに誘い、初物をこれ見よがしに高値で買い調えて信用させて借金を重ね、その一方で密かに田地を買い込んで生計の手段を講じ、子供の身の振り方に困らないだけの銀を隠匿し、三割半の配当になるように仕組んで分

散する。当座は悲しそうな顔付きをしていたものが、熱《ほとぼり》が冷めるやすました顔で小判の売り時を尋ねるなど、全く恐ろしい世の中になったものであるという。更に巻三の四と同趣の文章で最近の分散が大規模になったことを言いながら、商売の面白いのはこんな時であるとし、「欲しい物は買わずに惜しい物を売れ」「商いは根本をしっかり固めて気を大きく持つのが肝心である」と教訓する。分散をめぐる指摘はここでも二転三転するが、恐らくそれは後の段落への橋渡しとして意図的になされている。

この淀の人は都の栄花を見習って贅沢三昧に暮らしていたが、石清水八幡の神事を司る安居の頭を勤めた際にこの家が破滅するお告げのように葭《よし》の大束が燃え退《しさ》り、これを気に掛けたのが失態となって家が絶え、踊歌にその名が残ったという。一見するとこれは、奢侈《しゃし》に暮らした人物が神事の失態によって破滅したということのようではあるが、それだけでは与三右衛門の名前を持ち出した理由が見えてこない。

河村与三右衛門が木村宗右衛門と共に家康から過書船奉行に任ぜられたのは、中世以来安居頭《ごのとう》を勤める石清水八幡の神人《じにん》が淀の二十石船を支配していた旧例に則ったものである。元和元年に河村に代わって角倉《すみのくら》与一が過書船奉行に任ぜられたが、これは大坂の陣で徳川方に便宜を図った功績によるものであるとされ（『京都御役所向大概覚書』三）、「木村宗右衛門先祖書」にも慶長年間家康の伏見在城時から交流があったとされている（大日本史料、慶長八年十月二日）。寛永三年の「改」の支配人は角倉・木村の連名であるが河村の名は記されておらず、過書船奉行交代は徳川氏に対する忠誠度如何が大きく影響しているらしい。元和九年淀城築城の際河村の屋敷地は召し上げられ、替地を与えられて移住したが、水車は揚水装置として城外に設置されていたという。「淀の川瀬の水車誰を待つやらくる〳〵と」の流行歌謡がこうした出来事を風刺したものかどうかは詳《つまび》らかではないが、角倉・木村が以後も代官として活躍していることから見て、一連の経緯は当時の人々にとって周知だったのではないだろうか。そうした事実を踏まえて西鶴は「此家絶て、其名は踊歌に残《のこれ》り」と結んだのであると考えられる。

贅を尽くして暮らしながら燃え退《しさ》った葭を惜しんで気に病んだ主人の心は、奢りを止めて欲しい物を買わず、惜しい物は売って商いに専念し、根本を固めて気を大きく持てという、前段の教えに真っ向から対立している。僥倖によって漆長者になったものの商人としての心掛けがないので家が没落したという構想の一方で作者は、「客を待つやら来る来ると」と吉報を期待して誇張表現されたような趣向を用意し、準備万端を整えたにもかかわらず、「此家破滅御告」として石清水神人の特権だった過書船支配を罷免され、屋敷地も接収された河村家の命運と徳川の非情な仕打ちを掠《かす》めているのであると考えられる。この脈絡では「万の義をおしきと思へは、忽ちむそくする事成しに」とのありきたりの文は「付け届けを惜しむと失敗する」の意となるはずである。現実の河村家は幕末まで存続しており、「いやこの家は替え地を与えられて移住しているはずだ」という事に思い及ぶ読者に対しては、見せかけ分散の際には「ひそかに田地を買置」き将来の手段を講じておくものだという付録が用意されているのである。違和感のある挿絵も河村家の衰運を示唆している。

第五　智恵《ちゑ》をはかる八十八の升掻《ますかき》

世界のひろき事、今思ひ当《あた》れり。万《よろづ》の商事《あきなひ》がないとて、我人年《われひととし》〳〵やむ事、およそ四十五年なり。世のつまりたるといふうちに、丸裸《まるはだか》にて取付《とりつき》、歴々に仕出《しだ》しける人あまた有《あり》。米《こめ》壱石を拾四匁五分の時も、乞食《こつじき》はあるぞかし。つら〳〵人の内証をみるに、其《その》家それ〳〵に、諸道具《しよだうぐ》を次第にこしらへ、むかしよりは、おしなべて物こと十分になりぬ。尤《もつとも》、家をやぶる人もあれど、家とゝのへる人まされり。其《その》ためしは、京《きやう》にかぎらず、江戸・大坂のはし〳〵、明地《あきち》・野原《のはら》まで、すこしの明所《あきど》もなく人家に立《たち》つゝき、何して世をわたる共《とも》見えねど、五人・三人の子共に正月きるもの綿入《わたいれ》て、盆《ぼん》は踊《をとり》ゆかたも拵《こしら》へ、*はしかの子の後帯《うしろをび》、ひとしほ見よげなり。亭主は、日用《ひよう》とり或は*釣瓶縄《つるべなは》屋、又は童子《わらべ》すかしの猿松《さるまつ》の風車《かざぐるま》をするなど、やう〳〵一日に丸《まる》とりにしてから、三十七八文・四十五六文、五十迄の仕事するかせぬうちにて、四五人口を過《すぎ》て、いづれも身のさむからぬは、是《これ》みな母のはたらきなり。同じ五人口にて、一日に三匁五分づゝ入《いる》も有《あり》、又は六匁つゝ入《いる》もあり、世帯《せたい》の仕かた程、各別《かくべつ》に違ふ物はなし。人の渡世は、さま〳〵に替《かは》れり。やう〳〵ふうふの友《とも》すきしかねるもあれば、壱人のはたらきにて大勢《おほぜい》をすごすは、町人にても大かたならぬ出世、其《その》身の発明なる徳なり。

一切の人間、目《め》有鼻《ありはな》あり、手あしもかはらず生れ付《つき》て、貴人《きにん》・高人《かうにん》、よろづの*芸者は各別、常《つね》の町人、金銀の有徳《うとく》ゆへ世上に名をしらるゝ事、是《これ》を思へは、若き時よりかせぎて、分限《ぶんげん》の其《その》名を世に残さぬは口をし。俗姓《ぞくしやう》・筋目《すじめ》にもかまはず、*只《ただ》金銀が町人の氏系図《うぢけいづ》になるぞかし。たとへば、*大《たい》しよくはんの系《つり》あるにしてから、町屋住《まちやすま》ゐの身は、貧《ひん》なれば猿《さる》まはしの身にはおとりなり。とかく大福をねがひ、長者となる事肝《かん》要《よう》なり。其《その》心山のごとくにして、分限《ぶんげん》はよき手代有《ある》事第一なり。難波《なには》の津にも、*江戸《えど》酒《さけ》つくりはじめて一門さかゆるも有、又*銅山《あかゝねやま》にかゝりて俄《にはか》ぶけんになるも有《あり》。よし野うるし屋して、人のしらぬ埋《うづ》み金有《がねある》人もあれは、*小早《こはや》作り出して、舟問屋《ふなとひや》に名をとるも有《あり》。家質《かじち》の銀借《かねかし》して富貴《ふうき》になるも有《あり》、鉄山《てつざん》の請山《うけやま》して次第分限《しだいぶげん》の人も有《あり》。これらは近代の*出来商人《できあきんど》、三十年此《この》かたの仕出《しだ》しなり。

人のすみかも、*三ケ《さんが》の津《つ》に極《きは》まれり。遠国《をんごく》に分限《ぶげん》あまたあれど、其《その》さたせざる人多し。もつ共《とも》、都の長者は、金銀の外《ほか》世の宝と成諸道《なるしよだう》ぐを持《もち》伝へたり。*亀屋といへる家の茶入《ちやいれ》ひとつを、銀三百貫目に糸屋へもらふ事有《あり》。*弐拾万両のさし引《ひき》を、年歩《ねんぶ》にて済《すま》す両替屋も有《あり》。とかく、都のさたは外《ほか》にて成《なり》がたし。むかしの長者絶《たゆ》れは、新長者の見えわたり、はんじやうは次第まさりなり。人は、堅固《けんご》にて其《その》ぶんざいさうおうに世をわたるは、大福長者にもなをまさりぬ。家さかへても屋継《やつぎ》なく、又は夫妻《ふさい》にはなれあひ、物ことふそくなる事は、世のならひなり。

爰《ここ》に、京の*北山《きたやま》の里、かくれもなき三夫婦《みめうと》とて、人のうらやむ人あり。そも〱、祖父《をゝぢ》・祖母《うば》無事にして、その子に娌《よめ》をとり、又此《この》孫成人《せいじん》して娌《よめ》をよひ、同じ家に夫婦三組、しかも、おさな馴身《なじみ》にてかたらひをなしける事、ためしもなき仕合《しあはせ》なり。此親《このをや》仁《じ》八十八、其《その》つれあひ八十一、男子《むすこ》五十七、其女《そのにょう》ばう四十九、此《この》子二十六、*女は十八、一生すこしのわづらひなく、殊更《ことさら》いづれもあひさつよく、其《その》上身体《しんだい》も、百姓の願ひのまゝに、田畠《でんぱく》・牛馬《ぎうば》、男女のめしつかひ者棟《むね》をならべ、作《つく》り取同前《とりどうぜん》の世の中、万《よろづ》を心にまかせ、神をまつり仏を信《しん》しんふかく、おのづから其《その》徳そなはりて、八十八歳の年のはじめに、誰《たれ》かいひ出して*升掻《ますかき》をきらせけるに、すなほなる竹のはやしも切絶《きりたゆ》るばかり、京都の諸商人《しよあきんど》是《これ》をのぞみけるに、商売に仕合《しあはせ》あつて、いよ〱もてはやして、三夫婦《めうと》の升かきとて、俵物《ひやうもの》はかるにこぼれさいわひあり。*上京《かみぎやう》の長者、此升《このます》かきにて白銀《しろかね》をはかりわけて、三人の子ともにわたしけるとなり。金銀有所《ある》にはある物かたり、*聞《きき》伝へて*日本大福帳《にっぽんだいふくちやう》にしるし、すゑ久しく是《これ》を見る人のためにも成《なり》ぬべしと、*永代蔵におさまる*時津《ときつ》御《み》国静《くにしづか》なり。

〈現代語訳〉

知恵才覚を計る八十八歳の升掻き

世の中がいかに広いかということに、今さらながら思い当たった。どの商いも不景気だなどといって、私も皆も長年悔しい思いをしてきたが、もうそれもおよそ四十五年前からのことだ。世の中がこうだから仕方がないなどと言っているうちに、裸一貫から商売にしがみついて、名の通った商人へと出世を遂げた人も大勢いる。一方で、米一石の値段が十四匁五分（約一万九千円）という安値の時でも、乞食はいるものだ。よくよくそれぞれの内情を見てみると、その商家ごとに諸道具を徐々に増やして、以前よりは一様に体裁が整うようになった。もっとも破産してしまうような人もいるけれど、家産を確固としたものにした人の方が大勢いる。その証拠には、京の都に限らず、江戸や大坂の端々にある空き地や野原にまで、少しの隙間もなく人家が立ち続き、何をして世を渡っているかはよくわからないけれど、五人・三人の子供を育てて正月の晴れ着に綿の入ったものを着せ、盆には踊りに着る浴衣も用意し、端鹿子《はしがのこ》の後帯を一段と見栄え良く締めさせたりしている人たちが住んでいる。亭主は日雇い稼ぎか釣瓶《つるべ》縄《なわ》屋、または子供だましの猿松の風車をこしらえるなど、やっとのことで稼いだ一日の全収入が、三十七、八文から四十五、六文、せいぜい五十文（約千円）になるかならないかの仕事で、四、五人が生活し、誰もが寒い思いをしないようにできるのは、これすべて母親のおかげである。同じ五人の生活費を稼ぐにも、一日に三匁五分（約五千円）ずつ必要とするような、または六匁（約八千円）ずつ必要とする生活があるというのだから、家計のやりくりほどそれぞれに違うものはない。人の渡世は、まことに個々にやり方がある。一生懸命共稼ぎで働いてもどうにもならない世帯がある一方で、夫一人の働きで大勢を養う者もいるが、それは町人の中でもめったにない出世であり、その人の生まれ持った利発さのおかげといえる。

すべての人間には目があり鼻があり、手足も同じように生まれついていて、貴い御身分や高名な家柄の方々、あるいは様々な才能に恵まれた人達は特別として、普通の町家に生まれながら金銀を貯め込めば世間に名を知られるのだから、改めて考えてみれば、若い時から稼いで分限としてその名を世に残さないという法はないだろう。素姓や家柄がどうであろうと、とにかく金銀こそが町人にとっての氏系図であるのだ。たとえば、藤原鎌足の家系に連なるからといって、町屋住まいをしているのであれば、貧乏であったら猿回しよりも劣った身の上なのだ。とにかく大きな幸福を願い、長者となることが大事である。その心は山のようにどっしりとして、金持ちにはよい手代がいることが一番大切だ。大坂の町にも江戸へ下す酒を造り始めて一門が栄えた例もあり、また銅山経営に乗り出してたちまち金持ちになった者もいる。吉野特産の漆を商ってこっそりと大金を貯め込んだ者もいれば、小型の快速船を考案して船問屋として名をあげた者もいる。家を抵当にする金貸しをして富貴になった者もおり、鉄鉱石を産出する山の採掘権を得てしだいに金持ちになった人もいる。これらは近年に急成長した商人であり、この三十年の内の成功例である。

人が住むところは、京大坂江戸が何といっても良い。地方にも金持ちは大勢いるものの、その噂を耳にすることが少ない。もっとも都の長者は金銀のほかにも世間の宝となるような諸道具を代々持ち伝えている。亀屋という家の茶入れ一つを、銀三百貫目（約四億円）で糸屋に譲るということもあった。二十万両（約百六十億円）の収支決算を、年賦で返済する両替屋もある。とにかく都でのやり方は、よその土地での参考にはならない。昔の長者が途絶えてしまえば、新長者がそれに代わって隆盛を極め、次第次第に繁栄は以前よりも増していく。とはいえ、人というものは健康で自分の分際相応に世を渡ることが出来るなら、大福長者よりも幸せなことだ。家が繁盛しても後継ぎがなかったり、あるいは夫婦が離婚してしまったり、何につけても良いことずくめにはならないのがこの世の常である。

京都の北山の里に、有名な三夫婦として、人がうらやむような一家があった。そもそも祖父母が健在で、その子に嫁を迎え、そして生まれた孫が成人して嫁をもらい、同じ家に夫婦三組が住み、しかも幼馴染みで結婚したとは、外に例のない幸せぶりである。この親父が八十八歳でそのつれあいが八十一歳、息子は五十七歳でその女房は四十九歳、その子が二十六歳でその妻は十八歳、みな生まれてから一度も病気になることなく、お互いに大変に仲が良く、その上に身代も、農民にとっては思い通りに田畑や牛馬を所有し、男女の召し使いの住居の軒を並べ、年貢のない作り取り同然の世の中なので、何事も思い通りになり、神を祀り仏を深く信心しているので、自然と人徳も備わるようになり、八十八歳の年の初めに誰ということはなく言い出して升掻を切ってもらおうということになり、真っすぐな竹林を伐りつくしてしまうほどの勢いで、京都の諸商人たちが望んで押しかけ、この升掻を使うと商売が繁盛するということで、いよいよ三夫婦の升掻ともてはやされるようになり、俵につめた穀物を量ると、思いがけないほどの余得があった。上京《かみぎょう》の長者は、この升掻で銀貨を量り分け、三人の子供に相続させたという。金銀はあるところにはあるものだというこの物語、これを聞き集めて日本大福帳に書き記し、末永くこれを読む人のためにもなるだろうと、全編を永代蔵に納めた。国も平和に治まって年中平穏でめでたいことである。

〈語釈〉

○**はしかの子**　両端だけを鹿子染めにしたもの。端鹿子。後帯は背後で帯を結ぶこと。町家の女や娘などが用いた。○**釣瓶縄屋**　井戸の釣瓶についている縄を作る職人。○**芸者**　学問・武芸、芸術や遊芸などの職能に優れこれを仕事とする者。○**金銀が町人の氏系図になるぞかし**　町人にとって金銭の力が武家の素姓・家柄にも匹敵する力を持つということ。巻一の一に金銀を「二親の外に命の親なり」とあったように経済力を基礎とする近世町人階層の典型的な発想。○**大しよくはんの系**　大織冠、藤原鎌足の系図。貴族階級のエリート中のエリート藤原氏直系の血統であったとしてもの意。○**江戸酒**　江戸へ下す酒。清酒の醸造から財をなした豪商鴻池氏を想起させる。○**銅山にかゝりて俄ぶけん**　銅山経営で成功した泉屋住友氏を思わせる。○**小早作り出して**　小早船は小型の快速船。渡海用の船は大坂と瀬戸内各地の連絡や江戸への廻船に用いられたという。○**出来商人**　急成長した商人。俄か分限。「三十年此かた」は万治・寛文以降、ごく最近の意。○**三ケの津**　京・大坂・江戸の三都。○**亀屋といへる家の茶入……**　『町人考見録』に糸屋十右衛門が亀屋某の味噌《みそ》屋《や》肩衝《かたつき》の茶入を判金千枚で貰い受け、代金を車に積んで白昼通行したとの言い伝えが記されている。元の持ち主亀屋は幕府呉服師亀屋栄任家。豪商糸屋は西国大名への貸し金が滞り三代目で破産したという。○**弐拾万両**　『永代蔵』の中でも突出した金額。「さし引」は収支決算、及びその結果。「年歩」は年賦。○**北山**　京都北方、衣笠山・船岡山・鷹が峯から上賀茂にかけての山々の総称。○**百姓**　江戸時代では町人に対して百姓身分の人々をいう。農業に従事する農民をさすことが多い。○**升掺**　升掻。升に盛った穀類を平らにならすへら。前出、巻一の二語釈参照。○**上京**　京都市北部、御所を中心とする三条通より北の地域。貴族的で上品な気風があるとされる。○**日本大福帳**　大福帳は商家の最も重要な帳簿に繁栄を祈念する意を込

めた呼称。本書の叙述内容を日本の国の金銭に関する現実を写した大福帳に例えたもの。○**永代蔵**　永久に破損することのない頑丈な蔵。○**おさまる**　蔵に収まると国が治まるを掛けた表現。○**時津御国**　年中平和で良く治まっている国。時津国。

〈挿絵解説〉

北山の里三夫婦の正月祝い。男は袴・肩衣の裃姿、女は打ち掛けに垂れ髪の正装。老夫婦の前には盃と熨斗鮑《のしあわび》を載せた三方が置かれ、燗鍋を前に給仕の娘が待機、取り肴を盛った折敷《おしき》なども見える。末座の角繰髷《つのぐりまげ》の女の横に、升の上に升掻に切る竹と小刀・鋸《のこぎり》が置かれている。表口には門松と立派な注連飾《しめかざり》が飾られ、奥庭には梅の花が咲いている。華やかでめでたい正月の光景である。

〈解説〉

本章は『日本永代蔵』の総まとめとして構想されたもので、経済的に成長し繁栄する世の中ではあるが人々の暮らし向きには様々あるとした導入部、町人にとって金銭の重要性を説き、大坂・京都の大分限や長者に言及した中間部、京都北山の三夫婦の升掻の話の三つから成っており、随想風の文体で記されている。

この作品の刊行年から逆算して四十五年前は寛永末年に当り、『世間胸算用』巻一の三にも「六十年此かた」人々が不景気で商売にならないと嘆いている間にも裸一貫から出発して金持ちになつた人も多数あると記されている。慶長年間のように、一石十四匁五分と米の値段の安い時にも乞食はいるものだとする書き出しは、日雇い人足など日収千円以下で四、五人が生活する極貧状況や夫婦共稼ぎでやっと暮らしている者、これとは対照的に一人の働きで大勢を養う出世した町人の姿と二転三転しながら中間部を導き出す。

経済力によって世間に名前が知られる町人にとって金銀こそが町人の氏・系図にも相当するという主張は、巻一の一冒頭の「二親の外に命の親なり」とする考えにも通じる極めて町人的な発想であり、金持ちになることが何よりも重要であるとされる。これを承けて、実名は記さないものの誰しもが思い浮かべるであろう、酒造業の鴻池・銅山経営の住友の例を挙げ、以下吉野漆屋・舟問屋・鉱山開発等々で大坂の新興商人が万治寛文以降の三十年間に急成長したと位置づけられる。更に都の富豪層が余所とは比較にならぬ桁違いであることが、茶入れ一つが四億円で亀屋から糸屋へ譲り渡され、二十万両の決済を年賦にした両替屋を例に示される。この表現が絶妙なのは、巨額な金銀を扱う大分限として挙げたものが、同時に次に記す「むかしの長者絶れば」の実例にもなっている点である。味噌屋肩衝の茶入を買い取った糸屋は大名方へ貸し金が滞り三代目で破産したとされている。二十万両というから約百六十億円もの突出した金額を年賦にした両替屋が誰なのかは定かではないが、『町人考見録』には両替善四郎が長州毛利家へ立て替えたこれとほぼ同程度の銀一万三千貫目（約二十二万両）を年賦で決算した旨が記されており、当座は町人の金銀で資金繰りをしていたが、やはり三代目で潰れたという。にもかかわらずこれに代わって「新長者の見えわたり、はんじやうは次第まさりなり」のように、中世の町衆の末裔としての京都の富裕階層の底が知れないことが示されている。こうした展開は、豊かな世の中にもその日暮らしの貧者が居るとした導入部からの筆致にも相通じるものがあるであろう。

行きつ戻りつする文体で繁栄する町人社会の経済状況を過不足なく描いて来た作者は、最後に百姓身分の人物を取り上げている。人は身体壮健で身の程に応じた世渡りをするのは大福長者にも優るとして、話題は祖父母・子供・孫夫婦と三組欠ける所のない三夫婦へと転じられる。これ又巻一の一の「福徳は其身の堅固に有」と照応している。この一家は、京都の北山の里で田畠・牛馬を所有し男女の使用人が家を建て並べ、年貢を納めず収穫全部が自己の所得となる作り取り同然の百姓として、万事意のままに神を祀り仏を信心し、豊かに暮らしていたという。京都近郊の農村は、幕府の代官による年貢支配とは別に所司代直属の四人の雑色《ぞうしき》が方角割りによって民政に携っており、数十もの領主権が錯綜する村もあった。特に北部では朝廷・公家・社寺の領地が大部分で、武家の領地は少なかったという。「作り取同前の世の中」を豊かに暮らしていたというのは、こうした歴史的事象に依拠して年貢とは別方式の貢納によっていたことを意味しており、恐らくは寺社の領地の居住者と想定されているこの人物が信仰心が厚かったというのは、巻一の一の「殊更、世の仁義を本として、神仏をまつるべし」との指摘とも相応している。

八十八歳の祖父が切った升掻は縁起がいいばかりでなく、穀類を計ると余禄があると京都中の商人にもてはやされ、上京の長者はこれで白銀を計り分けて三人の子供に譲り渡したという。金銀がある所にはある物語を記した本書を永久保存に耐える永代蔵に収めた日本国の大福帳になぞらえ、平和な治政を祝うことで作品は型通りにめでたく閉じられている。だが、最終章が百姓の幸せな暮らしを描いて結ばれているというのは、成功譚没落談様々ではあるものの町人社会の経済的繁栄を主たるテーマとして来た『永代蔵』最大の逆説《パラドックス》である。しかもそれは巻一の一の水間寺の観音様の、「我頼むまでもなく、士民《どみん》は汝にそなはる、夫《をつと》は田揺《たうち》て、婦《ふ》は機織《はたをり》て、朝暮《てうぼ》其《その》いとなみすべし」とのお告げが人々の耳に入らないのは情けないとした時点で既に用意されていたものなのである。大坂の裕福な町人の家に生まれた西鶴自身、店を手代に譲って商人をやめ、自由な暮らしを楽しんだという（『見聞談叢』）。逆説的な構想を構えた西鶴は、升掻で我々の「智恵をはかる」かのように、金銭的な豊かさの意味や本当の幸せとは何かを読者に問いかけているのではないだろうか。

〈奥付〉

此跡ヨリ

人*は一代名は末代

仁*之部
義之部
礼之部
智之部
信之部

甚*忍記　板行仕候

全部八冊

二条通麩屋町
京　金*屋長兵衛
書林　神田新革屋町
江戸　西*村梅風軒
貞*享五戊辰年正月吉日
北御*堂前
大坂　書肆　森田庄太郎刊板

〈語釈〉

○**人は一代名は末代**　人の身は一生で滅びてしまうが、その人の名は善悪ともに永く後の世に残るの意の諺。○**甚忍記**　浅井了意作の教訓物仮名草子『堪忍記』をもじった書名。西鶴死後出版された『西鶴織留』の原型に当たる書物のこの時点における出版予告。○**仁義礼智信**　儒教で人が常に守るべき五種の道徳。五常。○**金屋長兵衛**　観世流謡本などの版元・書肆。山本氏。二条通麩屋町は現在の京都市中京区の内。『永代蔵』の京都での売捌所。○**西村梅風軒**　書肆西村半兵衛。俳書や好色本などを手がけている。神田新革屋町は現在のJR神田駅辺り。江戸での売捌所。○**貞享五戊辰年**　一六八八年。九月三十日改元、元禄元年。○**森田庄太郎**　大坂の版元・書肆。西鶴作では『椀久一世の物語』『好色五人女』などを刊行している。北御堂前は大阪市東区本町四丁目辺。

〈解説〉

貞享五年正月刊行を明記した『甚忍記』出版予告のある三都の書肆連名の奥付・刊記。現在知られている限りでは、これが初版本であると考えられている。西村の名を除いた二都版の他にも多くの後版本があり、地方別に分類し直した西沢版系統の異版も知られている。出版予告によれば、仁・義・礼・智・信の儒教道徳を履行した人々の話を集めた続編が予定されていたらしい。この書名の作品は現在知られていないが、遺作の『西鶴織留』の前半部「本朝町人鑑」はその一部ではないかと考えられる。貧者には情けをかけ大勢の人を養う

「慈悲」神仏に対する信仰心、拾った金を持ち主に返却する「正直」等々によって立身した町人の鑑となる長者の話を集めたこの作品には、没落談の場合も含めて、天の道にかなうか否かという道義的発想が極めて濃厚である。

解　説

矢野公和

書名と刊行

通常「にっぽんえいたいぐら」と呼ばれているこの作品には、三つの書名がある。各巻ともに、目録には「日本永代蔵《にっぽんゑいたいくら》」とあり（目録題）、表紙に貼られた題簽《だいせん》には「日本永代蔵」と大書し（外題）、下方に「大福新長者教」と副題がある。各丁の中央の折り目に当たる部分（柱刻）にも「大福新長者教」と記されている。巻一のみ本文の冒頭に「本朝永代蔵《ほんてうゑいたいぐら》　巻之一」と内題がある。通例書名は内題を優先するが、この作品では巻一にしか存在しないので、外題の「日本永代蔵」を書名とし、「大福新長者教」を副題として扱っている。

奥付には「貞享五戊辰年正月吉日」という刊記があり、書籍としての成立は一六八八年一月とされるが、原稿段階の作品の成立はこれより数年早く、巻一から四と巻五・六は別々の時期に書かれたという説が、複数提出されている。

この作品は江戸時代を通して好評を博し、何度も刊行されており、西鶴本の中でも極めて諸本が多い。本書の底本とした森田・金屋・西村連名の三都版、ここから西村の名を削った二都版、「大福新長者鑑」と改題された文政七年刊本、天保頃刊の三都書林版や森田単独在名本などがある。以上の森田版系統の他に西沢版系統の異版がある。現存本は元禄元年五月刊の端本一冊しか知られていないのだが、同じ頃に地方別に改編された作品が刊行されていたらしく、これを元にしたと考えられる宝暦十一、二年頃の再版本によれば、江戸・大坂・西国・東国・近国・京都に分類されている。全体的に仮名を多用して読みやすく改められており、江戸を舞台とする「せんじやうつねとはかはるとひ薬」が極端に短く切り詰められている外は、概ね原本を忠実に踏襲している。挿絵の位置が本文とずれていて外の話の中に挿入されている例がいくつか見られ、「いのるしるしの神のをしき」の挿絵に手が加えられ、致富に成功した後の場面が省略されている外は、目録の暖簾に至るまで、専門用語でいう被せ彫りによって同じように再現している。この系統の本も複数回刊行されている。

木版印刷の版木を製版する際の版下の筆者は未詳であるが、西鶴本では『本朝二十不孝』『武道伝来記』などと同筆とされている。延宝頃から貞享・元禄期に活躍した京都の画家・浮世絵師吉田半兵衛は、重宝記・噺本・浮世草子等に多くの挿絵を描いた、上方での第一人者である。署名のある作は少ないが、吉田半兵衛風とされる同じ画風のものが多数存在する。この作品の挿絵も吉田半兵衛風とされている。

この作品には序文・跋文がなく、署名や印記も記されていないが、弟子の北条団水が遺作『西鶴織留』の序に「西鶴生涯のうち、述作する所の仮名草子」として『日本永代蔵』その他を挙げ、同時代の役者評判記『野良立役舞台大鏡』にも「西鶴法師がかける永代蔵の教にもそむき」とあり、伊藤梅宇の『見聞談叢』も本作に言及している等の一次資料によって西鶴の作品と認められている。内容的にも西鶴作に相応しいといえるであろう。

井原西鶴は、寛永十九（一六四二）年に生まれ元禄六（一六九三）年に五十二歳で没している。大坂の裕福な町人の家に生まれたと考えられているが、出自・家系などの詳しいことはわかっていない。早くから俳諧に志し、談林派の俳諧師として活躍し、多くの俳書を残している。自由奔放な句風で知られ、単独で詠む独吟を得意とし、句数を競う矢数《やかず》俳諧を創始、一昼夜二万三千五百句速吟の記録を達成して二万翁を名乗っている。『好色一代男』で文学史的に浮世草子とされる散文の様式を樹立し、性愛を取り上げた『好色五人女』『好色一代女』『男色大鑑』、雑話物とされる『西鶴諸国はなし』『本朝二十不孝』『懐硯』、武家社会に取材した『武道伝来記』『武家義理物語』など多くの作品を残している。西鶴は史上初めての、被支配階級に属する町人身分の作家として注目され、『日本永代蔵』と同じく町人の経済生活を描いた晩年の傑作『世間胸算用』など町人物とされる作品は古くから高い評価を与えられてきた。死後刊行された作品に『西鶴織留』『西鶴置土産』『万の文反古』その他がある。

執筆の背景

金銭を主題とする『日本永代蔵』は、文学史的にも空前の作品である。このような作品が生まれた背景には、庶民階層に至るまで貨幣経済が日常生活に浸透するようになっていた社会現象がある。江戸時代に入り、慶長小判などの金貨や銀貨、銭（寛永通宝）などが発行されて流通し、品物が商品として売り買いされる商品経済が発展した。多くの人々が金銭を使って生活するようになり、貨幣を富や財産として蓄積することが一般的に行われるようになってきた。金・銀・銭が世の中に広く流通するようになって約百年が経過した西鶴の時代、社会的な経済状況はおおよそ次のような段階に到達していた。

江戸時代初期には、戦国武将の片腕として活躍し、将軍や大名とも対等に付き合うほどの門閥商人・初期特権商人が、御用商人として領主の財政を主たる収入源としていた。年貢米を収奪された農民の手元にほとんど剰余部分が残されなかったこの頃、多くの農村では自給自足同然の生活を強いられていた。各地で都市化が進行し、徐々にではあるが商品経済が成立しつつあった萌芽期には、才覚を働かせれば至る所で様々な商機をつかむことが出来たはずであり、細々《こまごま》と倹約（始末）することでそれなりに蓄財することが可能であった。勤勉で着実な生活態度を金科玉条とする先行作『長者教』が成立・刊行された時期がこれに当る。

年貢米と自分達の生活に必要な最低限の米の他に、農民の手元に剰余部分が残り、これが商品化される事態が顕著になり、全国各地に様々な特産物が成立するようになると、経済機構は大きく変化する。寛文十二年には西廻り航路が整備され、大坂を中心とする全国的な商品流通経路が成立する。経済都市大坂では金融制度が発達し、寛文十（一六七〇）年に十人両替が成立し、多くの武家人口を抱えた消費都市江戸に物資が集中する。商業や経営の規模が飛躍的に拡大し、莫大な元手（資本）を必要とする商業資本主義の時代になって、新しいタイプの新興商人が続々と登場するようになる。金儲けの方法も複雑に変化し、『長者教』のように心掛け次第で金持ちになれるというのは過去の話になってしまった。経済的に発展する世の中では、致富に成功して出世する者と、逆に失敗して落ち零《こぼ》れる者の二通りの人々が輩出し、貧富の差は増大して階層分化が進行し固定化する。『日本永代蔵』はこのような状況において執筆された。

各地の経済状況

この作品では、致富談・没落談ともにその土地の経済的な状況を的確に踏まえた上で描き出されており、随所で社会背景や土地柄・生活態度に言及されている。

大坂の北浜で筒落米を拾い集めて密かに売却して小金を貯め、銭見世から両替商に成長し、大名家出入りの掛屋となった話（巻一の三）は、大坂に繁栄を齎《もたら》した海運の発展、それに伴う年貢米の流入と米市場の活況をバックに描かれ、近郊農村の次三男が商家に手代奉公する様を併せて示している。大坂を中心に発達し当時社会問題化していた分散を取り上げた巻三の四には、倹約によって財を成した男を法螺《ほら》咄として描いているが、どかっと一気に金儲けが出来て派手な気風の土地（巻四の五）では、そうした事例は過去の笑い話でしかなかったのである。

大名屋敷などの建築ラッシュの江戸で木端を拾い、箸削りから身を起こして材木屋になった成功譚（巻三の一）には、武家の行き交う日本橋の様子や大様《おおよう》な気風に言及されており、現金掛け値なしの越後屋を描いた巻一の四では武家出入りの呉服商法の実態を見事に点出している。巻六の二にあるように行水船や刻み昆布、或いは懐中合羽など生活必需品を工夫して金儲けの出来るせわしない江戸では、手拭の切り売りという細かな才覚を働かせても僅かな元手で成功できるとされているが（巻二の三）、その裏側では零落して乞食になり果てる者も大勢居ることが同時に描き出されている。そうした貧富の差が如何ともし難いものであることは、銭見世の掛け込みという不正行為によって利潤を上げ成り上がった人物の、明暦の大火前後の江戸の町の見聞によって示されている（巻四の三）。

伝統的な文化都市京都には余所では考えられないような裕福な人々がおり、建物や衣類・調度品も悉《ことごと》く美麗で栄花を極めていたとされているが、皮肉なことに、巻三の二豊後の万屋三弥・巻六の一敦賀の年越屋・巻六の四淀の里の与三右衛門など地方の人がこれを見習った末に没落してしまうという脈絡において言及されている。西陣織に代表される呉服産業の盛行はいうまでもないことであるが、京呉服の美しさを詳述した巻一の四や、染物の新工夫を取り上げた巻四の一が、共に江戸に出店するなどして商機を求めているように、京都という土地そのものは商業には向いていないと想定されているようである。京都人の暮らし向きが質素な点は、川魚の行商で財を成した鯉屋の話（巻五の二）の他随所で指摘されているが（巻四の三、巻六の二など）、巻一の二の扇屋の恋風の父親や巻二の一の藤市も家業よりも始末によって成功した点が強調されている。巻五の二の鯉屋の手代は独立して米屋を開業したが、貧しい人々相手の小口の売掛金の回収が思うに任せず、西陣の絹織屋へ売った俵米の代金も焦げ付き、失敗に終わっている。

海運の発展は、積み出し港酒田の大問屋鐙屋《あぶみや》繁栄の元となり（巻二の五）、水間寺の種銭を漁師に貸し付けた江戸小網町の船問屋網屋（巻一の三）もその恩恵を蒙った一人のはずであり、海上輸送の利便さが繰り返し指摘されている。一方で、海路には危険が伴うものであることが、一年に三度も持ち船が難破した話として巻四の二にさり気なく書き込まれている。西廻り航路の発達は、琵琶湖を経由するルートの衰退を招き、敦賀・大津の町は大きな打撃を受けた。敦賀を舞台とする葉茶店小橋利助（巻四の四）と味噌屋年越屋（巻六の一）の没落談はこれを背景にしており、表面的には賑やかな大津の町の零細な人々の暮らし向きを生き生きと描いた巻二の二にも、かつては大商人であったが商売替えを繰り返して零落した人物が取り上げられている。事情は異なるが、やはり近世初頭の繁栄とは打って変わって衰えた伏見の貧者相手の質屋菊屋善蔵は奸計の果てに没落してしまったという（巻三の三）。

外国貿易で莫大な利益を上げていたが、鎖国政策によって大きなダメージを受け、隠然たる財力を擁していた堺の町を舞台にして、周到に手配りをして利益を上げる古いタイプの倹約家の商人樋口屋（巻四の五）と、医療費を奮発する大気な長崎商人の成功談（巻六の三）の二つが対照的に記され、地道な暮らし向きの中で時には町人離れの散財をする土地柄であるとされている。大量の資金が集中的に投入される唯一の貿易港長崎の様子が限なく描かれているのは勿論であるが、ここを舞台にしながらも、海難事故で元手を失い思うに任せない博多の商人が丸山遊廓の遊女の屏風を貰い受けて再生したという巻四の二、或いは輸入品の金餅糖の製造法を工夫して元手を貯め小間物屋として成功した話と、諸国から集まる手代達に主人のワケ有りの過去を語らせる件《くだ》りを併置する（巻五の一）など、作者の眼は冷徹である。

経済成長によって農村や漁村も豊かになった。豊後の国には近世初期に盛行した新田を開発して農民を誘致し、上方とも海上交易をして財を成した人物もいれば（巻三の二）、大坂に近い大和の朝日の里で様々な農機具を発明して生産力を高め、綿問屋として成功した者もいる（巻五の三）等々は、そうした農村の実情を的確にとらえている。もっとも全体の構想としては二つともに莫大な財産を蓄えたものの、分不相応に豪奢な生活をして失脚し、或いは放蕩の果てに借金の書き置きを残したというように、貨幣経済に巻き込まれた農村にありがちな失敗談としてまとめられている。漁村の例としては、紀州の太地で捕鯨法や新しい漁業技術の考案によって多くの漁師を抱える網元として長者になった話が、誇大表現や笑話的要素を交えて記されている（巻二の四）。

以上のように背景となる土地の実情を細かく描き分けているこの作品に、地方別に改編された異版が早い時期から行われていたのも理由のないことではないであろう。土地柄によらない普遍的な現象としては、金融市場の発達による銭見世や両替商の活躍が挙げられる。

主として銭を扱う小規模な銭両替・銭見世は、江戸の芝居町堺町（巻四の三）同じく通り町中橋（巻六の二）や大坂の今橋（巻一の三）など人通りの多い場所で開業し、いずれも成功談であるが、一例を除いて掛け込み・掛け出しという計量不正があったとされている。大坂の場合は本格的な両替商に成長して小判の相場を動かす程の資力を持ったとされ、不正に言及されていない通り町中橋の店は江戸有数の両替商になるはずであったが、路線変更して親孝行を尽くしたとされている。京都の例としては、川魚の行商で財を成した鯉屋が多額の礼金・挨拶料を払って両替商の仲間入りをし（巻五の二）、大名貸の問屋といわれた両替善五郎（巻六の二）、二十万両の決済を年賦払いにした両替屋（巻六の五）に触れており、後の二者に関しては詳述されているわけではないが、早晩の破産が想定されているらしい。岡山県津山の家財が傾きかけた万屋は、家を改築して大々的に両替屋を開いたが、大晦日の総決算後手元に一銭も残らず、身代が露見してしまったという（巻五の五）。

教訓と現実認識

ここまで詳細に経済状況を見極めていた西鶴は、致富に関する通り一遍のお説教に限界を感じていたと考えられるのだが、この作品には教訓的な言辞が多用されている。

始末大明神の御託宣にまかせ、金銀を溜べし。是、二親の外に命の親なり。（巻一の一）

これを思はゞ、暫時も油断する事なかれ。金銀はまはり持、念力にまかせ、たまるまじき物にはあらず。（巻四の一）

これは一つには当時の文学的伝統によるものである。江戸時代初期には、儒教や仏教の思想を元に人としてのあるべき姿を説く、啓蒙教訓的な仮名草子が多数刊行されていた。「大福新長者教」というサブタイトルから西鶴が意識していたことが確実な、金持ちになるための心得を示した『長者教』も広く読まれていた。

「今時はまふけにくひ銀を」と、身を持かためし鎌田やの何がし、子共に是をかたりぬ。（巻一の二）

金の有徳人の、あまたの子ともに申わたされける。（巻五の四）

このような記述は、そうした作品を模倣した形式的なものに過ぎないとも指摘されるが、必ずしもそうとばかりはいえない面がある。

貨幣経済の浸透によって、金があれば何でも買える、金の力で出来ないことはないという世の中が訪れた。だがそれは同時に、金がなければ暮らせない、生きていけない、ということでもあった。貧しい人々の悲惨な生活とお金持ちの優雅な暮らしの歴然たる違いを見ても、金銭はなくてはならないものであった。そればかりでなく、経済力によって一大勢力を形成しつつあった商人や町人階層にとって、所有する金銀の多寡《たか》によって社会的な上下関係が決まってしまうという現実があった。自分一人の働きで大勢の奉公人を養うというのは「町人にても大かたならぬ出世」であり、「金銀の有徳」ゆえに世の中で有名になれる町人にとって、「命の親」としての金銀は、公家や武家の家柄・素姓と同じ「町人の氏系図」に相当する程のものだったのである（巻六の五）。しかもその上に、「どんなに利口そうな顔をしても、金回りの悪い人の言うことは聞く人がいない。愚か者でも金持のすることは正しいとして通る」（巻四の五）というように、金力の有無が発言力や人間的な価値までも決めてしまうというのが世の中の在り方なのであった。その意味でも、金を儲けることは町人にとってまさに至上命令に他ならなかったのである。新しい経済段階に応じた致富の道を説くことは、かくして必要不可欠なことであった。

しかしながら、そうした教訓は至るところで綻びを見せており、時には全く矛盾し正反対な指摘もしばしばなされている。

正直なれば神明も頭に宿り、貞簾なれば仏陀も心を照す（巻四の二）
人は正直を本とする事、是神国のならはせなり（巻四の三）
正直に世わたりするに、自然と分限になつて（巻六の三）

このように正直であるべきことを繰り返し説いている一方で、全く逆に、

正直にかまへた分にも、埒は明ず（巻二の二）

のような発言も記されている。

信仰心の大切なことは、巻一の一に「特に世の中の道徳を第一にして、神仏を祀りなさい。これが日本の風俗である」とあるのを始めとして、「信心に徳あり、次第に栄へ」（巻二の三）、「神を祀り、仏を深く信仰し、自然とその徳が備わって」（巻六の五）のように随所で述べられている。だがその一方で、

随分かしこき人の貧なるに、愚なる人の富貴、此有無の二つは、三面の大黒殿のまゝにもならず（ずいぶんと賢い人が貧しく、愚かな人が富み栄えるという貧富の二つは、福の神三面の大黒様でも思うようには出来ない）（巻三の四）

と真逆の指摘がなされている。巻三の一に記された致富の妙薬長者丸の毒断《どくだち》にも「物参詣・後生心」は固く禁じられており、仏教を深く信仰していた浪人「後生ねがひの番左衛門」は乞食坊主になり下がっている（巻五の四）。しかもその上に、死後檀那寺に納められた「あがり物」のお金は、坊さんが色遊びに使ってしまうことが、二度にわたって言及されているのである（巻三の四・巻四の四）。

才覚を働かせて家業に精を出すように繰り返し説かれているものの、「分限は、才覚に仕合手伝では成がたし（金持ちになるには才覚に幸運が伴わなければ難しい）」（巻三の四）というのが現実であり、「智恵・才覚といふも、世わたりの外はなし」（巻五の二）のように、「商上手《あきないじょうず》」であるためにはそれだけでは不十分なのであった。時には道義的な善悪に違反

するようなことにも手を染めなければ成功出来ないのは、この作品の致富談のほとんどがワケ有りであることが、雄弁に物語っているであろう。

西鶴は以上のような二律背反を見越した上で、矛盾は承知で叙述している。従って文体は自ら饒舌となり、文章は二転、三転しながら随想風に展開していくことになる。このような見解を平凡で常識的であるとし、それによって作品のテーマが拡散してしまうという批判もあるが、むしろそこに作者の現実認識が鮮明に現われている点を評価すべきであろう。

諧謔的な表現

真面目な教訓を前面に出す一方で、この作品にはそれと全く逆行する笑いを誘うような表現がしばしば見出される。

豊かな福の神伊勢の大神宮が世智賢い人間の浅智恵をお笑いになっているだろうとか（巻四の三）、烏帽子が脱げて袖まくりした恵比須様が灼《あらたか》なお声を一変させて小声で秘伝をささやく（巻二の四）、或いは、けちな男が溜め込んでいた金銀が死後お寺に納められ、喜んだ坊主が色遊びに使ったので擦れ枯らしになったと大笑いする（巻三の四）など、神聖な存在を茶化しているような例は珍しくない。逆に、可笑《おか》しげな貧乏神を祀り、珍妙な御託宣をヒントにして大成功したという話（巻四の一）も記されている。称賛してはいるのだが「此亭主を見るに、目鼻手足あつて、外の人にかはつた所もなく、家職にかはつてかしこし」（巻一の四）という戯《おど》けた表現もある。形見分けの品物「柿染の夏羽織を袖の鼠喰いの穴を見えないように継を当てて、寺仲間の仁左衛門殿へ差し上げなさい」というのは当時の農村ではお笑い草ではないのかも知れないが、当人が四十二歳の厄年に初めて買った絹の褌《ふんどし》を一度も身に着けず少しの汚れも付いていなかったという記述と併せると、やはり失笑を禁じ得ない（巻五の三）。敦賀の港の市は多くの人で混雑するが、皆が用心深いので掏摸《すり》も思うようにはゆかず「盗人仲間にとっても難しい世の中だ」（巻四の四）等々の戯謔的な文章は枚挙に遑《いとま》がない。

　巻三の四のけちん坊が癸《みずのと》の辰年の生まれで、同じ干支の年に五十七歳で死んだが、前生は西行が源頼朝にもらった金の猫だったというのは全くのホラ話である。水間寺の種銭を一貫借り出した江戸の網屋が、十三年後に八千百九十二貫に殖えた銭を東海道を通し馬に付けて運びお寺に積み重ねたとか（巻一の一）、五十メートルもある鯨を仕止めた、紀州太地の天狗源内が、遥か離れた西宮の恵比須を信仰し朝一番に参詣していたなどの、現実にはあり得ないような誇張表現（巻二の四）も笑いを誘うものとなっている。

　一角《ひとかど》の見識を持った藤市が、前もって摺鉢の音を聞かせて御馳走を期待して喜ぶ客に正月行事の珍妙な解釈を聞かせ、夜食を出す時分になっても出さないのが長者になる秘訣で、さつきのは糊を摺らせたのだとしたのは（巻二の一）、全篇これ笑話仕立てである。苦労して金を残した倹約家の父親の遺言と、遺産を使い果した息子の借金の書置きを対照させ、「書置仍而如件」と結んだ巻五の三、やはり対照的な二つの結納を小道具にした巻六の一などの外にも、各章解説で指摘したように、落とし咄的構成の作品は数多い。

諧謔表現にはこの他に、巻一の四章末の越後屋の在庫商品のように俳諧的連想を駆使した滑稽や、「勘定なしの無帳無分別、十露盤の玉にもぬけて春の柳の風に手前乱れて」（巻三の五）のような縁語・掛詞を用いた軽妙な文飾も見出される。真面目な構文と面白可笑しい文脈が混在し衝突しているこの作品では、真剣な教訓がそのままお笑いに転化したり、逆にお笑い草では済まされないような現実味のある、深刻な内容が表現されるという現象も稀ではない。

モデルとなった商人

同時代の世相を描きこれに現実味《リアリティ》を持たせる方法として西鶴は、実在の人物をモデルにしたり、多くの人々に知られていた固有名を用いるなどしている。この作品に登場する二人の典型的な新興町人は共に実在の人物である。巻一の四の「現金売り掛け値なし」の新商法で成功した三井九郎右衛門は、史実では越後屋江戸店を預かった八郎右衛門高平に相当し、両替店も開設し、幕府の呉服御用達も務めている。西鶴はこれを、武家屋敷出入りの呉服商いが過当競争に陥り利潤が上がらなくなった現実を踏まえ、困窮した武士相手に現金売りをして大儲けした話に脚色し、俳諧的連想による現実には有り得ない在庫品を列挙して滑稽にしめくくっている。手代出身で長崎商いで成功した藤屋市兵衛の吝嗇咄は当時既に有名であったが、巻二の一「世界の借屋大将」では、これを利発で見識のある新しいタイプの倹約家に設定した上で、軽妙な落とし咄にまとめ上げている。

以上のようなモデル小説とは異なり、行跡そのものは改変しながらも実在の人物の知名度を利用して、現実味を補強している例も数多い。酒田の豪商鐙屋は現実には一代分限ではないのだが、作中では問屋一辺倒の商法によって一人の才覚で成功したと脚色し、ここに宿泊する諸国の手代の様子を詳細に描きだしている（巻二の五）。水戸藩の小金御殿の留守居役日暮玄蕃の名を借りた巻五の四では、零細な行商から身を起こして田畑を集積し、小金長者となった日暮の何某の下に寄宿した浪人達の様々な身の行く末を描いている。堺の町の伝説的な豪商で吝嗇家の樋口屋に仮託した人物も登場する（巻四の五）。この他にも、泉州の船問屋唐金屋所有の有名な大型船大通丸を神通丸として取り入れた巻一の三には、大坂一番の商業地帯中之島の商人名が列挙されている。その屋号全部をそれと指摘出来るか否かはともかくとして、大坂在住の読者であれば十人両替の新屋・天王寺屋などは容易に理解可能であったろうと考えられる。巻三の一では箸削りから出発して材木屋として大成した箸屋甚兵衛を、江戸の大材木商として知らぬ者がいない河村瑞賢（瑞軒）以下柏木・伏見屋と並べこれに劣らぬ程と表現することで、十万両の資産を手にした成功談に現実味を与えている。同じ江戸では、馬具の仕出しから財を成した三文字屋も取り上げられており（巻六の二）、京都では桔梗屋（巻四の一）、大黒屋（巻二の三）、奈良の松屋・秋田屋（巻一の五）など、実在の商人名を利用して作品を構成している。

このように読者の予備知識に訴える場合、その効果の程は千差万別であるといえよう。当時の人々に対してはそれ相応の働きをしていたかも知れないが、現在の我々にとっては解り難くなってしまっている事例が多々あるからである。にもかかわらず次の三つは、固有名を用いて読者の注意を喚起することで、顕《あら》わには描き出せないような事柄をさり気なく表現しているのであると考えられる。

巻三の二に豊後府内の「万屋三弥」として登場する人物は、もと大内氏の武将で万屋を名乗った守田山弥助（三弥之助）氏定と考えられている。事績については不明な点も多いのだが、外国貿易・金山開発などで巨万の富を築き、正保四年十月五日領主日根野吉明によって、堀切峠の刑場で一族と共に斬罪、家は闕所になったという。罪状は切支丹及び密貿易、或いは町人にあるまじき驕奢の罪と推測されている。西鶴はこれを、親の遺言をヒントに新田開発に成功し上方との交易で西国一の長者となったものの、豪奢な暮らしで家産が傾き、その身に悪いことが続いて命も失い、残った財産は他人の宝物となったと描いている。父親の臨終の様子や三弥の贅沢な暮らし向き、忠実な手代の死による衰運等々に目をそらされがちではあるが、明らかにこれは領主権力による一家の処刑と家財の闕所処分を掠めている。江戸時代における豪商の処罰事件としては闕所の上大坂を所払いになった淀屋辰五郎の伝説化された一件が余りにも有名であるが、この話はその先蹤ともいうべき作品だったのである。

巻六の二には中心となる江戸の銭見世の養子の話題の他に、両替善五郎に出資していた京室町のお歴々の息子が登場する。作品内では、器用で芸達者なこの人物が使途不明金によって全財産を使い果たし、江戸に下って奉公しようとして失敗し、再び京に上って謡と鼓の師匠をしてその日暮らしをしたとされている。だが、善五郎が多くの京都の金持ちから資金を集めて大名貸しを営んでいた史実に照らすならば、この件《くだ》りが大名貸しが焦げ付いて破産した事実を遠回しに表現しているのは間違いないであろう。京都の豪商が主に行っていた大名貸しは、安全確実で有利な金融と考えられていたが、武家財政の逼迫により返済不能の事態が続出し、多くの商人が被害を受けて破産した。商人達からの預り金をまとめて巨額な融資をしていた善五郎は、武家方の返済が滞って運用に窮するようになったが、過去の投入金が無駄になるのを恐れた出資者が止むなく関係を続ける内に破局を迎えてしまったという。室町の息子はこうした事態に捲き込まれてしまったのであると考えられる。なお西鶴の時代には、京都ではなく諸大名の蔵屋敷のある大坂の商人が掛屋として大名貸しを行うように変化していた。

巻六の四の河村与三右衛門の場合、作中では淀川に流れ固まった漆を売って長者となり、都の栄花を見習って贅沢な暮らしをし、安居《あんご》の頭《とう》の勤めで失態を演じて家が絶えたとされている。だが、流行歌謡に歌われた水車を設置した与三右衛門の名をわざわざ持ち出した作者の深意は、石清水八幡宮神人の特権であった淀の過書船奉行を罷免され、淀城築城に際して屋敷地を召し上げられ移り住んだ、河村家の衰運を髣髴《ほうふつ》とさせることだったと考えられる。

これらは、武家の財政破綻や所謂天下の御政道に関わる社会的な禁忌《タブー》に属し、出版に際して直言が憚られる事柄であった。にもかかわらず、経済力を蓄えて成長した町人階層の命運を根底的な所で掌握していたのは支配階級たる武家だったわけで、このような軋轢《あつれき》に目を瞑《つぶ》っていたのでは世の中全体の構図は見えてはこない。これら三章の朧げな構想は、そのように認識していた西鶴の苦心の結果であり、これが当時における表現の限界なのであった。

金銀の魔力

この作品は、西鶴の時代に金銭がどのように流れてどこに留まって蓄積されるか、蓄積された金銀が如何にして散佚《さんいつ》し消えて行くかという現象を、社会的規模で描き切っている。その一方で、金銀に対して人はどのように反応し振る舞うか、金銭とどう関わって生きているかを、的確に見据えて叙述している。

金を大事にし、時には崇拝するようにして生活を切り詰め、何の楽しみもなく金銭を貯めることだけに人生を捧げた人々がいる。巻一の二のその身一代で銀二千貫目を溜め込み、八十八歳迄生きて升掻を切らせた都に隠れもない始末な父親。倹約のために粗食に甘んじ、色遊びもせず男盛りに頓死した大坂今橋筋のケチで有名な昔の分限者（巻三の四）。農作業の効率を上げ、綿問屋として働きづめで何の楽しみもない生活をして、一代の始末で千七百貫目を残して八十八歳で死んだ川端の九助（巻五の三）。小売味噌を蓮の葉で包装し、実用的な草木を植えて一銭たりとも無駄にせず、粗末な家に住んだ世間知らずで正直な年越屋の親仁（巻六の一）。『長者教』の教えを地で行くような人々は『永代蔵』の父親世代に属している。彼らの暮らし向きは、近世初頭慶長年間に豪商として有名な博多の島井宗室や大坂の鴻池新六の家訓（日本思想大系『近世町人思想』所収）で真面目に主張されている詳細な条々に匹敵するものである。西鶴はこれを誇張して、鬼気迫るものとしたり滑稽化して描いており、二代目没落談と組み合わせることで相対化している。

巻一の二の息子は、親と同じような倹約家であったが、一歩《ぶ》の金を拾ったことから遊女遊びにのめり込んでしまい、扇屋の恋風と呼ばれる程の粋人となり、四、五年間で相続した銀二千貫目を使い果たしてしまう。余りにも金銭を大切に思う気持が逆に災いとなって、一転して放蕩に走ってしまう件りの表現は絶妙である。川端の九助の生活態度を形見分けの品々を列挙することで描いた作者は、遺言に背いて親類・手代に金銀を分け与え、金を使う愉快さを知ってしまった九之助が、色遊びの果てに借銀の書き置きを残して死んだとしている。結納の品物がきっかけで都の栄花を見覚えた年越屋の二代目は、家を新築して仕慣れた味噌屋を潰してしまい、商売替えを重ねて零落してしまった。独身だった今橋筋の男には子供がいなかったので、代わりにお寺の坊さんが遊びに使ってくれている。これらの事例は、放蕩にしろ奢侈《しゃし》にしろ、人間というものは一旦金銀を浪費する楽しさ・面白さを知ってしまうと、歯止めが効かなくなってしまうことを端的に示している。その頂点に位置するのが町人にあるまじき栄耀を極めた巻三の二の万屋三弥であるが、その悲劇的な顚末については前述した。

この作品には、獲得した元手を商売に活用して致富に成功した人——その多くはどこか疚《やま》しい所のある人々であったが——を別にすれば、上手に金を使っている人物はほとんど登場しない。例外は巻六の三の子供の医療費に大金を支払った堺の小刀屋で、その気前の良さで商いにも成功したとされており、堺の人々の見事な金遣いは巻四の五でも称讃されている。もう一人は長者丸を服用した箸屋甚兵衛で、十万両もの資産に比べ余りに控え目ではあるが老後の楽しみを極めて、死に光りさながらの最期であったとされている（巻三の一）。

　ひたすら金銀を追い求めて心を砕いた末に、身を過ってしまったのが菊屋の善蔵（巻三の三）と小橋の利助（巻四の四）である。伏見の里の貧者を相手に小質屋を営み、或いは妻子も無く独りその日暮らしをしていたという、この二人は金銀の重要性を身に沁みて感じていた。前者は巧妙に立ち回って長谷寺から見事に戸帳を巻き上げ大金持ちになったが、結局は昔よりも惨めに零落してしまった。後者は飲用の茶葉に茶殻を混ぜて売る悪事に手を染め、良心の咎めによって精神が錯乱して狂死した。二章とも、金銀の魔力に魅入られて破滅した人の姿を描いた秀作である。

格差社会の現実

金銀は儲け難く減るのは早いと繰り返し言及されているが、正しい方法で金儲けをするのも、上手に金を使うのも、共に至難の業だったのである。その上に、金に見放されたかのように貧しい生活を強いられている人々が、日本中どこへ行っても暮らしていた。

　大津の町の坂本屋仁兵衛は元は大商人だったが商売に失敗し、姉婿からの宛行扶《あてがいぶ》持《ち》で不自由な生活をしており、これを見聞きした醤油屋は現金買いしかできない貧者であったが、冬雷に鍋釜を砕かれ悲惨な思いをした（巻二の二）。品川の東海寺門前には、大和の竜田から酒造りで一旗上げようと出府して失敗した男、超一流の教養を身につけ芸自慢して江戸下りをしたものの奉公先にありつけなかった堺の者、或いは親の代から江戸草分けの旧家で通り町に大屋敷を持ちながら贅沢に暮らして破産した三人を始め、多くの乞食達が野宿していた（巻二の三）。伏見の町外れには、質屋通いをしてその日を暮らすしばし見ていても涙を禁じ得ない赤貧の人々がいた（巻三の三）。京都でさえ、小家がちの世帯では量り売りの米の代金も支払えないような人達が、怒り・泣き、或いはふて腐れたように居直って暮らしていた（巻五の二）。『世間胸算用』で見事に結実するこのような貧困層の人間模様も、貨幣経済の浸透によって生じた階層分化によるものであり、この作品の一角にきちんと書き留められている。

貧しい人々の悲惨な生活とお金持ちの優雅な暮らし向きの歴然たる差異を見ても、金銀が必要なものであるのは疑いようがない。作者が致富道の教訓を説くのはそのためである。しかしながら、経済力は町人の出世と家の繁栄を齎《もたら》すことしか出来なかった。それが武家の支配する当時の世の中の限界であり、これを変革する町人哲学も経済思想も我が国においては成立しなかった。金の魔力に取り憑かれ、唯々齷齪《あくせく》と働き続け、時には人の道に外れるような行為も敢てするのは愚かしいことであり、悲しいことではないだろうか。世の中には金銭的な価値に還元できないものや、幸せな暮らしというものもあるはずである。こう問いかけるかのように西鶴は、経済的に発展する社会で成功した大坂の新興町人と零細な暮らしの人々の姿を並記し、都には桁外れの長者がいるとする一方で、同じ都の北山の里で農業を営んで多勢の召し使いと共に平凡で健やかに暮らす三夫婦を描いて最終章を閉じている。

『日本永代蔵』は、作者の金銭観・世界観がヴィジョンとして鮮明に現われている類稀な作品である。この作品は、西鶴同時代の社会の経済状況とそこに生きる人々の姿を余す所なく描き出し、損益勘定になぞらえて過不足なく表現した、日本の国の大福帳だったのである。

江戸時代の貨幣と経済

染谷智幸

江戸時代の身分制――「士農工商」は武士と庶民

江戸時代の身分制度である士農工商が、中国の身分制度（士農工商、ただし「士」は「武士」ではなく「士大夫」）を受け入れたものであること、しかし中国や朝鮮ほどの厳格さを持たず、武士とそれ以外の庶民、すなわち士庶が実体であったことは、よく知られていることである。また、この庶にあたる農工商も厳格に分けられたものでなく、相互移動がいくらでも可能であった。そのことは、この『日本永代蔵』にも書き込まれていて、農村の喰いぶち減らしの為に掃き出されるようにして都市に流入した農家の二男・三男坊たちこそが、新興商人の旦那衆になったたし（巻一の三「浪風静に神通丸」）、和歌山の鯨突きの漁師が、自らの知恵才覚で巨万の富を築いたり（巻二の四「天狗は家な風車」）、奈良の農民が綿の精製方法に工夫を凝らし、奈良で隠れもなき綿商人に成長した話を載せたりしている（巻五の三「大豆一粒の光り堂」）。すなわち『永代蔵』とは、商人の物語と言うよりは、江戸庶民の商売の物語と言った方が良いだろう。

元禄期の経済活動と多様な貨幣

「解説」にもあるように、江戸時代は日本の経済が飛躍的に発展した時代であった。しかし、その発展は江戸時代を通じて常に続いていたものではない。江戸時代の経済的発展は、幾つかの時期に集中して起きていた。その時期の中で最も大きな成長率を見せていたのが、『永代蔵』が書かれ、その作者である西鶴が活躍した十七世紀後半である。速水融・宮本又郎編『日本経済史1』（岩波書店、一九八八年）に載る「江戸時代の経済諸量の推移」によれば、人口、耕地、実収石高そして年成長率のどれをとっても、一六五〇年から一七〇〇年までの五十年間に驚異的な成長があり、この五十年間で江戸時代の成長をほとんど成し遂げてしまっていると言っても過言ではない。

なぜ、この十七世紀後半に江戸時代の発展が集中したのかには、様々な議論があるが、やはり十七世紀前半は、まだ戦国時代の余波があり社会が安定しておらず、ようやく平和を実感できるようになったのが十七世紀後半であったことや、幕府の諸法令や交通航路が整備されたことなどが挙げられる。その中でも、この時期に貨幣の流通が日本全国に広がった点を強調しておかねばならない。

安国良一『日本近世貨幣史の研究』（思文閣出版、二〇一六年）によれば、江戸時代を代表する銭貨の寛永通宝は十七世紀の前半に鋳造されたが、それが全国に広まったのは十七世紀後半の寛文期であり、金と銀も全国流通に至ったのは十七世紀末のことだという。

ちなみに、西鶴とほぼ同時期に活躍した、俳人の松尾芭蕉の句に「此筋は銀《かね》も見知らず不自由さよ」(『猿蓑』、一六九一年)がある。銀(貨幣)を知らない地方がまだあって難儀したという意味だが、この句からは、逆に田舎にまで貨幣経済が浸透していた十七世紀末の状況を知ることができよう。

貨幣と米

歴史を紐解けば、日本には早くから貨幣が存在していたことが分かる。八世紀の初めには富本銭《ふほんせん》や和同開珎《わどうかいちん》があったことが知られている。しかし、この時期に商品の流通が広がっていたとは考えられないので、これらの貨幣には呪術的な要素があったと指摘されている(東野治之『貨幣の日本史』朝日新聞出版、一九九七年)。日本で本格的に貨幣が流通したのは、十二〜十五世紀にかけて大量に日本に流れ込んだ、中国の宋銭(銅銭、主に北宋銭)である。この宋銭が日本にどのくらい流通していたのかは分からないが、十四世紀前半に中国から日本に向かう途中の朝鮮半島木浦沖で沈没したとされる新安船には、八百万枚という宋銭が積載されていたことからすれば、膨大な数の宋銭が日本に流れ込んでいたと想像できる。その結果、室町時代初めの十四世紀後半には、年貢の多くが銭で納められていたと指摘されている。すなわち室町時代から日本は貨幣経済社会へ突入していたことになる。それが江戸時代になり、金・銀を含めて、更に高度な貨幣経済社会に発展する。しかし、この銅貨から金貨・銀貨へと単純に発展、広がりを見せたわけではない。そこには米の問題があった。

中世も室町後期・戦国期になると、関西を中心に米が銅銭に代わって主流な通貨の働きを果たすようになる。便利な銅貨がなぜ米に取って代わられたのか。それは武士の戦時物資として米が重要だったからである。戦時体制において金銀銅貨は不便であった。交換する場が近くに必要だったからである。米はそのまま食料として使え、しかも保存がきいた。戦国武将が石高制《こくだかせい》を取ったのはこの為である。爾来、武家政権が続く江戸時代末まで日本経済は米中心となった。

この米に対する社会の信頼は絶大なもので、西鶴も「互いに顔を見知った人には、千石万石の米を売買しても、文書を交わすことなどなく、いったん双方が手打ちをすれば、すこしもその約束を違えることがない。世間一般の金銭の貸借と言えば、借用証書を書き、保証人の判までしっかり押して『何時なりとも必要になり次第にお返しします』などと相互で取り決めをしたことさえ、その約束期限を延ばして訴訟沙汰になることなのに、空模様によってはどうなるか分からない米相場の口約束の契約を違えず、その日限りに損得を考えずにきちんと売買する」（巻一の三「浪風静に神通丸」）と言い、米取引の信用度の高さを記している。

むろん、銅銭を始めとする貨幣は米が中心になっても流通していた。すなわち、この米を中心に金銀銅の三貨、藩中心の紙幣、商人中心の為替など、様々なものが媒介となって、江戸時代の経済は発展を続けた。この多様な通貨の存在と、その通貨の交換（両替等）が江戸時代の経済を刺激し、さらにその発展を促したと言って良いだろう。

金・銀・銭の三貨制度

中世の銅銭に続いて、日本経済の主流になった貨幣は銀であった。江戸時代が始まった十七世紀初頭、世界経済を日本の銀が席巻したことは有名な話である。世界中に流通するほぼ半分の銀を日本の銀が占めていたという報告もある（小葉田淳『鉱山の歴史』至文堂、一九五六年）。国内でも江戸時代前半は、関西の銀が経済を主導した。関西の大坂を中心に話が展開する本作『永代蔵』で、最も多く登場する貨幣は「銀」である。その「銀」を西鶴は「かね」と多く読ませているのも、この時の貨幣が、銀中心であったことを示している。とはいえ、江戸時代では金貨や銅銭も多く流通した。一応、関東の金遣い、関西の銀遣い、銅銭は両方でともに使われたと地域で分けることができるが、それに当てはまらない例も多い。経済は多くの人間の欲求によって変化する生き物であり、権力側から統合・整理できる代物ではない。俗に慶長小判の時代から、徳川幕府がこの三貨制度を上手くコントロールしたと言われることもあるが、現実は違っていただろう。江戸時代の経済は、米相場を中心とする市場や、それを貨幣化する金融世界の動きと、権力側との格闘の歴史であったと言っても良い。その闘争は、現在でも変わらぬ風景であろう。

以下、金貨・銀貨・銅（銭）貨の概略を示す。

・金貨：計数（定量）貨幣。目方を量ることをせずに、額面の通りに通用する。

天秤（巻五の二より）

大判には、天正大判（十六・五糎）、慶長大判（十五糎、図版参照）、元禄大判等がある。主に贈答用で流通はしなかった。十両と墨書きされているが、これは金額の単位ではなく、重さである。流通したのは小判で、大判と同じく、天正小判、慶長小判（図版参照）、元禄小判等がある。小判百両を一包みとし、それを十包みで千両箱となる。さらに一分（歩）金（図版参照）がある。定量価は小判の四分の一。一歩、一角、長徳寺とも言う。

・銀貨：秤量《しょうりょう》貨幣。目方を量ることによって価値を決め通用する。

　大まかに分けて、丁銀《ちょうぎん》、豆板銀《まめいたぎん》（細《こま》金《がね》とも）がある。丁銀は銀貨の主体で、ナマコ形の楕円形をしている（図版参照）。重さは約四十三匁（約百六十グラム）と言われるが、秤で計量するので、古くは切って使われたという。銀の質と品位を保証する意味で大黒《だいこく》家（大黒常是《じょうぜ》）の刻印が打ち込まれている。豆板銀は大きさは様々だが、多くは指先ぐらいの大きさで、天秤（図版参照）で量って取引をする。

・銅（銭）貨：全国的に流通したのは寛永通宝（寛永十三、一六三六年、図版参照）である。中央の四角い穴に藁しべで作った銭緡《ぜにさし》を通して百枚続きのものを百緡《ひゃくざし》、千枚を貫緡《かんざし》と言う。一般的に銭緡は百緡で、九十六、七枚程度でも百緡として通用した。百枚あるものを「丁百」と言い、九十六、七文に省いたものを省百と言った（省百にした理由には諸説があり、取引や納税に対する手数料説が有力である）。

三貨の交換比率、並びに現代との比較

金・銀・銭三貨の交換比率は景気・米の相場等によって変動した。幕府は金一両＝銀五十匁と幕初に指定したが、江戸時代全体を通じて見れば、基本的には、金一両＝銀六十匁＝銭四千文（四貫文）が大方の相場であった。江戸時代における三貨の交換比率はこれを基準にして良いだろう。問題は現代の貨幣価値との比較・比定である。

従来の解説を見ると、多くは米を基準に比定を行っている。しかし、江戸時代に米は経済の中心に位置したが、現代では相対的に価値は落ちているので、そこからの比定はなかなか難しい。本『永代蔵』巻三の三「世はぬき取の観音の眼」に菊屋の善蔵が始めた質屋の話があり、そこへ貧乏人たちが質草を持って来る。その質代が、古唐傘＝銀六分、飯炊き釜＝銭

慶長大判
1601 年

慶長小判・慶長一分金
1601 年

慶長丁銀・慶長豆板銀
1601 年

寛永通宝
1636 年

『貨幣博物館常設展示図録』
（日本銀行金融研究所貨幣博物館、2017 年発行）より

百文、両手の無い仏と肴鉢＝銭四十八文とある。もし一両を八万円とすれば、銀一匁は千三百三十円、銭一文は二十円となる。これで計算すれば、古唐傘＝八百円、飯炊き釜＝二千円、両手の無い仏と肴鉢＝九百六十円となる。また、江戸時代の蕎麦代は、元禄期は十文、中期以降十六文だったと言われる。とすれば蕎麦代は二百円〜三百二十円となる。蕎麦とは庶民が食す、現代で言えば「かけそば」にあたる。大体このくらいが感覚として合うはずである。むろん、他にも比較・比定する材料は幾らもあろうが、生活の感覚が江戸時代と現代では違うので、確実なものはない。一応、上記の比較に則って、金一両＝八万円としておき、この基準によって本書の語釈や現代語訳での貨幣等の換算を行っておいた。なお、金一分（歩）は四分の一両すなわち二万円、銀一貫（千匁）は百三十三万円、一匁は千三百三十円、一分（歩）は百三十三円となる。

基準	江戸時代（尺貫法）の呼称	現行単位（約）	備考
寸法・距離	厘（りん、10毛）	0.3㎜	重量単位でも使う。
	分（ぶ、10厘）	3㎜	重量単位でも使う。
	寸（すん、10分）	3㎝	
	尺（しゃく、10寸）	30㎝	
	丈（じょう、10尺）	3ｍ	
	間（けん、6尺）	1.8ｍ	古くは歩と言った。
	町（ちょう、60間）	109ｍ	面積単位でも使う。
	里（り、36町）	4㎞	
面積	坪（つぼ、歩）	3.3㎡	1間（6尺）平方。
	町（ちょう、3000坪）	9900㎡	1ヘクタール（＝10000㎡）。町歩。
容積	合（ごう、10勺〔しゃく〕）	180㎖	
	升（しょう、10合）	1.8ℓ	
	斗（と、10升）	18ℓ	
	石（こく、10斗）	180ℓ	
重量	厘（りん）	0.0375ｇ	
	分（ぶ、ふん、10厘）	0.375ｇ	
	匁（もんめ、10分）	3.75ｇ	
	斤（きん、160匁）	600ｇ	
	貫（かん、1000匁）	3.75㎏	

主な度量衡（本文に登場するものを中心に）＊参考：『図解単位の歴史辞典』（小泉袈裟勝編著、柏書房、1989年）

あとがき

本書の企画は、私どもからすれば思いがけないところから、誠に瓢箪から駒とでもいうようなきっかけから始まった。

私どもが所属する西鶴研究会では、若い世代に向けた啓蒙的・娯楽的な西鶴入門書の刊行を検討し、サンプルを作成する段階にまで至っていた。そして、どこの出版社から出してもらうかという最大の問題を前にして、高校時代の知己である吉羽治氏がライツメディア局長として勤務しているということのみを頼りに、二〇一六年八月、無謀にも護国寺の講談社本社を訪れた。

そこで吉羽氏が引き合わせてくれたのが、学術文庫を担当されている園部雅一氏であった。こちらからお願いした企画は残念ながら受け入れていただけなかったが、その時に園部氏からお話しいただいたのが、学術文庫で『日本永代蔵』をやってみないかということであった(ちなみにその折に持ち込んだ企画は、幸いにも笠間書院から『気楽に江戸奇談！RE：STORY 井原西鶴』として二〇一八年一月に日の目を見ることとなった)。

約一年後の刊行予定、執筆者は三人程度で、という条件をお聞きしてすぐに頭に浮かんだのは、『日本永代蔵』の新しい読みを問い続け『虚構としての「日本永代蔵」』(笠間書院・

二〇〇二年）という著書もある矢野公和氏、『西鶴小説論—対照的構造と〈東アジア〉への視界—』（翰林書房・二〇〇五年）の著者であり最近は経済小説史への関心を高めている染谷智幸氏の二人であった。この作品における「周到に計算されつくした虚構《フィクション》」を解き明かしつつ、今日の社会をも照射しうる現代性を指摘するためには両氏がふさわしいと思われたからである。日を置かずして依頼して承諾を得、園部氏に確認の連絡を取ってすぐに執筆に取り掛かることとなった。

　執筆にあたっては、語釈と解説部分が矢野氏、本文校訂と偶数巻の現代語訳が私、奇数巻の現代語訳と「江戸時代の貨幣と経済」を染谷氏、という分担を定めた。これは、すでに『虚構としての「日本永代蔵」』で披瀝されているように、矢野氏のこの作品に対する造詣の深さには他の追随を許さぬものがあり、本書ではその知見を最大限に生かそうという趣旨からである。新しい『永代蔵』像が求められる今、それは最善の方法であったと思う。

　なお、予定よりも完成が遅くなり、講談社にご迷惑をおかけすることになってしまったのは、学術的な見解の卓越さのみならず、猛烈なスピードで執筆される矢野氏に染谷氏と私が必死でついてゆくも、終には息切れしてしまったという事情による。

　後になったが、このような私どもに根気よくご対応下さった講談社学芸部の石川心氏に深謝申し上げる。そして、執筆の機会を与えて下さった、吉羽治氏、園部雅一氏に心より御礼申し上げたい。

有働　裕

参考文献

吉田幸一編『日本永代蔵　三都版』古典文庫・一九五六（昭和三十一）年
野間光辰校注『西鶴集　下』（日本古典文学大系48）岩波書店・一九六〇（昭和三十五）年
前田金五郎編『新注　日本永代蔵』大修館書店・一九六八（昭和四十三）年
堤精二校注『日本永代蔵』明治書院・一九七八（昭和五十三）年
麻生磯次・冨士昭雄訳注『日本永代蔵』（対訳西鶴全集12）明治書院・一九九三（平成五）年
谷脇理史校注・訳『井原西鶴集(3)』（新編日本古典文学全集68）小学館・一九九六（平成八）年
新編西鶴全集編集委員会編『新編西鶴全集　第三巻・本文篇』勉誠出版・二〇〇三（平成十五）年
堀切実訳注『新版　日本永代蔵』角川ソフィア文庫・二〇〇九（平成二十一）年
鄭灐訳注『日本永代蔵』소명出版・二〇〇九（平成二十一）年

矢野公和『虚構としての「日本永代蔵」』笠間書院・二〇〇二（平成十四）年
谷脇理史『経済小説の原点「日本永代蔵」』（西鶴を楽しむ2）清文堂出版・二〇〇四（平成十六）年
広嶋進『西鶴探究　町人物の世界』ぺりかん社・二〇〇四（平成十六）年
杉本好伸他編『西鶴と浮世草子研究（第三号）・金銭』笠間書院・二〇一〇（平成二十二）年

広辞苑第六版（岩波書店）
日本国語大辞典第二版（小学館）
国史大辞典（吉川弘文館）

本書は、講談社学術文庫のための新訳です。

本作は、身分や身体障害について差別意識が強く存在していた、江戸時代の市井を舞台にした文芸作品です。作中には「背僂」「非人」など差別的な語句が使われております。差別は許されるものではありませんが、そのような歴史的・時代的背景を鑑み、当時製作されたものを正確に伝えることが、差別問題について正しく認識する一助になると考え、原文を忠実に再現しております。ご理解を賜りますようお願い申し上げます。

井原西鶴（いはら　さいかく）
寛永19（1642）–元禄6（1693）。俳諧師、浮世草子作家。『好色一代男』『世間胸算用』など。

矢野公和（やの　きみお）
1943年東京都生まれ。東京大学大学院人文科学研究科修了。文学博士。元東京女子大学教授。

有働　裕（うどう　ゆたか）
1957年兵庫県生まれ。東京学芸大学大学院教育学研究科修了。教育学修士。現在、愛知教育大学教授。

染谷智幸（そめや　ともゆき）
1957年東京都生まれ。上智大学大学院博士前期課程修了。文学博士。現在、茨城キリスト教大学教授。

講談社学術文庫

定価はカバーに表示してあります。

日本永代蔵《につぽんえいたいぐら》　全訳注

井原西鶴《いはらさいかく》

矢野公和《やのきみお》・有働《うどう》　裕《ゆたか》・染谷智幸《そめやともゆき》　訳注

2018年9月10日　第1刷発行

発行者　渡瀬昌彦
発行所　株式会社講談社
東京都文京区音羽 2-12-21 〒112-8001
電話　編集（03）5395-3512
販売（03）5395-4415
業務（03）5395-3615
装　幀　蟹江征治
印　刷　豊国印刷株式会社
製　本　株式会社国宝社
本文データ制作　講談社デジタル製作

ISBN978-4-06-292475-7

「講談社学術文庫」の刊行に当たって

これは、学術をポケットに入れることをモットーとして生まれた文庫である。学術は少年の心を養い、成年の心を満たす。その学術がポケットにはいる形で、万人のものになることは、生涯教育をうたう現代の理想である。

こうした考え方は、学術を巨大な城のように見る世間の常識に反するかもしれない。また、一部の人たちからは、学術の権威をおとすものと非難されるかもしれない。しかし、それはいずれも学術の新しい在り方を解しないものといわざるをえない。

学術は、まず魔術への挑戦から始まった。やがて、いわゆる常識をつぎつぎに改めていった。学術の権威は、幾百年、幾千年にわたる、苦しい戦いの成果である。こうしてきずきあげられた城が、一見して近づきがたいものにうつるのは、そのためである。しかし、学術の権威を、その形の上だけで判断してはならない。その生成のあとをかえりみれば、その根は常に人々の生活の中にあった。学術が大きな力たりうるのはそのためであって、生活をはなれた学術は、どこにもない。

開かれた社会といわれる現代にとって、これはまったく自明である。生活と学術との間に、もし距離があるとすれば、何をおいてもこれを埋めねばならない。もしこの距離が形の上の迷信からきているとすれば、その迷信をうち破らねばならぬ。

学術文庫は、内外の迷信を打破し、学術のために新しい天地をひらく意図をもって生まれた。文庫という小さい形と、学術という壮大な城とが、完全に両立するためには、なおいくらかの時を必要とするであろう。しかし、学術をポケットにした社会が、人間の生活にとってより豊かな社会であることは、たしかである。そうした社会の実現のために、文庫の世界に新しいジャンルを加えることができれば幸いである。

一九七六年六月　　　　野間省一

ハインリッヒ・シュネー著／金森誠也訳
「満州国」見聞記 リットン調査団同行記
満州事変勃発後、国際連盟は実情把握のため、リットン卿を団長とする調査団を派遣した。日本、中国、満州、朝鮮……。調査団の一員が、そこで見た真実の姿とは。「満州国」建国の真相にせまる貴重な証言。

1567

藤本正行著（解説・峰岸純夫）
信長の戦争 『信長公記』に見る戦国軍事学
覇王・信長は〈軍事的天才〉だったのか？ 明治に作られた「墨俣一夜城」の〝史実〟。根拠のない長篠の「鉄砲三千挺・三段撃ち」。『信長公記』の精読があかす信長神話の虚像と、それを作り上げた意外な事実。

1578

門脇禎二著
古代出雲
荒神谷遺跡発掘以後の古代出雲論を総括する。一九八四年、弥生中期の遺跡荒神谷から大量の青銅器が発掘された。出雲にはどんな勢力が存在したのか。新資料や多くの論考を検討し、新しい古代出雲像を提示する。

1580

窪田蔵郎《くぼたくらお》著
鉄から読む日本の歴史
考古学・民俗学・技術史が描く異色の文化史。大和朝廷権力の背景にある鉄器、農業力を飛躍的に向上させた鉄製農耕具、鋳造鍛錬技術の精華としての美術工芸品や日本刀。〈鉄〉を通して活写する、日本の二千年。

1588

網野善彦著（解説・田島佳也）
海と列島の中世
海が人を結ぶ、列島中世を探照する網野史観。海は柔かい交通路である。海村のあり方から「倭寇世界人」まで文化を結ぶ海のダイナミズムを探り、東アジアに開かれた日本列島の新鮮な姿を示す網野史学の論集。

1592

山本博文著
江戸お留守居役の日記 寛永期の萩藩邸
根廻しに裏工作。現代日本社会の原像を読む。萩藩の江戸お留守居役、福間彦右衛門の日記『公儀所日乗』。由井正雪事件や支藩との対立等、迫り来る危機を前に、藩の命運を賭けて奮闘する外交官の姿を描く好著。

1620

日本の歴史・地理

足利健亮著
地図から読む歴史

地図に記された過去の残片から、かつての景観と人々の営みを大胆に推理する〈歴史地理学〉の楽しみ。信長の城地選定基準、江戸建設と富士山の関係など、通常の歴史学ではアプローチできない日本史の側面。

2108

慈円著／大隅和雄訳
愚管抄 全現代語訳

天皇の歴代、宮廷の動静、源平の盛衰……。摂関家に生まれ、仏教界の中心にあって、政治の世界を対象化する眼を持った慈円だからこそ書きえた稀有な歴史書を、読みやすい訳文と、文中の丁寧な訳注で読む！

2113

袖井林二郎編訳
吉田茂＝マッカーサー往復書簡集［1945―1951］

「戦争で負けても外交で勝つ」と言った吉田。彼が秘した無数の手紙は占領軍との息詰まる折衝を明らかにする。何を護持したかったのか？　一体何が保守できたのか？　孤軍奮闘、臣茂。民主改革、阻むため。

2119

加藤祐三著
幕末外交と開国

日米双方の資料から、黒船に揺れた一年間を検証し、無能な幕府が「軍事的圧力」に屈して不平等条約を強いられたという「日本史の常識」を覆す。日米和親条約は、戦争によらない平和的な交渉の成果だった！

2133

横井　清訳（解説・藤田　覚）
新井白石「読史余論」 現代語訳

「正徳の治」で名高い大儒学者による歴史研究の代表作。古代天皇制から、武家の発展を経て江戸幕府成立にいたる過程を実証的に描き、徳川政権の正当性を主張。先駆的な独自の歴史観を読みやすい訳文で。

2140

石井寛治著
日本の産業革命 日清・日露戦争から考える

日本の近代化を支えたものは戦争と侵略だったのか？外貨排除のもとでの民業育成、帝国の利権争い、アジア侵略への道程を解析し、明治の国家目標「殖産興業」が「強兵」へと転換する過程を探る、劃期的な経済史。

2147

日本の古典

徒然草 (一)〜(四)
三木紀人《すみと》全訳注

美と無常を、人間の生き方を透徹した目でながめ、価値あるものを求め続けた兼好の随想録。全二百四十三段を四冊に分け、詳細な注釈を施して、行間に秘められた作者の思索の跡をさぐる。(全四巻)

428〜431

講孟箚記《こうもうさっき》 (上)(下)
吉田松陰《しょういん》著／近藤啓吾全訳注

本書は、下田渡海の挙に失敗した松陰が、幽囚の生活の中にあって同囚らに講義した『孟子』各章に対する彼自身の批判感想の筆録で、その片言隻句のうちに、変革者松陰の激烈な熱情が畳み込まれている。

442・443

おくのほそ道
久富哲雄《ひさとみてつお》全訳注

芭蕉が到達した俳諧紀行文の典型が『おくのほそ道』である。全体的構想のもとに句文の照応を考え、現実の景観と故事・古歌の世界を二重写し的に把握する叙述法などに、その独創性の一端がうかがえる。

452

方丈記
安良《やすら》岡康作《おかこうさく》全訳注

「ゆく河の流れは絶えずして」の有名な序章に始まる鴨長明の随筆。鎌倉時代、人生のはかなさを詠嘆し、大火・大地震・飢饉・疫病流行・人事の転変にもまれる世を遁れて出家し、方丈の庵を結ぶ経緯を記す。

459

大鏡 全現代語訳
保坂弘司訳

藤原氏一門の栄華に活躍する男の生きざまを、表では讃美し裏では批判の視線を利かして人物の心理や性格を描写する。陰謀的事件を叙するにも核心を衝くなど、「鏡物」の祖たるに充分な歴史物語中の白眉。

491

西行物語
桑原博史全訳注

歌人西行の生涯を記した伝記物語。友人の急死を機に、妻娘との恩愛を断ち二十五歳で敢然出家した武士藤原義清の後半生は数奇と道心一途である。「願はくは花の下にて春死なむ」ほかの秀歌群が行間を彩る。

497

日本の古典

宇治谷　孟訳
続日本紀《しよくにほんぎ》（上）（中）（下）全現代語訳

日本書紀に次ぐ勅撰史書の待望の全現代語訳。上巻は全四十巻のうち文武元年から天平十四年までの十四巻を収録。中巻は聖武・孝謙・淳仁天皇の時代を、巻三十からの下巻は称徳・光仁・桓武天皇の時代を収録した。

1030〜1032

杉田玄白著／酒井シヅ現代語訳（解説・小川鼎三）
新装版解体新書

日本で初めて翻訳された解剖図譜の現代語訳。オランダの解剖図譜『ターヘル・アナトミア』を玄白らが翻訳。日本における蘭学興隆のきっかけをなし、また近代医学の足掛りとなった古典的名著。全図版を付す。

1341

三木紀人全訳注
今物語

埋もれた中世説話物語の傑作。全訳注を付す。和歌・連歌を話の主軸に据え、簡潔な和文で綴る。風流譚・遁世譚・恋愛譚・滑稽譚など豊かで魅力的な逸話を五十三編収載し、鳥羽院政期以降の貴族社会を活写する。

1348

荻原千鶴全訳注
出雲国風土記

現存する風土記のうち、唯一の完本。全訳注。古代出雲の土地の状況や人々の生活の様子はもとより、出雲の神の国引きや支佐加比売命の暗黒の岩窟での出産などの神話も詳細に語られる。興趣あふれる貴重な書。

1382

上坂信男・神作光一全訳注
枕草子（上）（中）（下）

「春は曙」に始まる名作古典『枕草子』。自然と人生に対する鋭い観察眼、そして愛着と批判。筆者・清少納言の独自の感性と文才とが結実した王朝文学を代表する名随筆に、詳細な語釈と丁寧な余説、現代語を施す。

1402〜1404

片桐一男全訳注
杉田玄白蘭学事始

一八一五年杉田玄白が蘭学発展を回顧した書。『解体新書』翻訳の苦心談を中心に、蘭学の揺籃期から隆盛期までを時代の様々な様相を書き込みつつ回想したもの。日蘭交流四百年記念の書。長崎家本を用いた新訳。

1413

醒睡笑 全訳注
安楽庵策伝著／宮尾與男訳注

うつけ・文字知顔・堕落僧・上戸・うそつきなど、庶民がつくる豊かな笑いの世界。のちの落語、近世笑話集や小咄集に大きな影響を与えた。慶安元年版三百十一話に、現代語訳、語注、鑑賞等を付した初めての書。

2217

天狗芸術論・猫の妙術 全訳注
佚斎樗山著／石井邦夫訳注（解説・内田 樹）

剣と人生の奥義を天狗と猫が指南する！ のろまな古猫は、いかにして大鼠を銜え取ったか。滑稽さの中に風刺をまじえて流行した江戸談義本の傑作。宮本武蔵の『五輪書』と並ぶ剣術の秘伝書にして「人生の書」。

2218

古典落語（選）
興津 要編

語り継がれてきた伝統の話芸、落語。日本の「笑いの文化遺産」ともいえる古典作品から珠玉の二十編を、明治～昭和期の速記本をもとに再現収録。学術文庫のロングセラー『古典落語』正編、続編に続く第三弾！

2292

新版 更級日記 全訳注
関根慶子訳注

「あづまぢの道のはてよりも、なほ奥つかた」に生まれた少女＝菅原孝標女はどう生きたか。物語への憧憬、宮仕え、参詣の旅、そして夫の急逝。仏への帰依を願う境地に至るまでを綴る中流貴族女性の自伝的回想記。

2332

きのふはけふの物語（昨日は今日の物語） 全訳注
宮尾與男訳注

「仮名草子中一、二のベストセラー」ともいわれ『醒睡笑』の源泉にもなった近世笑話集。躻《うつけ》の者、僧と児、頓知、一儀……。信長・秀吉が登場するものから尾籠な噺まで、庶民の笑いのつぼを心得た二三四話を収載。

2349

今昔物語集 本朝世俗篇（上）（下） 全現代語訳
武石彰夫訳

全三十一巻、千話以上を集めた日本最大の説話集。そのうち本朝（日本）の世俗説話（巻二十二～三十一）の読みやすい現代語訳を上下巻に収める。中世への転換期に新しい価値観で激動を生き抜いた人びとの姿。

2372・2373